The Story of Stone
石の物語

中国の石伝説と『紅楼夢』『水滸伝』『西遊記』を読む

Jing Wang
ジン・ワン
廣瀬玲子［訳］

法政大学出版局

THE STORY OF STONE: Intertextuality, Ancient Chinese Stone Lore, and the Stone Symbolism in *Dream of the Red Chamber*, *Water Margin*, and *The Journey to the West*
by Jing Wang

Japanese translation published by arrangement with Duke University Press through The English Agency (Japan) Ltd.

石の物語――中国の石伝説と『紅楼夢』『水滸伝』『西遊記』を読む　目次

凡例

- 本書は、Jing Wang. *The Story of Stone: Intertextuality, Ancient Chinese Stone Lore, and the Stone Symbolism in* Dream of the Red Chamber, Water Margin, *and* The Journey to the West. Duke University Press, 1992. の全訳である。
- 〔 〕は訳者による補足である。［ ］は原著のとおりである。
- 原著の二重引用符“ ”は「 」、強調のイタリックは傍点とする。
- 西洋言語文献の引用で日本語訳があるものについては、巻末の「参考文献」リストに載せ、注では〔 〕内にそのページ数を記したが、訳文には変更を加えたり、新たに訳したりした場合がある。特に、原著が英語以外の文献を英語訳によって引用している場合には、それに基づいて訳したため、原語からの日本語訳とずれが生じていることもある。中国語文献の引用については、近代以降の著作に限ってこれと同じような記載をした。
- 中国語文献の引用については、中国語原文を参照しつつも原著の英語に則した訳文とした。比較的短い引用は、読者の理解を助けるため、原文を〔 〕内に補った。特に第二章の引用はすべて文言であり訓読することができるので、原文を〔 〕内に補うこととした。
- 『紅楼夢』（『石頭記』）『西遊記』『水滸伝』には、それぞれ複数の日本語訳が存在する。それらを参照しつつ訳したが、版本のちがいなどもあるため、日本語訳のページ数は示していない。その代わりに、訳書を参照するときの便宜を図り、作品のどの回からの引用であるかを〔 〕に入れて補った。
- 中国語文献のうち、『紅楼夢』（『石頭記』）庚辰本（七十八回残本）と『史記会注考証』については、底本を変更した。
- 原著は、脚注での参考文献の記載の仕方においてやや統一性を欠いているため、変更を加えた場合がある。

キャンディス・ロンロン・ウェイに

謝辞

一冊の本を書こうとすれば誰しも、執筆の過程で人知れず愉悦のときや懊悩のときを味わうものである。この本はわたしのために一つの空間を開き、その空間はわたしに喜びと自由を与えてくれた。とりわけ、中国文学や中国文化の伝統に含まれるさまざまな制約のかたちについて書いたときにはそうであった。この空間を絶えず広げていきたいという願いに支えられながら、わたしは古典研究という分野で二つの課題に取り組んだ。一つは、過去二、三十年に中国白話小説の研究者たちが論じてきた主要な理論的問題を再定式化することである。そして、それに劣らず重要なもう一つの課題が、中国古典研究を現代の理論的関心につなげることであった。

もっともお世話になったのは、長年にわたってわたしの研究を見守り励ましてくださったシカゴ大学のアンソニー・C・ユー氏である。原稿を修正するにあたって貴重な意見をいただき、ユー氏が手がけている「現代中国学 modern sinology」の構想を共有させていただいた。ユー氏が地理的にも学問分野にも境界を設けずに研究に取り組み、異なる考え方のぶつかり合いを心から是として認めておられることからは、つねに深い啓発を受けている。

ペンシルヴェニア大学のヴィクター・H・メア氏とプリンストン大学のアンドリュー・H・プラクス氏にも、

原稿を読んでいただいたことに感謝したい。メア教授は、わたしが「猿の王」孫悟空像に微調整を加えるのに手を貸してくださり、プラクス教授は初稿を修正するにあたって建設的な批判をしてくださった。第一章は、本書の概念的枠組みについての彼の批判に応えるかたちで執筆され修正されたものである。

デューク大学の同僚には、仲間としての寛大な支援と友情に感謝している。アジア・アフリカ言語文学科のミリアム・クック、ノリコ・ナガイ、ヒトミ・エンドウ、ユアン・ヤオ・ラフゼン、ロジャー・キャプラン、リチャード・クンスト、ヤスミ・クリヤ、歴史学科のアンドリュー・ゴードン、アジア太平洋研究所のメイヴィス・メイヤー、スラヴ言語文学科トマス・ラフゼンの各氏である。さらに、特に感謝の意を表したいのは、文学プログラムのフレドリック・ジェイムソン氏がわたしの研究に興味を示してくださったこと、リチャード・クンスト氏が蔵書の中国書籍を使わせてくださったこと、宗教学のロジャー・コーレス氏が「カルマの記憶」についてご教示くださったこと、メリーランド大学のチーシェン・クオ氏が玉についての書誌情報を提供してくださったこと、マウントホリヨーク大学のシンユン・イェー氏が述べられた林黛玉の「純真さ」についての意見に目を開かれたこと、マサチューセッツ大学のリンシア・イェー氏の友情、そしてプリンストン大学のチーピン・チョウ氏が決定稿の作成に力を貸してくださったことである。

また、マサチューセッツ大学（アマースト校）のチンマオ・チェン、ルシアン・ミラー、ウィリアム・モウビアス、サラ・ラウォール、フレドリック・ウィルの各氏には比較文学の大学院での研究指導に対してお礼を申し上げたい。さらに、カリフォルニア大学ロサンゼルス校のリオ・オウファン・リー氏がわたしの研究活動をつねに応援してくださったこと、ハイチュン・ホアン氏が第二章のための資料の収集を手伝ってくださったこと、台北の中央研究院の李有成氏が文中の漢字表記処理の担当者を見つけてくださったこと、そしてデューク大学出版局のレイノルズ・スミス氏他のスタッフが本書を編集し出版してくださったことにも感謝をささげたい。

デューク大学の国際研究センターおよび台湾の太平洋文化基金会からの豊かな出版助成金はありがたいものであった。また、決定稿の作成にあたってアジア太平洋研究所から研究助成をいただいたことにも感謝している。アジア・アフリカ言語文学科のゲイル・ウッズ氏には心からお礼の気持ちを表したい。彼女は手稿の一部をタイピングし、原稿を繰り返しコピーしてくれた。つらい時期にもかけがえのない友人であり、(ヤスミ・クリヤ氏とともに) わたしの娘にとって母親の代わりでもあった。

ダーラムの友人たちにも深い感謝を伝えたい。アイリー・ヤンとタオシー・シエ、アリスとY・T・チェン、ピン・トゥン、ジアホアンとビンチー・ディン、ビビー・ムーア、エルマー・デイヴィス、シアオビン・タンの各氏である。

バークリーのユンリン・テンプルのリン・ユン教授には、その英知と友情に感謝申し上げたい。ウェイ・ヤングには精神的な支えとなってくれたことに感謝している。

最後にわたしの娘キャンディに一言。わたしが「物語り《ストーリー・テリング》」の楽しさを分かち合いたいと思っている娘は、幼少時代をわたしのコンピュータ机の下で過ごした。あなたに、ロンロン、愛をこめて『石の物語』をささげます。

第一章　テクスト相関性と解釈

〔社殿の中は〕周りには特に何もないのですが、ただ真ん中に石碑が一つありました。高さは五六尺ほどで、下には石亀の台座がありますが、ほとんど泥の中にめりこんでいます。碑文を照らして見ると、前面は古代文字の書体で、誰にも読めません。(1)

その山の頂きに一つの仙石がありました。高さ三丈六尺五寸、周囲二丈四尺の石です。(…)ある日のこと、その石が中から裂けて、毬くらいの大きさの石の卵が一つ生まれました。それが風にさらされたため、一匹の石猿になりました。五官もそなわり、手足もそろっております。(2)

さて、女媧《じょか》という神が石を鍛えて天のほころびを補《つくろ》ったとき、大荒山は無稽崖というところで、高さ十二丈、幅二十四丈の大きな荒石三万六千五百一個を精錬しましたが、そのうち三万六千五百個だけを使って、余った一個を青埂峰の下に捨てました。(3)

ここに掲げたのは三つの物語の冒頭部分である。『水滸伝』からは謎めいた石碑の下を掘り起こす場面、『西遊記』からは石猿の不思議な誕生の場面、そして『紅楼夢』では捨てられた聖なる岩が描き出される場面。別々に読めば、それぞれが幻想文学に独特の事象としてオリジナリティのオーラに包まれているように思われる。しかし三つの冒頭部分を並べてみると、まったく別の読み方が触発され、無根拠な空想であるような印象は揺るがされることになる。女媧石についてのわたしたちの受けとめ方を例にとろう。その一見したところの特異性は、石猿のイメージというコンテクストに置くなら、それほど奇抜なものではなくなる。二つの物語をさらに深く検討してゆくと、この二つの石には類似性が見いだされるが、そのことが示しているのは、それぞれのテクストがもう一方を取り込んでいるということである。女媧石も石猿も同じように「頑」と形容され（「頑石」「頑猴」）、この文字のニュアンスの異なる二つの意味――「いたずら好きな」精神と「天然のままで／無知な」性質――にふさわしいふるまいをする。したがって、女媧石のくだりを読むときには、それが基づいている典故より、むしろ文学における先行者である「頑猴」の存在を考慮に入れるべきだろう。石猿という先行テクストが女媧石の想像空間に含まれ、そこでの意味作用に加わっているとさえ言えるかもしれない。このような解釈の方法が思い起こさせさせるのは、「他のテクストから完全に自由なテクストは存在しない」[4]という考え方であり、それを最も的確にとらえた言葉が「テクスト相関性《インターテクスチュアリティ》」である。

テクスト相関性という概念は、西洋でポスト構造主義の用語として現れたとはいえ、普遍的に見られる事象を表している。それはあるテクストと別のテクストのあいだの対応関係、そして特に著述の長い伝統がある場合には、テクストとそのコンテクストとのあいだの対応関係を指している。[5]こうしたテクスト相関関係は、収斂と反転という両極のあいだで、置換のスペクトル全体にわたって存在する。あるテクストが一連の先行テクストへと収斂するにせよ、そこから逸脱するにせよ、十分に意味を表すためには先行テクストとの何らかのやりとりがなければならない。テクストというものは本質的に多元的な組成を連想させ、大量のテクストや異質な記号表現のあいだの邂逅を前提とする。中国の文学伝統においては、そのような複雑なやりとりが描き出す模様《パターン》が、「文」

（文字通りの意味は「書かれたものの模様や肌理《きめ》」）の定義であり、次のように性交の隠喩によって表現されることもある。

帰妹（とつぐ娘）は天地の大義である。天地が交わらなければ万物は興らない。(6)

ほかにも様々な書物において、「文」は寄せ集められたまだら模様の織物としてとらえられている。

二つの物が共にある［物相対待］と、「文」が現れる。二つの物が離れてしまうと「文」は現れない。(7)

物が互いに絡まりあっている［物相雑］のを「文」という。(8)

一つの物がそれだけで「文」を作り出すことはない(9)［物一無文］。

司馬相如は言った。「いろいろと混ぜ合わせて「文」を作るのだ(10)」。

これらの書物のなかには戦国時代（480–222 B.C.）、秦代（222–206 B.C.）や漢代（206 B.C.–A.D. 220）にさかのぼるものもあり、「テクスト相関性」に当たる事象が中国の広い意味でのテクスト性の伝統のなかに長きにわたって埋めこまれていたことを示している。(11) 実のところ、古代中国の士人は、テクストの自律性という概念とは無縁であった。古来の文学伝統の制約から逃れるテクストは存在しない。このことは、伝統的な批評家にとってあまりに慣れ親しんだ自明の理であったので、「テクスト相関関係」のような観念はつとに当然のものと見なされ、正当化する必要も感じられなかったのである。伝統と歴史がこのように特権的な地位を保っている文化においては、「テクスト相関性」が、あるテクストと別のテクストとの関係というよりも、特定のテクストとそのテクストの置かれたより広い文化的／歴史的コンテクストとの関係としてとらえられるのも意外なことではない。「コンテクスト」が固定された磁極のようなものであり、無数のテクストが繰り返しそこへと引きよせられると考える以上、伝統的な学者たちは、個々のテクストのあいだでのテクスト相関的やりとりのようなその場限りの運動にはあまり興味を示さない。この文学伝統においてテクスト相関関係を決定づけるのはむしろ、あるテクストをコンテクストにしっかりつなぎとめようとする求心的かつ遡及的運動なのである。

テクスト相関性をこのように整然たるもの――明確な輪郭をもち、うまく制御された、回収可能な全体――とする考え方は、儒教の経書の特徴とされる抑制され馴化された「文章の骨髄」〔『文心雕龍』宗経〕の概念と共存している。そうした古典パラダイムが成立することで、伝統的な中国文学には、後世の書き手がつねに文字通り参照し立ち戻る安定したコンテクストが与えられたのである。

それが文化的、歴史的なものであれ個人的なものであれ、コンテクスト――特に後世のテクストの原型となるようなただ一つの、安定した、外部にある究極のテクスト――を強く意識する[12]のが古代中国の詩学や文章理論[13]の特徴である。士人たちは、畏怖とノスタルジアに満ちた視線を過去に投げかけつつ、五経という偉大な伝統を存続させなければならないと考えていた。そのうえ、詩文の評価を行う旧来の批評も、同じようにこの回帰コンプレックス[14]を主要な特徴としていた。前近代の注釈者たちの美的基準はひとにぎりの古代テクストであり、それらに依拠して古典や同時代の文学作品を評価した。王朝期中国の文学史の全時代にわたって、批評家たちはしばしば正典テクストへと回帰したため、それらが正統であり尊重されるべきものであるという威信が揺らぐことはなかった。評価を下すという名目をかかげつつ、批評家たちがとりわけ好んだのは、新興の詩のスタイルの「源」である古いスタイルをつきとめることであり、極端な場合には始まりの瞬間を特定することであった。「出処」「来歴」「用事（＝典故の使用）」「流別（＝系統）」が、それぞれ重要度に差はあるが、評価の詩学に浸透していた基本概念であった。

石伝説と文学における石のシンボリズムとのテクスト相関関係についての本書の研究もある程度まで同じような批評方法論的前提に立ち、解釈においてコンテクストの観念を特権化することになる。というのも、テクスト相関性のメカニズムは、「出処」や「源」（いずれも作者中心の立場に由来するカテゴリー）のような批評カテゴリーを問い直すことはあるとしても、意味作用の限定されたシステムの中ではたらくという点で、文化的制約や文学伝統といった考え方と明らかに重なり合うからである。たとえば、石伝説の指示機能によって「頑石」や「三生石」や石碑のようなフィクションの構成概念が理解可能になるわけだが、この機能についてのわたしたちの認識は、テクストとコンテクスト、構造と異形《ヴァリアント》、象徴的なものと字義通りのもののあいだの境界線をあらためて確認するものであると思われる——たとえ理論としての「テクスト相関性」が、「系統区分や時代区分」の観念を揺るがす境界横断的形態を前提とするとしても。

本書は、テクスト相関性という概念の基礎となっているこうした理論的前提を二つながら検討する。一方では石伝説群の再構築を行うが、それはコンテクストがそれ自体の境界線をもち、ある程度の安定性をもつという前提に基づいている。その安定性が、たとえば、石のイメジャリーの特定の表現であるテクストの理解可能性を保証するのである。もう一方では『紅楼夢』『西遊記』『水滸伝』における石のシンボリズムの相互参照性を研究することで、時代区分の観念に疑問を投げかけ、テクスト相関性のラディカルな含意を導き入れる——その含意とは、テクスト相関性によって、あるテクストと別のテクストとのあいだの境界線をとりはらい、最終的にはテクストとコンテクストとのあいだの境界線もとりはらう可能性である。しかし、テクストの意味がその歴史性から切り離せないと考えられる限り、このようなあまりに破壊的な構想は、正当化されることのない理論的可能性にとどまるのがせいぜいである。したがって、本研究の枠内では、三つの文学テクストのあいだのテクスト相関関係の検討は、各作品に個別に存在する石のイメジャリーを説明すること、それと同時に、石伝説が石のシンボリズムの意味論的戯れを（禁止はしないまでも）制約する度合いを見きわめることを目的とする。換言すれば、本書は、テクスト相関性の機能として散種よりコンテクスト化が優位に立つと主張するというよりも、相関テクストの介入が、ある石のイメージの最初の読みを変化させ、イメジャリーの歴史性を存分に味わう再読への心構えをもたらすといったような解釈が起こる場面に的をしぼるつもりである。

結局のところ、テクスト相関性の問いはしばしば、わたしたちを過去の文学と文化から解放するよりも、むしろそれらを思い出させる、つまりテクストの再帰的自己認識をもたらすと言えるかもしれない。テクストの自己再帰性は、作者／主体が自らのアイデンティティを求めることをやめたまさにその瞬間に露わになることが多い。たとえば、詞人として有名な北宋（960–1127）の姜夔《きょうき》（ca. 1155 – ca. 1221）は次のように述べる。

> 詩を作るには、古人と同じであることを求めるより、違うことを求めるほうがよい。しかし古人と違うことを求めるよりもっとよいのは、古人と同じであることを求めないのにどうしても同じになってしまい、古人と違うことを求めないのにどうしても違ってしまうことである。(15)

古人との交感についての姜夔の見解は当時にあっては画期的なものに思われる。姜夔は、つかみどころのないテクスト相関性の地勢をアイデンティティと差異化の痕跡として一挙に示しているのみならず、注目すべきことに作者の意図という観念にも問いを投げかけている（「不求」）。そうすることで、姜夔はテクスト志向の批評という立場の可能性を示しているのである。この立場が前提とするのは、作者が意識していてもいなくても、すべてのテクストがどこか別のところの指示対象を含んでいるということである――それらが文字通り引用（「合」）であるにせよ、巧まずしてすでに変形されている（「異」）にせよ。

　作者や作者の意図という概念の転覆こそは、テクスト相関性の研究を伝統的な原典批評から分かち、古い用語である「アリュージョン（ほのめかし）」とは異なる批評カテゴリーとしてのテクスト相関性の実効性を示している。アリュージョンが使用されるのは、作者が「先行する文学を基礎とした文学作品を作らなければならないという一般的な必要性を認識し、過去のテクストを自らのテクストの新しい意味体系と美的価値の一部として明示的に生かすことで、意図的にこの窮地を利用する」(16)場合である。それに対して、「テクスト相関性」は、その曖昧さと匿名性ゆえに作者の意識に上らないような過去の痕跡を含むことで一歩先を進むのである。たとえば、「三生石」という隠喩は、曹雪芹《そうせつきん》(17)（ca. 1715–1763）の意識的な典故《アリュージョン》の使用であると指摘できるが、「頑石」という形容の位置づけはそれほど容易ではない。もちろん「頑石」――ついでに「頑猴」も――には作者の意図がはたらいていて、どちらの形容も「点頭石」（うなずく石）(18)の民間伝説を典故としているのだと強引に主張することはできる。しかし、姜夔の見解を思い起こせば、そのような主張はまったく的はずれである。どんな二つのテクストも、影響や作者の意図を問うまでもなく収斂しうるというのが、テクスト生産の本来の性質だからである。

　そういうわけで、「典故《アリュージョン》」ではなく「テクスト相関性」に基づいてこそ、わたしたちは、源泉や影響といった観念に由来する直接的な因果関係の問題をあつかうことなく、三つの文学テクストの相互参照性の研究にとりかかることができる。同じ観点から、石伝説群を構築するという本書の試みが妥当性の土台としているのは、文学的な石のシンボリズムにおける伝説の存在を論証するからといって、それが作者によって意識的に引用されたものである必要はないという前提である。「テクスト相関性」が最終的にもたらすのは、テクストにつなぎとめられた特定可能な作者の存在の消滅だけではない。より重要なのは、石のシンボリズムに対するわたしたちの読解が必然的に引き起こすコンテクスト化のプロセスである。それはこのテクスト相関性という概念自体が、「作者」神話のイデオロギー的粛清と同じように、読者の理論的構成概念であることを示している。それは読者を自由にし、読者のテクストへの自己投影を促すとともにそれを正当化するのである。本書がこれから論じる石のシンボリズムが指示するものの多様性は、読者が「作者の意図」を代わりに経験することから展開するわけではない。むしろそれは、読者自身のテクスト相関的な読解によって再構築されるものである。相関テクストを賦活し再賦活してきたのはつねに作者ではなく読者なのである。[19]

批評家のなかには、「テクスト相関性」という用語を、理論的・イデオロギー的実質のともなわない批評専門用語《ジャーゴン》として疑いの目を向ける者もある。しかし、そのときに露呈しているのは、「作者」や「主体性」といった概念を理想化し正当化する価値体系から離脱したこの新しい概念の枠組みに、その批評家が抵抗しているということに他ならない。実のところ、「テクスト相関性」をたんなる一時的な流行としておとしめるのはまったく的はずれなことである。この概念は、流行しているか否かを問わず、価値判断から離れた無邪気な批評行為では決してない。それは、テクストにおける一定の意味の源泉としての創設主体という概念を批判するためのイデオロギーの道具なのである。[20] 一時的な流行（悪意ある言及によってどんな批評用語にも着せられかねない汚名）かどうかということよりも、この用語が導入するイデオロギー表象がより大きな問題であり、同じように重要なのが、どのようにしたらこの概念が「レファランス（参照・指示・言及）」「アリュージョン（ほのめかし）」〔＝典故〕「模倣」「パロディ」のような永続的なトピックの議論にもっと役立つのかという問いである。過去二十年のあいだに一般的な批評語彙としてこの用語が頭角を現してきたことは、まさに、こうしたトピックを復活させ再構成するための新しい概念的手段をわたしたちが発見したことを示している。本書でこれから検討を始めるのは、そのような再考と再構成がどのような性質のものとなるかということである。

「アリュージョン」や「模倣」といった従来の用語が扱っていた重要な問題（テクストと先行テクストとの関係）は、テクスト相関性について考え始めるのに必要な場所でありつづける。こうした従来の用語と「テクスト相関性」との機能的差異は、上述のとおり、意味作用の特権的中心が作者／主体からテクスト／読者へと大きく転換したことにある。明らかにされなければならないのは、この転換が歴史意識（すなわち、テクスト生産における伝統の役割）という論点の定式化に対してもたらす結果である。歴史意識は、旧派がその批評活動において注目し強調している論点である。実際、伝統を重んじる人々の「テクスト相関性」批判の多くは、この概念の人気が歴史意識が「瀕している危機」に拍車をかけるというものである。この類の批判は二つのメッセージを伝えている。一つは、この新しい用語がいわゆる反歴史的傾向を呈していることへの異議、そしてもう一つは、「アリュージョン」「模倣」「影響」などの従来の用語が、「テクスト相関性」が決して取って代わることのできない機能を果たしているという結論である。そこで、この新しい用語の解釈ツールとしての機能性を検討するのであれば、それが歴史性という論点を再定式化するものなのかどうか、あるいはどのように再定式化するのか、という問いに取り組まなければならないだろう。

わたしの考えでは、テクスト相関性の概念は、わたしたちの歴史感覚を無化するどころか、その正反対のことを約束する。「歴史性」という抽象的な概念全体をその具体的な二つの現れに分解することによって、テクストと先行テクストとのあいだに歴史的連続性を見いだす従来の構想を再編成するのである。歴史性の二つの現れとは、一つはテクスト相関的読解による読者自身の同時代性の経験、もう一つは先行テクストの書き直しとしての、より明確には再コンテクスト化としての、テクスト自体の歴史性の経験である。

わたしたちが自らの同時代性を意識するのは、テクストのなかに、自分たちのものとは異なる記号・文化・イデオロギーの連関システムについて語る、なじみのない記号を見いだしたときである。たとえば、『紅楼夢』を読むと否応なしに石／玉《ぎょく》の神話のなかに引き込まれるが、それは自分たちの言語が前提としている指示内容（すなわち、石は不毛で動かない物体であり、玉は吉兆の象徴である）と一致しない。わたしたちは今日の石／玉の記号システムと十八世紀の白話小説〔口語体の小説〕に表れたシステムとのあいだに存在するずれに気づくにつれて、このテクストの歴史性を認識するにいたる。読者が相関テクスト（この場合には石と玉の伝説）の存在を確認したり、それを再賦活したりできるかどうかは重要ではない。姜夔がいみじくも示唆していたように、そもそも読むことと書くことを可能にするのは、わたしたちがテクスト相関的な相同物と一体化すること（姜の用語では「同じであることを求める」）ではなく、それを前提することなのである。「頑石」のイメージや宝玉《ほうぎょく》[21]が口に含んでいた玉のイメージが未知のものであると気づくや、わたしたちには解読したいという欲望がわき起こり、直ちにテクスト相関的読解の装置が動きはじめる。付言すれば、わたしたちの欲望と読解が前提とするのは、すべてのイメージにはそれ自体の歴史があること、そして、イメージの引用は決して直接的なものではなく、新しいコンテクスト——イデオロギー的なものであれ歴史的なものであれ——に合わせてつねに何らかの変形や編集を被っているということである。

　そして、所与のテクストの歴史性を確認することができるのは、まさにこの編集という行為においてである。テクスト間の参照は、もとのコンテクストから取り出された断片、引用、あるいは先行テクストへの言及のいずれであっても必然的に、別の言語コンテクストのなかに再配置されることで活力を取りもどす。「三生石」という一見直接的な引用でさえ、「三生」という時間図式として表現された仏教の輪廻説の正確な反復であるとは言えない。コンテクスト化を経て、もとの概念の根底にある三つの生の円環運動は、『紅楼夢』においてはたんに過去の生（すなわち根源）に帰ろうとする遡及運動へと根本的に変形されている。[22] したがって、『紅楼夢』においてこの隠喩が文字通りの引用のように見えるのは紛らわしいが、それはすでに別のコンテクストにかなうイデオロギーの道具として再登場するために、調整されているのである。このように、「三生石」の隠喩の歴史性は、回収された一定の生成の瞬間の内にあるのではなく、輪廻という仏教概念の書き直しと再コンテクスト化の内にある。テクスト相関性の概念が教えてくれるのは、結局テクストが自らの歴史性を主張し経験することができるのは起源の回復によってではなく、先行テクストを繰り返し再コンテクスト化することによってであるということである。テクスト相関性の考察を通して、歴史についてのわたしたちの理解は、回復されるべき最初の出発点ではなく、変形のプロセスとして立て直される。

テクストが再コンテクスト化を通して自らの歴史性を生きることができるという考え方は、中国の伝統的な書き手や批評家にはなじみの薄いものである。というのも、彼らにとっては、「用典」〔典故の使用。「用事」に同じ〕という一般的な行為が、過去と現在がやりとりをする関係の基本様式だからである。尊重されている過去の文学からの単語や語句の借用は、たんに慣例として行われるとしばしば形式的なものに堕してしまい、自らのダブルバインド状態――模倣を行いながら独創性を求める――にはなかなか気づかない。[23] 先行文献の意識的引用である「用典」に対する中国の人々の偏愛はかなり複雑な事象であり、稿を改めて詳細に検討するに値する。とはいえ、ここで指摘しておきたいのは、「用典」は多くの場合、特に未知の典故に気がつかない読者に対しては、時間と関係しない形式として現れるということである。したがって、「用典」という慣習に付きものなのは、典故の歴史的コンテクストが新しいテクストにおいて存在しかつ隠されているというパラドクスである。典故の使用は作者の側にとっては自覚的な行為であるものの、そのことが歴史性の自動的な回復を保証するものでは決してない。だとすれば、たやすく推測できるのは、「典故」という概念枠組みは意外にも過去を、そして過去とともに時間性の観念を抑圧する可能性があり、その可能性が過去と現在とをつなぐという典故の機能を掘りくずさずにはいないということである。

とはいえ、この議論には中国の古典的な著述の伝統全体の徹底的な検討が必要となるので、これ以上深入りするのはやめておこう。ここでは、「典故」という古い概念と、「再コンテクスト化」という一見なじみの薄いはたらきとのあいだにはずれがあると言えば十分である。というのも、典故を用いる者が過去を参照するのは模範的な文学を内化する（そしてしばしば自らのテクストに権威を与える）ためであって、その模範《モデル》特有の歴史性をわたしたちに意識させるためではないからである。模範《モデル》とそれが変換された先の媒体とのあいだの距離（言語とイデオロギーの両面における）を顕示したり、それによって過去の文学や文化を不朽のものとして復活させたりしようというわけではないのである。さらに、中国古典文学の著名な書き手たちはつねに「再コンテクスト化」を実践してきたのだが、模範《モデル》を内化するのではなく新しいコンテクストに古い指示内容を再包含するというラディカルな方法を十分に意識していたわけではなかった。再コンテクスト化の実践として考えることで、独創性と用典のあいだのダブルバインド状態はようやく、そのパラドクスの窮地をほぼ脱することができる。というのも、表現力豊かな引用が生きたものとなるのは、それが独創的なときでも生成の決定的瞬間が突きとめられた（すなわち典故が特定された）ときでもなく、言語としてもイデオロギーとしても別のコンテクストに再配置され、再利用され、再評価されたときだからである。再配置と再評価のプロセスこそが、新しいテクストを歴史的に特異でありかつ自らの虚構性を自覚したものにする。典故あるいは相関テクストがつねに別の再コンテクスト化を受け入れるエネルギー圏を含んでいる以上、わたしたちに負い目を感じさせる過去は、化石のごとき真正性を主張しつづけて人を欺いていることになる。際限なく書き直される文学テクストのように、過去も再創出の衝動と創作行為の前提――すでにあるコピーのコピー――によって成立しているのである。

このような説明から、解釈図式としての「テクスト相関性」は時代区分を崩壊させるわけではなく、独特の観点から時代区分を歴史化するのだということが明らかになるはずである。長きにわたって影響や典故の研究が果たしてきた機能を、同じように効果的に果たすことができるのである。「テクスト相関性」は、歴史性を証明する責任の所在を、意識的に語る主体／作者から読者（テクスト相関的読解は読者自身の同時代性の経験でもある）およびテクスト自体（先行テクストの絶えざる書き直しによって生命力を得る）へと移動させることによって、まさに「歴史的コンテクスト」の場を再画定するのである。

実のところ、歴史性の問題は、テクスト相関性の理論装置にしっかりと組み込まれている。そのため、本書も含め、テクスト相関性の名において行われる研究であれば、一連の問いによってコンテクストの重要性を多角的に浮き彫りにすることが必要となる。なかでも、テクスト相関性の研究を通して、結果的に、書き手の道徳的・イデオロギー的態度にいっそう容易に接近できるという点は肝要である。解釈に関わってくるのは、たんに個々のテクスト相関的な相同物を確認することのみならず、さらに所与のテクストが知らないうちに従っているイデオロギーによる分節について考察することでもある。そこで、視野をもっとも広げるなら、本書の目的は、石と玉にまつわる伝説が、石と玉のイメジャリーの自由な戯れを抑えて文化的コンテクストとして機能していること、さらにそれらの伝説が、所与のテクストが抑圧しているイデオロギー的中心をつきとめるのに役立つことの論証である。

そういうわけで、石と玉についての言説が相互に機能を依存しあっていること――玉の「道徳的」言説が石の「形而上学的」「神話学的」言説を補い、ときには動揺させること――を認識する必要があるのだが、それ以上に直ちに注目しなければならないのは、曹雪芹が特権的な意味の中心として石の価値を高めていることである。具体的に言えば、石は美玉（すなわち宝玉）の原点かつ究極的アイデンティティなのである。宝玉の精神遍歴の終わりに美玉が女媧石へと復帰することは、曹雪芹のイデオロギー言説の抑圧された内容を露わにするものに他ならない。第一回で語り手が主張するように「始まり」という概念を転覆させるのかと思いきや、『紅楼夢』は自らのラディカルな哲学を裏切り、主人公のアイデンティティ危機（石と玉のあいだの分裂）が石という原点の回復によって解決されることを予言し命じる。「同質性」や「アイデンティティ」のような文化的に是認された概念が押しつけるイデオロギー閉域に対して作者が苦闘していることは、石と玉との対話にいくつもの溝が生じていることから見てとれる。しかしそうだとしても、最後に起こる宝玉の石への変換は、「始まり」の概念の特権的内容を、そしてこの概念に暗に含まれる文化的・イデオロギー的制約を、再び導入してしまうのである。このように考えると、曹雪芹の伝統破壊的な態度はイデオロギーのもたらす幻影にすぎないもののように思われる。

同様にして、『水滸伝』において天から降下した石碑のテクスト相関的読解が際立たせるのは、梁山泊の豪傑たちの、血に飢えた盗賊から忠臣へという移行を描くことで物語が抑圧している道徳的パラドクスである。このパラドクスは、道徳的に善か悪かはっきりしない無法者《アナキスト》であった百八人の賊が、当初は仲間うちの道徳規範《コード》にしたがって打倒しようとしていた王朝体制に服従し、法を守る主体となるという疑わしい転向に内在するものである。第六章で論じるように、封禅の儀が天から下《くだ》された石碑の相関テクストとなることがわかると、わたしたちは直ちに、この転向を道徳的かつ政治的に動機づけられたものと見なすことになる。それは便宜的で偶然的な方便ではないのである。封禅の儀で演じられ、石碑に対句として刻まれた政治的シンボリズム――すなわち、天命の神話や天子〔＝天の息子〕としての人間君主という神話――は、賊が仲間うちの道徳観を捨て去るための強力なイデオロギー的根拠を与え、天そのものに是認された勅令に賊が進んで服従することをめぐる曖昧さを解消するのである。

石をめぐる伝説群を再構築することは結果的に、このような所与のテクストのイデオロギー的カムフラージュの場面を確認することになるだろう。テクストには、考慮に入れざるを得ないさまざまな形のイデオロギー的・構造的な制約という問題があり、それを扱うことによってのみ、わたしたちはテクスト相関性の概念が与えてくれる解釈の可能性を十分に活用することができる。テクスト相関性の研究に相応の目標が現れるのは、特定の記号システム（たとえば石をめぐる伝説群）の記号論的特徴の分析と、テクストのイデオロギー言説におけるその特徴の位置についての議論が一体となるときであろう。

テクスト相関的読解

以上、「テクスト相関性」の理論的前提を述べてきたが、それがどのように解釈という実際の目的に役立つのか——換言すれば、わたしたちが所与のテクストとの親疎を認めるときに、気づかぬうちにつねづねこの概念に助けられていること——はまだ明らかになっていない。そこで次に、三つの物語から例を引いて、わたしたちのテクスト読解が本来いかにテクスト相関的であるかを説明してゆきたい。

ここでわたしたちが思い起こすのは、テクスト相関性に可能な二つのメカニズムである収斂 convergence と分岐 divergence である。この二つは古いものの連続性と新しいものの発生を同時に保証するはたらきをする。歴史そのものが反復と前進という二つの運動を特徴としている。同じようにして、書くことは先在する意味のネットワークの一部分である言葉の絶え間ない引用である。書き手が言葉を選択するためには、言葉の既存の意味を知っていなければならない。その意味では、書くことは自由な創造行為ではない。ある言葉を新しいテクストで用いることは、その言葉の語義のスペクトル全体を喚起するのみならず、すでに確立している語義を逸脱するのか補強するのかという決定を含んでもいるのである。

『紅楼夢』について言えば、伝統中国および近代中国において、女媧石の神話的起源が、天を補修する女神の有名な伝説であることに気づかない読者はまずいない。読者の連想の力を当てにしつつ、曹雪芹は伝統中国で講釈師が開演時に用いる手法を取り入れた。講釈師はつねに語りの冒頭によく知られた詩や逸話を引用することで、そわそわしながら集まってきて気が散りがちな聴衆の心を落ち着かせようとしたのである。民族の記憶あるいは読書の記憶を呼びおこせば、現実世界の法則は一時的に無効になる。フィクションの想像的次元がそれに取って代わり、聴衆は作り物の世界へと確実に引き込まれたであろう。「女媧」という名は直ちに、石が癒《いや》しの力をもち、破れた天空を補修することができた大昔の遠い世界を現出させる。わたしたちは再賦活されたなじみ深い枠組みのなかで、不思議な石についての自らの知識を蘇らせればよいのであって、石のかたまりがなぜどのようにして女神に溶かされたり固められたりするのかを問う必要はない。

しかし、その同じ石が「自由に動きまわることもできれば好きなように大きくも小さくもなることができます」〔自去自来、可大可小〕（*Stone* I: 47）[24] と説明されると、よく知っていたはずの女媧石の神話の痕跡は、すぐさま抹消されないまでもぼやけてしまう。わたしたちははっとして、女媧神話のテクスト群にすっかり身を委ねて味わっていた心地よい無気力状態から引きずり出される。この石だけが女神に使われずに捨ておかれ、移動と変態というこの喜ばしい力（もとの神話におけるたんなる癒しの道具としての受動的な属性とは対極的である）を与えられことは、慣習的な石のイメジャリーに根本的な転換が起こったことを示している。平均的な読者にはまったく未知のものである石の属性が語られているのである。今や、神話のなかの女媧石からフィクションの石が脱皮し、新しいフィクション形象へと変貌を遂げているらしい。この瞬間、わたしたちは『紅楼夢』という幻想的な物語が展開することになる未知の世界へと案内される。読者と書き手の両方が女媧神話の現存テクスト群を知っており、そのうえで、『紅楼夢』の壮大な開幕がそこから始まるとほとんど同時にそこから離れること。それによって、作者－語り手は自らの語りを始めることができるのである。つまり、作者－語り手は宝玉の物語を始まりも作者もわからない神話論理にさりげなくつなぎとめることで、読者がどこで慣習が終わりどこからフィクションが始まるのかがわかるようにしたのである。創造神話からの女媧石の解放は、文学テクストと女媧の創造神話群との最初の接触が起こったあとでしかテクスト相関的分岐は生じないという法則に従っている。テクスト相関的な収斂と逸脱の概念は、一つ以上の先行テクストの存在を前提とするのである。

先行テクストという概念は――単一の神話素（すなわち女媧）に高度に集約される神話群の場合も、焦点の定まらない無数のテクストの場合も――コンテクストという考え方を引き出すことになる。既述のとおり、「コンテクスト」は言語の壁を越えてあらゆる文字文化にそれにあたる表現が見つかる概念である。それは、構造主義の用語では「歴史アーカイヴ historical archive」[25]「すでに読んだもの déjà lu」[26]「社会語 sociolect」[27]「ハイポグラム hypogram」[28]「真実らしさ vraisemblence」[29]と呼ばれ、中国語では「有常之体」[30]その他の輪郭のはっきりしない概念を漠然と連想させる。いずれにしても、「コンテクスト」が文化的・歴史的・文学的なパラダイムを含む広大な伝統領域を横断することは、それがはたらく具体的な文字文化の性質がどのようなものであっても同じである。大づかみにとらえるなら、「コンテクスト」とはあらゆる種類の慣習を包括する用語なのである。

逆説的に思われるのは、中国のように絶えず自らの伝統を保存しその残存を確認しようと努めてきた文化が、「コンテクスト」という抽象システムを当然と見なしてそれを説明する用語を練りあげてこなかったことである。それはおそらく、この概念がつねに中国の人々の生き方の不可欠で重要な一部分になっていたために、そのメカニズムを検討したり存在を正当化したりする必要を感じなかったということであろう。中国詩学の豊かな批評用語のなかにこの概念が組み入れられなかった理由はともかく、「コンテクスト」という考え方は伝統的な士人の思考や著述の様式に浸透している。コンテクストと意味生産との関係についての意識をもっとも明快に表現するのは、「断章取義」（テクストを切り取って意味を得る）というよく知られた成語で、信頼するに足りない解釈を指す。[31] とはいえこの成語は、コンテクスト性のはたらきの基本原理——単語の意味は決して自律的なものではなく、指示内容の複雑なネットワークを通して生み出される——が認識されていることを示している。中国の文学史の至るところに見られるように、過去を志向する書き手の意識の根底にはこうしたコンテクストの基本概念があり、つねに伝統や「同 identity」および「通 continuity」への強迫観念をあおっているのである。[32]

先在する（コン）テクストは、たどることができるものであれ廃れたものであれ、各テクストの地平とコンテクストを作り上げている歴史的構成物であり、「文化的無意識」[33]——意識的・無意識的制約の貯蔵庫——として言及されることも多い。あるテクストを理解するとは、そのテクストをそれらの文化的制約の範囲内に置くことであり、文化が可能にしかつ自然なものと認めている現実世界の次元とテクストを関係づけることである。たとえば曹雪芹が、賈政《かせい》は幼い息子が最初の誕生日祝いで思わず「女の使うもの」をつかんだとき以来息子への愛情を失ったと述べるとき、父親としてのその感覚に中国の読者（特に伝統志向の読者）が疑問を感じることはまずないだろう。これほど早い段階においてすでに父親が息子に期待しなくなったことも理解できるだろうし、この「試児」という表面的には取るに足りない無意味な儀式を、のちの宝玉のとりつかれたような異性との関わりを控えめながらも有力に表現したものと見なすであろう。宝玉が「ほかのものには目もくれずに紅・白粉やかんざし・腕輪」〔第二回〕（*Stone* I: 76）を選んで遊んだ瞬間、読者は、父親が幻滅を感じたであろうと、そしてこの人並み外れて聡明な子どもがろくでなしの大人になると予感したであろうと、想像することができる。読者はさらに、卓上に無造作に並べられ、具体名は言及されない「ほかのもの」を思い浮かべて賈政の失望を共有することもできる。親であれば誰もがこの儀式で子どもが手に取ってくれるように密かに願っている刀剣や紙・硯・筆——文武それぞれの世界での出世を連想させるもの——に、宝玉はまったく注意を向けなかったのである。文化的に規定されたこれらの品物は「儒士」の象徴である。完璧な身体的持久力と道徳的／知的見識を具えた人格者を養成することが儒教の伝統なのである。したがって、賈政の幼い息子への不満はまったく当然のことである。なぜなら、たとえ迷信のように思われようとも、「くじ引き」のようなこの儀式は、現実を解釈し、文化的で象徴的なものを自然で実在するものに変える集合知の一部になっているからである。こうした言説は正当化する必要がほとんどない。というのも、言説が中国の思考様式にすっかり同化した慣習と一致しているために、「社会の自然的態度のテクスト（習慣のテクスト）」と見なされるからである。それは「きわめてなじみ深いがために、テクストとして知られることなく拡散する」(34)のである。

宝玉が黛玉《たいぎょく》の第一印象を、「あでやかな花が水面に照りはえるよう」にもの静かで、身のこなしが「柳の枝が風に揺れるよう」〔第三回〕(*Stone* I: 103) に優雅な乙女として表現するとき、このヒロインが美しいが身体の弱い少女であると理解するために、特にその詩的な典故についてのこれといった説明に頼る必要はない。自然界の象徴から引き出された直喩は、平均的な中国の読者にとって陳腐なまでになじみ深いため、直ちに理解可能である。宝玉がさらに心の目で黛玉を見つめ続ければ、

胸は比干よりも孔が一つ多く、病は西施よりも三分ほど重い (*Stone* I: 103)。

中国の読者は、この二つの比較を解釈するとき、文化的類型のはたらきを意識しなくとも、感じやすく気まぐれで神経過敏な美人というヒロインのイメージを思い浮かべることができるだろう。しかし比干や西施といった中

国の歴史的人物になじみのない外国の読者の心中では、隠喩の反響は弱いものとなるであろう。

同様にして、中国の英雄像のコードを知らず、性的魅力のある女性に対する儒教の抜きがたい蔑視に接したことのない外国の読者は、おそらく、『水滸伝』の「男らしい」英雄たちが女性に向かって過剰に暴力を振るい、言語を絶する侮蔑を露わにすることに、今度は顔をしかめ呆気にとられるだろう。これについては、歴史に基づく褒姒や西施の伝説が、「紅顔禍水」（美女は諸悪の根源）という独特の父権的神話を永続させ、作者－語り手の美女に対するきわめて冷淡な描写の下にも潜んでいると指摘できるかもしれない。梁山泊の英雄たちは、肉体的魅力で男を誘惑してくるのではないかという妄想をかきたてるような女性に対して抑圧された憎悪を抱き、これ見よがしに殺すこともある。これは、女性原理——暗さや弱さの原－象徴である「陰」——に触れると男性原理の活力（「陽気」）が吸収され損なわれるという民間に流布した思想に由来すると考えることもできる。さらに儒教の徳目である「義」の通俗的解釈を知ることで、読者はなぜ武松と石秀が義兄弟の死に対して、あるいは名誉毀損に対して、猛烈な復讐をするのかが理解できるはずである。彼らは義というコードに従い、正義感に従って行動しているのである。このように、『水滸伝』に見られる虐殺や私刑のほとんどは、中国の読者たち、特に伝統志向の読者たちの気持ちを奮い立たせるものである。というのも、そうした読者にとっては、理想の「俠」という幻想を満足させるのに、義と武勇のために戦う英雄の活躍にまさるものはないからである。それに対して西洋の一般読者は、生々しい流血の描写や、登場する美女のほぼ全員への容赦のない糾弾に直面すると、しばしば拒否反応を示すのである。

このような読解のプロセス——テクストに出てくるなじみのないものやフィクショナルなものを理解可能性の範囲内に持ってくることで懐柔するというプロセス——の根底にあるのは、フィクションと現実とのあいだのとらえどころのない距離を埋めるテクスト相関的な類似性の探求である。テクスト相関性という解釈メカニズムを発動させるのに必要な強力な刺激としてはたらくのは、テクストの中の幻想的なものや根本的に逸脱したものであることがきわめて多い。『紅楼夢』は、その複雑な構造と豊かな寓話的含意ゆえにあらゆる立場の批評家にとって挑戦しがいのある対象であるが、もう一つ別の理由によって、あらゆる年齢層の一般読者を引きつける。一般読者の興味がかき立てられるのは、作者や評者（たち）、また物語の中の登場人物たちを歴史上実在する誰かに同定することでもなければ、[35] 十八世紀中国における階級闘争についての反封建的社会批判が含まれているからでもないし、[36] 神話の枠組みの深度、複雑な神話−模倣様式の錯綜、庭園や夢のアレゴリーのような高尚な批評的関心からでもない。平均的読者がもっとも興味を引かれるのはむしろ、石が自分自身のものと主張する幻想的でうっとりするような物語なのである。この石は、伝説の女神によって捨てられた聖遺物であり、自らの物語を語る文字が満載された岩であり、[37] その活動範囲は天と地の両方を含む。謎めいた象徴であるこの石との出会いこそが読者の心をとらえ、当惑させると同時にわくわくさせ、読解という謎解きのゲームへと誘うのである。読者は知らないうちに神話論理というおとぎの国に連れて行かれる。すると、そこ以外の場所では知性も生命もない物体に、神のような知恵と人間の感情が授けられている。そこは驚きにあふれた未知の世界で、わたしたちの予想は次々と裏切られ、現実感覚は見直しを求められるのである。

この石の遺物は何を意味するのか。わたしたちはそれを無根拠な空想であることの証拠と解釈すればいいのか、それとももっと深い意味を探るべきものとして解釈すればいいのか。それは気まぐれな文飾なのか、それとも壮大な図式の一部分なのか。別言すれば、この途方もない石は個人の才能によって作り出された驚異、作者の豊かな想像力から湧き出たまったくの作り物なのか。それともそれ自体の文化的・歴史的・文学的コンテクストの痕跡をもつ象徴の一つなのか。これらは、なじみのないものを解釈するときに必然的に導き出される理にかなった問いである。

もしもあらゆる言葉がその言葉の意味の歴史を拡張し再賦活するものなのであれば、女媧石の意味の検討は、石が何世紀にもわたって生成してきた先在する語義と女媧石とのあいだのテクスト相関関係を組み込まざるを得ない。このとき、本章のエピグラフに挙げた三つの冒頭部分を思いおこすなら、それらは石の解釈パズルへのさらに強い興味をかき立てるにちがいない。多芸多才な石と出会ってわたしたちが衝撃を受けること自体、そのような石は、社会‐文化的に条件づけられたいかなるコンテクストとも対応しないということだろう。石が人間のように話したり考えたりし、天に生まれて天から下ってくることは完全にわたしたちの予想を超えている。というのも、通常の思考様式が要求するのはちょうど正反対のこと、すなわち、石とは地上の物体であり、口をきかず変化せず、硬質で生命をもたないということだからである。

石についての直観的な理解は、ともすれば早まった結論をもたらしかねない。それはたとえば、三つの物語の作者たちが石についての慣習的知識に逆らって書いているとか、石が何を表すかという当時の通念を完全に反転させて自分たちの人並みはずれた天才的創造力を見せつけているといった結論である。コンテクストによる制約が存在することは、いくつかの類型がはっきりと示しているのだが、石のイメジャリーが独創的であるという第一印象こそが、それらに気づくことから、現代の読者を遠ざけているのかもしれない。謎めいた石碑、賢明な猿、雄弁な物語作家のいずれの形をとるのであれ、石のイメジャリーは、繰り返されてきた一定のモチーフの束縛を解き放っている。そのイメジャリーの意味が部分的に明らかになるのは、わたしたちが、石が主役を演じる多様な先在テクストを調べ、それらが相互に理解可能性をもたらしている関係を見いだすときである。

先行テクスト全体というのはそれだけでおそろしい概念である。それは、跡をたどることができるものもできないものも含めた古いテクストの集積を指し、いつまでも拡大しているために永遠に未完成であるように思われる。このつかみどころのない存在をわたしは便宜的に「石伝説（群）」——石のテクスト相関的布置——と呼ぶことにする。石伝説のテクスト相関性は、『水滸伝』『西遊記』『紅楼夢』において、石のシンボリズムへの外的参照としてではなく、内的参照として現れる。確かに作品中の石のイメージに民間伝承的な性格が見られることは認めざるを得ないが、同時に重要なのは、伝説の地位を、文学的な石のシンボリズムの意味作用を妨げる外的制約にまで高めないようにすることである。あらゆる場面で、民間伝承の石のイメージと文学的な石のイメージとのあいだの高い類似性には、変換や堆積のしるしが混ざり合っている。収斂の痕跡が見つかると期待されるところで出くわすのは、民間伝承的象徴と文学的象徴が相互にとりついた暗号のようなものである。それが融合の夢を生み出すのもつかの間、産出されるのは置換――このような再我有化 reappropriation の行為からつねに予想される結果――に他ならない。テクスト相関的我有化 appropriation から期せずして生ずるこの二重性こそは、女媧の神話テクストと曹雪芹が語る女媧石の物語とのあいだの類似性と差異を説明してくれる。破れた天がすっかり修復されるという完全性の寓話は、変換されて新たに瓦礫の神話――残り物の石の物語――を産出するのである。

結局のところ、象徴――というより、あらゆる語――は機能するためには反復に委ねられなければならず、それはつねに交替することや他者になることをともなうものである(38)。わたしたちは『紅楼夢』の作者‐語り手が意識的あるいは無意識的に差異を作り出そうとしたのかどうかを問う必要はない。というのも、連続性と非連続性とを同時に保持しつづけることがまさしくテクスト相関性の特徴だからである。忘れてはならないのは、たとえ石伝説が文学における石のシンボリズムにとぎれることのない一貫性を保証しようとも、つねに何か不整合なものが残り、それはどれほどすぐれた科学的知性によっても一元的な類型には収めきれないということである。ひらめきとオリジナリティのオーラを放つ三組の石のイメジャリーも、石伝説の歴史を再賦活しつつ延長することからは逃れられないのである。

石伝説の諸問題

ここまでわたしたちは、テクスト相関性が書くという営みと解釈するという営みの基礎となっていることを見てきた。次に行うテクスト相関関係の考察では、石についての民間伝承のモチーフと文学的トポスとの関係だけでなく、文学的な石のイメジャリーの多様な表現のあいだの関係も検討することになる。換言すれば、わたしたちは二組のテクスト相関的置換を考慮に入れることになる。すなわち、文学における石のうちにある民間伝承の石の存在、そして文学における三つの石テクストそれぞれによる、他の二つのテクストに対する解説である。

三つの物語の神話的枠組みによって示される石のイメージは、一見したところテーマがばらばらであるとはいえ、次のような特性を共有して、つかの間、一貫した印象をもたらしている。すなわち、天上のものであるという石の特質、天地の媒介者としての機能、石の象徴的属性の両極性、そして書き言葉であれ話し言葉であれ言語活動との関連である。『紅楼夢』においてわたしたちが見とどけるのは、石の化身である宝玉の太虚幻境への回帰であり、紅塵における長い遍歴ののちの石としての前生への復帰である。『水滸伝』七十回本では、謎の文句が刻まれた石碑が梁山泊の豪傑たちの物語を始動させ、物語の最後に再び現れて天命を強固なものにする。

この二つの物語においては土台となるテーマ構造を生み出すにあたって石が重要な役割を演じるのに対して、『西遊記』における石のイメジャリーはどちらかといえば周辺的な機能を果たしている。石から誕生はするものの、猿は『紅楼夢』の宝玉とはちがって、取経に成功したのちに物体としての石の特質を取り戻すことはない。

確かに『西遊記』の語りの論理は、象徴的回帰の宗教的な別の形式を採り入れている（アンソニー・ユーが指摘するとおりである）。ただ、孫悟空の成仏は、誕生の瞬間への神話的回帰によって補完されることはないのである。三つのテクストに共通する語りの論理である円環性は、語りの構造的制約と文化的／宗教的哲学との見やすい対応関係を示すのだが、ユーの議論はその説明の助けとなるので、ここでざっと紹介しておこう。三蔵法師を含む旅人たちが「前生に過ちを犯した人々」であるとすれば、彼らの西方への旅路は精神的探求にとどまるものではない。それは故郷を目指す旅として特に深い意味を表すのである。(39) このコンテクストにおける「故郷」は、ユーが説得力ある論証をしているように、仏教と道教のシンボリズムに満ちている。仏教の悟りと道教の生理学的錬金術〔煉丹術〕という二つの思想の基礎となっているのは回帰の観念である。すなわち、仏教では本来の性質の回復であり、道教では身体的な衰えという自然のプロセスの反転である。(40) したがって、孫悟空と旅の仲間たちの「帰郷」は、長寿と悟りを同時に獲得したことによって二重にめでたい。しかし、この回帰の形式の枠組みは救済の論理であって、疑わしいアイデンティティ神話の崩壊という他の二つの物語のような枠組みではない。仏教と道教の宗教的シンボリズムの重々しく解きほぐしがたい絡み合いが個々の旅人たちを包み込んでいるために、孫悟空の人間的特質がもとの石という物質に戻るかどうかという一件は、影が薄くなっている。

『西遊記』という事例は、「物一無文」（一つの物がそれだけで「文」を作り出すことはない）(41) を説明するのにうってつけである。すでに指摘したように、孫悟空が石から誕生したことは『西遊記』の舞台の中心を占めてはいない。さらに一歩進んで述べておきたいのは、石のシンボリズムさえも孫悟空の複雑な感情的・精神的構造の一面を明らかにするのみであって、孫悟空とは何者なのかという問いは今日まで未解決であり議論の的であるということだ。孫悟空のアイデンティティの透明性や単一性を主張する学者たちに対しては、第五章で、読むことや書くことを可能にするのは「起源や充実した瞬間としてはたらくただ一つの過去の行為ではなく、特定できるもものできないものも含まれる開かれた一連の行為である」[42]ことを明らかにする予定である。石の卵からの変容という「ただ一つの過去の行為」から始まったとはいえ、石としての猿のアイデンティティには、第五章で述べるように、さまざまな連想を誘う「開かれた一連の」神話的ペルソナが付加されている。そうした他のペルソナ――とりわけトリックスターや白猿――の組み込みこそが、いたずら好きで聡明であるうえに変身の能力をもつという、孫悟空の忘れられないイメージを作り出しているのである。『西遊記』の始まりにおいては石のシンボリズムは希薄であり、それだけでは孫悟空が大衆を魅了し、しかもそれが持続している理由を説明することはできない。猿の形象《キャラクター》としての複雑さを構成しているのは、民間伝承の石とその他の多様な先行テクストとのテクスト相関的なやりとりなのである。

しかし、たとえ『西遊記』が、石のトポスが語りの運動の円環性を生み出す例としては明確さに欠けるとしても、その石のイメジャリーは複数の点で『紅楼夢』の成立に貢献している。女媧石の転生は、悟空の仙石からの変容のこだまなのである。二つの〔物語の〕始まりは、物体としての石の外見の描写においてもきわめて類似している――それぞれの語り手が同じように正確な数字を挙げて、石の大きさをきちょうめんに述べているのである。伝統的な批評のなかには、甄《しん》宝玉と賈《か》宝玉というアレゴリー装置の発想源が『西遊記』の中に見つけられると指摘するものまである。「甄宝玉と賈宝玉、つまり真の宝玉と偽の宝玉〔の概念〕は二人の行者〔孫悟空〕というテーマから展開したものである」[43]。二つの不思議な石の示す類似性についての考察がそろって指摘するのは、『紅楼夢』の女媧石のイメージが猿の石の痕跡を含んでいるということである。テクスト相関性はそのように機能するのだ。つまり、一つの語、一つの象徴あるいは一つのテクストはつねに、ひっそりと残存しつつ、テクスト空間で反響しつづけることを決してやめない過去の（相関）テクストの数々を思い起こさせる。さらに、石は、三つの物語それぞれにおいて占める位置が周辺的か中心的かに関わらず、文学的な石のイメジャリーのなかに、先行するコード、歴史的コンテクスト、文化的慣習そして無意識的習慣が浸透中であることを示すという性格を共有している。換言すれば、文学的な石テクストは先行する石伝説とのあいだで不断のテクスト相関的なやりとりを行っているのである。

こうしたテクスト間の複雑な相互参照の巨大なネットワークを網羅的な石伝説群として構築しようとすると、体系化と組み込みを目指すときに必ずつきまとういくつかの問題にぶつかることになる。伝説群を再構築することは、石がこれまで意味生産に参加したテクスト、すなわち特定できるものもできないものもある無限の数のテクストが横断する不可視の空間の境界線を定めることである。テクスト相関的空間は際限がないものであり、どのような回収の試みにも抵抗するだろう。テクストを生産したり分析したりすることは必然的に、そのテクストを逃れられないテクスト相関ネットワークのなかに位置づけることであるのだが、そのようなアーカイヴを作りあげて確定することは不可能に思われるのだ。歴史とは、それが文化史であれ石の歴史であれ、意識的なものばかりでなく無意識的な資料や制約を含んでいる。そのようなありとあらゆる資料や類型を再構築することは、結局歴史を一冊の教科書や一つの枠組みに閉じ込めようとすることである。ところが、テクスト相関性本来の開放性は、完成した単一の準拠枠としてのコンテクストの機能原理とは相容れない。それは、あらゆるコンテクスト化が有限でありかつ有限性をもたらすものであることを暴露するのである。

このことを念頭に置いているので、わたしが石伝説を再構築するのは、石にまつわるあらゆる歴史的・文化的慣習の総体を把握するという大それた冒険をするためではない。次章で作成する目録の対象となるのは、顕著な「石体験」のいくつかの類型を例証する一群のテクスト——高度に階層化されながらも認識可能な、石のテクスト相関ネットワーク内部の一局面——である。そこには繰り返される一連の属性が含まれており、文学的な石のイメジャリーの創造と解釈という二つの営みをともに解明する助けとなるであろう。石伝説はすでにわたしたちの共通認識の地平からは消えてしまっている。それは慣習の体系であり、その意味はわたしたちの意識的な支配を逃れるが、残存する石の神話や儀礼の数々を集めて解釈することによって回収することができる。石伝説群の再構築は、客観性を高めたいという批評家の要求を満たすことになり、意味作用の体系がどのようにはたらくのかを読者がよりよく理解することも可能にするだろう。それは具体的には、何が文学テクストにおける石の意味作用を可能にしているのか、テクスト相関性はどの程度まで民間伝承の石の文学的テーマへの同化を制約し、かつ促進しているのかということである。石伝説の慣習の全体を知ることは期待できないとしても、こうした準拠枠によって説明が可能となることの価値は、決して否定できない。

フェルディナン・ド・ソシュールは全体という概念を擁護して、言語というシステム全体は、「一瞬前にその中の何かを変えるようなことが起こっていたとしても」[44]、どの瞬間においても完全であり自動制御がはたらいていると述べる。同じことが今問題になっている石伝説群についても当てはまると言えるだろう。つまり、他のすべてのメタ言語システムと同じように、その内容は絶えず移り変わっているにもかかわらず、現在の構造特性によって、内在的かつ全体的な一貫性が成立しているように見えるのである[45]。したがって、石伝説の文法を再構成しようというわたしの試みは、移り変わる不完全な全体から、仮のものであれ、認識可能な「神話の類型」を引き出すことにすぎない[46]。再構築された石伝説群が個々の歴史的時点において反映するのは、まさしくそのような構造――先行する特性と新しく現れてまだ安定していない異質な要素とから成る認識可能な構造である。後者はある種のいつわりの全体のなかで、ちぐはぐした部分を残しながら前者と共存しているのである。

石伝説群を再構築するということは必然的に、その全体というつかみどころのないものを喚起する。ともするとそれはさらに、わたしが次章で列挙するものによって、議論の対象である三つの物語における石のイメジャリーの多様な装いがすべて説明できるというもう一つのまちがった期待をもたらすかもしれない。第五章で示すことになるように、石伝説は文学における石のイメージ形成に対して主導権を握っているわけではない。伝説が石のイメジャリーのあらゆる表現の意味を決定する絶対的権威であると考えてしまうと、独断的な構造主義者がしばしば陥る誤った解釈に与することになる。[47] 知っておかなければならないのは、すぐれた文学の新鮮さはつねに、極端に体系的な読解や慣習的コンテクストの強力な支配から逃れるものだということである。したがってわたしたちは、一つのメタ言語を構築するという正当な研究と、解釈モデルは絶対的な生成力と完全な体系を具えているという独断的構造主義者の主張とを、注意深く区別しなければならない。問われているのは、不完全な体系がどのように正しく用いられうるかであって、それが特定の言葉や象徴の歴史においてどのように構成的契機として現れるかではない。念頭に置くべきなのは、科学として魅力のある図式であればどんなものでも、それ自体の目的に――ある種の「発見的原理」として――役立つということである。しかしそのような図式は、そして実はどんな科学的な図式も、「知性や直観に取って代わりうると保証されることはない」[48]。さらに一歩を進めてこう述べておきたい。「直観」は、しばしば科学的な問題解決法に対して最終的な勝利を収めるだけではなく、皮肉なことに、完全に科学的なパラダイムに見えるものの構築にもひかえめながら参加しているのである。[49]

ここで述べておきたいのは、石伝説群の構築がまさにその「直観的」に見るという予備的方法、すなわち文学へのあらゆる批評的アプローチに付きものの前提に基づいているということである。膨大な資料の海へと乗り出す民俗学者を導き、鍵となる神話や民話を効率的に見つける手助けをするのは、まさしく石のいくつかの属性についての「先行理解」であり、ある種の訓練された直観によるたゆまぬ仮説の定式化なのである。この先行知から始めることで、民俗学者は、それなしでは検討中のテーマに関連するとは思えなかった数々の資料から、役に立つデータを発見することができる。たとえば、石が神の力に関係するという予備的理解は、封禅や雨神への祈願のような儀礼とつながる可能性を示すのである。この種の曖昧ではあるが示唆に富む先入見は、繰り返される石のモチーフ群を分類するときにも助けとなり、全く見当ちがいの組合せを作るのを防いでくれる。

再構築された石伝説群は、はっきりとした境界線によって概念の閉域を示している。しかし「発見的原理」としての石伝説群は、語彙項目の多様な組合せを生成する力をもっている。それによって、文学テクストに現れる石のイメジャリーを解釈するための視座を提供してくれるのである。石伝説群は一方では、石テクストの解釈者が、大きな意味単位を小さなものに分解するという潜在的には無際限に続けられるプロセスを、いつ停止させるか決定することを可能にする。そして他方では、どのようにいくつかの意味単位が結合して所定の構造を生み出すかという説明を容易にする。その構造が、個々の石テクストが生まれ、読まれ、そして最終的には現存する石伝説群へと回収されることを可能にするのである。一つめの操作における判断がしばしばわたしたちの直観的知性に大きく依存しているのに対して、二つめは高度な技術的方法の助けなしには達成できない。この操作は、頻繁な繰り返しがある程度の一貫性をもつような意味単位、すなわち石のテクスト相関ネットワークの画定可能性を示すような主要な意味単位のいくつかを引き出すことであるからだ。そのような画定可能かつ簡略化された伝説群を導き出すために、わたしはA・J・グレマスの構造意味論、特に「同位態 isotopy」――「テクストにおける一貫性のレベル」――の概念を拠りどころとする。この理論パラダイム、すなわち今から紹介する操作法則によってこそ、変幻自在で矛盾の多い民間伝承の石のアイデンティティを記述することができるだろう。

［民間伝承において］石は静止と力動のあいだを揺れうごく存在と考えられている。石の象徴的意味と物質的属性は、豊穣と不毛のあいだ、流動性と固体性のあいだを行ったり来たりする。なかでも重要なのは、それがこれから論じる三つの作品における石のイメジャリーに対応する特徴を呈していることである。すなわち、石は神性を具え、媒介として機能し、特殊な形式による発話の起点となるのである。異常なもの、動機のないもの、突飛なものと見なされ、詩的許容 poetic license という放埒としてかろうじて認められてきたこと――たとえば、聖な

る石に宿った胚が猿になって求道の旅に出たり、女媧石が「愚」と「賢」という属性を兼ねそなえたり、石碑が天命を伝えるために天から降《くだ》ってくる——が、民間伝承の石の相関テクストに照らして読むと、新たな光のもとに姿を現すのである。

文学的な石のイメジャリーにはいくつかのフィクション事象が繰り返し見られるが、相関テクストを知っていれば、それらを、石伝説のテクスト相関モデルによって必然的に後世のテクストに課される構造的制約として解釈することができる。この意味では、テクスト相関性はコンテクストの閉域であると考えられ、文学イメージが意味作用の体系に参入し、わかりやすい類型に分類されることを可能にする。この点から見れば、個々の時代や著述のジャンルによって異なる石のイメジャリー表現のあいだの共通点は、個別的には偶然の一致と見なされるかもしれないが、いくつかの基本モチーフの構造的変種なのである。『西遊記』も『紅楼夢』も出発点とするのは創造神話であり、生命を与える原理として登場する石が、聖なる物体から賢者となる可能性をもつ俗世の人間へと自らを変容させる。神性および胚の豊穣性という民間伝承の石の二大属性が、『西遊記』の石猿と『紅楼夢』のもの思う石にそれぞれ染みこんでいるのである。三つの物語における石と天意との結びつきも、儀礼においてメッセージを伝え言葉を発するという石の機能の変換として現れる。神話テクストのもの言う石が、文学では知恵のある石になる。最初期の五色石——生命のない物体であり、女神にとっては癒しの道具——から、音を出す石やもの言う石——生きていて言語を発する主体——に至るまで。それらを見るとわたしたちは、知性も生命もない石がすぐれた認識能力を具えた意識ある存在へと展開する可能性を十分に認めることができ、おそらく予見することもできるのだ。だとすれば、『西遊記』の伝説の猿の王が、もの言わぬ仙石から人間の知性をもつ動物へ、そして最後には仏教の聖人へと変容することも想像できるであろう。また、『紅楼夢』の転生した石が、人目をあざむく無知な外見の裏で隠れた神知を授けられていることも不思議ではなくなるであろう。

こうした構造的制約の考察は、テクスト相関性の研究においてつねにもっとも重要な側面である。考察とは言っても、相互参照のらせん運動の型《パターン》を追跡するしかないのだが、この型こそは、石神話の個々のテクストを解釈して石伝説群の複合写真を作るというわたしの戦略のもっとも大きな特徴である。他のいかなる方法によっても、集められたさまざまな時代のテクストから意味のある一貫性（すなわち「同位態」）を回収することはできない。文学的慣習やジャンルのコードに支配された文学を読解するのとはちがって、神話の読解にはまだ個々の神話に適用できるルールは見つかっていないのだが、神話とは、個別的には何ら具体的意味が伝えられないものなのである。神話の根底にある意味作用の体系は、部分的にではあっても、「個々の神話のコンテクストが次々に他の神話から構成されて」[50]相互に理解可能性をもたらすようなネットワークによって立証されなければならない。個々の神話の理解可能性は、神話群のあちこちに認められる対応関係に啓発されることで徐々に明らかにされるだろう。[51]たとえば、女媧という神話形象の意義をつきとめるには、女媧が関係しているさまざまな営みについての神話を収集する。すると、一つ一つの神話は他の神話とはちがう一つの統語連鎖であるにもかかわらず、一組のまとまった範列集合が導き出される。女神の変容の描写、天を繕い泥や粘土から人を創造するという儀礼的行為、高媒（縁結びの神）との同一性、干魃のときの崇拝対象――それぞれが、「豊穣」のテーマの別ヴァージョンなのである。「豊穣」の範列は女媧神話を他の神話と緊密に関係づけるものであり、これが見つかったことは、女媧伝説の包括的意味の理解にとって決定的である。この女神をめぐる主要な神話については次章で詳しく論じるが、グレマスの意味理論の基本概念を説明するために、ここで少し解説を加えよう。

グレマスは「範列」という言語学用語を「同位態」に置き換えて、一組の屈折形や変形テクストの根底にある型を特定しようとする。複数のテクストから同位態を引き出すためには、下から一歩ずつ、すなわち最小の意味単位からより大きな単位へと作業を進めなければならない。グレマスの説明モデルは、意味素 seme・語義素 sememe・分類素 classeme という三つの概念から成っていて、これらは異なるレベルの意味単位のあいだの階層関係を示している。「語義素」とは一般的な意味効果であり、不変の意味素核といくつかの文脈意味素から構成される。「意味素」——最小の意味単位——の命名は一つの語彙素 lexeme に内在する二項対立（たとえば、男／女、人間／動物、豊穣／不毛など）の命名に基づいている。[52] 読んで一貫した意味を引き出すためには、テクストに繰り返し現れる意味素をつきとめることが不可欠である。あるテクストにおいて反復される意味素は「分類素」と呼ばれる。分類素の反復によって読者は、そのテクストを一つのものとして統合する「同位態」を特定することができるのである。[53]

したがって、一つの同位態は、一つあるいはいくつかの繰り返される意味群——分類素——を見つけることによって明らかになる。そして分類素はというと、意味素の反復から構築されるのである。たとえば、女媧が登場する神話群の研究であれば、そのような構造分析はテクスト群を、「変容」「癒し」「創造」「縁結び」「雨乞い」といった多様な語義素によって整理する助けとなるだろう。それぞれの語義素はそのあと意味素の集合へとコード変換される。特定の意味素の反復によって、分類素は「誕生」と「性的結合」であるという解釈が可能になり、次にこの分類素は、神話テクスト群を一つに結びつけている同位態が「豊穣」に他ならないことを告げるであろう。

グレマスの構造意味論は、最小単位からより高い意味レベルへと進んで意味を構築する試みである点で、分析の基礎作業としては十分であると考えられるが、注意するべきなのは、同位態はたんに反復される意味素を寄せ集めれば発見できるというわけではないということである。この点については、おそらくモーリス・メルロ゠ポンティがもっとも簡潔にまとめている。メルロ゠ポンティによれば、全体の意味〔を理解する仕方〕は「一連の帰納ではなく、ゲシュタルト形成と再ゲシュタルト形成である。（…）このことが意味するのは、わかっていたということになるであろうものの萌芽があるということだ」[54]。つまり、意味は、全体の意味についての仮説に照らしてのみ引き出され画定されるのである。この部分と全体の相互参照、そして「真理」のはかない一瞥によってこそ、わたしたちは女媧伝説の意味範囲の広がりを整理することができる。すなわち、部分と全体とのあいだを揺れ動く弁証法的な読解プロセスは、分析者の生来の知性の助けを得て、すみやかに女媧神話の多様なヴァージョンを次々と「誕生」や「性的結合」といった意味素に密接に関係した一つの分類素へと溶解し始める。そしてそれと同時に、語義素（たとえば、創造・出産・灌漑・癒し・縁結び）の豊穣という唯一の同位態への統合を予見するのである。ただし、均質な意味レベルがテクストの中に見られる意味特性の相互作用を通して現れてくるとしても、主要な同位態が認められるのが「テクストに内在する特徴によってではなく、解釈のプロセスにおける全体への意思によって」[55]であることは明らかである。また、解釈という複雑な作業には、「文化グリッド cultural grid」[56]の助けが必要である。こうして、この女神に一定の機能的一貫性が想定され、それが中国神話における独特の地位を説明するとともに、女媧が主役を演じる神話群の根底にある編成原理と見なされるのである。

　中国の「文化グリッド」を知ることは、女媧という名が喚起するシンボリズムの特徴についての予備的な仮説を形成する助けにもなる。たとえば、高媒は性交を連想させる場所である高唐と関連しているとか、民間文学においては中国固有の地母神として崇拝されているという知識がそれである。さらに、きわめて重要なのは、干魃のときに祖先たちが供犠儀礼をささげたのがまさにこの女神だということである。干魃と聞けば、すでにその儀礼が何のために行われたのか察しがつく。女媧の名に訴えて雨を降らせることができるのであれば、それは、女媧に豊穣をもたらす力があることの説得力のある証拠である。分析対象の文化コードについてのこの種の予備的理解があってこそ、「範列」や「同位態」の観念が命じているような客観性の要求が正当なものとなるのである。ただし、この理論は発見的原理として有用であるとはいえ論理的に完璧であるわけではないことを、わたしたちはつねに自覚していなければならない。グレマス自身でさえ「意味作用の全体」という概念の曖昧さを認め、自分のモデルに齟齬があることを十分自覚していたのである。[57]

この段階でわたしたちが再び想起しなければならないのが、解釈学における「先行理解 preunderstanding」の重要性であり、解釈の直観的性質は避けられないということである。有能な解釈者は、しばしば分析する前に、知らず知らずのうちにテクストを了解している。弁証法的プロセスによって、部分的な先行理解はすでに、テクストの包括的な理解の可能性を含んでいる。それはあたかもパズルのいくつかのピースを並べてまだ欠けているのが何かを見つけ出そうとするようなものである。全体と部分とが意味を与えあうこの相互作用によって、そもそも読むという行為が可能となるのである。

テクスト相関性という本書の主題に戻るにあたって一つ指摘しておくと、先行理解の機能の有効性を決定づけるのは、この部分と全体との相互依存的発生の無意識的承認だけではない。先行理解はテクスト内に想定された有機的統一性の名においてはたらくのみならず、一つのテクスト空間のいたるところで機能する。先行理解は、目標テクスト target-text に先行する諸テクストの連鎖の遍在によって可能となる。目標テクストについての潜在的な内在理解は、部分的には多くの不可視の準拠枠を、つまり、わたしたちが読んでいるテクストと語彙を共有する他のテクストの集積を、無意識のうちに想起することによって生じているのである。換言すれば、先行理解とは、テクストと先在テクストにおけるその「相補的あるいは対立的な対応物」[58]とのあいだのテクスト相関関係を、読者が直観的に把握することである。

ここまでの議論の焦点は、テクストとその先行する「相同物」とのあいだの「相補的」関係であったが、この関係は、テクスト相関性の概念に内在する閉鎖的な性質を示している。既述のとおり、テクスト相関性は、特定可能な先行するコードや慣習を含んでおり、それらが意味の生産を保証しかつ制約する助けとなる。しかし、それだけでなく、無意識的意味作用も、そして他の特定不可能な相関テクストへの無限の散種を経て行方不明になった相関テクストも組み込んでいるのである。テクスト相関性のこの匿名的かつ分散的な性質は、絶えず、意味作用の回収可能なテクスト相関ネットワークによって形成された閉域を開かずにはいない。認識する必要があるのは、意味作用の先行コードの持続性が拡張と変更とを同時に含んでいる限りにおいて、あるテクストとその先行テクストとのあいだの意味の収斂はつねに逸脱と距離を生み出すということである。たとえそれが一見しただけでは気づかないほどのものであるとしても。このことは、テクスト相関性の際限がないという特徴、すなわち過去のテクストの匿名性によってすでに保証されている特徴をさらに強化する。この意味で、テクスト相関性は文化的・文学的・歴史的コンテクストの持続性を保証する一方で、そのようなコンテクストの変形のきっかけにもなるのである。

テクスト相関性の変形可能性について理解すると、石伝説が文学的な石のシンボリズムの意味を制約するのはある程度までにすぎないことがわかる。中国の文化的・哲学的伝統のなかに崩壊や不連続への嫌悪が根深く存在することは確かだが、白話小説の世界においては、文学的慣習は必ずしも遵守されてきたわけではない。慣習という閉域への抵抗が、「詩的真実 poetic truth」の名のもとで時折可能となった注目すべき二つの例が、董説《とうえつ》の『西遊補』と曹雪芹の『紅楼夢』である。

以下の各章では、大衆も学者もずっと夢中になってきた女媧石の物語を、テクスト相関性のパラドクス――連続性と変化、収斂と分岐――という角度から考察する。石伝説と石のイメジャリーの変種の数々とのテクスト相関関係からわかるのは、テクストの深さが、外的制約によるいかなる全面的閉域にも抵抗する異質な記号表現の戯れによって測られるということである。「頑石／通霊石」という対のイメージから生まれる永遠の魅力とはそのようなものだ。というのも、『西遊記』の石猿や『水滸伝』の石碑のイメジャリーが、民間伝承の石とそっくりのものを再生して伝承の歴史を再賦活するのに対し、『紅楼夢』の対応物がもつ意味の豊かさは、石伝説のコンテクストによって定められた限界を超えているからである。それはほんのわずかないくつかの逸脱によって果たされる。『紅楼夢』は結局のところ語りの円環運動から逃れられないし、出発点に回帰せずそこから逃走する内的衝動を現実化することもできないのだが、その石のイメジャリーは石伝説の相関テクストの範囲内に留まってはいない。女媧石は、民間伝承の石に特有のあらゆるパラドクシカルな属性を際立たせ増殖させるだけではない。より重要なこととして、玉という異形《ヴァリアント》を統合し、玉とのテクスト相関関係を刺激することによって、自らの意味作用の領野における意味の揺らぎのきわめて複雑なプロセスを開始させる。石と玉とのテクスト相関性こそは、石伝説との関係において『紅楼夢』が他の二つの物語と一線を画する点である。このことによって、なぜ女媧石が、孫悟空を生み出した名前のない石の卵よりもわたしたちの想像力を強くとらえて離さないのかを説明することができる。神話と模倣を結びつける重要なテーマ装置としてはたらく石–玉の対話は、『紅楼夢』の暗黙の倫理コードを象徴的な言葉に翻訳し、「仮の真となるとき真もまた仮」〔仮作真時真亦仮〕（*Stone* I: 130）という曖昧でフィクショナルな真実を根底で支える、変幻してやまない光景を現出させるのである。

しかし、『紅楼夢』に石のイメジャリーを先鋭化する試みがあったからといって、作者–語り手の意向が余すところなく実現したと考えてしまってはならない。知っておくべきなのは、コンテクストや慣習の破壊は、伝統的な中国文学の長い歴史においてめったに試みられなかったということである。王充（27–ca. 100）、劉勰《りゅうきょう》（465–522）、李贄《りし》（1527–1602）、袁宏道（1568–1610）といった一握りの学者–批評家たちは、「変」（変化）が詩文を作る際のもっとも重要な原理であると考えたが[59]、儒家の士人たちのほとんどは「同」（均質な同一性）でないとすれば「折中」（総合）という概念を支持し、「異」（差異）のしるしが少しでもあれば伝統無視という冒瀆行為として書き手を非難した。したがって、テクストが先行コードと慣習とに依存し浸透されていることは、中国文学という文化に深く根ざした事象であり、そこではテクスト相関的制約がテクスト全般を支配している。あるテクストの別のテクストによる我有化はしばしば、我有化されるテクストの原理を侵害あるいは否定することではなく、そのテクストの表現の一つと見なされた。古典という遺産の保存を重視する儒家に抵抗した「変」の慣習は、テクスト相関的散種を期待させる一方で、絶えず、本来の破壊的な含意を軟化させるような一連の制限をこうむったのである。

多くの学者が、『易経』に見られるような中国固有の「変」の概念[60]は、決して西洋でらせんのイメージによって表される進歩ではないと主張してきた[61]。揚雄（53 B.C.–A.D. 18）による「玄」（深遠なる道《タオ》）についての説明は、自然は変化する不変性であるという中国的パラドクスの解説として最適である。

> 天地は代わる代わる開いたり閉じたりする運動のただ中に生まれた。太陽と天体のめぐりは固さと柔らかさの交替を示す。循環はもとの点に回帰し、始まりと終わりはどちらも［時間と空間のうちの］明確な［特定できる］点である[62]。

おそらく潮の干満という隠喩が、同時に静でありかつ動であるというこの概念の性質をもっともうまくとらえるものであろう。ここで鍵となるイメージは、潮流が海洋の中心からどれほど遠くまで行ったとしても、つねに変形と分散の元となった源泉に帰る「退潮」のイメージである。「変」という概念には、どれほど手強い変形理論をもたじろかせるような回帰コンプレックスの種が隠れているのである。

この地点で少し立ち止まって、永遠の閉域というディレンマに対する中国の「異端者たち radicals」の解決策について検討しなければならない。それは西洋の脱構築とは別のルートをとった。禅や道家の哲学者たちは、言語に対する観念論的理解に基づいて、道《タオ》が本来中立かつ純真であることを前提とする。したがって、差異や断片やずれといった要素の存在を確認し際立たせ称賛するのではなく、さらに一歩進んで、閉域の圧政は言語の本質そのものに内在するのであり、真の解放は言語という媒体と概念化の試みの両方を破壊することにあると主張した。道家や禅の詩学において伝えられるメッセージは、真のテクスト経験——道——は触知できずとらえどころがないだけでなく、純粋で自然なものであること、イデオロギー的な記号内容によって伝えることも伝えられることもない類の記号であるということである。

心の能力とそれに対応する言語の有効性を主張する儒家の合理主義から離脱する新たな存在論的転回は、魏晋における「玄学」の伝統の出現とともに起こった。司空図（837–908）や厳羽（1180–1235に活動）の著作よりはるか以前の三～四世紀に、萌芽的なかたちでの「空」の詩学の展開を見ることができる。「玄学」派の認識論の方向性は、道の「超言語的」本質を強調するのみならず、それを「自明」のことと見なした。(63) 儒家の経典への規定されたテクスト相関的収斂においても、ラディカルなテクスト相関的散種においても、道——真正かつ経験的な——を見いだすことはできない。道が見いだされるのは、天と地とそのあいだにある万物の図像的あるいは精神的な「文《パターン》」との直接的な交感においてなのである。道家にとって最高レベルのテクスト相関性とは、遍在するものとの言語を超越した対話である。

確かに、このような言語哲学——言語を人為的なものと考えて自然（すなわち道）と対立させる——には、言語と概念の双方における境界線の破壊という基本思想が含まれている。「言」（言葉）と「意」（意味）のあいだの十分な結びつきの一切を否定する点で、道家の詩学は、記号表現《シニフィアン》を記号内容《シニフィエ》から切りはなしたポスト構造主義に似ているのである。しかし、そのラディカルな意味合いにもかかわらず、道家の詩学には観念論哲学の影響がしみわたっており、人間主体と言語制作と道——それぞれが与件である——を見たところ相互に独立した三つの存在として位置づける。この観念論の立場の根底にある仮説は、人間主体は言語記号を制作して解釈する「自由」があるのみならず、意識的に言語制作活動から身を引くこともできる、そして道は根源的かつ究極的な記号であり、結局のところ意味の起源の謎めいた相同物に他ならないというものである。したがって、この詩学が提唱することとは反対に、「名づけられない」道は、不動の中心に転化せざるをえず、言語とイデオロギーによる人間主体の「介入」を取りこむことなしには起こりえないプロセスにおける飽和した瞬間などではなくなってしまう。

おそらく道家の言語哲学の観念論的基盤の例証として最適なのは、王弼（226–249）による『易経』の注釈であろう。[64]「明象」の注釈において王弼は、象（イメージ／記号）・言（言葉／記号表現）・意（意味／記号内容）という三つの用語について三角形の説明モデルを提示する。道家の言語パラドクスについての王弼の説明の要旨は、会得と忘却が同時に起こるという哲学にある。つまり、「得象忘言」（イメージがつかめれば「それを伝える」言葉は忘れられる）と「得意忘象」（意味がつかめれば「それを伝える」イメージは忘れられる）である。「したがって、意を引き出すために象を立てる。しかし象は忘れられてもよい。したがって、真実を伝えるために六十四の卦を描く。しかし卦は忘れられてもよい」というのが結論である。[65]王弼による「象」（『易経』における象は模倣と象徴を同時に指す）の概念の説明は、その表面的な意味だけでも十分に画期的といえるだろう。つまり、聖人の言葉を理解すること、そして究極的には道そのものを理解することが「文」の伝統であるのだが、その伝統は言語による分析や省察に依存しないだけでなく、言葉の具体的な容れもの（「存」）とも結びつきが薄いため、飽和した静寂へと逃走してテクスト（相関）の閉域からも自由だというのである。

言語へのこのアプローチでもっとも厄介なのはその根底にある仮説、すなわち、意が象に先立ち、象は言に先立つという仮説である。この仮説ゆえに、王弼による意味作用の三者システムは結局、定点かつ唯一の本質として「意」を特権化する。この体系に欠けているのは、意味産出の理解にとってきわめて重要な認識、すなわち、記号と記号表現および記号内容は相互依存的であり、どれか一つが、他のものよりも先立つことや、三者の関係の複雑なネットワークの外で意味をもつことはないという認識である。言葉にできないものや純真なものというレトリックにおおわれることはあるとしても、究極の「意」——道——は、それを伝える多様な人為的言語媒体と同じように人為的で恣意的である。それは、社会的・歴史的・個人的経験の浸透を決して免れず、言語として形をとり生起するものとしてしか理解できない。このように言えば、王弼の道家詩学に欠けている（おそらく故意に除外されている）のが、言語を使用し制作する人間主体のための場所であることが明らかになる。王弼の直観的で経験的な道へのアプローチについて疑問に思われるのは、理想的なテクスト生産は努力を必要とせず、言語制作行為に依存しない、したがって言語制作主体——人間個人——に依存しないというその考えである。

以上のような道家の詩学についての考察は、一時的にであっても、その言語超越神話の諸問題へとわたしたちの注意を向けさせるのに役立つだろう。そしてそれは、社会的・イデオロギー的・創造的人間を構築する場所としての言語の役割を改めて示すことになる。以下の各章で論じるのは、さまざまな段階と程度における、（メタ）言語の制約と、その閉域からの一時の解放の望み——テクスト相関性の物語という継続中の格闘であり、禅や道の信奉者であれば骨身にしみている一つのディレンマである。彼らにとっては、石伝説の体系の再構築はますます泥沼にはまることに他ならない。唯一の可能な救済はおそらく、石になることかもしれない。

注

（1） Shih Nai-an, *Water Margin*（以下、*Water Margin*）〔施耐庵『水滸伝』〕, trans. J. H. Jackson, prologue (n. pag.).

（2） Wu Ch'eng-en, *Journey to the West*（以下、*Journey*）〔呉承恩『西遊記』〕, trans. Anthony C. Yu, I: 67.

（3） Cao Xueqin and Gao E, *The Story of the Stone*（以下、*Stone*）〔曹雪芹・高鶚『紅楼夢』〕, trans. David Hawkes (I–III) and John Minford (IV–V), I: 47. ジャクソン、ユー、ホークス、ミンフォードの翻訳に依拠しつつ、別の解釈をしたほうがよいと思われる場合には、わたし自身の翻訳を示す。

（4） Kristeva, *Semeiotikè*, 146〔クリステヴァ『記号の解体学——セメイオチケ1』六一〕. クリステヴァによれば、「すべてのテクストは引用のモザイクとして形成され、すべてのテクストは別のテクストの吸収と変形である」。

（5） ここは「テクスト」の現代的理解について長々と論じるにふさわしい場所ではない。しかし、テクストが二枚の表紙のあいだに綴じられた「作品」と同じものを指す（それゆえに「テクスト相関性」という概念は特定の二つの書物の関係を研究することを意味するにすぎない）と考えるような伝統主義者たちのために、この問題についてもう少し説明したほうがいいだろう。まず、「テクスト」の伝統的概念と本書で用いる意味とを区別することが肝要である。テクストの伝統的概念とは、テクストが始まりと終わりをもつ自己充足的な実体であり、二枚の表紙のあいだの自明の存在であり、タイトルによって判別できるというものだが、これはつとにポスト構造主義者によって疑問視されてきた。ジャック・デリダやロラン・バルトは、自足した有限な産物から終わりのない意味作用の場へという「テクスト」概念の変遷について最良の脚注を提供してくれる。以下の引用は、テクストというものの新たな理解へのいくつかの手がかりを与えてくれるだろう。（1）「（…）一つの「テクスト」とは、もはや書かれたものの有限なコーパスではなく、（…）差異のネットワークであり、それ自体以外の何かを、他の差異化の痕跡を、際限なく参照する痕跡の織物である」（Derrida, "Living On/Border Lines" 84〔デリダ「生き延びる」一八六〕）。（2）バルトの「作品」対「テクスト」の古典的定義は、その今日における理論的重要性ゆえに長めの引用に値する。「作品が古典的でテクストが前衛的であるなどと言わないように、特に念入りな注意が必要である。二つを区別することは現代性の名のもとに粗雑なリストを作ることではない。（…）非常に古い作品でさえも「何らかのテクスト」を含んでいるものはあるし、今日の文学的産物の多くはまったくテクストではない。その差異は次のようなものである。すなわち、作品とは具体的な物体として書物の空間（たとえば図書館の）の一角を占めているのに対し、テクストは方法論的な場である。（…）作品は手のなかにあるが、テクストは言語活動のなかにある。（…）であるから、テクストはたとえば図書館の書架の片隅に留まっていることはできない。

テクストの構成する運動は横断的である。つまり、それは一つの作品あるいはいくつかの作品を横切ることができるのである」(Barthes, "From Work to Text" 74–75)〔バルト「作品からテクストへ」九三—九四〕。以上の説明で明らかになるのは、テクストが際限のない記号作用の連鎖のうちに位置づけられることである。換言すれば、テクストはつねに別の意味作用の構造を含んでいて、その構造がテクストを「決して完全なる外ではない」ような「外部」へと開くということである(John Frow, "Intertextuality and Ontology," in Worton and Still 48–49)。

この「テクスト」という新しい概念を、中国の著述の慣習とは無縁の外来の批評範疇にすぎないと考える向きもあるかもしれない。それに対してわたしは次のように主張したい。「繫辞伝」(『易経』への儒家の十翼のなかでもっとも権威のある伝〔=解説〕)には「文」という概念(「文」は中国の文字を表す最古の概念であるとともに、文字/記号/模様/配置/テクスト/テクスト性/文学/文化といった幅広い意味のスペクトルを表す)のもっとも早い用例が見られる。それが示しているのは、中国の文という概念が最初から、決して独白的な著述空間という境界に閉じ込められてはいなかったということである。「文」の起源は「繫辞伝」に収められた神話のなかに現れる。「太古の世、包犧は天下の王であった。包犧氏は上を見ては天の形あるものを観察し、下を見ては地の手本となるものを観察し、鳥獣の羽や毛皮の模様やその土地の自然の産物を観察した。近いところでは自分の体の部分、遠いところでは他の諸物を取り入れて、初めて八卦を作り、それによって神のように聡明な徳とつながり、万物の状態を秩序づけた」(「繫辞」下、『周易正義』8/3a)。

よく引用されるこの一節は、文字の誕生が類推《アナロジー》という思考方法から起こったという広く流布した考え方を基礎づけるように思われる。まさに儒家による「天文」(天〔と地と自然〕による記号)と「人文」(人による布置)とのあいだのこの決定的な類推こそが、自然界の記号的出来事の無限性という包犧の独創的観点——「鳥獣の羽や毛皮の模様」の不思議、万華鏡のような日月の「形」の眺め——を、閉ざされた「外部」と同等のものへと還元することになる。この外部は上部構造として、人の基礎構造を決定づけるだけでなく、外部自体を一つの完成品として決定づけるからである。しかし、天文はそれ自体のうちに現実的なものと象徴的なもの、基礎と上部構造の両方を含んでいる。人文のモデルとして用いられる場合にのみ、複数性へと開かれた空間から「文徳」「文体」「文章」の空間へと下降し、天文に対する元来の(無)道徳的で空間的なとらえ方の曖昧性や流動性が帳消しにされてしまうのである。この考察は、中国の「文」

の概念とポスト構造主義の「テクスト」という用語を同じように見なしたり評価したりできるという結論へと至るものではない。ここではただ、包犠の自在な天文のとらえ方は、人文の原型と見なすことができる一方で、同時に人文の自足性という論理そのものに疑問を呈するということを指摘しておきたい。類推的隠喩のはたらきは、儒家の注釈が意味するのとは別の何かを示唆するはずなのである。その何かとは、「天文」のイメージと対となる概念範疇である人文の始まりである。

（6）　「帰妹」、『周易正義』5/18b。『易経』「帰妹」の卦に対する儒家の注釈「彖伝」からの引用である。結婚や性行為の隠喩はここでは自明のもののようである。「彖伝」のこの卦に対するリヒャルト・ヴィルヘルムの注釈は、卦の根底に性行為をめぐる人と宇宙との重要なつながりがひそんでいることについて、さらなる洞察を提供してくれる。「天すなわち乾は北西に退き、長男である震は東にあって生命を生み出す。地すなわち坤は南西に退き、末娘の兌は西にあって収穫と誕生をつかさどる。したがって、この卦は両性の関係や生命の循環という宇宙の秩序を示すのである」（R. Wilhelm 665）。

模様の成立と性行為との関係についての同じような考え方が「姤」（この文字が、結婚の成就とまでは言えないとしても両性の出会いというコノテーションを帯びていることは明らかである）の卦に対する「彖伝」にも示されている。「天が地と出会うとき、すべての物ははっきりとした模様となって現れる」〔天地相遇、品物咸章也〕（『周易正義』5/2b）。ここで引用した二つの卦についての解説はいずれも「文」の概念を、精神的布置を超えて肉体的布置へと移行させている。文が宇宙の秩序あるいは諸物の描く模様——知覚や触知が不可能な——としてとらえられるとしても、留意するべきなのは、そのような抽象概念が場合によっては「結婚」の具体的なイメジャリー、そして当然ながら肉体による性行為のイメジャリーとして表現されることである。

ここで一言述べておきたいのは、西洋の伝統におけるポスト構造主義の慣用表現としての「テクスト相関性 intertextuality」もはやり「性相関性 intersexuality」のコノテーションを含んでいることである。ロラン・バルトはこの二つの概念の絡み合いを明らかにしたもっとも著名な理論家である。「テクスト相関性」をエロティックなものにするバルトの試みは、テクストとしての肉体／肉体としてのテクストが反転可能な比喩であるという説、言説の交差点に立つ売春婦としての書き手という初期バルトによるイメージ、そして当時の言説と一連の「乱交」関係を結ぶという考え方のなかに見られる。Barthes, *Roland Barthes by Roland Barthes*〔バルト『彼自身によるロラン・バルト』〕および*Pleasure of the Text*〔『テクストの快楽』〕を見よ。また、Diana Knight, "Roland Barthes: An Intertextual Figure," in Worton and Still 92–107も見よ。『易経』には、ほかにも宇宙の文と人の文とのやりとりを官能性や性行為の隠喩によって強調する箇所がある。異論を感じる向きも多いであろうが、わたしたちにとっては注目と考察に値する事象である。

（7）蔣樹勇 113（朱熹〔『朱子語類』巻七六〕の引用）。

（8）「繫辞」下、『周易正義』8/13a。

（9）左丘明『国語』Ⅱ、16/516。

（10）劉歆 2/7a。

（11）重要なのは、中国の曖昧なテクスト相関性の概念も、テクスト性の概念と同時に少しずつ変遷してきたことである。いずれの概念も、三爻あるいは六爻として表された「文」（模様）や「象」（イメージ）という萌芽的概念から生まれた。中国文化の歴史において、文の伝統の展開は必ずしも、正統的な儒家の古典によって方向づけられた既定の経路を進んできたわけではない。儒教は確かにテクスト（相関）性の概念の変遷において反復されるテーマであったとはいえ、王朝期の歴史を通じて多くの逆流が起こった。特に、社会的・政治的に不安定で、しかも外来文化の強い影響を受けた時期には、儒教のイデオロギー的主導権が脅かされ、道教や禅仏教のような別の思考様式を生み出すことになった。東漢〔後漢〕（25–220）と魏晋（220–420）の時代は、中国文学史におけるそうした脱中心的な時期の一つである。中国で多様な思想流派が花開いたのはこの時期が初めてではないが、後漢や魏晋の士人や哲学者は、テクスト（相関）性の多彩な理論の種をまき、やがて中国の著述の慣習と対立する要素が次々と登場する道を開いた最初の世代の学者たちであった。個々の学者が当時占めていた地位が周辺的であったか主流であったかを問わず、またその思想が一見したところどんなに正統的なものに思われようと、王充・王弼・劉勰・鍾嶸・葛洪らは皆、儒家の学問伝統に対立する思想が展開するきっかけを作った。一人一人がその出現に貢献した思想は一群となって、ルーツ探索と連続性という定着していた慣習に対立し、テクスト（相関）性の概念を均質化し馴化しようとする儒家の試みに打撃を与えた。「異」や「変」といった卓越した概念の種は、合流ではなく変換としてのテクスト相関的メカニズムの核心となっている。

（12）儒家の経書をとりまく聖なるオーラについて思いをめぐらすとき、経典化のプロセスで「人格的コンテクスト」が果たした重要な役割を見落とすことはありえないだろう。注目すべきは、聖王の著述の経典化において重要な役割を果たすことになるのが、テクストのみの美的評価ではなく、書き手の品性に対する評価であったということだ。「人格的コンテクスト」という観念はテクストに否定しがたい影響を及ぼし、テクストの自律性という概念をおおい隠す。人としての品位である「人格」がテクストの品位である「文格」に不可欠であると考えられたのである。牟宗三は中国における人物評価の伝統を二つの流れに分ける。一つは儒教倫理から、もう一つは書き手の「才性」(芸術的・精神的気質)の美的評価から展開したもので(牟 46)、こちらは魏晋の玄学の伝統に深く根ざした流れである。とは言っても、書き手の美的性格よりも道徳的性格を優位に置くという儒家公認の考え方が、魏晋以前に確固として打ち立てられていたことも重要である。この考え方は、人物評価の主流に対して、とりわけ後世の民間伝統に対して影響を与えつづけた。魏晋の人物評価は主としてエリート知識人のあいだで広まり、大衆文学に対する影響は限られたものであった。「人格」神話の根底にひそんでいるのは、書き手の道徳的な力量――すなわち、禁欲や節制といった実践の成果――が書いたものにオーラを与え、結果的にその美的魅力を高めて確実なものにするという考え方である。儒家の経書という文学パラダイムは、人格/倫理がテクスト/美に溶けこむにつれて生じたのである。馴化されたものが道徳的であり、道徳的なものは芸術としても至高のものである。これは、人格的コンテクストがどのようにテクストの自律性をおおい隠すかを示す一例である。

(13) 五経とは『易経』『書経』『詩経』『礼記』『春秋』である。

(14) この用語の発案者であるジョゼフ・アレン〔Joseph R. Allen〕に感謝したい。アレンの「テクスト内 - 性 intratextuality」についてのその論考 *In the Voice of Others: Chinese Music Bureau Poetry* は Michigan Papers の *Chinese Studies of the University of Michigan* として出版される〔一九九二年に出版されている〕。

(15) 姜夔 63。翻訳はわたし自身のものである。

(16) Alter 115.

(17) 曹雪芹の生没年については今日まで結論が出ていない。二説があり、周汝昌によれば 1724–1764、兪平伯によれば 1715–1763 である。周汝昌『紅楼夢新証』I、173–82、余英時「懋斎詩鈔」245–58、趙岡・陳鍾毅『紅楼夢新探』I、27–29 を見よ。

(18) この伝説についての詳細とその分析については、第二章「点頭頑石」を見よ。

(19) この種の自由気ままな解釈は、中国の白話小説に対する伝統的批評家にとって——特に『紅楼夢』の精読を試みた者にとって——決して縁の薄いものではない。現代の批評家は前近代の学者‐批評家による印象批評的言説を軽んじるが、後者の味わった純粋な楽しみはたやすく追体験することができる。それは、一つの文学的連想から別の連想へと漂っていく楽しみである——特に、稀に訪れる満ち足りた瞬間に、「作者の意図」という問題がうっかり忘れられた場合には。『紅楼夢』の批評に多く見られるそのようなテクスト間の相互参照の無限の多様性から明らかになるのは、テクスト相関的読解の基本的観念——「ある単語の登場が歴史を再賦活する」という観念——が『紅楼夢』の著名な批評家たちによって十分に理解されていただけでなく、熱意をもって実践されていたことである。そういった人々による批評言説の柔軟性は、しばしばそのタイトルに示されている。ほんの一部を挙げれば、「閲紅楼夢随筆」「痴人説夢」「読紅楼夢雑記」「紅楼夢雑詠」などである。

(20) 一九七〇年代に現れたテクスト相関性という概念は、一九八〇年代を通して広く議論の対象となった。やがて大学における文学研究の一般的な批評語彙のなかに溶けこんで目立たなくなったが、だからといって、それが過ぎ去った流行であったと結論づけるのはまだ早い。むしろ、この用語が特にもてはやされないのは、それがすでに批評の正典《カノン》に同化されたことを示している。それが表している概念——読者／テクスト志向の批評的立場——は、今日まで文学批評の分野を支配しており、多くのポスト構造主義およびポストモダニズムの理論の基礎となる根本概念なのである。この概念が普及したこと自体、それがポスト構造主義時代の理論仮説に触れてきた世代の批評家や読者に受け入れられたことを物語っている。したがって、古今の名著を再解釈するためにテクスト相関性の概念を論じたり活用したりする書物が出版されつづけるのも意外なことではない。たとえば次のような書物がそれに当たる。O'Donnell and Davis, *Intertextuality and Contemporary American Fiction* (1989); Worton and Still, *Intertextuality: Theories and Practices* (1990); Gelley, *Narrative Crossings* (1987); Caws, *Textual Analysis: Some Readers Reading* (1986); and Hutcheon, "Literary Borrowing... and Stealing: Plagiarism, Sources, Influences, and Intertexts" (1986).

(21) 読者の便宜のために、本書における『紅楼夢』の主要な人物名についてはデイヴィッド・ホークスとジョン・ミンフォードのペンギン版翻訳におけるピンイン表記を添える〔日本語版では省略する〕。

（22）曹雪芹の用いる「三生石」の隠喩に含まれる「三生」という語の再コンテクスト化については、第四章で論じる。

（23）このダブルバインドが優れた洞察をもたらした稀有な例の一つが黄庭堅（1045–1105）の詩学である。黄庭堅は基本的には儒家であるが、模倣という古い概念に活力を与えるために禅のアプローチを採る。文学修養を精神修養の一形式として定義し直すのである。生気の失われた模倣——そしてやはり典故の使用——のディレンマへの黄庭堅の解決法は、ある交感の様式を導入することであった。その契機となるのは、過去の詩人と現在の詩人とのあいだの、形式的ではなく精神的な同一性である。黄庭堅は独創性という観念を巧みに回避するが、それは逆説的に、錬金術的で魔術的な変換という意味での「創造性」の追求と混ざり合っている。次の一節からは、儒家の文人のディレンマを感じることができるだろう。儒家の文人は、独創性への不可能なあこがれと、著述が本質的に複写行為であるという認識を甘受する必要性とのあいだの葛藤を強烈に意識しているのである。「自分の表現を作ることはもっとも難しい。杜甫の詩や韓愈の文章には、由来をもたない言葉は一つもない。にもかかわらず、後世の人々は読書量が少ないために、杜甫と韓愈がそれらの言葉を作り出したと思うのである。昔の文章の達人たちは万物をどのように陶冶すればいいかを知っていた。たとえ使い古された表現を古人から借りて自らの文章に取り入れるとしても、霊薬によって鉄を金に変えることができたのである」（黄庭堅 316）。

後世の批評家のなかには、こうした黄庭堅の変換の隠喩の背後に、より手の込んだ模倣の詩学を見いだすことしかしない者もいる。しかし、指摘しておきたいのは、黄庭堅の見解が詩のテクスト相関性についての革新的な考え方を示していることである。書くことが、新たな表現の羽ばたきに対して究極の限定を課す複雑な歴史アーカイヴの賦活としてとらえられているのである。したがって、陶冶・鋳造・変換といった作業はすべて言語の置換や再分配を表す隠喩であり、テクスト相関性のダイナミクスの特徴である。黄庭堅の詩学において、詩を作ることはもはや天与の霊感の瞬間的かつ無意識的なほとばしりでもなければ、汲み尽くせぬものを手に入れる英雄的行為でもない。それは、先行する言語コードを我が物としテクスト相関的制約と折り合いをつけるための苦労の多い営みといったところがせいぜいなのである。

（24）「自去自来、可大可小」という句は、もとになった脂本に高鶚が付け加えたものである。周汝昌はこの加筆を例に挙げて、脂本に比べて程高本が劣っていることを示そうとする。周によれば、高鶚は女媧石に「変形する」という属性を与えるという誤った判断を下した。作者の「本来の意図」においては、石は自分で「動く」ことや姿を「変える」ことはできなかったという。この八文字を加えることで高鶚が『紅楼夢』の石をまるで『西遊記』の石猿のようにしてしまった」というのが周汝昌の見解である。この論評は周汝昌のテクスト相関性のメカニズムに対する無知を示しているという点で特に示唆に富んでいる。書くことと読むことは不可避的にテクスト相関的な行為である。石猿が女媧石の青写真として役立つことは、周が指摘するような罪深いことではない。それは書くことの自然なプロセスを示しているだけなのである。皮肉に思えるのは、周汝昌は曹雪芹の石の自律性を擁護している一方で、自分もテクスト相関的読解を行っており、だからこそ『紅楼夢』と『西遊記』の二つの石のテクスト相関関係に気づくことができたということである。周汝昌『紅楼夢新証』I、14–15を見よ。

(25) Foucault, *Archaeology of Knowledge* 130–131, 206–7〔フーコー『知の考古学』二四八―二五一、三八六―三八九〕. フーコーのいうアーカイヴは「言述の形成と変換の一般的システム」(130)〔二四八〕、すなわち、あまりにも巨大かつ断片的で回収不可能であり、その全体を記述することのできないシステムと定義される。しかし、この定義は歴史的コンテクストという概念についてのフーコーの他の言述と矛盾することも多い。フーコーは決定可能な歴史テクストの枠のなかで思考すると同時に、その差異化や不連続性を強く意識してもいるのである。一方では、フーコーのコンテクスト概念は「意図的に簡略化された画定可能なパラダイム――一組の規定された認識構造」(Leitch 150) ――換言すれば、文化・歴史アーカイヴのテクスト機能を保証する包括的な超越論的構造ネットワークである。しかし他方でフーコーは、各テクストの地平やコンテクストを包括的かつ連続的な全体としてとらえることはできないと宣言するのである (Foucault, "Nietzsche, Genealogy, History")〔フーコー「ニーチェ、系譜学、歴史」〕。フーコーによるアーカイヴの定義は概念の揺らぎを表しているが、それはおそらく構造主義思想の最良の自己批評意識としてとらえるべきであろう。

(26) Barthes, *S/Z*〔バルト『S/Z』〕を見よ。この語は「すでに読んだ、見た、おこなった、経験したもの」(20)〔二五〕の断片の総計を表す。「すでに読んだもの」の本体は五つの大きな範疇から成る。すなわち、解釈・意味・象徴・行為・文化である。それぞれのコードはそれ自体が引用のもたらす蜃気楼である。バルトのねらいは、こうした多様なコードの統合――換言すれば、テクストの緩慢な分解――である (12)〔一五―一六〕。

(27) Riffaterre, "Textuality" 2.

（28）Riffaterre, *Semiotics of Poetry* 23〔リファテール『詩の記号論』三二〕.「ハイポグラム」は「既存の語群」と定義されている。それは「過去の記号・文学実践」の産物である（〔Culler, *The Pursuit of Signs*〕83）。

（29）Culler, *Structuralist Poetics* 138-60.「真実らしさ」の文字通りの意味は「本当にそれらしいこと、特定のジャンルで伝統に照らして適切あるいはありうると考えられていること」（139）である。「真実らしさ」は文化に基づくがゆえに自然に見えるような知識の総計——「〈世論〉と呼べるような一般に広まったテクスト」（139）——である。あるテクストを読むときわたしたちは、意識的かどうかは別として、未知のもの、なじみのないもの、フィクショナルなものを懐柔し自然化する傾向がある。言い換えれば、テクストのなかのなじみのない要素は、「真実らしさ」と、つまりすでになじみのあるものと関係づけられるのである。

（30）劉勰 6/519。

（31）「襄公二十八年」、王伯祥 464。ここで考えられているコンテクスト概念は縮小されており、「上下文」というテクスト内の空間のみに限定されている。「上下文」とは、テクスト内の特定の一語あるいは一節に先行あるいは後続する、書かれたあるいは語られた言述のことである。

（32）劉勰『文心雕龍』は「通変」という概念を提示して、ジャンルの変化や連続性の問題（すなわち、テクストと文学的慣習との関係という問題）を論じている。劉勰の「通変」篇の概念的枠組みは〔『易』の〕「繫辞伝」に基づいている。

そういうわけで、戸を閉ざすのを「坤」といい、戸を開くのを「乾」という。閉じたり開いたりするのが「変」であり、行ったり来たりを無限に繰りかえすのが「通」である（「繫辞」上、『周易正義』、7/16b）。

「通」と「変」の交替は二つの異なる種類の運動のあいだの運動としてとらえられている。一つは「往来」すなわち絶えざる交通という時間の隠喩によって、もう一つは「闔闢」すなわち配置の変換という空間の隠喩によって説明される。こうしてとらえられた変化の動きは決して一方向のものではない。特に「通」という概念は、前進と後退の動きが同時であることを強調している。過去と未来のあいだの交通は、連続性を確保するために絶えず開かれていなければならないのである。

「通変」の概念自体、「変」と「通」という対立する概念を含んでいるため、パラドクスであるように見える。劉勰は一方では、文学的表現の刷新は、変化する文学の趨勢に適応する書き手の柔軟性に依存していると主張する。しかし他方で、劉勰の論には儒教の形式主義の強い影響が感じられ、差異をもたらす誘因よりも〔古いものを〕模倣し保持しようとする要求に重きを置いている。文体変化の歴史的必要性は十分に認識しているものの、しばしば自らの古典主義精神が邪魔をして、新しいものへの評価を妨げるのである。劉勰は「新しいものを生み出すことを競って古いものを疎かにしたことで、風は静まり気は衰えた」〔競今疏古、風末気衰也〕（「通変」、劉勰『文心雕龍』321）と不満をもらす。そして結局は〔古いものを〕保持することの美点を説き、バランスをとることや知識を広めることの重要性を強調する。「通変」を定義するにあたって劉勰は明らかに変化という概念を、文学に対して折衷的な見方をとる儒家の伝統に合うように修正している。したがって、「通」は書き手の「どの要素を保持し、どれを変えるかを知る」能力として定式化される（323）。

（33）Leitch 124.

（34）Heath 74.

（35）伝統的な『紅楼夢』研究（以下、紅学と称す）はその理論パラダイムを作りあげるにあたって歴史叙述の方法論を用いている。二十世紀初頭の紅学には二つの主要な学派があった。一つは蔡元培（その『紅楼夢索隠』〔一九一五〕がこの学派の正典《カノン》となった）が率いる学派で、『紅楼夢』を満洲人支配に対抗する漢人ナショナリズムの宣伝をねらった政治小説として解釈して、作者の政治的動機に焦点を合わせた。もう一つの学派は胡適と兪平伯が主導したもので（胡適の「紅楼夢考証」〔一九二一〕が支持者たちの模範《モデル》となった）、『紅楼夢』を自伝として解釈するパラダイムを提唱した。この学派にとって、賈宝玉は作者曹雪芹に他ならない。二つの学派はともに現実を象徴に、歴史を同時代に重ねあわせる。この二つの相容れない歴史叙述パラダイムを用いて推定しながら、学者‐批評家たちは、曹雪芹・脂硯斎・賈元春が誰であるか、大観園の具体的な場所、各種脂本の時期の特定や比較などの問題にもっとも熱心にとりくんだ。紅学の様々な理論パラダイムの詳細については、余英時「近代紅学」を見よ。

（36）注35で紹介した二つのパラダイムに加えて、一九五〇年代の毛沢東中国においてはマルクス主義政治イデオロギーに基づく別のパラダイムが登場した。この新学派の代表者は李希凡である。李希凡は一九七三年に「曹雪芹和他的紅楼夢」を発表して胡適や兪平伯が提唱した自伝パラダイムを鋭く批判した。李希凡は階級闘争というマルクス主義の概念を支持して、曹雪芹が『紅楼夢』を書いた目的は十八世紀中国における社会的不正や階級闘争の熾烈さを暴露することであったと論じる。このような見地に立つと、曹雪芹は偉大な「反封建」的かつ革命的な書き手ということになる。李希凡の視点のあらましについては、李希凡・藍翎「評紅楼夢新証」を見よ。

(37) 「語り手としての石」という装置は決して『紅楼夢』全体に一貫したものではないが、石－語り手というペルソナは第一回の空空道人との長い対話のあと、まったく出てこなくなるわけではない。何回かにわたって突如、三人称の語りの流れをさえぎって再登場するのである。「もの言う石」の語りの機能と機能不全については、第六章「文字を刻んだ石碑」を見よ。

(38) Derrida, *Speech and Phenomena* 141〔英語版にのみ所収の“Differance”〕. また、Derrida, “Différence” 396–420〔デリダ「差延」、高橋允昭・藤本一勇訳『哲学の余白』上（法政大学出版局、二〇〇七）所収〕も見よ。

(39) Anthony Yu, “Introduction” 58. また、Yu, “Religion and Literature in China” 130ff も見よ。ユーの指摘によれば、三蔵法師の取経の旅は浄土への回帰を象徴する。というのも、三蔵は前世において釈迦の第二の弟子である金蟬子として浄土に住んでいたからだ。ユーは（のちに筆者とのやりとりのなかで）さらに「取経に成功した旅人たちが神格化されることは、仏教的な意味でも道教的な意味でも、原初の高みへの復帰として考えるべきである」と述べている。本書第五章「知恵のある石」では、「回帰」という語りの論理の観点から、旅の終わりに旅人たちが芝居がかった神格化を被ることのイデオロギー的含意について論じている。

(40) Yu, “Religion and Literature in China” 130–33.

(41) 本章の注9を見よ。

(42) Culler, *Pursuit of Signs* 110.

(43) 周春 77。

(44) Jameson, *Prison-House of Language* 6〔ジェイムソン『言語の牢獄』六〕に引用されている。

(45) 少しちがった仕方で、レヴィ＝ストロースは南アメリカの神話に関する自らの研究に対して、より巧妙な弁明とひかえめな要求を提示する。その態度は、テクスト相関性の開かれかつ閉ざされているという二元性に由来する矛盾がつきつける解釈のディレンマと折り合いをつけるという点でわたしの態度と近い。レヴィ＝ストロースによれば、「分析を始める前に南アメリカの神話の徹底的な調査をしていないということで批評家たちがわたしを非難するのであれば、それらの資料の性質と機能について重大な思い違いをしているのだ。ある共同体に属する神話の総体は、その共同体の発話に相当するものである。その住民が肉体的あるいは精神的に死に絶えない限り、この総体は決して完結しない。（…）経験が証明するように、言語学者は、理論的に収集可能であるものに比べればきわめて少ない数の文から、その言語の文法を解明することができる。（…）わたしは神話の類型を網羅せよという理不尽な要求を受け入れなければならないと感じることは一度もないだろう。そのような要求には意味がないからである」（*The Raw and the Cooked* 7）〔『生のものと火を通したもの』一三―一四〕。

（46）　メタ言語の厄介な性質については、西洋でこの何十年かにわたって多くの思索がめぐらされてきた。ロラン・バルトの洞察は、この問題をめぐる両立しがたい意見の対立を解決するというよりは調停するものである。「わたしたちは、長い間両立しがたいと考えられていた二つの観念の結合に研究が少しずつ慣れてきたという事実を（他の諸科学によって）ちらりと目にし始めている。その二つとは、構造という観念と無限の組合せという観念である」（"Textual Analysis" 137）〔「エドガー・ポーの一短編のテクスト分析」一八八〕。

（47）　二つの例を引いておこう。エリ・ケンゲス＝マランダとピエール・マランダはレヴィ＝ストロースの定式をあらゆる民間伝承にとっての絶対的な構造モデルと考え、「体系」という概念をあがめて極端まで至ってしまった。二人による解釈手続きの詳細については、*Structural Models in Folklore and Transformational Essays* を見よ。同類の構造主義的定式によって、ウイリアム・ヘンドリクスは「エミリーに薔薇を」〔ウイリアム・フォークナー作〕のテクストをいくつかのシンタックスの連鎖という骨組みだけに切りつめてしまった。"Methodology of Narrative Structural Analysis," *Essays* 175ff を見よ。

（48）　Jameson, "Forward," XV.

（49）　この見解から、解釈につきものの別の問題が引き出される。解釈体系はいったいどれくらい科学的でありうるのか、そしてどの程度直観や知性に取って代わることができるのか。バルトは *Critique et vérité*〔『批評と真実』〕において、人は「方法論的なモデルの助けなしにどのようにして構造を発見できるだろうか」（19）〔一七〕と問いかける。体系的に引き出されたモデルの絶大な機能に対するこのような手放しの信頼は、構造主義の時代に広く見られる不安の表れのようである。しかし、図解や表や定式がないと解釈は不可能なのだろうか。おそらくハイデガーこそは、理解があらかじめ構造化されていることを指摘してこの問題を解決した人物である。「手もとにあるものを前述定的に端的に見てとることはすべて、それ自体すでに理解しながら解釈することである」(Heidegger, *Sein und Zeit* 149; trans. in R. Palmer 135)〔ハイデガー『存在と時間』(二) 二一六〕。結論として、ハイデガーははっきりと「解釈とはあらかじめ与えられているものを前提なしに把捉することでは決してない」(Heidegger 150; see Palmer 136)〔(二) 二二二〕としめくくる。批評の問題点の多くは、この前提の存在ではなくその乱用に起因する。

(50) Lévi-Strauss, *From Honey to Ashes* 356〔レヴィ＝ストロース『蜜から灰へ』四一一〕. レヴィ＝ストロースは、神話という分野の多次元的な性質について説明している。つまり、一つの神話は、その変換であるような一群の神話に関連しているということである。そのような神話への構造論的アプローチには他の範列群との交差接続の考察が含まれる。

(51) レヴィ＝ストロースの言葉によれば、「もしもある神話のある側面が理解できないように思われるなら、それは予備段階および仮説段階において、別の神話の相同的側面の変換としてあつかうのが正当である」(*The Raw and the Cooked* 13)〔『生のものと火を通したもの』二一〕。

(52) 例えば、「吠える」という語彙素を考えてみよう〔「語彙素」とはいわゆる「語」「単語」で、それが特定の文脈に置かれると「語義素」となる〕。「吠える」の意味素核は「耳障りで大きな声」であり、それが「人間」や「動物」などの文脈意味素によって補完される。所与のコンテクストにおける「吠える」の正しい読みは、関わりのある文脈意味素と不変の意味素核との組合せにかかっている。次の文を考えてみよう。「男は妻に向かって吠えた」。このコンテクストにおける「吠える」の正確な読みには、文脈による異形《ヴァリアント》として「動物」よりも「人間」を選び、「耳障りで大きな声」という意味素核と組み合せることが必要である。グレマスはこのようにして、一連の二者択一の文脈意味素によって意味の変異が説明できると考える。

(53) Greimas, *Structural Semantics* 46ff〔グレマス『構造意味論』五一ff〕.

(54) Maurice Merleau-Ponty, *Le visible et l'invisible* (Paris: Gallimard, 1964) 243; trans. in Merleau-Ponty, *The Visible and the Invisible* 189〔メルロ＝ポンティ『見えるものと見えないもの』二六九〕.

(55) Culler, *Structuralist Poetics* 87.

(56) Greimas, *Structural Semantics* 102〔グレマス『構造意味論』一一七〕.「文化グリッド」は読者がいだく文化的な「真実らしさ」である。このような規定された知識の存在は、客観的な意味分析の可能性に疑問を投げかけるようにも思われる。グレマスはこのパラドクスに対してすぐに答えを出してはいない。カラーの論旨にしたがえば、文化グリッドのはたらきは必ずしも客観的な意味分析の有効性を無にするわけではないようである。それどころか、もっとも洗練された感受性や文化的記憶は、解釈の手続きにおいて意味理論と相互に作用しあい、しばしば合致するのである。

(57) Greimas, *Structural Semantics* 59〔グレマス『構造意味論』六六〕. グレマスの考えでは、分類素という概念は反復性を特徴とし、イェルムスレウの理論において必要条件とされる「有意味な全体」という曖昧な概念に対して、より明確な説明を提供できる。所与のテクストの「有意味な全体」は、「意味作用全体の包括的な記号内容」であり、先在する未分化の実体によってではなく、均質的な意味の一貫性によって表出される。グレマスはさらに、客観的な読解が幻想であることを認めて次のように述べる。「なぜなら、われわれの現在の知識の状況でそのようなグリッドを機械分析という目的のために用いることが想像しがたいという事実は、記述そのものがまだ広く分析者の主観的評価に依存していることを意味しているからである」(102)〔一一七〕。

(58) Riffaterre, "Textuality" 2.

(59) 模倣の詩学が伝統中国の文学界で優勢であったことは、一方で「変」という概念に由来する思想が周期的に登場する刺激としてもはたらいた。近代以前の文学史を通じて、多くの士人が「変」の概念に魅了されてきたが、その原点は中国の知の宝典ともいえる『易経』にさかのぼる。早くも漢代〔後漢〕には、王充が歴史的相対主義の認識を示していた。王充によれば、経書は当代のテクストよりも優れているわけではなく、たんに違っているだけである。王充の「変」に対する認識は、主に言語の進化論に基づいている。文学史が、一つの慣用表現の別の慣用表現による継承という具体的な意味で理解されているのである。王充による美の相対主義の含意が注目されたのは、明代(1368–1644)に李贄や袁宏道のような異端の文学者が、道徳的・文学的恭順という古い考え方に反対する声をあげたときであった。袁宏道の「変」の詩学への貢献は、断片的ではあるとはいえ、模倣の詩学に対する真摯な挑戦である。もちろん、「変」を提唱したのは袁が最初ではない。擬古主義や「前後七子」〔古文辞派〕による模倣の詩学の実践に対して袁が容赦のない排撃を行うにあたっては、文学史にいくつかすぐれた前例があった。とはいえ、袁宏道は「史」の見地から「変」をとらえた最初の人物である。美的価値の転換は歴史の流れの変化によると考えたのである。袁によれば、歴史を知ることは、必ずしも何か強烈な反応をともなうわけではない。ある種の歴史意識を積極的に養い、歴史のなかには連続性に向かう運動だけでなく変化の兆しもあると認めることも、それに含まれる。ただ、指摘しておかなければならないのは、袁宏道もその兄の袁宗道も、古いパラダイムを徹底的に批判したわけではなかったことである。一方では二人とも、古人の著述は理想のテクストの最高の具現化であると考えていたのだ。二袁の文学理論の分析については、周質平 1–20、特に 10–11 を見よ。

(60) 『易経』における「変」の概念は、「変易」(変わる)と「不易」(変わらない)という相容れないように見える二つの主要な意味素を調停する。不易とは、天と地の位置および人間関係の階層のことを指している(「周易正義序」2b)。付言すれば、「通」の概念は、『易経』の解説によれば、自己意識を具えたテクスト相関的空間において休むことなく整然と行われるテクストの往来を思わせる。テクスト相関的置換が予測可能な法則に従わずして起こるというラディカルな可能性は、『易経』の伝統とは無縁である。「繋辞伝」における「通変」の原理には次のように限界が定められている。「変と通のはたらきを四季ほどうまく説明するものはない」(「繋辞」上、『周易正義』、7/17a)。つまり「通変」の実例は、予測可能で自足した四季の変化に見られるものなのである。自足性という観念から想起されるのは、制御可能で完全に追跡可能なかたちのテクスト(相関)性である。このように、『易経』の「変」の概念はつねに、安定に向かおうとする正反対の力から抵抗を受けているのである。

(61) その例として H. Wilhelm 20 を見よ。

(62) 揚雄 179。

(63) Tu Wei-ming, "Profound Learning" 12.

(64) 『易経』の注釈において王弼は、荘子が指摘した言語のパラドクスを「象」という含みのある概念の説明へと移植するのに成功している。王弼の正体が儒家の仮面をかぶった道家なのか、それとも道家のふりをした儒家なのかという問題については改めて検討する必要があるだろう。銭穆によれば、王弼と何晏の二人は一般には玄学の伝統の草分けと認められているが、道家というよりも儒家と見なすべきである。ただし、銭穆は二人がなぜ儒家の経典を道家の立場で解釈したのかという点についてはいは少ししか説明していない。銭穆 68–73 を見よ。

(65)　王弼 609。

第二章　石の神話辞典

意味論的考察

［石］

1. （名詞）固いかたまりになった土。例：玉石。
2. （名詞）八音の一つで、磬の類。
3. （名詞）病気を治すのに使われる物質。例：薬石。
4. （形容詞）かたい。

［石女］

1. 生殖器に欠陥のある女性。
2. 子を産むことができない女性。

［石沈大海］

（慣用表現）まったく情報や応答がないこと。痕跡がないこと。(1)

現代の中国語辞典の石の項目はどれも右に挙げたのと同じような意味カテゴリーから構成されているだろう——石の主な物質的属性と、それに比べれば少しわかりにくい医学や音楽におけるはたらきである。あとの二つの特徴は古代の石伝説においては顕著な機能を果たすが、現代のこの語の用法においては隠れた存在である。今日の中国語話者の大多数は、石に音楽や癒しの力があることを忘れてしまったようだ。そしてその代わりに、石を否定的なものに結びつける癖を身につけてしまった。その例が、「石女」や「石沈大海」のような慣用表現である。現代の日本語辞典の石の標準的定義も、価値評価の方向性は同じである。

固いもの、冷たいもの、無情なもの、融通のきかないものなどを比喩的にあらわす語(2)

中国語でも日本語でも、石は何か固く冷たく無情で融通のきかないもののイメージを喚起するようである。今日の英米語辞典に挙げられた石の語義についても同じことが言える。

[stone], n.
1. The hard substance, formed from mineral and earth material, of which rocks consist.〔鉱物や土でできた固い物質で、岩になる〕
2. Any small , hard seed, as of a date; pit.〔ナツメヤシのような小さく固い種。核〕

[stone-blind], adj. Completely blind.〔まったく目が見えない〕

[stone-cold], adj. Completely cold, as a radiator, a corpse, etc.〔冷却器や死体などのように冷えきっている〕

[stoned], adj. Slang.

1. Drunk; intoxicated.〔酒に酔っている。酔っぱらっている〕

2. Under the influence of marijuana or a drug.〔マリファナあるいは麻薬が効いている〕

[stone-dead], adj. Dead beyond any doubt; completely lifeless.〔疑いなく死んでいる。まったく生気を失っている〕

[stony], adj. Unfeeling; merciless; obdurate.〔冷酷な。無慈悲な。強情な〕(3)

stone-blind や stone-cold や stone-dead といった合成語は、〔I・A・リチャーズの〕隠喩の原理にしたがえば、石を媒体 vehicle とし blind や cold や dead を主意 tenor とする。以上の例に含まれる比喩は、石が極端なまでに否定的なコノテーションを引き出すことを明確に示している。

今日の一般読者にとって、「石」という言葉は、広範囲にわたって好ましくない意味を伝えるものである。石は、固く、硬直し、不動で、不毛である。そして何よりも重要なのは、石が地につながれた物質だということである。今日のコンテクストにおいて石が意味するすべてのことについてのこの常識的理解は、『紅楼夢』『水滸伝』『西遊記』にそろって登場する、天につながれた不思議な石を解釈するのには十分でない。この鉱物〔＝石〕の否定的特質という先入観をもったままこれらの物語における石のイメージに出くわすと、何度も予想を裏切られることになるだろう。三つの文学テクストにおいて石がどのように意味生産に参加しているかをより深く理解するためには、古代中国の石伝説群——永遠に完成へのプロセスの内にある石の神話辞典——をよく知る必要がある。「プロセス」の概念は、このような辞典が未完成であり、ゆえに簡略化された性格のものであることを理解するためにきわめて重要である。前章で述べたことを繰り返すなら、豊かな論理体系はすべて拡張を必要とし、結果的にその体系の記述は不完全なものになる。いま考察対象となっている体系も、一つの決定的な範列図式として整理できるものではない。したがって、際限がなく、潜在的に矛盾を含んだままである。広大な意味作用の体系としての石伝説は、つねに変化する構造としての豊かさと、それゆえにとらえどころのない全体として現れる。石伝説はこのように、メタ言語の構築を目指す試みにつきものの限界を示しているのである。

「発見的原理」としての石伝説は、一つのテクスト相関モデル、すなわち文学的慣習の一つの体系と考えられ、三つの文学作品に示される石のイメージの創出と解釈にとっての準拠枠となる。それは文学的な石のシンボリズムのなかのなじみのない要素を自然化するだけではない。石伝説と個々の石テクストとの分離点の考察を通して、意味が差異生成のメカニズムによってどのように生産されるかも明らかにする。テクスト相関性についての本研究の目的の一つは民間伝承の石と文学の石のあいだのテクスト相関的収斂を確認することであるが、より重要なのは、解釈が関係のネットワークの構築を通してのみ可能であり、そのような関係は相同物という角度からだけでなく変形／変換の角度からも考えられるということの立証である。

石の神話辞典を構築する作業に着手する前に、グレマスの構造意味論に基づくわたしたちの理論的前提を要約しておいたほうがいいだろう。「比較神話学」と題する論文でグレマスは、意味の研究は「神話言語」の「イデオロギー言語」への翻訳をともなうものであると述べる。[4] この翻訳の方法は必然的に、関係としての意味概念を考慮に入れることのできる新たな記述モデルを要求する。そのようなモデルを作ることはメタ言語行為をともない、「メタ言語行為は言葉や発話を他の言葉や発話によって敷衍したり翻訳したりする。したがって、意味を記述することの第一歩は言語のあるレベルから別のレベルへ、ある言語から別の言語への置き換えであるということになる」(5)。置き換えという概念を出発点とすると、なぜグレマスが、ネットワーク関係にある「意味素」「分類素」「同位態」などの用語に基づく意味分析モデルに依拠したのか理解することができる。記述とは、意味作用のあるレベルを別のレベルに転換することのできるネットワーク関係の構築であると考えられているのである。ゆえに、最小の意味単位（たとえば意味素）からより高度な単位（たとえば分類素や同位態）へと進むことは、神話言語から誰もが共有できる自然言語への翻訳であると見なされる。このような方法論は二組の相関関係を生み出すことになる。一方で、「意味素」と「分類素」の成立は、単一の物語のあちこちに配置された多様な意味単位のあいだに微視的な相関関係を作り出す。そしてもう一方では、「同位態」が、ある物語を別の物語と、あるいは一連の他の物語と接近させるのである。この絶え間ない意味の置き換えのプロセスに対して、あらゆる解釈にとってきわめて重要な問いを投げかけることにしよう。意味はどのようにして生産されるのか、そしてどのように記述できるのだろうか。

方法論

石を民間伝承の一項目として考察するために、わたしは「石」というただ一つの語彙素についての辞典を編纂しようと思う。それはやがて、石のモチーフをめぐるテクスト群の分析を可能にするであろう。あるテクストにおける意味素の反復によってその「分類素」を命名することができ、分類素群の反復によって一貫性のレベルを同定することができる。これが「同位態」であり、あるテクストの別のテクスト群との意味のある関係づけに役立つのである。

この辞典の編纂を始める前に、二つの方法論的な問題に取り組まなくてはならない。第一の問題は、石伝説にまつわる擬似科学的特質であり、第一章で論じたのでここでは短く要約すれば十分だろう。先述したように、同位態を見つけるというグレマスの方法論に対しては批判がある。テクストの意味は、語彙項目の意味を組み合わせればつねに自動的に引き出されるというわけではない。したがって、はたして意味理論の科学的モデルに依拠することでつねに一貫性のレベルを同定できるのかという疑問が起こるのである。読むというプロセスには、すでに指摘したとおり、手がたい意味理論が提供する以上のものが含まれる。部分としての意味の機械論的な足算ではいかなる統一性にもたどりつけないという場合、理論の不備はつねに、テクストの「解釈学的先行理解」と文化コンテクストの再賦活によって補われなければならない。神話‐民間伝承における石の項目を作成するプロセスにおいて、わたしたちはそうした先行理解や文化的無意識が所与のテクストの特定の場面でどのように現れてくるかを見ることになるだろう。したがって、意味分析におけるそれらの「介入」は、追いつめられた批評家が解釈の行き詰まりを打開するために用いる都合のよい手段というわけではない。

第二の方法論的問題は、意味理論一般に関わる基本的な論点をいくつか含んでいる。グレマスは、一般意味論の基本概念を十分な説明なしに自らの構造意味論の体系に組み込んでいる。石の意味属性を探るにあたっては、グレマスの用語法のもつ意味を明らかにしてその理論仮説のすきまを埋めるために、一般意味論で用いる概念との相互参照を行うことにしよう。一般意味論の概要を示しておくことは、わたしたちの発見手続きの効果を明らかにすることにもなるだろう。

意味論の専門家は、〔広義の〕意味の二つの局面である「意義 sense」〔内包的意味〕と「意味 reference」〔指示的意味〕を研究するが、両者に同じ重みを与えるわけではない。「意義」は言語内での語の関係に関わるのに対して、「意味」は言語データと非言語コンテクストとのあいだの関係をあつかう。[6] 意味論の分野では、「意義関係」の研究がコンテクストの研究よりも優位にある。たとえば、J・J・カッツとJ・A・フォーダーはもっぱら語の語彙構造だけに着目する。バランスの偏りに不満を述べるF・R・パーマーでさえ、『意味論入門』*Semantics* では決定的な疑問を回避して非言語コンテクストについての議論には短い一章を充てるだけであった。[7] 言語学者たちはこの厄介な問題を語用論と記号論によろこんで委ね、言語内関係という踏みならされたグラウンドでの仕事を選んだように見受けられる。

意義関係の研究は必然的に、語の統語関係および範列関係の検討を含んでいる。[8] 石という語彙素を取りあげてみよう。「その石はよく響く音を出す」という文について考えてみるなら、「石」と「音」との統語関係を論じることができるだろう。一方、この文を「その楽器はよく響く音を出す」と比べるなら、「石」と「楽器」とのあいだには範列関係が成立する。後者の場合の「石」の意味表示は「楽器」という範列を考慮に入れなければ十分でない。その意味で、「楽器」は「石」の言語コンテクストの一部を構成するのである。ある語彙の統語関係と範列関係の両方が言語テクストを構成し、それによって意味が指定され引き出されることが可能になる。言語学者のなかには言語コンテクストを狭い概念として重視するという極端な立場から、語彙素の意味はそれが現れる直近のコンテクストから完全に指定できると考える向きもある。J・R・ファースの反応はそれよりも穏健なものであり、その関心は、語彙素の全体的な分布ではなく、はっきり見てとれる語彙素の共起にある。[9]「石」を例に取ってみよう。stone-blind や stone-dead や stone-deaf といった共起では、stone と連結された語が一定の意味属性を共有しているので、高い説明価値がある。同じように、「石女」も興味深い連語であり、つなげられた「女」という語――再生産の媒体であり、ゆえに豊穣の象徴である――は、わたしたちの石をめぐる語彙の構成要素の収集にも寄与している。「男」と石が決して連語にならないという事実は、より広い言語コンテクストの重要性を示している。どのような語であるかは、つきあいのある友からわかるだけではなく、ふだんつきあいのない友によってもわかるからである。「石」とその多様な共起とのあいだの範列関係が示すのは、「言語コンテクスト」は非常に流動的な概念であり、ある語彙素の直近のコンテクストのような画定可能な境界を超えたものとなりうるということである。

単一の語彙項目における意味表示から神話の意味表示へと移ると、第一章で言及した困難にぶつかることになる。人が自らの「言語能力」によってたちどころに石の範列集合（stone-dead, stone-deaf, 石女など）を作り、それらの範列すべてに共有されている明確な特徴（たとえば不毛）をほとんど直観的につかむことができるのに対して、「神話能力」はずっととらえどころのない概念で、少数の特別な人を除いて容易に手にすることはできない。クロード・レヴィ＝ストロースが述べるように、個々の神話のコンテクストは他の神話から構成されている。したがって、神話の構造分析はつねに他の範列集合との相互参照の検討をともなうことになる。[10]すなわち、ある神話の理解可能性は、その神話と、関係する神話群のテクスト空間のあちこちに分布している神話の記号内容の諸単位とのあいだの相関関係を見いだすことによってもたらされるのである。もしも女媧に関する個々の神話を別々に考察するなら、わたしたちは女媧をめぐる意味の布置を描きだすことはできないだろう。神話の意味作用が現れるのは、神話群のなかに認められる範列的（垂直的）な関係を通してであって、単一の物語の内に現れる統語的（水平的）構造を調べることを通してではない。

グレマスの神話への方法論的アプローチはレヴィ＝ストロースと非常に近い。グレマスは、レヴィ＝ストロースの範列による神話の解釈を支持して、[11]神話的記号内容は「たとえ物語がそうではないように見せかけるとしても、範列的につながっている」という仮説を立てる。[12]グレマスはさらに自らの立場を次のように説明する。「神話は物語の筋に導かれて統語的に読んではならない。むしろ、その神話が広まっている共同体の成員がしばしば無意識のうちに行っているように、物語の至るところに分布している記号内容の多様な単位のあいだの関係を把握するのである」[13]。

意味素と分類素のあいだ、そして分類素と同位態のあいだに打ち立てられた階層関係は、グレマスの物語分析において意味作用の範列関係が実際にどのようにはたらくのかを示すもっともよい例である。以下の頁で石の神話辞典が組み込むのは、石に関わる神話や儀礼の多様な集合のあいだに認められる範列関係の複雑なネットワークに他ならない。

カッツは有効な意味理論が目指すべき四つの目標の概略を次のように述べている。(1)意味表示のための普遍的図式を作ること。(2)「その言語において統語論的に最小の構成素すべての意味を明示する」辞典を作ること[14]。(3)その辞典の意味的成分と投射規則を関係づけ、投射規則がより広く複雑な言語コンテクストにおいてどのようにはたらくかを明示すること。(4)意味の曖昧性・反意語・同義性・無意味性など、意味の属性や関係についての定義を明らかにすること[15]。石伝説についての本研究は、最初の二つの目標に焦点を定めたものとなるだろう。すなわち、石という語彙素の意味的成分の表示、そしてその多様な語彙解釈 lexical readings を最小の意味素範疇へと配分する辞典の構築である。

わたしたちの辞典の語彙素は一つだけなので、すべての項目は石の多様な意味的成分を含むことになる。通常の項目では、石は、固い物質・鉱物・碑・薬などの意味群から構成される。したがって、石のいくつかの意味核 semantic nuclei の語彙解釈は、それぞれの核を一組の意味標識 semantic markers によって示される一連の意味素に分解することを必要とする。たとえば、「鉱物」は次のような意味素に分解できる。

(生きていない)(固体の)(かたい)(自然の産物)(地下の)[16]。

概念の複合から成る意味の構造はこうして、いくつかの最小単位に変換される。カッツによれば、この分解のプロセスが重要なのは、「意味を原子あるいは一枚岩のようなものとしてではなく、部分とそれらの関係に分解することができる概念の複合物としてあつかうことが肝要」[17]だからである。グレマスがその構造意味論において構想するものは、カッツなどの意味論の専門家の提示するものと異なるわけではない。ただし、カッツが分解と呼ぶのに対して、グレマスは意味分析のプロセスを置換として考える。両者ともにわたしたちの注意を意味生成の相関的メカニズムに向けさせるが、グレマスはさらに一歩進んで、意味は解読することはできず、別のコードに変換できるだけであると指摘する。このような考え方は、脱構築が雄弁に語るラディカルな洞察へとわたしたちを導くであろう。すなわち、この宿命的な意味の探求には終着点となるような「安定した記号内容」というようなものはなく、したがって「分解」のプロセスはいつまでも終わらない定めにあるということだ。

わたしたちはすでに、グレマスによる意味の構造モデルが、分割と分類という基本的な分析方法を組み込んでいること、そして、言語記号の意味作用を特徴づける二つの基本的関係である統語／範列[18]というおなじみの概念を利用していることを見てきた。ここで、基本となる理論仮説やこの説明図式における齟齬を念頭に置きながら、前章で簡単に言及した女媧神話群へと戻ることにしよう。この女神の包括的意味を構築する第一歩は、女媧が主役を演じる個々の神話の意味核を収集することである。そのような核は一連の意味素範疇として現れる。すでに見たように、女媧の辞典は、人類の創造・出産・灌漑・癒し・結婚の誓約という語彙項目から成る。それぞれの項目の意味表示は次のようになるだろう。

創造：（存在が生じる原因）（誕生）

＊文脈《コンテクスト》意味素：（生物）（無生物）（神）（人間）（自然）（文化）

出産：（生物が生じる原因）（誕生）（自然）（性的結合）

灌漑：（流動体）（通路）（入ること）（成長の原因）

＊文脈意味素：（人間の流動体）（自然の流動体）

癒し：（完全なものになる原因）（存在への回復）（再生）

結婚：（文化）（性的結合）

この分析が示すように、個々の語彙項目は、多様な意味素から成る不変の核と、可能性のある一連の文脈意味素から構成される。「灌漑」という語彙素を例にとれば、その意味核は「流動体」「通路」「入ること」「成長の原因」からできている。注意すべきなのは、「流動体」という意味素は「人間の流動体」と「自然の流動体」をコンテクストによる異形《ヴァリアント》とするということである。もしも「灌漑」が女性あるいは男性の主体が灌漑という行為の客体となるようなコンテクストにおいて現れるなら、わたしたちのこの語義素の解釈は主要な文脈意味素として「人間の流動体」を選択することを要求する。この所与のコンテクストにおける「灌漑」の正しい解釈を決定するために、「人間の流動体」を「通路」「入ること」「成長の原因」という意味不変体《インヴァリアント》と組み合せて「性的結合」――「灌漑」の隠喩的解釈の一つ――という意味効果を生み出すのである。

この分析モデルによって、わたしたちは特定の意味素の反復を見つけることができ、「誕生」や「性的結合」が分類素であることをつきとめることができる。そしてそれによって次は、女媧を中心とする神話テクスト群の同位態が「豊穣」であると認識するのである。この意味論の構造モデルがもたらすのが、文化的無意識が命じるもの――すなわち、この女神が豊穣の象徴として崇拝されていること――に他ならないとしても、意味分析の目標の一つが「話し手の直観と矛盾しないようにデータを説明すること」[19]であると認識しておくことは重要である。すぐれた意味理論は、概念がなじみのものになる過程における直観のはたらきを明らかにする。また、一歩ずつ進められる解釈の記述を可能にする。そして何よりも、「石女」や stone-dead などのよく知られた表現が、実は自明視するべきでない意味の変則であることを十分に説明してくれるのである。

資料

石の神話辞典の基礎作業を遂行するにあたって依拠する資料の特徴について、ここで一言述べておく必要があるだろう。使用することになるテクストは、漢代以前のものもそれ以後のものもあり、下限は元代（1271–1368）である。テクスト相関性の概念が、ベルンハルド・カールグレンの『古代中国の伝説と信仰』*Legends and Cults in Ancient China* が指摘している論点と関わらないということは重要である。その論点とは、漢代以後の資料の素性についての問題が、マルセル・グラネの『古代中国の舞踊と伝説』*Danses et légendes de la Chine ancienne* のような古代中国の宗教や社会の研究にとってきわめて重要であるというものだが[20]、この問題は、テクスト相関性の研究の前では正当性を失うことになる。というのも、広大なテクスト相関的空間を行き交うもののなかには、著者を同定できるいわゆる真正のテクストもあれば、素性のわからない偽造テクストもあるからだ。

たとえば、女媧と治水の英雄である夏禹《かう》〔夏王朝の始祖とされる聖王の禹〕の神話群を再構築するのに必要なデータはまず、カールグレンが古代の信仰や儀礼についてのもっとも信頼できる証拠資料であると述べる漢代以前のテクストから選ぶことになるだろう。ただし、『淮南子』や『路史』など漢初以降の多くの文献からも補足的で雑多な資料が引き出されることになる。さまざまな種類の資料を調査することによって、テクスト間で二人の伝説的人物の神話的ペルソナが相互参照される幅広いスペクトルが確定できるであろう。女媧・夏禹信仰を再構築するプロセスにおいてはさらに、いくつかの萌芽的神話素がその後変形を受け、後世の潤色によって肉づけされるとともに、儒者の体系的解釈によって容赦なく刈り込まれるのを目撃するだろう。個々のテクストの真正性の程度を判断するという課題は、神話や伝説の成長と変形というわたしたちの研究とは無関係であると思われる。民間伝承の研究において人類学者たちが至ったのは、究極の起源を追求しても、得られるのは証明された事実ではなく可能性に関するものにすぎないという結論であった。さらに、具体的な裏づけとなる証拠が何も見いだせない純粋な思弁の世界に迷い込んでしまう危険もある。したがって、本書の議論においては、起源の問いを堆積やテクスト相関性の問いと区別することが必要なのである。

以下の頁に収集した個々の神話や伝説は、女媧神話、夏禹神話、封禅の儀、雨神への祈願の儀式、もの言う石、音を出す石、うなずく石、そしてその他の密接に関連しあう石伝説である。

女媧神話は三つのよく知られた神話素をめぐって展開する。すなわち、天の補修、人類の創造、伏羲との媾合である。女媧と石との密接な関係についての本研究に関係はあるが、やや断片的な側面としては、高媒——縁結びの女神——との名の一致や、禹の妻である塗山との同一性がある。

創造

女媧の名が最初に現れるのは「天問」（『楚辞』）の曖昧な問いかけである。「女媧には体がある。誰がそれを作ったのだろうか」〔女媧有体、孰制匠之〕[21]。カールグレンが「それ」という目的語に重きを置いて、この問いを女神の独特な姿への驚きの表明と考えたのに対して[22]、袁珂とアンドリュー・プラクスの二人は主語の「誰が」に焦点を移して、問いを次のように言い換える。「女媧が人類を作ったのだとすれば、誰が女媧を作ったのだろうか」[23]。このはっきりしないテクストに漢代の注釈者である王逸は次のような注を付けている。「女媧は人の頭と蛇の体をもっていたと言われ、一日に七十回「化」した」〔女媧人頭蛇身、一日七十化〕[24]。『淮南子』の「説林」篇には次のようにある。

黄帝は陰と陽を作った。上騈は耳と目を作り、桑林は腕と手を作った。それによって女媧が七十回「化」したのである〔黄帝生陰陽。上騈生耳目。桑林生臂手。此女媧所以七十化也〕[25]。

二つのテクストにおいて「化」という文字は異なる解釈を引き起こすが、それらは必ずしも相容れないものではない。袁珂は許慎[26]に従って「七十化」を女神の創造能力を指すものとして解釈する。[27]『説文解字』において許慎は、「媧」という文字を「万物を作った古代の神女」〔古之神聖女、化万物者也〕と定義しているのである。[28] しかしながら、カールグレン等の解釈では、「化」を女神自身の体に起こった変形を指示するものとして説明する立場をとる。『山海経』の記述はこの主張を補強するように思われる。

女媧の腸《はらわた》という十人の神がいる。彼らは神の姿となり、栗広の野に住んで道をふさいだ〔有神十人、名曰女媧之腸、化為神、処栗広之野、横道而処〕[29]。

女媧の変形についてのテクストのうち、特にこのテクストは、その創造能力が主として内側に向かうものであるという考え方を強めるようである。「化」という文字をめぐってこのように対立があるとはいえ、女媧の創造性の内的・外的発現の両方を合わせなければ、女媧の創造エネルギーの複合写真は完成できない。実は、女媧自身の変形と女媧による宇宙の創造とは、同じ方向を指しているのである。それらは、女神の活力と多才を同じように強く表現しているのだ。

女媧の創造への衝動と生来の変身能力は、グレート・マザー元型を支配するのが女性性に具わる変形という特徴であることを明確に示している。エーリッヒ・ノイマンは母の元型の精神構造についての研究において、変形を女性性の基本特徴から注意深く区別する。「基本特徴の保守的な傾向とは逆に、変形という特徴においては精神の力動的な要素が強調される。この要素は運動や変化へ、要するに変形へと向かっていく。変形という特徴が母性的女性性の基本機能である妊娠と出産においてすでにはたらいていることは明らかである」[30]。何よりもまず、女性は妊娠と出産において自らの変形という特徴を当然のこととして経験する。女媧の場合には、女性原理のこの側面が、腸からの十人の神の生物学的誕生と、人類の創造という女媧の身体の外で起こった象徴的労働への関与として発現しているのである。

女媧がひとつかみの泥から人類を創造するという記述は『風俗通義』の佚文に見られる。

世に伝えられている話だが、天と地が分かれて人がまだいなかったとき、女媧は黄色い土を固めて人を作った。その仕事はたいへん疲れるものであったが休むひまもなかった。そこで女媧は泥の中に縄を入れて引き上げ、振り落とされた泥で人を作ることにした。そういうわけで、富貴で聡明なのは黄土から作った人であり、貧賤で凡庸なのは縄を引いて作った人なのである〔俗説、天地初開闢、未有人民、女媧摶黄土為人。劇務力不暇給、乃引縄絙泥中、挙以為人。故富貴賢知者、黄土人也。貧賤凡庸者、引絙人也〕[31]。

この話の根底にあるのは土と母性原理とのあいだの密接な関連である。人の原料としての土は、人類の真の母を体現している。女媧は補助的な役割を果たしているだけである――母なる大地から生まれた種の「散布者」として。女媧はその絶妙な技と職人芸によって、そしてもっとも重要な、泥から人を作るという意思によって、人類の代理母となるのである[32]。

女媧の創造能力についてまとめるなら、十人の神の誕生と人の誕生は、変形の力を通じてのみ可能である――前者は女媧自身の身体という無尽蔵の資源からの変形を通じて、後者は土という揺籃からの変形を通じて。自己変形の行為と人に生命と形を与える能力とにおいて、女神は自らの創造性と母性の喜びとを経験する。変形という属性は、女媧がたんに太古の天地創造の神にとどまらず、女性の神――中国のグレート・マザーの具現――であることの説得力のある証拠となる。このことはこの神のジェンダーを女性と判断した二世紀の許慎の直観[33]を補強する。カールグレンが指摘するように、漢代以前のテクストに女媧が女性であると示すものが何もないのは不思議である。[34] 豊穣のシンボリズムと女性というジェンダーとの関連性は、最古の文献においては表面化していなかったらしい。

癒《いや》し

創造神話についての議論に続いて、女媧の名に関わる第二の神話群に目を向けよう。この女神が具えているとされる自己産出する創造性について語ったあとに取りあげるべきなのは、その天界での威光を証明する、同じくらい重要な功績である。女媧が享受する多様な尊称のうちで庶民にとってもっともなじみがあるのは、破れた天を治す「癒しの女神」というものである。古代中国神話のなかでもよく知られたこの伝説のもっとも古い資料は『淮南子』である。

> 大昔、四方を支える柱がこわれ、九つの地方はばらばらになり、天はすべてのものを覆うことができなくなり、地はすべてのものを載せることができなくなった。火が燃えさかって消えず、水はあふれて止まず、猛獣は人々を食らい、猛禽は老人や弱者をさらった。そこで女媧は五色の石を溶かして蒼天を補修し、大亀の足を切って四方を支える柱として立て、黒龍を殺して冀州を救い、蘆の灰を集めてあふれる水を止めた〔往古之時、四極廃、九州裂、天不兼覆、地不周載。火爁炎而不滅、水浩洋而不息。猛獣食顓民、鷙鳥攫老弱。於是女媧、錬五色石以補蒼天、断鼇足以立四極、殺黒龍以済冀州、積蘆灰以止淫水〕。[35]

漢代の彫塑には女媧の宇宙の制作者としての役割を表現したものがある。その姿には蛇の尾があり、どちらかの手にコンパスあるいは月をつかんでいる。[36] 右のテクストで強調されているのは、破壊的運動を阻止する力（「消す」「止める」）やすでに存在している宇宙に秩序を回復する力であって、肖像が手にする大工道具を使ったゼロからの宇宙の創造ではない。しかしいずれの場合においても、この女神が天意と密接に関連していることが強く示されているのである。

引用した『淮南子』のテクストは、天にこのような無秩序が生じた原因には言及していないが、のちの『論衡』や『三皇本紀』――『史記』の補遺――はそれを共工の怒りに帰している。共工は伝統的な見地からは太古の怪物と見なされるが、[37] その反権威主義的な精神は中国のマルクス主義批評家たちに感銘を与えた。[38] 共工神話と女媧神話の融合は、古代の人々がまがまがしい自然災害を人の動機づけという点から解釈しようとしたことを示す好例である。この種の神話論理を用いると、共工の忌まわしい戦いについてのテクストに不周山（『淮南子』に「地不周載」（地はすべてのものを載せることができなくなった）とある）が登場する理由が説明できるだろう。

儒家の書によれば、共工は顓頊《せんぎょく》と天子の位を争って勝つことができず、怒って不周山に激突した。天の柱は折れ、地の四隅をつないだ綱が切れてしまった。女媧は五色の石を溶かして天を補修した〔儒書言、共工与顓頊争為天子、不勝、怒而触不周之山、使天柱折、地維絶。女媧銷煉五色石以補蒼天〕。[39]

共工神話にもいろいろあるのだが、共工の顓頊あるいは祝融との戦いは、女媧と石との関連性の研究とは関わりが薄いので、わきに置いておこう。今は、ばらばらになった天と地を修復する女媧の偉業についての本文に戻ることにしたい。

特にこの神話において、五色の石は脱臼してしまった天と地を元に戻すためのもっとも重要な道具となる。それは言及されている他の救済策（海亀の足や蘆の灰）よりもずっと密接に女媧の名と関連づけられる。石の五つの色は、土・水・火・金・木の五行を意味している。五行の均整のとれた配分が、環境の調和に必要な空間の方向づけをするのである。石が煉丹術のおもむきを帯びて注目を引くのが『列子』である。そこでは、五行が調和的に融合した石こそが女媧の秩序再建を可能にすると述べられているのだ。[40] 忘れてはならないのは、五色の石が液体の物質となり、癒す機能を獲得し保持するのは、精錬という手続きを経たのちであるということだ。この秘伝の鉱物の有する癒しという性質は、他の多くの石神話においても反復されるので、石の不変の属性の一つと言えよう。女神が天をつくろうために選ぶのが木や金ではなく石であるのは決して偶然ではない。このように、石の天につながれた性質とその神的オーラは、微妙な形ではあるが見逃しようもなくテクストに現れているのである。

『三皇本紀』で司馬貞は、女媧は「木徳」に支配されていると記している。[41] また、女媧は笙を初めて作ったことでも知られている。[42] 木の原理を体現する女神が蘆の灰を用いて洪水を阻止する——木の要素によって水を征服する——のはまったく当然のことのように思われる。アンドリュー・プラクスはさらに歩を進めて、『紅楼夢』に見られるリビドーに取り憑かれるというテーマの内に「淫水」という言葉の反響を指摘している。[43]

この神話テクストと『紅楼夢』とのあいだのさらに微妙な対応関係が認められるのは、女媧の用いる二種類の癒しの道具——天の亀裂を修復する五色の石と、地に起こった洪水を押しとどめる植物／木の要素である蘆の灰——の相補的な登場においてであると言えるかもしれない。木は他のいくつかの石伝説でも補足的な役割を果たしている。この神話に限って言えば、木と石との微妙な相互作用は、第三の要素である火の介入——石は「鍛錬」され、蘆は焼かれて灰になる——によって、やや影が薄くなっているようである。

『紅楼夢』において石と木の関係がもっとも豊かに表現されているのは、この白話小説の神話的枠組みの根底にひそむモチーフである「木石の盟」〔木石之盟〕という趣向である。二つの要素の相互作用は、一個の宝石と一本の仙草との因縁の絡んだ出会いから始まる。運命づけられた結婚を成就したいという限りない欲望にとりつかれた草と石は人へと転生し、悲劇の種を蒔く。その悲劇が少しずつ展開されるのはロゴス中心主義的世界、すなわち、神話特有のまったき純粋さに敵対する世界においてである。文学テクストにおける石と木との緊密なつながりは、この物語〔＝『紅楼夢』〕の自己完結的な世界でのみ通用するいくつものフィクションのうちの一つのように見えるかもしれない。しかし、民間伝承テクストにおける類似のモチーフを知ると、石－木の親近性はフィクション装置であるのみならず、神話－民話の（相関）テクストに絶えずつきまとっていることがわかるのである。

高媒

女媧と石との密接な関係はさらに、縁結びの神である高媒（郊媒・神媒・皋媒などの別名をもつ）〔「高禖」と表記されることが多いが原著のとおり「高媒」とする〕に対する供犠儀礼からも見てとれる。[44] 媒の儀礼は春分の日の陽気な春の祭りであるとともに、縁結びの神である高媒のための宗教儀式でもあった。『周礼』にはこの儀礼についての記述がある。

仲春の月には男女の出会いを設ける。この時期には放埒も禁じられない。理由もなく応じないものは罰せられる。すべての結婚していない男女は集められ一緒にされる〔中春之月、令会男女、於是時也、奔者不禁、若無故而不用令者罰之。司男女之無夫家者而会之〕[45]。

重要なのは、高媒の儀式は主として若い男女の縁組みを行う民間祭祀として記憶されているのだが、それ以外に、子のない夫婦が媒宮で子どもの誕生を祈る行事でもあったことだ。

始めに民を生んだもの、それは姜嫄であった。どうして民を生んだのか。犠牲をささげて祈ったのだ。子どもを授からぬことがないように〔厥初生民、時維姜嫄。生民如何。克禋克祀、以弗無子〕。[46]

姜嫄による供犠祈願と媒の儀礼との関係は、毛亨による『詩経』への注によって確立された。[47]

「弗」は払いのけることである。不妊を払って子どもの誕生を祈るために、古代の人々は郊外に媒の祠を建てた〔弗、去也。去無子、求有子、古者必立郊禖焉〕。[48]

したがって、媒神は縁結びの神と子授けの地母神という二つの役割を担っているのである。

高媒の祭壇には岩あるいは石が置かれていたという。[49] 南朝期（420–589）には、この女神への礼拝場所が一個の岩であると考えられたこともあった。

晋の恵宗の治世である元康六年〔A.D. 296〕に媒壇の石が二つに割れた。皇帝は、割れた石を別の石と置きかえるべきかどうか尋ねた。（…）束皙は提案した。「石が祭壇に置かれているのは道をつかさどるためです。祭祀の道具は古くなったら土に埋めて新しいものに取りかえるのですから、割れた石は埋めて新しいのに替えるべきです。石を置くというしきたりを廃止するのはよくありません」。このとき束皙の提案は採用されなかった。のちに高道隆の故事が見つかり、それによると、この〔媒壇の〕石が立てられたのは〔魏の明帝の治世である〕青龍年間〔A.D. 233–237〕であった。そこで皇帝は、昔と同じように石に銘を刻んで高媒の壇上に置くように命じた。割れた石は地面から一丈の深さに埋められた〔晋恵帝元康六年、禖壇石中破為二。詔問、石毀今応復不。（…）束晳議、以石在壇上、蓋主道也。祭器弊則埋而置新、今宜埋而更造、不宜遂廃。時此議不用。後得高堂隆故事、魏青龍中、造立此石、詔更鐫石、令如旧、置高禖壇上。埋破石入地一丈〕。

案ずるに、梁の太廟の北門を入った道の西側に石があり、竹の葉のような文字が刻まれていて、小屋で覆われている。宋の元嘉年間〔A.D. 424–453〕に廟を修復しようとして発見された。陸澄は〔東晋の〕孝武帝のときの郊媒の石であると考えた。だとすれば長江の下流域にもこの儀礼があったということになるだろう〔案梁太廟北門内道西有石、文如竹葉、小屋覆之、宋元嘉中修廟所得。陸澄以為孝武時郊禖之石。然則江左亦有此礼矣〕。[50]

高媒壇に石が安置されていたことから想起されるのは太古の石信仰である。それは、石と神性および生殖能力との関わりを控えめに表現していると言えよう。世界の他の地域と同じく中国においても、岩が供犠の場所となっている証拠は広範囲にわたって見られるのである。[51]

高媒とは何かということについては、まだ決着がついていない。聞一多によれば、高媒については、高密と同一である、高唐と関係が深い、三戸や三石という別名をもつなどと主張されてきた。[52] この二つの名はおそらく、祭りの日の性的放逸の場が、三つの壁に囲まれた人目につかない場所であったことを暗示しているのであろう。[53]「密」mi の文字は「媒」mei から転化したものであり、「郊」も「高」の異形であると考えられる。『史記』『世本』[54]『呉越春秋』[55]によれば、高密は禹のことである。しかし高密が男性であるからといって、高媒が男性神であるということにはならない。というのも、高媒は性行為と結びつけられる南方の地名である高唐とも密接な関係があるからだ。高唐は伝説上の神女の住むところとして有名であり、[56]女性とのつながりを明白に示している。郭沫若と聞一多は、「高唐」という語の音韻の変化をたどって「郊社」に行き着き、さらに別の解釈をしてジェンダー論争を複雑にしている。[57]

しかし真の論点は、高媒が特定の人物であるとか、どちらのジェンダーであるかをつきとめることではないし、「郊社」との音韻関係でもない。それは、高媒が有名な神話的ペルソナのイメージとして身にまとう華やかな装いの数々のもつ意味である。『路史』においては、天界の仲人の名が女媧である。

女媧は女媒になれるように祠の神に祈りを捧げ、〔聞き入れられて〕婚姻を定めた〔女媧禱祠神、祈而為女媒、因置昏姻[58]〕。

〔女媧は〕媒酌を行ったので、後世の国の人々は皐媒の神として祀った〔以其〔女媧〕載媒、是以後世有国、是祀為皐禖之神[59]〕。

『鄭志』の資料によれば、高媒はさらに簡狄というもう一つのアイデンティティも引き受けている。

燕の卵を飲み込んだあと、簡狄〔有娀氏の娘〕は後の王に神の仲人として崇拝され、高媒の女神として先祖の廟に帝たちと並んで祀られた〔娀簡狄呑鳳子之後、後王為媒官嘉祥祀、以配帝[60]〕。

聞一多の説によれば、高唐神女は別の擬似的歴史人物にきわめて類似している。その人物とは、夏王朝の最初の皇后、禹の配偶者の塗山である。[61] このように資料を見てくると、なぜ高唐が伝説的人物である女媧でもあり、簡狄でもあり、塗山でもあるということになるのかという疑問がわきおこる。この問題に対する聞一多の分析は新しい視点をもたらし、謎を解き明かす手がかりを与えてくれる。高媒のさまざまな呼称——夏王朝（ca. 2100–ca. 1600 B.C.）における女媧／塗山、殷王朝（ca. 1600–ca. 1100 B.C.）における簡狄、そして周王朝（ca. 1100–256 B.C.）における姜嫄——についての資料を検討したのち、聞一多は次のような結論に至る。すなわち、各王朝は部族の女性始祖を高媒の名において祭っており、そのことは、古代中国ではこの聖なる名〔＝高媒〕を民の母なる先祖と見なすのが標準的であったことを証明しているというのである。[62]

聞一多の分析は、高唐／高媒と関連するという共通性によって、女媧を塗山と結びつけることを可能にする。さらに、高媒への供犠において石や岩が果たす決定的な儀礼的機能によって、女媧と塗山はますます高媒——伝説の家母長——の擬人化された姿と絡み合うようになる。だとすれば、女媧と塗山をめぐって展開する神話に石／岩が繰り返し登場するのも当然と言えよう。

高媒儀礼における石の使用は、石が豊穣や生殖と象徴関係にあることに基づくと考えられる。カールグレンの分析が示すように、原始文化において、石・豊穣・母性のあいだに謎めいた関係が存在し、その原初の無意識が人類の最初期の儀礼行為に浸透していることは認めざるをえない。古代文明の多くで、石は地母神の最古の象徴とされている——キュベレやペシヌスの石からイスラームのカーバ神殿および臍《へそ》の石オムパロスに至るまで。[63] 中国においては、女媧や塗山の伝説がこの関係を証明し補強していると言えよう。女媧は、縁結びと子授けの女神として祭壇の石と同一視される。塗山も、物理的に石に姿を変えて王子を生んだのであるから、石との親近性においてはひけを取らない。女媧からは母性を象徴するような属性が見てとれるのに対して、塗山の伝説は出産という行為を通じて母性のシンボリズムを具体化する。しかし、女媧が中国の主要な地母神として認められ、人々の崇拝の対象として祭り上げられているのとは対照的に、塗山が神としてあがめられることはない。夏王朝の人々にとっては部族の母であるものの、岩に姿を変え、その岩から息子が生まれたという物語は、中国の地母神伝説のなかに十分統合されてはいない。女媧が石との関連性にもかかわらず祭られたのに対して、塗山の地母神としての地位はまさに石との関連性ゆえに危うくなったと言えるかもしれない。

ここでこれ以上、神話における塗山の存在感がなぜ女媧に及ばないのかを推測することはひかえよう。この問題は、古い歴史書において家母長的人物であるこの二人のアイデンティティが一つに溶け合っているという事実によってさらに複雑になっている。次節では、女媧と塗山のアイデンティティの混同について検討することにしたい。興味深いことに、石と豊穣との多様な関係を思い起こさせるのが女媧であるのは確かだが、子を産む石という具体的イメージの中国最古の表現は、実は塗山神話のなかにある。塗山が石に姿を変えるというあまり知られていない伝説のうちにこそ、民間伝承の石のもつ矛盾する二つの属性——豊穣と不毛——の共存がもっとも劇的に表現されていることも、指摘しておかなければならない。

塗山と女媧

聞一多の分析に照らせば、女媧が夏王朝の高媒と同一であるとする資料は、この女神が夏の女性始祖であることを前提とし、だとすれば、禹の皇后である塗山氏と完全に同一であるということになる。さまざまなテクストがこの見解を裏付けていると考えられる。「夏本紀」では、「塗山氏の名は女憍である」〔塗山氏号女憍〕とされる。[64]『世本』の本文は少しちがった変種である。「禹は塗山氏の娘と結婚した。その名は女媧であった」[65]〔禹娶塗山氏之子、謂之女媧〕。『呉越春秋』では、「そこで、禹は塗山と結婚した。その名は女嬌であった」〔禹因娶塗山、謂之女嬌〕となっている。[66]塗山については他に「女憍」「女趫」「有嬌氏」「有媧氏」という記録もある。[67]「憍」「趫」「嬌」「媧」「嬌」が相互に交換可能であり、同一人物を指すことは明らかである。[68]聞一多は、女媧と塗山のアイデンティティがはっきり分けられないことを示す別の証拠を挙げている。「『淮南子』「覧冥」篇で、女媧は手に負えない洪水を治めるために蘆の灰を集める。このことから、古代に民間では、女媧が禹の治水事業の協力者という役割を果たしていたと信じられていたことが推測できる」[69]。以上のさまざまなテクストに基づいて、わたしたちは女媧と塗山が二つの名をもつ同一の存在であると仮定することができるのである。

それでは次に、塗山の変身、そして奇跡のような啓の出産についての魅力的なエピソードを見てみることにしよう。

禹は洪水を治めるために出かけた。轘轅山を通ると熊の姿になった。〔前もって〕禹は塗山氏に「太鼓の音が聞こえたら食事を持ってきてくれ」と伝えておいた。禹は石をけとばしたためにうっかり太鼓にあててしまった。塗山氏は〔食事を持っていって〕禹が熊になっているのを見ると、恥ずかしく思ってその場を去り、嵩高山のふもとに至ると石になった。啓が生まれるところだったが、禹が「息子を返してくれ」と言うと、石の北側が裂けて啓が生まれた〔禹治鴻水、通轘轅山、化為熊。謂塗山氏曰、欲餉、聞鼓声乃来。禹跳石、誤中鼓。塗山氏往、見禹方作熊、慚而去、至嵩高山下化為石、方生啓。禹曰、帰我子。石破北方而啓生〕。[70]

聞一多は神話における塗山の変身を説明するために、ある仮説を立てる。このテクストと高媒の儀礼とのあいだに密接なつながりを見いだすのである。「思うに、塗山氏は古代神の高媒であり、石は高媒の神体である。ゆえに後世、塗山が石に変身したという伝説が形成されたのである」[71]。塗山と高媒の儀礼との関連を強調することによって、聞一多は、この神話における豊穣のシンボリズムとしての石に焦点を定めようとする。聞一多の神話論理が基づいているのは、高媒と夏王朝の女性始祖とのテクスト相関関係、および石と高媒とのテクスト相関関係の認識、すなわち現在の塗山テクストがその一部を成す一連の範列関係の認識であると考えられる。

ところが、塗山伝説を詳しく調べてみると、テクストに見られる石の機能はずっと複雑であり、塗山の石が豊穣の強力な象徴であるという聞一多の解釈には疑問が生じる。この神話において、生命を与えるものとしての石の機能は石の出産能力として具体化されている。しかし、豊穣のシンボリズムはそれ自体が同時に不毛のイメージを含んでいるのである。塗山の物語は、石がプラスとマイナスの両方のコノテーションをもつ珍しい例の一つである。まず、塗山の石への変身は、暗黙の非難と報復の行為として、つまり禹が動物になったために、人間の配偶者として所定の性的関係が不可能になったことに対する強い反発として解釈できる。熊を見たことによって、塗山が獣姦への嫌悪に悩まされ、それが変身を引き起こし、性と無縁で生命のない物体へと即座に自己退却したということかもしれない。したがって、禹と塗山の遭遇はトラウマをもたらすものであり、不毛というコノテーションが含まれているのである。この妻と夫のあいだでは、身体あるいは言葉によるいかなるコミュニケーションも不可能であるということが、石という隠喩によってもっとも豊かに表現されている。ところが、このようなマイナスの内容には奇妙な転倒が起こる。塗山の石はこの神話の最後で不毛のイメージを修正し、コミュニケーションが可能であるのみならず、文字通りの豊穣なる石として現れるのである。そのとき、禹がやってきて（禹が人間に戻ったのか動物のままなのかは示されない）、息子を要求する。すると石はみずからを開くことで禹に答え、まさにその行為によって啓を産み落とす。「啓」という文字の意味は「ひらく」である。石が裂けることは、口を開くことと子宮を開くことを同時に象徴しているのである。それが示しているのは、禹と塗山との言語コミュニケーションの成就であり、きわめて重要なこととして、かつての二人の性的コミュニケーションを想起させる。実のところ、神話の後半に出産という強いコノテーションがあるからこそ、最初の塗山の変身が性的な動機によるものであると推定できるのだ。象徴的発話行為と出産行為の二つを経て、石は、閉ざされた、生命のない、不毛な物質というそれまでの状態から回復したのである。

この神話は、五行の特徴である多元的シンボリズムに対する説得力のある説明にもなる。石は先史時代には豊穣の象徴として優位にあったが、漢代にはすでにそれと反対の属性をもつ物質として現れる。エーリッヒ・ノイマンであればおそらく、石・火・木のような象徴の質的変換は、人間の意識の黎明によって始まる差異化のプロセスを示すものであると主張するであろう。人間の意識は、無意識の連続体を一連の二項対立へと分化させようとする。それによって、闇のイメージは光のイメージから、不毛は豊穣から区別されるのである。[72]こうした二元的存在が出現する心理学的あるいは社会学的原因が何であれ、わたしたちが塗山伝説において確認した石のシンボリズムの曖昧性は、他の神話にも持ち越され、『紅楼夢』においてついに、頑石／通霊石、つまり無知な石／神知をもつ石という対のイメジャリーをもたらすであろう。

女媧の辞典

女媧の神話群の検討が終わったので、この女神についての語彙項目を再構築して、女媧神話全体の主要な同位態をつきとめることにしよう。女媧の神話辞典は六つの語義素から成り、それぞれの語義素は一連の意味素から構成される。また、語義素によっては二次的な補助的意味素がある。

自己変形：（先天的動機づけ）（天の意志）（増大による変化）（出産）
人類の創造：（母性）（天の意志）（職人技による産出）
＊補助的意味素：泥／土
天の補修：（天の意志）（癒し）（再生）（完全なものとなる原因）
＊補助的意味素：五色石――（調和）（天につながれた）（固体－液体間の変形）（癒し）（火）
洪水の制圧：（天の意志）（過剰な運動の抑止）（癒し）
＊補助的意味素：蘆の灰――（木）（火）
高媒の儀礼：（誕生）（性的結合）（部族の母）（神性との霊的交感）（「不毛への」癒し）
＊補助的意味素：石
塗山：（女性始祖／母）（性的結合）（硬化による変化）（閉じること）（誕生）
＊補助的意味素：石――（豊穣）（出産）（不毛）（言語行為）

女媧についての右の語彙解釈に基づけば、この女神の意味表示は「出産」「癒し」「天の意志」「母性」といった意味素の反復から引き出すことができ、それが次に「癒し」や「神的母性」といった分類素の定式化をもたらす。こうしてわたしたちは「豊穣」を、女媧神話のあらゆる変種を一つにつなぐ同位態に指名することができるのである。

右の意味図式によれば、女媧神話全体において石はもっとも有力な補助的意味素として際立っている。それゆえに石は、この女神と強い親近性をもつことになるのである。木の支配者として指定されている[73]にもかかわらず、女媧は五行の他のどの要素よりも、土の要素であり豊穣の元型的象徴である石に強い愛着を感じている。また、石と豊穣の地母神との関わりによって、石が女媧のあらゆる意味属性を独占する段階的な置換が引き起こされたことにも注目しなければならない。この意味の置換こそが、石の聖なるものとの関係を強化し、古代の民間伝承テクストにおいて、地につながれたものから神的存在への石の昇格を確かなものにしているのである。

禹と社祭儀礼

石と社祭儀礼との関係は、禹と高媒の神話に複雑なかたちで織り込まれている。禹は夏王朝の初代の王であり、古代中国の伝説では洪水を治めたことで有名な英雄である。河川の氾濫を制圧したその偉業についてのもっとも包括的な記述は『書経』に見られる。

カールグレンは、『書経』に収められた禹の偉業の詳細な記述は「洪水伝説を用いて歴史を書こうとする学術的試み」を示すものであるというエドゥアール・ビオの説を簡潔にまとめている。[74]そのうえでカールグレンは、禹の伝説と共工や鯀の伝説——よくある洪水伝説——とをはっきり区別する必要性を強調する。禹の伝説が体系的な英雄神話であると認識するからである。したがって、洪水のもたらす大災害は、神話の中心ではなく、英雄神話を作りあげる多くのエピソードの一つとして現れる。他の試練の数々にも河川の氾濫を治めるのにも成功する禹は、通常の洪水英雄よりもスケールが大きい。無意識という混沌とした河川に対する人間の自己意識の黎明——それが太古の里程標の一つであるという点で、[75]禹は神に準ずる聖王なのである。

英雄伝説を包括的にとらえた上で禹の洪水伝説を考察すると、厳密な意味での禹神話に統合される伝説群がどのように出現したかを説明することができる。伝説のうち最初に注目されるのは、奇跡のような禹の誕生の物語である。ノイマンによる英雄神話の元型の再構築にしたがえば、英雄は処女から誕生することがきわめて多い。処女なる母と、英雄が冒険の旅で退治する巨獣が、英雄神話の二つの主要なモチーフである。[76]巨獣のテーマについてはまた後で触れることにして、ここでは神話における禹の誕生の記述について考察しよう。

ノイマンは、英雄の超自然的誕生の重要な型を一つ見落としているようである。それは、英雄の父親の自己生殖である。ギリシャ神話では、アテナは女性から生まれるのではなく、ゼウスの頭から生まれるのである。だとすれば大いにありうることだが、禹についても、父親である鯀《こん》から生まれたとする資料がある。

> 鯀は死んで三年経っても腐らなかった。呉の刀で切りひらくと姿を変えて黄色い龍になった〔鯀死三歳不腐、剖之以呉刀、化為黄龍〕[77]。

鯀は呉の刀で切り裂かれ、こうして禹が生まれた〔大副之呉刀、是用出禹〕[78]。

鯀は羽山に閉じ込められた。どうしてその体は三年間滅びなかったのか。鯀は禹を身ごもった。禹はどのように生まれたのか［永遏在羽山、夫何三年不施。伯禹愎鮌、夫何以変化(79)］。

鯀の死を記したこの三つの異なるヴァージョンには、暴力と閉じ込めのイメージがしみこんでいる。最初の二つの伝説では鯀の体を切りひらくし、三番目では手荒な監禁がほのめかされるのである。しかし、死というマイナスのイメジャリーは、生を示す記号と共存している。それは、父親の裂けた胸からの禹の誕生であり、死体のもう一つの存在形態（「黄龍」）への変身である。生が死によって創出されるのだ。それは、生命を与えるものの体を切り裂くという儀礼が遂行されたあとにしか起こらない。

鯀が禹を産むという神話は、禹の血統の謎に対する答えの一つに過ぎない。神話における禹の出生は、処女なる母である脩己《しゅうき》に帰することのほうが一般的なのである。「処女なる母」とは、性交なしに出産する女性、あるいは何らかの超自然的な力との超人間的交感を経験したのちに妊娠した女性を指す。『淮南子』では次のように断言されている。

禹は石から生まれた［禹生於石(80)］。

高誘（二世紀）はこの箇所に注をつけている。

禹の母である脩己は石に感応して［妊娠し］出産した。禹は母の胸を破って出てきた［禹母脩己感石而生。禹折胸而出(81)］。

『論衡』では、禹の母は蓮の実を飲み込んで妊娠したと書かれている〔禹母呑薏苡而生禹〕(82)。『潜夫論』には禹の誕生についてやや異なる記述があり、禹の母が妊娠したのは流星を見たことによる(83)。『史記』は二つのテーマを組み合わせている。

父の鯀の妻であった脩己は流星が昴を貫くのを見て、夢で心に感ずるものがあった。また、神珠と蓮の実を飲み込んだ。胸が裂けて禹を生んだ〔父鯀妻脩己、見流星貫昴、夢接意感、又呑神珠薏苡、胸坼而生禹〕(84)。

ここで注目すべきなのは、流星が石の意味素——地上に落ちた隕石——を含んでいることである。また、禹の異常な誕生というテーマが現れて禹の英雄神話群が完成したのは、漢代中期以前であると推定することもできる。古代の思考体系において、禹の神的な生みの親が人間としての母のかたちを取っていないことは明らかである。それは卵のモチーフのさまざまな変種——真珠、蓮の実、流星、あるいは石そのもの——のかたちを取った超人間的な要素となって現れている。

禹の誕生神話において重要な役割を果たす神的な力は、洪水制圧という手ごわい仕事をめぐる伝説において、玉《ぎょく》という媒体を通しても表現される。禹はあるときには黒い玉を、あるときには玉のふだ〔玉簡〕を、神々から贈られたという。

『水経注』に言う、「禹が西方の洮水まで行くと、背の高い人がいてその人から黒い玉を受けとった。この人はおそらく神〔長乗〕であろう〔水経注云、禹西至洮水之上、見長人受黒玉。疑即此神〕(85)。

黒い玉は、このテクストでは特に何かのきっかけになるモチーフではないようだ。もっともありそうなのは、禹がみごとに任務を果たした報酬として舜帝あるいは天が与えた玉と同一のものだということである。

［舜］帝は禹に黒い玉を贈って、その功績を天下に告知した〔帝錫禹玄圭、以告成功于天下〕[86]。

禹の治水が終わると、天は黒い玉を贈ってその功績を告知した。〔禹治水既畢、天錫元圭、以告成功〕[87]。

しかし、『拾遺記』では玉の板が、洪水制圧という英雄的事業を成し遂げられるようにと禹が謎の人物からもらう不思議な贈り物だということになっている。

禹は、龍関の山、またの名を龍門に穴をあけて、人気のない岩山までやってきた。（…）［禹は］また別の神に出会った。神は蛇の体に人の顔をしていた。禹は神と話をした。（…）すると神は玉のふだをとりだして禹に授けた。ふだは一尺二寸の長さで十二の時の数と符合しており、天地を量らせるものであった。禹はこのふだを持って川と土地とを平定した〔禹鑿龍関之山、亦謂之龍門、至一空巌、（…）又見一神、蛇身人面。禹因与語、（…）乃探玉簡授禹、長一尺二寸、以合十二時之数、使量度天地。禹即執持此簡、以平定水土〕[88]。

玉はこれらの伝説で、禹の英雄行為に対する朝廷からの感謝のしるしであるとともに、人間界の秩序回復のための天界の道具でもある。神からの贈り物は禹の神的な素性を再確認し、天との絆を強化する。この意味で、玉は天界と下界を媒介する役割を果たすのである。禹が石の精髄である玉と親近性をもつことは、この洪水英雄の石の要素との密接なつながりを示していると言えよう。

英雄神話群の第二段階、すなわち巨獣の退治においては、禹伝説のさらに多様なヴァージョンに出くわすことになる。禹の敵対者である神話的野獣は『淮南子』[89]と『荀子』[90]では共工、『太平広記』[91]〔所収の話〕では無支祁《むしき》と呼ばれている。邪悪な水の神は、『山海経』では鯀の宰相である相繇あるいは相柳として登場する。

> 共工の臣下で相繇という名のものがいた。首が九つあり蛇の体をしていてとぐろを巻いて九土を食い物にしていた。相繇が吐くところ、止《とど》まったところは、水の湧き出る湿地となった。その水は辛いか、さもなければ苦かったので、百獣はそこに住むことができなかった。禹は洪水をせきとめると、相繇を殺した。その血はなまぐさく、穀物を育てることができなくなった（…）。〔共工之臣名曰相繇、九首蛇身、自環、食于九土。其所歍所尼、即為源沢。不辛乃苦、百獣莫能処。禹湮洪水、殺相繇、其血腥臭、不可生穀、（…）〕[92]。

水の怪物の退治と禹の異常な出生という二つのテーマの結合は、そうでなければ原始的な洪水伝説であったものを、文化英雄の元型神話へと高めることになる。文化英雄は、古代の民間信仰において民の守護神として崇拝された。このことはさらに、聖なる社の神としての禹に言及する『淮南子』の資料の理解につながる。

> 禹は天下のために骨の折れる仕事をし、死んで社〔地の神〕となった〔禹労天下、死而為社[93]〕。

古代中国社会では、「社」は大地の守護神であった。したがって、本来その儀礼は豊穣儀礼である。社廟はふつう森の中あるいは森に囲まれた場所に立てられた。

夏王朝では松の木を用い、殷王朝の人は柏の木を用い、周王朝の人は栗の木を用いた〔(哀公問社於宰我。宰我対曰、)夏后氏以松、殷人以柏、周人以栗〕(94)。

きわめて興味深いのは、社廟に祭られていたのが一個の岩にすぎなかったことである。つまり、高媒の廟で女神を表していたのと同じしるしである。

社廟の主神を表すものとしては石が用いられた〔社主用石〕(95)。

殷の人々の儀礼では、石を社神とした〔殷人之礼、其社用石〕(96)。

社稷には屋根を作らず、祭壇を霜や露、風や雨にさらして天地の気を行きわたらせる。〔社の神の〕神体として石を用いるのは堅固で耐久性があるからだ。〔社稷不屋而壇当受霜露風雨、以達天地之気、故用石主、取其堅久〕(97)。

漢代以前のテクストは社神をつねに「后土」と呼ぶので、カールグレンは『淮南子』の資料(禹が社となる)を「非常に珍しい例」(98)と見なすことになった。しかし、カールグレンが見落としているのは、禹と石、そして石と社祭儀礼の複雑な関係が必然的に、これら二組の神話が融合する道を開くということである。

石を神体として祭ることに加えて、高媒儀礼と社祭儀礼は相互の密接な関係をさらに強める特徴をもう一つ共有している。『周礼』によれば、二つの儀礼はいずれも夫婦の関係を円満なものにする機能を果たすのである。

男女の夫婦関係に関する訴訟は、滅ぼした国の社廟で審問を行う〔凡男女之陰訟聴之于勝国之社[99]〕。

この資料に基づいて推測できるのは、社神は古代社会において、婚姻関係にある男女のあらゆる訴えや苦情にも耳を傾けたということである。社神が果たしていた仲裁機能は、仲たがいをした夫婦の絆を回復し、生殖の継続を保証することに寄与した。つまり、女神高媒の縁結びや子授けの儀礼におけるものと類似の機能である。禹と石とのつながりは、女媧と高媒の岩とのつながりと同じように密接なものであり、禹と社の豊穣神との同一性を補強していることは疑いない。

以上、社祭儀礼がいくつかの周辺的な点において禹伝説や高媒儀礼と交差していることを示してきた。たとえば、石と夫婦関係によって高媒と社祭儀礼が結びつき、禹の英雄行為と部族の始祖としてのその役割によって禹と社神との関連が正当化されるであろう。その結果、社と高媒、社祭儀礼と禹伝説という二組の関係が成立する。ここでは、高媒と禹それぞれの語彙解釈を社祭儀礼の辞典のなかに組み込むのではなく、まず社・高媒・禹という個々の神話素の意味表示を分析しよう。そしてそのあとで、それらの収斂する地点を確定することにしたい。

社の石・高媒の石・禹の石

社：（地）（夫婦の／自然の調和）（成長を守護する／推進する）

＊補助的意味素：

1．石――（変化を阻止する）（部族の母）

2．松／柏／栗――（樹木）（自然の常緑／豊穣）

高媒：（誕生）（性的結合）（部族の母）（神性との霊的交感）（不毛への癒し）

＊補助的意味素：石

禹：（石からの出生と石との親近性）（死における生）（水を阻止する）（水の怪物を退治する）（調和を回復する）（部族の父）

＊補助的意味素：玉のふだ〔玉簡〕――（石）（天につながれた）（水を制圧する）

右の見取り図をよく見ると、石が主要な意味素であり、三組の神話／儀礼がそれぞれに「調和」「癒し」「誕生／成長」といった意味素を含み、再び豊穣という同位態を指し示していることがわかる。指摘しておきたいのは、ある程度の文化的理解が、社祭儀礼を禹伝説や高媒儀礼と並べて比較するというこの予備的な試みにとって重要な手がかりとなっていることである。社祭儀礼は地に捧げられるがゆえに豊穣という意味素と直接的なつながりがある――この分析以前の知識によって、社と、たとえば高媒という類似の豊穣儀礼とのあいだにありうるテクスト相関関係が予測できるのである。

禹と石との強い親近性は、禹自身の出生、配偶者の石への変身、息子の石からの誕生という三つの要素をめぐって展開し、この洪水英雄と女娲との不思議な紐帯を説明してくれるだろう。というのも、禹がまさに石と絡みあった人生を送るように、女媧自身も、多様な儀礼において別の神話的ペルソナを引き受けながらも、石との濃密なコミュニケーションを決してやめないからである。男性である英雄と女神とのあいだの紐帯はさらに、洪水を制御するにあたっての類似した役割——禹は玉簡に、女媧は五色の石に助けられる——によって補強される。おそらくこのような意味素範疇の収斂の結果として、禹の配偶者である塗山氏は女媧にほかならないという不可解な伝説が現れたのであろう。

雨乞い儀礼

高媒儀礼や社祭儀礼に見られるように、石は人間が豊穣や調和を祈願する際に補助的役割を果たしていた。古代において、供犠をともなう祈願は人間と超自然的な力との霊的交感のもっとも原始的な形式であった。そのような儀礼で、人は祭壇の石に対する礼拝と供犠によって、天地の象徴である石との言語的・象徴的コミュニケーションの行為を演じたのである。石と祈願と言語行為との関係は、以下の祈雨儀礼の記述においては、やや異なるかたちをとるだろう。

ここでの目的は古代中国で行われた雨乞いの儀式のすべてを考察することではないので、石が儀礼道具として重要な役を果たすような手順のみをとりあげることにしたい。王孝廉によれば、石の魔力は古代農耕社会の豊穣儀礼において不可欠な一部分を占めている[100]。実のところ、旧石器時代・新石器時代に使用された石器に対する人間の厚い信頼から石に具わる力への信仰が展開したという仮説を立てることは難しくない。一方で、雨もかけがえのない天然資源の一つであり、収穫や食物や生活が雨に依存している。古代文化における雨の神格化が石信仰と並行して起こるのも、もっともなことなのである。

中国の雨の神は多様な装いをまとっている。一般的には、龍神が雨を降らしてくれるのだと信じられている。[101]『論衡』では、おなじみになった女媧の形象が雨の女神として現れる。

雨が降り止まないとき、人々は女媧を祭った〔雨不霽、祭女媧[102]〕。

漢代の人々が豊穣の女神を雨の神に指名したのは理にかなったことと思われる。同じ神話論理に基づいて、社廟は皇帝が雨を祈った場所であると言われることも多い。[103]

『荊州記』には、五世紀に行われた儀礼のもっとも古い記述が見られるが、それは雨を降らせるために二個の魔法の石を鞭で打つというものである。

俍山〔県〕に山があって、高くそびえて険しかった。その西北の川に石の洞穴があった。入って百歩ばかり行くと二つの大きな石があり、二つのあいだは一丈ほど離れていた。一つは陽石、もう一つは陰石と俗称されていた。洪水や旱魃のときに、陽石を鞭打つと雨が降り、陰石を鞭打つと空が晴れた〔俍山下有山、独立峻絶、西北石穴、以独行百許歩、有二大石、其間相去一丈許、俗名其一為陽石、一為陰石、水旱為鞭陽石則雨、鞭陰石則晴[104]〕。

アルヴィン・コーエンによれば、この種の儀礼は共感呪術の法則に基づいて構成される。コーエンはさらに、人が鞭打つのは機能が過剰になっているほうの石であると結論づけて言う。「陽は熱気と乾燥とを生み出すので、過剰になった場合には強制的にエネルギーを減少させ、冷気と湿気を生み出す陰が機能するようにしなければならない。この逆もまた然りである」[105]。『太平御覧』には、これとよく似た儀礼を記録した『荊州図』の一節が収められている。

宜都に洞穴があった。穴のなかには二つの大きな石があって、二つのあいだは一丈離れていた。一つは陽石、もう一つは陰石と呼ばれていた。洪水や旱魃が災いをなすとき、陽石を鞭打つと雨が降り、陰石を鞭打つと空が晴れた。これらはいわゆる廩君の石である。しかし、石を鞭打った者は長生きできなかったので、人々は畏れてなかなかこの儀礼を行おうとしなかった〔(荊州図曰、)宜都有穴。穴有二大石、相去一丈。俗云其一為陽石、一為陰石。水旱為災、鞭陽石則雨、鞭陰石則晴。即廩君石是也。但鞭者不寿、人頗畏之、不肯治也[106]〕。

『広州記』には、同じく攻撃的な手段に訴える祈雨儀礼が見られ、石の牛が神の代理と見なされている。

鬱林郡の山の東南に池があった。池のほとりに石牛が一頭立っていて、人々はこれを祀っていた。旱魃があると人々は牛を殺して雨が降るように祈るのだが、そのときには牛の血と泥とを混ぜて石牛の背に塗った。この儀礼が終わると、雨がたっぷりと降り、石牛の背の泥［と血］がすっかり洗い流されると、空は晴れわたるのであった〔鬱林郡山東南有一池。池辺有一石牛、人祀之。若旱百姓殺牛祈雨、以牛血和泥、泥石牛背。礼畢則天雨大注、洗牛背泥尽即晴[107]〕。

「血」は人の生命にとって不可欠な要素だが、「泥」も同じである。どちらの語彙素の意味表示も水の意味素を含んでおり、水は植物の成長に欠かせない要素である。人のエネルギーの流動体である「血」と、地のエネルギーと水でできている「泥」はともに、生命を与えるものの象徴であり、それらが天から水を授かるために用いられているのはもっともなことである。

このように考えると、雨の神に祈願する儀式は古代の豊穣儀礼の変種の一つ、すなわち古来の石信仰の一部分に他ならない。しかし降雨祈願の儀礼は、祈願の方法において高媒や社祭の儀式とはちがいがある。降雨祈願の成就には、何らかの暴力行為が必要であるらしいのだ。さらに、死のイメジャリーが生のイメジャリーに先行している。不和になった自然の諸力をなだめるには供犠を行う必要があり、その見返りに豊かな収穫や、誕生と成長の絶えざる循環がもたらされるのであろう。それゆえ、祈願する人がしばしば早すぎる死を迎えることもあれば、牛の殺害が儀礼そのものの不可欠な序奏となることもある。石牛の背に塗られる牛の血とは、生と死を同時に象徴しているのである。古代文明における雨乞い儀式その他の豊穣儀礼の数々は、生と死の自然の循環を象徴的に再演し祝賀するものであり、生と死が存在という一つの連続体を形成しているという「野生」の精神の神話論理を表現している。[108] 豊穣の効力は、死の暴力的エネルギーを同化することなしは現れることはない。

さらに注目されることとして、雨乞い儀礼において石は水を誘引することもあれば抑止することもある。石がいずれの場合にも豊穣を象徴するのは、旱魃も洪水も収穫にとって有害だからである。社廟の祭壇の石が人の苦情や願望を黙って聞くのと同じように、陰陽石や石牛も、天と地を媒介する役割を果たしている。祈願の形式はいずれも契約関係に基づいており、神性を象徴するものによって媒介される。祈願の成就には返礼が必要なのがふつうであり、雨の神は恩恵の報酬として祈願者あるいは牛の生命を要求するのである。この枠組みのなかで、両者のあいだの取引は公正かつ正確に行われる。

雨乞い儀礼の意味表示は以下の語彙解釈によって構成される。

祈願／灌漑：（象徴的言語行為）（神々との交感）（契約）（暴力的エネルギー：鞭打つ／殺す）（死）（生命：泥／血）（水）（土）（植物）（調和させる：陰陽石）（豊穣をもたらす）

＊補助的意味素：

1. 陰陽石――（土の要素）（生命のない原理を再賦活する）（調和させる）（人の犠牲）

2. 石牛――（生命の原理：血と泥）／（生命のない儀礼対象：石像）（土の要素）（水の要素）（動物の犠牲）

儀礼の対象として、二つの補助的意味素（陰陽石と石牛）はともに、祈願の受け手でもあり、雨を降らせる能動的な主体でもある。石と言語行為との密接な関係が少しずつ進展を見せるのは、人間界の君主と天界の君主との契約関係を確認する儀礼に石が深く関わるにつれてのことである。

封禅の儀――天子による天と地への供犠

雨乞いの儀式に見られるような、人間と神／超自然とのコミュニケーションを媒介するという石の補助的性質は、封禅の儀においてさらに強められる。古い歴史記述によれば、封禅の儀は天子みずからが泰山――古代中国における東の聖山――の頂上で行うものであった。『史記』はこの儀礼を次のように定義する。

この泰山の上に土で壇を作って天を祭り、天の恵みに返礼した。これを封という。この泰山のふもとの小山の上の雑草を除いて地の恵みに返礼した。これを禅という〔此泰山上築土為壇以祭天、報天之功、故曰封。此泰山下小山上除地、報地之功、故曰禅〕[109]。

王朝が入れ替わって王となると、太平をもたらすために必ず泰山で封の儀礼を、梁父で禅の儀礼をとりおこなう。そうすることで王としての天命を受け、民を治めることができる。そこで、太平を天に報告して神々の恵みに報いるのである〔易姓而王、致太平、必封泰山、禅梁父、天命以為王、使理羣生、告太平於天、報羣神之功〕[110]。

このように、封禅は天子とその臣下によって挙行される王朝儀礼であり、目的は、天命を確実なものとすること、および天に代わって政治を行うことの宇宙論的正当化である。行事は本質的に、王朝支配の成功をことほぐものであった。天（封）と地（禅）の両方に対して供犠が行われたとはいえ、封禅は明らかに、豊穣儀礼というより主として権力儀礼であり、天子は、女性である地よりも男性である天帝との紐帯を強めることのほうに熱心であった。

李杜によると、天命という概念や「天」と「帝」とを一つにした「天帝」という概念を導入したのは周の人々であったと考えられる[111]。『詩経』や『書経』には、天が有徳者を選んで統治させ、天命に従う者の王権を認可するという考え方が多く見られる。

ああ恵み深く栄光にあふれた文王よ、わたしたちの敬愛は限りない。
天から命を受けて、商〔＝殷〕の子孫はすべて服従した。
商の子孫の数は、億をはるかに超える。
上帝が命じたので、周に服従したのだ。
商は周に服従した、天命は常に変わらないわけではない。
〔穆穆文王、於緝熙敬止。仮哉天命、有商孫子。商之孫子、其麗不億。上帝既命、侯于周服。侯服于周、天命靡常(112)〕。

全能なる天は命令を下し、文王と武王がそれを受けた〔昊天有成命、二后受之(113)〕。

上帝はこのことを知って、よろこんだ。そして文王に大いなる命を下したのだ〔聞于上帝。帝休。天乃大命文王(114)〕。

『書経』と『詩経』には、君主と天との同一視も見られる。

ああ全能なる天の上帝は、わが民を与えて下さらない〔昊天上帝、則不我遺(115)〕。

天の上帝はその命令を取り消して年長の息子〔殷王朝の紂王〕を廃した〔皇天上帝改厥元子、茲大国殷之命〕[116]。

したがって、天の子である「天子」は、封禅の儀によって君主としての正統性を証明し、王権の繁栄を告知するのであった。この儀式の政治的意義は、儀礼そのものを考察し、そのなかで石が果たす役割を分析すると明らかになってくる。

秦王朝の始皇帝（在位 246–210 B.C.）は封禅の儀を行った最初の君主であると言われた[117]。それについては『史記』の「秦始皇本紀」に記述がある。

二十八年に始皇は東方の郡県をめぐって鄒の嶧山に登り、石を立てた。魯の儒者たちと相談して、石に銘文を刻んで秦の徳をたたえたのである。また、封禅や山川を望んで祭る行事について話しあった。その結果、泰山に登って石を立て、壇を築いて供犠を行った。〔二十八年、始皇東行郡県、上鄒嶧山。立石、与魯諸儒生議、刻石頌秦徳、議封禅望祭山川之事。乃遂上泰山、立石、封、祠祀[118]〕。

始皇帝の時代には、その儀礼はきわめて簡単なものだった。「秦の徳」を石碑に刻んで立てることだったのである。漢王朝の武帝（在位 141–87 B.C.）のころまでには、『漢書』の本文や応劭の注に見られるように、儀式はもっと複雑になっていた。

「元封元年（110 B.C.）の夏四月に武帝は帰ってきた。泰山に登って供犠を行った」〔本文〕。孟康はこの箇所に注して言う、「王者は手柄を立てて国を平定すると、その成功を天に報告する。封とはたかめることであり、天の高さをさらに増すのである。年号を石に彫って記し、金のふだと石の箱を金泥と玉で封印する」。〔「夏四月癸卯、上還、登封泰山」。孟康曰、王者功成治定、告成功於天。封、崇也、助天之高也。刻石紀号、有金策石函金泥玉検之封焉(119)〕。

泰山で封禅を行うには、武帝が封を行ったところに石を積みあげ、壇を築き、石の中に玉のふだの書物を置いて再び石の封印をするのである〔封禅泰山、就武帝封処累其石、発壇、置玉牒書封石此中、復封石検(120)〕。

ここに記述されているように、漢の武帝による封禅の儀式には、文字を刻んだ石碑を立てることに加えて、皇帝の秘密の祈願が記された玉のふだを石の箱に封入することも手順に組み込まれている。王者のメッセージを封入するという儀礼行為が、地の君主と天の君主とのあいだに私的な契約を成立させたのである。理論的には、皇帝によるこの儀礼は、帝国の繁栄とすべての臣民の幸福を願うものである。したがって、そのメッセージは本質的に、上帝という特定の受け手に向けての十分に動機づけられた祈願である。そして、いかなるコミュニケーション形式もそうであるように、メッセージの送り手は、受け手である神から好意的な反応を引き出すことを望んでいる。祈願の言説論理を支えているのは、請願のうちに列挙された条件すべてが成就する可能性である。だからこそ、玉のふだに書かれたメッセージを発しかつ封印することが言語行為が現実化する潜在的可能性を示すのである。

一方、石碑に刻まれた言説は別の言語様式を具現していた。皇帝の祈願文が彫られたあと封印され、その内密で私的な性格ゆえに人々の視線にさらされないのとはちがって、石碑の銘文はそのような慎重さを要求することはなかった。それは皇帝の軍事的功績を数えあげ、王朝の栄光の証しとなる役割を果たしたのである。玉のふだが石の箱に入れて埋められたのに対して、石碑は祭壇のそばに立てられて人々の注目を浴びる。ゆえに、碑に彫られたコードは、天のような単一の受け手にではなく、一般の人々に伝えられた。「碑書」の公共的機能は通常、君主の美徳と威光についての伝説をある世代から次の世代へと確実に永続させることである。玉のふだの封印が秘儀的契約の成立を象徴するのに対し、石碑を立てることは王朝統治の成功に公的な証拠を与えるのである。

「封」と「禅」との儀礼において果たす言語伝達の機能は異なるものの、玉のふだも石碑も、メッセージの運び手として選ばれたことにはさまざまな理由がある。耐久性があり風雨に負けないことは別として、玉と石はどちらも聖なるオーラを帯びているのである。すでに雨乞い儀礼や女媧／禹神話についての議論でも、石が神的存在であることが不変の属性として現れるさまを明らかにした。ここで玉の特徴について簡単に見ておこう。

『説文解字』は「玉」を次のように定義している。

> 玉は、五徳を具えている美しい石である。つややかで温かいのは仁にたとえられる。内側の本質が外側からわかるのは義にたとえられる。その音がのびやかで遠くまで聞こえるのは智にたとえられる。折らずに曲げることができないのは勇にたとえられる。鋭く清らかでそこなわれないのは絜〔＝潔〕にたとえられる〔玉。石之美有五徳者。潤沢以温、仁之方也。䚡理自外可以知中、義之方也。其声舒揚専以遠聞、智之方也。不撓而折、勇之方也。鋭廉而不忮、絜之方也[121]〕。

五徳は理想的な君子が具える徳であり、君子が身につける玉の飾りは、それを伝えるものである。早くも殷王朝のころから、玉はすでに有徳者のしるしとされていた。『礼記』によれば、古代において君子は必ず腰に玉を下げた〔古之君子必佩玉[122]〕。君子は理由もなく玉を身から離さない。君子は玉と徳を競うのである〔君子無故玉不去身。君子於玉比徳焉[123]〕。

玉に独特の地味な色合い、音が鳴ること、なめらかな手触りよって、また瑕がないというもっとも重要な特質によって、玉は清らかさと完全性の象徴として中国でもっとも高い人気を博した。玉が具えているとされる珍しく貴重な属性のすべてを考えれば、古代中国の儀礼の多くで皇帝のしるしとされ、儀礼の象徴とされたのも不思議ではない。皇帝の玉の印章である「璽」は統治権のしるしとして帝位の継承者へと受け継がれた。『周礼』には、玉で作られたいくつもの祭具の機能の説明が見られる。

玉で六つの器を作って天地と四つの方角に対する儀礼を行った。深緑の玉は天の儀礼、黄色い玉は地の儀礼、青い玉は東方、赤い玉は南方、白い玉は西方、黒い玉は北方の儀礼に用いた〔以玉作六器以礼天地四方。以蒼璧礼天、以黄琮礼地、以青圭礼東方、以赤璋礼南方、以白琥礼西方、以玄璜礼北方[124]〕。

玉は「太陽の輝き」を具現しており、穴の空いた玉の円盤である「璧」は天を触知できる形に縮約したものと信じられていた[125]。玉の物質的属性の完全さは、神性が顕現したものと見なされるがゆえに天の力と密接につながっている。その結果、古代の人々による天への供犠儀式では、しばしば玉が用いられたのである。

封禅の儀についての議論に戻るとすれば、その儀礼内容は、以下の語義素や、それぞれの意味素範疇に分解することができる。

天と地への供犠：（神々との交感）（天命）（祈願）
統治成功の告知：（言語伝達）（権力）（繁栄）
＊補助的意味素：
1. 石碑——（公的）（書かれた声明）（証言）（賛辞）（人との対話）（立てられる）
2. 玉のふだ——（祈願）（書かれた声明）（私的）（天との誓約）（封印される）

石と玉は、各々異なる言語イメジャリーの類型をになって、補助的機能を果たしている。封禅という儀礼によって生み出されたこの機能は、白話小説に描かれる多彩な石のイメジャリーとして反響しつづける。そのイメジャリーには、『紅楼夢』のフィクションが刻まれた女媧石や、『水滸伝』の謎めいた地下の石板および天から下された石碑が含まれている。こうした石のシンボリズムが儀礼における石碑や玉簡の変種であるということは、ぜひとも付言しておきたい。

石敢当——厄よけの石

伝説の「石敢当」——文字通りには「たいへんな任務を敢えて引き受ける石」——はふつう住居の正門の前や

通りの入り口、あるいは邪悪な力の及ぶその他諸々の場所に配置される。地方では、「泰山石敢当」の文字が刻まれて、山東省の聖山である泰山の威力による加護を得ようとするものもある。人の石像、石の動物や柱が皇帝陵の前に立てられるのは秦漢以来のことである。(126) 石敢当についてのもっとも古い記述が見られるのは『急就篇』である。

衛〔ca. 1022–241 B.C.〕の国に石碏・石買・石悪という男たちがおり、鄭〔ca. 806–375 B.C.〕の国に石癸・石楚・石制という男たちがいて、いずれも石氏であった。周の国には石速がおり、斉〔ca. 1122–221 B.C.〕の国には石と名のる者はたくさんいて、そののちも一族は石を姓とした。敢当というのは向かうところ敵なしという意味である〔衛有石碏、石買、石悪。鄭有石癸、石楚、石制、皆為石氏。周有石速、斉有石之紛如、其後亦以命族。敢当、言所当無敵也(127)〕。

『輿地紀勝』には、厄払いという石の機能がはっきりと記述されている。

慶暦年間に、張緯は莆田の長官であった。県の行政を立てなおし、銘が刻まれた石を手に入れた。その文は「石敢当は百鬼を鎮め災殃を圧す」であった〔慶暦中、張緯宰莆田、再新県治、得一石銘。其文曰、石敢当、鎮百鬼、圧災殃(128)〕。

この不思議な石は村の守護神であるとも言われていた。

今やわたしに明らかになったのは、なぜ民の住居や大通りにはつねに「石敢当」と刻んだ石像や石碑が立てられているのかということである。それには悪霊を払うためという、きちんとした理由があったのだ〔予因悟民之盧舎、衢陌直衝、必設石人或植片石、題鐫曰石敢当、以寓厭禳之旨、亦有本也〕[129]。

王孝廉によれば、この厄よけの石に対する信仰は社祭儀礼と関係がある[130]。社は地の神であり、石は社廟の主であるので、古代人が石は地の神の代理であり村人の幸運を護ってくれると考えるのは自然なことと言えよう。

石の銘文が決まった呪文であることは、もう一つの注目すべき現象である。石敢当の魔力は、何らかの言葉の力に補強されてこそ、その使命を十分に果たせるということらしい。それはあたかも、文明が進歩するにつれて人が自然の魔力の驚異から遠ざかり、原始の純真さを失って、石が単独で全能性を具えているという人々の信念が弱まったかのようである。社廟に鎮座しているたんなる石は、もはや文明化した人類が求めるものに十分に応えてくれないように思われた。そして、石の神聖なる力は次第に衰えてゆき、石神話もわたしたちの集合的記憶から消えていった。だとすれば、原始の裸石が人知の象徴〔＝文字〕を載せて魔力を補強するようになったのも不思議ではない。したがって、この民間風習の意味素構成においては、「書かれた表現」という意味素が繰り返されることが予想できるだろう。

石敢当：（書かれたメッセージ）（厄払い／癒し）

石の銘文は、ときには自然にできあがった図像であり、その稀な美しさと珍しい模様は天がもたらす吉兆として崇拝された。[131] そのような石が発見されたという記述が多くの地方伝説に残っている。ただし、ほとんどの場合、彫られているのは天命を告げる言語メッセージであり、予言の言説であると見なされた。石の媒介機能が明確に示されているというわけである。『旧唐書』「五行志」によれば、太宗は一個の文字が刻まれた石を崇拝したが、それはその銘文が天命であると考えてのことであった（天有成命、表瑞貞石）。[132]『西京雑記』によると、漢王朝の竇《とう》太后は指ほどの大きさの石を見つけたが、半分に切ってみると「母天地后」という銘が現れたという。[133] 予言はのちに実現して、竇氏は漢王朝の皇后になり、その貴重な石を大切にして「天璽」と名づけたという。『神異記』には、「李淵万吉」（李淵［唐王朝の開祖］は万事が吉）という四文字[134]——李淵が王位に就くことを天が承認したという文字によるお告げ——が書かれた、亀の形をした石が発見されたという記事がある。『漢晋春秋』には、川のなかに巨大な石塊が立っていて「大討曹」（曹操をやっつけろ）という命令[135]、すなわち人による実行を要求する天の命令が書かれていたという記録がある。

石の表面の文字が伝えるメッセージは、暗号や隠喩の色彩を帯びるにつれて士人たちをわくわくさせ、朝廷の占星家や占い師への知的挑戦となって対応を迫った。明白なものであった不思議な石のメッセージが、解読されなければわからない謎に、徐々に取って代わられたのである。石の刻印が不可解な難問を表すというのは、天意はつねに謎めいたものとして示されるという古代中国の民間思想に由来するものであろう。しかも、その言語の謎を解明したいという誘惑に、人はつねに抵抗できなかった。

［李訓の］甘露の変が失敗すると、王播《おうはん》の一族はすべて処刑された。それより前に、王播が浙西で城郭と堀を修復したとき、人夫が四角い石を掘り出した。石には次のような十二文字が書かれていた。

「山に石あり、石に玉あり、玉に瑕あり、瑕はすなわち終わり」。

璠はその意味がわからなかった。京口［江蘇の地名］の老人が次のように解釈した。「これは尚書どのにとって吉兆ではありませんな。尚書どのの祖先の名は崟《ぎん》［部首は山で音符が金である］、その崟どのが礎［石偏で音符が楚］を生んだ。これが山に石ありということです。礎どのが尚書どの［璠は玉偏で音符が番］を生んだ。これが石に玉ありです。尚書どのの息子さんの名は遐休［遐は同音語である瑕と音符が同じであり、瑕は「きず」を意味する］。休とは絶えるということです。これはめでたいとは言えませんな」。果たして一族は絶えたのである。

［訓敗之日、（璠帰長興里第、是夜為禁軍所捕、）挙家下獄、（斬璠於独柳樹、）家無少長皆死。初璠在浙西、繕城壕、役人掘得方石、上有十二字云、山有石、石有玉、玉有瑕、瑕即休。璠視莫知其旨、京口老人講之曰、此石非尚書之吉兆也。尚書祖名崟、崟生礎、是山有石也。礎生尚書、是石有玉也。尚書之子名遐休、休、絶也。此非吉徴。果赤族[136]］。

天と地の媒介者として、文字を刻んだ石は一般的に、不思議な出来事を予言したり、特権者に神の恩恵を与えたりするための特別な発話形式——書き言葉あるいは話し言葉——と見なされる。このような神話論理は、真の天啓と人が正当化のために行う捏造とのあいだの奇妙な相互作用に基づいている。

既述のとおり、ありのままの石が純粋な神性の直接的具現であるという古代の信仰は徐々に崩れていった。その代わりに起こったのが、神の命令が書かれた言葉——人の言語活動のしるし——という媒介を通して表れた、文字を刻んだ石への関心である。換言すれば、原始の石の神的効力は言語という媒介も人知による正当化も必要としなかったが、それは次第に、文字で書かれた謎というかたちで人間的かつ人為的／文化的なものの加工を経た、文字を刻んだ石へと展開したのである。石と人間の活動との親近性が深まったことは、生命あるものの、とどのつまりは人間の、主たる特徴を具えた不思議な石の出現を準備することになった。したがって、音を出す石やもの言う石も、石の段階的な人間化の表れ、すなわち文字を刻んだ石の伝説にすでに見られたような傾向の表れと見なすべきであろう。

民間伝承の石は、非人格的な神を表す沈黙した物体から言語行為さえも可能な生きた主体へという展開を見せるが、これは古代中国の民間伝承において、予想のつかない孤立した現象だったわけではない。この変換は、石の生命力に関する広大な神話群の隆盛と並行して起こったと考えられる。石の生命力神話のテクストは石に内在する創出への動因を際立たせ、それが、言語活動という重責を担う、意志ある存在への石の変身を、実際に引き起こさないまでも容易にしたであろう。以下の節で検討するように、もの言う石の伝説は晋代（A.D.265-316）にさかのぼるが、豊穣〔＝生命力〕伝説の多くは唐代（A.D. 618–907）や宋代（A.D. 960–1279）の資料に見られる。結論として、わたしは、もの言う石が豊穣の石の最終的な到達点であるとする進化論には疑いを抱いている。しかし、石の言語能力の所産が、石に具わる動的原理への民間信仰と密接に関連するという仮説を性急に捨て去る必要もないだろう。そのような信仰は他のさまざまな伝説にも見られるからである。〔もの言う石と豊穣の石の〕二つの民間伝承テクスト群の連結によってこそ石のエネルギー場を詳しく示すことができるだろう。石の人間化は、その豊穣〔＝生命力〕をもたらす力を強調する他の伝説に照らして考察されなければならない。

石の生命力をめぐる民間伝説

1.『洞冥記』には、老化と衰退のしるしである白髪を、若さとエネルギーの象徴である黒髪に変えるという石の不思議な力についての記述がある（癒しと回復の機能が原始の石によく見られる意味素属性であり、神話時代の女媧にまでさかのぼれることに注意）。

元鼎年間〔116–111 B.C.〕に条支という国から馬肝石が〔中国の朝廷に〕貢ぎ物として献上された。これは九転丹と調合することができ、髪が白い人がこの石でくしけずると再び黒髪になった〔元鼎中条支国貢馬肝石。以和九転丹、髪白者、以此石払之、応手而黒(137)〕。

2. 石のもつ癒しの機能は、石の薬についての種々の記述のなかでその力を存分に発揮している。『本草綱目』には、強壮剤、病気の治療薬、不死の霊薬としての効能をもつ石についての長大な目録が収められている。(138) この類の石には悪い魔法をはらう力があるとも言われていた。

休与之山の頂上に石があって帝台の棋と呼ばれていた。五色で美しい模様があり、形はウズラの卵のようであった。帝台の石は多くの神々への供犠の儀礼で用いられた。これを服用すると、魔法にかからない。〔休与之山、其上有石焉、名曰帝台之棋、五色而文、其状如鶉卵、帝台之石、所以禱百神者也、服之不蠱〕。[139]

この短い逸話において、石のもつ癒しの機能は明らかに五色および卵という意味素とつながりがある。また、この石の医薬としての属性は、儀礼の石の神性と同じ重要性を帯びている。実のところ、右のテクストに表れているように、医薬としての石は癒しと儀礼の二つの機能を果たしているのである。『本草綱目』と神農の『本草経』はいずれも、藍銅鉱（アジュライト）・雲母・褐鉄鉱・硫黄・辰砂などの鉱物——医薬として価値の高い石——の長いリストを提供してくれる。こうした知識は中国特有の治療科学の重要な一部門の発展に寄与し、その意義は植物による調剤学にも劣らないものであった。この医療伝統の普及は「薬石罔効」（薬石も効き目がない）のような現代の慣用表現によっても証明される。

3. 服用する行為は、薬石の補助的意味素の一つであり、食べられる石についての伝説群において優位を占める。『（太平）寰宇記』には食物になる「嫩石」（やわらかい石）についての記述がある。[140]『唐会要』は、石が麵になったという奇跡的なエピソードを記録している。[141] 栄養になるという石の機能は、前項で述べた石の癒しの力学から引き出されるのであろう。

4. 唐代に編纂された『酉陽雑俎』は「長石」（成長する石）という奇妙な一件を記録している。

于季友が和州刺史だったとき、川のそばに寺があって、寺の前は漁師たちが集まる場所になっていた。ある漁師が網を投げて、引き上げるときに重さを感じた。網はやぶれ、漁師が見るとこぶし大の石がかかってい た。そこで、寺の僧にそれを仏殿に安置することを申し出た。石は成長をやめず、一年のうちに四十斤に なった〔于季友為和州刺史時、臨江有一寺、寺前漁釣所聚。有漁子下網、挙之重、壊網、視之、乃一石如拳。因乞寺僧置於仏殿中、石遂長不已、経年重四十斤〕(142)。

このテクストは、石が置かれた仏殿という場所の神聖な雰囲気が、生きている石という不思議を生み出したことを示唆しているようである。成長する石が、「鳴石」(音を出す石)の伝説(後述する)で繰り返されるモチーフである「水」という補助的意味素と関係していることも興味深い。

成長しつづける石についての民間伝承は宋代の『集古録』にも見られる。

李陽氷が記しているが、縉雲県にある三つの石碑の篆刻はきわめて細い。人々の話では、三つの石碑はどれも生きていて毎年少しずつ大きくなる。そのために刻字は少しずつ狭まっていく。だから〔石碑に彫られた文字が〕細いのである〔李陽氷書、縉雲三碑篆刻最細痩。世言此三碑皆活。歳久漸生、刻処幾合、故細耳〕(143)。

5.『酉陽雑俎』にはもう一つ、動くのみならず足が生えた石についての驚くべき記述がある。

段成式〔=わたし〕の親戚の話だが、若かったとき鳥の巣をこわしたところ、雀の卵ほどの黒い石を一つ見つけた。つるつるしてかわいらしい。その後たまたま酢が入った器に入れたら、突然石が動いて、しばらくすると糸のような四本の足が生えた。持ち上げると足はまた縮んだ〔成式羣従有言、少時嘗毀鳥巣、得一黒

石如雀卵、円滑可愛、後偶置醋器中、忽覚石動、徐視之、有四足如蜒（『太平広記』作「綖」）、挙之、足亦随縮(144)」。

卵と石とのつながりは、太古の禹と啓の誕生神話に見られたものだが、唐・宋の民間伝説にもしばしば表れる。このつながりは、社や高媒の古代豊穣儀礼に由来するものにちがいないが、さらに「乞子石」（子授け石）についての興味深い民間伝説をもたらすことになる。乞子石信仰について検討する前に、禹の母の受胎神話に触発されたと思われる奇跡的な出産についての六世紀の物語を見てみよう。

高琳の母はあるとき泗水のほとりで禊をして、輝くなめらかな石を見つけ、持って帰った。その夜の夢に、衣冠をつけた仙人のような人が出てきて、「お持ち帰りになった石は浮磬の精［訳注1］です。大切になさるときっと息子さんが生まれます」と言った。母ははっとして目が醒めると、全身に汗をかいていた。にわかに妊娠して出産し、名を琳、字を季珉とした〔琳母嘗祓禊泗浜、遇見一石、光彩朗潤、遂持以帰。是夜、夢人衣冠有若仙者、謂曰、夫人向所将来石、是浮磬之精。若能宝持、必生令子。母驚寤、挙身流汗。俄而有娠、及生、因名琳、字季珉(145)〕。

母の妊娠が浮磬によるものであるのか、沐浴の儀礼における川の神との象徴的性交によるのかは、容易には決定できない。しかしいずれにしても、水の意味素が石を補完し、重要な役割を果たしているとは言えるだろう。

6. 乞子石の民間信仰は、中国に広く見られるものである。『郡国志』には次のような記述がある。

乞子石（子授け石）は馬湖の南岸にある。東の石の腹の中から小石が一つ生まれ、西の石の腹の中には小石が一つ入っているので、僰の人はここで子を授かることを祈って霊験があった。そこで乞子石と名づけたのである〔乞子石在馬湖南岸。東石腹中出一小石、西石腹中懐一小石、故僰人乞子於此有験、因号乞子石〕[146]。

この話において、石の生殖力はもはや高媒の石のような抽象的属性ではなく、現実の石の受胎によって具体化されている。おもしろいのは、こうした不思議な石がつねに二個一組で存在し、その象徴的夫婦関係が、乞子石伝説をめぐって展開する豊穣儀礼の神話論理にとって明らかに決定的なものだということである。『太平寰宇記』にはそのような石についての類似の記述がある。

僰道に乞子石があった。二つの石は青衣江をはさんで夫と妻のように向かい合っていた。古老の言い伝えによれば、東の石は西の石に子を願い、思いがかなって帰ってきた。そこで、子のない人が祈禱するようになり、効験があるのだという〔僰道有乞子石、両石夾青衣江対立如夫婦之相向。古老相伝、東石従西石乞子将帰、故風俗云人無子祈禱、有応〕[147]。

この信仰の効験は二つの石の曖昧な相互作用に依拠しており、それは、二つの石が人間のような性を前提として生殖行為に関与するということらしい。

以上のように、石についての多様な逸話は、石の動的能力をさまざまな装いのもとに表現している。次節では、豊穣の石と同じように生命力原理を具現している不思議な石の一群を見てみよう。

鳴石——音を出す石

音の出る石が伝えるメッセージは、音楽から言語まで、無意味なもの——内容のないノイズ——から理解可能なもの、すなわちある種の言語的意味作用まで、多岐にわたっている。鳴石についての伝説は、一見したところ、自然現象が意識をもち、それゆえ自己充足的な有機体であると信じられていたことに根ざすもののように思われる。しかし、鳴石の極端な事例が（謎を刻んだ石と同様に）具体化しているのは、石の自律的な性質と、天の代弁者としての従属的立場とのあいだの内的緊張である。神的予言のしるしと考えられる場合には、鳴石は人間にとって便利な自己正当化の装置となり、その自然発生的生命力はかなり無効化されてしまう。

鳴石のもっとも早い記述は『山海経』(148)に見られ、郭璞が次のように注をつけている。

晋の永康元年［A.D. 300］、襄陽郡から鳴石が献上された。玉に似ていて色は深緑で、たたくと音が七八里［一里は約五百メートル］離れたところまで聞こえた。これがその種の石である〔晋永康元年、襄陽郡上鳴石、似玉、色青、撞之声聞七八里、即此類也(149)〕。

鳴石が出すのがどのような音なのかについての言及はないが、遠くまで聞こえる音であることはわかる。このような石のもっと詳しい描写があるのが次に挙げる資料である。

M1：漢の武帝のとき、呉郡の臨平の岸が崩れて石の太鼓が出てきた。打っても音がしない。張華に尋ねたところ、華が言うには、蜀の桐の木を魚の形に彫ってたたくと鳴るだろうとのことだった。その言葉どおりにしてたたくと音は数十里離れたところまで聞こえた〔武帝時呉郡臨平岸崩出一石鼓。打之無声、以問張華。華曰、可取蜀中桐材刻作魚形扣之則鳴。於是如言、扣之声聞数十里(150)〕。

M2：顕慶四年、川で漁師の網に一つの青い石がかかった。長さ四尺、幅九寸、つやつやした色でふつうの石とはちがっていた。ぶらさげて打つと清らかな音が響きわたって、道行く人は誰もが足を止めた。都督の滕王は上奏して瑞祥として宮中に納めた〔顕慶四年、漁人於江中網得一青石、長四尺、濶九寸、其色光潤、異於衆石、懸而撃之、鳴声清越、行者聞之、莫不駐足。都督滕王表送納瑞府(151)〕。

M3：西晋の末に旌陽県令に許遜という者がいて、豫章の西山で仙道を身につけていた。川の中にみずち〔龍の一種〕がいて災害をもたらし、旌陽が水びたしになったので、許遜は剣を抜いてみずちを斬ったが、その後剣の所在がわからなくなった。それからずっとあとのことだが、漁師の網に一つの石がかかった。よく響く石で、たたくとその音は数十里離れたところまで聞こえた。唐朝の趙王はそのころ洪州の刺史であったが、この石を割ったところ一対の剣が出てきた。その銘を見ると、一つには「許旌陽」、もう一つには「万仞」と書いてあった。こうして剣は「万仞師」（万仞の深さの軍隊）と呼ばれることになった。〔西晋末、有旌陽県令許遜者。得道于豫章西山。江中有蛟蜃為患、旌陽没水、抜剣斬之、後不知所在。頃漁人網得一石、甚鳴、撃之、声聞数十里。唐朝趙王為洪州刺史、破之、得剣一双。視其銘、一有許旌陽字、一有万仞字。遂有万仭師出焉[152]」。

鳴石の意味素構成を分析すると、すべてのヴァージョンが「水」という意味素を含むことがわかる。このことは、鳴石がおそらく〔『尚書』の〕「禹貢[153]」に見られる浮磬と同一のものである十分な証拠となる。まさしくこの音楽的な石こそが、卵としての特質を吹き込まれ、高琳の母の受胎をもたらしたのである。水が豊穣の強力な象徴である以上、水と石との融合がよく見られるのも決して偶然ではない。石伝説に多様なかたちで水という補助的意味素が出現することで、生命を与える原理という、石のプラスのコノテーションが強化されることになるのである。

上記の三つのヴァージョンで鳴石は、音を出す中立的な主体としての役を演じるか（M1）、あるいは、暗に何らかの言語信号《シグナル》――M2とM3では「幸運」――を伝えている。M3はこうした石のきわめて複雑な変種を示しており、言語メッセージには剣の銘と石が出す音の両方が含まれる。過去の遺物――有名な武将の剣――のメッセージの伝達者として、鳴石は音を発し、歴史的遺品という重荷を負っていると知らせているのである。したがって、その調べは三つのヴァージョンのうちでもっとも深い意味があるといえよう。

メッセージを伝達する鳴石は『賈氏談録』にも登場する。だが、その音を発する機能には自然のものとしての色彩は薄い。石が自己完結した物体から天の意志の代弁者へと変化するのに応じて、音は象徴的意味を引き受けることになる。その結果、メッセージはもはや自然そのものの野性の呼び声のように純真に響くことはなく、神的予言という重荷を担っているのである。

華岳の金天王［先史時代の伝説的帝王である少昊］廟に玄宗御製の碑があったが、広明［880–881］元年にその石が突然ひとりでに音を出した。大きな音で数里にわたって聞こえ、十日経つとやんだ。次の年に黄巣の軍隊が宮廷に侵入し、その廟も賊に火を放たれて焼かれ、門も壊された〔華岳金天王廟玄宗御製碑、広明初其石忽自鳴、隠隠然声聞数里、浹旬而後定。明年巣寇犯闕、其廟亦為賊火所爇、隳其門観(154)〕。

この伝説では、もの言う石の意味素が登場しているが、それは『洽聞記』の逸話ではより複雑な展開を見せる。

南嶽の岣嶁峰に音を出す石があって、呼べば応えること、あたかも人と話しているようであったが、意味はわからなかった。南州の南河県の東南三十里の丹溪には音を出す石があって、高さは三丈五尺、幅は二丈で動物が横たわっているような形をしていた。人が呼ぶと応え、笑っても応えた。ぽつねんと一つだけあるので独石とも呼ばれた〔南嶽岣嶁峰有響石、呼喚則応如人共語而不可解也。南州南河県東南三十里丹溪之有響石、高三丈五尺、濶二丈、状如臥獣、人呼之応、笑亦応之、塊然独処、亦号曰独石也(155)〕。

これは人間化した石の驚くべき記述であり、人の声に応答するのみならず、理解できない言葉で人と語り合う。鳴石の最初期ヴァージョンの特徴であった中立的な音を出す機能が、より進んだ言語化の段階——話をすること——へと進化している。

石が山の上にあるという事実が示唆するのは、石が発する音がよく荒野や山地で聞こえるこだまにすぎないのではないのかということである。だとすれば、人の言葉への石の「応答」には必ずしも人のような知性が具わっているわけではないだろう。おそらく、もの言う石は、あまりに不思議で異常な出来事であったために、語り手が何らかの方法でそれを中立化しなければもっともらしく見えなかったものの一例と言えるだろう。

石言——もの言う石

『左伝』に最も早い言及が見られるのが、もの言う石である。これは本来、幻想文学というジャンル——ツベタン・トドロフによれば、自然と超自然のあいだの不確定な空間を占める文学ジャンル——に属するものだろう。[156]

〔昭公〕八年春、晋の魏楡で石がものを言った。晋侯が師曠に尋ねた、「なぜ石がものを言うのだ」。師曠は答えて言った、「石はものを言うことができないのですから、何かがとりついたのでしょう。さもなければ、民の聞きまちがいです。ただわたくしは、時期外れの工事を起こし、民のあいだに怨嗟の念が起こると、ものを言わぬはずの物がものを言うと聞いたこともあります。今、朝廷は奢侈を好んで民の力は衰えはて、怨嗟が次々と生じ、民は生活さえ危うくなっています。石がものを言うのももっともなことではないでしょうか」〔八年春、石言于晋魏楡。晋侯問於師曠曰、石何故言。対曰、石不能言、或馮焉。不然、民聴濫也。抑臣又聞之曰、作事不時、怨讟動于民、則有非言之物而言。今宮室崇侈、民力彫尽、怨讟並作、莫保其性、石言、不亦宜乎[157]〕。

これが、超自然現象を自然化するプロセスの一例である。この逸話は、石がものを言ったといううわさと師曠によるその解釈という二つのテクストから構成されている。重点が明らかに後者に置かれているのは、不思議な出来事の外観は額面通りに受けとられるのではなく、解読すべき暗号と見なされるからである。したがって、もの言う石の伝説はその超自然のオーラを失って、アレゴリーの機能をになうことになる。石は外部にある主体の代弁者の役割を果たすのである。アレゴリー的解釈という観点に立つと、石がしゃべるという奇跡は、不満をもつ人々の集合的な声であると同時に天が発した兆しであるとも考えられる。この出来事の核心は、石がものを言うかどうかではなく、なぜ石がものを言うのか、そしてそれが何を表すのかである。

師曠の政治批判は、「石はものを言うことができない」、にもかかわらず人間界の秩序が乱れるとものを言うという矛盾した論理に基づいている。この論理に暗に含まれているのは、人間界の秩序は自然界の秩序と対応しているという古代中国の思想である。つまり、人間界における秩序の崩壊は、自然界の異常や災害として反映されるということである。説明不可能に思われる自然現象に対して人が理由づけをするこのような傾向は、儒教の合理主義の特徴である。あらゆる不思議な出来事が、吉凶を問わず、道徳的メッセージを伝え、人間界の状況の解説としての役割を果たすというのである。もの言う石が不動の物体であり、借り物の言葉を発している限りは、それを人間自身が創出した矯正装置であると見なすこともできよう。不思議な現象を自然化しようとする師曠の試みは、自身の政治的関心に沿ったものなのである。この伝説は、儒家による神話的なものや超自然的なものの組織化の好例となっている。

もの言う石への言及は、伝統中国の神話や伝説にはめったにない。『拾遺記』には、漢王朝の武帝が亡き李夫人を偲んで作った石像についての記述がある。その石像は「人の言語を伝えたり理解したりすることはできたが、声は出しても息をしていなかった」〔此石人能伝訳人言語、有声無気〕[158]。二つの伝説のいずれにおいても、石には不動の物体から発話や伝達の能力を授けられた主体へという進展が見られる。音を出す石やもの言う石に具わる認識能力は、次の民間伝説でも同じように強調されているが、別の側面に重点が置かれている。ここでは石は一人前の意識的存在になって、知性を具えているのである。

五鹿充宗は弥成子から学問の教えを受けていた。弥成子は以前、人から卵のようで模様のある石をもらい、それを呑みこむと聡明になった。のちに成子は病気になり、この石を吐き出して充宗に与えた。これを呑みこむと充宗も著名な学者になった〔五鹿充宗授学於弥成子。弥成子嘗遇人、以文石如卵授之。成子呑之、遂聡悟。後成子病、吐出此石、授充宗。呑之、又為名学〕(159)。

この伝説では、民間伝承の石のもっとも重要な二つの意味素である石の卵と石の知性が融合している。記録されているのは、豊穰(物質的再生産)と知性(精神的再生産)との微妙な相互作用なのである。

照石と石鏡――光る石と石の鏡

人の知性の発達を促進したり加速したりする石に加えて、古代の伝説にはまた別のテクスト群がある。それは、「照石」すなわち光る石で、民間伝承の石の神秘性を強めるとともに、その精神性の別の側面を反映している。『潯陽記』には、そうした石についての記述がある。

石鏡山の東の崖に丸い石が一つぶらさがっていた。明るく澄んだ光を発して人を照らし、細かい表情までわかるほどだった〔石鏡山東一円石懸崖、明浄照人、微細必察〕[160]。

注目に値するのは、光る石が個々の物を照らすだけでなく、人の顔のもっとも細かい表情や周囲の風景のささいな変化さえも感知できることである。石の完璧な反射力は、この石の鏡には何らかの霊性があるにちがいないという思いを引き起こす。石の鏡の不思議な力は、右の引用や他の類似の伝説では漠然と示されるだけだが、次の「自然」の鏡の逸話では前面に持ち出されている。表面的には自然の驚異であったはずのものが、超自然的な光のもとに現れるのである。

宮亭湖のほとりにある石のなかに、形が丸く鏡のようでものを映すことができる石がいくつかあり、人々は石鏡と呼んでいた。あるとき通りがかった人が一個を燃やしたところ、ほかの鏡も光を失い、その人も目が見えなくなった〔宮亭湖辺傍石、聞有石数枚、形円若鏡、明可鑑、人謂之石鏡。後人過以燎一枚、今不復明、其人眼遂失明〕[161]。

この逸話において、石鏡の不思議な力や生き物のような性質は、人の破壊する力に反応するかたちで表れる。ここで作用しているのは、一つの鏡が破壊されたことが他の鏡への連鎖反応のきっかけとなるという共感呪術の効果だけでなく、石鏡もその一部分であるような諸力による道徳律の執行――罪人の処罰――でもある。この象徴的宇宙のなかでは石は視覚とつながりがあるということであり、それがさらに自然そのものの生きた目であるという石鏡の象徴的意味を強化するのである。

では次に、人の意識を授けられた生きた石のあらゆる意味素属性を合わせたような仏教説話をとりあげたい。

そこでは、神話の石に見られる神的特質と民間伝承の石に見られる悟りの能力とが組み合わせられている。

点頭頑石——悟りを開いた天然の／無知な石

伝説によれば、五世紀の晋王朝の時代に竺道生という高僧がいた。生公とも呼ばれ、虎丘山のふもとの川のほとりで説法を行っていた。聴衆は千人にも及ぶほどだったが、その説教を理解できる者はいなかった。不思議なことに、それまで川のなかで動くことなくじっとしていた頑石（天然のままで磨かれていない石）だけが、立ち上がったり、お辞儀をしたり、うなずいて答えたりしていた。このことから「生公が説法すれば頑石がうなずく」（生公説法、頑石点頭）というよく知られた成語が生まれたのである。

この奇跡を伝える逸話は『通俗編』に収録されているが、それは『高賢伝』の引用である。

「晋の仏僧である竺道生は虎丘山で石を集めて弟子にした。涅槃経を講じると石たちはそれを聞いて皆うなずいた」〔竺道生入虎邱山、聚石為徒、講涅槃経、群石皆為点頭〕。現在の慣用表現である「頑石点頭」（天然の／無知な石がうなずく）は精神的啓示の強い影響力を指している。(162)

この伝説の劇的な展開は、僧侶と弟子の石たちとのコミュニケーション行為の曖昧さに依拠している。石の反応は、「沈黙」と「発話」という明快な区別を拒んでいるようだ。つまり、石は生命のない物体で話すことができないので「沈黙」している。しかし、「ボディランゲージ」の一つとしての「うなずく」という有力なコミュニケーション手段があるために「表現力豊か」である。言語活動の不在とボディランゲージの活用が相互に作用しあって劇的緊張を生み出し、「頑石点頭」というなんとも気の利いた隠喩を生み出しているのである。

この伝説の現代的解釈が際立たせるのは「頑石点頭」という隠喩のアイロニーである。というのも、現代の辞典の「石」の語義は、明らかにその無生物としての性質を強調しているからである。わたしたちはこのように問いたくなるだろう。どうして無生物に人の知性が与えられているのか。しかも、どうして「うなずく」などという意志に基づく身ぶりをすることができるのか。「石」と「うなずく」という両立しがたい語彙素が気ままに並んでいるのであるから、現代の意味論の専門家ならおそらく、この隠喩を「逸脱表現」と見なすだろう。しかし見方を変えれば、自然のままの石が悟りを開くのは何も目を見張るようなことではない。石と悟りとの関係は、仏教伝説においてはふんだんに見られるからである。菩提達磨は九年間岩に向かって瞑想していたことが知られている。今日の河南省にある少林寺では、瞑想していた僧の痕跡がうっすらと残る伝説の岩を見ることができる。岩の上で瞑想にふける風変わりな阿羅漢たちの肖像も絵画に描かれている。一五九一年の絵巻物である「十六羅漢」には、「岩の洞窟へと形を変えた木の幹に呑みこまれている」人物が描かれている。(163)

石が神性のしるしや生命力〔＝豊穣〕の源泉であった原始の神話や儀礼を思い起こせば、石と精神的啓示とのつながりは不可思議というほどのものではない。そこから小さな一歩を踏み出せば、石のイメジャリーは生殖力の源泉から精神力の源泉へと変換されるのだ。豊穣をもたらす石についての神話や伝説がミッシングリンクとなって、無生物である石が発話や知性などの意味素範疇と結合するという一見矛盾する意味単位を理解可能なものにするのである。

石女——石の女

「石女」は今日、一般には子を産まない女性の隠喩として理解されているが、[164]古代の民間伝説ではそれほど強くマイナスの意味属性を与えられているわけではない。そのもっとも早い例は有名な塗山神話であり、塗山は石に姿を変えたあとに息子を出産する。すでに論じたように、塗山の変身は「豊穣」と「不毛」という二つの対立する意味素から構成され、前者の意味素が後者よりもわずかに優勢である。石が社祭および高媒や雨乞いの豊穣儀礼と密接に関連しているという点で、古代伝説では、石のプラスの意味属性はマイナスのそれに対して優位にある。しかし、だからといって、石の不動性や不毛性にまつわる伝説が存在しないわけではない。それらは時おり、豊穣をもたらす動的な石の儀礼と混ざり合った形で見つかるのである。

圧倒的なプラスの属性から極端なマイナスの属性への石のイメジャリーの変換は、長い時間をかけて行われたようである。この変化のプロセスを復元することはできないが、単一のものに生殖力と不妊性という属性が同時に存在することが、のちの意味の反転を準備したのかもしれない。ミルチャ・エリアーデもエーリッヒ・ノイマンも、相反する両極の共存が全体性や原始的無意識を表現する古代の定式であると見なしている。エリアーデが仮定するような神話的思考は、分化されていない一体性の先在を前提としており、「原始的状態」とはそのような中性的かつ全体的な存在様式なのである。古代宗教の両性具有現象について考察したエリアーデは、「神的両性具有の現象は非常に複雑である。それは神的存在における両性の共存——あるいはむしろ合体——を意味するだけではない。両性具有は全体性、相反するものの共存、あるいは反対物の一致を表現する原始的かつ普遍的な定式なのである」[165]と指摘している。両性具有というこの独特な現象は、植物や豊穣に関わる大いなる神々、すなわち太古の分化されていない存在様式という完全性の象徴においてきわめて多く見られるものである。火や水や石などの要素についての神話的記述にもプラスとマイナスの属性の共存が認められるが、それらも同じ原理に基づいている。[166]

この観点に立てば、石の象徴的多価性は、陰と陽、天と地、静と動、洞穴と墓穴、肥沃と不毛などの対立物が本来は一体であったことを表している。人間の意識が生まれて自己と他者の分離を要求するにつれて、原初の一体性は終わりのない差異化のプロセスを経験し、そのなかで豊穣のイメジャリーは不毛のイメジャリーから区別されて、不毛とは正反対の独立した存在として現れる。こうして、多様な性質をもつ石に対立物がつねに両立している状態は、次第に二元論に取って代わられる。人類が自然から疎外されるにつれて、神話の石の脱神話化のプロセスは加速してゆく。神話の石は二つに分裂し、最終的にはマイナスの意味属性が優位になるのである。

石女の民間伝説は塗山神話の核心部分に触発されたものと考えられるが、古代のテクストで優位を占めていた豊穣の意味素は、現在のコンテクストにはまったく欠如している。実のところ、古代の伝説における石は、貞節を象徴する不動で生命のない物体——生殖活動のまったき欠如——と見なされている。『輿地紀勝』と〔『天中記』所引〕『世説（新語）』がともに記しているのは、不在の夫を待ちこがれる女たちであり、その苦悩と山の頂上の石への変身である。[167]さらに興味深い伝説が〔『天中記』所引〕『（太平）寰宇記』に見られるが、そこでは石は「貞婦石」と呼ばれている。

僰道に貞婦石があり、次のように伝えられている。昔、貞淑な妻があったが、夫が亡くなり子はなく、姑に孝行を尽くしていた。姑がもういいと言っても従わなかった。姑がこの世を去ったあとで妻が亡くなると、いつもいた部屋に大きな石が一つ現れた。のちの人々はその貞操に感じ入って、石を貞婦石と名づけた〔棘道有貞婦石。相伝、昔有貞婦、夫没無子、事姑甚孝、姑抑而嫁竟不従之、終姑之世後身没、其居之室有一大石湧出、後人愛其貞操、号其石為貞婦石[168]〕。

現在に至るまでに石女の概念が経てきた変遷をさかのぼると、おそらく、生命ある存在（生殖機能を具える）から、性行為も生殖能力も奪われた不動の物体——石——への突然の変身が認められるだろう。特に右のテクストについて注意すべきなのは、女は「子はなく」「夫に先立たれて」はいるが、決して生物学的に不妊ではないということである。生殖能力を持ちながらも自らの意志で貞節を選んでいるからこそ、この女はヒロインとなり、伝説は道徳譚となっているのだ。

神話的過去において、石女のもたらす意味論的矛盾は悩みの種である。塗山の例からわかるように、石女は両立しがたい意味素（「豊穣」と「不毛」）が同時に現れる逸脱した表現である。すでに触れたように、よく考えると、「貞婦石」伝説において禁止され否定されているのが決して性行為ではなく、ましてや女性の生殖能力ではないことがわかる。「石女」の現代の定義は塗山の時代から大きく変わってしまった——今日では「生殖器に欠陥がある女性[169]」を指すのであるから。意図的に自らの生殖能力を抑制する貞節な女性が、出産機能を奪われた文字通り不妊の女性に変わってしまったのである。前者においてはたんに使われなかったものが、後者では欠如と見なされている。石になった塗山が啓を産むという神話がなおも力強い母性のイメージを喚起するのに対して、現代の石女が伝えるのはまったくの不毛性のイメージに他ならない。

「石」の意味一覧表の分析が示すのは、神話の語彙素は、意味素成分にコード変換されて初めて意味作用が可能になるということである。神話であるか否かにかかわらず、どのようなコンテクストの語彙素にも同種の分析作業が必要かもしれないが、この一覧表は普通の辞典に載っているのとはちがったものでなければならない。このちがいを明示するために、本章の冒頭に挙げた、現代の辞典における「石」のさまざまな語義の引用をふり返ってみよう。個々の語義は、「磬（古代の楽器）」、「薬石」、「かたい物体」、「子を産むことができない女性」、「痕跡なしにどこかへ行ってしまう」など、相互につながりの薄い、簡潔で孤立した意味単位である。語義のこうした自律的性質こそが、普通の辞典で与えられている意味範囲が完全なものであるような印象を作りだしているのである。また、個々の語義が孤立したかたちで明快に定義されるため、閉域という一般的効果をもたらすことにもなる。

神話に目を向けると状況は異なる。「石」の意味範囲は巨大なネットワークであると考えられ、そのなかで神話－民間伝承の個々の石テクストが、石神話の他の範列群に対して相互にコンテクストとしてはたらくのである。塗山石の神話における「出産」の意味素範疇は、「部族の母」という意味素（高媒石や社の石に見られる）や「豊穣／不毛」という一対の対立する意味素（石女の伝説に見られる）から引き出される包括的コンテクストを共有すると見なされない限り、神話としての意味をもたない。個々の意味素範疇の他への相互参照によって、分析レベルの階層――結合、連続、あるいは対立――が確定し、それによって重複を同定し測定することができる。

こうして、神話および文学テクストに見られるどの石のイメジャリーに対しても最大限の読解が可能になるのである。

そのような階層ネットワークを明示しようとすることは、民間伝承の石にまつわる空想的イメージを未完成の全体のなかから取り出すという終わりのないプロセスを引き受けることである。石についての不完全な慣用表現は一連の代替可能な名前や範疇として提示されるのだが、それらの名前や範疇自体も変形や転換や反転の結果なのである。したがって、女媧についての考察によってわたしたちが足を踏み入れたのは絡みあう神話の迷宮であり、登場した神話は塗山、禹、高媒、社祭儀礼、雨乞いの儀式——豊穣なる石という均質的グループ群——のみならず、石女のような民間伝承のテクスト、すなわち豊穣なる石の均質性に対立し、ついにはそれを反転させる意味素範疇群にも及んだ。民間伝承の石をめぐる言説空間は、潜在的には絶えず拡大しつづけている。ここで強調しておきたいのは、神話－民間伝承テクストが、そのような言説空間を生成するプロセスにおいて相互に作用しあうということである。空間はいったん成立すると、そこを行き交うテクストが相互に交差するたびにつねに拡張されてゆく。意味の豊かな交差のネットワークが構築されると、民間伝承の石の神話語彙集合がもたらされるが、その語彙を構成する意味素項目には頻出するものもあれば分類不可能なものもある。次に掲げる石の意味の一覧表が示している布置は、普通の辞典のような網羅的な図式とはちがったものになるだろう。意味素範疇の集合を列挙しているので、「神話辞典」とでも名づけるのがふさわしいかもしれない。

石の神話辞典

五色石：（天につながれた）（調和）（固体／液体への変形）（癒し）（火）

高媒石：（誕生）（神性との霊的交感）（〔不毛への〕癒し）（部族の母）（性的結合）

塗山石：（硬化）（閉じること）（誕生）（豊穣）（出産）（不毛）（言語行為）

社の石：（地）（部族の母）（変化を阻止する）（夫婦の／自然の調和）（植物の成長を守護する／推進する）

＊補助的意味素：松／柏／栗――（樹木）（自然の豊穣）

禹と石：（天につながれた）（石からの出生〔仙石／真珠／種／流星〕）（死における生）（水を阻止する）（調和を回復する）（部族の父）（社との同一性）

＊補助的意味素：玉のふだ〔玉簡〕――（石）（天につながれた）（水を阻止する）

雨乞いの石：（神々との交感）（象徴的言語行為）（契約）（暴力的エネルギー：鞭打つ／殺す）（死）（生命：泥／血）（水）（地）（植物の成長）（調和させる：陰陽石）（豊穣をもたらす）

＊補助的意味素：

1. 陰陽石――（地）（生命のない原理を再賦活する）（調和させる）（人的犠牲）
2. 石牛――（生命の原理：血と泥）／（生命のない儀礼対象：石像）（地）（水）（動物の犠牲）

封禅石：（神々との交感：天／地）（天命）（祈願）（言語伝達）（統治権）（繁栄）

＊補助的意味素：

1. 石碑——（公的）（書かれた声明）（証拠）（賛辞）（人間との対話）（立てられる）

2. 玉のふだ——（私的）（祈願）（封印される）（天との誓約）（書かれた声明）

石敢当：（書かれたメッセージ）（厄払い／癒し）

文字を刻んだ石：（書かれたメッセージ）（予言）（謎）（天命）

馬肝石／長石／石の卵／乞子石：（豊穣をもたらす）（生きている）

鳴石：（音を出す）（書かれたメッセージ）（生きている）（天命）（予言）

＊補助的意味素：（水）（打つこと）（漁網）

石言：（言語行為）（天命）（精神的再生産：石の知性）

照石／石鏡：（生きている）（視覚）

うなずく／悟りをひらく石：（意識）（知／無知）（粗野／鋭敏）（言語行為としてのうなずき）

石女：（豊穣／不毛）

以上の語彙項目から、一群の分類素が明らかになる。すなわち、石の民間伝承に頻出する意味素、「生きている」「天につながれている」「豊穣をもたらす」「調和させる」「癒し」「子授け」「植物の成長」「生命のない原理を再賦活する」「神々との交感」「言語行為」「祈願」「契約」「誓約」「書かれた声明」「予言」「天命」である。分類素は次に、特定の石神話を他の神話と関係づける同位態（一貫性のレベル）の発見へと導いてくれる。こうして、五色石・高媒石・塗山石・社の石・禹の母を受胎させた石・雨を降らせる石・石敢当・伝説の馬肝石・長石・乞子石・石鏡がすべて、生きている石とその豊穣をもたらす／癒す機能という同位態によって一つに結びつくのである。祖先たちが石を用いて神々とコミュニケーションをとろうとした各種の方法もまた、別の同位態を二つ呼び起こすことになる。すなわち、石の天と地を媒介する機能、そして石が特別な発話形式の源泉となることであり、これらの同位態は高媒石を、雨を降らせる石・封禅の石・文字を刻んだ石・鳴石・石言・点頭石と関連づけるのに寄与する。民間伝承の石は「水」と「木」という二つの主要な補助的意味素とも親近性をもつが、この二要素はそれぞれ宇宙エネルギーの別の側面を具現し、また成長の可能性も具現している。

石と木、石と水の関係は、儀礼や神話の世界のものであるだけでなく美の世界のものでもある。中国や日本では、石や岩は鑑賞の対象であり、庭園の視覚的な魅力を高めるために用いられている。士人や帝室の庭園に岩石を配置する造園術は前漢（206 B.C.–A.D. 8）にすでに盛んになっていた。[170] 洗練された岩の文化は芸術家、詩人および文人の興味を引きつづけて清代（1644–1911）に至る。アンドリュー・プラクスが指摘するように、石と苔を並置することの美的魅力は、造園家が相補的両極性——硬さと軟らかさ、停滞と成長の共存——を巧みにあやつっているという認識から生じるのかもしれない[171]。実のところ、「盆栽」については形而上学を語ることさえできるだろう。というのも、盆栽がもたらす微視的景観は心の目による内的風景を呼び起こし、その結果として宇宙エネルギーの諸型を一瞥させてくれると言われているからである。岩と水の関係も、庭園芸術あるいは絵画一般において、石と植物という組合せと同じく根強いものである。水の流動性とその運動と変化のイメージは、岩の硬さや不動性・不変性への連想と著しい対照をなし、これもまた相補的両極性の論理に基づく形而上学的景観を示すのである[172]。

ジョン・ヘイは、中国庭園の岩・水・植物の配置の根底にひそむ宇宙観について別の解釈を行っている[173]。それによれば庭園芸術は、中国独特の世界観を表し、自然を「エネルギー諸型のあいだの相互作用のシステム」としてとらえる。ヘイの見解では、「中国の人々は、硬さと軟らかさ、浸透性と不浸透性を包括するような構造特性にさらなる興味をもっており、しばしば故意に事物のあいだの境界を越えたり、ある素材を別の素材によって再現したりして、そのような特性を究めることに楽しみを見いだす[174]」。この考えによれば、古い木材を彫って岩を造るという芸術を根底で支えているのは、自然の要素のあいだの変形原理である。さらに、木々が自然に岩のようになった造形は、北宋（960–1127）においてすでに造園家の美的な鑑賞の対象であった[175]。この変形プロセスの理論の基盤となっているのは、石のような自然の要素がそれ自体のうちにさまざまなかたちでエネルギーを含んでおり、エネルギーの一つの状態から別の状態への絶え間ない移行がその物理的存在の核となっているという認識である。庭園における岩と植物や水との組合せが喚起するのは、明確な両極性を表象する物質が示す鋭い対照性というよりも、一つのエネルギーが、ある存在と別の存在とのあいだで流れるだけでなく、一つの存在自体の無定形の構造の内部で流れるというヴィジョンなのである。

古代中国の神話や儀礼と同じく庭園芸術においても、石はそのような無定形の存在を示すと考えられる。石が伝えるのは堅固で不変であるというような単一のイメージではない。実は、石は触れることのできる不動の物体というよりは、凝縮された天地のエネルギーである「気」としてとらえられている[176]。中国の人々は石を儀礼的あるいは美的な意味での象徴と見なすことによって、石の物質的具体性を超越することができたようである。その結果、石に自然に具わる性質よりも、そのつかみどころのない特性やさまざまな程度の精神性のほうが、芸術や文学において石が享受している立場をうまく説明できるのである。ただし、ここで指摘しておきたいのは、自然エネルギーの具現としての石が構造的に複雑であるのは、主として変形するという石の性質に由来するものであるということだ。石は地と天のあいだの境界を破って、地につながれた状態から天空へ、鉱物から心的イメージへ、固体から気体へ、停止から流動へと絶えず移行しつづけるのである。

この変形するという属性は、美の世界における石の特徴であるとともに、民間伝承の石の複合構造にも見られるものである。右に示した辞典において対立する二項の共存がいくつかあったことは重要である。たとえば、固体と液体（五色石）、豊穣と不毛（塗山石と石女）、賦活と運動や変化の阻止（禹と石、社の石、雨を降らせる石牛）、生と死（雨乞いの石）、そして最後に沈黙と発話、愚昧と知性（点頭石）である。両極概念の収斂は、矛盾した現象として解釈せずとも、変形能力という点から見た石の構造的不確定性として評価することができるのだ。

おそらくは定められた境界を越えるという能力によるものであろうが、石は、民間伝承テクストでは人間と超自然的なものとのコミュニケーションを容易にする主体としても登場する。天と地の媒介者として、石は通常、特定の言語化形式——書記言語あるいは口頭言語——とつながりがある。得体の知れないものとのコミュニケーションを強く願って、祖先たちは、仲介者が天と地のあいだの距離を橋渡しし、人間の身勝手な期待と気まぐれな神の定めのあいだの距離を橋渡ししてくれるよう求めた。古典白話小説では、石は天意に参与しており、天の代弁者としての役割を担って、地にしばられた人間たちの知恵を試す謎めいたメッセージを伝えている。こうして、『紅楼夢』では太虚幻境の石の牌坊に書かれていた謎の解明が宝玉の悟りへの道を開くことになり、『水滸伝』では二つの石碑の刻字がいったん解き明かされるや、宿命と天意の複雑なメカニズムを明らかにする。民間伝承の石の移行状態と、儀礼や神話のテクストにおける石の媒介機能はともに、何世紀ものあいだ文学におけるる石のイメジャリーのうちに反響しつづける。以下の各章では、そのような反響の特徴を共鳴と決裂の両面について考察し、石の神話的語法とその文学における発現／変種との関係を、『紅楼夢』『水滸伝』『西遊記』について探ってゆくことにしよう。

注

（1）『東方国語辞典』680。

（2）新村出 106。

（3）*Random House College Dictionary* 1294.

（4）Greimas, *On Meaning* 3–4〔グレマス『意味について』一三二〕.

（5）Perron xxv.

（6）F. R. Palmer 30〔F・R・パーマー『意味論入門』四五〕. パーマーによれば、「意義は意味構造にかかわり、意味は言語の外のわれわれの経験における意味にかかわる」(31)〔四六〕。つまり、前者は言語内関係を指し、後者は経験のレベルにおける言語の機能を指すということである。

（7）パーマーは、意味理論の範囲は言語の「意味」の局面の研究を含む場合にのみ包括的な理論と見なすことができると指摘するが、にもかかわらず自らの著書では言語の意味について一章を割くにとどまっている。"The Non-linguistic Context," in *Semantics* 43–58〔『意味論入門』六一―七九〕を見よ。

（8）F. R. Palmer 93〔F・R・パーマー『意味論入門』一二二〕を見よ。「統語とは、一連の言語連鎖における、ある要素と他の要素との関係であり、範列とは、ある要素と交換あるいは代替が可能な要素との関係である」。

（9）F. R. Palmer 94–96〔一一四―一一六〕に見られる Firth, *Papers in Linguistics* の引用。

（10）Lévi-Strauss, *From Honey to Ashes* 356〔レヴィ＝ストロース『蜜から灰へ』四一一〕.

（11）グレマスは、レヴィ＝ストロースによる言説分析への範列的アプローチの不備に気づいていないわけではない。論文「記号論的制約の相互作用」および「語りの文法原理」において、グレマスはウラジミール・プロップとレヴィ＝ストロースの二人のおかげで自らの方法論的見通しを立てることができたと認めている。それは統語論の研究と意味論の研究をつなげて範列軸を統語軸に投影するというものである（*On Meaning* 48–83）〔『意味について』一五五―二一三〕。このような総合的アプローチの理論モデルについては、「自然界の記号論に向けて」を見よ。これはペロンによれば「言説の統語的かつ意味的（行為主体的）理論」である（*On Meaning* xxvi）。

（12）Greimas, *On Meaning* 4〔グレマス『意味について』一三二〕.

（13）Ibid.

（14）Katz 33.

（15）Katz 33–34.

（16）「最小の意味単位」である意味素の同定は二項対立の作用に基づいて行われる。したがって、わたしたちが「固さ」という意味素を語彙項目から引き出すことができるのは、それが「柔らかさ」という意味素と潜在的な二項関係にあることを認識しているからである。「人間／動物」「地／天」「男性／女性」「誕生／死」も意味素グループである。

（17）Katz 37.

（18）Saussure 122ff〔ソシュール『一般言語学講義』一七三 ff〕.

（19）Lehrer 71–72.

（20）カールグレンがグラネを批判したのは、グラネが古代中国の社会史や宗教史を再構築する資料を選ぶにあたって慎重さを欠いているという理由による。Karlgren 346–49 を見よ。

（21）屈原（340–278 B.C.）、〔洪興祖〕3/16a。袁珂『古神話選釈』16 も見よ。

（22）Karlgren 229.

(23) 袁珂『古神話選釈』16。Plaks, *Archetype and Allegory* 30.
(24) 屈原、〔洪興祖〕3/16a。
(25) 劉安（d.122 B.C.）『淮南子』17/4a。
(26) 許慎（A.D. 55–149）は三十巻から成る中国最古の語源辞典『説文解字』の著者である。
(27) 袁珂『古神話選釈』19。
(28) 『説文解字』12B/4b。
(29) 「大荒西経」『山海経』、洪北江『山海経校注』16/839。袁珂 39 も見よ。
(30) Neumann, *Great Mother* 29〔ノイマン『グレート・マザー』四五〕.
(31) 袁珂『古神話選釈』20。応劭（fl. A.D. 189–194）『風俗通』（『風俗通義』の略称）は、李昉（A.D. 925–996）等『太平御覧』I、78/5a からの引用。
(32) もう一つ興味深いことに、この神話は、社会的な不公平という現象の説明になっている。女媧が泥を用いて行う遊び半分の実験には、黄土を「固める」とか「引き上げて／振り落とす」といった動作が含まれている。そして、「固める」動作が上流階級、「引き上げて／振り落とす」動作が下層階級の人間の姿を生み出しているのである。「固める」動作には一つのものを作ろうとするはっきりした意図があるのに対して、泥の中から「引き上げて／振り落とす」という動作が連想させるのはその正反対のことである。このコンテクストから想起されるのは、青写真をまったく持たず、ものが散らばったり形を成したりするのに任せる投げやりな職人のイメージである。そのような大量生産においては、「固める」行為が連想させるような高度な集中力をともなう個人的な作業に比べて、明らかに品質管理が困難である。このように、人類の神話的起源において不公平の種はすでにまかれていた。このとき、創造神話の根底にひそむ神話論理は、表面的には無害な仕方で、社会的不公平の存在を正当化する役割を果たしているのである。
(33) 許慎は『説文解字』において「媧」を「古代の神女〔古之神聖女〕」と定義している（12B/4b）。
(34) Karlgren 229.
(35) 「覧冥」、『淮南子』6/7a。袁珂『古神話選釈』23（ボッド Bodde 論文の訳 386–387）も見よ。
(36) 袁珂『中国古代神話』46 nn. 9, 10, 11。

(37) 共工はいくつかのテクストで半人半獣の醜悪な生き物として描かれている。『山海経』「大荒西経」の郭璞注には『帰蔵』の次のような引用がある。「共工は人の顔と蛇の体をもち、赤毛である」〔共工人面、蛇身、朱髪〕(『山海経校注』16/388)。『神異経』「西北荒経」では「北西の荒野に人がいた。獣のように愚鈍で御しがたく、名は共工である」〔西北荒有人焉、禽獣頑愚、名曰共工〕と言う(袁珂『中国古代神話』60 n.16)。

(38) 袁珂『古神話選釈』32–33。袁珂は、顓頊に対する共工の戦いは腐敗した古い政治体制に対する反乱であり、顓頊によって確立された古い君主制に対する挑戦であると解釈する。こうして共工は、虐げられた人々のために戦う闘士として賞賛を受けることになった。

(39) 袁珂『古神話選釈』29。王充(A.D.27–97)『論衡』「談天」の引用。

(40) 列禦寇『列子』5/60。

(41) 司馬貞「三皇本紀」2、『史記会注考証』I。

(42) 袁珂『古神話選釈』39。『世本』の引用。

(43) Plaks, *Archetype and Allegory* 28.

(44) 袁珂『古神話選釈』21 n.6。

(45) 「媒氏」、『周礼』(十三経注疏III) 14/15a–16b。Plaks, *Archetype and Allegory* 31 に翻訳がある。

(46) 「生民」、「大雅」、『詩経』(十三経注疏II) 17A/1b。Waley 5 に翻訳がある。

(47) 『詩経』の解釈は斉・魯・韓・毛という四つの学派によって行われた。うち三学派はテクストが失われ、現存する毛亨の注解が正統テクストとなった。

(48) 『詩経』17A/1b。

(49) 『太平御覧』III、529/4a。

(50) 「礼儀志」2、『隋書』I、7/146 を見よ。

(51) 聞一多 111〔『中国神話』二二三—四〕。また、袁珂『中国古代神話』56〔I、七九〕も見よ。

(52) 聞一多 97–99〔『中国神話』一九七—二〇二〕。聞一多は論文で「高唐」「高密」「高媒」という三つの語が少しずつ収斂するプロセスをたどっている。

(53) 「夏本紀」2、『史記』、『史記会注考証』Ⅰの注釈を見よ。この資料によれば、禹もその王朝も「高密」と同一とされる。
(54) 「王侯大夫譜」、『世本（二種）』（孫馮翼集）20。また、同書（雷学淇校輯）の「帝繫」3, 4, 8も見よ。
(55) 『清華学報』10（1935）：837–65。引用は「越王無余外伝」、趙曄（fl. A.D. 40–80）『呉越春秋』4/124。聞一多99〔二〇一—二〇二〕も見よ。
(56) 宋玉19/393–97。
(57) 聞一多99〔『中国神話』二〇一—二〇二〕。聞一多によれば、「高」は「郊」から変化した。また、「唐」という文字は「杜」に対応し、「杜」は「社」と音符（つくり）が同じである。したがって、「唐」も「社」に対応する。
(58) 羅泌『路史』（後紀）2、2/1b。注に『風俗通』の引用。袁珂『古神話選釈』20も見よ。
(59) 羅泌『路史』（後紀）2/3a。
(60) 鄭玄（A.D. 127–200）『鄭志』下41。
(61) 聞一多100–102〔『中国神話』二〇二—二〇六〕。
(62) 聞一多98〔『中国神話』一九九—二〇〇〕。
(63) Neumann, *Great Mother* 260〔ノイマン『グレート・マザー』二八八〕.
(64) 「夏本紀」38の注（索隠）、『史記会注考証』Ⅰ。
(65) 「帝繫」、『世本（二種）』（雷学淇校輯）8。王孝廉66も見よ。王孝廉による『世本』の引用は「塗山氏は女媧と呼ばれた」で、原文とは異なる。
(66) 袁珂『古神話選釈』309–10。「越王〔無余外伝〕」（趙曄4/129）の引用。
(67) 女憍は『大戴礼』「帝繫」に見られ、これが『世本』（『世本（二種）』（雷学淇校輯）8を見よ）「帝繫」の「塗山氏」についての注で触れられている。「女趫」は「古今人表」、『漢書』Ⅱ、20/880に見られる。「有蟜氏」は「晋語」4、左丘明『国語』Ⅱ、10/356。「有娲氏」は「三皇本紀」3、『史記』、『史記会注考証』Ⅰ。
(68) 王孝廉66。王は女憍と女趫を女媧と同一と考えている。
(69) 聞一多116〔『中国神話』二一六—二一七〕。
(70) 「武帝紀」への顔師古の注、『漢書』Ⅰ、6/190。

(71) 聞一多 111 n.30〔『中国神話』二二四〕。
(72) Neumann, *Origins* 102ff〔ノイマン『意識の起源史』一四九 ff〕.
(73) 「三皇本紀」2、『史記会注考証』I。
(74) Karlgren 303.
(75) Neumann, *Origins* 131〔ノイマン『意識の起源史』一七九〕.
(76) Neumann, *Origins* 133〔ノイマン『意識の起源史』一八一〕.
(77) 「海内経」、『山海経』、『開筮』の引用、『山海経校注』18/473。
(78) 徐堅（A.D. 659–729）等『初学記』22、『帰蔵』の引用。
(79) 屈原「天問」、〔洪興祖〕3/5a。
(80) 「脩務」、『淮南子』19/7a。
(81) Karlgren 309.
(82) 王充「奇怪」、『論衡』I、3/19a。
(83) 王符「五徳志」、『潜夫論』8/29b。
(84) 「夏本紀」2の注、張守節『史記正義』、「帝王紀」の引用、『史記会注考証』I。
(85) 郝懿行の注、「西山経」、『山海経』、『山海経校注』50。
(86) 「夏本紀」33、『史記会注考証』I。
(87) 袁珂『中国古代神話』230 n.2、林春溥 1/9 の引用。
(88) 王嘉（d.2 B.C.）『拾遺記』38。
(89) 「本経」、『淮南子』8/6a–b。この資料によれば、「舜の時代、共工が洪水を波立たせたので空桑まで届いた」〔舜之時、共工振滔洪水、以薄空桑〕。
(90) 荀況の「成相」、『荀子』18/3b には、「禹は功績を立てた。洪水を制圧して民の害を取り除き共工を追放した」〔禹有功、抑下鴻、辟除民害逐共工〕とある。
(91) 「李湯」〔出「戎幕閑談」〕、李昉等『太平広記』467/2b。また、袁珂『古神話選釈』305–306 も見よ。どちらの資料にも、禹がどのようにして水の神である無支祁を退治したかという詳しい記述がある。

(92)「大荒北経」、『山海経校注』17/428。Karlgren 309 に翻訳がある。

(93)「氾論」、『淮南子』13/22a。

(94)「八佾」、『論語』、朱熹（1130–1200）『四書集注』17–18。

(95)『太平御覧』Ⅲ、532/3a。『礼記外伝』の引用。『太平御覧』Ⅲ、532/5b では、「天子の社廟の石の主神」〔太社石主〕に言及する〔『後魏書』の引用〕。

(96)「斉俗」、『淮南子』11/7b。

(97)「礼志」（志 55）、『宋史』Ⅳ、102/2484。

(98) Karlgren 308.

(99)「媒氏」、『周礼』（十三経注疏Ⅲ）14/17a。

(100) 王孝廉 48。

(101) 白居易（A.D. 772–846）・孔伝『白孔六帖』の 2/7b では土龍〔土を固めて作った龍〕、82/5b では土龍と絵画に描かれた龍が、〔祈雨の対象として〕見られる。また、Eberhard 462 も見よ。この主題についての詳しい議論は、Cohen246 n.6 を見よ。

(102) 王充「順鼓」、『論衡』Ⅱ、15/14a。

(103) 王孝廉 51。

(104) 盛弘之（fl. 劉宋、420–79）『荊州記』。この佚書は虞世南（558–638）『北堂書鈔』Ⅱ、158/12b–13a の引用に基づき、陳運溶『麓山精舎叢書』に部分的に再構成されている（該当箇所は、2/10b）。この資料についての詳細と上記の箇所の翻訳については、Cohen 250 n.20 を見よ。

(105) Cohen 250.

(106)『太平御覧』Ⅰ、52/2b。また、陳耀文『天中記』3/31b も見よ。

(107)『天中記』3/31b。晋代（A.D.265–420）の顧微『広州記』の引用。

(108) ジェイムズ・ジョージ・フレイザーは呪術宗教や原始宗教の研究において、原始社会における高僧や部族の王という犠牲が、豊穣儀礼という制度の広範囲にわたる存在を明らかにしていると論じる。この制度が必要とするのは、生命力の更新を確かなものとするために、共同体のスケープゴートすなわち代表者を定期的に処刑することである。*Golden Bough* 308–668 を見よ〔『金枝篇』(二) 二二六―(四) 一八五（第二四章―第五七章）〕。

(109) 「封禅書」1への注、張守節『史記正義』、『史記会注考証』IV。

(110) 「封禅書」1–2への注、張守節『史記正義』、『史記会注考証』IV、『五経通義』の引用。

(111) 李杜 14–15。周の支配者は天命という理論を用いて殷王朝に対する勝利を神聖化し、君主が天の命令によって支配するという神話を不朽のものとした。この宗教理論は、因果という道徳法則のみならず、人による統治という政治的関心にもかなうものであった。

(112) 「文王」、大雅、『詩経』（十三経注疏II）16A/10a–11a。

(113) 「昊天有成命」、清廟之什、周頌、『詩経』（十三経注疏II）19B/1b。

(114) 「康誥」、『書経』97。

(115) 「雲漢」、蕩之什、大雅、『詩経』（十三経注疏II）18B/17a。

(116) 「召誥」、『書経』117。

(117) 「封禅書」2、瀧川考証、『史記会注考証』IV。注釈者によれば、封禅の儀は秦代に始まり漢の武帝の時代までにはよく知られるようになった。マルセル・グラネが「最初の封禅の儀は漢の武帝によって紀元前一一〇年に挙行された」と述べるのは誤りのようである（113）〔一四七〕。

(118) 「秦始皇本紀」32–33、『史記会注考証』II。

(119) 「武帝紀」、『漢書』I、6/191。

(120) 『初学記』II、13/26a、応劭『漢官儀』の引用。

(121) 『説文解字』1A/7a。

(122) 『礼記』（十三経注疏V）30/12b。

(123) 『礼記』（十三経注疏V）30/13b。

(124) 「春官大宗伯」、『周礼』（十三経注疏III）18/24a–b。

(125) Williams 235.

(126) (唐) 封演『封氏見聞記』、『説郛』4/22a。

(127) 史游 (fl.48–33 B.C.)『急就篇』1/24b、『玉海』Ⅷ。

(128) 王象之Ⅱ、135/8a。

(129) 『繙古叢編』、『説郛』36/14a。

(130) 王孝廉 71。

(131) 『天中記』8/34b、『荊州記』の引用。『天中記』8/37b、(唐) 鄭常『洽聞記』の引用。

(132) 『旧唐書』Ⅳ、37 (志 17) /1350。『天中記』8/39b–40a も見よ。

(133) 『天中記』8/31b–32a。

(134) 『天中記』8/39b。

(135) 『天中記』8/34b。

(136) 「列伝」119、『旧唐書』XIII、169/4407。『天中記』8/43a–b も見よ。『天中記』の引用は二つの点で元のテクストと異なる。王璠の息子の名前の「遐休」が「瑕休」に変えられていることと、老人の結論である「これはめでたいとは言えませんな」が「どうしてめでたいと言えましょう」〔庸作吉徴〕となっていることである。〔冒頭部分はむしろ『天中記』の本文(甘露事敗、王璠挙家無少長皆死)に拠るようである〕。

(137) 『天中記』8/32a、(漢) 郭憲『洞冥記』の引用。

(138) (明) 李時珍『本草綱目』、『古今図書集成』Ⅷ(「坤輿典」)、84–133。

(139) 「中山経」、『山海経校注』5/141。

(140) 『天中記』8/52b、楽史 (930–1007)『(太平) 寰宇記』の引用。

(141) 王溥 (922–82) I:28/534。

(142) 段成式 (d.863)〔続集〕2/182。

(143) 『天中記』8/47b、欧陽脩 (1007–72)『集古録』の引用。

(144) 段成式 10/80。

(145)「列伝」54、『北史』Ⅷ、66/2322。
(146)『太平御覧』Ⅰ、52/4a。（晋）袁山松『郡国志』の引用。
(147)『天中記』8/50b、『(太平）寰宇記』の引用。
(148)「中山経」、『山海経校注』5/138。
(149)同前。郭璞注に記された石は「五行志（志18)」、『晋書』、28/854にも出てくる。
(150)『天中記』8/36a、（劉宋）劉敬叔『異苑』の引用。
(151)『天中記』8/40a、（劉宋）雷次宗『豫章記』の引用。
(152)『太平広記』231/1b–2a、張鷟『朝野僉載』3/36。
(153)「禹貢」、『尚書』（十三経注疏Ⅰ）6/11a。
(154)『天中記』8/46a、（宋）張洎『賈氏談録』の引用。
(155)『天中記』8/51a、『洽聞記』の引用。
(156)Todorov 25–26〔トドロフ『幻想文学論序説』四一―四二〕. トドロフが引用するロシアの神秘主義者ウラジミール・ソロヴィヨフは、「本物の幻想の場合、現象には簡単に説明できる可能性が外的・形式的にはつねに残されている。ところが同時に、その説明は内的な蓋然性をまったく欠いている」(25–26)〔四二〕と述べる。二つの世界のどちらかを選んでしまうと、わたしたちは幻想文学から離れて「隣接ジャンル」――怪奇あるいは驚異――へと向かうことになる。したがって幻想文学というジャンルは人の読書経験の不確定性に基づいているのである。
(157)『左伝』（十三経注疏Ⅵ）44/21b–22a。
(158)王嘉5/116。
(159)『天中記』8/33a、劉歆（45 B.C.–A.D. 23）『西京雑記』1/3bの引用。
(160)『天中記』8/54a、（晋）張僧鑒『潯陽記』の引用。
(161)『天中記』8/54a、劉義慶（403–44）『幽明録』241–42の引用。
(162)繆天華839、（清）翟灝『通俗編』「地理」の引用。
(163)Hay 64.

(164)『辞海』2066。

(165) Eliade, Myths, *Dreams* 174〔エリアーデ『神話と夢想と秘儀』二二四〕.

(166) ノイマンによれば、「プラスとマイナスの属性および属性グループが混在しているというのが、原初の元型の本質的な特徴である。原初の元型における対立物の結合、その両価性が、無意識の本来の状態であり、意識はまだ諸対立の集合へと切り裂かれていないのである。大昔の人々は、一体性としての神格のうちに、善と悪、やさしさと恐ろしさのパラドクシカルな同時性を経験したのである」(*Great Mother* 12)〔『グレート・マザー』二六〕。

(167) 王象之II、81/5a。『天中記』8/53a、『世説』の引用。

(168)『天中記』8/49b、『(太平)寰宇記』の引用。

(169)『東方国語辞典』680。

(170) Hay 18.

(171) Plaks, *Archetype and Allegory* 170.

(172) プラクスは次のように述べる。中国の庭園は宇宙の完全性を想起させる。それは庭園の風景の均整の取れた構成によって表現され、両極的概念の相互作用によって実現されている。すなわち、硬さと軟らかさ、光と影、高さと低さ、近さと遠さ、パノラマとクロースアップ、内側からの眺めと外側からの眺めなどである。"The Chinese Literary Garden," *Archetype and Allegory* 146–77 を見よ。

(173) Hay 86.

(174) Hay 84.

(175) Hay 100.

(176) 杜綰『雲林石譜』、『古今図書集成』Ⅷ(「坤輿典」)、72。

〔訳注1〕「浮磬」は『尚書』「禹貢」篇に見られる語で、注釈によれば、泗水の岸からは、水中の石が見え、その石は磬(石製の楽器)を作る材料となる。石が水中に浮いているように見えるため、これを「浮磬」と言う。

第三章　石と玉

——虚構性から道徳性まで

『紅楼夢』は『西遊記』から脱胎し、『金瓶梅』へと寄り道し、『水滸伝』から精神を引き出したのである
〔紅楼夢脱胎在西遊記、借逕在金瓶梅、摂神在水滸伝〕(1)。

一見したところ、この一文に独創的なところはまったくない。過去七十年にわたる『紅楼夢』の影響研究はこの点について考え尽くしており、もはや足跡のついてない地面を見つけることができないほどである。この種の研究にとりかかれば直ちに、先行研究のまとめという退屈な作業をすることになるだろう。したがって、もしも問われている「影響」が四つの小説における人物造型、作風、神話と模倣の共存などの点についてのものであるなら、冒頭の文は結局一つのクリシェにすぎない。しかしながら、実はこの評言には、批評家自身さえ気づいていなかったかもしれない隠れた洞察が含まれている――それは、石のシンボリズムの複合によって生み出された作品である『紅楼夢』『水滸伝』『西遊記』のあいだの複雑な対話の基盤《マトリクス》である。

多くの批評家が『紅楼夢』に見られる過去の文学的慣習の痕跡を指摘してきた。さまざまな知識が盛りこまれたこの物語のなかでは、戯曲と伝奇小説と白話の話本小説がそれぞれに反響を交差させている(2)。批評家の多くは、『西廂記』と『金瓶梅』が曹雪芹の用いた主要なモデルであると考えている。恋人同士である宝玉《ほうぎょく》と黛玉《たいぎょく》の機知

に富んだ会話ではしばしば、『西廂記』のなかの色っぽいくだりがほのめかされる。[3] 十八世紀における『紅楼夢』の批評家のなかで特別な存在である脂硯斎も、[4] 曹雪芹による、『西廂記』のいくつかの場面への暗示の数々を同定したり、『金瓶梅』の巧みな模倣を指摘したりしている。[5] ところが奇妙なことに、『紅楼夢』への『水滸伝』と『西遊記』の影響は、初期の批評では何かのついでに――都合のいい結論として、あるいは本章の冒頭に引用したようにふと思いついた所見として――言及されるのみである。この問題はそそくさと片づけられてしまい、三作品のあいだのテクスト相関的つながりの特徴を明らかにしようとする試みはすべて退けられてきたようである。しかしわたしの考えでは、この三つは確かにつながっていて、石のイメジャリーの複雑に入りくんだネットワークからその原動力を引き出している。石のイメジャリーは異なる装いをまとって、三つの文学作品のなかに入り込んでいるのである。

ここで、文学における先行作品の追跡へとわたしたちを誘う先の引用に戻ってみよう。三つの物語テクストの複雑な関係についての張新之の批評が魅力を放つのは、まさしくそれが、伝統型の影響研究のせまい焦点を広げ、『紅楼夢』『西遊記』『水滸伝』のあいだで起こるテクスト相関的営為の多様な読解の可能性を与えてくれるからである。張新之は、『水滸伝』の『紅楼夢』に対する影響について述べるとき、「神」(精神)という語――明確に焦点をしぼるにはいささかつかみどころのない批評概念――を用いる。それは物語の全体的な構想を指すこともあれば、人物像を、あるいは全般的な語りのスタイルを指すこともあるだろう。この概念に含まれるような曖昧さや流動性こそが、まだ海図にない方角へとわたしたちの想像力を旅立たせてくれる。張新之の指摘はとらえにくいものだが、それによってわたしたちは、『紅楼夢』に登場する文字を刻んだ女媧石と、『水滸伝』の冒頭および七十回本の末尾に登場する二つの石碑とのあいだに作り出されるテクスト相関的空間を思い描くことができるのである。

近代中国の批評家には、『水滸伝』と『紅楼夢』の構造的な対応を認める者もあるが、それは曹雪芹の未完の稿本に「警幻情榜」が存在するはずであったという仮説に基づくものである。(6) 始めのほうの回に見られる脂硯斎の断片的な批評から、(7) 六十人の女性たちすべてが、五つの等級に分けた情榜〔情によってランク付けした名簿〕に記されていたことがわかる。もはや見ることのかなわない情榜は、第五回の十二曲を補い、(8) 物語の神話的円環を構造的に完成させる装置であったと見なされることが多い。(9)〔物語を〕閉ざすという構造的機能の点から、胡適と兪平伯はともに、『紅楼夢』の原案の結末は『水滸伝』の「石碑」の枠組み装置ときわめて近いという結論に至っている。(10) 強調しておかなければならないのは、今言及している『水滸伝』が腰斬された七十回本であり、天からの石碑の降下がこの小説を神話的な序幕へと引き戻すのは七十回本に限るということである。情榜の存在が仮定できるのであれば、円環運動は『紅楼夢』の特徴でもあるということになろう。

現時点では、『紅楼夢』のテクストの原形がわからないために、情榜と『水滸伝』の謎めいた石碑との構造的類似性の考察は、まったくの仮説に基づく試みであり、確実な結論はほとんど期待できないように思われる。しかし、第六章で論じるように、二つの物語の語りの円環性は、ある別の構想によって説明できるかもしれない。石の記録という『紅楼夢』の設定や、宝玉が太虚幻境で石の牌坊を見る場面について考察し、一方で『水滸伝』の地下と天上の石碑のエピソードについて検討するなら、謎めいた天のメッセージを伝える石というモチーフが繰り返されていることを無視できなくなるだろう。さらにいずれの場合も、語りの論理は、主人公が石に刻まれた文字の解読に失敗することに依拠している。

『水滸伝』と『紅楼夢』の関係が張新之に「精神〔神〕の類似」としてとらえられたのに対して、『西遊記』と『紅楼夢』のテクスト相関性はそれほど複雑なものとは見なされない。張新之は「胎」という母のイメジャリーを用いて『西遊記』が『紅楼夢』の先行作品であることを明快に示している。『西遊記』と『紅楼夢』はいずれも創造神話の語りとともに始まるが、これは中世の講釈師が開演時に用いる常套手段であった。ただし二作品のもっとも重要な接点は、口承文化の遺産にではなく、不思議な石の神話にある。そして、一方が石の卵という形をとり、もう一方は文字を刻んだ宝石という形をとるが、いずれも旅の終わりには悟りに至るのである。ところが、わたしたちに二つの石の類似性がどれほど明らかに思われるとしても、このようなテクスト相関関係のもつ意味に伝統的な批評家が注目することはほとんどない。張新之の批評がこの欠落を埋めるように思われるのは、二作品がどのように始まるか――文字通りの意味と象徴的な意味の両方において――という問いへとわたしたちの注目を促すからである。象徴として読むなら、「胎」という語は『紅楼夢』という作品の源泉を指し、文字通りに読むなら、その始まりを指す。張新之がもたらす比較という視点は、二つの〔作品の〕始まりの収斂点に対する張新之の認識のうえに築かれている。ここで始まりというのは、二作品を始動させる創造神話という点だけでなく、悟空と宝玉という二人の主人公の「始まり」とも考えられる。したがって、「石」という言葉に触れてはいなくても、この批評にはすでにそれに対する微妙な指示が含まれる。というのも、石は二つの創造神話において圧倒的な存在感を示すとともに、二人の主人公の文字通りの「胎」なのだから。

張新之の批評はこうして、三作品のテクスト相関性の考察の出発点となる。テクスト相関関係のそれぞれの組合せにおいて存在を主張するのが、石のイメジャリーである。石のイメジャリーは、民間伝承の石の幻影を呼び起こす一方で、その幻影が必然的に引きよせる無形の制約をしばしば踏みこえる。だが、三作品のテクスト相関性研究において石の果たす中心的な役割は認めざるをえないとしても、『西遊記』や『水滸伝』における石のイメジャリーを、その力の及ぶ範囲の外にまで拡張してはならない。石のイメジャリーは『西遊記』では周辺的な機能を果たすだけであり、『水滸伝』では装飾的な枠組み装置であるに留まっている。そして、『紅楼夢』においてこそ、石のイメジャリーが、語りの論理という大きな重荷を担う本格的な象徴的言説のなかに組み込まれていることがわかるのである。このシンボリズムの動的《ダイナミック》な表現は、民間伝承の石のテクスト相関性を超えた幅広い意味スペクトルをもたらすことになる。なぜなら、女媧石は、絶えずつきまとう民間伝承の石の存在を喚起するだけでなく、石と玉《ぎょく》との複雑な対話のきっかけともなるからである。

『紅楼夢』という文学作品は、二元論を崩壊させ、真と仮のような両極をもつ価値体系を崩壊させると言われている。にもかかわらず、玉のシンボリズムの意味作用の可能性、および石と玉との対立関係のうちに、この作品の、社会道徳についての教訓を見いだすこともできるのである。知らないうちに石のイメジャリーに玉のシンボリズムが浸透していることについては、徹底した検討を行う価値がある。というのも、長きにわたってまったくの空想として気ままに鑑賞されてきた作品に対して、イデオロギーや倫理といった論点を導入するものだからである。石のイメジャリーが神話や民間伝承といった過去を喚起するとすれば、玉のイメジャリーは、漢代儒教文化の儀礼・政治・道徳の制度を思い起こさせる。それは、玉の鑑定と同じほど長い歴史をもつのである。

以下の各章では、三つの文学作品における石のテクスト相関的空間、および『紅楼夢』における石と玉とのテクスト相関的空間について詳しく叙述することになる。仙石と文字を刻んだ石碑は、石のイメジャリーの中心的な二つの変種として、『西遊記』と『紅楼夢』、および『紅楼夢』と『水滸伝』のテクスト相関性を明確に示している。この二つを主要な解釈軸とすることによって、意味が生産されるプロセスを探究し、フィクションの人目をくらます特徴を明らかにしてゆきたい。民間伝承の石と文学の石とのあいだのこの対話は、中国の玉のシンボリズムの記述をともない、それが女媧石のシンボリズムに見られる民間伝承の石の安定した存在感を補完し、場合によっては散種するだろう。

始めに『西遊記』と『紅楼夢』にそれぞれ登場する天界の石、すなわち石の卵と女媧石を取りあげよう。これらは、古代中国の石伝説についての知識を得た読者に対して相反する感情の交錯をもたらすイメージである。その印象をもっともうまく伝えるのは、宝玉が初めて黛玉に会ったときのとまどいであろう。「でも、この子の顔はとてもよく知っていて、長いあいだ会えなかったあとでまた会えたような気がするんだ」〔第三回〕（*Stone* I: 103）。

聖なる豊穣の石

（…）海のかなたに傲来国という国がありました。この国は大海に接していましたが、その海のなかに花果山という名山がありました。この山は十州のもと、三島の中心となった山脈で、清濁の気が分かれて混沌からこの世界が生まれたあとでできたものです。（…）

その山の頂きに一つの仙石がありました。高さ三丈六尺五寸、周囲二丈四尺の石です。高さ三丈六尺五寸というのは周天の三百六十五度にもとづき、周囲二丈四尺というのは暦の二十四気にもとづいております。石にはさらに九つの竅と八つの孔がありましたが、これは九宮と八卦にもとづきます。四方には日陰をつくる樹木はまったくありませんでしたが、そばには芝蘭が生えております。さて、この石は天地開闢以来、いつも天地の霊気、日月の精華を受け、感化されること久しく、不思議な心の通いあいが起こって、仙胞を宿すにいたりました。ある日のこと、その石が中から裂けて、毬くらいの大きさの石の卵が一つ生まれました。それが風にさらされたため、一匹の石猿になりました。五官もそなわり、手足もそろっております〔第一回〕（*Journey* I: 67）。

さて、女媧という神が石を鍛えて天のほころびを補《つくろ》ったとき、大荒山は無稽崖というところで、高さ十二丈、幅二十四丈の大きな荒石三万六千五百一個を精錬しましたが、そのうち三万六千五百個だけを使って、余った一個を青埂峰の下に捨てました。
ところがこの石は、鍛錬されたために霊性を具えたものになって、自由に歩くこともできれば思いのままに大きくなったり小さくなったりもできます。ただ、ほかの石たちがみな天を補うことができたのに、自分だけはその選にもれたことをくやしいとも恥ずかしいとも思って、夜も昼も泣き悲しんでいました〔第一回〕(*Stone* I: 47)。

ここに引用した創造神話では石が中心的な役割を果たしている。石が古代中国のさまざまな生殖儀礼と結びついていたことを思い出すなら、これについて改めて説明する必要はないだろう。石からの誕生という現象は、子授け石の伝説や、禹とその息子の啓にまつわる神話に見られるものである。第二章では、多様な伝説が融合し、石のいくつかの形態――流星・果物の種・聖なる小石――からの禹の誕生神話を構成していることを示した。また、石の産出能力のはたらきにより、石柱となった塗山がみずから割れて啓を出産するという奇跡が起こることを示した。呉承恩(ca.1506–1582)の猿〔訳注1〕が石の卵から生まれることが、塗山/啓と一致しているのは明白であるので、このテクスト相関性のメカニズムについての説明は要らないだろう。胚としての石という神話的イメジャリーが、石の卵からの発生という描写のなかに反響しているのである。身ごもった石と聞いて次々に想起されるのは、塗山という石の子宮に息子をはらんだ岩のイメージであり、二つの子授け石が夫婦のようにかしこまって対面しているイメージである。『西遊記』の子を産む石の卵と古代伝説で豊穣をもたらす民間伝承の石とは、同じ象徴的属性を共有する一対のイメージなのである。したがって、悟空——石の卵の化身——の力は、豊穣性の動的原理に由来するものと考えることができる。悟空の人目をあざむく七十二の変化《へんげ》に眩惑させられているとき、わたしたちが見せつけられているのは、実は石から自己発生したエネルギー場の果てしない置換のページェントである。すでに、成長しつづける石という民間伝説として、じっとしていない生きた石の登場を見とどけたが、それが、あり余る活力と抑えられない生命力を授けられた機敏な石猿に姿を変える可能性は十分にあるだろう。

花果山から青埂峰の下へと移動すると、そこにも同じように融通無碍で不思議な石があり、思いのままに「大きくなったり小さくなったり」する力——これもまた強い民間伝承的傾向を示す属性——をもっている。ただし、『西遊記』第一回のような石の原初の活力への手放しの賞賛を、女媧石について見いだすことはできない。『紅楼夢』でわたしたちが目にするのは、豊穣をもたらす力を行使する機会を奪われてしまった石塊なのである。女神は石をかたわらに捨ておくことで、[11] 修復された天から石を追放して地につながれたままの状態にしただけでなく、癒しと豊穣をもたらすという石の能力を嘲笑したことになる。その結果として、五色石の神話に興味深い置換が起こる。この「宝石」は、民間伝承における先例〔＝五色石〕の主要な意味素を反転させて、次のような解釈を与えるのである。

（地につながれた）（不調和）（癒さない）

この最初のエピソードの終わりで石は、出来事の予期せぬ展開にうちしおれて悲嘆にくれている。ところがある日、赤霞宮にやってきて美しくかよわい草に出会うことになるのである。ここでわたしたちが出くわすのは、テクストの空白という問題、あるいはむしろフィクションによるテクストの破綻という問題であるとさえ言えるかもしれない。二つのエピソードのあいだは、石と空空道人との長い対話の挿入や、俗界の姑蘇城の紹介によって、かなり離れている。第一のエピソードから第二のエピソードへの移行は唐突で恣意的に感じられる。わたしたちに心構えをするひまも与えずに、自己を卑下していたはずの石は姿を変え、赤霞宮でのどかにやさしく草花を育てているのである。読者によっては、石の新たなペルソナの登場を説明するようなことが二つのエピソードのあいだに起こったのかどうかを気にせずに、この移行を受け入れられるかもしれない。一方で、草花を育てる新たな人物像を、たんに動機づけられていない気まぐれな考えとして捨て去りたい読者もいるであろう。しかしここで指摘しなければならないのは、神瑛侍者の恋わずらいは決して動機のないものでも純粋なフィクションでもないということである。女媧石の、新たに登場した情熱的な性格の重要性は、最初のエピソードに照らして考えなければ解明することも解釈することもできないのである。

石の新たな精神構造への手がかりは、実はその神話的序曲のなかに隠れている。そこでは石はちょうど神の寵愛を失ったばかりで、自己憐憫にふけっていた。破れた天を治したいという欲望は、かなえられなかったとはいえ、完全に消えてしまうことは決してない。豊穣をもたらす力は抑制されつつ、別のはけ口を必要とする。石のくじかれた願望は内面化し、ついに赤霞宮という神話の舞台で実現する。

> 三生石のかたわらに美しい絳珠草を見つけました。神瑛侍者はいとしく思って毎日のように甘露をかけてやり、そのおかげで絳珠草は久遠の命を永らえることができました〔第一回〕(*Stone* I: 53)。

絳珠草に水をやるという行為は、天空を修復する行為の代用に他ならない。それは女媧という無頓着な女神によっていったんは否定された、石の豊穣をもたらす能力を挽回するものと見なされる。そのうえ、興味深いのは、自らの生命力を発揮し立証することに対する石の激しい苦悶が、絳珠草を生かすだけでなく、もっとも重要なことに、石が自ら紅塵へと下る動機を与えるということである。

第一回における「美玉」の人への変身は、『紅楼夢』にいろいろな版本があること[12]で複雑な問題を生じている。十六回分の写本（呉世昌は「脂残本」、胡適は「甲戌本」と呼ぶ）と程偉元の第二の版本〔程乙本〕（1792）では、石と僧侶・道士との出会いの場面に異文があり、その結果、石の人間界への下降の根底にひそむ動機も異なるのである。

程乙本は、石の人への変身を、運命として定められた天意の冷然たる実現として解釈する傾向が強い。それに対して十六回残本は、石の地上における遍歴を石自体の行為――言いかえれば、石自体の意志の力の行使――がもたらしたものと考えている。一方は天の思惑に、他方は石の自発的行動に重点を置くのである。程乙本の該当箇所を詳しく見てみよう。

ある日のこと、ちょうど石がわが身の不運をかこっていると、僧侶と道士が遠くからやってくるのが見えました。いずれも人品骨柄いやしからず、容貌も人間ばなれがしています。青埂峰の下までやってくると、地面に腰をおろして話しはじめました。僧侶は、その光り輝く石ころが扇の下げ飾りくらいに縮んでいかにもかわいいのを見て、手のひらにのせて笑いながら言いました。「形はまあ霊性をそなえた美玉だがな、ただ実性がそなわっておらん。この上に文字をいくつか彫りつけて、人が見たらすぐおまえが珍しい品だとわかるようにしてから、おまえを、かの昌明隆盛の邦、詩礼簪纓の族、花柳繁華の地、温柔富貴の郷へ連れていってあげよう」石はそれを聞いて大喜び。「どんな字を彫りつけて、どこへ連れていってくださるのか、はっきりおっしゃってください」とたずねると、僧侶は笑いながら「しばらく聞かぬがよかろう。やがてわかることじゃ」〔第一回〕（*Stone* I: 47–48、強調はワンによる）。

ここで僧侶と道士は、石を地上へと旅立たせるにあたって、ほとんど理由を告げることはない。少しあとで、〔絳珠草が〕「涙で恩返し」〔還涙〕をするために「この石は下界に行く定めでした」（*Stone* I: 53）と説明されるだけである。このように程乙本では、石は転生の定めを黙って受け入れるものにすぎない。

この簡単な説明が、写本のほうでは、石が転生を願い出たあと、それについて二人の仙人と複雑なやりとりをするように拡大されている。嘆願は結局かなえられるが、それは気の進まない二人の仙人に考えを変えてもらうために石が苦心した結果である。三人の会話は、僧侶と道士が峰の下に腰をおろした直後に始まる。

二人は笑いつつ話しつつ峰の下までやってくると石のかたわらに腰をおろして楽しそうにしゃべりはじめました。最初は雲の山、霧の海、神仙、玄幻といった話から、のちには紅塵の下界の栄華富貴のことに及びました。石はそれを聞くと、思わず凡心をうちあおられ、ぜひとも俗世に下りていってその栄華富貴とやらを味わってみたいと考えました。自分の愚かさをくやしく思いながらも、やむにやまれず人間の言葉で話しかけました。

「もうし、お坊さま。わたくしはゆくりなくもお二人のお話をうかがって、人間界の栄耀栄華が無性に慕わしくなりました。わたくしの見かけはいたって愚かしいものですが、中身は相当できているつもりでございます。お二方とも、並のお人ではありますまい。さだめし補天済世の才、利物済人の徳ある方々とお見受けいたしました。なにとぞお慈悲の心を起こしてわたくしめを紅塵のなかへとお連れ下さいませんか。何年かその富貴の園、温柔の郷とやらに遊び楽しむことができますれば、そのご恩は未来永劫忘れません」

二人の仙師はこれを聞くとげらげら笑い出します。「善哉、善哉。むろん紅塵にはいろいろと楽しいこともあるが、永遠にあてにすることはできないものじゃ。また何事につけても『美中不足、好事多魔』という八文字がつながっていてな、楽しみが極まれば悲しみが生じ、人は亡くなり物は入れかわる。結局のところは夢のまた夢、すべては空に帰するのじゃからな。まあ、行かぬほうがましであろう」

しかし、石はもやは凡心が燃えさかっているので、こうした言葉も耳に入らず、なおもしきりに頼みこみます。二人もとうてい石を制することはできまいと思い、ため息をつきながら、

「これも、無が有を生み（無中生有）、静が極まれば動への思いが起こる（静極思動）、というものであろう。では、仕方ない。これからそなたを連れていってやろう。だが、思いどおりにならないことがあっても、ゆめゆめ後悔するでないぞ」

「はい、おっしゃるまでもありません」

僧侶がまた言います。「おまえは中身はいくらかできているかもしれんが、見かけはまったくの愚か者。そのうえ珍貴なところは皆無じゃ。踏み石になるのがせいぜいじゃろう。まあよい、わしが大いに仏法を施し、そなたのために一肌ぬいで進ぜよう。宿劫の終わる日、またもとの見かけに戻して一切を結着するとしよう。それでよいか」

石はそれを聞いて、しきりにお礼を言いました。

やがて僧は呪文をとなえ、おふだを書き、大いに幻術を行うと、その大石がたちまちすっきりと透きとおった美しい玉に変じました(13)（強調はワンによる）。

程本では消極的であった石が、ここでは強い意志をもつ主体となって「凡心」（俗界への欲望）を燃やしている

のである。天界の草花に水をやることで、石が自らの豊穣をもたらす癒しの力を発揮している場面はすでに見た。飽くことを知らない生命力はここで再び、解放されることを求めている。この「欲」の芽ばえは、「静の中から動が生じ、無の中から有が生じる」〔静極思動、無中生有〕[14]という二仙の言葉に余すところなく表現されている。転生への衝動は「動」という原動力から起こるのだが、その特徴をもっともうまくとらえているのが「生有」(有を生じる)――生物進化における自己発生の誘因――という言葉である。この衝動は、生命を与えるという石のエネルギーにとっての別のはけ口を表している。意志の力は精神のエネルギーから流れ出る。このひたむきで凝縮された精神エネルギーの前では、仙人たちでさえ譲歩せざるをえない。程本に見られた消極的な石とは対照的に、わたしたちがここで出会う石は自ら転生を願い出て、意志の力によって望みをかなえるのである。

以上のとおり、十六回残本は石の意志の力をやや詳しく表現することで、この神話的序曲を運命予定説への還元から救っている。俗界への降下にあたっての石自体の積極的な関与は、文字通りの意味でも象徴的な意味でも、天命という恣意的な神話論理を弱め、人間の悲劇が展開するための道を開く。この悲劇の表現豊かな両価性《アンビヴァレンス》は、天意と個人的選択との複雑な相互作用から生じるのである。石の主体性を際立たせるために、十六回残本は「欲」のメカニズムを余すところなく顕示するが、程本では控えめである。この点から見ると、石の人間世界への降下を動機づけているのは、天界の草花に水をやるようにあの栄えある神瑛侍者を駆りたてたのと同じ動的原理であると考えられる。この原理は、女媧が精錬した神話の石に具わる豊穣をもたらす力から発するのである。赤霞宮と地上における石の愛情遍歴は、聖なる石の古い物語を再演する。どちらの遍歴も、古代の豊穣儀礼を文学ヴァージョンへと変換したものである。絳珠草にそそがれる甘露が、雨を降らせる石がもたらす天の水を想起させるように、捨てられた石の悲嘆の声や生まれ変わりたいと訴える石の言い分のうちには、子を産む石のなつかしいこだまがとぎれながらも聞こえてくる。水をやり、弁舌をふるうふりをしながら、石は豊穣をもたらす呪文をとなえ、生への渇望を生み出すのである。

　ここで、王国維による『紅楼夢』の評論に触れておきたい。王国維は、「欲」と「玉」の二語には暗黙のつながりがあると述べている。ショーペンハウアーの自由意志の哲学に基づく王国維の解釈は、石の転生が自発的なものであるというわたしの主張ときわめて近い[15]。しかしわたしが欲を原始の石の運動エネルギーの元型的反復であると見なすのに対して、王国維は、人間に自由意志がある結果として生じる罪であると考えて、次のように述べる。「ここからわかるのは、生命への欲が人生よりも先に存在し、人生はこの欲の発現にすぎないということである。ここからわかるように、われわれの堕落は、われわれが欲しているから起こるのであり、意志が自由であることの罪悪なのだ[16]」。つまり、石は自分から欲の海へと飛びこみ、自らの堕落＝降下 downfall を求めるというのである。王国維の意志説はこうして、石が意気消沈していることへの脂硯斎の謎めいた批評、「自分が堕落した情根であるために補天の役に立たなかったと考えている」〔自謂落堕情根、故無補天之用〕[17]に対する脚注の役割を果たす。このように考えると、『紅楼夢』は結局のところ、自己欺瞞の物語であり意志力の悲劇であるということになる。「ここでいう玉［yu］とは、生への欲［yu］の象徴にほかならない。ゆえに、紅塵に連れて行ったのは、あの二人［僧侶と道士］の仕業《しわざ》ではなくて頑石自身であったのだし、彼岸へと導いたのも、あの二人の力ではなくて頑石自身だったのである[18]」。

　玉を欲が具体化したものとして解釈するのでなければ、「還玉」（玉をかえす）という謎を解くことはできない。第百十七回に見られる宝玉と僧侶との不思議な会話がその謎を解く鍵をにぎっている。

「お師匠さまにお尋ねしたいことがあるのですが、やはり太虚幻境からおいでになったのでしょうか」

「何が幻境じゃ。ただ来るところから来て、帰るところに帰るだけじゃ。わしはおまえの玉を届けにきたんじゃ。ではわしからおまえに聞くが、あの玉はいったいどこから来たんじゃ」

宝玉がすぐには答えられないでいると、僧侶は笑って、

「おまえは自分がどこから来たかも知らないくせにわしに聞いたのか」と言います。

宝玉はもともと聡明な質《たち》でしたし、すでに悟りを経ておりましたから、浮世〔紅塵〕の虚妄は見破っていたものの、ただ自分の素性だけはまだわかりませんでした。僧侶に玉のことを聞かれると脳天に一撃を食らった感じで、

「わかりました。銀子がご入用ではなかったんですね。ではあの玉をお返しいたしましょう」と言いました
(*Stone* V: 301–302)。


僧侶の謎かけのようなレトリックがきっかけとなって、宝玉は自分の正体に気づき、悟りを完全なものにするのである。美玉の知られざる起源（底裏未知）は、「ただ来るところから来て、帰るところに帰る」というパラドクスについて考えるうちに、突如として明らかになる。このパラドクスの答えが的中するのは、玉が太虚幻境から下ってきたのでもなければ天界の女媧石のなかから下ってきたのでもなく、欲の翼のはためきによって生じたのだと宝玉が思い知るときである。したがって、「来るところ帰るところ」は文字通りの青埂峰ではなく、心の中にあって欲を生み出した見えない場所なのである。玉とはまさにこの渇望の化身に他ならない。欲から生まれたからこそ玉は、欲が根絶されるとともに宝玉から取りあげられるのである。それゆえ十六回残本は、石から輝く玉への物理的変化が起こるのは石が生へのあこがれを感じたあとであると告げることで、玉と欲との微妙なつながりを補強する。だとすれば、「還玉」はこの欲の消滅を象徴する。宝玉が紅塵とのつながりを断ち切ろうと決断すると、玉（欲）を持っていることにはまったく意味がなくなる。そこで、宝玉は僧侶に「玉はお返ししま

す」と言う。欲の消失と玉の返還は、宝玉の遍歴が終わったしるしなのである。

このように考えると、宝玉が玉をなくすたびに意識を失うのは、一時的な欲の喪失を示しているということになる。欲の喪失はさらに、そのとき宝玉が置かれる悟りと愚鈍のあいだの移行状態を生み出すのである。もしも「欲」が女媧石の転生前の神話的ペルソナを規定するのであれば、宝玉の地上での存在形態は、精神的中間地帯——半分は「頑」、半分は「通霊」だが、そのどちらでもない——を特徴とする。まさにこれを機に、解釈には二つの可能性が現れ、どちらを選ぶかで批評言説の方向も変わる。その可能性の一つは、豊穣の石の儀礼についての議論から、過渡的状態の石 liminal stone の儀礼についての分析へと進んで[19]、フィクションにおける女媧石の移行状態を考察することである。『紅楼夢』でも『西遊記』でも、神話の石のもつ産出能力のシンボリズムはすぐさま、民間伝承の石のもつ認識能力——すなわち、思考における生産という石ならではの様式——に関わる問題によって圧倒されてしまう。知識の疑わしさ、知るというパラドクシカルな行為などの問題は、宝玉や悟空の石としての存在様式としっかりと絡みあっている。したがって、石から生じうる認識の隠喩のスペクトル全体を考慮に入れなければ、二人の主人公の精神的探求の意味を解釈することはできない。原始の豊穣儀礼には、子を授ける石が登場する——しかし、豊穣の石の意味は、それが思考を孕む石のイメージを取り込むまでは充たされないのである。

確かに、過渡的状態の石について検討すると、儀礼の石や民間伝承の石に特徴的な思考様式が明らかになり、二つの物語のいずれにおいても中心的な、精神遍歴や悟りといったテーマがはっきりするだろう。しかしながら同時に、もう一つの解釈も十分に可能である——というよりむしろ、こちらのほうが緊急性が高いとさえ言えよう。というのも、こちらの解釈は、過去二十年にわたる『紅楼夢』の批評言説において曖昧な地位に甘んじてきたからである。この批評的関心は、悟りという問題によって絶えず影を薄くされてきた。その解釈可能性とは、玉についてもっと詳しく考察することである。すなわち、王国維が考えるような「欲」の隠喩としての玉だけでなく、あらゆる種類の言説——儀礼・政治・道徳そしておそらく形而上学さえも——を生み出すことのできる場としての玉である。

宝玉の誕生石の隠喩としての重要性については、その一面をすでに述べた。この小さな玉の魔よけは、王国維によれば生への欲の象徴であるが、作品中で宝玉が精神的危機に見舞われるたびに繰りかえし登場する。実のところ、第一回が終わると、語り手は女媧石が目に入らなくなるようだ。玉によって人気をさらわれてしまうのである。『紅楼夢』は石が語る物語であるが、宝玉の——宝玉が玉を手に入れ、失い、もう一度取りもどし、返すという——物語でもある。読者は思いをめぐらさざるをえないだろう。宝玉が石であるのみならず文字通り美玉でもあり、それにちなんで名づけられているというのはどういう意味なのだろう。おそらく、二つのアイデンティティというシンボリズムが、作者の意図の一部分なのだろう——あるいは、たんなる偶然なのだろうか。主人公の口のなかに小石ではなく玉を一個入れるという気まぐれくらいは許されるだろうから。しかし、作者の意図の如何にかかわらず、石‐玉の相互作用はその曖昧さのうちに石のシンボリズムのテクスト空間を開き、作品の意味作用の可能性を増大させる。過渡的状態の石という問題はしばらく保留にして、解釈の第二の可能性を追求するために玉の言説について検討することにしよう。

美玉

玉は、儀礼にまつわる意味を豊かにまとい、中国の詩語において独特の位置を占めている。人が石を賞翫するのが石の神話的な力についての記憶のなごりによるものだとすれば、玉の魅力は儀礼的な価値よりも美的な価値によるものであろう。玉のシンボリズムは美学と密接に関連している。きめの細やかさ、表面の光沢、物質としての硬さといった特質は、すぐさま「清らかさ」や「強靱さ」などの倫理的な言葉に関係づけられ、最終的には変換される。清らかさの象徴としての玉は、一つの物語のなかに独特の道徳的基準を生み出し、語り手はそれに基づいて登場人物の暗黙の評価を行うことができる。テーマとしての玉の重要性はそれが提供する評価的機能によるところが大きい。石の物語が記述的であるとすれば、玉の物語は両様に解釈できると言えるかもしれない。

『西遊記』の石の卵や元気な孫悟空が創出されるにあたっては、古代の豊穣儀礼についての民間伝承の石が、積極的な役割を果たした。それに対して『紅楼夢』の女媧石は、一個の玉に変えられたのちに、豊穣性という神話的属性を発揮するようである。悟空が神話を起源とするのは、呉承恩が儀礼の相関テクストを強く意識していたからであると考えてほぼまちがいない。相関テクストにおいては、禹の石、塗山の石、子授け石といった自己産出する卵たちが、終わりのない運動と変化の種をかかえて存在している。ただし、悟空はかなり明確に民間からの出自を示しているとしても、青埂峰のほとりの石は、豊穣の石の特徴をほとんど共有してはいない。赤霞宮でのエピソードを除いては、のけ者にされた石の奇跡の転生において、豊穣性の特徴が重要な位置を占めることはないようである。女媧神話を主要な相関テクストとして出発しながらも、石は次第に、豊穣をもたらす五色石という天につながったイメージから離れていくのである。

とはいっても、『紅楼夢』の石の民間の出自からの離脱には、曖昧なところがある。一方では、この石が古代神話の石の面影を完全に脱ぎすてることなど決してないと言えるだろう。生命を与える石という暗黙の相関テクストは、『紅楼夢』の根底にある欲のテーマのうちに反響しつづけるし、情根としての堕落した石のイメージは、高媒その他の多くの豊穣儀礼における控えめな性的表現のこだまである。意識をもつ「通霊石」というイメジャリーは実のところ、意識をもたない生殖細胞から長い道のりを経て進化してきたものである。繰り広げられるのは、宝玉による情の種まきの物語であり、その生への激しい欲望を想起させることはまちがいないが、これは原始儀礼に見られる石の自己再生力を拡張したものである。もう一方で、女媧石が石猿よりも強力な登場人物になっているのは、石猿がその忠実な再現であるような民間伝承の先例から離脱しているからに他ならない。そしてそのような離脱（あるいは、ラディカルな冒険）は、象徴空間における石と玉の言説の相互作用のうちに起こり、その空間で、宝玉の人物アイデンティティが構築される——あるいは、語り手の度重なる予告によれば、脱構築される——のである。『紅楼夢』の物語が展開するにつれて、女媧石は、玉が動機づけする意味作用の行為に参加せざるをえなくなる。玉は多くの特性を石の一族と共有しているとはいえ、数々の際立った属性のおかげで、石に完全に統合されることを免れている。石と玉の対峙は、物語のうちにいくつもテクストのすきまを作り出す。というのも、一方が他方を我有化しようとしても、双方の共通点より違いを際立たせるような属性が出現して絶えずそれを妨げるからである。したがって、女媧石は、その独特で均質なアイデンティティを脱ぎすててゆくにつれて、曖昧な存在になっていく。宝玉が経験する精神遍歴は、この二つのアイデンティティから生じる絶えざる葛藤をなんとか解決しようとするプロセスとして理解できるだろう。

葬玉と唅玉

石が豊穣儀礼と密接に関連していたのと同じように、古代中国において玉はまず儀式で象徴として使用されていた。ただし、石が生殖能力をことほぐものであったのに対して、玉は主として政治的権威を神聖化する役割で儀礼に関わった。これは、癒しと豊穣という石の属性を玉が共有しないということではない。むしろ、中国の歴史に玉が登場したそもそもの最初から、玉が奇跡をもたらす力は主として君主とその臣下に奉仕するものとされた。重点が儀礼的な役割から美的な役割へと移行したあとでさえも、玉は明らかにエリート貴族文化の所産であり、彫刻の技術の長い歴史、鑑定家による命名の凝った理由付け、萌芽的な宗教シンボリズムなどによって石伝説を補っている。

玉伝説のなかに、「六器」に関する宗教シンボリズムを生み出した超自然的要素をわかりやすく説明するものはほとんどない。六器とは六つの玉の器で、天と地と四方を祭る朝廷儀礼で使用する。ただし、古代中国では一般に、玉は「天と地の精華」であるのみならず、「陽の原理の結晶」であると考えられていた。[20] 道家が玉に病気平癒を祈願し、周代（ca. 1100–256 B.C.）の王墓に玉器が埋葬されたのは、地上における陽の窮極的根源である玉に、病気を癒す力や死後の亡骸を守る力があると信じられてきたからにちがいない。したがって、玉を服用する行為は「聖なる交感の儀式」と見なされ、それによって人は「無限なるものと調和した状態」になり、生命力を更新されるのである。[21] ベルトルト・ラウファーは、周代の王が太陽崇拝に用いた玉の槌は「太陽神の実際のイメージ」に対応しているとさえ指摘する。ゆえに、埋葬品として玉を納める周代の儀式は、古代の太陽信仰の最後のなごりとして解釈されるのである。[22]

王を埋葬する際に玉が果たす役割は、「玉辟邪」に割り当てられた役割と似ている。玉辟邪は、玉で翼のある獰猛なネコ科の動物の姿を彫り、悪霊を防ぐために重要な墳墓の入口に立てたもので、後漢（A.D. 25–220）の時代に多く見られるようになった。このような行為は、自然物に生と死を媒介する神話的な力があると見なす、原始的な宗教的神秘主義に基づいている。玉を太陽神と結びつけるにせよ、超自然的起源をもつ不可解な癒しの力と結びつけるにせよ、玉は神的生命力の特質を分有すると信じられている。だからこそ玉は、暗闇と悪霊を追いはらい、生きているものに不死をもたらし、死者が腐敗するのを防ぐことができるのである。生と死に関して玉が果たす媒介の役割から思い出されるのは、石の過渡的な性格である。しかし、既述したとおり、石および他の四要素のような古代の象徴はすべて、象徴反転による置換を受けやすいために、石のイメジャリーは次第に豊穣よりも不毛の概念と結びつくようになる。玉の場合には、置換は別のかたちをとる。すなわち、死者の祭祀において玉が果たす象徴的な意味が高まることによって、玉の産出力をたたえる神話の存在感が次第に薄くなるのである。時が経つにつれて、玉が喚起するイメージには不老不死の霊薬よりも墳墓に関わるものが多くなり、死や遺物や発掘にまつわる伝説と密接なつながりをもつようになる。この、玉の象徴的意味の複雑な変換は、宗教的タオイズムの盛衰と深く関わっている。すなわち、漢代が終わり道家の神秘主義の勢力が弱まった結果として煉丹術も衰退し、玉と生命力の関係や、それに由来する不死の象徴としての玉という考え方も弱まって、徐々に有効性を失っていったのである。玉の宗教的シンボリズムとして早くから広まっていたのは、玉と葬礼とのつながりである。そして、このつながりの性質のうちに、宇宙祭礼と玉の宗教的シンボリズムとの緊密な対応を見いだすことができるのだ。

『周礼』によれば、王室の死者の柩に収められる葬玉には六つの玉器が含まれ、六という数は天と地と四方の宇宙神を表していた〔以玉作六器、以礼天地四方〕[23]。六つの礼器に囲まれた死者は、宇宙の力と交感しつづけることができると信じられたのである。したがって、玉のイメージの宇宙祭礼との関係を、墳墓との関係から切り離すことは不可能である。玉と死のイメージとのつながりは、玉の魔よけが悪霊を追いはらうという民間信仰が広範囲にわたって見られることからもわかる。この信仰が強力なものであることは、漢代以後も職人たちが作りつづけた玉の彫刻の種類にはっきりと表れている。唐以後の王朝が自然な表現を好んで次第に儀礼の定式から離れていったにもかかわらず、玉製品は主として二つの目的で作られていた。実用のためと魔よけのためである[24]。

守護と処罰という玉の特性はこうして、生命の授与に関わる特性よりも優勢になったのである。

玉のシンボリズムのこの側面は、中国の歴史を通じて玉のシンボリズムが経験した多様な機能の変化のなかで生き残った。宝玉の不思議な誕生玉〔以下、宝玉が誕生したときに口に含んでいた玉を指す〕の刻字は、今日に至るまで続くこの民間信仰の人気を証明している。


一つには祟《たた》りをはらう〔一除邪祟〕。

二つには病を癒す〔二療冤疾〕。

三つには禍福を知る〔三知禍福〕〔第八回〕（*Stone* I: 189）。[25]

興味深いことに、宝玉のもつ美玉はその裏側に書かれたこの民間伝承的機能をすべて文字通りに果たすものの、『紅楼夢』において玉のシンボリズムのもつ意味は、実は民間伝承の相関テクストの明示的な引用を超えている。宝玉の玉の魔よけは、見かけは民間伝承の玉と同一のようである。しかし、この白話小説では、魔よけに目に見える文字として刻まれたテクストの背後に、唅玉（口中の玉）の謎めいたテクスト性がぼんやりと現れているのである。唅玉は礼器であるが、いったんフィクション化されると曖昧なイメジャリーに姿を変えるのである。

人体の九つの開口部をふさぐために葬玉を用いることは周代の葬礼から展開し漢代に完成した慣習だが、[26]なかでも舌の上に置く玉がもっとも重要であった。食べるという行為の代償を通して活性化の隠喩が伝えられているわけである。料理のシンボリズムは、マナの食べ物のように、玉が不死をもたらすという道家の伝説に由来している。

こうした葬礼の慣習は清代（1644–1911）まで存続したことが知られるが、それを認識することで、宝玉の誕生玉が担いうる意味作用の範囲について別の解釈がもたらされる。儀礼的な哈玉がきっかけとなって、美玉のシンボリズムのうちにテクスト相関性の戯れが引き起こされるのを、見逃すことはできない。主人公が玉を口に含んで生まれるとは、何を意味しているのだろうか。この出来事のもつ意味の一つの解釈は、早くも『紅楼夢』第二回で与えられる。宝玉の誕生に対する賈《か》家の人々のさまざまな感想をまとめれば、「めずらしい」〔奇〕、「ふつうではない」〔奇怪〕、「奇妙な」〔異〕、「ありえないような出来事」〔新奇異事〕である。(27) 玉の誕生は「この子の来歴が並みのものではない」〔這人来歴不小〕(*Stone* I: 75) ことを表す奇跡と見なされているのである。

「来歴」という語はこの謎の要点を正確に示している。その文字通りの意味は「それ［その主体／客体］がどこから来たか」――出身地――である。宝玉の場合には、来歴の概念は二つの方向性をもつ。すなわち人間に変身を遂げる前に、どこにいたかと何であったかの二つである。誕生玉の存在は、宝玉の正体が神話に出てくる女媧石に他ならないことを、絶えずわたしたちに思い出させる。哈玉からそのような連想を生じうるのは、それが脂本十六回残本のエピソードの記憶を蘇らせるからである。そのエピソードには、くだんの石が仏僧の呪文によって小さな玉の下げ飾りに姿を変える経緯が詳しく述べられていた。(28) 同じエピソードはさらに、石がかつて住んでいた場所――神話の世界――のイメージも呼び起こす。つまり、誕生玉は宝玉の来歴の理解にとって、『紅楼夢』のなかの他のどんな手がかりよりも決定的な鍵をにぎっていると言える。玉はわたしたちに、そして最後には宝玉自身に、宝玉が送っていた前生のみならず、その存在の様式と場所の両者に起こった変化をも想起させるのである。この時間的かつ空間的な移行のしるしである玉の下げ飾りはつねに過去を思い出すきっかけとなり、それによって、宝玉の人間としてのリアリティと女媧石の神話的リアリティとを結びつける。

ここで、この物語の不思議な誕生玉の象徴的機能にとって不可欠で決定的な要素に触れておきたい。すなわち、玉の魔よけは、場所の移動が起こる場合にのみ意味をもつということである。換言すれば、ある場所またはある存在形態から別の場所や存在形態への移行こそが、人体への玉製品の挿入に意味を与えるということだ。ここで思い出されるのは、上述した歴史的に実在する葬玉に含まれている儀礼の定式である。というのも、墳墓は住まいの変更を意味し、この移行によってこそ玉製品は生と死を媒介することが可能になるからである。葬玉は、家庭から墳墓への移行を認可するのみならず、死者がそれまでの生を形成し恵んできた宇宙の力との連携を死後の生においても継続することを保証する。葬玉の一般的な特徴であるこの過渡性のシンボリズムこそが、宝玉の誕生玉のイメジャリーに秘儀のオーラを添えているのである。そのオーラは玉を目にした人々を眩惑し、この世のものとは思えないそのおもむきは言葉にならない感動を呼びおこす。

　葬礼において、生から死への移行が完了したあとになって初めて玉が配置されるように、曹雪芹の物語では、誕生玉は転生の瞬間に子どもの口の中に入れられる。つまり、神話の女媧石の消失すなわち象徴的な死と同時にということである。二つの儀礼——現実のものとフィクションのもの——はともに、死の意味や再生への熱望に対する人間の執着を表している。ただし、現実の生における葬玉が墳墓に埋められる無言の記号という撞着語法《オクシモロン》であるのに対して、フィクションにおいては生と死と復活のあいだの移行を演じる主体として生きているのである。

　『紅楼夢』全篇を通じて何度か、玉の魔よけがなくなってはまた見つかるが、それは必ず宝玉の精神的中間地帯の始まりあるいは終わりの予告になっている。一方では、移行が起きるからこそ、魔よけは、その持ち主がここでもなくあそこでもない場所、この世界と別の世界のあいだ、そして最終的には生と死と再生のあいだにいることを意味することができる。しかし他方では、この玉の魔よけだけが、このような過渡的状態の連鎖反応をもたらす力を与えられているのである。この魔よけは、もはやたんに人間主体が身につける貴重な客体にはとどまらず、宝玉の存在自体に内在するものとして生きはじめ、宝玉の精神的探求の勢いを調整する。ここに見てとれるのは、葬玉の象徴的意味の興味深い置換である。墳墓では、葬玉は不動の物体、装飾品として、完全に人体の外部にあるものであった。しかし『紅楼夢』においては謎めいた装いをまとい、主体と客体、内部と外部、精神と物質といった境界を超えるものに変貌しているのである。そして最終的には、生命と昏睡状態の両方の触媒へと変換される。いったんフィクション化されると、葬玉はこのように過渡性のスペクトルを拡大することによって意味作用を増殖させる。宝玉が口中に一個の玉を「埋められた」のは死んだときではなく生まれたときであるが、テクスト相関性の展開において埋葬の隠喩が抑圧されることは決してない。さらに、埋葬用の魔よけの相関テクストを認識することで明らかになるのは、宝玉の唅玉のシンボリズムが依拠している固有のパラドクス――(再)誕生玉の意味作用は、それがすでに葬玉のイメジャリーを含んでいる場合のみ有効であるというパラドクスである。『紅楼夢』においては、食べることのシンボリズムが実質的には消えている一方で、埋葬時の唅玉(変態する昆虫であるセミの形をしているのが一般的である)[29]が再生というテーマを蘇らせ、宝玉の舌上の魔よけの再産出能力を補強しているのである。[30]

葬玉の忘れがたいイメージを念頭に置くと、賈家一族の宝玉の美玉に対する無条件の賛美を、ある種のアイロニーを含んだ共感とともに読み味わうことになるだろう。この玉の珍しさをめでる人々は、今生きている現在を、過去からの連続体としてではなく、過去の対立物として思い描いている。しかし、生の前にも後にも、さらに死そのものの後にも、別の時間が存在している。それは、媒介という意味以外の意味はもたない時間的次元であり、中間に存在して、悲喜劇の展開を予感させる。また、矛盾する期待レベルのあいだの戯れを絶えず引き起こし、美玉を不吉な意味をもつ怪異として解釈したり吉兆として解釈したりする。宝玉をとりまく人々によるこの超自然的な記号〔＝玉〕の解釈は、喜劇の予感に基づいている。この少年に対して起こる期待はとてつもないものであり、それゆえに、「そういうわけで〔＝玉とともに生まれたので〕、お祖母さまはその子を宝物のように思っているのです」〔第二回〕（*Stone* I: 76）と語られるのである。

この子が成長するにつれて玉への物神崇拝が起こり、玉は着実に重要性を増してその所有者である人間主体の重要性をしのぐことさえある。その例としては、玉がなくなったときに襲人が「もし本当にあれがなくなったら、宝玉さまがいなくなるよりもっと大変なことだわ」〔第九十四回〕（『紅楼夢』Ⅲ、1333）と嘆くことを思い起こすだけで十分だろう。この期待レベル——玉が意味するのが紛れもなく幸運と健康であり、宝玉の生命の源そのもの、すなわち「命根子」であるというレベル——と衝突することになるもう一つの期待レベルがある。それは、哈玉のイメジャリーが過渡的不調和であるという認識に基づくレベルである。この第二の期待を考えると、もはや玉の意味作用について早まった結論を出すことはできなくなる。それどころか、そのような試みはすべて、語り手からのアイロニー的解釈への誘いであると考えられる。美玉を吉兆と考える祖母の解釈は、祖母にとっては誇張した表現として、語り手にとっては控えめな表現として読まれるべきである。それは、この大きな期待が裏切られる可能性を予言するだけでなく、語り手によって意図的に送られた合図、謎めいた記号を文字通りに解釈することへの読者の懐疑を引き起こすための合図でもある。テクストの表面的な記述としては、玉の魔よけは天からの縁起のいい贈物である。しかしそれは、この魔よけが移行の記号として死や塵のイメージを喚起するものでもあるという正反対の期待によってくつがえされる。こうして宝玉の哈玉という記号は不確実性を生み出すことになるが、それはこの記号が、人が考えることの理解可能性にただちに疑問を呈するからである。記号を文字通りに読解することがすべてであるという考え方の危うさに思いをめぐらすにつれて、アイロニーの感覚が呼びさまされてくる。このもう一つの期待レベルの侵入には、劇的アイロニー〔観客は知っているが劇中人物は知らないという状況〕の力が存在し、それが宝玉の美玉のイメジャリーに生気を与えている。美玉のイメジャリーはその力によって、幻想という動機のない事象としての直接的機能を超えることができるのである。

政治性と倫理性――再解釈される儀礼の玉

子どもの誕生を待つ人々が目にするのが輝く五色の玉であるとすれば、それはまさしく驚異である。祖母は哈玉のテクスト相関性についてはよく知らないかもしれない。しかしそれでも、この美しい物体のうちに、何世代にもわたって中国の人々の尽きることのない玉への賛美を支えてきた単純な真実を読みとるだろう。それは、玉は珍しく、それゆえ貴重品だということである。宝玉の哈玉の文字通りの解釈、すなわち、それが貴重で縁起のよいものであるという解釈は、「宝玉」という主人公の名前そのものに紛れようもなく書きこまれている。

朝廷の儀式の祭壇から玉彫職人の工房へという玉の移動の行程は短いものであった。礼器から貴重品への変化は早くも紀元前三世紀、周代の末期にかけて始まった。そのころには玉の宗教的意味が小さくなり始め、世俗的な使用に供されるようになったのである。[31] 漢代（206 B.C.–A.D. 220）が終わると、玉がまとっていた宗教的オーラは徐々に衰えつづけた。そして、儀式における象徴的機能への関心に取って代わり盛んになってきたのが、玉の美しさを実際に賞翫することであった。しかし、玉の機能の交替が完全に終わるのは、唐代（618–907）や宋代（960–1279）になってからである。そのころには、玉はかつての儀礼のシンボリズムのなごりである半ば魔術的あるいは霊的な特質を失って、貴重品と見なされていた。[32] 以前は圧倒的に優勢だった儀式という用途は、人の美的愉悦に取って代わられ、玉は貴く美しいがゆえに珍重すべきものとされたのである。唐代に作られた玉の彫刻品のうち、主要な二種は小物と装身具であった。玉彫技術はこのあとの三王朝〔宋・元・明〕のあいだにさらに洗練される一方、美的モチーフは、その焦点を擬古主義と自然主義のあいだで行ったり来たりさせていた。[33]

清代を迎え、曹雪芹が『紅楼夢』を執筆していたころまでには、玉彫の技術レベルは頂点に達し、玉の鑑定が一つの分野として確立していた。十八世紀に、玉製品に紛れもない世俗の刻印が押されていたことについては、ベルトルト・ラウファーが次のように述べている。「かつて名工たちは玉の深い宗教性に駆りたてられて、超越的かつ霊的な印象を表現しようとしたのだが、玉はそのような宗教性を失ってしまった。感情の理想主義や感傷主義は消えてしまったのだ。この世の生という急務が前面に出てくるようになり、古い時代のおごそかな聖性は、世俗的な味わいに取ってかわられた」(34)。現実の歴史において玉の聖なるオーラが薄らいだことは、玉の装飾品を作る者と賞翫する者の両方における世俗趣味の高まりとなって表れていた。『紅楼夢』という世紀の傑作は、この趨勢の変化をフィクションというかたちでとらえたのである。作品中で祖母などが宝玉の啥玉の霊的で宗教的なシンボリズムに無知な人物として設定され、玉を身近な現実に関わるしるし——美のしるし——として解釈することを選んでいるのは、たんなるフィクションというわけではない。しかし、ラウファーが指摘した「世俗的な味わい」とは果たして、芸術的技巧にのみ注目することで生じるのだろうか。また、審美的な視線がとらえるものに限定されるのだろうか。さらに、もっとも重要なこととして、それはラウファーが「感情の理想主義」の一種として特徴づける、玉に対する過去の観点と明確に区別できるものなのだろうか。

右の引用のように世俗的なものと宗教的なものを厳密に対比させる単純なとらえ方では、玉のシンボリズムが時代を超えて経てきた興味深い進化のプロセスを説明することはできない。第一に、聖と俗とが文化の展開において対立する両極であると決めてかかるのは、まちがいの元である。何世紀にもわたる玉のイメジャリーの世俗化は、儀礼の玉の宗教的コノテーションへの反発から生じたわけではなかったし、宗教的コノテーションに対立することもなかった。玉の世俗的な一面は、その宗教的な装いと明白に異なってはいるものの、宗教とまったく縁がないわけでは決してない。実のところ、世俗的な一面は儀礼の玉器のシンボリズムにもともと組み込まれており、後になって離脱したにすぎないのである。

すでに述べたように、宇宙の神々に捧げられた周王朝の儀礼は本来、宗教的かつ政治的な性質のものであった。天子が行う国家の儀式であり、天子の権力の確立をことほぐとともに王国の繁栄が続くことを神霊に祈ったのである。人間と宇宙を結合させることは、両領域でのエネルギーの更新を意味するのみならず、地上に広がる政治秩序に認可を与えることでもあった。したがって、儀礼は高度に政治化された行事だったのである。さらに、それぞれが宇宙神の表象である六つの玉器は、政治的な意味をまとうようになり、儀礼の根底にある宗教的シンボリズムが薄れゆくにつれて政治的な意味のほうが強くなって、やがて権力や王位に結びつけられた。象徴としての玉が世俗的で政治的なものを指示する融通性をもつのも不思議ではないのである。儀礼のシンボリズムにおける玉の中心的位置には、このようにきわめて人間的かつ高度に政治的な観点が組み込まれており、それはそもそもの始まりから、聖なるものや宗教的なものと切り離せなかったのだ。

考古学的証拠および『書経』『礼記』などの古代テクストの記録はいずれも、殷王朝（ca. 1600–ca. 1100 B.C.）と周王朝の時代に、複数の社会的・政治的組織のあいだで行われた儀礼における玉の重要性を強調している。[35] 儀礼的な玉のやりとりは、君主たちや臣下たちのあいだで政治権力の交渉手段として広く行われた。西周（ca. 1100–771 B.C.）の時代までには、国家儀礼は高度に体系化されていた。『周礼』によれば、「圭」――六器の一つである玉のふだ――が、それを持っている者が属する特定の地位を示す公式的な表象として用いられるようになった。[36] 圭は、諸侯に封土を授ける際に、契約上の権威の証しとして君主から与えられた。したがって、この証しを所有することは、権力と地位の持ち主であることを意味する。また、王に重用された者には、祖先祭祀においていくつかの特別な種類の玉器を使用する権利が与えられるとも言われていた。[37] 時代が移るにつれて、玉とその所有者のイメジャリーとの関連がますます深まったのはきわめて自然なことだろう。東周（770–256 B.C.）までに、そして春秋（770–476 B.C.）・戦国（475–221 B.C.）時代を通じて、儀礼の玉は、その指示性が宇宙のイメジャリーよりも人のイメジャリーに依拠するようになるにつれて、重大な変換をくぐり抜けていた。

おそらくは、圭の政治的シンボリズムと圭の所有者である諸侯のイメジャリーとのつながりから展開したと考えられるのが、孔子の時代までには成立していた玉の擬人的シンボリズムである。玉の特質が、有形のものも無形のものも含めて、パワー・エリートの理想像とされる人の属性と関連づけられるようになったのである。玉には「君子」にふさわしいあらゆる美徳があると考えたのが孔子に他ならない。君子とは、理想の状態にある理想の紳士である。弟子の一人が、君子が他のどんな宝石よりも玉を大切にするのはなぜかと問いかけたとき、孔子は、玉に具わる十の属性を君子の美徳の隠喩と見なすべきなのだと説明した。[38] 玉が人の属性をもつとされるのか、君子が玉の属性に同化させられたのかは定かでないが、両者の結合は儒教が他の政治哲学流派に対してイデオロギー的主導権を握った漢代を通じて強化された。儒家による教化の影響のもとで、玉の倫理的シンボリズムは、国家の政治においてしかるべき場所を見いだしただけでなく、社会慣習に深く根づいて民間の知恵のなかに吸収された。中国語の最初の字書である『説文解字』(ca. A.D. 100) の玉の定義は、玉についての儒家の考え方をまとめたものだが、今日でも有効である。

玉は五つの美徳をもつ美しい石の一種である〔玉。石之美有五徳者〕。

(1) うるおいとつやがあり、「仁」の特徴をもつ〔潤沢以温、仁之方也〕。

(2) 外側を観察すれば、この石を理解する人にはその内側が明らかになるという点で、「義」の性質に似ている〔鰓理自外可以知中、義之方也〕。

(3) その音が伸びやかで遠くまで届くことは「智」の性質に似ている〔其声舒揚専以遠聞、智之方也〕。

(4) 折れても完全性を失わず、自己を守る性質の内在を表すことは、「勇」の性質に似ている〔不撓而折、勇之方也」。

(5) 完全な状態で瑕《きず》がないことは、「絜」〔=潔〕の性質に類する〔鋭廉而不忮、絜之方也[39]〕。

玉をめぐる政治的シンボリズムと倫理的シンボリズムとの結合は、部分的には、広く流布していた儒教イデオロギーに由来するものと主張することができるだろう。政治的な才覚と人格的な修養には密接なつながりがあるということである。権力の表象が美徳の模範へと変換されるとき、玉の政治的シンボリズムはその力を増強させる。実のところ、玉と儒家の知識人とのあいだの関係は非常に強いものであり、玉は儒家の日常生活の不可欠な一部分になった。帯には玉の下げ飾りがつけられ、書斎の机のうえには玉で作られた文房具や装飾品が置かれた。士大夫が暇なときに手の中でもてあそぶ小さな玉彫の品物さえ存在した[40]。玉のイメジャリーはこうして、国家体制の中枢を形成していた儒家エリートの人物像を想起させるのである。

このような階級志向のイメジャリーは一見したところ『紅楼夢』にぴったり合ったもののように思われる。宝玉は貴族の血を引いているのであるから、何の変哲もない石を口に含んで生まれることは想像しがたいのである。しかしあの貴い啥玉は、伝統破壊的な宝玉の物語のなかで主要な役割を果たすにつれて、なかなか扱いにくい象徴になってゆく。玉のような象徴は、そのフィクション化のプロセスがどれほど徹底したものになろうと、空虚な記号として新たに満たされるのを受動的に待っているところから出発するなどということはない。それはどの歴史的瞬間にも十分に飽和した記号であるというだけでなく、社会的地位・政治的観点・イデオロギー的立場の特定の枠組みを強要する語り方で満たされているのである。玉は、絶えず儒教というイデオロギー体制の有効性を疑っている宝玉のアイデンティティの中核とされる一方で、歴史的に儒教的価値観との切っても切れない結びつきがあり、その関係をすべて置き去りにすることはないのである。

言語とイデオロギーとの関係は複雑である。マルクス主義・構造主義・ポスト構造主義・ラカン派精神分析などの相互のやりとりを詳しく解説することは本書の範囲を超えているので、ここでこの問題について議論している文献を概観するつもりはない。ただ、わたしが共感を覚えるのは、マルクス主義と精神分析の考え方を統合するような理論的立場である。イデオロギーは言語に対して完全な主導権をにぎるものではない。なぜなら、言語を使用する主体は、イデオロギーによる完全な閉じ込めから逃れるプロセスにも従っているからである。このプロセスは無意識において起こるが、無意識とは抑圧された内面であり、従順であることよりも否定し破壊することのほうが多い。記号は、書き言葉であれ話し言葉であれ、それが無意識のプロセスの絶えざる置換から切り離されて特定のイデオロギーを表し、紛れもなくそれと一体となったとき、逆説的なことに意味作用をやめて死んだ記号となる。しかし興味深いことに、抑圧された主体性の表現は通常の場合、イデオロギーとの関係において完全な服従や完全な否定といった単純なかたちをとることはない。多くの場合、その表現は曖昧で、同化か拒絶かという二項対立の硬直した分類にすんなり収まることはない。そこに多くのすきまが見られるのは、主体とイデオロギーとの対決がそれぞれの側に、敵対的な我有化とともに対話のメカニズムも生み出すからである。それゆえ、その関係を簡単にプラスかマイナスのどちらかであると考えることはできない。

したがって、教条主義的マルクス主義を批判する人々も述べるように(41)、言語の地位はイデオロギーに包含されるものではない。しかしそうだとしても、言語がイデオロギーによる分節のプロセスを免れないということは、やはり認めるべきであろう。言語を使用する主体は、無意識という予測のつかないものと相互にはたらきかけあうとともに、外にあって既成のイデオロギー言説という重荷を負った意味作用の体系とも相互にはたらきかけあう。とはいっても、言語使用主体は、そうした既存の表象によって生み出されるだけではない。無限に自由な主体性という想像空間とイデオロギー的限定の機能とのあいだの対立を解消するには至らないまでも、それと格闘しつづける。そして、イデオロギー的限定が、このような個人主体の構造を重層的に決定しているのである。『紅楼夢』においてこの対立は、一方では宝玉によって反儒教的な世界観が描かれ、もう一方では宝玉の正体が大いに儒教的なイデオロギー言説を含んでいる象徴〔＝玉〕であること、この両者のあいだの潜在的葛藤というかたちをとる。曹雪芹がこの矛盾の存在に気づいていたかどうかは、ここでは問題ではない。検討しなければならないのは、曹雪芹が玉のイメジャリーにつきもののイデオロギー言説の構造的限界を超えているかどうか、そして、いま論じているような矛盾が、玉のシンボリズムのイデオロギー分節の変換をもたらすような緊張を生み出すかどうかである。この問いは、テクストが先行テクストとの対話に参入すること、そして主体によるプロセスが一つの文化の意味作用に参入することに関わっているため、テクスト相関性という問題を提起する。テクスト相関関係を考察するには、宝玉が持っている玉という文学的イメジャリーと、文化的な玉のシンボリズムとのあいだの相互作用の場面を具体的に示す必要がある。換言するなら、わたしたちはテクスト相関性という問題にふさわしい一連の問いを立てなければならない。たとえば、『紅楼夢』における玉のイメジャリーは、儀礼の玉のシンボリズムと根本的にちがうものなのか。玉の新しい想像的次元は、それまでのものと異なるイデオロギー言説を分節するのか。古いイデオロギー内容は宝玉の哈玉の伝説にどれくらい当てはまるのか。古い言説と新しい言説の関係は二項対立の概念によって表現されなければならないのか。そのような関係が両立か対立かという二者択一型を超えることは可能なのか。

宝玉の啥玉が吉兆をもたらすものであるという祖母の思い込み、あるいは思いちがいについてはすでに触れた。そのような思い込みが儀礼の玉の護符としての力への民間信仰の証しである限り、わたしたちは祖母のつつましい願いに共感を禁じえないであろう。このようにテクスト相関的な指示内容が玉の裏側にはっきりと刻まれている場合、それが読者にそこに書かれた記号の意味を文字通り受けとるよう促していることはまちがいない。もう一つ思い起こさなければならないのは、『紅楼夢』では、俗界の人間たちだけでなく天界の存在さえも、この民間信仰の魔力に支配されているということである。だからこそ、宝玉が女道士の馬道婆に呪いをかけられたときに、不思議な僧侶がどこからともなく姿を現し、賈政に息子の玉には妖術による災いをはらう魔よけの力があることを思い出させるのである〔第二十五回〕（『紅楼夢』I、357）。民間伝承の相関テクストのこの明示的な引用は、たやすく次のような印象を強め、実際に、広く行われる解釈を生み出している。それは、『紅楼夢』における玉のイメジャリーは紛れもなく民間伝承の魔よけの石と一致しており、宝玉の啥玉の意味の理解可能性はその意味作用の範囲内に限定されるというものである。

ところが、この印象はまちがいの元なのである。すでに見てきたように、『紅楼夢』の誕生玉のもつ意味は魔よけの石の意味を超えている。古代の葬礼というコンテクストにおいて宝玉の玉を考察したときに、過渡性という儀礼のシンボリズムが文学的な玉のイメジャリーにつきものの曖昧さと相通じるものであることについて議論した。さらに、儀礼における魔力が次第に政治的かつ倫理的な権力と美徳の表象へと変化するにつれ、その表象が支配的政治イデオロギーや一連の明確な道徳規準の痕跡を示す語彙を組み込むことで、祭祀のシンボリズムを豊かにしていることを確認した。儀礼的なものと政治倫理的なものの相互作用という歴史的事実は、玉のシンボリズムに対して二つの主要な意味作用の次元を与えている。つまり、玉のシンボリズムは、記述的記号としても規定的記号としても解釈できるのである。なぜなら、玉はその所有者の身分を表すとともに、玉の所有を正当化するような人格的特性を先取りするからである。玉に関連づけられるようになったもっともわかりやすい特性は、玉という物質が喚起するイメージと密接に関係している。すなわち、半透明で硬いことから、清らかさや強靭さの象徴として最適とされるのである。玉の清らかさ――さらに、拡大解釈して処女性――との結びつきが文化的(無)意識を強く支配したために、中国では「玉」という文字だけでなく玉偏がつく文字も、両親や祖父母が女の子の名前に選ぶ文字のなかで人気のあるものの一種となっている。今日ではおそらく、このような命名儀礼の規定的コノテーションは、名づける人にも名づけられた人にも意識されていないだろう。だが、白話小説の男女の主人公たちの命名行為は、特に「風月小説」〔愛情小説〕のジャンルでは、小説家が意識的に命じる道徳秩序を反映する場合がきわめて多い。

実のところ、中国文化において、命名は創作行為そのものである。清らかさという属性を強く連想させる名前(たとえば「玉」)を与えることで、命名者(親であったり、この場合のように小説家だったりする)はあたかも、命名された個人をその名前が命じる行動コードの想定範囲内に閉じこめることにすでに成功したかのように考える。また、実際にその子がその属性――清らかさという価値――にどんどん愛着を感じるようになり、最終的にはそれと一体化することが期待できるかのように考えるのである。純粋なフィクションとして始まったものがしばしば、続いて起こる展開の型を予測し、重層的に決定する。命名者はまるで、一気に名前と名づけられた人のあいだのすきまを埋めて、名づけられた人が名前の意味作用に参加するという想像を現実化するかのようである。両者のつながりはしっかりと保証されている。だとすれば、「玉」の名をもつ人が、まさに清らかさが喚起するあらゆる特質の典型となったからといって誰も驚かないのである。

『紅楼夢』について考えてみると、主要人物の命名に同じような象徴的論理がはたらいていることは容易に見てとれる。これまでも黛玉《たいぎょく》・宝玉《ほうぎょく》・宝釵《ほうさ》の姓については大いに注目されてきたが、(42) 最初の二人の名前に含まれる「玉」の文字は当然のものと見なされ、批評論文においてもついでに触れられるだけであった。おそらく命名と玉のシンボリズムとの関連性がこの作品のテーマの枠組みにとって周辺的であると思われたために、大きな批評的議論にはならなかったのであろう。しかしわたしが主張したいのは、自らのフィクション中の人物たちの性格を評価する語り手の立場を理解するためには、そのような関連性の考察が不可欠だということである。宝玉の玉の曖昧性には明らかに舌の魔よけにまつわる儀礼のシンボリズムが浸透しているが、それと同じように、『紅楼夢』で名前に「玉」がつく人物たちは玉の倫理的シンボリズムへのテクスト相関的指示を含むさまざまな価値を体現している。そして、命名が規定の技術の一つである以上、特にフィクションを書く者がそれを用いる場合にはほとんど、創作された名前が帯びている倫理的価値は、名づける者の道徳観を表している。『紅楼夢』の場合はとりわけ、命名という装置が、作者－語り手のイデオロギー的方向性を解明するのに重要な手がかりとなる。作者－語り手がしばしば、命名という象徴的行為を通して特定の人物群に特権的な地位を与え、人物たちの処遇において依怙贔屓をしていることがわかるからである。

黛玉と宝釵

『紅楼夢』の主要人物であるこの二人の女性の人格的評価については、近代の批評家も伝統的な批評家も意見が分かれるところであるが、(43) 語り手の共感が林黛玉に傾いていることには議論の余地がないだろう。この問題が論争の的になるのは、黛玉と宝釵の競い合いがいくつもの平面で起こるからである。詩作の能力の争いもあれば、身体的な魅力の争いや道徳的感受性の争いもある。最初の二つの部門についての語り手の判断から窺えるのは、人がリンゴとモモのどちらかを選ぶときに経験するようなむずかしさである。どちらも同じくらい好きなのでどちらも捨てがたいというわけだ。したがって、詩作の会では二人は交替で首席〔最優秀者〕となる。早くも第十八回で、貴妃の賈元春は詩の競作のあとでその結果をまとめ、黛玉と宝釵の二名は賈家の他の女性たちよりも才能があると述べている。美の競演の結果もまた、同じようなところに落ち着くことになる。この場合の判定者の役割が自然かつ適切に割り当てられるのは、女性に対する目利きであるのみならず少女たちが二人とも恋に落ちた男性ということになる。宝玉の目から見ると宝釵の大地を思わせるような健康的なからだつきは明らかに、黛玉の天上のもののようなはかなさと同じように魅力的である。宝玉は一度ならず宝釵の身体的魅力に心地よく打たれ、官能的な夢想にふけって恍惚となる。以上のように、最初の二つの部門の争いでは、どちらが勝者であるかの判定は留保されるようである。

ところが、この問題は決着がつかないと決まっているのかというと断じてそうではない。語り手は、二人の少女に対して公平であるという印象を与えようと懸命になっているのだが、語り手の秘めたる思いは、その印象が偽りであることを示しているのである。この偽りの公平さを語り手自身がくつがえしていることは、あちらこちらの行間から見てとれる。二人に対する平等な判断が下された直後に、それと相容れない（ときには前言を訂正する）記述が現れることが多いのだ。たとえば、元春が黛玉と宝釵の詩的感受性を同等のものであると認めたあとに、語り手はそっと、元春の判断を補うような説明のひとことをはさむのである。

もともと林黛玉は、今夜は思う存分に詩才をふるってみんなを圧倒してやろうと思っていました。それなのに貴妃は、扁額の言葉を一つと詩一首を作るように命ぜられただけでしたので、仰せにそむいて余計に作るわけにもいかず、おざなりに五言律詩を作ってすませたのでした〔第十八回〕（*Stone* I:367）。

貴妃に命じられて「詩一首」を作るに際して、黛玉は気乗りがしない。このときに示した詩才は、黛玉が本当にやる気を出した場合に発揮できたはずの力とは比べものにならないのである。黛玉のための語り手の弁明によって、感情移入のありかが微妙に表れている――黛玉が実力を発揮できず「おざなりに」作ったにもかかわらず、たやすく宝釵に匹敵するのであれば、黛玉の天分が宝釵をはるかに超えていることは言うまでもないのだから。こうして、語り手の補足的なひとことは、元春が下した判断を巧妙にくつがえすのである。

次に身体的な魅力について検討するとわかるのは、語りの声は注意深く装われ、表面的には淡々としているものの、黛玉に控えめにではあるが味方をする表現が優位にあること、そしてそれを、語り手がまたしても無意識のうちに認めていることである。祖母の葬儀の際に宝玉は、簡素な喪服を着た宝釵の官能性に我を忘れてしまう。ところが、宝釵の自然な色香にひたるかと思うと、〔亡くなった〕黛玉のイメージが同じ魅力的で清楚な装いに身をつつんで現れて、宝玉の心をとらえるのである。

「でも、今もし黛ちゃんが生きていて、やはりこのような装いをしたなら、いったいどんな風情だったろうか」宝玉はここまで考えると、思わず胸が詰まり、とめどなく涙が流れ落ちてきました。ちょうど史太君の喪中のことゆえ、大声で泣き出してもかまわなかったのです〔百十回〕(『紅楼夢』Ⅲ、1524)。

宝玉の黛玉への思いが特別であることは、火を見るよりも明らかである。亡くなったあともなお、黛玉の美しさは恋敵よりも優位に立っているのである。宝玉の好みである黛玉の物憂げな顔立ちは、実は中国文化独特の美的基準を示している。かよわいもの、繊細なもの、傷つきやすいものが男性にとって一種の魅力となり、丸々としたもの、活力にあふれたもの、健康的なもの——宝釵のようなからだつき——はそれにたちうちできないのである。(44) 文化的に規定された女性像についての考察は、語り手が黛玉と宝釵を評価する態度の問題点を際立たせる。語り手自身はおそらく、その理想の女性の基準が客観的なものではなく、性の政治によって操作され、文化的範疇によって構築されていることに気づいてはいない。語り手は無邪気かつ絶妙な仕方で黛玉に、物語中の他のすべての少女たち——とりわけ詩才と恋愛のライバルである宝釵——に優越するオーラを授けるのである。しかし忘れてはならないのは、語り手による黛玉の身体的な美の評価が文化的偏向《バイアス》を露呈して説得力を失っているとしても、黛玉の特権的な地位はもう一つの理由によっても固められていることである。それは、身体的魅力や聡明さといった基準の影をうすくし、最終的には圧倒してしまうような理由である。もしも語り手の偏愛の対象〔＝黛玉〕が、この人格の競い合いの最後の部門——道徳的感受性——においても卓越しているのでなかったなら、その偏愛がこれほど確固たる地歩を占め、重要性を認められることはなかったであろう。

「潔」（清らかさ）の隠喩

伝統的な中国の家族には複雑な階層構造がある。そのなかで自らの役目を果たす社会的存在としてどちらが人気を博するかといえば、黛玉が宝釵に及ばないことは疑いない。黛玉は権力闘争のしくみには無知であり、人間関係もぎこちない。それは、上位にある母権的権威に対しても、賈家一族の社会階層の下位に属する使用人の女性たちに対しても同じである。宝釵は対照的に、対人関係のこつを十分に身につけている。仲介者としてあれこれ気配りをすることで、年長者からは認められ、目下の者からは尊敬され、同輩とは——疑り深いライバルの黛玉を含めて——本物の友情さえ結ぶのである。まさに慎み深く礼節にかなった少女の姿をした、申し分のない徳と美の鑑《かがみ》である。実のところ、宝釵の優雅な物腰、穏やかな機知、へりくだった態度は、理想の女性像——すなわち、儒教によって生み出され是認された女性らしさ——を体現している。倫理的なものと政治的なものとが相互に主導権を発生させ補強しあうことはすでに見たとおりだが、それと同じように宝釵は、規定された倫理的規範をたくみに複雑な政治的術策へと変えることができるのだ。さらに一歩進むなら、宝釵が政治を倫理へと融合させるだけでなく、私的な自己イメージを高度に洗練された公的人物像へと融合させるのが見てとれる。こうして現れるのは、儒教を身につけた育ちのいい女性であり、私的な自己を犠牲にして公的な自己を際立たせることの利点をするどく意識している。わたしたちがその内面世界に立ち入って、宝釵の密かな楽しみや悲しみを一瞥することは稀にしか許されない。最後に宝玉と別れるクライマックスの瞬間でさえも、わたしたちの目に映るのは、本心をうまく隠すことのできる自制心のある淑女なのである。「生別か死別」〔生離死別〕であるかのように涙がほほを流れ落ちるにもかかわらず、「もう少しで声をあげて泣き出す」〔幾乎失声哭出〕ところで踏みとどまる〔第百十九回〕（『紅楼夢』Ⅲ、1621）。このような磨きあげられた公的イメージは物語全体で終始一貫している。一度だけ、固く防御された私的な自己のつかの間のクロースアップが与えられるのだが、そのような表現は、二人がともに愛する一人の男をめぐって宝釵の黛玉に対する攻防が緊迫を強めるようになると、少しずつ浸食され、見る見るうちにかき消されてしまう。この稀な機会は、大観園で楽園のような生活が始まったころ、つまり無垢な少女たちが政治的現実によって損なわれる前のことであり、くつろいで無防備な宝釵がわたしたちの目に触れる。このときの宝釵はまだまちがいを犯したり、ときには衝動に身を委ねたりする。それも、懸命に自制しようとするにもかかわらず、そのようなことをしてしまうのである。このエピソードでは、宝釵は暑さに耐えられずに兄の誕生祝いから早めに退出する〔第三十回〕。ふともらした無邪気な言葉から、かろうじて保っていた宝釵の心の平衡が一瞬傾いたことが見てとれる。

「道理でみんながお姉さまを楊貴妃になぞらえるわけですね、やはり太っていらっしゃるから暑がりなんでしょう」

宝釵は思わず怒って何か言い返そうと思いましたが、それも具合がわるい。思い直して、顔を赤らめながらも冷たく笑って言いました。

「楊貴妃に似ているところがあるとしても、楊国忠が務まる兄も弟もいませんわね」

ちょうどそこへ小女の靛児《てんじ》が、扇子が見えなくなったといって現れて、宝釵に向かって笑いながら言いました。

「きっと宝釵お嬢さまがお隠しになったんでしょう。お嬢さま、どうか返してくださいまし」

宝釵はそれを聞くと靛児を指さし声を荒げて「おまえも気をつけてものをおっしゃい。このわたしが誰かとふざけたことがあるというの。おまえがふだん一緒にふざけて遊んでいるお嬢さんがたのところへ行って、あの人たちに訊いてみたらどう」

そうどなられて靛児は早々に逃げ出していきました〔第三十回〕(*Stone* II: 98)。

宝釵の短い怒りの爆発の次に来るのは、黛玉に向けてのにこやかでありつつも意地悪な皮肉なのだが、黛玉はといえば、ライバルが自分を抑えられなくなったことを密かに楽しんでいるのである。これはわたしたちがほとんど知ることのない宝釵――公衆の視線にさらされた私的人間――である。その巧みな応酬によって喚起されるイメージも、まだ社交家の卵というには及ばない。連想されるのはむしろ、ふつうは黛玉と結びつけられるような種類の不機嫌さである。

もしも宝釵が公的な自己にとりつかれた犠牲者と見なされるなら、黛玉の精神的なわなは別の類のものである。繊細で気の弱い少女は、視線からさえぎられた私的空間に閉じこめられている。その内面が広大であるのは、公的な制約に従わないからである。黛玉は自らの心と生まれついた気質の命じるもの以外、どのような規則も認めない。世間知らずであることを悪い意味にしかとらない一族のなかに、黛玉に好意的な者はほとんどいない。しかし、宝玉とは親密な感情的かつ精神的共感を抱きあっていて、それはまさしく二人がともに、完全な私的空間に住んでおり、公的解釈の支配に対する孤独な戦いを続けているからである。語り手はそのかけがえのない友情に敬意を表し、二人に共通する精神的アイデンティティを名前によって示したのであろう。名前に含まれる「玉」という文字の重要性が見逃されることは、まずありえない。おそらく、記号として目に見えるという自明性のために、多くの批評家たちは宝玉と黛玉の名に含まれるシンボリズムを表層的に読み流してきた。ふつう、「玉」の文字は二人の因縁と共通の素性——すなわち石と天界の草の神話——の謎を示すと考えられているが、この命名装置の象徴的機能を十分に明らかにするためには、それを玉のシンボリズムの意味作用と関係づけなければならない。

玉と命名装置との関連を論ずるのであれば、『紅楼夢』の登場人物であり、その名にこの魔法の言葉（＝玉）が含まれるもう一人の女性を無視することはできない。それは才色兼備の妙玉である。妙玉は尼僧であり、大観園で隠遁生活を送っているのでほとんど人づきあいをしない。妙玉を含めて三人の人物を検討してみると、別々に見たときには独特であると思われた個性の多くに、明らかに一つの行動様式の跡が表れているのがわかる。それは、語り手によって三人の名前に規定的に組み込まれた玉の倫理的シンボリズムが命じる行動様式である。

三人が共有している性格の一つが、私的空間へと引きこもる傾向であることについてはすでに指摘した。その空間は、黛玉の場合には感情の安らぐ場所であり、宝玉や妙玉の場合にはあらゆる世俗的な欲望からの精神的な避難所であった。三人がみな隠遁者のような軽やかさを身にまとっているのは、各々が、その他の人間たちを地上につなぎとめている「社会的価値による制約」[45]を何らかのかたちで免れているからである。この私的な小宇宙は、三人の異端者たちが気ままに闊歩する想像上の自由空間であるだけではなく、世俗的な生き方による汚染から遮断され、「紅塵」をさっぱりと掃き清めた空間でもある。妙玉の清浄な住まいと汚れに対する過度の嫌悪感とが思い起こさせるのは、清らかさの自己保存という理想主義である。妙玉は、さっぱりとして神聖な自らの庵の清らかさに、外にある汚れた力が入り込むことはありえないと信じている。妙玉にとって、公的なものは私的ではないすべてのものを体現している。つまり、公的なものは下品であり、なじみがなく、汚れていて、自己が苦労して作りあげ守っている明確な境界線を破壊するという敵対行為をやめない。しかし皮肉なことに、妙玉の考え方や生き方に入念に織り込まれている「潔」(清らかさ)のシンボリズムは、幻の隠喩、はかない言語記号にすぎないことが判明し、最後には妙玉の手をすりぬけてしまうのである。清らかな隠逸空間の自律性が、外部からの粗暴な侵入に抵抗することなどとてもできない。閉ざされているものは開かれることを、清らかなものは無力に汚されることを、運命づけられているのである。妙玉の身体的・精神的閉域が最後に崩れ去ることは、太虚幻境の警幻仙女の正冊に書かれていた先の予言を証明している。

清らかでありたいと願っても清らかではいられず〔欲潔何曾潔〕。
空を語ろうとも空の境地には至らない。
あわれなことよ。金や玉の資質をもちながら、
結局は泥のなかに落ちてしまうなんて〔第五回〕(『紅楼夢』I、79)。

語りによって目の前の霧が晴れるように感じることがあるが、この詩はその好例である。語りの声は、玉から泥へ、空から色へという反転が実は最初から予定されていたと示唆することによって、単純な二分法の考え方を超えている。というのも、妙玉の「潔」と「空」を求める気持ち自体にはすでに、それらとは正反対のものの種が含まれているからである。しかし、わたしが特に興味を引かれるのは、詩に両極の対の相補性が示されていることよりも、玉と泥の相互生成という現象であり、そこに暗に含まれる清濁の対立のシンボリズムである。記号としての「玉」に、「泥」との関係において産出し反応する機能をもつ力が与えられるのは、「潔」の意味作用――「無垢」と「清らかさ」――をはたらかせられる限りにおいてである。それがやすやすと行なわれるのは、文化的無意識がこの宝石〔＝玉〕と「潔」の美徳とのつながりを鮮明に記憶しているからである。玉の倫理的シンボリズムのなかでも、この「潔」という美徳との関連こそは、伝統的な詩や小説や民間文学でもっとも頻繁に言及されるものである。多数の言及が人々の心に忘れられない印象を残してきたことは疑いない。中国の歴史を通じてつねに、「潔」は、「玉」が儒教の伝統において表象する「五徳」のうちでもっとも気高い徳として称賛されてきた。「玉潔冰清」（玉のように清らかで氷のように澄んでいる）といった慣用表現は、貞淑で徳の高い女性を表す標準的な隠喩として今日でも生き残っている。

『紅楼夢』において「玉」と「潔」、そして「泥」の類義語による相互の指示作用のネットワークは、宝玉や黛玉によく見られる奇矯なふるまいや癖についての重要な補足説明となる。はかないものの美しさを解する読者であれば、黛玉が散ってしまった桃の花びらを集めて花の墓に葬りながらひしひしと悲哀を感じている場面に、とりわけ心を動かされるであろう。黛玉がこの表面的には遊びのような行為に救いようのない悲しみを感じるのは、落花の運命が美少女に定められた運命を思い起こさせるからである。したがって、黛玉による落花への挽歌は自分に向けられたものであり、花を自らの身代わりとして葬っているのである。落花と黛玉自身との象徴的な一体化は、この挽歌が埋葬を浄化の儀礼として言及しつつ締めくくられることで演劇的な強度に達している。

清らかなものが清らかさの根源へと帰るなら〔質本潔来還潔去〕、
溝に落ちて泥にまみれるよりずっとまし〔第二十七回〕(『紅楼夢』I、383)。

この二句は清らかな少女のイメジャリーを落花のイメジャリーへと合流させ、黛玉の自己破壊的な思いの内的な動機づけを明らかにする。「清らかさの根源」は汚れた人々の手が届いたり触れたりできない領域であり、花や清らかなものにとっての終着点すなわち墓でもある。俗世の塵にまみれていない清浄な空間である根源へと回帰したいという願望は、墓への願望でもあるのだ。「清らかなもの」をずっと守っていくためには孤独が必要だが、墓は何よりそれが保証されている場所なのだから。したがって、墓への旅路は故郷への旅路である。生きることの根拠が自己を閉ざしていたいという望みのみに基づくとき、傷つかずにいたいという望みは結局、死にたいという望みと区別がつかなくなる。自己完結した清らかさを守ろうとむなしい努力をするうちに、黛玉が必然的にたどることになるのは、自らを旅路の終わり――原点への回帰――へと急きたてる道である。この無意識のうちの死への願望こそが、黛玉がとりつかれたように行う葬花の儀礼の根底にひそんでいるのである。自らを浄化したいという欲望は逆説的なことに、自らを破壊したいという欲望である。浄化の儀礼として始まったものは自発的な受難で終わる。色あせた桃の花びらの残骸の背後に隠れているのは、どんなことがあっても「潔」の理想を追求しようとする断固としたヒロインの姿である。

清らかな女性の無垢なイメージは、妙玉や黛玉の生き方において自己愛による強度を獲得し、宝玉にとっては尽きせぬインスピレーションの源泉となる。少女たちのイメージをつかみ、味わい、そして留めておこうとする欲望は、宝玉の存在意義の核そのものとなっている。ある女性イメージに宝玉がどっぷりつかっていることは、さまざまなかたちで表現される。宝玉の目から見ると、男は恥知らずなことに汚濁にまみれていて、清浄無垢な世界から追放されている。宝玉自身、自分がつまらない存在だという感覚に打ちのめされており、男に生まれたことで大観園の女性たちに比べれば汚物にすぎないことを痛切に感じとっている。この認識が「濁物」という自称に反映されているのである〔第百九回〕（『紅楼夢』Ⅲ、1499）。このことは、宝玉を他の人々と分かつ独特の個性をもたらしている。甄《しん》宝玉と賈宝玉がともに抱いている結婚前の少女たちへの熱烈な崇拝は、甄宝玉の場合には極端なところまで至り、ある儀礼を行うように男の使用人たちに命令する。

「「女の子」という言葉はとても貴くてとても清らかなんだ。めでたい獣、珍しい鳥、きれいな花、不思議な草よりもっともっと貴いものなんだぞ。おまえたちみたいな汚れた臭い口でむやみにこの言葉を口にしてはだめだ。大切なことだぞ。どうしても口にしなければならないときは、きれいな水か香りのいいお茶で口をすすいでからだぞ。もしもまちがったりしたら、歯をひっこぬき、目玉をえぐってやるからな」〔第二回〕（*Stone* I: 80–81）。

賈宝玉も女性の清らかさを儀礼的に崇拝することにおいてはその分身におとらず熱心である。

その子は「女の子は水でできた身体、男は泥でできた身体。ぼくは女の子を見るとさわやかな気持ちになるけれど、男を見ると汚くて臭くて胸がむかつくんだ」とおっしゃるんです〔第二回〕（*Stone* I: 76）。

男の子と女の子、男と少女が別の種族としてとらえられており、一方は汚染され、他方は清らかである。泥や汚れの隠喩は、妙玉や黛玉が自分たちの清らかな私的空間の対極にある公的世界を表現するものとしてぼんやり思い浮かべていたものだが、ここで宝玉は紛れもなく男性のイメージ全体と一体化させている。繊細な女性のもつ清らかさが男性の攻撃的な荒々しさによって絶えず侵害されているという強い意識から、宝玉は象徴的な浄化行為として口をすすぐという儀礼を命じるのである。

宝玉が浄化を望む思いにとらわれていることは、玉の本質に深く根ざしている男として、清らかさへの偏愛とともに生まれたことを思えば不思議はない。香菱の石榴紅《ざくろあか》の裙《スカート》が泥水で汚れたときに救いの手を差しのべるのも、宝玉に他ならない。少女たちは香菱を残して行ってしまうのだが、宝玉だけは、ひどいしみのついた裙を見ていることに耐えられない。汚濁に対する生来の嫌悪から、人並み外れた細やかさで香菱の陥っている窮地に対処するのである。動かないようにと香菱に求める宝玉の声からは、ある種のいらだちを感じとることができる。

「動かないで」と宝玉は言った。「じっとしていないと、ズボンからズボン下、靴の甲まで泥水でよごれちゃうよ」〔第六十二回〕(*Stone* III: 213)。

まさにこの泥に対する生来の反感の裏返しとして、宝玉は清らかさのイメージを呼びおこすものなら何でも高く評価する。祖母の葬儀の場では、宝釵と宝琴が純白の喪服を着ているのを見て美的な歓喜にひたっている。このとき宝玉は、「潔白清香」という美の範疇が「千紅万紫」にはるかに勝るものであると思い知るのである(『紅楼夢』Ⅲ、1524)〔第百十回〕。清らかな少女性に対する宝玉の切なる共感は、宝玉だけは男性によって受け継がれている汚染を免れているという印象を生み出しているかもしれない。からだつきと気質の両面において、宝玉は男らしくはない。名前さえも少女にふさわしいものである。だとすれば、この強力な女性との同一性は、宝玉が女性の清らかさを体現した男性であること——一緒に生まれた「透明で清らかな」〔鮮明瑩潔〕（『紅楼夢』I、3）玉と同じように混じり気がないこと——を示しているのだろうか。

しかしながら、この「石の物語」〔石頭記〕は、賈家で演じられる人間ドラマの純粋な観客としての玉の物語では決してない。清らかさの象徴そのものに姿を変えたとしても、起源以後の堕落のプロセスを免れるわけではないのである。語り手の目には、宝玉の地につながれた遍歴は、原点から下降していく絶えざる堕落の歴史として映っていると言えるかもしれない。

『紅楼夢』が始まりの地点（すなわち石の正体《アイデンティティ》）を暗黙のイデオロギー的中心として特権化する語りの論理に基づいていることについては、第一章で簡単に触れたが、この概念については次章で詳しく考察したい[46]。語り手の視点に立つと、ぜひとも要請されるのは、宝玉と黛玉のそもそもの出発点である神話的現実が回復され奪還されることであろう。それがあってこそ、二次的なものである人間的現実から何らかの意味が引き出される。もといた世界をいったん離れたからには、宝玉は必然的に「真の」アイデンティティから逸脱したものと見なされる。原点が真なるものである以上、その特権的な位置から離れることはいずれにしても頽廃ということになるのである。

同じようにして、原点からの下降は、純真さからの下降である。というのも、宝玉は人欲のこえだめへと向かわざるをえないからである。宝玉の転生は、誕生玉と宝玉自身の両者が紅塵の汚染をこうむるのであるから、文字通りの転落である。初源の恩寵からのこの象徴的下降こそが、宝玉の玉の清らかさの周期的な「更新」を必要としているのである。ここで思い起こされるのは、宝玉が病気にかかったときに突如として現れて、その更新の儀礼を行なう僧侶である。宝玉が地上に逗留しているあいだに起こる危機的瞬間のたびごとに、玉の本来の力を回復するための神秘的な手続きを繰り返すことが必要なのだ。宝玉の父になぜ玉は「あるはずの霊験」を失ったのかと問われた僧侶は次のように答える。

「なぜかといえば、この世の色欲物欲に惑わされて、霊妙な力を失っているのです。もともとは確かにそのような力がありました。今ここへ持ってきてお渡しいただき、拙僧がまじないをかければ、またもとの霊妙さを取りもどしますぞ」〔第二十五回〕(*Stone* I: 505)。

この玉の霊力は、玉に本来具わっている「光」(*Stone* I: 505)――その清らかな本質――と概念的に区別がつかない。僧侶によって行われる浄化の儀礼は玉の光を取りもどすことを目的とする。それは「むなしい官能のよろこび」を経験することによって「汚されてしまった」のだ〔粉漬脂痕汚宝光〕(*Stone* I: 505)。したがって、呪文を唱えるという言葉によるお祓いの儀礼は、言葉を用いない浄化儀式によって補完される。

念じ終わるとさらに、玉を一度なでまわし、しばらくわけのわからぬことをつぶやきました。「さあ、これで霊力がもどりました」と賈政に返します。「また汚さないように気をつけなければなりませんぞ」(*Stone* I: 505)〔第二十五回〕。

玉をなでまわすことは象徴的行為であり、それによって、玉の表面をおおってその清らかさの本来の力を奪っていた汚れの痕跡をぬぐって消し去るのである。原点が特権的な地位を享受するのは、それが偽りの人為的なものに対して本来の真正なものだからというだけでなく、汚染されたものに対して絶対的な清らかさと見なされているからでもある。ゆえに、語り手の強迫的な原点回帰は清らかさコンプレックスを含んでいる。『紅楼夢』のこのエピソードこそは、原点、回復の隠喩、そしてこの物語におけるもっとも特権的なフィクション倫理である「潔」の是認のあいだに存在する相互作用を、きわめて明快に示しているのである。

清らかさの象徴にちなんで名づけられた宝玉・妙玉・黛玉は、回復の儀礼の遂行を動機づける戦略的地位に転化されている。このように指摘するのは、おそらくそれほど的外れなことではないだろう。三人は自らの名前の規定的内容――すなわち清らかさのイメジャリー――の実現を望むことで、根源回復の衝動に駆りたてられやすくなっている。宝玉の玉の周期的な浄化と、黛玉の「清らかさの根源」への回帰（還潔去）へのあこがれは、「原点は清らかである」という同一モチーフの変種として見なすべきだろう。妙玉にも同じような象徴的なふるまいがある。史湘雲と黛玉が寒い中秋の夜に凹晶渓館で即興の連句を朗詠していると、妙玉が声をかけて邪魔をする。二人の少女がどんどん奇矯で頽廃的な詩的イメジャリーに没入していくのを感じた妙玉は、隠れていた場所から姿を現し、二人が詩興に乗って、出発点からますます逸れていくのを止めようとするのである。

「今この詩に結びをつけるとすれば」、妙玉は言った、「やはり本来の面目に帰っていくべきでしょう（帰到本来面目上去）。…」〔第七十六回〕（『紅楼夢』Ⅲ、1094）。

二つの範疇――原点と清らかなもの――の絡みあった関係というコンテクストを念頭におくことによってのみ、妙玉がめずらしく詩作のような俗事に関わりをもつ理由が説明できる、つまり、妙玉のような超然として自信に満ちた尼僧がなぜ、ふだんであれば俗人の所業と見なすものに突如として首をつっこまざるをえないのか納得できるだろう。妙玉の胸中にあるのは、黛玉が落花を葬るささやかな儀礼で経験していたのと同じ種類の切望――

あの出発点、完全さと空虚を同時に意味する零度へと帰りたいという思いである。

これまで異なる価値範疇（私的なもの、清らかなもの、原点）のあいだの複雑な相互作用について論じてきたが、それらの主要な接点は「潔」の隠喩をめぐるものである。内なる空間が清浄なのは、それが私的なものだからである。大観園が次第に汚染されていくとき、そこに住まう者たちにとっての道徳的難問は、内なる清らかさを守ることである。内とは、閉ざされた庭園そのものを指すだけではなく、自分の心の内なる空間も指す。まさにこの心の内なる空間という場のなかに、『紅楼夢』の語り手は自らの道徳観を書き込み、自らの登場人物たちの道徳性を評価するための暗黙の図式を作り上げているのである。この「浄化された個人的内面」こそは、黛玉・妙玉・宝玉と大観園の他の住人とのちがいである。宝釵は、広い意味では大観園の住人の少女である。ただ、個人の内面というレベルでは、語り手はさりげなくではあるが容赦なく、宝釵の妥協の哲学を非難する。宝釵は、自分の公的イメージをよくすることを心がけるし、それが得意でもあるために、結局は八方美人の公的な自己だけしか残らない。宝釵の私的な自己——語り手の道徳観によれば、人がその清らかさを守る場所——は、どんどん背景へと退いて最終的にはすっかり消えてしまう。黛玉や妙玉の極度に凝縮された清らかさに比べると、その汚れのない純真さはうわべのものにすぎないのである。

道徳的存在として宝釵が黛玉にはるかに及ばないことは、玉の倫理的シンボリズムのはたらきに基づいている。このシンボリズムが、「潔」という美徳を、深い修養を身につけた道徳的存在にとって最重要の基準の一つとして規定するのである。語り手に組み込まれている評価体系に原材料を提供しているのは、まさにこのシンボリズムの規定する内容である。玉の非の打ちどころのないおもむきや、玉が象徴的に意味することについての他のテクストへの参照が、語り手の道徳観の構造に内在しているのである。宝釵と黛玉のライバル関係の意味をたんに陰陽思想の記述的な言葉によって論じると、語りの評価図式という問題——人物評価に熱心な文化的伝統に深く埋めこまれた語り手にとっては重要な問題——を避けることになってしまう。(47)「潔」のテクスト相関性を理解することは、複雑な価値評価の枠組みの特徴を明らかにすることになる。二人のヒロインの争いはその枠組みのなかで起こっているのである。

『紅楼夢』におけるこのテクスト相関関係——すなわち、命名装置と玉の倫理的シンボリズムの関係——の認識は、それを準拠枠として、宝玉の誕生玉という一見したところでは動機のないイメジャリーから、無根拠な空想であるかのような印象をぬぐい去ることを可能にするが、それだけではない。さらに重要なこととして、語り手の道徳意識という内的風景への扉を開いてくれるのだ。玉のシンボリズムにおける他の四つの徳ではなく清らかさ〔潔〕という特質を強調すること。それによって語り手が、人間のどこに真の意味と価値を見いだすかという自らの考え方を我知らず明かしていることは重要である。人生の意味は自分の公的イメージに従うことにあるのか、それとも私的イメージを守ることにあるのか。自分の心の純真さを放棄することにあるのか、それとも無傷のまま守ることにあるのか。作者‐語り手にとってこの選択は結局のところ、自らの私的空間を、したがって自らの個性を均質的な外部に明け渡すか、それとも、あらゆる公的なものを無視してささやかな清浄空間を守りぬくかという両者のあいだの選択である。異端者にとって、選択することは難しくはない。『紅楼夢』の語り手には、人間の価値が個性にあることはきわめて明らかであり、個性は、私的で清らかなものを維持し保護する能力によって決まる。同じく伝統的に玉のものとされながらも、より公的な徳である仁・義・智・勇(48)——儒教の君子の特徴である属性——は、このフィクショナルな道徳世界では特権的地位を占めることはない。それは、隠棲を是とし、本来の善性は清らかさであると見なす世界なのである。

しかし、「潔」の隠喩はある種の両価性《アンビヴァレンス》をともなっている。テクスト相関性のはたらきには構造的制約がつきものだが、その制約のうちに閉じこめられることから『紅楼夢』を救っているのがこの両価性である。清らかな玉の倫理的シンボリズムがその非の打ちどころのないおもむきの視覚イメージに基づいていることは明白だが、現実に地下や川底で見つかる玉にはそのような完全な純度のものはめったにない。実際の玉はくもっているのである。マグネシウムやクロムや鉄などの金属が浸透して汚れがついているのがふつうで、それが縞のような波紋となって玉に「不純な」外観を与えている。[49] 実のところ、明代や清代に土の中から掘り出された玉はすべて「盤玉」という特別な浄化のプロセスを必要とした。本来の純粋性を取りもどすために、玉に浸透している合金を除去する作業である。このプロセスは「脱胎」[50]という隠喩で表現され、いぶしたり煮たり蒸留したり徹底的に磨いたりといった技術によって、少しずつ玉に質的変化をもたらすものであった。時間のかかる複雑な回復のプロセスをたどったあとの玉は、新たに生まれ変わったものと考えられた。したがって、瑕のない玉というイメージは一つの神話であり、儒家の倫理的シンボリズムによって存続してきたのである。石と同じように、玉も過渡的状態の表象であり、純粋と不純、人為と天然の二つの範疇のあいだに存在し、どちらか一方にぴたりとあてはまるわけではない。

　玉の特質につきものの曖昧性は、『紅楼夢』の語り手にとっても無縁ではない。この白話小説の根底にある概念枠組みは、アイデンティティの観念をくつがえすとともに身元確認《アイデンティフィケイション》の行為も崩壊させる。そのフィクションの力が拠りどころとするのは諸価値の錯綜であり、それは二項対立のあいだのあらゆる境界をくずすことになる。したがって、妙玉は「潔」の隠喩の過渡的な両価性をもっともよく体現する存在であるということになる。妙玉の運命を予言する例の詩句が伝えるメッセージは、純粋なものである土壌には不純なものの種がまかれているということであり、二項対立は、それらが妙玉の心の中に共存している以上、相互に変換されるということである。宝玉が紅塵において経験する心の遍歴は、実際の玉が本来の純性を回復するためにたどるのとまったく同じプロセスを象徴し、かつ複雑にしたものである。それは曲折に富んだ自己回復の行程であり不純なものから純粋なものへの移行である。この変容のプロセスにおいて、「真」すなわち真正／自然なものと、「仮」すなわち派生的／人為的なものという二つの範疇は、部分的に重なりあうとともに交換可能である。一方では、自然の不可欠な一部分として、汚点のある玉は真正である。だがもう一方で、他のものの存在――すなわち、何らかの外的な金属物質――を含む物体として派生的であると見なされる。同じパラドクスは、加工を施される玉にも当てはまる。手が加えられるのだから人為的なわけだが、しかし同時に、蒸留のプロセスが回復させるのは本来の真正性に他ならないのである。

『紅楼夢』の批評家で、「真」と「仮」の概念をぼかす相補的両極性というテーマについて詳論した者は多い。ただしその議論は、しばしば形而上学の次元にとどまり、人間存在一般を巨視的にとらえる思索へとわたしたちを導くものであった。そうした高尚な批評を読んでいると、難解な言葉に足を取られて、演劇的なものが気づかぬうちに哲学論文へと切りつめられてしまう。わたしが考えるに、「真」と「仮」のテーマを語り手の道徳観というコンテクストにおいて考察することによってのみ、わたしたちは空中の屋根裏部屋から『紅楼夢』という人間ドラマが演じられる中心舞台にもどることができるのである。だからといって、白話小説の人間的現実の根底にある自己完結した概念体系の重要性を認めないということではない――ただ、形而上学的な枠組みは、それが生身の人間という存在によって生きられなければ空疎なものにすぎないのである。にもかかわらず、仕事が精神の領域に限定されている人々は、人間は考えるだけでなく行動するものでもあるということをあまりにも忘れがちである。行動倫理という点から見ると、「真」と「仮」という概念にはもう一組の意味作用が付随しており、それが規定的範疇を「潔」すなわち清らかさを超えて拡張することによって、語り手の道徳観を豊かなものにする。『紅楼夢』における玉のイメジャリーの複雑さはこうして、わたしたちが儀礼の玉の倫理的シンボリズムからもう一組の行動様式へと移動するにつれてさらなる展開を見せる。それは、真正性と人為性であり、これらの価値範疇は、玉の真の特質を露わにする「盤玉」の技術に含まれる変容の隠喩から引き出される。

真と仮の行動倫理

惜春は言いました。「林お姉さまはあんなに聡明な方だけど、見通す力に欠けていらっしゃるように思うのよ。何もかも本気に考えようとするのよね〔認起真来〕。でも世の中に本当のことなんてそんなにあるものじゃないでしょう〔天下事那裏有多少真的呢〕」〔第八十二回〕(『紅楼夢』Ⅲ、1187)。

これは、ものごとを真面目にとらえ、真実であると期待する──「認真」──ことをやめない少女の肖像である。このような生き方ゆえに林黛玉は、賈家においては例外的な人物なのである。惜春の観察は、黛玉の性格の特徴の一つ──「真」──に向けられ、それが欠点と見なされている。まさにこの特徴によって黛玉は、絶えず人生に幻滅を感じ、他の人間たちとのちがいを際立たせる。黛玉が大観園の少女たちとは別の種族とされるのは、他の少女たちとはちがって、現実を甘んじて受け入れるということをしないからである。右の引用で惜春がいみじくも述べるように、世の中にあるすべてのものが本当であるとは期待できないし、期待するべきでもないというのが現実なのである。「認真」とは、ものごとを真面目にとることであり、それが他の人物との差異の記号として表している価値は、『紅楼夢』の異端の語り手を魅了していたにちがいない。

内面空間の価値を大切にする人はつねに、差異のしるしをもつあらゆるものを尊重する。心の奥深くにある自己は、差異の住まう場である。実際、『紅楼夢』に表現される道徳観は、公認されるのとは異なるものに価値を認めることから生じているといえよう。ということは、その観点は私的なものたらざるをえず、語り手はそれを育んで、心に秘められた差異を公《おおやけ》にすることに抵抗するのだが、そのことは同時に、しばしば公的な非難を呼び起こすことになる。そこで、語り手はそのような価値へのさりげない支持を、惜春の言葉のような、皮肉や間接的な意見を通して、ちらりと表現するのである。

黛玉に対する惜春の嘆きは、公認された行動様式を命じる社会的コードの問題を正確に突いている。コードという点からは、独特なふるまいは理解できないものとされるか、あるいは奇異なものとして拒否される。惜春の言葉に反映されている見方が明らかに公的な知恵の代表であるのは、そこに黛玉が体現する理想主義的な素朴さに難色を示す社会的コードの存在がちらついているからである。この社会的コードの性質を語り手が明言することは一度もない。だが、惜春の言葉や、賈家で暮らした短い期間に黛玉に向けられた否定的な意見を通して、コードとはこの多感なヒロインの対極にあるすべてのものであるとわかるのだ。「世の中に本当のことなんてそんなにあるものじゃないでしょう」という惜春の最後の詠嘆は、この印象を補強している。黛玉の現実離れした考え方を穏やかにあげつらうこの意見は、現実とはまさにその逆なのだという強烈な皮肉なのである。地上では人は本当のことを期待してはならない。それどころか逆に、世の中が「仮」（偽り）にどっぷりつかっていることを思い知らなければならないのだ。

倫理学の範疇としては、「真」と「仮」は正反対である。表面的には、『紅楼夢』の道徳的観点は、形而上学的観点とは異なる内的論理を表していると言えるだろう。すなわち、形而上学的観点における「真」と「仮」は相互に変換することがあると考えられるが、道徳的観点からは明確な両極とされ、相補的というより対立的な関係にある。二つの語の対立は、それらに該当する特定の行動様式が正反対の評価を引き出すことによって堅固なものとなる。また、人の道徳観は、二つの語が行動として表れたときにその人が下す評価によって明確になる。

この一対の語が『紅楼夢』の暗黙の評価図式のなかでどのように機能しているかを示すために、ここで甄家の忠実な使用人と宝玉の父賈政との対話について考えてみよう。次の会話は、甄家があっという間に零落したのはなぜなのかという賈政の疑いに包勇が答えようとする場面である。

包勇は言いました。「わたくしの口からは申しあげるのもはばかられますが、わたしどもの旦那様は人が良すぎるのです。誠心誠意〔真心〕人に尽くされるので、かえって禍《わざわい》を招くのです」賈政は、「誠心誠意は何よりいいことだろう」と言います。包勇は答えて、「あまりに良すぎると〔太真了〕、みんな喜ぶどころか、嫌われることもあるのです（…）」〔第九十三回〕（『紅楼夢』Ⅲ、1320）。

このように、包勇の主人――甄家の主人――の没落は、黛玉の悲劇的な欠点として知られるのと同じ原因、すなわち「真」によるもの見なされている。包勇の表現から見てとれるのは、うそいつわりのない性格を身につけることは一般の人々の目に奇異に映るということである。それは「みんな」の気にさわる行動様式なのである。さらに、人間社会の正義という領域では、一般の人々が非難するものは抑えこまれてしまう。一般的な考え方によるなら、「真」の属性が表すものは甄家の主人の評判にとって汚点に他ならない。しかし、右に引用した会話は、「真心をもってふるまう」という行動コードに対する二つの解釈、二つの対照的な評価を与えてくれる。新たな解釈をするのは賈政であり、「真」の否定的なコノテーションを「何よりいい」〔最好〕に変えることで、一般的な判断に対抗する。清廉と良識をもって知られる人物として賈政は、語り手の評価基準に照らしても確固とした地位を占めており、その声は賈家の家長かつ道徳的規範としての権威の重みを帯びている。この例に限って言えば、語り手は、賈政の声を借りて世論に立ちむかい、公的正義の妥当性をくつがえしているのである。一般人と賈政の解釈との対立関係が示唆しているのは、見かけを逆転させたものが真実であること――詩的正義〔文学に見られる勧善懲悪や因果応報〕の究極の受け手は「真」という行動コードに従う人々だということである。「潔」と「真」という二つの徳の化身である林黛玉が、「主冊」の十二釵のなかでもっとも重要な人物であることは疑いない。宝玉との天界でのつながりが地上で強められるのは、宝玉もまたこの二つの決定的な性格を分有しているからである。宝玉と言えば、上記の会話でさりげなく触れられるだけであったもの——すなわち「真」と「仮」のあいだの矛盾——は、宝玉が自分の種族と俗界の種族とを区別するときに目安となる行動コードの主軸となっている。甄宝玉との出会いを思い起こしてみれば、分身に対する宝玉の幻滅が「仮」の範疇——技巧的なもの、わざとらしいもの、不誠実なもの——に属するあらゆるものへの抜きがたい嫌悪から起きていることが理解できるだろう。『紅楼夢』の語りの枠組みの根底にある逆転のシンボリズムは、「真」と「仮」の二人の宝玉の、この遅ればせながらも運命的な出会いに巧みに表現されている。文字のうえで「真」〔＝甄〕なる宝玉が決して「真」ではないことが判明するのである。「仮」〔＝賈〕宝玉の目を通してわたしたちが見いだすのは、処世の弁舌（世路的話）に長け、わざとらしい物腰とともにうそ偽り（虚意）をふりまくだけの若者であり、それは賈宝玉にとってぞっとする信じられないことであった〔第百十五回〕（『紅楼夢』Ⅲ、1574）。同じ名前をもつ者への賈宝玉の幻滅が二倍に激しいものであったのは、甄宝玉が「真」の価値を何としても擁護しようとするような人物ではなかったのみならず、賈宝玉のそのような自己イメージとはまったく逆の人物であったためである。賈宝玉が人物評価の基準にしている「真」と「仮」の対立関係は、甄宝玉との象徴的対面のあいだ、自らの分身が「禄蠹」（禄を食む虫けら）（『紅楼夢』Ⅲ、1576）の範疇に属し、自分とは対極にある実利的な種族であることを確信させるのである。

しかし、もしも甄宝玉が真ならぬものを体現しているとして、真なるものの意味を伝える行動様式は、どのように画定すればいいのだろうか。『紅楼夢』全体のあちらこちらで、宝玉は一族の年長者たちをとまどわせるような奇矯な行動に夢中になるが、それらについて弁解することはほとんどない。大観園での暮らしの最初のころは、子どもらしい純真さで、変わったふるまいをする純粋な歓びにひたっている。この段階で宝玉に、その風変わりなふるまいを「真」と「仮」という抽象語によって概念化するようにと求めても無駄であろう。わたしたちの目に入るのは、まだ自らのふるまいの動機を意識していない屈託のない主人公である。宝玉は、ある行為とその根拠、経験的なものと概念的なものとのつながりを認めてはいない。その自然のままの世界において、後者の範疇は不必要なものである――直観と認識のあいだにすきまはないのだから。黛玉の死がそのすきまを作りだし、宝玉がそれまで経験してきた未分化な存在形態を打ちくだく。こうして概念の世界へと入り、鋭い洞察力によって、自らをつねに奇矯な行動へと駆りたててきた見えない動機に気づくのである。『紅楼夢』が終盤に向かうと、さらに円熟した宝玉が姿を現し、人間の行為の意味について哲学的思索をめぐらし、とりわけ自らの行為の謎を解こうとする。

次に紹介するエピソードで宝玉は、「真心から」ふるまうとはどういうことかについて、自らの考えを披露する。このエピソードが起こるのは、外の間に退いたが眠らずにいた宝玉が、いっそ黛玉の亡霊が現れて自分の重い恋わずらいを癒してくれないだろうかと、もの思いにふけっていた夜である。ものうげに待っているうちに、宝玉はふと、もう一人の亡くなった少女である晴雯《せいぶん》に対する気まぐれな思いにとらわれる。さらに突然、五児という最近入った侍女に興味が移るのは、夭逝した晴雯によく似ていることに初めて気づいたためである。心にすきが生まれ、気になり始めた宝玉は仲よくなろうという漠然とした思いから五児を起こすのだが、五児を晴雯の「影」だと考えている。宝玉は話を始めるが、五児は気乗りがしない。この侍女は、主人の真剣な気持ちを浮ついたものと勘ちがいしているのである。

「…ほら、この話は長くなるから、ぼくのそばへ来てすわって。話してあげるから」と宝玉は言いました。五児は顔を赤らめて笑い、「そこで横になっていらっしゃいますのに、どうしてすわれましょう」「かまわないよ。いつだったか寒い日に、やっぱり晴雯ねえさんと麝月ねえさんとふざけていてね、ぼくは晴雯が冷えるといけないと思って、同じ布団に入れてやったことがあった。そんなことが何さ。だいたい人というものは、変にもったいぶる［酸文仮醋］のはやめたほうがいいんだよ」五児はこの言葉はすべて宝玉が自分をからかっているものと受けとっていたのです。馬鹿若殿の、真心から［実心実意］の言葉とは思いも寄りませんでした〔第百九回〕（『紅楼夢』Ⅲ、1505）。

宝玉の炯眼は回想のうちにやっと見ぬいたのだ。かつての「女の子とばかり遊ぶ」という行動への内的動機は、皆が決めつけたように色欲や異常性格に発するものではなく、真心（実心実意）に発するものであった。自らの直観や感情にしたがうという行動コードは、宝玉にとって、学者ぶった人々の気取ったふるまいよりも優れたものである。しかし、「偽りの意味」に支配された社会的コードにおいては、「真」の範疇すなわち純真さは、誤解や不安をまねくだけである。なぜなら、馴致された者だけが有徳であると見なされる秩序正しい世界に住まう社会の調停者たちにとって、「真」は変則的であるだけでなく危険でもあるからだ。

ここで再び現れるのが儒教イデオロギーの問題である。儒教イデオロギーは自己修養の重要性を強調する。儒教において精神の修養とは、人間の性質のうちの制御しにくいもの、本能的なもの、自然なものを手なずける根気のいるプロセスに他ならない。『西遊補』の孫悟空の例では、抑圧されるものはさらに、想像されるもの、創出されるもの、リビドーに関わるものにまで及んでいる。しかし明代（1368–1644）の後期になると、自然と人為、自由放任と精神修養という従来の二分法に埋めこまれた評価体系に異議を申したてる声が上がるようになる。

問われていたのは結局のところ、個人を犠牲にして集団を重視する儒教的世界観の主導権であった。この新しい声は、形而上学と道徳／倫理の両分野における古い価値観の転倒というかたちをとり、別の視点をはっきりと提示することになった。この挑発的な思想の根底にあるのは、野生のものと馴致されたものに対する別の解釈である。すなわち、前者は自然であるために真正であり、後者は磨きをかけられた人為的なものだというのである。

「童心」と「真心」

ジョン・ヘイが指摘するように、人為性や作為の問題は十七世紀に複雑さを増していった。(51)『紅楼夢』が書かれるころまでには、「自然」対「人為」という概念はさまざまな曖昧性を背負いこむようになる。二つの概念に内在する評価内容を転倒することに関わる議論が、宝玉とその父親賈政とのあいだでも持ちあがっている。賈政は儒教的価値を固く守っている人物である。このエピソードにおいて宝玉は、新たに建造された大観園を、父に命じられて一緒に見てまわる。賈政は、この機に乗じて宝玉の詩才を試そうと考える。そのようなつもりで賈政は、大観園のそれぞれの建物の入口に建てる石碑の銘を即興で作るようにと宝玉に命じる。父親は田舎風のかや葺きの小屋「杏花村」が大いに気に入り、どう思うかとたずねると、宝玉は意外にももっと手の込んだ家である「有鳳来儀」のほうがいいと答える。父は腹を立てて言う。

「無知もはなはだしい。おまえは派手に塗りたてた、低俗でごてごてしたのがいいんだな。このさっぱりした自然な雰囲気がわからんのか。結局、書物を読まないからそういうことになる」

「お父さまのご教訓はいかにももっともです。しかし古人が〈天然〉ということを言っていますが、どういう意味なのでしょうか」（…）

〔その場にいた者の発言〕「ほかのことは何でもよくご存じなのに、どうして〈天然〉などの意味を問われるのでしょうか。〈天然〉とは天の自然なはたらきでできたもの、人が作為でこしらえたものではないという意味でしょう」

宝玉は言いました。「そういうことなら申し上げますがね。ここに田舎家を置いたのは紛れもなく人が作為で無理やりしたことです。（…）特によい眺めだというわけでもない。先ほどの場所のほうが、形式も精神も自然らしさが具わっていたのではありませんか。竹を植えたり泉を引いたりしても、小細工したという様子はありませんでした。古人は〈天然〉ということを言いますが、それはまさに、無理やり手を加えて風景を作りだして精巧をきわめたとしても、結局はだめだということではないでしょうか」〔第十七回〕（*Stone* I: 336–37）。

自然に見えるものが宝玉の目には人為的に映るのは、どんなかたちであれ「無理やり手を加える」ことはすべて「仮」に等しいと考えるからである。重要なことに、「天然」についての宝玉の見解が賈政の考え方への反証になっており、賈政の考え方は「古人」——換言すれば儒家——が「天然」と見なしたものを表している。手を加えることへの批判に潜んでいるのは、精神修養という儒教伝統に対する宝玉の深い懐疑の念である。修養とは、人が持って生まれた本来の純粋性に手を加え、天然のものを人工物へと加工することなのである。

『紅楼夢』が暗に是と認めている反儒教的道徳観は、中国の帝政後期の歴史においてここで初めて登場したわけではない(52)。明末のラディカルな思想家である李贄《りし》（1527–1602）は、「直観主義」(53)を出発点とし、陸王学派という唯心論の伝統に属していた。李贄は、心の発達に道徳的な意味を認めようとしない点で曹雪芹に先行する。心は生まれつき具わっている「良知」であり、自律的であること、すなわち意識的な修養に抵抗することこそ、心の純粋さのしるしであると考えた。当時の社会政治的秩序に幻滅を感じて反逆的人物となった李贄は、新儒学〔宋明理学〕の「心」の概念の根底にある道徳観を再賦活しようとしたのである。すでに陸王哲学の独特の思想によって、心の概念は軽やかでわかりやすいものになっていたが、李贄にとってはまだ知性と感性——認識と直観——との調和のとれた巧まざる融合を伝えるには不足であった。そのすきまを埋めるために李贄は、ある隠喩によって心のもつ直接的な力の本質を強調し、それによってこの哲学概念を文学的イメジャリーに変換した。こうして作り出された隠喩は、この大胆な異端者の独創性と想像力を反映している。その隠喩とは「童心」、すなわち子どもの心である。これをイデオロギー的に中立であると思う人も多いかもしれないが、李贄の「童心」の隠喩はその単純な表現のうちに、長い中国の文化史と思想史においてずっと延期されてきたイデオロギー転覆の種を含んでいる。特権的に選ばれたのが、人の一生のうち儒教倫理においてもっとも意味が薄く、[54] 自制というイデオロギーともっとも無縁な時期——すなわち幼年時代——であるのは偶然ではない。よく知られた論文「童心説」から二箇所を引用しよう。

(…)「童心」すなわち子どもの心とは、「真心」である。童心の思想に反対する者は、実は真心の思想に反対していることになる。童心は偽り〔仮〕がまったくない純粋な真実〔純真〕であり、いろいろな考えが生まれる前の原初の心〔本心〕である。童心を失うなら、真心を失う。真心を失うなら、本当の自分〔真人〕を失う。[55]

(…)もしもある人が偽り〔仮〕であれば、その人が行うすべてのことは偽りである。そこで、偽りの言葉を偽りの人に言えば、偽りの人は喜ぶ。偽りの出来事を偽りの人に話せば、偽りの人は喜ぶ。偽りの文で偽りの人と語れば、偽りの人は喜ぶ。偽りでない行いはないのだから、喜ばないものはない。(56)

李贄の概念枠組みにおいて「童心」「真心」「本心」が同じモチーフの変種であるのは、興味深いことである。この三つの概念は相互に交換可能であるのみならず、一つ一つが、李贄が真人の特徴と考える理想の心の重要な一面を表している。純真なもの、真正のもの、原初のものといった範疇は、従来それらに対立する価値概念——洗練されたもの、人為的なもの、派生的なもの——に従属していた。しかし今や新しい審美観や道徳観にとっての特権的な参照点となって、不干渉に賛同し、模倣や修養といった儒教原理を批判するのである。この精神的自由のユートピアでは、作為や偽りは敗北し、いつまでも変わらない単純さが、文字の世界だけでなく人間行動の世界においても居場所を獲得する。

「童心説」に見られる反知性主義やロマンティシズムは同時代の人々に大きな影響を及ぼし、明末清初の士人たちにとってインスピレーションの源泉となった。影響の余波が曹雪芹の時代にもまだ感じられていたことは疑いない。(57) 宝玉と黛玉が固く守っている独特の行動コードとしての「真」の概念に語り手が心を奪われていることから考えて、『紅楼夢』は「童心説」の遺産を受け継ぎ、李贄が論文で規定した道徳観、「真」と「仮」という両極の対立関係に基づく道徳観のフィクション版を提供したと言えるかもしれない。

「童心」と「真心」という二つの概念の密接な関係は「童心説」の中心テーマであるが、『紅楼夢』においては多様な装いをまとって登場する。「子どもの心」が言及されるのは、宝玉と宝釵との最後の会話の一つで、宝玉が「童心」を表す別の言葉、孟子の「赤子之心」という概念に触れて自らの宗教心の目覚めを説明するときである。宝玉の地上での遍歴の最終段階では、もといた場所へ帰りたいという強い思いによって世俗的なものごとに対する認識が左右される。初めて宝玉は、子どもの性質や「真」の概念のなかに仏教の宗教的コノテーションが含まれていることに気づき始めるのである。あらたに目覚めさせられた宝玉の宗教観においては、子ども、真正なるもの、ブッダが混ざり合って一体となっている。

「(…) 昔の聖賢が〈赤子の心を失わず〉と言ったのを知っているでしょう。その赤子にどんないいところがあるのかといえば、無知・無識・無貪・無忌というだけです。でも、ぼくたちは生まれたときからすでに貪・怒・痴・愛のなかに落ちこんでいて、まるで泥沼にはまったようなもの。どうしてこの俗世からぬけだせるでしょう (…)」〔第百十八回〕(『紅楼夢』Ⅲ、1613)。

宝玉のように「自然さ」や「純真さ」の価値をしっかりと握って離さない者にとって、「真」の概念は始まりのイメージだけでなく究極のもののイメージも喚起する。始まりは子どもであり、究極のものはブッダに体現されている。ブッダは、紅塵にいては手の届かない心の状態に相当する。人間性の零度として、子どもは空っぽの器であり、「無」の状態、宝玉のいわゆる「無知、無識、無貪、無忌」(知ることなく、意識することなく、欲深さもなく、はばかることもない) という完全な空虚である。この創造的な無は、涅槃の状態、つかみどころのないブッダの心である「仏心」に他ならない。悟りの瞬間に、童心のイメージはブッダのイメージと融合し、始まりと終わりの区別は無効となる。

以上、宝玉が自らの行動の道しるべである倫理コードを概念化しようとしている場面を見た。この宝玉は大人《おとな》になった主人公であり、幼少時の宝玉を他人から奇矯に思われる行動へと駆りたてた内的動機についての哲学的理解に至っている。宝玉が「真」なる性質を露わにするたびに、周りの人々は不可解であるという反応をする。

人々の認識は、個人の表現に対する世論の主導権を絶えず補強する。世論の主導権は集団的英知と判断され、個人の表現は例外的行動として却下される。理性の欠如は「愚かさ」の証拠とされるのである。『紅楼夢』全体を通して、宝玉の公的イメージは、「理性」や「賢明」とは対極にある形容で表現される。黛玉を除くほとんどすべての人から、救いようのない「瘋」（気が触れた）、「傻」（愚か）、「呆」（ぼんやり）であると見られているのである。[58] 宝玉の私的な倫理である「真」に対する一般的解釈は、副次的人物の口を通して、陽気な冷やかしと恩着せがましい寛容を示す調子とともに伝えられる。次に引用するのは、大観園にやってきた二人の老婆のおしゃべりである。二人は、自分の行動の意味がまだわかっていない無邪気な主人公に対する口さがない世間の反応を明快に示している。

> 一人が笑って、「このお屋敷の宝玉さまというのは、見かけは立派でも中身は空っぽだと聞いていたが、なるほどうわさのとおり。まったくぼやっとして［呆気］おいでだねえ。自分の手がやけどしているのに、痛くないかって人に聞くんだもんねえ。相当のぼんやり［呆子］にちがいないよ」するともう一人も笑って「正真正銘のぼんやりじゃと、わしが前にここへ来たときも何人もが嘆いとった。いつだかは自分が雨に濡れて水鶏《くいな》のようになっているのに、〈雨が降っているから、はやく雨宿りをしなさい〉と人に言ったそうな。おかしな話じゃろう。誰もそばにいないのにいつも一人で泣いたり笑ったり、燕を見れば燕に話しかけ、河のなかの魚を見れば魚に話しかけ、星や月を見るとため息をついて何やらぶつぶつぶつぶやくんだってさ。赤ん坊（この強調はワンによる）のようにか弱くて、吹けば飛ぶような女中ふぜいに怒られても黙っているそうな。惜しいとなったら糸くず一本でも大事になさるくせに、いやとなったら千両万両の品物でも見向きもしないそうだよ」〔第三十五回〕（*Stone* II: 188–89）。

二人の老婆に理解できないのはまさしく、つねに自分本来の性質を失わない純真な子どもの気持ちである。ここで世論の典型と言うべきものを伝えかつ是認しているのが二人の無知な年寄りのおしゃべりであることによって、このような見方は信用するに足りないという印象は深まらざるをえない。「童心」についてのテクスト相関的参照を踏まえると、この一節に表現されているものに別の光を当てることができる。李贄の論文で説明されていた「童心」と「真心」の相互関係は、二人の意地悪ばあさんが宝玉に見てとってこき下ろしていたのが、子どもの心だけでなく純真な心でもあるという手がかりを与えてくれるのである。このように考えると、いわゆる適切な行動とは、人為的であり偽りであるということが明らかになる。語り手の道徳観が、公的な解釈と私的な解釈との対比によって、さらに特権的視点の転倒によって、理解できるようになる。意地悪ばあさんが良しとすることを語り手が頑としてはねつけるであろうことがわかるのである。その道徳観に従うなら、受け入れられないのは、ある種の知的洗練、すなわち宝玉に本当の感情を表すことを禁じ、自然や親しい人たちとの交感に入ることを妨げるような種類の洗練である。修養への意志——そして本質的には作為への意志——を無視した「愚かな」ふるまいは、無害であるのみならず解放でもある。したがって、老婆たちがおかしな行動を指して用いた「呆」という形容は、「真」と相関的なのである。この二つの言葉が暗黙のうちに一致している例は『紅楼夢』に多く見られるため、「呆」はすぐさま「真」の記号表現としての地位に就くことができる。すなわち、「天然の／無知な」という形容詞に、「真正な」「本来の」「純真な」などといった「真」の指示ネットワーク全体を呼び起こす力があるのだ。『紅楼夢』第八十回までに「呆」が繰りかえし用いられることで、読者は絶えず、宝玉が無意識に従っている倫理的な行動コードと語り手の暗黙の道徳観を思い出すことになる。

「仮」

「真情」や偽りのない気持ちへの語り手の高い評価は、宝玉が紅塵に逗留するあいだに徐々に明らかになっていく。最初のうちは、それは惜春の黛玉評や老婆たちの宝玉批評のような暗示のなかに隠れている。宝玉の探求の旅が終わりに近づくにつれて、語り手はやっと、主人公にその行動コードの道徳的な意味について思いをめぐらすことを許す。こうして、五児や宝釵とのエピソードのうちに現れているのは、以前の子どもらしい行動の意味を遅ればせながらも再構成しようとする大人《おとな》の宝玉である。最後に語り手は、自らの道徳観が読者に見落とされるのを恐れるかのように、決定的な評価を下すことにする。最終回において、宝玉の「真」なる気質が凝縮されるのが、皇帝から贈られる名誉称号である。それは「文妙真人」という道号（僧侶の号）であり、伝統的な批評家である張新之は次のように解説している。「人の属性のうちもっとも優れたものは真である。真たりうることが人と動物のちがいなのだ」[59]。

惜春が黛玉に見いだした悲劇的な欠点は、偽りのない自己表現への頑なこだわりであったが、宝玉を思わず笑ったり泣いたりさせるのも実はまったく同じ特性である。この二人の純粋な魂は、地上において同じ道徳観を身につけることでその宿命的なつながりを強めることになる。この二人と対照的なのが、一般に認められた社会倫理コードに従う多くの人物たちである。宝釵と襲人がともに、宝玉と関係をもつだけでなく「仮」――偽りと作為――の精神も共有していることは不思議ではない。襲人は体面をとりつくろうことばかり考えているし、宝釵は、語り手の評価によれば「蔵愚」（賢さを隠す／おおうこと）[60]に長けている〔第八回〕（『紅楼夢』Ⅰ、123）。ある場面では、襲人が宝玉に向かって、父親に気に入られるよう、勉強が本当に楽しいというふりをする（作出個喜読書的様子来）ようにと忠告する〔第十九回〕（『紅楼夢』Ⅰ、271）。

宝釵が純粋さのコードを破っているのは一箇所にはとどまらない。あまりに修養を積んで洗練されてしまったために、純真なふるまいや言語表現が何を意味するのかわからないのである。宝玉の言葉が解読できないとき、宝釵はそれを「呆話」（ばかげた話）として〔第百十五回〕（『紅楼夢』Ⅲ、1576）、あるいは自らの現実的な考え方による理解を超えた謎として〔第百十八回〕（『紅楼夢』Ⅲ、1615–16）、相手にするのをやめてしまう。儒教的な折衷主義の権化である宝釵は、規範を無視するような考え方に反発し、宝玉の自由な精神を押さえつけようと絶えず奮闘することになる。あるときは黛玉に対して女の子はどうあるべきか長々と説教をするが、そこに表れているのは、人の本当の性質を冒瀆するのに近い考え方である〔第四十二回〕（『紅楼夢』Ⅱ、582–83）。宝釵は、賈家一族の力関係をどのようにあやつればいいか知っており、他人をないがしろにしてでも目上の人や若い侍女に気に入られるようにする。第二十七回では、宝釵は偶然に二人の侍女が秘密の恋について話しているのを耳にする。無邪気に姿を現せばまずいことになるに決まっているので、宝釵はわざと罪のない黛玉を巻き込んだ「逃走術」〔金蟬脱殻〕〔訳注2〕を使う（『紅楼夢』Ⅰ、374–75）。別の場面では、さらに手の込んだやり方で奸智をはたらかせているのが見てとれる。このエピソードで王氏は、自分が首にした侍女が井戸に身を投げて自殺したことを知って打ちひしがれている。宝釵はその王氏を慰めるのにちょうどいいときに姿を現すのだが、わたしたちの目に映るのは、命を落とした侍女をないがしろにして王氏に嘘をつく偽善者である。

「…でもわたしの考えでは、金釧は決して腹立ちまぎれに井戸に飛びこんだわけではありませんわ。きっと井戸のそばで遊んでいてうっかり足をすべらせたのでしょう。（…）そんなことをするほど腹を立てる理由などありませんもの。たとえあったとしても、それは愚か者だということ、気にするには及びませんわ」〔第三十二回〕（*Stone* II: 139）。

自らの政治的な貸しを増やして社会的階梯を上ることにしか興味がない者にとっては、侍女の死や人の感情の傷つきやすさは、嘘をつく実験の機会を提供するものにすぎない。金釧や黛玉は、宝釵があやつる権謀術数のえじきに他ならないのである。

『紅楼夢』にこめられた意味についての過去の議論の多くは、主として宝玉と黛玉の恋、あるいは宝玉の精神的探求のみに焦点を定めてきた。しかし、「真」の概念は、それ自体の積極的な内容によって定義されるだけでなく、道徳を表すもう一方の語である「仮」との関係によって消極的に定義されるものでもある。宝玉と黛玉の偽りのない表現は、宝釵やその同類の作為的な心性《メンタリティ》と対比されて初めて意味をもつ。つまり、『紅楼夢』の道徳観は、「真」と「仮」、「潔」と「濁」のあいだの差異の関係に基づいて築かれているわけである。批評家たちが、大観園のアレゴリーや夢の隠喩に含まれる形而上学的な意味を探究するのは高く評価できる。しかし忘れてはならないのは、そのような丹念な批評研究を積み重ねて引き出される存在論的観点だけでは、『紅楼夢』の意味生成の重みに耐えることはできないということである。そこに、同じように強力な、語り手の道徳的観点を組み込むことが必要とされるのである。石の物語の複雑さは、それをとらえるのは難しいが、この二つの観点の出会いのうえに成立している。形而上学的観点が、この世とあの世、夢と現実、真正なものと人為的なもの、純粋なものと不純なものの境界線をぼかす一方で、道徳的観点は、大観園の主要人物たちの人間関係に別の解釈をもたらす。それは、区別し、評価し、結論づける。この観点に立てば、宝玉と黛玉の不幸な恋は、二人が負っている宿命の現実化と見なされるのではなく、偽りに汚染された公的コードの押しつけに抵抗し、清らかで真正な私的空間を何とかして守ろうとする二人の人間の悲劇と見なされる。二人の精神的親和性は、宿命による切っても切れないつながりに由来するというよりも、「潔」と「真」の価値が「濁」と「仮」とは異なるうえにずっと優れたものだという二人の確信に由来するのである。黛玉と宝釵のライバル関係も、この道徳観の偏向を念頭に置くなら、ちがった様相を見せるだろう。すなわち、ライバル関係はもはや木の要素と金の要素との対立ではなく、むしろ二つの異なる倫理コード――真正と人為――の両立不可能性としてとらえられるのである。そこから『紅楼夢』の道徳観が引き出されるような差異の概念を見いだすことによってのみ、わたしたちは石の物語がアレゴリーではなく悲劇であると認めることができる。大観園の人間ドラマが露わにしているのは、異端者から見た悲劇的な世界観、すなわち清らかで真正なあらゆるものの取り返しのつかない破壊である。

「潔」と「真」と儒教

以上、清らかさと真正さという、玉の物質的属性と同じ二つの価値範疇が道徳的言説の形成に関わっていたことを見てきた。また、玉が長いあいだ儒教のいわゆる君子の象徴であったことにも論及した。では、『紅楼夢』の道徳的言説と儒教の世界観との関係は、どのようなものだろうか。儒教が与するあらゆるものへの大反逆者の化身を主人公としながら、その象徴的アイデンティティとして儒教のイメジャリーを用いるというのは、ごく控えめに言っても逆説的であると思われる。宝玉の啥玉と玉のシンボリズムのイデオロギー的反響とのあいだのこの潜在的な齟齬は必然的に、言語とイデオロギーとの関係という扱いにくい問題を提起することになる。フィクショナルなイメージとそこに埋めこまれたイデオロギー的内容との不一致からどのような結果が生じうるのか、考えないわけにはいかない。

この問題について検討するためには、『紅楼夢』における玉のイメジャリーに由来する道徳的言説の内容、すなわち清らかさと真正さの概念から出発しなければならない。注意すべきなのは、清らかという特質である

「潔」が、『説文解字』では五徳の一つとされるものの、『礼記』に列挙される儒教の十徳の一つではないということである。後者に含まれないことは、「潔」という美徳が、儒教伝統の儀礼シンボリズムにおいて周辺的な地位を占める変数であることを示唆している。『礼記』にこの徳が含まれないのはイデオロギー的検閲の結果であるという仮説を立てることさえできるかもしれない。『礼記』の成立は、現在では一般に戦国時代にさかのぼると考えられている。孔子自身がこの文献の編纂に関わったことも知られている。『説文解字』に比べて、『礼記』がずっと古い文献であり、孔子の時代の歴史的痕跡を多く残していることは疑いない。ところが興味深いことに、『礼記』では、玉の非の打ちどころのない特徴の象徴は「潔」ではなく、まったく別の徳である「忠」なのである。(61)「潔」と「忠」とを比べてみれば、そのちがいが私／公の二分法に基づいていることは明らかである。すなわち、「忠」は公的な徳と見なされ、「潔」は私的な徳と見なされる。『礼記』の儒教的な美徳から「潔」が脱落したことは、儒教が私的領域を軽視していることを示すだけでなく、人間関係を階層的にとらえるイデオロギーの道徳観を強調する結果にもなっている。その道徳観は、個人という存在そのものについて説くのではなく、全体とその部分としての個人との関係に重点を置いている。求心的な力を体現する「潔」という資質が、儒教の体系のなかに場所を見いだせないのは、そこでは自律的な存在が自己産出する内容によってではなく関係のネットワークによって、意味が決定されるからである。

もう一つ指摘しておくべきなのは、最初『説文解字』においては含まれていた「人の道徳的な清らかさ」というコノテーションが、後世の儒家の手によって質的変化をこうむったことである。「潔」が〔中国語では〕同音の文字である「節」の意味を吸収することになったのだ。「節」（名節）が儒教の言うところの君子に当てはめられるとき、それが意味するのは君主への忠である。このような状況があれば、『礼記』が「潔」を「忠」に代えたことは、最初に思われたほど根拠のないことではない。『荀子』においては、「節」の概念は「忠」や「義」に類した徳と考えられているだけでなく、[62] 死と生の問題と見なされてもいる。[63]「節」の概念には受難を強く暗示するところがあるために、自分の「名」を高めたいという欲望はしばしば、英雄的行為としての自己犠牲をもたらすことになる。儒教を固く信奉する人々は、男性か女性かを問わず、極端な場合にはマゾヒズムとも言える受難に自ら身を投じようとした。儒教のような家父長制イデオロギーにおいては、「君主への忠誠」は「夫への忠節」と等価である。女性に当てはめられるときには、「節」の概念はさらに強く「潔」につながるのである。『列女伝』などの伝統文学には、道徳的武勇伝の女性版と言えるような受難の伝説があふれている。

このように「潔」のもとの概念――玉の非の打ちどころのないおもむき――には意味の置換が起こったが、いずれの置換においても、後に「潔」から派生した意味が、儒教のコンテクストからすっかり離れてしまうことは決してなかった。「忠」と「節」という概念はいずれも名誉を公的に示すことである。両者はともに公的な徳と見なされ、宝玉や黛玉に是と認められる主要な徳――内なる清らかさ――ではない。『紅楼夢』における「清らかな玉」のイメジャリーの新鮮さは、『説文解字』に明示される「潔」の萌芽的な概念を固守している点にあり、また「潔」に意味変容を起こして「忠」（男性の名誉の代表）と「節」（女性の名誉の代表）という対の徳目を生み出そうとする儒教のイデオロギー的侵入に抵抗している点にある。「節」の相関テクストを喚起することもあるとはいえ、「潔」の概念は、その同音の分身〔=節〕とは異なることを明示して、儒教というイデオロギー閉域からの逃走をさりげなく知らせているのである。

以上のように、「潔」は『説文解字』では君子の五徳の一つと明記されていたものの、儒教の価値図式に対立する要素を含んでいたために、玉のイメジャリーの言説空間は文学において拡大される可能性が開かれた。儒教イデオロギーにおいて清らかさ〔潔〕という徳が曖昧な地位を占めることで、「清らかな」玉のシンボリズムはあらゆる種類の根本的な変換を受けやすくなる。特にこの場合において、象徴とイデオロギーのすきまは結果的に象徴の解放をもたらし、象徴作成者には相対的に自律的になる可能性が生まれる。複雑なことに、『紅楼夢』の「清らかな」玉のイメジャリーは失われたイデオロギー的主導権を再賦活する可能性を内に含んでいると同時に、絶えざるフィクショナルな自己変容によってそのような歴史的記憶をおおい隠そうともするのである。

もしも「清らかな」玉のイメジャリーを儒教のイデオロギー的制約から解放することができるなら、「真正な」玉のイメジャリーのほうはもっとうまくいくだろう。こちらは儒教の経典にめったに現れない範疇なのである。作者–語り手は、玉のイメジャリーにおける「真」のシンボリズムを練り上げるのを、さらに自由に楽しんでいる。その作業は、シンボリズムの形而上学的次元と道徳的次元を同時に掘りさげる可能性を探りながら行われている。すでに触れたように、「真」と「仮」との相互生成、あるいはむしろこの二極の相補性と言うべきかもしれないが、それが生み出すのは、二語の境界線を絶えず破壊したりぼかしたりすることを称揚する形而上学的観点である。この観点の曖昧さが二極の明確な区別に基づく道徳的な観点と接触すると、どちらの解釈を支持するべきかという問題がもちあがる。しかし『紅楼夢』の複雑さは、たんに、一見したところ相容れないこの二つの観点のどちらかを選択することに還元できるものではない。一世紀以上にもわたってさまざまな学派によって解釈されてきた文学作品である『紅楼夢』は、異なる批評的立場からの検討を次々と受けながら、絶えず新たな意味作用の行為を生み出す言語構築物であると言えよう。

テクスト相関性の研究という本書のコンテクストにおいては、石伝説と文学における石のイメジャリーとの入り組んだ関係のネットワークだけでなく、石伝説と玉のシンボリズムとの関係についての考察も重要である。石と玉との相互作用は、『紅楼夢』のもっとも深いところにある語りの動因の一つである。玉は紛れもなく石の一族に属すると同時に、比類のない鉱物として特別な存在であり、ときには石との対立関係に入る。この二つの物が出会うことでテクストの意味作用の可能性が増大するのは、両者が相互に相手の自己完結した概念の閉域を揺るがす刺激を与えるからである。基本となる玉／石の一対は、こうして形成され、各々が互いの内に引力と緊張を同時に生み出して、それによって維持される。付言するなら、これと同じような一対であればどんなものにも、概念結合を増殖させる無限の力が内在するのである。この二項図式の形成は一つの空間構造をもたらし、玉／石の関係はそのなかに、この一対が生み出すことのできるあらゆる結合の位置を示すことができる。時と場合に応じて、二項は統合・相補性・対立・矛盾といった関係を生み出すだろう。そして、この複雑な関係を考察するのに何よりもふさわしい場面は、玉と石のあいだを行き来する宝玉のアイデンティティという問題のうちに見いだせるだろう。二つのアイデンティティをもつという曖昧さのうちにこそ、『紅楼夢』のうわべは対立的な観点――道徳的および形而上学的観点――の接点を見つけることができるのである。

石と玉をめぐる真と仮の問い――道徳と形而上学

神仙は昨日　都の門に降《くだ》り、
藍田の玉の種を一鉢　播きました〔第三十七回〕(『紅楼夢』I、511)。

この二句は大観園での詩作の会で史湘雲が作った詩〔の冒頭〕である。会は、宝玉と親しい女性たちがみんなで集まり、「海棠詩社」という新しい詩社の結成を祝う楽しい催しであった。湘雲の詩にある「藍田の玉」の典故には少し説明が必要だろう。参照されているのは、天による応報の民話で、晋代(265–420)に編纂された『捜神記』に記されている。その伝説は次のようなものである。藍田県に善行を積んでいる男がいた。神仙が現れて褒美にたくさんの小石を与え、山に播くようにと言う。男は言いつけに従って石の多い場所を見つけ、小石を播く。しばらくすると、神仙の約束どおりに男は白い玉を収穫し、この天の賜物によって財産を築いたのであった。(64)この伝説は、民間の意識において玉がふつうの石とはまったく別の貴重な物と考えられていたことを反映している。だからこそ、そのような貴重な物が生命のないありきたりな石から生み出されたことが奇跡と見なされるのである。藍田伝説が神秘としてとらえているのは、石の豊穣をもたらす力であるとともに、われわれにとっては当然だと思われること――玉がもともとは石だということ――である。石から玉が生まれるという自然なことを超自然的な出来事と見なすことで、この話は石と玉という二物のあいだの複雑でわかりにくい関係を、別々の物であるという関係へと縮減しているのだ。

「石から玉が生える」〔玉当生其中〕という神仙の予言は、玉と石とをまったくの別種と考える民間伝統にとっては不思議な現象に映ったかもしれない。しかし同じ六朝時代には、玉と石とのあいだに存在する両価的な関係を認めるエリートの文学伝統も現れた。それは『捜神記』の単純な論理を超える認識である。この両価性《アンビヴァレンス》は、二つの物の関係が親和性と差異性を同時にもつことの結果であり、パラドクスのような概念の混乱を引き起こすのがふつうである。『文心雕龍』において、劉勰《りゅうきょう》は、当時の文学批評が評価の基準を失っていると考えたが、それを玉と石のあいだに起こりうる範疇の混乱という隠喩で表している。

精魂を傾けて文章を作る者は、新奇で華麗な表現を競いあう。多くは言葉を洗練することに気をとられて、技術の根本を究めようとはしない。その結果、美しく輝く玉が大量の石に紛れたり、何の変哲もない石が玉のように見えたりする。(65)

劉勰は次に、博学で深い考えのある人と知識が雑駁でもったいぶった人とを区別するのがいかにむずかしいかを説明する。文章を作る場合には、後者は前者と同じ表現を用いることでその正体を隠すというのである。そうして両極の見分けがつかなくなると、評価の機能は勢いを失い、最終的には存在意義を失ってしまう。劉勰のようにつねに評価について考えている人にとっては、境界線がぼやけていくことは悩みの種であったにちがいない。実のところ、劉勰が『文心雕龍』を書くにあたっての主たる関心事は、批評基準を確立して混乱を収拾し、後世の書き手や批評家が文学の優劣を判断できるようにすることであった。この評価の物差しを作るために、劉勰は特権的な基準点――儒家の経典（経書）――を評価の確固たる試金石に据えることから始める。右に引用した玉／石の隠喩は、二分法の考え方に依拠した評価体系の根底にある基本的論理を説明するためのものである。それに従えば、周辺的なものは中心に対して、劣悪なものは優良なものに対して、作為的なものは真正なものに対して、不利である。この二分法による価値の物差しでは、玉は非凡かつ真正であり、石はまがいものかつ平凡である。しかし、玉／石の隠喩が対立の論理によってのみ維持されると結論づけるのはまだ早い。この隠喩が意味を成すためには、石と玉には知覚的な類似性のゆえに取り違えられる危険があり、二つの概念が混同されかねないという認識がなければならない。差異の関係に劣らず類似性の関係こそが、石と玉とを意味深い対義的熟語として結びつけているのである。

「玉石」という熟語の登場はずっと古いものであり、劉勰にその功績が帰せられるわけではない。この一対を対立する価値を具現するものとして用いる例は戦国時代（475–221 B.C.）にまでさかのぼることができる。『韓非子』に記録されている「和氏璧」（和氏の璧）の伝説にはすでに、玉と石が二つの対立する価値を表すゆえに、別の判断を引き起こすという例が示されている。[66] 同じような言及が見られるのが、葛洪（284–363）の『抱朴子』

である。

真実と虚偽はひっくり返り、
玉と石は混ざりあう
［真偽顛倒、玉石混淆(67)］。

この対句が表している並行関係は曹雪芹の時代になっても有効である。慣習的知識は、玉と真正性〔真〕、石と人為性〔偽〕の対応関係を補強しつづけるのだ。この並行関係の根底にあるのは、前に置かれた語を後の語に対して特権化する階層的価値論である。「真」が暗に含んでいる意味に対して「偽」が二次的であるように、二項構造において「石」は「玉」に従属する下位の語である。そのうえ、第二項は潜在的な破壊勢力として第一項の地位を奪おうと隙をねらっているものと見なされる。劉勰の隠喩と同じように、葛洪による玉／石のイメジャリーへの言及も、厳格な階層区分に基づく概念枠組みの存在を示している。この区分が、本来は同じ一族として多くの特徴を共有している二語を分離するのである。類似性よりも差異が、玉と石の関係を決定する中心的な基準点となる。この関係を考察するうえで解明されるべきこととして残っているのは、二種のあいだの潜在的な互恵関係である。その可能性は、一方がもう一方としばしば「混ざりあう」、そしてその結果取りちがえられるという指摘にすでに含まれている。

何世紀ものあいだ、玉と石のパラドクスは解決されなかった。「玉」と「石」に言語のうえで親和性が強まったことは、「玉石混淆」や「玉石倶焚」（玉と石の区別なく滅ぼす）のような慣用表現が流通していることからもわかるが、この二語の概念が入れ替わる可能性は、曹雪芹が『紅楼夢』を書くまで十分に探究されてはいなかった。過去の批評家たちが宝玉のアイデンティティを論じながらも見落としていたのは、女媧の石塊が主人公と一緒に生まれる小さな啥玉へと姿を変えたことにひそむ曖昧性である。本章が示してきたのは、「潔」と「真」という対の概念――玉のイメジャリーと切りはなせない象徴的属性――に着目すると、道徳的存在としての宝玉と黛玉が理解可能になるということであった。しかし、たとえ美玉が宝玉の母斑であり、同名の存在であり、道徳意識の象徴としてとらえられるとしても、石のほうがさらに緊密なつながりを持っているはずである。石は宝玉の本来の存在様式であり、最初の形式および実体なのだから。だとすれば、次のように問いかけたくなるだろう。宝玉の真のアイデンティティは何なのか――玉か、それとも石か。宝玉の名前と本来の実体との関係はどうなっているのか。語り手がうっかり玉を女媧石の「幻相」(まぼろしのイメージ)(『紅楼夢』I、123)と表現するとき、それはどういう意味なのか。甄/賈宝玉という鏡像――象徴的命名装置――は玉/石の謎にどのように関わるのか。そして結局、この曖昧な二重のアイデンティティは何を意味しているのだろうか。

アイデンティティの問題

玉の倫理的シンボリズムについてじっくり考え、神話に起源を持つ天界の存在(女媧石と絳珠草)よりも、生身の人間(宝玉と黛玉)のものである悲劇的な欠点の意味に思いを凝らす。そのような場合であっても、『紅楼夢』は石が語った物語であり、賈家の人間悲劇の意味は、人間界を超えた太虚幻境に根を発しており、そもそもの始めから女媧神話の意味と切り離せないという事実を見失わないようにしなければならない。『紅楼夢』においては人と天、玉と石、模倣と神話が複雑に絡みあっているために、批評家が一方を考慮に入れずに他方を論じることができるとはとても考えられない。とはいっても、この作業は西洋の紅学家に何世代にもわたって戦略上の挫折感を味わわせてきた。それらの研究者たちは、一九五〇年代以後に、有機的統一性の概念を批評の規準として受け入れるように訓練されてきた人々であり、文学作品に想定される統一性をもっともうまく伝える、あるいは多くの場合再創出する解釈図式を適用するのである。(68) 伝統中国の批評の方法論では、テクスト中の差異をわかりやすい中心概念へと変換することを目指すことはなく、六十年代から七十年代初頭まではそれが二流の批評精神──「非科学的」な中国の人々に特有の精神──を反映するものと見なされた。したがって、西洋で教育を受けた批評家がしばしば、『紅楼夢』を本格的に研究すると必ず直面することになる百科全書的な豊かさを前にして、解釈に不安を覚えるのも不思議ではない。それは、彼らにとっては解釈が、白話小説を高度に概念的かつ形而上学的な観点という次元に置き換えるという形をとるからである。「語りの構造」(69)、「アレゴリー」と「元型」(70)、「神話」と「ペルソナ」(71) などの理論的な問いは、この文学テクストの解釈というよりむしろ馴致をもくろむ方向性を具体化したものである。文学的言説を単一の凝縮された形式に結晶化することによって批評家が見晴らしの利く正しい地点──外部かつ上方にある──を見つけ、それによって言説に対して優位に立てるという幻想が生じているのである。実のところ、神話と模倣《ミメーシス》が入り交じった『紅楼夢』の語りの様式は、まさにこの問題を提起する。概念にすきまがなく高度に一貫性のある批評言説を提示するために、批評家たちはしばしば、テクストの矛盾を手つかずのままに残すことをいやがるのである。彼らはそれよりもむしろ、求心的な運動を命じるような一つの説明モデルに焦点を定めようとする。そのために、雑多な意味作用行為を安定させ、矛盾の多いテクストの相互作用を不動かつ均質な型によってとらえるのである。

したがって、批評家たちが石──宝玉の神話における実体の表象──を論じる場合には、宝玉の俗界でのアイデンティティのしるしである玉を無視することが多い。それと同じように、アレゴリーの分析は、『紅楼夢』における人間界の現実についての考察を犠牲にして行われる。神話という語りの様式についての議論は、模倣《ミメーシス》についての議論を排除した批評言説を要求し、その逆もまた同じということのようである。矛盾する可能性のある二つの批評言説を結合する場合の主たる困難は、一方の言説からもう一方の言説への円滑な移行を容易にするような収斂点を見つける作業が厄介であることに由来するだろう。

両立できない断片を、それらが存在してもかまわないのに切りすててしまい、それによって円滑な移行や継ぎ目のない統合といった観念に見かけの完全性を獲得すること。それに対して、わたしは疑いをいだいている。だとしても、この仮説上の収斂点は作品中に存在し、瞬間的であれ、神話の語りとリアリズムの語り、玉の言説と石の言説に橋を架ける助けとなっているのである。さらにもっとも重要なのは、まさにこの収斂点においてこそ、『紅楼夢』の道徳的および形而上学的観点の融合が開始され、かつ完成されるということである。この見晴らしの利く地点とは、宝玉のアイデンティティの問題に他ならない。宝玉のアイデンティティを問うことこそが、『紅楼夢』の石の言説と玉の言説のあいだ、道徳的言説と形而上学的言説のあいだの固定された境界線を破壊するのである。

アイデンティティ――「己」（自己）――の探求は、中国の伝統においては例外的な現象である。儒教と仏教のいずれにおいても、「己」は欲と同一視されて、社会道徳的な秩序にとっても精神的な悟りの追求にとっても有害であるとされた。『論語』では孔子が「克己」（自分を抑えること）を命じ(72)、ブッダは涅槃に入るために自己を滅却するようにと説く。道徳と宗教のちがいはあるが、自己修養の実践も宗教的禁欲の実践も、救いの前提条件として自己アイデンティティの消滅を強調するのである。中国文化には、自己を抑制する儀礼や自己に苦行を課す儀礼がたくさんある。一方、自己と他者の区別や、比類のない存在としての自己の登場は、荘子の哲学的伝統に属している。ただしこの伝統は、文化史において散発的に現れては、「全体性」「集団性」「均質性」という儒教の三者同盟に対して戦いを挑むにすぎない。集団組織は、均質で全体化されているだけでなく、異質なものが浸透してもびくともしない抵抗力を具えているようである。

白話小説というジャンルで、アイデンティティの探求がそれ自体一つのテーマとして登場するのは明末である。『西遊補』において悟空が経験するのは、自己発見の象徴的プロセスである。董説《とうえつ》がはっきり気づいていたのは、三蔵法師のインドへの旅というもとの伝説の主要人物のなかで、孫悟空だけが十分に複雑な精神構造を見せ、紋切り型の主人公の概念をがらりと変えられるような個性を具えているということであった。本篇にあたる小説『西遊記』の悟空の心理描写が不十分であったために、董説には、隠されたアイデンティティという問題を追求する機会が与えられた。見えないものをおおうベールを取り去り偽装をはぎとるために、『西遊補』の語り手は主人公を、主人公自身の心のなかへと旅立たせる。その心は、英雄的な計略や冒険的な空想でいっぱいであるというよりも、解消されない不安に満たされている。自己発見が起こるのは、目覚めているときの形而上学的観想においてではなく、夢という無意識の世界、抑制された自己がその抑制力を失う場所においてである。悟空の夢に現れるのは抑圧された自己、もう一人の自己であり、冷静な主体という目に見える外見と矛盾するだけでなく、その主体を両立できない断片へと粉砕するのである。この発見の重要性は、フィクション論理を超えて、中国の存在論的伝統の栄養不良を解消する。というのも、抑圧された自己の存在が、一貫性をもって構築されうまく統合された自己アイデンティティという中国的な観念を揺るがすからである。しかし、小説家である董説は、自らのフィクショナルなイメジャリーの境界線を超えることができず、心猿のアレゴリーを哲学的観点へと変換することはできない。董説はなおも、自らが提起している異議申し立てがアイデンティティと統一性との慣習的なつながりに対してもつラディカルな意味を認識するには至っていないのである。悟空のアイデンティティの探求が、破壊的な自己の不気味な登場をもたらし、自己が固定された中心から絶えず分散し始めるまさにそのとき、語り手は、自動的に繰り広げられてきた夢の言説を急に中断して解説を始める。その解説は、悟空の夢の自律性も、悟空が無力なまま陥る分裂状態も、魔物が無敵の主人公をだまして罠にかけるために準備していたプロットにすぎないものとして片づけてしまう。内部からの一大変化のきっかけとなったかもしれないものが結局、外部のしかけによる操作に帰せられるのである。発見〔discovery＝覆いを除く〕の冒険は、それが回復〔recovery＝再び覆いをかける〕のおきまりの手順となって勢いを失うことになる。悟空は悪夢から醒める。そして、何の苦もなく悟空は本来のペルソナ――全体論的で傷つくことのない存在――を取りもどす。アイデンティティの探求はそれが可能性として含んでいたラディカルな意味を失い、またもや統一性の探求という古い伝統によくある定式の反復にすぎなかったことが判明するのである。

『紅楼夢』は、『西遊補』が期待させるのと同じ新鮮な想像力とともにアイデンティティの問題を取りあげる。地上における主人公の問題をはらんだ遍歴や分身とのあやしげな出会いは、この白話小説の構造とテーマの展開においてアイデンティティ探求のモチーフが中心的位置を占めていることを示している。ただし、『西遊補』では最後におとなしく回収される統一性の印象が、『紅楼夢』では劇的なところは少ないものの持続的にくつがえされている。『紅楼夢』でアイデンティティがさしせまった問題となっているのは、使われなかった石塊が自分一個だけが残されたことの意味を思案するときである。

さて、女媧という神が石を鍛えて天のほころびを補《つくろ》ったとき、(…)そのうち三万六千五百個だけを使って、余った一個を(…)捨てました。(…)ほかの石たちがみな天を補うことができたのに、自分だけはその選にもれたことをくやしいとも恥ずかしいとも思って、夜も昼も泣き悲しんでいました(*Stone* I: 47)〔第一回〕。

この一個の石塊が、自分の物語を演じかつ語る神話の石になるのである。そもそもの始まりから、石が全体化の図式の余剰かつ残り物として登場することは興味深い。石は、自らの根本的な孤独を、女媧から価値を認められなかったこととして解釈する。仲間の石たちから排除されたという考えが大きな動揺を引き起こしているわけだが、ここで一つの疑問が浮かび上がる。石の悲嘆は果たしてその言葉どおり、たんに屈辱感によるものなのだろうか。それどころか、石が内部に溶けこめなかったのは、全体化する社会の一員となることの「拒否」に他ならないと主張することも可能であろう。だとすれば、石の「悲しみ」や「くやしさ」は、差異化の意味をうまく処理できなかったという点から理解できる。損なわれた自己イメージではなく、異質でありそれゆえ独自の存在であることへの恐れこそが、女媧石の激しい感情表現を引き起こしていると言えるのではないか。個のアイデンティティの問題はこのように、神話的な序曲においてすでにその大きな影をぼんやりと現している。『紅楼夢』は石が自分の物語の作者－語り手－主人公であるという意味で、自己アイデンティティの意味を探究する自伝のフィクション版であると考えられるだろう。

石のアイデンティティは多様な形をとるため、その発見も悟空の場合より厄介なものとなる。悟空のアイデンティティの危機が、単一の統合された自己を一瞬のうちに回復して終わるのに対して、『紅楼夢』では、全体化したアイデンティティ概念がパラドクスとして随所に現れるのである。宝玉は神話の石の生まれ変わりであり、石は同時に誕生玉にも姿を変えて宝玉のアイデンティティのしるしとなる。だとすれば、わたしたちが問いかけたくなるのは、語り手が宝玉に立ち返ってほしいと願っている本来の姿についてである。その本質は、玉と石のどちらと一致するのだろうか。

玉と石は、真と偽と同じく伝統的に別の範疇と見なされているため、宝玉の二つのアイデンティティは統一性の問題を提起する。『紅楼夢』の語り手は、宝玉の人物造型において玉のシンボリズムと石のシンボリズムとを交替させながら、ある種の内的混乱のうえに作品を構築する。それは、主人公の全面的な崩壊を招きかねないものである。しかし、この途方もない矛盾が豊かなパラドクスへと変換されるのは、語り手が真実と虚偽、真正性と人為性を明確に区別する慣習的知識に疑問を投げかけつづけるからである。対立概念の類型に対するこの異議申し立ては、ある形而上学的観点を生み出すのだが、その観点は相互生成という考え方に基づいて階層的対立の装置を無効にする。第一項の第二項に対する優位がくつがえされるだけでなく、各項の内容も制約から解き放たれて移動が可能となる。だからこそ、宝玉は大観園の風景について洞察力あふれる意見を述べながら、「天然」と「作為」のような観念の潜在的な反転可能性に気づくのである。「有鳳来儀」の派手に塗りたてた、低俗でごてごてした建物はきわめて作為的に思われるが、実際、簡素な田舎風の「稲香村」より自然に見えることもあるだろう。宝玉にとって「稲香村」は、人の作為によって天然の印象を与えているにすぎないからである。

「古人」が強調した「自然」と「作為」という恣意的区分は、宝玉の懐疑的な意見を引き出すことになった一方で、相対主義の有効性を認めることのなかった思考体系においては、玉の価値を石の価値から区別することにも役立っている。韓非と劉勰の二人はそのような思想傾向の代表であり、階層的な概念化を支持している。すなわち、平凡な外見をもつ石を虚偽の概念と同一視して低い価値を与えるのである。玉はその反対に、珍しく美しいために特権的な地位を享受する。この並列関係を維持するために、玉のプラスの価値内容はさらに真正性の概念とのつながりによって補強される。それぞれの対の階層的秩序の安定性——この場合であれば、石に対する玉の優位と、虚偽に対する真実の優位——は秩序の維持に欠かせないものと考えられている。それが道徳的秩序であれ政治的秩序あるいは文学的秩序であれ。ふつう儒家の哲学者にとって、価値の逆転の可能性は必然的に秩序・合理性・評価体系全体にとって恐るべき脅威となる。だからこそ劉勰は、当時の美的基準の混乱を嘆き、真／偽、玉／石という二組の対が形成する左右対称の基盤《マトリクス》の反転可能性に非を鳴らすのである。

儒教イデオロギーの容赦ない批判者である『紅楼夢』の語り手にとって、儒家が作りあげてきた構造化された認識論をくつがえすためのうってつけの標的であったのが、固定的な対称性をもつ概念パターンであった。第五回では、引用されることの多い次の対句によって自らの形而上学的観点を表現し、知識や存在をきちんと差異化する伝統的な観点に異議を唱える。

仮が真となるとき真もまた仮、
無が有となるところ有もまた無〔第五回〕(*Stone* I: 130)。

この逆さまの観点は、アンドリュー・プラクスの用語によれば「相補的両極性」、脱構築の用語では「代補的差異化」と呼ぶことができ[73]、あるいはマルクス主義の用語で「弁証法的」と呼ぶことさえできるだろう。いずれにしてもそれは、言説に無限の運動が存在することを示唆するとともに、概念の世界という閉ざされた空間を外へと開くものである。差異と同一性との関係が、両極から成る対の曖昧さの特徴となり、相互に相手のうちで相手と関係しているのが見てとれる。玉／石の両極性に目を向けて、それをこのラディカルな観点から再検討すると、この熟語に埋めこまれた古い価値体系を転倒する可能性に行き当たる。たとえば、語り手が宝玉の啥玉を弱いものとして描写することは、『紅楼夢』の玉／石の関係についての新たな理解をもたらす助けとなる。語り手の目から見ると、この小さな玉は女媧石の「幻相」に過ぎない。「幻」と「相」はいずれも、実在しないとらえどころのないもの——真正な何物かの複製——を意味している。伝統的な二極構造が命じることに反して、『紅楼夢』の玉は、その価値内容を石と交換することで慣習的イメージを反転させる力を潜在させているのである。玉のほうが、類似品であり、原物の写しであり、本質的に人為的かつ派生的なもの——要するに石のたんなる幻——として見なされうる。女媧石も、それに恣意的に割り当てられた古い価値範疇をひっくり返す可能性を含んでいる。哈玉がそこから再生される原物として、石は自然かつ真正なものを表している。それは宝玉のアイデンティティの根源であり、その生命力の源泉である。台湾の批評家康来新は、この源泉は自発的かつ内在的な原始の純粋性を思わせると表現している(74)。他方で、玉との親近性は別の心的イメージも喚起する。康来新は明らかに、石と玉のうち石に愛着を感じているのだが、それは両者のちがいを真正性と人為性、内在的な純粋さと付帯的な洗練としてとらえるからである。「(…)石と玉は、実は一枚のコインの両面である。その境界線は彫刻という芸術性の有無によって決まる。木/石と金/玉とは対立しており、前者は生まれたままの素朴さを、後者は世俗的な修養によって見込まれる富貴を表している(75)」。

　石の本来的で真正なものとつながりは、おそらく言うまでもないことであり、石が本質的に玉に劣るという正反対の見方と民間の知識においては共存しているのだろう。『礼記』に見られる古いことわざ「玉琢《みが》かざれば器を成さず」(玉不琢不成器(76))は、玉が工芸技術と結びつけられることが一般的であったという証拠でもある。しかし、儒家の君子が洗練の極致を表象するものとして玉を高く評価するのに対して、質朴な道家は石の自然な単純さを支持する。『紅楼夢』の玉と石の弁証法的関係は、部分的には儒家と道家の世界観の相互作用を反映している。儒家が特権的な基準点と見なすもの――玉――が、道家の準拠枠ではありのままの素朴さの象徴である石より下位に置かれる。いろいろなペルソナ(石‐語り手、宝玉、作者‐語り手)を装う異端者にとっても儒家による自己修養の提唱に反対する者にとっても、力むところのない石の単純さは、洗練や芸術性と結びつけられることの多い美しい物体〔=玉〕よりも、ずっと魅力的に映ったにちがいない。

　しかし、自然/文化という両極性は、概念図式としてはあまりに単純であり、石と玉のパラドクスが生み出す、宝玉の交替する二つのアイデンティティの複雑さを説明することはできない。玉は一度に「潔」(清らかさ)と

「真」（真正性）と工芸技術のすべてに結びつけられるし、石は自然と文化の両極のあいだを絶えず揺れ動くのだ。「通霊石」[77]のイメジャリーを吸収している以上、『紅楼夢』の石を、たんにありのままの純粋な自然と同一視するわけにはいかない。教養としての道家の世界観は、自然を優位に置くものであると同時に、形而上学的観点による転倒を受けやすい。形而上学的観点によれば、自然と文化は他のあらゆる二項の対と同じく、その内容も特権的な地位も逆転可能である。付言しておきたいのは、『紅楼夢』の形而上学的観点が二極の絶え間ない移動を重視し、どちらかの見方が真実の究極的な表現であると認めることはない以上、哈玉が女媧石の複製に過ぎないという語り手の指摘は、決して道家の観点を支持するものではないということである。むしろ、玉と石の特権的な秩序の反転は、儒家の立場という最高の権威に対する語り手の暗黙の批判として解釈されるべきだろう。

『紅楼夢』の根底にあるこのパラドクスの観点が明らかにするのは、慣習的な意味作用の体系に存在する齟齬を暴露しつづける異端者のラディカルな立場である。ただし認識しておくべきなのは、たとえその内容を裏返しにするのだとしても、出発点としているのは既存の概念枠組みであるということである。したがって、玉／石という熟語における両極の逆転現象の発見をこの語り手の功績に帰するのは誤りであろう。というのも、この両者の紋切り型の関係を転倒する可能性は、すでに韓非や劉勰の概念枠組みにおいて示されていたからである。ただし、伝統的な学者－批評家がその可能性を非正統性ゆえに不満に思っていたのに対して、『紅楼夢』の語り手は逆転現象を歓迎し、支配的秩序の維持を権威による圧政のしるしと見なすのである。評価の物差しの絶えざる変動は、劉勰にとっては根本や原点の価値を否認する不吉なしるしであったが、異端の書き手にとっては、精神的かつ思想的な自由に向かう唯一の可能性に思われる。この自由はつねに、完結し、閉ざされ、統一されたシステムを超えることを目指す種類の自由である。その本質は、対象を自己矛盾のプロセスに従わせることにあり、根－源へと回帰させることにはない。

ここに『紅楼夢』の最大のパラドクスが存在する。一方では、異端の作者‐語り手は、原点へのノスタルジアに駆りたてられた回顧的な姿勢は、いかなるものであれ、固定したアイデンティティにとりつかれていることを意味すると考える。アイデンティティが固まっているかぎり、その統一性が揺るがされることはない。他者と対立することはあっても自分自身とは対立しないからである。停滞は最悪の不調であり、作者‐語り手は、『紅楼夢』の最後のクライマックスの場面に至るまで宝玉をその危険から守ろうとする。ところが、最後の場面で伝えられるのは、アイデンティティの危機の慣習的な解決に他ならない。まさにその時点において、「矛盾するアイデンティティ」の観念の馴化を見いだすことができるのである。語り手が、それまで一貫したアイデンティティという概念を脱神秘化するためにあらゆる努力をしてきたにもかかわらず、最後にわたしたちが目撃するのは、そのラディカルな観点の破綻、そして単一のアイデンティティ（すなわち石）の復活である。それは統一体と見なされ、紛れもなく宝玉にとっての「もとの場所」〔原処〕（*Stone* V: 373）として確認される。自ら伝統破壊を公言していたにもかかわらず、曹雪芹は結局、旅の道連れであった董説と同じく中国の回帰コンプレックスに無防備であった。このコンプレックスについては次章で、曹雪芹による概念の革新とその限界を扱うときに再び取りあげることにしよう。それは宝玉がアイデンティティ探求に成功し、かつそれを中断することで明らかになる。

　このような『紅楼夢』の矛盾に対して最終的にどのような判断を下すとしても、この白話小説の認識論的な快挙については、それを認めて拍手を送らざるをえないだろう。宝玉という両価的な人物像を提示することに、つかの間であれ成功したのだから。この主人公に具わるのは一貫性のないアイデンティティであり、それは玉の特質と石の特質のあいだのみならず、自分自身と鏡像のような片割れ——偽りの宝玉——のあいだでも引き裂かれている。ここには分裂した人格の意味についての最良の説明が与えられている。すなわち、それは危機にあるがために変化を遂げつつある主体であり、その逆もまた真なのである。

甄宝玉と賈宝玉

「真」対「仮」の宝玉というテーマは、曹雪芹によるパラドクスの図式の一部であり、わたしたちの概念や知覚の限界を露呈させ崩壊させることを目指すものである。それは人物造型の装置として、石と玉、自然と文化、真正性と人為性などの両極対の潜在的な弁証法的関係を補うために用いられる。形式的二分法への批判と同じように、この分身のシンボリズムも一つの崩壊戦略であり、両極分類の神話を生き延びさせている核心概念の問題性を明らかにする。先に「真」と「仮」のパラドクス、「玉」と「石」のパラドクスについて論じたときにもすでに、「統一性」や「アイデンティティ」といった概念は、二項対立の階層構造を前提とする形而上学的基礎の不可欠な部分として大きな影を落としていた。

「真」と「仮」、「玉」と「石」の逆転可能性は、階層秩序だけでなく統一性やアイデンティティの観念を揺るがすものでもある。個々の概念が、その概念自体と矛盾するような動因、分裂を発生させる方向への動因を内に抱えているのである。統一ある存在などは神話であった。なぜなら、それは勢いづいた内なる否定性によって永遠に引き裂かれているからであり、内なる否定性はさらに、アイデンティティの危機を引き起こす。人間主体は、精神障害がもたらす結果とまったく同じ置換を経験する。この置換のプロセスが想起させるのは、ヘーゲルの弁証法によって発展の概念に不可欠であることが明らかにされた闘争のプロセスである。「矛盾によって引き起こされる発展への内的衝動」[78]こそが、主体のアイデンティティ探求を動機づけ、主体は何段階もの精神的危機をくぐり抜けてゆくことになる。同じようにして、甄／賈宝玉のシンボリズムは、自己否定を通じて絶えず自己を再規定する分裂したアイデンティティの隠喩となっているのである。

アイデンティティの相対性という問いについては、甄宝玉と賈宝玉という宝玉の二つのアイデンティティの象徴的意味をめぐる議論において検討が重ねられてきた。しかし、主人公の精神的探求の契機となるのが、その精神構造における二人の相補性ではなく内的な否定性であることは強調する必要がある。二つのアイデンティティが対面し、一方が他方を否定する対立関係に入るときに初めて、アイデンティティの探求はその動力を行動と実践へと変換することができるのである。そう考えれば、甄宝玉と賈宝玉の現実の対面が宝玉の精神に与えた劇的衝撃が説明できる。二人の相互否定は内的な否定性の力を再賦活し解放するのだが、この内的な否定性の力はつねに宝玉に内在していたものであり、玉と石に引き裂かれているという矛盾の本質である。賈宝玉は、甄宝玉が本当は分身ではなく自分自身の否定であることを発見し、それによってアイデンティティの危機は最終段階に突入する。「分身」と会って帰ってくると、宝玉は精神的中間地帯に入りこんでしまう――「ものも言わず、ただにたにたと馬鹿笑いをするだけでした。(…) 翌朝になってもただぼんやりしていて、以前の病気がぶり返したようです」〔第百十五回〕(『紅楼夢』Ⅲ、1576–77)。

王孝廉を始めとする多くの批評家は、宝玉の精神の絶えざる変容の原因を啥玉がなくなったり見つかったりすることによると考えている。[79] 主人公のアイデンティティの危機は外的要因によるもので、内面化された変化の中心によって動機づけられるのではないと見なされるのである。そのような考え方によれば、宝玉の内的変容の契機は、玉が担っている外的行為の契機と一致し、最終的には同一化されなければならない。したがって、玉は外部にある変化の中心として、宝玉のアイデンティティ探求の重荷を丸ごと背負うものと見なされる。この批評的立場に見られる変化の概念は、変化の原因を主体自身にとって外的な要素に帰する観念的な考え方を反映している。外的要因はしばしば超越的要因であるとされ、たとえば玉が、人間の現実に働きかける天のしかけを動かすものとして、あたかも現実を生み出す原因のように考えられるのである。そのような観念的な考え方によれば、玉がわけもなく姿を消し、またふいに見つかるのは、天からの合図である。天は、意味生産と解釈に対する究極の権威を保つことによって、意味作用の体系を支配しているというわけである。

しかし、『紅楼夢』は野心的な作品であり、知識の性質や存在の意味を概念化するあらゆる伝統的な方法の境界線を超えることを目指している。とりわけ観念論は、明らかに克服すべき精神的障壁であった。物語の語り手はいたずら好きなために、玉を変化の外的指標として用いるという機械的装置だけでは満足できない。語り手は、先行者のほとんどが採用している変化の固定的視点をくつがえし、宝玉の絶えざる精神的変化を両極のパラドクスと鏡像のシンボリズムによって描こうと試みる。同時に石と玉から構成されるという不連続なアイデンティティを宝玉に与え、さらに二人の宝玉として表現されるようなアイデンティティの不統一を探究することによって、語り手は矛盾に満ちた主体が休みなくくぐり抜けてゆく変化の弁証法的プロセスを導入する。変化の中心を内面化することで語り手が生み出すのは、自分自身の変化を動機づける主体としての宝玉であり、それによって宝玉は、天の機略に翻弄されるたんなる客体に還元されることを免れるのである。

真の主人公は変化を遂げつつある主体である。このような考え方は、実は伝統中国のフィクションの歴史においてそれまでなかったものである。すでに確立されている特権的な地点を絶えず否定するというこの試みは、中国白話小説における人物造型の美学に対して曹雪芹が果たしたもっとも重要な貢献である。おそらくは曹雪芹の影響のおかげで清代後期に次第に人物評価の美学が進展を見せ、伝統的な善悪二分法を揺るがすようになったと考えられる。『儒林外史』の人物描写を分析した清代の匿名の批評家は、パラドクスの概念を個人の人格の心理構造の根底にある原理として認めている。「遅衡山の衒学と杜少卿の奇抜さは、玉に瑕がないわけではないという好例である。美玉は一つも瑕がないゆえに貴重である。しかし、玉はまさにその自然な瑕ゆえに真正なのである」[80]。

人物評価にあたって完全な善と徹底的な悪を明快に区別するような単純すぎる物差しが存在するのは、実は中国の歴史叙述の伝統に負うところが大きい。この伝統は、自らの書斎を法廷にしているような正義の歴史家に根拠を提供する。二流の歴史書においては、歴史的人物は有徳者か背徳者かによって二つの範疇に分類されている。歴史書の目的は、有徳者の間然するところのない行動を強調し、背徳者の救いようのない堕落をあばくことによって、英雄と反逆者のちがいを見分けることである。こうした歴史における人物評価へのアプローチは、善と悪、瑕のないものと瑕のあるものを画然と区別する対称モデルを生み出した。清代の匿名の批評家が反論しているのは、まさにそのような美意識である。この批評家がフィクションの人物たちの性格を評価する際のパラドクシカルな立場は、統一されたアイデンティティという観念に疑問を呈する『紅楼夢』の形而上学的観点のこだまである。『紅楼夢』の語り手は早くも第二回において、善悪の伝統的分類をはっきりと批判する。賈雨村が語り手を代弁して、人物評価についての自らの哲学を披露して長広舌をふるうのである。そこでは、既存の二つの範疇に加えて、善の気と悪の気が衝突した結果として生じる第三の範疇が導入される。この範疇に属する人は「ものすごい善人にもものすごい悪人にもなることができず」、「聡明で優秀な点では多くの人々より秀でているが、ひねくれて頑固で奇矯である点では多くの人々より劣っている」(*Stone* I: 78)。この範疇のうちに見られるのが、例の清代の批評家が真正でありかつ瑕がある種類の玉と形容したようなパラドクスの概念である。瑕のある玉という隠喩は新しい美学原理へと展開し、現代の批評家はそれを中国における人物描写の美学のもっとも重要な特性として認めている。(81) 重要なのは、この隠喩が理解可能であるのは、それが、『紅楼夢』に具現されているような玉／石のイメジャリーへのテクスト相関的参照を再賦活する潜在的な力をもっているからだということである。瑕のある真正性という玉のパラドクスは、宝玉のもつ異例のアイデンティティという問題の根幹部分となっているため、このパラドクスに言及しながら、宝玉のイメージや『紅楼夢』のパラドクスに満ちた全体像を思い浮かべないでいることは不可能である。

ここでわたしたちは、第一章で提起した問い、玉をめぐる伝説のような先在する意味作用システムと、のちに文学へと展開する玉のイメジャリーとの関係についての問いへと引き戻される。わたしは双方向にはたらく作用を仮定した。玉伝説は、玉のイメジャリーに対する構造的制約としてはたらく一方で、すでに確立されている全体性を崩壊させるような新しく異質なものを同化することによって自らも変容を遂げるというわけである。先行するテクスト群であるからといって、どのような抵抗にも会わずに後世の諸テクストを均質化する究極のテクストと見なされることは決してない。メタ言語と個別の言語行為との相互作用の特徴は相互調整であり、一方が完全に閉じていてもう一方が無限に散種することではないのである。『紅楼夢』の玉のイメジャリーと玉のシンボリズムのテクスト相関的ネットワークとの相互作用を考えてみても、そこに見られるのはやはり、双方のテクスト空間で起こる意味の同時的再分配である。したがって、儀礼の玉の政治倫理的シンボリズムが「潔」の象徴的内容を手放し、それによって『紅楼夢』の道徳観を制御する一方で、物語における「真」〔甄〕の玉と「仮」〔賈〕の玉というパラドクスの創作は、強い勢いを生み出し、必然的に玉伝説のなかに押し入ってその古い内容を調整しなおすことになる。『紅楼夢』が一般読者の手に届くようになって以来、文学における玉のイメジャリーのパラドクシカルな性質は、かつては安定していた儀礼の玉のアイデンティティを曖昧なものに変えてしまった。玉について語るとき、その組成の特徴に対して両価性を感じずにいることはもはや不可能である。玉が象徴しているのが自然か人為か、瑕のある玉は瑕のない玉よりも美しいのか、あるいは真正なのか、答えを出すことはできないのである。

『紅楼夢』における二つのアイデンティティの問題についての議論に戻るなら、宝玉の精神構造の複雑さは二重のものであることがわかるだろう。宝玉は、啥玉と同一であると同時に女媧石と同一であり、しかも、玉の部分では、玉のイメジャリーにつきものの真／仮、潔／濁のパラドクスを引き受けてもいる。したがって、この人物の道徳的気質もまたパラドクスの原理から展開する。その原理に基礎を置いているのが、語り手の形而上学的観点——価値を明確に弁別することの有効性を疑うことで、境界の融合という考えを支持する観点である。ここに見られるのは、一流の文学的才能をもつ書き手の独創的な仕事である。この書き手は、宝玉と黛玉を宝釵やその同類から区別できるような道徳的観点を明示しなければならないと感じ、しかし同時に、価値評価を含む道徳的観点と価値判断から自由な形而上学的観点という自らの二つの観点のあいだに生じうる矛盾を、宝玉の精神の二つのアイデンティティという象徴的性格描写によって解決する能力をもつ。まさに二つのアイデンティティの曖昧さにおいて、『紅楼夢』の道徳的観点は形而上学的観点と交差するのである。

玉の物語は実のところ両様に解釈できる。それは『紅楼夢』の道徳的言説と形而上学的言説を、石との本来のつながりを失うことなく横断してゆく。宝玉の精神における玉／石の関係はフィクショナルであると同時に現実的かつ論理的である。もしも他の組合せであったなら、宝玉の精神的探求の劇的緊張は弱まり、アイデンティティの危機のシンボリズムはそこなわれたであろう。『紅楼夢』におけるフィクション論理の多くは、差異があると同時に類似している玉と石の関係に依拠している。本章では、独特な美的内容と儀礼的意味とをもつ比類のない鉱物である玉の、石とは異なる特質について考察してきた。しかし、石の一族の出身であることで、玉は石に割り当てられたありふれた属性も受け継いでいる。たとえば、古代神話では、石と同じように玉は、マナの食べ物や霊薬や医薬のよく知られた原料として登場する。さらに、石と同じように、音が鳴るという特質も注目を集めている。玉と石とのもっとも重要な収斂点はおそらく、両者がそれぞれ生み出すことのできる潜在的な過渡的状態の曖昧さであるだろう。だとすれば、石の神話とともに物語を始め、玉のシンボリズムとともに語り続けることも、突飛な思いつきとばかりは言えないはずである。

注

（1）張新之「紅楼夢読法」、一粟編『紅楼夢巻』Ⅰ、154。張新之は伝統的な批評家の一人で、『紅楼夢』を道学者の立場から解釈し、教訓を目的として批評を書いた。「妙復軒評石頭記自記」で張新之は、批評家としての自らの使命は「この書物のもたらす［読者への］害をなくし、人の心と世の道を正すこと」［特以斯評能救本書之害、（…）人心世道有小補焉］であると述べる（34）。張の解釈態度についての詳細は韓進廉125–33を見よ。また、周汝昌『紅楼夢新証』Ⅱ、1139も見よ。ここに引用した『紅楼夢』と他の三作品とのテクスト相関関係についての発言は、張新之が古典小説の文学性や構造について述べた数少ない意見の一つである。

（2）趙岡・陳鍾毅『紅楼夢研究新編』177。

（3）第二十三回と第二十六回で、宝玉と黛玉は『西廂記』の曲詞を引用してふざけあう。第四十九回では、黛玉と宝釵がこの戯曲のいくつかの箇所について語り合う。直接の引用以外にも、作品中それとなく『西廂記』に触れる箇所はきわめて多い。本章注5を見よ。

（4）脂硯斎の『紅楼夢』への批評はもともと朱書され、自ら「脂硯斎」［脂＝べに］と名のっているのもそれに由来する。『紅楼夢』の稿本は批評を付けたかたちで、複数の異なる写本として伝えられた。その際、脂硯斎評は朱墨の二色で筆写されている。その批評にはいくつかのスタイルがある。（1）ある段落や語句についての個別的な批評で小字双行のもの（朱色）。（2）十八の回について、その回が始まる前の頁に書かれている全体的な批評（墨色）。（3）回の終わりに付加される所見（墨色）。（4）眉欄の批評［眉批］（朱色）。（5）本文の行間の批評（朱色）。（6）その回の本文の終わりの全体的な所見で、六つの回に付されている（朱色）。

脂硯斎が誰であるのかについての議論は決着がついていないが、大きな仮説が二つある。周汝昌と呉世昌は、脂硯斎と畸笏（稿本のもう一人の批評家）は一人の人物が二つの名を使い分けているものと推定しているが、兪平伯や趙岡・陳鍾毅は、脂硯斎と畸笏を決して混同してはならないと主張する。ただし、「一人」説の周汝昌は脂硯斎を史湘雲と同一であるとするが（周汝昌『紅楼夢新証』Ⅱ、833–940を見よ）、呉世昌はそのような結論を認めず、脂硯斎は実は曹雪芹の父方のおじ曹碩であると主張する（呉世昌『紅楼夢探源外編』1–18を見よ）。「二人」説のうち、兪平伯は脂硯斎の素性を特定することはできないと考えたが（兪平伯『脂硯斎紅楼夢輯評』6–9）、趙・陳は、脂硯斎は曹雪芹のいとこの曹天佑であると論ずる（『紅楼夢研究新編』73–138）。どちらの仮説が正しいのか判断することはむずかしいが、胡適の推測（脂硯斎は曹雪芹であるという説）については、無理であると結論づけてよいだろう。周汝昌の推測も呉世昌に比べると説得力が少ないように思われる。

（5）　脂硯斎は批評のなかで、曹雪芹が『西廂記』や『金瓶梅』を意識的に模倣して『紅楼夢』の主要人物たちの人物造型や発話の調子《トーン》を作り上げている箇所をいくつか指摘する。例えば、第二十五回の脂硯斎評に「この書のすぐれた表現はどれも過去の詩詞の語句を取り入れたものであって、皆このような文章である。読者にお尋ねしよう、これは「花を隔てて人は遠く天涯は近し」ではないだろうか」〔余所謂此書之妙、皆従詩詞句中泛出者、皆系此等筆墨也。試問観者、此非隔花人遠天涯近乎〕というものがある（『脂硯斎重評石頭記』〔以下、庚辰本〕562）（カギ括弧内は『西廂記』「寺警」〔第二本第一折〕の引用）。『金瓶梅』と『西廂記』の影響についての詳細は『紅楼夢研究新編』177–78を見よ。

（6）　『紅楼夢研究新編』177、兪平伯『紅楼夢研究』226を見よ。また、胡適405も見よ。ここで胡適は「情榜」が『水滸伝』の「石碣」や『儒林外史』の「幽榜」に似ていると指摘している。「情榜」の起源についてのもっとも興味深い論文は周汝昌によるものである。「紅楼夢情榜淵源論」のなかで周汝昌は、曹雪芹が「情榜」を考えついたのは、十七世紀前半に馮夢龍（1574–1646）によって編纂された愛情物語集である『情史』によると指摘する。『情史』は二十四の類に分かれ、それぞれが情の特定の範疇をめぐって編まれている。たとえば、「情縁」「情愛」「情痴」「情憾」「情幻」「情霊」などである。わたしたちには曹雪芹の「警幻情榜」の作成基準を再構成するための材料はほとんどない。余英時は、脂本七十八回残本（胡適の用語では庚辰本、呉世昌の用語では脂京本）に記されているある批評を引用して（「物語全体における情／欲については、個々の少女が宝玉の心にどのように登録されるかに応じて考えられなければならない」〔庚辰本1072〕）、少女たちの階位は宝玉の心との関係で決まっているという説得力に富む議論をしている（余英時「紅楼夢的両個世界」40–42、また余英時「眼前無路想回頭」91–113も見よ）。実際の階位が何に由来するのかは今も意見の分かれるところだが、それでも曹雪芹が馮夢龍の『情史』の分類体系に強い影響を受けていると主張することはできるだろう。「情情」や「情烈」といった範疇は明らかに馮夢龍の文字の組合せ方と同じである。『情史』と『紅楼夢』それぞれの別名の対応関係も、影響があるという仮説を補強する。『情史』は『情天宝鑑』としても知られ、『紅楼夢』は『風月宝鑑』とも呼ばれるのである。『情史』についての解説と部分的な翻訳は、Mowry, *Chinese Love Stories* を見よ。

（7）庚辰本 381, 421。

（8）Wu Shih-ch'ang（呉世昌）, *Red Chamber Dream* 157–58 を見よ。

（9）Wu Shih-ch'ang（呉世昌）, *Red Chamber Dream* 266。物語を閉じるものとしての情榜という構造装置についての胡適の見解（本章注6）を見よ。

（10）呉世昌は、情榜が物語を「この書物の導入部において、転生が起こる前の神話」に引き戻すことで、「別世界－この世－別世界」という円環が完結すると論じている（*Red Chamber Dream* 160）。

（11）「自伝派」の紅学者たちは、女媧石が女神に価値を認めてもらえずに不平をもらすことについて、別の解釈を提示する。その観点に立つと、「無材補天」（天を補う才能がない）〔第一回〕（*Stone* I: 49）という一句は、社会から疎外されたのけ者であった曹雪芹の自画像としてとらえられる。石が自己憐憫にふけることについても別の見方が、すなわち、作者が神話の言葉を借り、追放について自らの不平をもらしているという見方が現れる。周汝昌『紅楼夢新証』I、15を見よ。ここで、紅学者たちのあいだで議論の的になり、曹雪芹の作である可能性もある詩を一つ紹介することにしよう。もしもこの詩が本当に曹雪芹によって書かれたのであれば、この五言詩のなかの二組の対句は自伝派の仮説を裏づけることになるだろう。「有志帰完璞、無才去補天。不求邀衆賞、瀟灑做頑仙」（まったき璞に帰りたい、天を補う才能もないのだから。俗世の人々の賞賛を求めずに、さっぱりと愉快な仙人になろう）。余英時「近代紅学的発展与紅学革命」28を見よ。

（12）現存する『紅楼夢』の諸本には二つの主要な系統がある。写本（ふつう脂本と呼ばれる）と版本である。写本は八種あり、そのいずれにも曹雪芹の原稿とともに脂硯斎や畸笏その他曹雪芹と同時代の人々の批評が含まれる。八種のうち、もっとも多く引用され議論されるのは、十六回残本・七十八回残本・己卯（1759）本・戚蓼生（1732–92）本（有正本）である。最初の二つの本の成立時期については紅学者のあいだにさまざまな議論があった。まず胡適が、十六回残本を甲戌（1754）、七十八回残本を庚辰（1760）の年に成立したと考えた。これが大いに広まったために、呉世昌が胡適の説に対して説得力のある批判を行ったあとでさえも、学者たちは写本二種については胡適の呼称を使いつづけた。胡適の誤りを正すために、呉世昌は別名を考案し、十六回残本を脂残本、七十八回残本を脂京本と呼んで別の成立年を当てた。それによれば、脂京本は一七六七年以後、脂残本は一七七四年以後に筆写されたという（141）。呉世昌の説とその胡適説への批判の詳細については、呉世昌『紅楼夢探源外編』96–200を見よ。版本は、高鶚と程偉元によって刊行された程甲本（1791）と程乙本（1792）の二種が主要なものである。それぞれの長所や短所の詳細については、『紅楼夢研究新編』73–111, 245–58を見よ。また、Wu Shih-ch'ang（呉世昌）, *Red Chamber Dream* I-II, 267–77を見よ。

（13）『乾隆甲戌脂硯斎重評石頭記』［以下、甲戌本］1/4b–5b。翻訳はMiller 37–39による。

（14）筆者によるこの翻訳はミラーよりも直訳に近い。「相生」という道家の概念に焦点を合わせている。

（15）葉嘉瑩は、王国維が「玉」と「欲」とを関連づけようとすることに疑問を呈し、王国維は『紅楼夢』の根底にある哲学を誤解したと主張する。葉によれば、「美玉」のシンボリズムは、ショーペンハウアーの欲望と自由意志の哲学の枠組みによって理解されるものではなく、その土台となっているのは、「本性」に具わる悟りの潜在能力を強調する仏教哲学である。仏教哲学に弁証法的な特徴があり、欲の本質にも、欲から解放される手段にも関わっていることを、葉は認めたくないようである。しかし、中国の人々が『紅楼夢』に魅力を感じるのは、曹雪芹による主人公の情／欲の遍歴プロセスの描写からであって、その根底にある、「人間精神の原初の純粋さ」についての宗教的「真理」からではないだろう。もしも物語の重点が仏教の悟りというありふれたテーマに置かれていたとしたら、『紅楼夢』の新しさは明らかに薄められていただろう。仏教の多くの教説が「本性」のテーマについて詳説しているが、『紅楼夢』をそうした教説とは異なる一篇の白話小説にしているのは、欲という「堕ちた性」を扱い、千年以上にわたって僧侶・禅詩人・思想家そして呉承恩などの小説家によって繰りかえされてきた宗教的公理を反復していないという事実なのである。葉嘉瑩141–44を見よ。

（16）王国維11〔三八四〕。

（17）甲戌本1/4a。

（18）王国維12〔三八五〕。

（19）Limenはラテン語で、文字通りの意味は「しきい」である。文化人類学では、〔通過〕儀礼の主体が、古い社会構造から新たに参入する社会構造へと移行する期間を指す。この概念の詳細については、第四章の「過渡的状態としての石」

を見よ。

(20) 那志良「古代的葬玉」332。

(21) Goette 35.

(22) Laufer 103.

(23) 「春官宗伯」、『周礼』、『断句十三経経文』30。

(24) Hansford 86.

(25) このテクストで玉に割り当てられている第三の役割は占いに関わるものであり、礼器としての玉が、先述した朝廷の宇宙儀礼において果たした重要な役割に由来するであろう。それら六つの玉器――特に、真ん中に穴のあいた円盤状の「璧」――は、天災を鎮めるために神霊の加護を願うときに用いられた。Rawson 29 を見よ。

(26) Laufer 299. 身体のすべての穴を玉でふさげば、陽の力が冥界の破壊的な陰の要素に勝利すると信じられていた。この慣習は、漢代に宗教的タオイズムが大きな影響力をもっていたことを示している。

(27) 曹雪芹・高鶚『紅楼夢』I、28。

(28) 甲戌本 1/5a–b。

(29) 那志良「古代葬玉」103–4。

(30) 「含蟬」と復活の概念との関連については、玉についての数々の論文で論じられている。Laufer 299–301 を見よ。

(31) Lyons 4.

(32) Rawson 64.

(33) 童中台 8。

(34) Laufer 325.

(35) 那志良「祭祀天地四方的六器」8。

(36) 「春官宗伯」、『周礼』、『断句十三経経文』30。

(37) Hansford 59–60.

(38) 「聘義」、『礼記』、『断句十三経経文』133。

（39）『説文解字』1A/7a。
（40）羅曼莉 29。
（41）Coward and Ellis 78.
（42）黛玉と宝釵の名前が道家の五行説と関わることについては、伝統中国の批評と現代のアメリカの学者がともに批評論文のなかで詳しく論じている。Plaks, "Allegory" 195–96 を見よ。また、Plaks, *Archetype and Allegory* 54–83 も見よ。伝統的な批評家である張新之は黛玉と宝釵の姓を五行説のコンテクストで分析しているので、プラクスはこれに触発されたのかもしれない。張新之「紅楼夢読法」156 を見よ。こうした批評家たちによれば、五行の相互作用は、相補的な両極性および複雑な周期性が主要な型となっており、それが宝玉と黛玉の不幸な恋をもっともうまく説明する。こうした批評的観点についての詳しい分析は、Jing Wang, "Poetics of Chinese Narrative" を見よ。
（43）伝統的な批評家の多くは宝釵をずるがしこいと非難する。脂硯斎の批評はそのような正統派の代表である。十六回残本と七十八回残本の両写本にはともに、小紅〔=紅玉〕のエピソード（第二十七回）について、また宝釵の計算高い性格についての脂硯斎の批評がある。「この宝釵のふるまいが学問のある賢明な女儒者と言えるだろうか。宝釵の描き方としてはまさにうってつけだ」〔可是一味知書識礼女夫子行止。写宝釵無不相宜〕（庚辰本 613）。宝釵への同じような評価の例が『紅楼夢巻』に収められているので、他の批評家のものをいくつか挙げておこう。涂瀛「紅楼夢論賛」、『紅楼夢巻』I、127。話石主人「紅楼夢本義約編」、同書I、181。解盦居士「石頭臆説」同書I、191–92, 195。西園主人「紅楼夢論辨」、同書I、201–2 は、宝釵のずるさ〔奸〕と愚かさ〔愚〕について詳しく分析している。許葉芬「紅楼夢辨」、同書I、229。宝釵に味方するものは少ない。そのうちの一人である王希廉は「人柄がりっぱで才能がある」〔有徳有才〕宝釵に対して「心がせまい」〔心地褊窄〕黛玉を批判する（「紅楼夢総評」、同書I、150）。張新之は、二人の少女をともに批判したあげく、「どちらも望ましい〔少女の〕お手本とはいえない」〔這両種人都作不得〕という結論を下す（「紅楼夢読法」、同書I、155–6）。二人の長所と短所を公平に評価したのが、朱作霖「紅楼文庫」、同書I、160–161 である。さらに野鶴は、他の批評家たちとちがって、宝釵と黛玉に優劣をつけるべきではないと言う（「読紅楼劄記」、同書I、286）。
近代の批評家のあいだでも、二人の評価については同じように意見が分かれる。太愚（王崑崙）は、宝釵を「正統派的功利主義者」、黛玉を「反正統派的情感主義者」と呼んでいる（太愚「花襲人論」、『紅楼夢人物論』を見よ）。兪平伯は、曹雪芹は少女たちのあいだに序列をつけるつもりはなかったと主張する。というのも、「この書物はつねに宝釵と黛玉を平等にあつかい、相対している二つの峰や別の方向に流れる二本の川——それぞれが見事に個性を発揮している——のように描写されている」からだ（兪平伯『紅楼夢研究』112）。韓進廉は、宝釵を封建制への服従者として、黛玉を反封建の反逆者として特徴づける（241）。

批評家のなかには、なおも「兼美」の理論を支持する者もある。宝釵と黛玉は一つの理想美の相補的な二面であると考えるのである。この見方は『紅楼夢』の早期写本に対して曹雪芹の弟である棠村が書いた小序の一つ〔第四十二回〕に示されている。「釵と玉とは二つの名として別々であるが、実は一人の人物なのだ。これが幻筆というものである」〔釵玉名雖二個、人却一身、此幻筆也〕（庚辰本959）。呉世昌は、棠村による批評のうち特にこの一節の背後に潜む根拠に対して、説得力のある意見を示している。それによれば、棠村の評言は他のいくつかの総批と同じように、曹雪芹の早期写本における原案についてのみ該当する。棠村は若くして亡くなったので、宝釵や黛玉の性格描写が雪芹の始めの構想と大きく食いちがってしまった改稿を読むことはできなかったのである。呉世昌『紅楼夢探源外編』182-97を見よ。

(44)　性の政治がこのような美的偏向《バイアス》の歴史的構築に関わることに気づいている人であれば、二人のヒロインに対する個人的な好みを自由に調整し直すことができるだろう。本書であつかう範囲を超えるテーマではあるが、ジェンダー研究の観点から必然的に導き出される興味深い問題のいくつかに、ここでついでに触れておきたい。身体の政治は、特に女性に対して一連の標準的行動を提示するとともに、詩的正義〔文学に見られる勧善懲悪や因果応報〕や世論を条件づけかつ操作する。この観点に立つと、黛玉と宝釵がまきこまれている争いの性質は、すでに示したものよりもさらに複雑な様相を呈する。それは恋愛における争いであるだけではなく、大衆を魅了する力の争いでもあるのだ。黛玉が時代を超えて世論調査における真の勝者であるのは、中国の性の政治による規定のおかげである。その規定によれば、女性に限っては、小さくて弱いものが美しく、犠牲になった者は逆説的な仕方で勝利する。しかし、性の政治が大衆を魅了する力を操作するということを知ってしまうと、黛玉が果たしてそのような政治が引き立てるほどの勝者であるのかどうか、疑問を呈さざるをえない。おそらく黛玉は、宝釵と同じくらい大いなる敗者なのであろう。なぜなら、黛玉は宝玉を失うのみならず、文化の美学のわなに捕らえられてもいるからである。文化の美学は、身体的に弱い女性が実生活という戦いで喫する敗北を、詩的正義という欺瞞によって償うような性の政治を是認するものである。それはあたかも、理想の女性という台座に据えることによって、詩的正義は黛玉の地位を敗者から勝者へと上昇させられるのだと言わんばかりである。

林黛玉崇拝は、このような償いの心理学のすぐれた例である。黛玉こそは、伝統的な中国文学におけるもっとも魅力的な登場人物として称賛を浴びてきた。エリート女性の理想像でもある。したがって、『紅楼夢』において演じられる道徳劇は次のように解釈できる。黛玉が実生活においてライバルに宝玉を奪われたとしても構わない。宝釵ではなく黛玉こそが宝玉の心をとらえており、精神的に一体であるのだから。したがって、つらい目にあい犠牲になっても、黛玉は『紅楼夢』の究極のヒロインなのである。これが十八世紀以来、一般読者によって受け入れられてきた有力な解釈である。黛玉崇拝のシンボリズムの妥当性は、ジェンダーの政治によって提起される問いを避けているかぎり無傷のままにとどまる。実際、そうした問いが急速に増殖するのは、批評の方法論の政治性を重視するような思考様式を採ろうとするときである。そうすると、たとえば、かよわく無防備な美を理想化したり、ライバルを正反対のからだつきに設定したりすることの政治的含意を検討する必要が出てくる。そのような考察によって、わたしたちは厄介な認識に直面することになる。それは、犠牲者がわたしたちの理想の主人公であるという認識である。このような判断基準が政治的無意識に浸透されているとしたら、どのようにすれば何らかの美的あるいは道徳的な評価が可能になるのだろうか。この新しい概念枠組みは、わたしたちを別の方向へ導くような解釈を生み出すかもしれない。黛玉が担っている犠牲者の役割は、別の種類の共感を呼び起こすかもしれず、宝釵の抜け目のない性格への非難も少しは収まるかもしれないだろう。

（45）康来新 60。
（46）第四章の「紅楼夢に始まりはあるか」を見よ。
（47）唐長孺 298–310 を見よ。
（48）仁・義・智・勇の四つの徳の定義については、第二章の「封禅の儀」を見よ。
（49）“Story of Jade” 904 を見よ。
（50）徐守基Ⅳ、28。
（51）Hay 122.

(52) 先に触れたとおり、儒教のイデオロギー支配と対立する思想傾向は、明末に「心学」として知られる王陽明（1472–1506）の学派の展開とともに現れた。この学派は、宋代の哲学者である陸九淵（1139–93）の唯心論を進展させて、客観に対する主観のアプリオリな性質を強調した。主観性の場は心にあるという前提から出発するなら、人は心による認知によってのみ、外にある事物の物理的性質をつきとめることができる。王陽明の認識論的枠組みによれば、心とは「生まれつき具わっている知」（良知自知之）であり、自己画定し自己充足する完全なものである（王陽明Ⅱ、211）。王陽明の伝統においては、心を正すとは、原初の分化されない状態の心とのつながりを取りもどすことに他ならない。程朱の正統学派は儒家の伝統である自己修養への合理的アプローチで知られるが、陸王学派はこのように心の性質において直観知を強調することで、程朱の「理学」からの逸脱を示している。

(53) De Bary II: 196.

(54) 儒教イデオロギーにおいて幼年時代の重要性が認められていないことについては、Jing Wang, "Rise of Children's Poetry" 57を見よ。

(55) 李贄「童心説」368。

(56) 李贄「童心説」370。

(57) 曹雪芹と李贄の思想的親近性は、ふつう考えられているよりも深いものかもしれない。林黛玉が落花を悼む有名な挽歌は、李贄が人生の無常を嘆いて書いた二句、「看花不是種花人」（花を見るのは花を植えた人ではない）と「花開花謝総不知」（花が開いたり枯れたりするのを誰も知らない）を踏まえている。李贄「七言四句」の「湖上紅白梅盛開戯題」と「牡丹時」、『焚書・続焚書』6/243を見よ。

(58) 「瘋」「傻」「呆」という表現は『紅楼夢』の特に第八十回までには頻出する。三つの形容が同時に出てくるのは第七十一回（『紅楼夢』Ⅱ、1014）である。

(59) 孫桐生、張新之（太平閑人はその号）の引用、『紅楼夢巻』Ⅰ、40。

(60) 程偉元本ではこの語は少しちがって「装愚」（愚かなふりをする）となっている。「蔵愚」も宝釵を純粋とは言えない人として描くものだが、「装愚」はさらに敬意を欠いた表現である。程偉元65を見よ。

(61) 「聘義」、『礼記』、『断句十三経経文』133。

（62）「君子」、『荀子新注』408。

（63）荀子は「君子」篇で「節」とは「これ〔先王の道〕を守るために生き、そのために死ぬ」という属性であると定義する〔節者、死生此者也〕（『荀子新注』408）。別の篇にも「このようであれば、士や大夫で節を大切にし、それを守ることに命を捧げないものはいない」〔若是、則士大夫莫不敬節死制者矣〕という同じような記述がある（「王覇」、『荀子新注』187）。

（64）干宝 11/137〔『捜神記』の原文では、男は「雒陽（＝洛陽）県」（現在の河南省）の人であり、「藍田」の語はない。また、小石をくれるのは「一人」（ある人）であって神仙かどうかは明記されない。藍田（現在の陝西省）は古来玉の産地であり、この話が藍田を連想させることはあっただろう〕。

（65）Liu Hsieh, *Literary Mind* 447〔劉勰「総術」、『文心雕龍』〕.

（66）韓非「和氏」（『韓非子集釈』I、238）を見よ。この伝説によれば、和氏は磨かれていない玉〔玉璞〕を見つけて王に献上する。宮中の玉職人はその価値を見ぬくことができずに、和氏が持ってきたのはただの石であると主張した。和氏は足斬りの刑に二度処せられたあとで、やっとそれが本当に玉であることを証明することができた。

（67）葛洪 194（3/18a）。

（68）西洋の紅学家の解釈枠組みについての詳しい分析については、Jing Wang, “The Poetics of Chinese Narrative” 255–68 を見よ。

（69）Wong Kam-ming, “Narrative Art of *Red Chamber Dream*” と “Point of View” を見よ。

（70）Plaks, *Allegory and Archetype* を見よ。

（71）Miller, *Masks of Fiction* を見よ。

（72）「顔淵」、『論語』77。

（73）Ryan 10.

（74）康来新によれば、「愚かな石との親近性という観点から見ると、宝玉はまったくの単純さ、原始の起源に他ならないように思われる」（康来新 234）。

（75）康来新 231。

（76）〔「学記」、『礼記』〕、『芸文類聚』II、83/1426。

（77）「通霊石」についての詳しい議論と定義については、本書第四章の「通霊石と頑石——神知をもつ石と無知な石」を見よ。
（78）Lenin 196〔「哲学ノート」、『レーニン全集』第三十八巻、一六六〕.
（79）たとえば、王孝廉 88-91 を見よ。
（80）「臥閑草堂」、李漢秋 118。
（81）呉功正 596 を見よ。

訳注

〔1〕『西遊記』の作者が呉承恩であるという説は、日本の研究者のあいだではほぼ否定されている。
〔2〕兵法三十六計の一つ。まだその場に留まっているように見せかけて撤退する戦術。ここでは、もともとこの場にいない黛玉を探しているふりをしながらこの場を離れている。

第四章　石の物語——矛盾と制約の諸問題

玉／石の相互作用は、宝玉の人格に内在する深い構造的矛盾を際立たせる。わたしの考えでは、宝玉の性格描写のおもしろさは、その主体性の展開の外的な装置である甄／賈宝玉のシンボリズムにあるのではなく、反転可能な内的分身——すなわち、石である玉——を含む主体という人物像にある。実際、いったん主人公が美男子の姿をとり、神話的起源（すなわち石）への速やかな回帰に抵抗する動的な人格形成に勢いがつくや、わたしたちが目にするのは、石‐玉の不安定な親和性がもたらす緊張から起こる、やむことのない崩壊と再構築のプロセスである。宝玉の主体性を画定することがむずかしいのは、宝玉が無意識に玉と石のどちらかの面を表したり抑制したりするたびに、玉と石の主体位置(1)（＝従属位置）が予想できないかたちで交替するからである。

もっともラディカルな場面では、宝玉の心の内的風景の交替構造は独自の生命を獲得していると言えるほど有力であり、作者‐語り手によって明言される本来的かつ究極的な宝玉の主体位置、すなわち石としての主体位置とのつながりを必要としないように思われる。というのも、その世界観がいかに秩序破壊的であろうとも、『紅楼夢』は超越論的形而上学によって始まりかつ終わるのであり、意味は固定された起源という暗黙の前提から引き出されると定められているからである。地上に逗留している期間を通じて宝玉のアイデンティティがどれほど一貫性のない脱中心的なものに見えたとしても、宝玉がつねにすでに自分がそこから生まれた構造に従属していることは否定できない。宝玉に前もって与えられているアイデンティティとしての石は、石－玉の対話によって引き起こされる構造的再編成の果てしないプロセスを開始し、組織し、最終的には制約する中心と見なされている。それゆえ『紅楼夢』の結末では、玉は青埂峰のほとりに戻り、その形態も本質もついに石に返るのである。

> 別世界の書は別世界の話を伝え、
> 人と石は再びまったき一つのものとなる〔第百二十回〕（*Stone* VI: 373、強調はワンによる）。

> 天外書伝天外事、
> 両番人作一番人（『紅楼夢』III、1646）。

この対句の主旨は、両極の相補性の論理——つまり、現実と非現実、天における石の経験と地上の宝玉の経験とがまったく同一であること——にあるという主張もあるかもしれない。しかし、対句が明らかにしているのは、『紅楼夢』の語りが必然的に複数の叙述として展開するとしても（「両番」は文字通りには「二回」——つまり、石の経験と人としての美玉（＝宝玉）の経験）、最終的な作品としての物語は統一性と均質性の論理を再び肯定し回復しているということである（「一番」はこの箇所では「まったき一つのもの」と訳される）。『紅楼夢』はこうして、展開のプロセスは差異と変化と矛盾が連続する叙述であっても最後にはそれを完結させて終わらざるをえないというパラドクシカルな教訓をわたしたちに与えるのである。

石のアイデンティティが「完成し」「全体化した」ことがどこよりも際立って強調されているのが、最終回で石に再会した空空道人のひとり言である。

「わしが前に石くんのこの不思議な物語を見たとき、これを広く世に伝えようと考えて書き写しておいたが、そのときには未完成で話がひとめぐりしていなかった。まだ石がもといた場所に帰る話はなかったのじゃ」〔第百二十回〕（*Stone* VI: 374、強調はワンによる）。

未完成だったものが今や完成されている。亀裂は調和的な結末によってふさがれているのである。わたしたちは、石は今や生命力を使い果たして峰のほとりに「静かに置かれている(2)」と知らされる。第一回で元気にあふれ、空空道人との真剣な議論に夢中になっていた石とは対照的に、このときわたしたちの目に映る石はその主体性のすべてを脱ぎすてているようである。すでに不動の物体に変わってしまったために、もはや空空道人と会話をすることもできないのだ。逆説的なことに、最後に抑圧されるものは、それまで『紅楼夢』の作者‐語り手があれほど懸命に強調していたもの——すなわち、主体性の観念、そしてそれにともなう異質性の観念なのである。それは静止を拒絶し、閉域（化）という概念に反発するものであった。宝玉の精神遍歴は、量的な蓄積の結果として起こる質的な変化によって突き動かされてきた。しかし皮肉なことに、質的変化が起こった結果わかるのは、それらが始めの質に含まれる退行的動機づけによってすでに帳消しにされていることなのだ。始めの質が不変のものであるために、意味のある深い構造的な変化が起こる可能性をすべて無効にしているのである。

このように考えると、『紅楼夢』は二つの対立する思想をともに映し出していると言えよう。その相容れない二つとは構造主義と脱構築である。宝玉の主体性は絶えず脱構築されているのか、それともすでに先在するのかという問いや、アイデンティティや構造はプロセスや努力を無視して重視されているのかという問いに明確に答えることはむずかしい。『紅楼夢』は意図せずしてアイデンティティ／矛盾の問題を提起しているわけだが、この問題をめぐる数々のパラドクスをすべて解消する答えを見つけるのは無理だろう。そこで、解釈の袋小路を避けるために、そのような未解決のパラドクシカルな観点を認識しつつも、批評家が必然的に扱わざるをえない中心的な問題を別の表現に言い換えることにしよう。上記のような問いを立てる代わりに、『紅楼夢』を自らの限界をドラマ化するテクストを生み出す物語として論じることにしたいと思う。別言すれば、『紅楼夢』は、意味作用の実践としてどれほど意識的に自らを異例のものとして表現しようとしても、やはり伝統が押しつける限界――文化的、文学的あるいは形而上学的な限界――のうえに成立しているという点で例外ではない。この作品を他の凡庸な作品と分かつのは、『紅楼夢』がそのラディカルな基本前提をくつがえそうとする伝統的諸要素を異化するのに対して、凡庸な作品がそれらの存在をよくある自然なこととして当然視するという点である。それゆえに、「根源への回帰」という自明の理が、『紅楼夢』においてはフィクション論理の装いをまとい、それを支持する人による解明を求めるのである。

興味深い点を指摘しておこう。アイデンティティ／根源についての説は、作者－語り手によって意識的に説明される矛盾／異質性の哲学への反撃として表現される。ところが、その説を伝える役割を果たすのは、まさしくその奇抜な外見やラディカルな心性が慣習的知識に背いている人物たちなのである。危機に際して、伝統破壊の限界を思い出させるために慣習的知識を口にするのも彼らである。アイデンティティを回復した石は「もはやうらむことも悔やむこともない」(*Stone* VI: 374)と宣言するのは、空空道人である。脂硯斎十六回残本の第一回ですでに、宝玉は試練が終わったあとで、「またもとの質に返す[3]」と予言しているのは、僧侶である。さらに、甄《しん》士隠《しいん》がいささかの安心感とともに、石の「形と質とが一つに戻った」(*Stone* VI: 371)と締めくくるのも同じように印象的である。出自と単一のアイデンティティについての真実を補強するために、甄士隠は自らの解説の終わりを修辞疑問で結ぶ。「絳珠草が真の姿に戻っているのに、どうして通霊宝玉が帰らないわけがありましょうか」

(*Stone* VI: 371)。起源・均質性・全体性へのノスタルジー——中国において疑われることが稀であった文化的・宗教的神話であり、正当化する必要もないほどよく知っているテクスト——が、ここでは裏返しにされ異化されて、幻想文学のフィクション論理の装いとなっているのである。

『紅楼夢』において空空道人・僧侶・甄士隠が体現している象徴的立場についてよく考えてみると、これらの人物が、均質性の真理や出自の優先の理想的な代弁者であるのはきわめて妥当である。というのも、三人は人間世界の時間・空間図式を超えた人物として、彼ら自身が均質的であり全体化されている——存在と知識の「源泉」かつ終着点そのものである——からだ。三人はそれぞれに先在するある本質を象徴し、変化することなく、正当化を必要としない。空空道人が自らの「人格」形成を二組の対句のうちに完成させるのも奇跡と呼ぶには及ばない。円環を描くその行程が「色」「空」「情」[4]といった形而上学的範疇を巡りゆくのは一つのアレゴリーであって、それは差異化を行わない心によって一気にとらえられなければならない。矛盾を茫漠とした連続体へと分解し溶解するこの心の状態は、時間・空間・プロセス・努力といった概念を無にする思いがけない解釈学的飛躍によってのみ到達できる。最初は傷つきやすい人間として登場する甄士隠でさえも、同じ硬直化のプロセスに従っている。名前に与えられた象徴的意味から見ても、甄士隠は決して現実の人物としてとらえるべきではなく、「隠された真実」の人格化にすぎないと想定すべきなのだろう。

これらの人物たちに超自然的なオーラを授け、神話的地位を与えることによって、『紅楼夢』は、彼らが伝えるメッセージ——源泉と統一性の特権的な地位という、まさに伝統的な形而上学的観点そのものを伝える言葉——を「ドラマティック」なものとして際立たせることに成功する。そうすることで、作者‐語り手はそれが伝統であるという見分けがつかないようにして、本来なじみ深いものであったイデオロギー的制約をフィクションに変えるのである。この点にこそ『紅楼夢』の新しさと曖昧さがある。物語自体は伝統によって押しつけられた限界に気づかないわけではないが、このディレンマから抜け出す唯一の方法が重荷を強みに変えることであるとわかっているのだろう。伝統を馴致することはできないとしても、その形を変えることはできるかもしれない。こうして、まさに変容という行為において、『紅楼夢』は自らの限界を利用し、それをドラマに活かすのである。

したがって石の物語である『紅楼夢』は、いくつかの場面で自らの限界をドラマ化することのできる物語ということになる。物語は明らかにどうしようもない制約に縛られており、宝玉に今にもやってくるかと思われる解放の瞬間を、アイデンティティの形而上学のドラマティックな復活によって抑圧の瞬間に変えてしまう。『紅楼夢』がそこから解放されることを求めているような概念や価値に結局はとらわれてしまうというのは、何とも皮肉なことである。しかしそれにもかかわらず確実なのは、文化的制約を問題化し、それを真実だという要求も証明もできない虚構に変えてしまう異化のプロセスが、抵抗できないほどの魅力にあふれていることである。

制約の問題を探究するために、ここで『紅楼夢』における閉じ込め enclosure の中心的装置について検討しよう。この小説は、始まったのと同じように、すなわち最初の石の神話とともに閉じるのであるから、宝玉の最初かつ最後のアイデンティティ——石という本質——は、『紅楼夢』に内在する構造的限界についての議論の焦点になる。したがって、『紅楼夢』のうちで、石のイメジャリーをドラマ化し、その絶えざる変化の可能性を浮き彫りにする試み以上に注目を集めるものはないであろう。石に具わる象徴的属性をその極限にまで拡張することによって、『紅楼夢』は、制約であるように見えるものが自らの法に限界をもたない虚構に変容しうることを、つかの間であれ示しているのである。

三生石——生まれ変わりの石

『紅楼夢』において、石のドラマ化された形態は、「三生石」と「通霊石」という二つの重要な隠喩として展開してゆく。三生石は、たまたま第一章に一度出てきたのだが、決して動機のない表現として見落とされることがあってはならない。テクストにおける存在感は薄いかもしれないが、もう一つの隠喩〔＝通霊石〕が登場する暗黙のコンテクスト——いわば概念枠組み——としてはたらいているからである。

さらに指摘しておくべきなのは、二つの隠喩が、程度は異なるがいずれも石の精神性という概念と関わるために、石－意識という軸で交差するということである。通霊石は自動的に第二の隠喩——「頑石」の隠喩——を含んでいるのに対し、三生石の内的風景は、「今生」「前生」「来生」という三つの異なる空間／時間図式を包含する。以下の分析においてこの二つの隠喩を検討すると、テクスト相関性とドラマ化のあいだの緊張関係を目の当たりにすることになるだろう。それは具体的には、重層的に決定されたものと偶発的なもののあいだ、制約とうまくつきあう行為とフィクションという幻影を創造する行為とのあいだの緊張である。

三生石という隠喩は、仏教の転生の教説をフィクションによって説明するもので、石の精神的な力を信じる原始の神話／民間伝承に由来すると考えられる石－記憶という概念の具体化である。古代の石伝説のあらゆるところで、石のシンボリズムにはエネルギーの布置が見られる——生殖能力をことほぐ豊穣神話に始まり、石の鏡〔石鏡〕、うなずく石〔点頭石〕、その片割れであるもの言う石〔石言〕などの民間伝説に至るまで。これらのモチーフは、石が「地の精髄」であり「気の核」（気之核）[5] であって、高度に凝縮された心的／精神的エネルギーから知性を生み出すこともできるという古代の思想をめぐって展開する。

息を表す「気」や精神と精髄の両方を表す「精」への言及がしきりに喚起するのは、中国の美術や文学などエリートの伝統によって大切にされ不滅のものとなった石のイメージであり、「エネルギー原理」との関係に比べて「エネルギー物質」との関係は薄い。石の気高い精神性に注目した、岩の絵画という一つの独立したジャンルさえあり、孤独な画家や作家は石の精神との交感を求めた。(6) 鄭板橋《ていはんきょう》は熱心に不格好な石を描いた。鄭板橋と曹雪芹はともに石の愛好者であり、グロテスクな形の岩や石に自己イメージを投影したのである。(7) 岩を称賛する多くの伝説のなかでも有名なのが、宋代の風変わりな画家米芾《べいふつ》(1051–1107)と「石兄」(石の兄さん)(8) の精神的絆についての逸話である。

「石兄」という語は曹雪芹の時代までに、少なくともエリートのあいだではよく知られるようになっていた。したがって、空空道人が同じ呼称で女媧石にあいさつしたことは、(9) 米芾のような石の目利きたちに尊重され受け継がれてきた石崇拝が部分的に復活したことに比べれば、小さな出来事だっただろう。文人と魂の交感を続ける岩は、必然的にペルソナを獲得し、そのペルソナは、息の長い民間伝承と結合する。それは、石の鏡、成長する石〔長石〕、もの言う石などの伝説に由来する、石の萌芽的な知性という民間伝承である。そしてさらに、達磨の岩やうなずく石のような高い精神性という性格と並んで展開してゆく。他にも、悟りと涅槃の概念を、石窟と関連づけたり、阿羅漢や行者がその上で坐禅をする岩と関連づけたりした宗教的な伝説・絵画がある。(10) 石の文学的ペルソナは何世紀もかけてゆっくりと形成され、当然ながら美的・大衆的・宗教的な石の精神性のシンボリズムを組み入れる。『紅楼夢』の女媧石は、知覚をもつ存在であり高い認識能力を授けられているという点で、この三つの精神性の縮図であると言ってもそれほど的外れではないだろう。

しばしば気がつくのは、石が意識をもつ生きた存在であるために、『紅楼夢』の凡庸な人物たちのありふれた考え方が皮肉なものに見えるということである。アイロニーが特に痛烈であるのが第百十三回、紫鵑《しけん》が、宝玉の黛玉への真の愛情を改めて認めることで、宝玉と感情的に和解するという場面である。

> 林のお嬢さまがあの方と結ばれなかったのは本当におかわいそう。そういう縁には定めがあるものなのね。そのときが来ないうちはみんな愚かにも妄想をたくましくしているけれど。いざ土壇場になっても、愚か者にはわからないし、情義の深い人でも風や月に向かって涙を流して悲しむしかない。死んでしまった方《かた》はご存じないでしょうけれど、生きていらっしゃる方の苦しみと傷みは終わりがないんだわ。いっそ草木や石ころのように知覚がないほうがまし。どんなにさっぱりするでしょう（*Stone* VI: 255、強調はワンによる）。

「知覚がないほうがまし」。確かにそうだ。紫鵑の見方の皮肉な意味合いは、石の定めについての世俗的理解と神話的理解のあいだの齟齬をわたしたちが認識していることだけから生じるわけではない。もっと複雑なレベルで、神話－民間伝承の石へのテクスト相関的参照を行う読者と行わない読者とのあいだに存在する知識のずれにも依拠している。神話－民間伝承の石は、紫鵑が当然だと考えるのとは正反対のもの——精神知をもつ完全に意識的な存在——を体現しているのだから。

　これから三生石と通霊石の象徴としての布置について考察することになるが、そこには意識と知識という概念が大きく立ちはだかる。そこでまず、『紅楼夢』のなかで、紫鵑には思いもよらないような石のペルソナが紹介されるもう一つの重要な場面をざっと見ておこう。それは脂硯斎七十八回残本〔庚辰本〕の第十八回、時あたかも大観園は貴妃を迎えるために大わらわである。そのさなかに突如として女媧石が現れ、話の本筋を離れてふと、自分こそが石の物語のフィクショナルな語り手であることをわたしたちに思い出させる。

このときわたくしは思い出しました。昔あの大荒山の青埂峰のほとりにいたころ、あそこの光景は何と荒涼として寂しかったことでしょう。もしもかさかき頭の僧とびっこの道士がわたしをここへ連れてきてくれなかったら、どうしてこのようなすばらしい人の世のありさまを見ることができたでしょう。(11)

石のひとり言が、思い出したことを語るという霊知を前提とするものであることは疑いない。ここにあるのは、自己意識をもち、記憶し想起する能力ゆえに、過去と現在とのあいだに意識的に自らの主体位置を立てる石－語り手である。この主体は、歴史をもっており、過去に照らして現在を理解しつづけるからこそ、語ることができる。実は、石の自伝叙述が依拠するのは自分の過去についての「歴史的」意識に他ならない。

女媧石の位置づけの問題は、空間的には石と玉との中間として捉えられるが、その時間的出現は三生石の隠喩に関わっている。わたしの考えでは、三生石の隠喩は、『紅楼夢』における石の意味作用のもっとも興味深い可能性を理解するための鍵を握っている。「三生」は転生の概念に基づく仏教語で、円環的な生まれ変わりを象徴的に規定する。三生石の典故は、袁郊の著作に記された、李源と僧侶の円観との永遠の友情についての話である。(12)その伝説によれば、円観は亡くなる前、友人に、十二年後の中秋の夜に再び会う運命であると告げる。定められた日になり、李源はたまたま一人の牧童に出会う。牧童は因縁の不思議についての歌をうたっており、それは「三生石上旧精魂」（三生石の上の昔の魂）という句で始まる。牧童は円観の精神的ペルソナとして友人にあいさつしに来たのであり、自分の正体は李源の古い友人であった僧侶の生まれ変わりに他ならないと打ち明ける。このように、三生石は転生のシンボリズムを負わされて、古いものと新しいものの、死と生の、そして過去と現在の連続体を含むような記号となっている。

しかし、テクストを精読すると別のこともわかる。袁郊が記している生まれ変わりの話は、瞬間的なもの（現在）を過去の基本計画に従属させてしまっているために、三生という概念の根底にある時間性のラディカルな含意を表現することに失敗しているのである。この話における時間性の位置づけは、絶えざる移行の原理に従うことのように思われるにもかかわらず、それは本質的に、過去の固定した枠組みから逸脱することは決してない。この伝奇テクストのもっとも興味深い点は、「念」（Smrti 記憶）という厄介な仏教語に対する単純すぎる解釈――「フィクションによる再コンテクスト化」と表現したほうがいいだろう――である。

多くの学者が指摘するように、生まれ変わりの教義には反論の余地がある。というのも、「無我 anattā」（すなわち、別の生にまたがって存在する不変の実体や自己はない）の概念が、同じように有力な仏教の考え方である「変化する意識の連続性」(13) と矛盾するからである。このような考え方を理解するには「念」の概念と「アーラヤ識 Alayavijnana」（第八識。蔵識とも言う）との理論的含意について知る必要がある。玄奘の『成唯識論』(14) はこれらの語に次のような定義を与えている。

念とは何か。

それは心が物事や出来事や経験したことをはっきりと記憶して一つも忘れないようにする法（dharma）である。その特別なはたらきは、定《じょう》〔三昧〕（samadhi）を支える基礎として役立つことである。なぜなら、それは経験されたことを絶えず思い出し記憶して、決して想起に失敗することはなく、それによって定を導くからである。経験したことのない出来事の念はありえないし、もしも経験したことをはっきりと想起できないなら念も生じない。(15)

原因と見なされるために、第八識は一切種子《しゅうじ》識 sarvabījaka と呼ばれる。あらゆる種子を授けられ具えているという意味である。一切の諸法の種子を失うことなくしっかり保持し、記憶することができるのである。この識を離れると、他の法は万物の種子を記憶することはできない。[16]

この説明の土台は、根本となるアーラヤ識〔第八識・蔵識〕という概念であり、そこに「念」や「法の種子」が存在する。アーラヤ識は一連のものとして推移するが、連続的に見えるとしても決して均質的と見なしてはならない。

思うに、円観の生まれ変わりが「均質性」という誤った印象を喚起するところに、「三生」という仏教概念が伝奇小説においてフィクション化された痕跡を認めることができる。というのも、仏教で一般的な考え方は、実体の同一性を抜きにした人格の永続性（ジャータカではブッダのさまざまな転生として示される）であるのに反して、袁郊の話に登場する牧童は自分が誰の転生であるかを明言し、そうすることで、生まれ変わりと記憶のパラドクスを支えている曖昧さを傷つけているからである。『成唯識論』の説明は、わたしたちの目覚めた意識における「記憶」の戦略的位置を考えようとする場合には、あまりはっきりしたことを教えてはくれない。上記の「念」の定義は明らかに、三昧の実践との密接な関係を示している。それによって、過去生の想起は瞑想の苦しいプロセスをともなうものであり、悟りに至った者だけが蔵識から念の十全な力を放出できるという教えを説いているのである。実のところ、「念」すなわちカルマ（業）の記憶は、凡人に天賦の能力として授けられているものではなく、悟りに至った者の精神修養の成果と見なすべきなのである。『成唯識論』のダルマパーラ（護法）の説によれば、在家にとっては、第五識までは念を「ともなうことが可能で」、それは「かすかな想起」として現れる。一方で、スティラマティ（安慧）によれば、五識は決して念をともなうことはなく、「五識は過去の対象を回想することなくつねに新たな対象に向かうので、それ［念］は存在しない」[17]。『成唯識論』では、こうした解説のあとすぐに、人が悟りの境地に至ったときにのみ五識は「念」の力を完全に含みかつ放出するという主張が続いている[18]。このような説明はすべて、「カルマの記憶の痕跡」についてのわたしたちの通俗的な理解を裏付けてくれる。俗人でも、悟りに似たはかない瞬間に感じることがある痕跡。それらは無意識のうちに貯えられ、悟りに至らない者にとっては「説明できないじれったい記憶、意識が忘れても心の深いところにずっと取りついている不安な夢の余韻[19]」として経験される。

以上を踏まえると、唐代の話で牧童が何の苦もなく過去を思い出すのは、ありそうもないこと――円観が悟りに至ったこと（この話が決して伝えてはいないテーマ）――を誤って示唆するのみならず、そこを通過するあいだに過去の意識が現在の存在［牧童］の意識に変換される両価的な通路を、直ちに閉ざしてしまうことになる。現在の存在の意識は、過去の存在からではなく、過去の存在に含まれていた諸因によって引き出されると理解するべきである。それゆえ偈に、「一でもなく、多でもない。相続の連結から起こるのだ[20]」というのである。これを念頭に置くならば、牧童がカルマの記憶を鮮明に蘇らせていることに、疑いの目を向けたくなるだろう。それはアイデンティティの問い（すなわち、牧童と僧侶は同一である）を前面に出して、つながった「連続体」の状態といういわく言いがたいイメジャリーを損ない、中間地帯としての「通路」をめぐる仏教神話の理論的挑戦を骨抜きにしているのである。牧童がやってきて、僧侶の言葉づかいとはっきりした意識によって古い友人にあいさつするとき、現在は過去と一体のものとされている。現在の意味を過去の意味のうちに求めようというのであり、未来へと進むことは食い止められる。袁郊は「三生」という語を用いるものの、「三つの生」という時間図式は二つの生へと縮減され、本来時間性の慣習に反するはずであった概念のもつラディカルな意味を奪うことにおいて、『紅楼夢』に先んじているのである。

『紅楼夢』第一回でわたしたちに告げられるのは、あてもなく遊びまわっていた女媧石が、今や神瑛侍者の姿となって霊河のほとりにやってきていることである。そして、「三生石のそばに美しい絳珠草を見つける」のだ（*Stone* I: 53）。『紅楼夢』におけるこの石への言及が袁郊の「三生石」という相関テクストを思い出させることはたやすい。袁郊の「三生石」が転生を象徴していたからこそ、『紅楼夢』が三生石に言及したときに、直ちにその意味がわかるのである。わたしたちは即座に、これはカルマの因縁についての物語であろうと予想できる（ただし、仏教の「識」概念を知っている読者であれば、テクスト相関的な観点から、三生石が暗示するさらに理論的な構成概念すなわち「カルマの記憶」（念）にも認識が及ぶだろう）。そしてさらに、亡くなるときの円観のように、二人――この場合は石と花――の来生での再会を予測できるのである。このテクスト相関的メカニズムについて、特に説明は必要ないだろう。中心となる相関テクストが容易に特定できるだけでなく、より重要なこととして、『紅楼夢』においてもほとんど内容の変換を経ることはないからである。

だが、わたしのこの隠喩への関心は別のところにある。すなわち、テクスト相関性のはたらきが自明であることにではなく、それとは逆に、三生石の両ヴァージョンがいくつかの隠れた相関テクストと複雑な対話を続けるテクスト相関化のプロセスが存在し、その結果として、「石」と「三生」という二つの語彙素の結合が十全な意味単位として成立するように思われるところに関心があるのだ。したがって、わたしが心を奪われるのは、円観伝説の表層－相関テクストをきっかけとする宗教的シンボリズムではなく、三生石と石伝説テクストの相互作用なのだが、それらの石伝説テクストは直ちにこの隠喩に影を落とすわけではない。民間伝承の石がどのように三生石の文学的シンボリズムへとテクスト相関的置換を果たすかという検討を始める前に、まずこのシンボリズムの時間構造を分析しておくことにしよう。後で見るように、時間構造こそは、「三生」と「石」という二つの語が出会い、「三生石」という隠喩を生み出す中心点だからである。

「三生石」という隠喩の内的論理は、「今ここ」を同時に後ろにも前にも延長する限りない時間的・空間的内容を前提とする。この隠喩の生命力は、通時的な意味での前進、ある決まった瞬間から次の瞬間への絶えざる移行に依拠している。生は一つの場所に根を下ろしているのではなく、連続体のなかを前へと移動する。それはある種の流動性を獲得し、死からその決まった境界線を取り去るだけでなく、ふつう死の概念がともなっている終着点というコノテーションを無効にする。誕生と死という一次元的な図式の代わりに、三生石は誕生／死／生まれ変わりという円環を導入する。しかも、この円環は永続するということらしい。したがって、理論的には、僧侶の円観は次から次へと別の人になると仮定することができる――今は牧童だが、次はたとえば漁師になる。輪廻はアイデンティティの反復ではなく、三つのペルソナを相互に結びつけるカルマの種子の移動である。確かなのは、どのペルソナも始まりに戻ることはありえないということである。なぜなら、輪廻の論理によれば、純粋な始まりは存在しないからである。ところが、円観の話はそうしたラディカルな可能性を具体化したものではない。本来のアイデンティティという問題は、解消されるどころか大きく立ちはだかる。とらわれなく次々と別の人になって、円観のアイデンティティと後に続くペルソナのアイデンティティとのあいだの固定した境界線をなくしてくれるのではないかという期待は裏切られてしまう。

伝奇テクストを相関テクストとして引きあいに出すことで、『紅楼夢』における三生石の隠喩も同じフィクショナルな構成概念であり、三生のシンボリズムのラディカルな含意を放棄するものであることがわかるのだが、これは意外なことではない。一方で三生石は、本来の仏教概念としての三生に暗に含まれる通時的な時間秩序の痕跡を残している。仏教概念の三生では、確かに過去は現在に消えない痕跡を残すが、それは移行して自らを別の形式に、しかも逆行できない形式に変換する。理論的には、円観はもはや僧侶の円観ではない。別のアイデンティティへと移行したはずなのである――とらわれのない牧童であり、ただ無意識に前の生とアイデンティティの記憶を保持していることは、曖昧な歌詞が示しているとおりである。過去は現在へと移行し、さらに現在は未来へと移行する。歴史そのものに境界線がないのと同じように、三生という仏教の理論的構成概念は、無限に向けての果てしない移行を示しているのである。しかしながら、霊河のほとりの三生石は、そのような破壊的な考え方を導入することはない。かつての伝奇の相関テクストと同じように、三生石は自己に束縛され自己完結したイメージとして現れ、逆説的に、自らの境界線のうちに内的無限を蓄積させている。その境界線は、現在・偶発的なもの・経験的なものよりも過去——平板化され封印された時——を、意味を決定する特権的な中心として尊重することによって確立される。それゆえ、仏教概念の三生が、現在が過去とのあいだに維持しているいわく言いがたい関係を浮き彫りにするのに対して、三生石から展開する物語は、過去の現在に対する強力な要求を認可する。実は、『紅楼夢』におけるこの認可の行為は、円観の話で起きていたことよりも一歩前進している。円観の話では、現在の意味は抑圧はされるものの完全に過去に包摂されるわけではなかったからである。思い起こせば、意味作用の連鎖のなかに場所を割り当てられていたのは、僧侶（過去のアイデンティティ）ではなく牧童（現在のアイデンティティ）であった——円観の予言は、牧童の歌の引用がなければ結局のところ意味を持たない。すなわち、現在が過去に依拠しているのと同じように、過去の意味は現在において歌われる歌という準拠枠に依拠しているのである。それとは対照的に、『紅楼夢』における三生石の隠喩は、意味生産の別の戦略を提示している。この隠喩は、現在が自らの存在の根拠を追求しながらも過去に戻ろうとしないことに疑いの目を向けるのである。宝玉の人生がどれほど既定の時間・空間図式を超えて展開するとしても、過去がはっきりと思い出され理解され、文字通りの意味でもとに戻るのでないかぎり、宝玉は無意味で空虚な主体にとどまるだろう。宝玉の苦しい試練は、前生／過去の経験——夢で太虚幻境に行ったこと、さらに遡って三生石のそばを歩いていたこと——の失われた記憶を回復するためのものなのである。『石頭記』〔石の物語〕とは、宝玉が空《から》になった器に少しずつ意味のある過去の記憶を注ぎ入れるプロセスの隠喩である。三生石の隠喩に深く埋めこまれているために、宝玉の人格構造や精神的探求は、すでに決定されているだけではなく、以前のもの——青埂峰のほとりでの自らの過去——と完全に一体化しているのである。

「生まれ変わりの石」（三生石）は、『紅楼夢』における他のどんな装置よりも、存在の始まる瞬間へと現在をさかのぼらせる歴史的‐哲学的観点を引き出すものである。この隠喩によって約束される前進運動は、逆戻りしようとする動きによって絶えず阻まれる。自らの歴史的編成を強く意識するにもかかわらず、三生石は逆説的なことに、自らの革新的な歴史観——三生という宗教的概念に埋めこまれた観点——を無効にしてしまう。歴史を、贈ること・根拠づけること・開始することという古い三つの意味において定義し確立するからである。このフィクショナルな隠喩にはゼロ度が存在する。すなわち、流れとしての歴史概念——最初に仏教哲学者たちに三生という用語を作ることを思いつかせた概念——とは相容れないたんなる開始点が存在するのである。

白話小説の象徴装置として、三生石は、先に与えられたものの重要性とその内容に言及する必要性を絶えず思い出させるはたらきをする。現在という時間・空間図式はつねにどこか他の空間を含んでいる。地上における宝玉の人生がわかりにくさに包まれていて人を当惑させるのは、その指示対象が別の場所にあるのだが、宝玉がその場所に気づかないかぎりそのままであるからだ。この別の舞台は、石の神話上の居場所あるいは太虚幻境のいずれかの装いをまといながら、意識されることなく存在する。『紅楼夢』のドラマとしてのおもしろさの多くは、そのもう一つの舞台の探求、より正確には無意識への入口の探求にある。

興味深いことに、そうした入口はほとんどつねにトラウマ経験とともにある。多くの場合、それは宝玉の明晰で目覚めた知性の象徴である玉の下げ飾りが、わけもなく行方知れずになることと関連している。しかし誕生玉がなくなることは外的なからくりにすぎず、それだけでは隠された／抑圧された過去／無意識の全光景を引き出することはできない。わたしの考えでは、自分の意志で思い出すという行為を通してこそ、宝玉はついに、過去のもう一つの舞台と「今ここ」とをつないで後者に意味を与える特権的な地点に接近することができるのである。

思い出すという行為には、物語をそれが始まった場所に連れ戻し、それによって語りの行為に早すぎる終わりをもたらしかねない力が潜んでいる。おそらくそのために、物語が結末を迎えるまで、『紅楼夢』には回想の場面があまりない。とはいっても、物語の始めのほうに一つ忘れられない場面がある。それは、宝玉には触媒の助けを借りなくても自らの神話的過去の記憶を、断片的であれ保持する才能が授けられていることを示すものである。第三回で宝玉が初めて黛玉と会ったとき、二人はともに既視感に襲われる。黛玉は「あまりにも見慣れた感じがする」(*Stone* I: 101) ために驚いて宝玉をじっと見つめ、宝玉のほうも「この子の顔はとてもよく知っていて、長いあいだ会えなかったあとでまた会えたような気がする」(*Stone* I: 103)。この「不思議な親近感」の控えめではあるが豊かな表現は、宝玉の精神遍歴の終わりにかけて再び現れて、過去の十全かつ無条件の回帰と、過去による現在の意味の奪取を知らせる合図となる。

「不思議な親近感」の謎。この自己矛盾する意味構成は、第百十六回でついに解明され解決されるのだが、それは、いわば宝玉が意識的にもう一度過去に入ったときのことである。というのも、無意識が、すなわち太虚幻境という夢の中の現実が、人間意識の言語と知覚によって解読されるやいなや、謎は解け、象徴はその別世界の魔力を使い尽くし、「不思議な親近感」の不思議さは自動的に存在理由を失うからである。この回が展開するにつれて宝玉は、知っていたはずだが忘れていた人々や場面に出会う。それが刺激となって、言葉では表せないという感覚に根ざした自らの感情的曖昧さから徐々に抜け出すのだが、これはきわめて論理にかなったこと言えよう。ところが、不思議に思われたことに一歩ずつ再び慣れるために、宝玉はあらゆる意識的な努力をし始め、それにつれて、「不思議な親近感」が解き明かされるプロセスは勢いづくのである。この太虚幻境への再訪において、宝玉は「今、ぼくには運命のはたらきをもっと知るときが来たようだ」(*Stone* VI: 285) と強い自己意識をもって決意する。この決心のあとに続く出来事の一つ一つによって、宝玉は長い間忘れていた記憶の完全な回復へと少しずつ近づいていく。「金陵十二釵正冊」の入った大きな戸棚が目に入ると、宝玉は突如、「ぼくは前にもこんなところに来たことがあるぞ。思い出した、夢の中だ。小さいときに見た夢の場所にまた来られたなんて何て幸せなことだろう」(*Stone* VI: 286) と気づくのである。そして正冊を手にすると、今度は早く思い出したいとじれったく思う言葉が口から出る。「確かにこれを見たことがある…見たはずだ…ああ、もっとはっきり思い出せたなら」(*Stone* V:287)。

この時点から、現在の自分の存在やこの生の意味はどうでもよくなり、宝玉は思い出すという行為に精神活動を集中させる。太虚幻境の夢から目覚めると、宝玉は今や過去によって現在を規定し理解するしかない。そうするために、宝玉は別世界でどきどきしながら経験したことを「細かく思い出す」(細細的記憶)(『紅楼夢』III、1588) 行為にふけるのである。宝玉が完全な記憶を取りもどすのが、正冊に記されていた惜春の運命らしきものを思い出すのと同時であるのは偶然ではない。

あわれ名家の令嬢が、
独り青灯古仏のもとで眠る。

宝玉はため息を何度か漏らさずにはいられませんでした。またふと一枚の蓆《むしろ》と一枝の花の詩句を思い出して、目はじっと襲人を見つめながら思わず涙を落とすのでした。みんなは宝玉が笑ったかと思うと泣くのを見て、どういうことかわからず、また例の病気のせいだと考えました。あに図らんや人々の言葉は宝玉に悟りをもたらし、その結果、夢で盗み見た冊子の詩句をすべてしっかりと思い出していたのです（*Stone* VI: 296、強調はワンによる）。

未来の予想——惜春が尼になることや襲人が宝玉への愛に背くこと——は、抑圧された過去を思い出すことを通してのみ実現されうる。過去はそのあとに来るものすべての源泉とされ、現在はすでに過去に含まれ専有されているために、真正な現在は存在しない。しかし、忘れてはならないのは、宝玉の想起する能力が全面的に目覚めることのもつ宗教的意味である。宝玉のカルマの記憶の完全な回復は、悟りの瞬間と同時なのだ。「三生」や「念」に含まれる宗教的次元は、『紅楼夢』において再コンテクスト化され、二つの概念本来の仏教的コノテーションとは矛盾するかもしれない別の解釈の可能性を開くことになる。それは、人が記憶力をはたらかせることは現在に対する過去の力を強めることに等しく、現在は未来へと移行することもできず、時間は現在で止まってしまうという解釈である。皮肉なことに、石が自らの過去を意識するやいなや三生石の表す時間の推移は終わりを迎える。石はもとの場所へと退くことで自分に戻るからである。したがって、『紅楼夢』の結末は、宝玉の誕生玉、記憶、本来のアイデンティティという三つの回復 recovery と同時である。

『紅楼夢』は最後に、三生という宗教的相関テクストの時間‐空間パラダイムを再編成する。前進する時間の概念を抑圧することによって前面に出されるのは、存在のきわめて空間的な見方である。三生石の神話が『紅楼夢』の結末に向けて円環を閉じようとするとき、宝玉は自らの存在を始めから見る。過去・現在・未来の三生を一度に見るのである。そうすることで、宝玉はこの隠喩を通して自らを客体へと変換する。無関心で明らかに非人間化された傍観者となって、時間性がその危険と可能性とともに解消された完全に予測可能な光景を見るのである。(21)

『紅楼夢』における三生石の隠喩は、時間から――より具体的には、物語の出発点で作者－語り手によって提示されるような特権的な始まりから――逃れることはとても考えられないということを示している。この隠喩は、閉鎖や閉域の観念を補強することによって、また時間性に対して空間形式を特権化することによって、潜在的にはラディカルな仏教の宇宙論の、馴致され大衆化されたヴァージョンとなっている。

『紅楼夢』の冒頭での三生石へのあたりさわりのない言及は、二つの生にまたがり、暗に第三の時間的空間――未来――を約束しながら最後にそれを頓挫させる物語にとって、微妙な、実のところほとんど気づかれないようなコンテクストである。以上の議論の多くは、三生という概念によって表される完結することのない時間的次元をめぐるものであった。残る問題は、きわめて宗教的なこの概念がどのようにして石という語彙素と結合して意味を成すことができるのかということである。

概念－レトリック装置としての「三生石」は二つの項から成る。一つは明らかに象徴的な項であり、もう一つは、一見したところでは内容がない、実は内容が抑圧された項である。つまり、第二項の「石」は、第一項と同じように強い力のある記号表現であるとはいえ、それを用いただけでは、第一項の象徴的配置に正確に対応はしないまでもせめてそれを補完するような象徴的内容のスペクトル全体を直ちに喚起することはできない。「石」がここで三生の意味という重荷を載せる空《から》の媒体として現れることは、石伝説という一群の相関テクストが世の中から忘れられたしるしである。一方で、「三生石」という意味単位が当然のものとされ、文学批評家――伝統的な批評と近代的な解釈の両方――の注意をほとんど引かなかったことは、次のような重要な認識をもたらすであろう。それは、この組合せには直ちになじみ深く自然に思われるところがあり、それに比べると類似した他の組合せである「三生木／金／玉／珠」は笑止千万、まったく受け入れられないということである。逆説的ではあるが、批評が三生石という言葉に注目しないことは、中国の読者たちが何世紀にもわたって、三生石の隠喩において石が発する象徴的コードを図らずもつねに受け入れて理解してきたことの証明なのである。

それでは、宗教用語である三生とのつながりをフィクショナルではあるが知的な構成概念にするにあたって、石にはどのような意味作用の可能性が与えられているのだろうか。『紅楼夢』のなかから、ある重要な場面、それによって、石伝説のうち、この問題に特に関係する意味作用の連鎖がどのようなものかが明らかになる場面を見てみよう。第九十八回、錯乱した宝玉は、茫然自失の精神状態のうちに自分が黛玉ではなく宝釵と結婚したことを認識する。意識を取りもどしたあと宝玉は、黛玉がどこにいるのか教えてほしいと言う。こともあろうにこの重大なときに宝釵は、ショック療法によって宝玉が正気を取りもどしてくれればと思い、だしぬけに黛玉の死を知らせる。この知らせがもたらした戦慄と耐えがたい苦痛に耐えきれず、精神的に衰弱した宝玉は再び意識を失って昏睡状態に陥る。そして、宝玉の魂は黛玉の魂を探して死者の世界へとさまよい込むのである。そこに着くと、宝玉は陰司の使者に出会う。使者は、宝玉がここで黛玉を探すのは「むなしい自己欺瞞」だとあざわらう。黛玉は死すべき存在〔＝人間〕ではないのでその魂を地獄で見つけることはできないと言うのである。精神を修養すればいつか天界で黛玉と再会することもあるだろうと宝玉に助言を与えたのち、使者は「袖から石を取り出して宝玉の胸に投げつける」(*Stone* IVI: 373)。まさにこの瞬間、宝玉は直ちに人間界に引き戻されて目を覚ますのである。

宝玉が紅塵へと戻ってくるのが、わけのわからない石の魔力によってであるのはおもしろい。女媧石の伝説という壮大な神話図式のなかに置くと、このちっぽけな小石は、宝玉をある場所から別の場所へと即座にたやすく移動させるための偶発的なフィクション装置にすぎないように見えるかもしれない。しかし、石によって主人公が時間と空間を移動できるというのは、本質的に、『紅楼夢』の作者‐語り手の恣意的な構想に帰することのできない記述である。そのようなものとしてこの記述を片づけてしまうことは、儀礼‐民間伝承の石が引き起こす一連の意味作用を抑圧することになるだけではない。それは、この記述が、石についての他の多くの記述と維持している微妙なつながり、それらの記述が「相互的理解可能性」のネットワークに加わる限りにおいて意味のあるものとなるつながりを無視することでもある。要するに、第九十八回における使者の小石のコンテクストは、いくつもの別の神話から――三生石の神話や、石伝説のテクスト相関的変種の数々から――構成されているのである。

多様な相関テクストのあいだの意味作用のつながりを見つけるのはたいへんな仕事である。わたしたちはおそらく、『紅楼夢』についての本書の議論に直接関連するヴァージョンを取りあげるだけで満足すべきだろう。手始めにこの第九十八回に見られる石のヴァージョンを取りあげよう。それが、石の触媒機能という単一の意味単位から構成されていると考えられるからである。変化をもたらす力として、この挿話における石は、多くの民間伝説や儀礼を想起させる。それらにおいて、石は変化の媒体（雨乞いの儀礼における石の象徴的な鞭打ちや石牛）であるか、あるいはそのような変化の最終結果（塗山石や石女）である。触媒のイメジャリーのなかでは、石は二つの場所のあいだの位置を割り当てられ、変わりやすいもの（雨を降らせる石）と永遠なるもの（化石のような石女）が交差する地点に曖昧に配置される。石がその意味作用の空間のうちに二つの相反する記号を組み込んでいるのは、まさにパラドクスと言える。石は不変性の表象（文字を刻んだ石碑も石女も時間や歴史の腐食に抵抗し、それが担っている言語メッセージの不動の連続性を保証する）であると同時に、移行と変化の潜在的な信号でもある。雨乞いの石を鞭打つことで、変化を起こすという石の潜在能力を目覚めさせるように、地獄の使者が石を投げることは、宝玉が別の場所に入るきっかけとなるのである。石室や石窟が参入者のイニシエーションの舞台として特に好まれるのも偶然ではない(22)。原始の文化においてもフィクションの記述においても、石は触媒としての神話的オーラを持ち続けながら移行の魔力を発揮するのである。

もちろん、石窟と墓のシンボリズムとの関連に触れずに、移行の概念を論じることはできない。実際、よく主張されるのは、祖先たちが神格化された物体として石に敬意を払ったのは、旧石器時代にさかのぼる石崇拝が残存していたことを示しており、その時代には石窟が人の住居であるとともに死者の埋葬地であったという説である。中国の上洞人〔北京郊外の周口店で発見された化石人類〕は自分の住む洞窟のなかで埋葬儀礼を行った。(23) 石窟は生者と死者との収斂点という奇妙な位置を割り当てられた。そしてこの移行のシンボリズムにこそ、「三生石」の一見したところ関係のない二つの意味的成分である「石」と「三生」との接触面を見いだすことができるのだ。

第九十八回で宝玉を地獄から寝室へと送り返す石はこの意味で、三生石の隠喩の相関テクストとしてとらえるべきである。なぜなら、二つの記述はともに、時間的な再配置と新たな方向づけのフィクション版を提供しているからである。ただし三生石の隠喩の場合には、再配置はつねに出発点への回帰を意味するのである。それぞれの記述において、本書で石伝説と呼んでいるテクスト相関的ネットワークが大きな影を落としているのは、このネットワークは、たとえ所与の各テクストにおけるその具体的な位置をわたしたちが意識しないとしても、すでに決まった場所に存在しているからである。こうしたテクスト相関的参照は、二種類の意味の置換を明示するうえで役に立つ。一方で、わたしたちは三生石の隠喩と民間伝承の石との対話を変化の記号として理解することができる。しかし、だからといって、後者を反転させたイメージ——石碑や石女のような不変の記号——が三生石の意味生産に与ることがないというわけではない。この二番目の種類の意味の反響を認識することが特に重要なのは、それが石伝説と特定の文学テクストとのテクスト相関性を、一次元的な対応関係という機械的モデルの制約から救い出すからである。

移行と不変という対立するシンボリズムは、それぞれ雨乞いの石と文字を刻んだ石碑として具体化され、三生石のフィクション空間を同時に行き交っている。このことは、意味が相同的な意味レベルのあいだだけでなく矛盾する意味レベルのあいだの相互作用によっても生産されることを示している。三生石の変転するイメジャリーとは対照的に、固定した静的な記号である石碑が、それにもかかわらず三生石とのテクスト相関関係を表すのは、過去の痕跡を保持しているからである。石碑には、記憶すること、とりわけ過去を刻むことという深く染みこんだ歴史的義務があり、それを基礎としてこそ歴史的意識の強力な記号となる。そしてこの意味でのみ、石碑を三生石の鏡像と見なすことができるのである。三生石の隠喩が過去の記憶を留めているのとまさに同じように、石碑はすでに書き記された過去が触知可能なかたちで現前していることの具体的な証拠である。しかもそれは決して、時代遅れのものとして封鎖されたために意味が空っぽになったたんなる過去ではない。それどころか、解読を要求し、また逆説的な仕方で再‐創出されることを要求する謎めいた過去なのである。まさに過去の神話のニュアンスを三生石が帯びていることによって、この隠喩のなかに、民間伝承の石碑のかすかな存在を認めることができるのだ。もっと具体的に言うなら、石碑の予言者的な特徴を考慮してこそ、三生石の隠喩が過去という時間図式を特権化することも意味をもつ。なぜなら、過去が予言めいた謎としてとらえられるときにのみ、それは記憶され、解読され、現在を説明するものとなるからである。

この点について、『紅楼夢』には、考えるべき石のイメジャリーのもう一つの変種《ヴァリアント》がある。それは他ならぬ石の記録〔＝石頭記〕そのものであり、空空道人に向かって正確に写しとるようにと要求する。石の記録は、一つの石碑であると同時に、二つの時間的・空間的舞台にまたがる存在である神話の石についての物語である。したがって、民間伝承中の文字を刻んだ石と三生石の隠喩との接点であると述べてもかまわないだろう。石の語る物語がすでに石の記録として書かれているという事実は、三生という時間的円環の完成の機先を制している。というのも、主体である石自体がすでに凍結した歴史記録に刻まれているからである。そのうえ、まさに記録は書き写すことしかできず変更することはできないために、あとに続くすべての原点と考えられる。この観点から考えると、三生石の第三の時間的次元である未来は、過去への回帰、石がそもそもの始まりにおいて自らの上に刻んでいることへの回帰である。

石碑のテーマは重要であり、全面的な検討に値する。『紅楼夢』と『水滸伝』の両方において、石碑が語りを終結させる装置であるという問題については第六章で論じることにしたい。現時点で留意しておくべきことは、曹雪芹の石の記録が一連の意味作用を含んでおり、それらが三生石のテクスト相関的空間や、謎めいた碑銘のある民間伝承の石のテクスト相関的空間を行き交っているということである。

通霊石と頑石——神知をもつ石と無知な石

『紅楼夢』は三生石の隠喩のおかげで、宝玉が経験する過去との決別をパラドクシカルな回復として描くことができる。三生石は最終的には運動の時間的連鎖という自らの論理を損なうことになるのだが、ともあれ二つのものがこの隠喩に力を与えている。一つは『紅楼夢』では十分に展開されないとはいえ、変化の可能性という観念であり、もう一つは、石が何らかの知識や意識をもつという民間伝承の相関テクストの再‐創出である。そうした意味作用の基礎のうえにこそ、三生石の隠喩は、頑石や通霊石のシンボリズムに対する不在のコンテクストとして現れることになる。というのも、頑石と通霊石のシンボリズムが演じるドラマは、三生石に内在する意味作用の可能性の静かで不透明な戯れを、変化の動因の点でも認識能力の点でも余すところなく見せることになるからである。

頑石と通霊石のシンボリズムは『紅楼夢』のもう一つの隠喩装置であるが、これまでほとんど批評の対象とならなかった。一般読者にとっては、それはまちがいなく空想的なものであって、『紅楼夢』というフィクションの枠組みのなかで解釈される場合にのみ意味を持つ。しかし、清代の批評家は、頑石という隠喩が点頭石（うなずく石）という有名な宗教伝説に対してテクスト相関的言及を行っていることを知らないわけではなかった。おそらく、曹雪芹の時代の文人エリートの世界では石伝説はよく知られており、頑石の隠喩の相関テクストの存在を指摘するのはまったく余計なことに思われたであろう。

> 宝玉は頑石である。僧侶と道士が三回も目覚めさせようとしたのだ。何とうなずくのが遅いことよ〔何点頭之晩乎[24]〕。

『紅楼夢』へのこの批評において、二知道人は紛れもなく民間伝承の相関テクストである点頭石の名を挙げている。曹雪芹の頑石の記述と「点頭」のシンボリズムを関連づけることで、二知道人は「うなずく石」という源泉テクストを、そしてそのついでに民間伝承の石に具わる悟りの可能性を、明らかにしているのである。この洞察力のある批評に含まれているのは、頑石と通霊石――「無知な」石と「悟った」石――の逆説的な同一性、より具体的には反転可能性である。

「うなずく石」は、それでもなお『石頭記』における不在の相関テクストでありつづける。あるいは、『紅楼夢』の頑石の隠喩は、より早い時期の点頭石の相関テクストを含んで別の装いを帯びていると主張できるかもしれない。また、さらに重要なこととして、点頭石を「通霊」（神霊性に達する）と命名しなおすことでその象徴内容をはっきりさせているとも考えられよう。頑石／通霊石の隠喩の象徴的メカニズムは『紅楼夢』の宗教的・形而上学的観点の理解にとって非常に重要である。そこで、まず「通霊」というわかりにくい言葉の意味範疇について入念に考察してから、それがどのように重要なのかという分析に進むことにしたい。この言葉の意味をしっかりとつかむことができなければ、点頭石が通霊石に置き換えられることに潜むフィクション論理が理解できないだけでなく、『紅楼夢』における通霊石の象徴性もほとんど理解できないからである。

「通霊」という語は、晋王朝（A.D. 165–420）の風変わりな画家－知識人であった顧愷之の伝記に登場する。ふざけて顧愷之の絵画の一つを盗んだ友人の話を信じるなら、顧愷之は「自分の画巻に宿る不思議な魂は神霊の域に達しているので、物質性を変化させて地上を去ってしまったのだ」（妙画通霊、変化而去）[25]と言い切ったという。このテクストの「通霊」の概念は、二つの領域――人と神――の存在を示しているだけでなく、両者の交感の可能性も示し、さらにその交感が、当該の対象の地上的な物質から天上の実在への変換によってのみ実現することを暗示している。「通霊」が別の語彙素の修飾語として、たとえば「石」のようなそれ自体すでに「天と地の媒介」という同位態を含む（民間伝承の石の分析の箇所で既述）語彙素の修飾語として用いられるとき、「通霊」という語は、霊的交感という概念を補強することになる。また、媒介の機能を変換の機能へと交替させ、そうすることで点頭石のシンボリズムを十分に明確なものにする。なぜなら、点頭石のテクスト、正確には「点頭」という語自体を、宗教的・非宗教的コンテクストのいずれにおいても意味のある指示内容にしているのは、自覚的に変換を遂げたということを伝える、石自身による信号であるからだ。[26]

『紅楼夢』のコンテクストにおけるこの変換する石という隠喩に関しては、一連の問いを立てることができるだろう。まず、通霊石は何から変換したのか。次に、この変換の特徴は意味論的にはどのように表現できるのか。言葉を換えれば、それは単純な意味の反転であると規定されるのか、それともあらゆる二分法の概念パターンを圧倒するようなものとして規定されるのか。これらの問いの答えとまではいかなくても手がかりを探すためには、「うなずく石」の相関テクストに戻ってみるのがいいだろう。「頑石点頭」という表現は、今や多様なコンテクストで用いられる周知の慣用表現であるが、四字のなかに石の変換する前のペルソナ（つまり頑石）があるだけでなく、このペルソナと点頭石（頑石が変換された先にあるもの）が矛盾した関係にあることも表している。さらにその延長として、点頭石が頑石の反転したイメージであることも示唆していると言えよう。しかし、この議論をここで打ち切りにするわけにはいかない。あわてて結論を出すと、「頑」という文字がほのめかしている多様な意味作用の可能性が、正しく評価できなくなるからである。「頑石」と「通霊石」のあいだの意味変換がどのようなものかという問題は、これらのイメージの文学的・象徴的意味を細かく検討しない限り、実りの多い議論にはなりえない。「通霊石」の意味論的布置の考察に次いで、今度は対のもう片方のイメジャリーである「頑石」に目を向けることにしよう。

「頑石」への言及があるのは第八回、宝釵が初めて宝玉の美玉をよく見て、そこに刻まれた文字が不思議なことに自分の金の首飾りの文句と対になっていることに気づく場面である。宝釵が玉の文字を読み始めると突然作者の声が介入し、この美玉は実は「大荒山は青埂峰のほとりにあった無知な石の化身〔頑石的幻相〕なのです」[27]とわたしたちに告げる。まさにこの重要な箇所で、石の本性とその神話的起源について述べる詩が挿入されている。石は半透明の玉であったが「時の運に恵まれずして光を失った」〔時乖玉不光〕(*Stone* I: 189) というのである。不透明さ〔濁〕のシンボリズムは、宝玉が分身である甄宝玉に出会う第百十五回のエピソードにも再び現れる。主人公は分身に向かって、粗野な濁った石であると自己紹介するのである〔弟是至濁至愚、只不過一块頑石耳〕(『紅楼夢』Ⅲ、1573)。この宝玉の自画像は、「頑石」の一つの象徴的仮面――鈍さすなわち輝きの欠如が、愚かさを意味する――の絶妙な表現である。

『紅楼夢』で宝玉の性格を描写している箇所をざっと見てみると、「頑石」のイメージがほめ言葉ではないというわたしたちの見解は、ますます補強されるだろう。宝玉にはしばしば「ばかな」「まぬけな」「ぼんくらな」「がさつな」など、愚者のシンボルにつきものの形容詞が用いられる。このシンボリズムをさらに一歩押し進めるために、くだんの石は、ときには「蠢物」(愚かもの)[28]というさらに下等な形容によって指示されることさえある。しかし、「頑」という語の意味の多価性は、それを安定した語彙素へと切りつめようとするすべての試みに抵抗する。ルシアン・ミラーが *Masks of Fiction*(『フィクションの仮面』)で指摘するように、それは「いたずら好きな」(頑)というコノテーションを組み入れてもいるからである。[29]ミラーは、宝玉の愚かさが「宝玉の恥辱への鍵であるとともに栄光への鍵」[30]であり、愚者が「想像力・直観・感受性の象徴」[31]であると認識することによって、この形容の根底にある曖昧性を最もうまく説き明かしている。確かに、「頑」の意味を物語のなかで繰りかえされる他の二つの語――「愚」と「濁」――のコンテクストにおいて考察することは重要である。ただし、「頑石」のシンボリズムは、それが「愚かさ」と「手に負えないいたずら好き」とのあいだで占める境界的な位置も考慮に入れなければ、十分に力を発揮することはできない。

　以上のことを述べたうえで、ようやく「頑石」と「通霊石」の動的な関係についての検討に入ることができる。まず留意しておくべきなのは、この二つの石のイメージのあいだの関係は主として変換の関係であるということであり、その「変換」は必ずしも前の範疇の完全かつ最終的な反転を意味するわけではないということである。おそらく上述の議論からも、「頑石」の意味が曖昧であるために、一方から他方への変換が本当に完結して不可逆的なのかどうかが予測しにくくなっていることがわかるのではないだろうか。ここで、もう一つ別の批評を見てみるのがいいかもしれない。それは洪秋蕃によるもので、その見解は、「頑石」対「通霊石」という大雑把な論理を超えるある種の洗練を示している。「[宝玉は]初めは頑石であった。鍛錬の過程を経て通霊[石]となったのである。さらに〔もう一度〕魔法のような変身を遂げて神瑛侍者となった。ゆえに無分別／無知でない〔不頑〕ことは明らかである[32]。この批評の曖昧さは、最後の句に表れた、「頑石不頑」（無知な石は無知ではない）と要約できるパラドクスにある。それが暗示するのは、変換を経験する最初の範疇がすでに自らのうちにその鏡像を含んでいるということである。このようなパラドクスは、完全な意味の反転という理論に直ちに疑問を投げかける。そのうえ、「頑石」の変換は決して「通霊石」のイメジャリーとともに完結するわけではない。先ほどの洪秋蕃の見解は、もとの範疇から一度ならず変換が行われる可能性を前提としている。「頑石」から「通霊石」へ、「通霊石」から神瑛侍者へ、というわけである。結果的に、二つの石のイメージの左右対称的な対立が持ちこたえられないのは、変容の道筋が予測可能な両極パターンに従うのではなく、回り道をするからである。したがって、今論じている変換の特徴は、通霊石を頑石の完全な反転と考えるような二分法的な布置を超えているだけではない。それは、通霊石が最終版――凍結された最終結果――として確立しうるという考えをまったく受けつけない。最初の範疇の内容の反転が成功したからといって、絶えざる変換の流れを止められるわけではないのである。

実のところ、もっと大雑把な解釈であれば、「頑石」と「通霊石」が正反対であることを前提として、頑石は通霊石ではないもの――すなわち、「知識」と「意識」がひどく欠如している存在――であると仮定するだろう。しかし、そのような両極の対立図式が罠であることは、必ず明らかになる。僧侶が女媧石に最初に出会ったときの曖昧な言葉を思い出すだけで、「霊」と「蠢」との弁証法的関係を理解することができるだろう。「おまえ〔石〕は霊性を授けられているものの、見かけはこのようにまぬけじゃ」〔若説你性霊、却又如此質蠢[33]〕。確かに、「頑石」に独特の「精神的混濁」は、「通霊」なる石に含まれる「神的知性」とは正反対のようである。ところが、宝玉が一時的な愚鈍さと直観的洞察力とのあいだにはまり込み、その内的自己の鏡像に愚者が映っているのとちょうど同じように、「頑石」もまた二つの対立的なニュアンスを統合しているのである。それは「粗野な愚かさ」と「わんぱくでいたずら好き」である。「頑」のこの境界的な意味合い――どちらかを選ぶことはできない――は翻訳では表現するのがむずかしい。翻訳の便宜のために作った「無知な石 unknowing stone」という語句は明らかに、「頑石」という隠喩の変換衝動に組み込まれたトリックスターのコノテーションを十分に伝えきれていない。

「通霊」の定義についても、同じような困難が待ち受けている。二つの文字〔「通」と「霊」〕が表す意味の全範囲を数少ない言葉でまとめて表すことはできないからである。たとえば、周汝昌は「霊性已通」（『紅楼夢』I、2）という語句を解釈するために四つの異なる属性を列挙している。「知覚」「意識」「思想」「感情」[34]の四つであり、それぞれが「通霊」という語彙素に内在する意味の一つのニュアンスを示している。「頑石」という影のイメージを「通霊」という語彙内容に統合しようとすると、問題はさらに複雑になる。「頑石」という語との変換関係という点から見ると、論理的に考えて、「通霊」の訳語はその関係を裏付けるコノテーションを組み込んでいなければならない。「悟りを得た石 enlightened stone」のような単純な言葉では、「霊的」「神的」「自己意識」「変化する」といった指示内容を包含するには不十分である。これらの指示内容はすべて、見たところ生命のない物体 object がある種の霊的なオーラをまとい（顧愷之の絵が思い出される）、神霊と交流する力を授けられ、その結果として天の思惑を知る力を授けられた主体 subject へと変化するという基本概念をめぐって展開する。このようにして、「神知をもつ石 stone of divine intelligence」が、「通霊」の一つの訳語となりうるのである。[35]この訳語の意味が豊かであるのは、訳語の内に、それが関係するはずのもう一つの隠喩である「頑石」の意味内容への暗黙の指示を含んでいることによる。

ここで問題となっている指示は、「頑石」に含まれている愚者のシンボリズムに対するものであり、さらに具体的には、頑石の性質として知られている「無知」に対するものである。しかし、先に触れたとおり、愚者の表象をトリックスターの表象と切り離すと、「頑」の概念の意味作用の力を損なうことになってしまう。ではここで「頑石」が問いかける意味の謎《パズル》へと戻り、ある存在が意味の両極のあいだでどっちつかずであるとはどのような意味なのかと問うことにしよう。微視的には、「頑石」の意味作用領域の特徴である意味のパラドクスは、頑石／通霊石の変換論理と関係づけることができるだろう。そこで、民間伝承とフィクションのいずれにおいても石のシンボリズムの核心となっているもの、すなわち過渡的状態 liminality の隠喩の考察に入ることにしよう。

過渡的状態（リミナリティ）としての石

石に豊穣を祈る儀礼を知っている者であれば、『西遊記』において石の卵が裂けて石猿が誕生する場面に、あの生殖力をもたらす石の影を認めないわけにはいかないだろう。果てしない運動を期待させ、それ自体が変化の権化である石猿のイメジャリーには、確かに禹の石や塗山石や子授け石とのテクスト相関性を指摘することもできるだろう。だが、孫悟空が民間伝承の石のアイデンティティをかなり明確に表している一方で、『紅楼夢』の青埂峰のほとりの女媧石は、豊穣の石の性質をほとんど共有していないようである。赤霞宮でのエピソードを除いて、豊穣の石の特徴がこの仲間はずれの石のペルソナに消えることのない痕跡を残すことはなかったようである。石は女媧神話という主要な相関テクストから離れて、豊穣なる五色石という天につながれたイメージからどんどん遠くへとさまよっていってしまうのだ。

『紅楼夢』の石が民間伝承のアイデンティティを脱ぎすてる行為には曖昧なところがある。一方で石は、原始の神話の石の影を完全に捨て去ることは決してないとも言える。すなわち、生命を与える石との暗黙のテクスト相関性が、この物語の神話論理の根底にある欲のテーマのうちに反響しつづけているし、情根としての堕ちた石は、高媒その他の古代の石の豊穣儀礼の控えめな性的表現のこだまであるとも考えられる。しかし他方では、『紅楼夢』の石の魅力は、生殖のシンボリズムへのテクスト相関的参照にあるというよりも、「頑石」と「通霊石」という変換する隠喩にある。

自己意識をもつ通霊石というイメジャリーは、実は、意識を持たない生殖細胞から長い道のりを経て進化してきたのである。『紅楼夢』の物語が展開するにつれて、わたしたちは、女媧石が、癒やしや宇宙エネルギーといったシンボリズムと結びついた神話－民間伝承の石から新たなフィクションのペルソナへと変貌を遂げるのを目の当たりにする。このペルソナは、対立するのでなければ交替する二つの装いを身につけており、「頑」と「通霊」がそれを示している。石をめぐって展開するのは、もはやその豊穣をもたらす能力というテーマではなく、知識のパラドクシカルな性質や知るという曖昧な行為というテーマである。パラドクシカルであるのは、「無知」と「知性」が、移行状態を表す概念メタファーであるからだ。『紅楼夢』の随所で宝玉は、愚鈍なときと悟りのときとのあいだの移行状態を引き受ける。これほどではないが、『西遊記』での孫悟空の取経の旅も同じように、知識と悟りの問題と格闘している。いずれの場合も、民間伝承の石の生殖能力はあっという間に、石自体による認識能力の懸命な探求によって圧倒されてしまうのである。

『紅楼夢』と『西遊記』は長きにわたって、数々の境界線を崩壊させる物語様式の見本として、もっともよく知られた作品であった。その境界線とは、人間と動物、神仙の領域と怪物の領域、神話言説〔ミュトス〕と模倣言説〔ミメーシス〕、そして最終的には儒教・仏教・道教のあいだのものである。これらの境界の表象様式に加えて、わたしは宝玉と悟空の両価的な精神構造に具現された境界性の最後の一組——石の思考様式——を含めたい。半分は天界、半分は地上の存在であり、半分は動物あるいは無機物、半分は人間である二人の主人公たちは、境界的存在として交替する両面を見せてくれる。意識と無意識のあいだの危うい平衡状態のうちにとらえられながら、宝玉と悟空は、知と無知のパラドクスに基づいて、二声の曖昧さとともに語り続ける。『紅楼夢』と『西遊記』の神話論理の根底にあるのは、もっとも粗野で無知なものが同時にもっとも知的であるというパラドクスなのである。宝玉の物語がそれ自体の謎を解き明かすにつれて、わたしたちは始まりが終わりを隠していることに——「通霊」の種が愚かな女媧石の粗野なイメジャリーにすでに含まれていたことに——気づくことになる。石の認識能力の考察はこうしてわたしたちを、石のシンボリズムが喚起する特定の思考様式へと導いてくれる。それを過渡様式と名づけることにしたい。

文化人類学においては、参入者の境界的地位は「過渡的段階 liminal phase」として知られており、通過儀礼のもっとも重要な段階と見なされている。limen という語はラテン語に由来し、文字通りの意味は「しきい」であって、儀礼の主体が移行を果たす期間を示している。このとき儀式の主体は、社会構造において、始めのほうの決まった地点は通過したがまだ新しい地点には至っておらず、子宮や墓を象徴するような環境に属している。[36]過渡的なペルソナは二つの意味をもち、分類をすり抜ける曖昧さを呈している。「過渡的状態にある人は取るに足らない存在である。法・伝統・慣習・儀式によって定められたいくつかの場所のどこにも属さないどっちつかずの状態なのである。そういうわけで、彼らの曖昧で不確定な属性は、社会的・文化的移行を儀礼化している多くの社会で、豊かで多様な象徴によって表現される。たとえば、過渡的状態は、死・子宮のなかにいること・不可視性・暗闇・両性具有・荒野・日食や月食に喩えられる」[37]。過渡的状態の属性は、思春期の儀礼などのイニシエーション儀礼の特徴である。これらの属性は、レヴィ＝ストロースの説、すなわち、野生の思考には現代人になじみ深い心的特性（たとえば二項対立）を喚起する力があるという説を補強するものと言えるだろう。原始的な部族儀礼についての研究は、儀礼の主要な構造特性がいくつかの二項関係の交差として整理できることを明らかにしている。(38)

儀礼に関わるさまざまな象徴にも、同じように二項構造や過渡的状態の両価性が見られる。ミルチャ・エリアーデとエーリッヒ・ノイマンは、古代の象徴に切り離すことのできない二項対立が共存していることを、原始の無意識の未分化な一体性の顕現であると考えている。(39) ヘビは男根の象徴でもあり、女性のウロボロス性の象徴でもある。洞窟は大地の子宮でもあり地下の墓でもある。(40) ジェド柱はグレート・マザーのみならず、オシリスが太陽［太陽神ホルス］を産む原理も象徴する。五大元素や植物のシンボリズムも、原初の全体性の両性具有的性格を共有している。

神話‐民間伝承の石はこのような過渡的存在の一つであり、二つの対立する属性グループのあいだで揺れ動いているのである。石伝説を論じたときに、ある語彙素における二項対立の共存の結果として、意味の逸脱が起こることがあると指摘した。たとえば、五色石は固体の性質と液体の性質をもつ。雨乞いの石はしばしば陰石と陽石とが一組で存在し、降雨祈願の儀礼での機能も反対である――一つは天からの水を引き出し、もう一つは抑える。塗山石や近代の石女伝説は、豊穣と不毛のあいだに意味の相互作用を生み出す。さらに、うなずく石は、「頑」と「悟」、沈黙と言葉（うなずくという「身体言語」）のあいだの過渡的存在であった。

神話‐民間伝承の石の象徴的多価性を表す変種《ヴァリアント》はそれぞれ、静と動、天上と地上の相互作用から引き出される。それゆえに、民間伝承の石は潜在的に過渡的な性質を帯びており、意味の固定した極のあいだで「どっちつかず」の移行的特質を呈している。石に具わる相矛盾する特質は、次のような一群の二項分割として表現することができる。

豊穣／不毛
聖／俗
沈黙／言葉
愚／賢
固体／液体
静／動
天／地

神話－民間伝承の石の過渡的状態と宝玉や悟空の境界的特質とのあいだを行き来すると、テクスト相関性の事例をいくつも見つけることができる。右に挙げた対立項は、この二人の登場人物の精神構造において、複雑な、ときにはラディカルな変換を果たすことになる。次々と反転しうる「頑石」と「通霊石」、甄／賈宝玉、石と玉――対のどちらかの項がもう一方より高い地位にあるわけではない――は、アイデンティティや統一性の慣習をつかの間だとしてもくつがえし、(41) 散種するという過渡的状態の特徴、民間伝承の石が有することで知られるこの特徴を強調するのである。

民間伝承の石がそれ自体強力な過渡的存在であることは、頑石／通霊石のパラドクスに二重の尖鋭性を与えている。『紅楼夢』そのものが、異端者である主人公に体現された境界的存在の肖像および称賛であると考えられるだろう。実は、第一回に見られる石自身による石の記録〔＝石頭記〕の評論は、新しいフィクション形式の擁護であり、さらに重要なこととして、道徳的・社会的制約との決別宣言でもある。語りの論理と新たな道徳的感受性という二つの点で、『紅楼夢』は見捨てられたものや周辺的なものの主張を擁護するのである。

『紅楼夢』の冒頭で女媧があの石を使わずに放っておくところからすでに、境界的なものが大いに注目されていることが見てとれる。型《パターン》の作成は残余を生み出し、秩序の形成はつねに残骸を生じる。破れた天の型が補修されて宇宙の秩序が回復されたとき、石は山のふもとに横たわって、神に見捨てられたもの、ふさがれた天から排除された異物、卑しさと神聖さの混合物としての曖昧な存在を引き受ける。細かく見ると、石が自らの言説を擁護しているのは、それ自体の価値に対する確信とレトリカルな自己嘲笑とのあいだで揺れ動く奇妙な論理[42]に基づいてのことである。作者-語り手は、石の記録の起源をばかばかしいものにする一方で、その編者が十年にわたって記録を集めて骨身を惜しまず努力したと述べる。それによって、二つの矛盾するメッセージを伝え、わたしたちはその記録を読むとき、「意味」と「無意味」のあいだで絶えず視点を交替させることになるのである。

ヴィクター・ターナーその他の構造主義の立場をとる多くの人類学者たちは、社会的習俗のコンテクストにおける境界的存在の重要性について考察してきた。過渡的状態には「地位が高い者は低い者が存在しなければ高くないし、地位が高い者は低いとはどういうことなのかを経験しなければならない[43]」という意味が含まれているという基本教義に基づいて、彼らは境界的役割につきものの弱者の力のパラドクスについて解説する。民間伝承や文学のなかから過渡的人物の例(ほんの一部を挙げれば、「聖なる乞食」、「三男坊」、「うすのろ」、よきサマリア人、『ハックルベリー・フィンの冒険』の逃亡した黒人奴隷ジム)を示しながら、彼らは、弱者がまさにその下等で法に守られないという地位によって、その埋め合わせとなるような力を強めていると述べる[44]。したがって、貧しい者や異形の者にはしばしば異常な精神力が授けられ、俗世でのつつましさを超えて霊的な高みへと引き上げられる。そして、構造化された社会ではしばしば、度外れた道徳性を顕示したり、創造力あふれる人間性の象徴となったりするのである。

高いものと低いもの、俗と聖、霊的なものと地上のものが交替する経験を含むこのような弁証法的プロセスは、居場所のなさという中間地帯を通って低いところから高い存在世界へと旅をする宝玉の精神遍歴の特徴でもある。そもそもの冒頭から、宝玉の前身――却下された女媧石――は中間的な地帯《トワイライト・ゾーン》に住まうものである。僧侶の注意を引く程度の価値はあるが、天を補修するために女神に選ばれるほど十分に立派ではない。この両価性のオーラは、愚鈍さと神知を代わる代わる具現化する宝玉に物語の全体を通じてまとわりつづける。低所から高所への宝玉の移動は、ゆっくりと前進はするものの、頑石と通霊石という相互依存的な二つのペルソナのあいだで絶えず行ったり来たりを繰りかえす。宝玉が一つのペルソナから一時的にもう一つのペルソナに移行するのは、「弱者の力」の表れであり、過渡性のはたらきによる弁証法的運動なのである。

『紅楼夢』において、過渡的状態としての頑石／通霊石の隠喩を発動させるとともに、ある意味で具体化している、もっともわかりやすい場面の一つが第一回に見られる。実のところ、始まりの観念への反感を表す作者–語り手が公言する本来の意図には関わりなく、「始まり」はなおも意味が固定される特権的な場所を示すのである。このエピソードで甄士隠は、夢うつつの没我状態のなかで僧侶と道士が「愚かもの」について話しているのをふと耳にし、話題になっているのは何なのかと尋ねて、「通霊宝玉」の四字が刻まれた美しい玉を見せてもらう。ここでわたしたちは、頑石と通霊石のパラドクシカルな同一性を知ることになるのである。それは、二つのイメージの対立関係――闇（「光の欠如」）と光の隠喩、精神的な鈍感さと霊性の隠喩に基づく対立――と矛盾するように思われる奇妙な相関関係である。

こうして、対立のパラダイムは、過渡性のパラダイムによって影が薄くなる運命にある。対立のパラダイムは、完成を引き延ばしつづけるプロセスを手っ取り早く済ませようとするがうまくいかないからである。頑石と通霊石のあいだの変換移動は、一回きりの不可逆的な全面的移動ではなく、労力を要する多様な運動が特徴であると言える。『紅楼夢』が繰り広げるのはまさしく、この二つの石のイメージのあいだで行ったり来たりする長々しく予想のつかないプロセスなのである。頑石／通霊石のシンボリズムが投げかける謎は、実はもっと簡単な言葉で要約することができる。すなわち、愚かであったり利口であったりすること、より正確に言えば、愚かであると同時に利口であることは、何を意味しているのかということである。

この問いの重要性はもちろん過渡的存在の意味にかかっており、より具体的には、過渡的状態がまさにそのつかみどころのなさゆえに意味生産を可能にしているという点にかかっている。『紅楼夢』の場合には、そしてやや尖鋭さに欠けるが『西遊記』でも、宝玉と悟空の精神的探求——どちらの物語でも、中心的ならずとも特権的ではある意味作用の場——の有効性は、まさしく過渡的状態の概念に依拠しているとわたしは考える。換言すれば、過渡的状態が、探求の可能性と性質を（結果までとは言えないにせよ）予め条件づけ方向づけているのである。

象徴という点から言うと、まず始めに頑石と通霊石それぞれの過渡的な属性——生まれつき愚鈍でいたずら好きであること〔頑〕と、俗界のものでありながら神霊と交流する力をもつこと〔通霊〕——が、頑石のドラマティックな遍歴をもっともらしいものにする。それ自体の領域をもたない精神界で繰り広げられる遍歴を詳細に叙述できるのは、範疇の連続体としての過渡的状態と、それが暗に保証する無限の物語空間のみである。過渡的状態の論理だけが、精神遍歴というモチーフが文学における空間性の布置に対して投げかける要求に、本当の意味で対応できるのである。語りという点では、過渡的状態という概念は、対立する諸範疇の登場と相互作用を可能にする。そして逆説的なことに、精神遍歴の最終的な完了に向けての局所的な触媒も提供する。すなわち、高と低、俗と聖、愚者と賢者、そして頑石と通霊石といった相補的対立に起こりうる大総括の触媒である。

ここで、宝玉の探求というフィクショナルな構成概念において過渡的状態の概念が占める戦略的位置をざっと見ておくと助けになるだろう。また、過渡的状態の象徴コードつまり頑石／通霊石の隠喩が、「愚かさ」や「知性」といった非象徴的語彙として具体化されうることについて理解を深めておくといいだろう。

地上における遍歴のあいだずっと、宝玉の認識能力は矛盾という形をとって現れる。悟りの儀礼が完了する前の宝玉は、狂気と正気、謙遜と傲慢、愚劣と知恵のあいだの境界を通過している。介在するこの過渡期には、数々の「情」の試練をくぐり抜ける。「色」と「死」の影は、事あるごとに宝玉の鼻をくじき、宝玉自身の精神力を通じて彼に、つかの間ではあるが、弱者の力を示す。さまざまな試練の経験は、通霊石の眠っていた神聖性を目覚めさせることになり、同じように重要なこととして、不思議な頭の回転の速さを発揮させることになる。しかし、それは大抵、頑石の隠喩に埋めこまれた対のもう一方、すなわち愚者のシンボリズムによって打ち負かされる危険にさらされるのだ。『紅楼夢』の他の登場人物たちの目から見ると、宝玉は同時に聡明でありかついかれているし、知的でありかつ分別がない。[45] 始めのほうの回では、宝玉の矛盾する二つの魂への言及——頑石と通霊石のパラドクスを具体的に表現するための人物造型の装置——が実に何度も繰りかえされる。

しかし、宝玉の無謀さや愚鈍さの圧倒的にネガティヴな描写——「瘋瘋傻傻」「憨頑」「痴頑」などの言葉で示される——は時折、別の観点によって埋め合わされる。それは警幻仙女がもたらす観点で、自己欺瞞に陥った死すべき存在たち〔=人間〕への評価にとって、強い権威とならざるをえない。思い起こされるのはたとえば、警幻仙女が「宝玉が聡明に生まれついている」のを知っているため、「天の秘密が漏れることを恐れて」急いで正冊をパタンと閉じる場面である（*Stone* I: 135–36）。[46] 両極的な言葉の反転可能性は、その反転の実現が遅延すること——仙女の「おばかさんはまだ悟れないのね」という嘆きに表れている——とともに、いかなる過渡性の構造にとっても重要な二つの文法的特性である。この点で『紅楼夢』は、過渡性のプロットとしての遅延（たとえば、宝玉が正冊をすっかり読んでしまわないようにする警幻仙女の打算的な衝動）を際立たせようという最初の動機にもかかわらず、そのラディカルな含意を証明するには至らない。遅延の衝動は、宝玉が疑いなく不可逆的に通霊石へと変化する最後のクライマックスの瞬間のなかへと、溶解され解消してしまうからである。いったん「明敏さ」が決定的な根拠を（再）獲得すると、「鈍感さ」との絶えざる対話は、両者のあいだのおなじみの階層関係によって置き換えられてしまう。「完了した」過渡的状態（撞着語法である）は、回帰の運動に従属して、プロセスの論理をなしで済ませるのだ。こうしてわたしたちは、『紅楼夢』が示す形而上学的観点についての先の議論と同じ結論にたどり着く。すなわち、物語は結局、自らが疑いの目を向けたものと折り合いをつけるのである。始まりの概念、そしてアイデンティティの概念――最初はくつがえされた慣習――が戻ってきて、プロセスと過渡的状態という新たなレトリックに取りつく。語りの論理と文化的無意識の両面で、『紅楼夢』は、制約の運命的な引力についての物語であり、頓挫したイデオロギー革命についての悲劇なのである。

『紅楼夢』自体は、奇抜さや愚鈍さの記号と鋭敏な洞察力の記号が入れ替わりながら対話するエピソードの連続から構成されているが、頑石／通霊石という過渡性の隠喩は、逆説的なことに、宝玉の精神遍歴を停止させる。宝玉の過渡的な性格（ある意味では石かつ玉、別の意味では頑石かつ通霊石）が、通霊なる石という一つのアイデンティティへと解消されるのであれば、論理的には、最終回に登場する女媧石は沈黙した生命のない物体へと切りつめられるしかない。なぜなら、あらゆる過渡的存在の特徴として知られる創造的エネルギーはすでに極点に達し、それゆえ完全に使い尽くされたからである。頑石／通霊石の過渡性のパラドクスの最終的な解消というコンテクストから見ると、七十八回残本〔庚辰本〕の第十九回にある脂硯斎の批評は、宝玉の精神遍歴について半分の真実しか語っていない。『紅楼夢』の最後の頁に至るまでの過渡性の布置を丹念にたどるなら、その否定弁証法（脂硯斎が下記引用で指摘する）の真の精神は、『紅楼夢』に示されている馴致されたイデオロギー的観点の範囲を大きく超えるものである。

〔宝玉は〕賢いわけでも愚かなわけでも取るに足りないわけでもない。善でも悪でもない。公明正大でもなく品性下劣でもない。聡明俊敏でもなく平凡低俗でもない。色事にふけるわけでもなく純愛に目がくらむわけでもない[47]。

指摘しておかなければならないのは、過渡的状態の隠喩は、『紅楼夢』が中国の物語の慣習に対してもたらした最大の貢献の一つであるということである。『紅楼夢』におけるこの隠喩の中心的な意味作用の地位が認められる以上、ついでにもう一つの興味深い隠喩に触れることなくこの議論を終わらせるわけにはいかない。それは、石のイメジャリーにではなく宝玉の恋愛哲学に関わり、欲の過渡的特徴を表す隠喩——「情不情」である。宝玉のリビドーの性質に対する曹雪芹の最終判断として作り出されたこの隠喩は、今に伝わることのない『紅楼夢』稿本の最終回に登場する「情榜」に見られたはずのものである。

「情不情」という作者の評語は、写本である脂本十六回残本および七十八回残本で四度にわたって引用され分析されている[48]。七十八回残本の評者は、つかみどころのない語句に当惑して何も説明していない。

> わたしはこの書物を読んでその文章は気に入ったが、実のところ二人〔宝玉と黛玉〕をどういう人物として評したらよいかわからなかった。その後「情榜」に「宝玉は情不情、黛玉は情情」という判断が下されているのを見た。この二つの評語は、「痴《し》れもの」という評語よりはもちろんよいが、人を煙に巻くようで、まったくとらえどころがない。きわめて巧妙である〔第十九回〕[49]。

一方、十六回残本の批評では、語句の引用に簡単な定義が与えられ、宝玉はこの世界の無生物にまで拡張された愛情をもつ利他的な恋人として捉えられている。

この世の知覚や生命のないあらゆるものにまで、彼［宝玉］は見境なく愛情［痴情］をふりそそぎ、思いやりをいだく［第八回］(50)。

興味深いことに、七十八回残本の第三十一回における、晴雯が扇子を引き裂くエピソードへの批評もこの解釈と一致する。

扇子を引き裂くのは、へそを曲げたなまめかしい侍女の機嫌を直すために、情のない物を与えて笑いを引き出しているのだ。これが所謂「情不情」——情のないものに情を起こさせる／情のないものによって情をかき立てる——である(51)。

最後に挙げるのは七十八回残本の第二十一回冒頭の長い批評［総批］で、このパラドクシカルな言葉へのもっとも深い洞察を示している。

茜紗の公子　情は限りなく（あかね色のカーテンの内にいる貴公子の愛情は限りなく）、
脂硯先生　恨むこと幾多（脂硯斎先生の悲しみはつのる）。
幻か真《まこと》か　空しく歴遍し（幻なのか真実なのか　空しくさまざまな経験をし）、
閑風閑月　枉《むな》しく吟哦す（そぞろに風や月を詠んで　当てもなく詩を作る）。

情機　転じ得て　情天　破れ（情の機縁がめぐって　情の天が破れ）、
情不情　我を奈何《いかん》せん（情があるのに情がない　わたしをどうすることができよう）(52)。

この批評は、「情」と「不情」という両極の言葉のパラドクスへの簡にして要を得た説明となっている。過渡性を示す語句「情不情」は、先に「情熱のない情熱的恋人」——宝玉の属性である過渡性の図式全体に当てはまる曖昧な呼称——として解読されたものであり、石の地上における逗留を、色／空のパラドクスの象徴的実演に移し替えている。リビドーの隠喩に含まれる欲の弁証法は、現在の考察の範囲を超えた別の冒険的な批評を促している。だが今はこう述べておけば十分であろう。宝玉は、その存在のあらゆる面に過渡的状態のオーラをまとう主人公である。そして、その両義的なペルソナ（石／玉）は、認識（無知／知性）やリビドー（情／不情）にまで拡張されているのである。

今ここで再び触れておきたいのは、女媧石の過渡的地位がさらに、ただの補修用材から扇の下げ飾りの形をした輝く玉へという物質的変換に表れていることである。それによって、天然のままであることと洗練されていることという対立の含意が、「無知な石」と「神知をもつ石」のくっきりした対照を補強することになる。興味深いことに、宝玉の過渡性は、頑石と通霊石の入れ替わりながらの対話のみならず、玉／石としての両価的な物質的実体においても表れる。両者は、誕生と生まれ変わり、鈍さと半透明、真と偽という生成力のあるイメジャリーのうちにとらわれている。本書の第三章において玉と石の言説を検討した結果、わかったのは次のようなことであった。この二つの物のアイデンティティが疑わしいものであること。二声をもつことには、玉や石の民間伝承の対応物と接点があること。そして、もっとも重要なのは、玉の言説と石の言説が相互に交差して、過渡的状態という強力なシンボリズムを生じることである。

とはいっても、玉の下げ飾りは、精神的守護者の代理、神秘的な力の無言の証明であるに留まる。宝玉はその遍歴全体を通じて、石の記憶をなくしたり、石の実体を無意味なものとして脱ぎすてたりすることは決してないからである。繰りかえし述べるように、わたしたちの主人公がどれほどラディカルに境界化されているように見えようとも、作者－語り手の回帰コンプレックスは、おなじみの慣習的知識を補強するしかない。結末が閉じ込めることを意味するだけでなく、回帰コンプレックスは始まりによっても閉じ込めという退行的運動を発動させているのである。したがって、宝玉の精神的変換が完了したとき、物としての外見は、逆説的なことに石という本来の実体へと反転される――あるいは、隠喩的な意味では、復帰させられる。玉のシンボリズムが『紅楼夢』の道徳的言説に浸透している一方で、石こそは、物語を語り、『紅楼夢』という物語を枠にはめ、頑石／通霊石のパラドクス、そしてやや効果は劣るものの色／空のパラドクスのうちに、相互作用を生み出すのである。

『紅楼夢』に始まりはあるか

主人公が石という原点へと最終的な復帰を果たすことは、曹雪芹が主張していたことと矛盾する。曹雪芹は、先人たちのフィクション言説を制約してきた文学的慣習（特に、始まりの慣習）から脱けだしたと主張しているからである。『紅楼夢』の最後のクライマックスの場面において石の言説が玉の言説よりも優勢となることは、いろいろな語りの戦略のなかから特定の一つを選択したというだけのことではない（選択とは具体的には、原点を特権化する戦略と、プロセスの観念を際立たせる戦略のあいだの選択である。前者は物語を始まった場所へと回帰させ、後者はどんな形の回帰をも構造的閉じ込めとして解釈する)。わたしの考えでは、曹雪芹が円環的な語りの様式を選択したことが何よりも明確に示しているのは、「安定した均質的な起源に回帰する」という文化的神話である。それによって、文化的無意識が曹雪芹の著述を制約していることが明らかになっているのである。物語の始まりという問題は、文学にせよ文化にせよ、伝統に対抗する書き手たちのイデオロギー的格闘のまえに大きく立ちはだかる。物語がどのように始まりどのように終わるかという問題は、白話小説の形式的構造にまったく関心のない者にとっても、緊急性のオーラをまとわずにはいない。『紅楼夢』に始まりはあるのか」という問いは明らかに価値判断を含んでおり、これまで以上にイデオロギーの問題に関わっている。以下の論述においては、石の特権化された意味作用の地位が演じるイデオロギー的パラドクスについて考察したい。このパラドクスを作者は抑圧するのだが、物語自体はそれを表さずにはおかないのである。

書くこと一般がテクスト相関性の営みへの参加であることを認めるとしても、テクスト相関性の問題は、中国の詩人にとってとりわけ厄介なものであった。というのも、中国の詩人がどっぷりつかっていた古来の詩の慣習は、多くの典故や、引用の引用から成る表現を特徴としており、詩人たちは、それにもかかわらず独自性を出さなければならないというディレンマにとらわれていたからである。それとは対照的に、小説家にとって、状況はそれほど油断ならないものではなかった。というのも、小説家は、文学的伝統の負荷――そして、特に重要なテクスト相関性の負荷――がさほど重くなかったからである。実際、曹雪芹は、慣習の制約を超越はしないまでも、くつがえすことができると考えたのである。石の発言として、『紅楼夢』の八十回までの作者〔=曹雪芹〕は「陳腐な型」(*Stone* I: 49)を批判し、既存の物語群に欠けている「新鮮さ」を加えるような物語を語ると約束する。特に排撃されるのは、過去の物語の「わざとらしい時代設定」という形式的な慣習と、あからさまな社会-道徳的教訓である(*Stone* I: 49)。中国の著述の伝統に対して歴史叙述が及ぼしてきた影響力を考えてみれば、時代設定がまったく必要ないという作者－語り手のラディカルな提言はまさに驚嘆すべきものである。早くも第一回において、作者－語り手はすでに慣習的なフィクションの概念を拡張しようとしているのである。この目標を達成するために、語りの声は始まりの観念をもてあそぶ。曹雪芹は、時代設定という語りの慣習に埋めこまれているのが、真正性の観念への中国の人々の執着のみならず、始まりの慣習でもあることに気づいている。それは、歴史叙述の伝統に規定された、もう一つの尊重すべき形式的制約だったのである。

第一回において始まりの慣習がうまくくつがえされていることは、ルシアン・ミラーの分析が、『紅楼夢』の五つか六つの異なる「始まり」を明らかにしていることからもわかる。(53) ただ一つの確実な形式的始まりという概念は、ひやかしの的として退けられている。時間的であれ空間的であれ、原点の位置を示さなければならないという不安に対する語り手の勝利は、序幕において容易に勝ち取られたようである。しかし、この問題は見かけより複雑である。第一回の手がかり——実は、残りの百十数回にとっての手がかりでもある——が明らかにしているのは、語り手は差異をもたらすという始めの主張を守るために格闘を続けるということである。決定的な問いは、始まりの慣習的概念が、果たして第一回での「始まり」の絶え間ない横すべりによってくつがえされた（あるいは、ミラーなどの批評家が述べるように超えられた）のかどうかである。

曹雪芹の「ラディカルな」立場と今問題となっている転覆の作業は、いくつかの点で極めて曖昧である。これについて検討するためには、まず始まりの概念についてもう少し詳しく考察しなければならない。この概念は、石や語り手に理解されているように時間と空間における特定の点を指すだけでなく、「起源」についての文化的に是認された考え方を示してもいる。「始まり」と「終わり」という概念は、たんにテクストの境界線を定め、目で見てわかる構造の枠組みを提示するだけではないからである。それは同時に構想の枠組みを、さらにはイデオロギーの枠組みさえも担っている。というのも、それは「本来の」「超越論的な」「自然」「存在」「アイデンティティ」――始まりの概念から引き出される語――のような概念が、「派生的な」「人為」「不在」「決定不可能性」――先の語群が保証する安定性を危うくする価値概念――という対立する語群に対して優位にあり優先されることを意味するからである。言い換えれば、始まりは、固定した究極の基準点であるとともに特権的な基準点でもあるのだ。

始まりという語りの装置を是認するという書き手の決断は、意識的選択によるものである。始まりを延期する、あるいは物語を途中から開始するという選択もできるのだ。曹雪芹の語り手は、その選択には苦労しなかったようである。しかし、始まりとはレトリカルな枠組み装置以上のものである。文体論のレベルで始まりの概念を超えることは、必ずしもその全体的な超越をともなうわけではない。語り手が始まりという形式的慣習への反抗的なそぶりをうまく見せたとは言えるとしても、始まりの概念に深く埋めこまれたイデオロギー的観点を払拭したかどうかの評価となると話は別である。この問題の要点は、慣習的に予想される始まりから開始しないという選択が可能なのかという点にあるのではない。それは、書き手／語り手がイデオロギー的あるいは文化的無意識の領域の外で機能を果たすという選択が可能なのかどうかである。精神の自律性という概念は、テクストの自律性と同じように当てにならないもののようなのだ。

したがって、『紅楼夢』においては随所に「起源」の概念の痕跡が見られ、語りの構造を動機づける力のうちに繰りかえし現れる。語り手は、特定できるような正統的な始まりは無しで済ませるものの、決して根／源の概念を見失うことはない。物語全体を通じて、読者はしきりに賈宝玉の「本質」（本来のアイデンティティ／性質／特徴）を喚起させられる。脂本の十六回残本では、早くも第一回において、僧侶が先在する空間的・時間的原点を暴露することで、物語の終わりはすでにテーマと構造の両面において重層決定されている。人間への転生を求める石の説得力ある嘆願に応えて、僧侶は石を待ち受けている天の計画を漏らしてしまう。「おまえ［石］の試練が終わるときが来たら、もとの姿〔本質〕に戻そう」〔待劫終之日、復還本質〕[54]。空間的な原点は、石が生まれ変わる前の物質的な実体と、物として存在する場所の両方を指している。一方、時間的な指示内容もまた、「終」と「還」という概念によって始動する。熟語を作るもう一つの語――「始終」の「始」（始まり）や「還原」の「原」（原点）――は、テクストには存在しないが、にもかかわらず、この箇所での中心的かつ特権的な地位を享受する。なぜなら、不在の二語を「本質」という言葉が喚起し、石という存在の最初と最後の基盤としての、二語のパラドクシカルな役割を補強するからである。したがって、僧侶は宝玉の遍歴の結末を予告するのみならず、実質的には決定し命令するのである。最終的な目的地で、宝玉は、同じ僧侶本人によって、主人公と物語とが生まれた地点と時点へと連れ戻される。それは、語り手が自らの物語を始まりに連れ戻すのと同時である。純粋で手つかずの、永遠の現在である起源への戦略的な回帰の企てに、『紅楼夢』が抑圧しているもののイデオロギー的内容をかいま見ることができる。始まりの概念を無効にしようとする語り手の努力は、レトリカルな、したがってやや表面的なレベルでしか成果をもたらしていない。中国の士人たちは、回帰の衝動による触知できない閉域と、中国の著述の伝統に顕著な過去志向の立場から逃れようとする場合、自己欺瞞に陥ることがきわめて多いようである。

　起源の探求は、それが経書の究極的なテクストの探求であっても、あるいは石が青埂峰のほとりでかもし出しているようなある種の超越論的アイデンティティの探求であっても、同じ円環的な運動を繰りかえす。派生的で模倣的なものから、先在する純粋で安定した理想的な規範への回帰である。『紅楼夢』の場合、そのような規範からの離脱が進化という意味での変換として認識されることはほとんどない。むしろ、本質的なものからの逸脱であり悲しむべき喪失であると考えられる。第八回で宝玉が宝釵に初めて誕生玉を見せるとき、語り手が登場して玉の重要性――より正確には重要性の欠如――についての自らの解釈を披露する。

この玉は大荒山の青埂峰の下にあったあの石塊の幻の姿［幻相］なのです。後の人がふざけて次のような詩を作りました。

女媧が石を鍛えたというのがすでにでたらめ、
そのでたらめからもっと大きなでたらめを作り出す。
幽《かそ》けき霊《たましい》が清らかな／まことの世界［真境界］を見失い［失去］、
幻の、きたない皮袋［人間の肉体］になったとさ。（…）（『紅楼夢』Ⅱ、123）

地上における玉としての実体が二次的なものと考えられているのは、それが本質的に派生的であるためである。それは幻の外見であり、天という真なる清らかな世界に住まうもとの石のまがいものである。天の住まいを離れてしまったことで、石に内在していた真正かつ無垢で非の打ちどころがなく神的でしかも自然であるという本質を失ったのが、玉であると考えられる。この箇所に表れた石と玉のあいだの暗黙の二項対立は、「幻」と「真」という二つの語の正確な解釈に支えられている。『紅楼夢』全体にわたってこの二語が繰りかえし現れることは、この作品の根底にある概念枠組みにおいて二語が果たしている重要な機能を示している。(55)

曹雪芹の語り手は第一回で真と仮のあいだの境界線をぼかすことに成功するが、この二語の対立的関係は、上記の詩においてひそかに復活している。「真」と「幻」、したがって「真」と「仮」のあいだに隠れた二分法があるとすれば、語り手のこのうっかりした過ちによって、どちらの語が優先し優越すると見なされているか、ほとんど疑いを残さずわかってしまう。玉と石の対立について論じるうちに現在の論点が見失われないように、ここでまとめておこう。今問題にしているのは、真正性と人為性との対立のシンボリズムにおいて石が玉よりまさっているかどうかという前章で検討したテーマではなく、曹雪芹の語り手が起源／始まりの概念（すなわち、宝玉の真の起源としての「石」、そして実在する石の幻像としての玉）を自らの意図に反して特権化するかどうかである。注意しなければならないのは、『紅楼夢』は絶対的な始まりなしに語られるが、にもかかわらず語り手は主要な価値を、宝玉の「本来の」性質（すなわち石）に由来するものと考える。また、石に起こる変化（すなわち、石の玉への転生と地上での逗留）を真正なものからの離脱として認識し、幻であり二次的なものであると見なす。そのような認識論的観点によれば、最初のものは永遠かつ本質的であり、あとに来るものはその代用物であることですでに従属的で一時的かつ偶然的なのである。

物語の最終回では、同じ概念枠組みが、賈雨村と甄士隠の会話に反復されている。甄士隠は、禅の公案のような謎によって、宝玉と黛玉の不思議な因縁についての賈雨村の疑問を解こうとする。「絳珠草が真の姿に戻っているのに、どうして通霊宝玉が帰らない［〔不〕復原］わけがありましょうか」（仙草帰真、焉有通霊不復原之理呢）（『紅楼夢』Ⅲ、1645）。ここで甄士隠が述べているのは、僧侶がつとに宝玉の「復帰」の必要性について述べたことの繰りかえしである。僧侶も甄士隠も、不動の外的図式を特権化する立場へとわたしたちを連れ戻し、結果的にフィクション論理という内的動力のはたらきを停止させるのである。この外的図式とは「回復」の予測可能性に他ならない。

こうして石の物語は、すべてを包括する神話論理によって形を成し、神話論理はフィクションの自発的論理とは相容れない。フィクションは、宝玉の自己－発見〔*dis*covery ＝覆いを除く〕に向けての探求を動機づけ、その導き手のいない旅が必然的にともなう亀裂や中断の危険を受け入れる。それは偶然的なものであるために、探求の結末を予見することはないし、できない。対照的に、神話論理は自己－回復〔*re*covery ＝再び覆いをかける〕という条件に基づいており、物語に厳重な統制を押しつける。最初から物語のあらゆる思考の転回を予想することで、瞬間的に生じる勢いを規制しようとするのである。すべての運動は原点に差し戻され、原点を反映する。進行中の物語は、目に見えない退行的な流れに絶えずとらわれる。『紅楼夢』の自己産出するフィクション論理は、自由に力を発揮するなら、宝玉を予想のつかない目的地へと連れていくことができただろう。しかし、神話図式は、移りゆく当てにならないものすべての外にあり、アプリオリな事実として究極の権威を主張することによって、散種に向けての運動を抑制せずにはいないのだ。

最大の効果を保証するために、神話図式は正しい種類の人物によって正しい時に伝えられなければならない。神話図式の代弁者の役割を果たすのに、甄士隠と風変わりな僧侶ほど適格な者はいない。僧侶の半ば神のようなアイデンティティは物語が始まってまもなく確立される――そして、認可された図式が確立されるのに、物語の冒頭と末尾ほど適切な場所はないだろう。戦略的に言って、なおも起源・本質・始まりのパラドクスに無力に巻き込まれている作者にとって、枠組み装置は考えられるうちで最高の解決策であろう。その複雑な語りの枠組みには確かに深さや創意があるが、それが与えてくれるものではなく抑制するものについて、作者はあまり気づいていない。

甄士隠の修辞疑問を詳しく見てみると、始まりの問題に対しての語り手の立場について理解を深めることができ、語り手が知らないうちに自らの観点を限定していることがわかるだろう。「還原」（原点に還る）という掛詞《かけことば》はここでもまた、円環的で遡及的な運動のきっかけとなる。宝玉の運命は、両極――始まりと終わり、出発と帰還――のあいだで繰り広げられるものと考えられている。さらに、宝玉の真のアイデンティティの回復が石という本来の存在への回帰にかかっていることが暗示されているのである。原点が、進行する変化のプロセスに対する優位を主張するのみならず、アイデンティティもまた回復可能なもの、したがって縫い目のない内面化された全体性として、浸食や変容に抵抗するものと見なされる。概念としての「差異」は、原点の真正性にこだわる語り手にはほとんど評価されない。語り手は実のところ、差異は純然たるアイデンティティ――すでに完成された、したがって外部からの侵入者に対して閉じている自己充足的内部――を脅威にさらすと考えるであろう。甄士隠と僧侶がさりげなくほのめかすのは、アイデンティティの危機には終わりがあることであり、たとえ宝玉の自己展開／変革 self-(r)evolution が明確なアイデンティティという神話を容赦なく破綻へ導くとしても、最終的な回復が、そのディレンマを解消する鍵を握っているということである。

宝玉が経験する一つ一つの試練は、宝玉の自己統合の感覚を脅かす。自らのアイデンティティの全体性を揺るがす異質な諸要素に悩まされるのである。主人公をこのように従来の類型から外れた異例の人物にしているのは、まさしく、その人生の個々の危機的瞬間において安定した自我－アイデンティティが徐々に崩壊するというこの興味深いプロセスである。黛玉の死のあと、宝玉のアイデンティティの中核はさらなる破滅にさらされ、わたしたちは宝玉が絶望のうちに何か言いようのない、当てのない、無定形なものへと崩壊していくのを目撃する。宝玉のアイデンティティ探求の徹底化が完全な無秩序という危機的瞬間に達するまさにそのとき、二人の幻視者が現れてプロセスを停止させるのである。わたしたちは、もし主人公がまったくの精神的混沌のなかで生きる機会があった場合の『紅楼夢』の最終的な結末について思いをめぐらさざるを得ない。本当の自由が意味することについてのまったく別の話がありえたかもしれないのだ。それはやはり、語り手が示すように、悟りへの、すなわち苦行による自己の滅却への、虚無的な退隠であるのだろうか――あるいは、永遠の自己否定と無目的性への全面的な耽溺だろうか。

しかし、二人の予言者は舞台に現れると、そのような確定されず構造化されない成り行きの可能性をすべて否定する。二人は、語りの枠組み装置の抑制機能を想起させるだけでなく、語り手が第一回で無効化したものをもう一度呼び起こす。すなわち、真と仮、存在と不在、アイデンティティ（類似性）と差異という二項の絶対的な対立に基づく伝統的な認識論である。開かれたものが再び閉ざされ、崩壊したものは秩序を取りもどす。本質の回復がアイデンティティの優位を再確認すると、異質性は再び後退する。二項対立のあいだのぼやけた境界線はもう一度はっきりと引き直される。

二人の登場人物——僧侶と甄士隠——を通じて、語り手の起源の概念への強迫観念や回帰への衝動を示すと思われる立場に接近することができた。このように考えると、第一回で、始まりの慣習の紛れもないパロディに思えたものが今や両価性を表すことになる。物語の最初の一文を見直してみよう。「この書物はどこから来たとお思いでしょうか」(*Stone* I: 47)。この一文は、アイロニーであることが当然視されてきた。しかし、ここには語り手がうまく隠しているイデオロギー的指向のコノテーションが少し残存していて、その重要性は振り返って見た場合にしか明らかにならない。一読したときには、語り手の茶目っ気のある語り口が発揮する直接的な効果に誰もが気づくだろう。語り手が楽しげにこう言うのが聞こえるようである。「始まりをお望みでしょうから一つ差しあげましょう。ただし、本気にしないで下さい」。二つの次元——原点(すなわち始まりの慣習)の次元と、原点をあざわらい損なうような語り手の立場——の距離は、文字通りの読解とそれに代わるアイロニカルな読解との明確な対照を作り出す。読者はこの時点で、語り手の開口一番の言葉を本気にするべきなのだろうか。『紅楼夢』を初めて読む読者からは、はっきりと「いいえ」という答えが出てきそうだが、それはアイロニカルな読解をしがちだからである。その答えの重要な再調整が起こるのは、読者が本を読み終えたあとだろう。そのときには、「はい」と「いいえ」のどちらかを明確に決めることはきわめて難しくなる。洗練された読者がこの文のアイロニーを楽しむのに対して、真の皮肉屋はそれを文字通りの意味に読み、語り手のお気に入りの言葉を用いるなら、その本来の文字通りの意味を回復する。そして、語り手が本来意図していた目的が自滅してゆくのをゆっくり味わうのだと言えるかもしれない。換言すれば、読者は語り手による冒頭の一文をもっと本気にしなければならなくなり、自己欺瞞の無情な力を楽しむとまではいかないまでも、しみじみと思い知ることだろう。

この尊重すべき慣習に対して戦いを挑んだ書き手が直面した限界についての議論を終えたこの時点で振り返ってみると、始まりの慣習はよりわかりやすいものになる。まず認識する必要があるのは、始まりの概念は、もしも始まりがそれ自体のうちに継続し拡張しようという意図を含まない場合には、機能を停止するということである。しかもその拡張は、始まりが「意図的な意味生産の第一歩」[56]であるために、一定の道筋をたどる。

そうした始まりの意図の古典的な事例は、しばしば「そこから流れ出る連続性を見越している」[57]ような種類の始まりを生じる。『紅楼夢』の語り手がどれほど不遜な態度で物語を開始したとしても、そしてどれほど意図的に始まりの概念をあっさり退けたとしても、女媧神話という始まりのエピソードが提供するのは、この作品がそのなかで展開するある種の包括性に他ならない。それゆえ「意図」というのは厄介なもので、始めないという意図はしばしば逆効果となるのである。偶然に開始されたものでも、始まりのために指定された場所に位置的にいったん閉じ込められると、始まりの機能を果たさざるを得なくなる。慣習をくつがえそうとする書き手にとって、始まりがつねに特別な重荷になるのは、まさに、あとに続くものに対して優先的なその位置による。これが、曹雪芹の語り手がはまった精神的な罠であろう。始まりの概念への興味を捨て去ったとしても、つねに始まりについて考えすぎる危険があるのだ。

始まりのパラドクスの複雑な分岐をすべて念頭に置いて女媧のエピソードを見ると、それが非正統的な始まりの名に値するのかどうか疑問に思わざるを得ない。それは偶発的であるというレトリックを装ってはいるが、「本質」においては、連続性を見越し保証するあらゆる正当な始まりと同じ機能を担っている。女媧石の神話は、宝玉の精神遍歴を先導し組織し続ける神話論理の中核――先に論じた外的図式――を構成するからである。おそらく語り手は、始まりのエピソードのさりげない開始に内在する矛盾――意図的であるとともに偶然的でもあるという、自らがしかけるある種の知的ないたずら——を十分に意識しているだろう。そして、からかいの対象から自分自身を排除しようとはしていないだろう。十分に動機づけられた始まりによって慎重に物語を始めたすべての先人たちを嘲笑することによって、語り手は自分自身も嘲笑しようとしているのである。

　自意識が強い語り手は、さらにもう一つ別の意味でもゲームのルールを理解している。語り手は明らかに、まったくの無から始められるという幻想を抱いてはいない。一見斬新な開始であっても何か古いものを引きずるとわかっているのだ。その次に行う選択はパラドクシカルなものである。すなわち、一方で、語り手は始まりの慣習を掘りくずし、特定の時間的・空間的指示が意味を持つことのない神話とともに開始することによって、真正性という慣習も掘りくずす。しかし他方では、この神話はどんな神話でもよいというものではない。それは宇宙開闢——「混沌《カオス》から秩序《コスモス》／宇宙への移行」[58]——の神話であり、創造の始まりという物語を語っているのである。パラドクスであることは自明であろう。始まりの概念的閉域からなんとしても逃れようとする語り手が、うかつにも物語の出発点に宇宙の起源を語る神話を選んでしまったのだ。

　よく考えてみると、語り手が女媧のエピソードを選択したことは、文学的であれ文化的であれ慣習というものへの彼の愛着の一例となっているだけではない。知らないうちに始まりの文学的伝統で身を守っている者が、文化的な回帰コンプレックスにもとらわれていることは容易に想像できるが、女媧神話で開始するという語り手の選択は、実のところ微妙なかたちでこのコンプレックスの顕れを示している。というのも、この神話は復活のシンボリズムを実演し、回復への文化的衝動のもっとも早いヴァージョンの一つとなっているからである。そのような神話で始めることによって、それに続く物語り行為のトーンが決まる。語られる物語の根底にある動機づけが、女媧神話の神話論理と対応する回復のテーマに依拠するものであるのは驚くほどのことではない。宇宙の破綻 disorder を繕うという女神の儀礼的行為は、不思議な石の本来の状態 order を「回復する」という語り手の行為の神話版に他ならないのである。神話で問われているのは宇宙の全体性であり、『紅楼夢』で問われているのは個の全体性である。それゆえに、語り手の女媧神話への傾倒は、聖なる五色の石というテーマへの直接的な興味を超えている。それは物語り行為に対するより深い無意識の動機づけとしてはたらいているのである。

上述したような復帰への無意識の動機づけ、および「起源」の問題は、中国のテクスト（相関）性の伝統の重要問題と言えるものの小規模なフィクション版となっている。それは、経書を究極のテクストとし、後世のあらゆるテクストが意識的な模倣行為によって経書へと回帰しようとするという儒家の強迫観念である。曹雪芹が『紅楼夢』でもともと提示していたものは、実行可能な選択肢のように思われる――制限のないテクストを創出することによって、ありふれたものや正典的なものから離脱しようとしたのである。しかも、作者‐語り手が変化と断絶を支持して模倣や連続性の概念を論破している限り、そのようなもくろみはすでに半ば成功していると言えよう。しかし、「制限のないテクスト」は幻のままである。というのも、すでに見てきたように、始まりで意図的に嘲笑されていた起源の概念はその力を失わず、物語の流れを統制するのをやめないからである。そのうえ、女媧のエピソードは、時間の概念を、つまり始まりと終わりの概念を廃棄するようなラディカルな時間装置では決してない。

支配的な究極のテクストと制限のないテクストの追求との対決の結果は、ある程度予測可能なものである。すなわち、曹雪芹がつかの間だけ打ち勝った始まりの観念は、物語の展開のあちらこちらで存在感を表すのである。挫折した革命は二つのことを教えてくれる。すなわち、異端の書き手は、自らが疑問を投げかけた慣習の影を薄くすることができないだけでなく、その当の疑問点への抑圧された強迫観念を露わにし、原点を、物語が最終的に回帰するべき場所として尊重してしまうのである。女媧神話も同じように、回復の行為をドラマ化している。神話の時間は、歴史的時間の尺度という枠組みの外に存在するとはいえ、別の仕方で始まりの概念を有効にする。

年ごとの新年の儀礼は、「始まりからの時間の再開始(59)」であり、「宇宙開闢の行為の反復(60)」であって、それによって人間界の具体的な時間が若返り、神話的時間へと投影される。それとちょうど同じように、女神による天の修復は再生の儀礼としての重要性を具えている。どちらの儀礼も、始まりという神話的時間――原初の未分化な存在状態で、まだ対立物へと分化していないために純粋かつ完全なままである(61)――を確認するものである。この意味で、女媧神話は原初の全体性への神話的回帰を反復しているのだ。神話は、歴史に劣らず熱烈に原点を特権化する。「聖なる時間」には終わりはないかもしれないが、それが始まりへのノスタルジーを露わにしていることは歴史的時間と同じである。

　以上のとおり、『紅楼夢』の語りの論理は、文学的－文化的伝統が連続性と変化のあいだに起こる矛盾のうちにとらわれていることの一事例である。起源の概念の拘束力によって、創造的な革新は途方もない難業となる。だからといって、曹雪芹の語り手が先人によって押しつけられた限界を超えられなかったということにはならない。たとえ不完全であったとしても、曹雪芹は始まりのレトリック装置をくつがえし、独創性と創作行為の関連性に気づかせてくれた。とはいっても、起源と始まりの概念についてのわたしたちの議論は、『紅楼夢』に内在する多くの構造的・イデオロギー的制約を明らかにし、神話という枠組み装置の機能についての一連の問いを提起した。ここに少し挙げてみよう。不思議な石の神話はたんに制約をもたらすだけなのか。石が宝玉の本来の質であり究極のアイデンティティとされているということは、石は実は宝玉という存在の外部にある不動の存在なのか。石は読者に主人公の原点を思い出させる機能を果たしているだけなのか。神話の石は、主人公の真の存在に対するたんなる補遺、境界的で動機のない剰余であると見るべきなのか。結局のところ、以上の問いは一つの問いへと要約することができる。すなわち、石の神話は作者が物語を始めるにあたっての恣意的な選択であり、便利な構造的制約であるという他には宝玉の物語にとって何の意味も生み出していないのか、という問いである。

玉と石のシンボリズムについて本書が費やしてきた議論は、これらの問題を考察するのに見晴らしの利く地点を見つけることを目的としている。三生石、頑石、通霊石といった隠喩のあいだに起こるテーマの相互作用に注目しながら、わたしたちは『紅楼夢』において石が占めている中心的な意味作用の地位について詳述してきた。女媧の五色石の神話がその意味作用の連鎖をこれらの隠喩に外挿すれば、この枠組み装置はそれほど非文法的でも無根拠でもなくなるだろう。それは、深く動機づけられた、フィクションとイデオロギーの二重言説の要《かなめ》となるのである。

注

（1）「主体位置」subject-position は、ポール・スミスが著書 *Discerning the Subject*〔『主体を識別する』〕において「主体」概念を論じるときに用いる言葉である。スミスは完全な主体性というものを認めないのだが、それは主体がつねに、一つ以上の強制的な社会的編成と、変化しつつある政治言説とに同時に従属している（subjected）からである。そのような編成や言説は、個人を服従させようとして他と争う主体位置となって表れる。さまざまな主体位置には、単一で矛盾のない個人を構成するほどの一貫性があることは決してない（スミス前掲書の "Note on Terminology," xxxiii–xxxv を見よ）。指摘しておきたいのは、現代中国の理論家たちも、「主体」についての議論にいくつかの重要な貢献をしているということである。極左による権力独占が崩壊し、中国が経済と文化の現代化を経験するにつれて、「主体性」は一九八〇年代のキャッチフレーズとなった。毛沢東以後の文学において、中国の現代性 modernity についての議論は、創造性のある——そして、おそらく自律性のある——主体の発見をめぐるものであった。社会主義ヒューマニズムとは何かというテーマについては、マルクス主義理論家のうちの教条的な者も非正統的な者も広く論じてきたし、また作家もこれについて論じてきた。今までのところもっとも重要な理論家は劉再復であり、この主題についての著作は、「主体」の美学的・存在論的・政治的含意に関する議論の実り豊かな時期の幕開けとなった。『性格組合論』は、性格の二極構造についての重厚な著書である。劉再復の概念枠組みは、中国の美学の一面的な性格描写に対して重大な一歩を進めるものである。その基礎は、タイトルにもあるように、一貫した主体を作り上げられた（「組合」）ものとして仮定し肯定することである。したがってこの主体は、「隠れたもの」と「顕れたもの」、「不定のもの」と「決定したもの」、「崇高なもの」と「ばかげたもの」、「善」と「悪」といったさまざまな対へと無限に分割されたり散種されたりすることはない。二極構造のメカニズムの強調も、存在や知識の二分法的認識に基づく哲学的観点を反映し、高度に一貫した予想可能な全体というパラダイムの内に限定されている。

（2）ジョン・ミンフォードは「安放」を「じっと横たわっている」lying still と訳している。わたしの訳のほうが原文に近い。「じっと横たわっている」というのが、石が無生物とはいえ主体であるという意味を残すのに対して、「安放」は構文から見て明らかに石を客体に変えている。「静かに置かれている」safely placed に含まれる客体化の構文が重要なのは、石が存在論的にもはや主体ではなく、自らの行為に責任をもたない客体であるからだ。たとえそれが青埂峰の下に「じっと横たわる」という行為にすぎないとしても。〔実際は「安放」に対応するミンフォードの訳語は deposited（置く）であり、lying still と訳されているのはその次の箇所「那補天未用之石仍在那裏」の「在」である。「安放」の主語は石ではなく僧侶と道士であり、ミンフォードも正しく訳している。また、「在」の主語はもちろん石であるのでこちらを「置かれている」訳すのは無理がある〕。

（3）甲戌本 1/5a。

（4）空空道人は石の物語の価値について石と議論をしたあと、突如として悟りを得る。その「プロセス」は次のように表現されている。「空によって色を見、色から情を生じ、情を伝えて色に入り、色によって空を悟った」（*Stone* I: 51）。

（5）『初学記』24a、晋代の楊泉による『物理論』の引用。

（6）明清の画家は、目に映るものよりも、彼らが描く自然物の内的風景に関心があった。ジョン・ヘイは、清代の画家は特に穴のある構造の岩に魅了されていたと論じる（Hay 118–119）。画家たちは、堅い岩肌よりも内部の空っぽな空間を表現することに興味を感じたようである。

（7）自らの岩の絵の銘の一つに、鄭板橋は次のように記している。「板橋のこの石はグロテスクな石である。グロテスクだからこそ英雄的であり、グロテスクだからこそ繊細なのである」（張維元「文人与醜石」を見よ）。曹雪芹の満洲人の友人である敦敏（1729–1786?）は曹雪芹の石の絵の一つを次のように評している。「君のように誇り高く骨のあるやつは世にも稀、でこぼこしているかと思えばばらばら〔で石のよう〕」〔傲骨如君世已奇、嶙峋更見此支離〕（敦敏「題芹圃画石」）。敦敏自身も伝統破壊の画家であり、それを象徴する記述である。

（8）米芾の伝記については、脱脱等『宋史』、444: 5620、および葉夢得（1077–1148）、10/155 を見よ〔米芾は奇石を愛し、「兄」と呼んで拝礼したと伝えられる〕。

（9）石の記録の価値について石と議論するとき、空空道人は石に「石兄」と呼びかける（『紅楼夢』I、4）。

（10）ジョン・ヘイによれば、奇人である阿羅漢たちが描かれている絵画は「木や岩の奇怪な構成」として表現されている（Hay 63）。そのなかには、メトロポリタン美術館に展示されている一五九一年の「十六羅漢」、ネルソン・アトキンズ美術館の「五百羅漢」絵巻、〔クリーブランド美術館の〕十七世紀の作者不明「釈迦菩提樹下図」がある。

（11）庚辰本 385–386。また『紅楼夢』I、245 も見よ。

（12）袁郊 258–59 を見よ。

（13）Jayatilleke 82, 128ff, 152ff.

（14）唯識（ヨーガーチャーラ）派の経典である『成唯識論』は『唯識三十頌』の中国語への完訳である。玄奘はこの経典にインドの注釈書十種の解説も組み込んだ。

（15）玄奘 377。

（16）玄奘 107。

（17）玄奘 385。

（18）玄奘 385–87。

（19）O'Flaherty 220.

（20）*Visuddhi-Magga*〔『清浄道論』〕239 に翻訳がある。

（21）仏教によるこのような考え方の解釈は、「大慈悲」という概念に含まれている。デューク大学宗教学科のロジャー・コーレス教授によれば、この考え方に相当するものは道教では、「結晶化 crystallization」だが、これは否定的な概念で、石のように永遠に動くことのない存在を表す言葉であるという。コーレスによれば、この「crystallization」という概念を考えついたのはエドワード・シェーファー Edward Schafer である。

（22） 唐の伝奇小説「杜子春」では、主人公が閉ざされた石室でイニシエーションの儀礼を経験する。これについては、李復言 230–33 を見よ（「杜子春」の原文には石室であるとは明記されていない）。『冥報記』には、石室で経典を書き写す僧侶についての記述がある。これについては唐臨（fl. ca. 660）51:789 を見よ。オーストラリア中央部には更新世の古い宗教儀式が今も残っているが、その儀式の途中、部族は行列を成し、聖域と見なされていた石窟から神聖な品物を取ってくる（Levy 36 を見よ）。また、氷河期のオーストラリアの祈禱師は、洞窟にこもって儀礼的な死のまどろみとそれに続く再生に備えたことが知られている（Spencer 480–84 を見よ）。G・R・レヴィは、「後世の文明化された人種も洞窟や地下室でそのような儀式を行い、洞窟を彼らがそこから再び生まれる母であると考えた」と指摘している（Levy 53）。ウィリアム・アーウィン・トンプソンは、石窟と子宮 womb ／墓 tomb のシンボリズムとの関係について論じるなかで、マルタにある巨石神殿を考古学的証拠として挙げている。その建築図面が「旧石器時代の豊満な地母神の姿」を示しているというのである（Thompson 264n）。マルタの神殿やスカラブレイ、ウェールズ、エジプトなどにある同様の古代神殿は、墓は子宮であるという同じ定式を反復しており、そのパラドクスはグレート・マザーの二つの性格を表している。

中国とオーストラリアの例に見られる石の洞窟と宗教との関連は、そのような象徴形成が、石器時代に炉端でもあり聖域でもあった洞窟というさらに古い原型から展開したことを示しているようである。しかし指摘しておかなければならないのは、中国の人々が西洋の人々と同じくイニシエーションや宗教活動の舞台として石窟に魅了されたとはいっても、洞窟のイメージにつきものの子宮のシンボリズムへの西洋の強い愛着に、中国は到底及ばないということである。母としての洞窟というシンボリズムは、西洋文明に特有な現象であるのかもしれない。このことは、女媧・西王母・観音などの数少ない中国の地母神の神的な力を否定するものではない――ただし、これらの母なる形象はそれぞれが自律的に力を振るうようであって、グレート・マザーの一団として概念化されることはきわめて稀である。インド－ヨーロッパにおいて生き残った普遍的な宗教としての地母神の信仰は中国には見られない。要するに、中国の穴居人たちは、西洋の人々と同じ強度をもって彼らが住まいとした洞窟、死者を埋葬した洞窟を崇めることはあったが、西洋の金石併用時代の洞窟－子宮シンボリズムへの強い関心については、中国の同時代にそれに明確に相応するものを見いだすことはできない。子宮としての、そしてその結果母としての洞窟の形にこだわるのは、普遍的な現象というよりも、西洋の新石器－金石併用時代ならではの心性の名残であると言えよう。

（23） Cheng Te-k'un, *Prehistoric China* 35.

（24） 二知道人 102。

（25） 「列伝」62、『晋書』2405。

（26） 今日では、「頑石点頭」という表現は、迷っていた人が自分で立ち直ったりすっかり心を入れかえたりすることを指すことが多い。

（27） ここはわたし自身の翻訳による。ホークス訳は「…この玉はかつて…にあったのと同じ巨大な石塊が姿を変えたものでした（... this jade was a transformation of that same great Stone block which once lay...）」となっていて、「頑石」という語の象徴的意味を引き出せていない。

（28） デイヴィッド・ホークスは「蠢物」という語を absurd creature（へんてこなやつ）（*Stone* I: 54）と訳すために、愚かさというコノテーションが失われている。概してホークスは、「頑石」を lifeless Stone block（生命のない石塊）と訳すので、この形容に含まれる愚鈍さのシンボリズムを喚起できない。「通霊」という語の扱いについても同じようなまちがいが起こっている。これを Magic Stone（魔法の石）と訳して、「蠢」と「頑」と「通霊」のあいだの微妙な相互作用を頓挫させてしまうのだ。ホークスの「通霊」の訳語はさらに、うなずく石の民間伝説とのテクスト相関関係を無効にし、そうすることで「頑」と「通霊」という二つの対立的な形容の並置に本来含まれていたドラマティックな変換の可能性を解消してしまう。これら二つの石の逆説的な同一性が『紅楼夢』の認識論的かつ象徴的枠組みを構成する以上、ホークスのこれらの形容への誤解は、通霊石の基礎となっているアレゴリーの力を弱めるのみならず、宝玉の精神構造の過渡的特徴を失わせることにもなる。

（29） Miller 36–37 n.76.

（30） Miller 82.

（31） Miller 179.

（32） 洪秋蕃 238。

（33） この言葉は十六回残本の第一回に見える。甲戌本 1/5a を見よ。

(34) 周汝昌『紅楼夢新証』I、14。

(35) アンソニー・ユーの指摘によれば、この語は「超自然的な知性の感覚 sense of numinous intelligence」に関連しているというが、ユーが重視しているのは、そのような知性がフィクション上の人物に与えられた場合、そこに到達するまでの没我状態のようなプロセスである。わたしは、その人物を神霊との交感へと導くこの「幻」の「夢のようなプロセス」は、過渡的状態という点から特徴づけることができると指摘したい。この概念については次節で論じる。Yu, "History" 17を見よ。

(36) ヴィクター・ターナーによれば、「あいだに入る「過渡的《リミナル》」な期間には、儀礼の主体（「通過者」）は曖昧な存在である。彼は過去あるいは未来の属性がほとんどない、あるいはまったくない文化的領域を通過する」(94)〔『儀礼の過程』一二六〕。

(37) Turner 95〔一二六—一二七〕.

(38) Turner 38〔五三〕.

(39) 第二章の「石女——石の女」を見よ。

(40) Neumann, *Great Mother* 242〔ノイマン『グレート・マザー』二七一—二七二〕. 古代エジプトのオシリス神話は豊穣儀礼と密接な関係がある。この神話では、イシス・ネフテュス・セト・オシリスのうち、二人が兄弟で二人が姉妹であった。イシスはオシリスと結婚した。オシリスは敵対する弟のセトに二回殺された。一度目はナイル川で溺れさせられ、あるいは象徴としてのジェド柱に相当する杉の箱に閉じ込められる。二度目は八つ裂きにされる。イシスは棺を見つけてオシリスを生き返らせる。古代エジプト人にとって、木は生きて永続するものの象徴であった。生命と大地の二要素が混在するイメジャリーである木の棺から蘇ることによって、オシリスは変容と再生の象徴となったのである。こうしてジェド柱はエジプト神オシリスの象徴となり、男根の象徴と同一視された。だが一方で、木の柱は大いなる木の女神と同一視される。したがって、ノイマンは『グレート・マザー』で「育て、産み、変容させる女性に象徴的に同一視されるものとして、木とジェド柱と（…）は同類なのである」と結論づける (243)〔二七二—二七三〕。

(41) 第三章の「石と玉をめぐる真と仮の問い」も見よ。

(42) ルシアン・ミラーはこの「奇妙な論理」を詳しく分析している。ミラーの解釈によれば、語り手が自らの正体を暴露しようとするのは、それによって作者－語り手が自らの斬新なフィクション概念を提示するための仮面装置であるという。Miller 206, 221–22 を見よ。

(43) Turner 97〔一一九〕.

(44)「これらの神話的類型はすべて構造的に劣位あるいは〈境界的〉であり、しかもアンリ・ベルクソンが〈閉ざされた道徳〉に対して〈開かれた道徳〉と呼ぶものを代表している。閉ざされた道徳性とは本質的に、限定され構造化された排他的集団の規範体系である」(Turner 110)〔一五〇〕。

(45) ホークスは「頑」と「通霊」のあいだの意味の緊張に気づいていないために、時折宝玉の性格を描写する重要な語句を誤訳する。たとえば、「憨頑」(わんぱく) が「わがまま (wilful)」(*Stone* I: 98)、「痴頑」(ばかで頭が鈍い) が「ばかなこと (silliness)」(*Stone* I: 137) と訳されている。同じ「痴頑」をルシアン・ミラーは「愚鈍さ (silly dullness)」と訳していて原文に近い。Miller 94 を見よ。

(46) これはわたしの翻訳である。ホークスは「悟」(illuminated) の深い意味を捉えることができていない。ホークス訳は「ばかな子ね。まだわからないの (Silly boy! You still don't understand, do you?)」(*Stone* I: 145) である。

(47) 庚辰本 421。

(48) この語句に対する脂硯斎の批評は、十六回残本の第八回と七十八回残本の第十九・二十一・三十一回に見られる。

(49) 庚辰本 421。この〔英語〕訳は、Wu Shih-ch'ang〔呉世昌〕, *Red Chamber Dream* 155 による。「情不情」と「情情」の二句は、その意味が多くの指示内容にわたるため、意図的に翻訳を省略した。呉は、「情不情」を「情熱のかけらもない情熱的恋人 (Passionate Lover yet without Passion At All)」、「情情」を「純愛をいだく恋人 (Lover with Pure Love)」と訳している。

(50) 甲戌本 8/12b。

(51) 庚辰本 711。呉世昌によれば、第三十一回の冒頭にあるこの小序は脂硯斎によるものではなく、曹雪芹の弟である棠村による。棠村はそれぞれの回に対する自らの読解をいくつかの序にまとめ、『紅楼夢』の旧稿に書き写した。呉世昌は、脂硯斎が棠村の昔の序をすべて残したのは感傷的な理由からであると述べる。その議論については『紅楼夢探源外編』一一を見よ。

（52）　庚辰本 459。この詩はわたしの翻訳による。ほとんどは Wu Shih-ch'ang〔呉世昌〕の翻訳（*Red Chamber Dream* 93）を用いたが少し改変した。ただし呉は終わりから二番目の一行は訳していない。
（53）　Miller 35–36.
（54）　甲戌本 1/5a。
（55）　「幻」という語の役割は、庚辰本では『紅楼夢』の「主旨」への注意を喚起することに特化されている。今論じている箇所は、作者による無粋な介入のようにも思われるが、〔第一回には〕「この回で「夢」や「幻」という文字を用いたところはすべて読者の目を覚まさせようとしているのである。またこの書物の主旨を示すものでもある」と書かれている（『紅楼夢』I:1）。呉世昌は、この部分は実は棠村が『紅楼夢』の旧稿のために書いた序文の一つであると述べる（呉『紅楼夢探源外編』184）。作者の意図を理解するために「幻」という語が重要であるとわかると、デイヴィッド・ホークスの翻訳は、「幻」を「変化 transformation」と訳している点で大いに疑問が残る。ささいな間違いであるとはいえ問題であると思われるのは、この翻訳が「真」と「幻」、「真」と「仮」のあいだの隠れた二分法の関係を無視することになるからである。
（56）　Said 5〔サイード『始まりの現象』四〕.
（57）　Said 76.〔一〇四〕.
（58）　Eliade, *The Myth of the Eternal Return* 56〔エリアーデ『永遠回帰の神話』七九〕.
（59）　Eliade, *The Myth* 54〔七七〕.
（60）　Eliade, *The Myth* 20〔三二〕.
（61）　Neumann, "The Creation Myth: the Uroboros," *Origins* 5–38〔三三―七二〕を見よ。ノイマンによれば、意識の展開が始まるのは、無意識のなかへの自我の沈潜からであり、その神話的象徴は円である。ノイマンはこれをウロボロスと呼んだ。それが表しているのは自己充足するもの――原初の未分化な一体性からまだ二元性が生まれていない完全な状態――のあらゆる側面である。人類が自らの自我意識を発見して初めて、神話的無意識の全体性は諸々の対立物へと分化するのである。

第五章　欲と空のパラドクス——テクスト相関のなかの石猿

イニシエーション儀礼の主体と同じように、悟空と宝玉は過渡的な存在状態を引き受け、凡俗の世界と神聖な領域とのあいだをさまよっている。凡俗の世界は「色」《しき》（かたち／情）の牢獄であり、神聖な領域はあらゆる存在の究極の根源、すべてのものがそこへ流れ込みそこから流れ出すというパラドクシカルな「空」《くう》（うつろ）である。少し考えた時点では、「かたち」〔色〕と「空虚」〔空〕という対立は、豊穣と不毛という原型的対立から生じるもののように思われる。「かたち」が、それ自体のうちに官能的な本能や快楽の含意、生と生殖への意志をしみ込ませているのに対し、あらゆる欲望や生殖力の滅却は空虚へと通じる。しかし、前章で列挙した儀礼に関わる対の数々とはちがって、「色」と「空」とは二つの明確な静止点を成すわけではない。どちらの語も不確定なのである。そのうえ、実はどちらもそれ自体が過渡的な存在である。道家の「相生」という術語や『般若心経』に示される仏教の形而上学によれば、二つの特性は無限の散種に向けて絶えず展開しつづける。両者はいずれも、それ自体のうちにもう一方の種を含んでいる。二つの語は、互いに相手のうちに溶けこむプロセスのうちに永久にとらわれ、充満と空虚との絶えざる置換を表しているのである。ここに、同じ過渡性のパラドクスではあっても、頑石／通霊石のパラドクスと色／空のそれとのテクスト相関性のちがいがある。色／空のパラドクスは、その理論的可能性を十分に裏付ける具体的な媒体が見つけられないというまさにそのことによって、頑石／

通霊石のパラドクスがそそくさと終わりにしてしまう過渡的状態のラディカルな言説を、ずっと維持することができるのである。頑石／通霊石が『紅楼夢』の終わりで安定した時間的・空間的秩序の枠組みのうちに再分類され再収容されるのに対して、色／空はその内容を休むことなくまき散らし、過渡的状態の両極概念をくつがえす無限の前進運動を命じる。それは図のように次々と果てしなく広がる言説である。

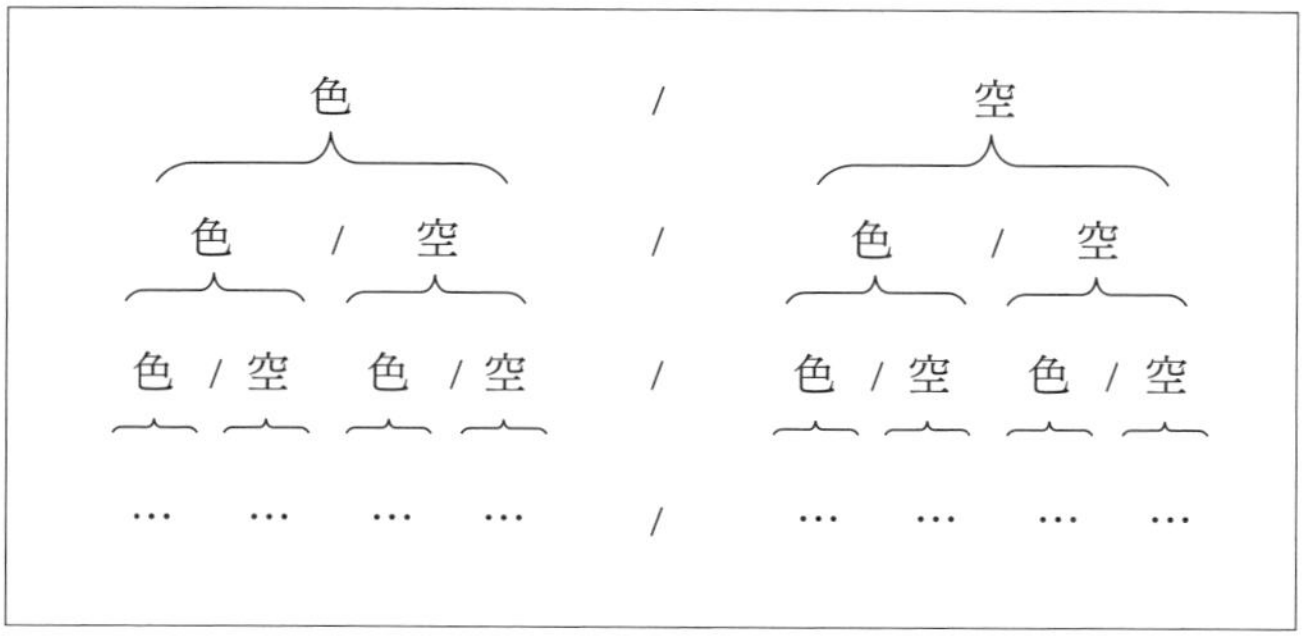

しかし、このようなつかみどころのない概念図式が一時的に登場人物として具体化されたとき、その無制限性は予想される終結closureを受け入れることになる。頑石が通霊石によって閉じ込められることになるのとちょうど同じように、「色」――「かたち」であり「情」であると理解される――という心の罠に深くはまった猿である悟空は、自分の名前が象徴する「空を悟ること」を、身をもって証明するように重層決定されている。いったんシンボリズムの仮面をしっかり被った登場人物としての姿が与えられると（「宝玉」と「悟空」は二つの主要な例である）、空虚なものであった色／空の隠喩の内容には逆説的に、不変の価値が深くしみ込むことになる。この空白を満たすという行為そのものが、不安定な隠喩や論点の価値を安定させる方策に他ならないのである。それぞれのパラドクス――色／空と頑石／通霊石――が同じ産出のディレンマを経験しなければならなかったのも不思議ではない。パラドクスは、触知できない創造的無秩序をもたらすのではなく、知らず知らずのうちに自らを遍在するフィクションの制約へと変換するのである。以下の箇所では、多くの引用をたどりながら、石猿が深い意味を秘めた探求の英雄となっていること、この主人公も、『紅楼夢』の宝玉と同じよう

に、おなじみの過渡性の特徴のいくつかを分有していることを示したい。万能の石猿に内在する過渡性の力を一見すれば、色／空のパラドクスが図らずも生み出している制約の特徴が明らかになるだろう。

中国古典文学における猿のモチーフについてのグレン・ダドブリッジの分析からわかるように、『西遊記』の影響研究に取りくんだ学者たちは、悟空という登場人物とその文学的な先例とのテクスト相関的連続性に特に興味を抱いている。彼らの分析が問うているのは、半神かつ仏教の聖人でもある悟空がどのようにして、伝説に登場する猿の形象と関連づけられるのかということである。伝説の猿形象は動物的本能を特徴とし、子孫を作ることに夢中になるあまり人間の女をさらう好色な生き物として描かれているのだ。(1)

学者たちは、悟空が白猿の民間伝承に由来するという説を受け入れる傾向にあるが、(2)ダドブリッジはこの仮説に反論する。その根拠は、石猿は伝説の白猿とはほとんど似たところがないこと、白猿の性格の特徴には宗教的なコノテーションがないことである。(3)ダドブリッジは次のような結論を出す。「起源や基本的な関心事という点で、三蔵法師の弟子と白猿の伝説とはまったく別である。どちらの事例も、猿－主人公は独自のアイデンティティをもっている。三蔵の弟子はいたずらで他愛のない罪を犯すが、白猿は終始怪物的な生き物であり退治されなければならない」。(4)だが、わたしの考えでは、ダドブリッジは悟空の起源が民間伝承の猿であるという答えを一気に排除するために、誇張した表現をしている。完全な原型を求めようと懸命になって、重要な源泉を倉卒に退けてしまっているのである。『西遊記』について、ダドブリッジが念頭に置くべきなのはおそらく次のような点である。悟空の起源を考えるのが難しいのは、この主人公が単一の文学的影響によってではなく広範囲にわたる異なる要素の寄せ集めによって作られていることによる。世俗的な要素もあれば宗教的な要素もあり、外来のものも固有のものもあり、そのすべてが石の猿－行者の複合的な形象に痕跡を残している。悟空のイメージ産出は多様な世俗のモチーフを織り交ぜることでさらに複雑になるのだが、猿伝説はその一つに過ぎないのである。

したがって、悟空のイメジャリー全体——仏教的かつ民間的なペルソナ——に対する単一の源泉を見極めようとすることは不毛であると言えよう。

悟空と白猿との関係に疑問を投げかけつつ、ダドブリッジが暗に前提としているのは、孫悟空の究極の起源へと遡れば必ずや、猿の王というこの登場人物のさまざまな相矛盾する特性のすべてを包含することのできる一つの原型にたどりつけるということらしい。ところが、そのような原型はどこにも見つからないので、ダドブリッジは結局あきらめて研究の路線を変更する。(5) わたしは逆に悟空の個性に焦点をしぼることで、研究を別の方向へ進めたい。悟空の個性とは精神性と動物性の矛盾した共存、すなわち宗教的な性質と民間伝承から来る性質との共存である。それゆえ、問いは立て直されなければならない。わたしたちが問うのは、ある特定の原型が猿の王の究極の源泉として考えられるかどうかではない。そうではなく、どの複合要素が、意味作用の戯れに参入し、悟空の過渡的性格のテクスト相関的空間を形成しているかということである。

好色な猿——中国とインドからの引用

テクスト相関性の研究において、「猿‐誘拐者と石猿との表面的な類似点」(6) は、たとえそれが偶発的なものに見えるとしても、過渡的状態の問題を理解するための重要な手がかりを与えてくれる。悟空の動物的な志向において、猿の肉欲がそれとなく現れていることは無視できない。しかし、重要なのは、物語のテクスト相関的空間における他のモチーフの存在（これについては後述する）が、猿のリビドーのエネルギーを別の方向へと転換するはたらきをしているのを認識することである。そしてさらに、もっとも重要なのは、それが過渡性の布置のもう一つの用語である「空」――悟りの可能性――を、その過渡性の対立物である「色」すなわち欲望との緊張関係において導入するのを認識することである。儀礼の石やトリックスター元型のようなテクスト相関的引用についての議論は、悟空という欲望の罠に絡めとられたうぬぼれの強い石猿が、どのようにして少しずつ聖人へと変化していくのかを明らかにすることになるだろう。その前置きとして悟空の欲望の性質――あるいは、象徴的な意味では「色」への強迫観念――を見てみると、不思議なことにわたしたちは過渡性のパラドクスのもう一方の端に連れてこられる。それは欲望の言説にすでに書き込まれている「大覚」である。

三蔵法師の取経の旅に加わる前の悟空は、さまざまな種類の欲望にとりつかれたいたずら好きな半神として知られている。時間や死の冷酷な手を逃れる不死の存在になりたいと願っているのである。「年老いることや肉体の衰え」〔年老血衰〕[7]を考えることが悟空を不快にさせるのは、それらを征服したいと望んでいるからであり、そのためには死さえもいとわない。不死の願いがかなうと、それまでの欲望が天宮における権力への渇望に取って代わるのももっともなことである。物語のなかで特に忘れられないのは、猿の王が誇張された自己イメージと独特の尊大さに身を固めて、わたしたちの目の前で活躍する場面の数々である。悟空の大暴れで有名な場面の一つが、天で最初に就いた官職である弼馬温が馬の番人という取るに足らない低い地位であったとわかったときのものである。

「おれは花果山では王と呼ばれ祖と呼ばれていたんだ。なんでおれをだまして馬の世話などさせるのだ。馬の世話は若造で下っ端の賤しいやつの仕事、おれにやらせるなどもってのほかだ。やめた、やめた、もう出て行ってやる」〔第四回〕(*Journey* I: 73)。

悟空の高揚する支配欲と自己中心的な優越感は、「斉天大聖」（天に等しい偉大な聖人）という自称や、魔物や天兵と対決するたびに上げる有名な名のりに表れているだけでなく、玉帝の地位への厚顔無恥な渇望、そして何と言っても、自分の美徳を冒瀆的なほどに誇示するさまに表れている。悟空の不死と権力への欲望は、取経の旅というテーマが導入される前の物語のうちの前半を支配している。物語の後半になるとやや調子が下がり、「心猿」というペルソナが現れて好色な猿というペルソナを補完する。これら二つのペルソナの現れは、「心」と「欲」とが結局のところ切りはなせないという仏教の隠喩を、もっとも雄弁に説明してくれる。二つの別の場面を取りあげて、孫悟空の欲望のルーツの複雑な現れを詳しく見てみることにしよう。

性欲のコノテーションは第六十回と第八十一回で悟空が二人の女怪と対決する場面で現れる。第六十回での羅刹女との戦いは性的冒険という奇妙な展開を見せる。悟空は羅刹女から魔法の扇を取り上げようとして危険な誘惑のゲームに参加し、女の夫を装って前戯にふける。

> 何度か酒をやりとりすると、羅刹女はほろ酔い加減、色っぽい気分になってきました。孫大聖のそばに寄り、なでたりもたれたりいたします。
> 手を取って、ひそひそと優しい言葉をささやいて、
> 肩を並べ、小さな声で口説きます。
> 一杯の酒を手に、あなたが一口飲んだあとはわたしが一口飲むという具合。さらに果物を口移しいたします
> （…）（*Journey* III: 163–164）。

このエピソードで性的な表現が控えめであることは董説《とうえつ》の興味を引き、『西遊補』における悟空の欲望のめくるめく心理的探索に糸口を提供することになる。実は、董説は多様な「欲」の顕現を表現するために一連の混沌とした象徴に訴えるという点で時代の先を行っているのだが、そのなかでも主たるものがリビドーのイメジャリーである。悟空の旅は、無意識において抑圧された欲望を表現しながら、性的幻想の錯綜するなかを通過する心の旅として描かれているのである。

『西遊記』第八十一回では、悟空が肉体関係の直前まで行く場面の描写は、羅刹女のエピソードに見られたような性愛ロマンティシズムの繊細な調子を失って、肉欲の露骨な描写になっている。

風が通り過ぎると、[悟空は] ふと蘭麝の香りを感じ、佩玉の音が響くのが聞こえたので、身体を伸ばし頭をもたげて見てみました。おや、見目麗しい女がまっすぐ仏殿に上ってくるではありませんか。

行者 [悟空] は口の中でぶつぶつと、ひたすらお経を唱えます。その女は近寄ってくるとぎゅっと抱きついて、「お若いお坊さま、何のお経を読んでいらっしゃるの」と尋ねます。

「願をかけたのです」と行者が答えます。女は、「他の人はのんきに眠っているのに、一人でお経なんて読んでどうしたの」

行者「願をかけたのですから読まないわけにはまいりません」

女は抱きしめると口づけして言います、「あたしとあちらに行って遊びましょう」。行者はわざと顔を背けて「聞き分けのないことを言いますね」

女「あなた、人相が読めるかしら」と尋ねます。

行者「少しなら」女「あたしの人相はどんな風でしょう」行者「そうだな。おまえさんは相手かまわず私通して舅姑に追い出されただろう」女「あらあら、全然当たっていないわね。あたしはね、舅姑に追い出されてないし、相手かまわず私通してもないわ。前生の定めが薄いため、若い男に嫁がされ、閨《ねや》の楽しみ味わえず、夫を捨てて逃げてきた、ってとこなの。今夜は星と月が明るいから、縁あって千里の道を会いにやってきたのよ。裏庭へいっていいことをしましょうよ」

行者はこれを聞いて合点がいきました、「坊主どもはこうして色香に迷って命を落としたわけだな。今度はおれまでたぶらかそうとしているわけだ」そこで口から出まかせに答えます、「奥さん、ぼくは出家しているしまだ若いから、いいことって何だかわからないな」

女は「ついていらっしゃい。教えてあげるわ」行者はひそかに笑って思うに「まあいいや。ついていってどうするつもりか見てやろう」二人は肩を抱き、手を取って仏殿を出てまっすぐに裏のお庭へやってまいります。かの妖怪は行者に足を引っかけて地面にころがしました。口では「いとしいにいさん」と繰り返しながら手で一物を握ります。

行者は思いました、「この化け物め、本当にこの俺さまを食うつもりだな」(*Journey* IV: 97–98)。

このエピソードで不思議なのは、美女が魔物であることを直ちに見破っているにもかかわらず、気の短い悟空がわたしたちの期待通りに行動しないことである。悟空は即座に正体を暴いてやっつける代わりに、女に自分を誘惑する機会を与え、見えすいた芝居を続ける。それは悟空自身が宣言しているように、「どうするつもりか」を見極めたいという「欲望」によるものである。リビドーの控えめな表現が繰りかえされる妖しい時間のあいだに、悟空のやっつけたいという衝動は、未知であるがゆえにとりわけ魅力的な別の衝動に取って代わられる。肉体関係へのイニシエーションは、まさしく「この女」は「おれ」をどうしたいのかという、初心者が一歩を踏み出す前の好奇心を刺激することによって始まるのである。こうして女怪は、悟空との最初の対決において、猿の心を奪い迷わせるようなものを「教える」と約束することによって優位に立つ。「抱きしめ」「口づけし」「手を取る」といった性の序曲は、一見したところ無害なようだが、悟空自身が十分に意識しないうちにその心を虜にしてしまう。この曖昧な場面はさまざまな解釈を誘ってやまないが、『西遊記』では説明されないままである。無意識の解釈に長けた董説こそは、性的なあてこすりが込められた箇所すべてを、欲望の言説へと効果的に書き直してくれる。『西遊補』における悟空の抑圧された性行動の描写は、実のところ中国文学で最初の精神分析的手法の出現なのである。

『西遊記』では、さまざまな装いをまとった「欲」に悟空が直面するという場面は少ないものの、そこには猿伝説の明確な特色——すなわち、リビドーの刺激——が表れているようである。「色欲」の世界での悟空の冒険や災難はつねに、野卑な獣性、持って生まれた猿の本性を物語るが、それはやがて聖人の本性によって馴致され洗練されなければならない。「悟空」（空を悟る）という名前そのものに含まれる過渡性のシンボリズムは、「色」と「空」のパラドクシカルな一体性からその意味を引き出している。したがって、それが喚起するのは、「色」と、官能的なものも精神的なものも含めて欲望の含意するすべてのものとの、目には見えない戯れである。それゆえ、好色な猿という民間伝承のイメージは、かすかで断片的なものだとしても、悟空という名前に埋めこまれた「色」のシンボリズムの産出に関わったのである。

注目すべきなのは、肉欲のテーマと空を悟るテーマを結びつける理論的可能性がすでに明代の白話小説「陳従善梅嶺失渾家」（馮夢龍編『古今小説』（のち『喩世明言』）所収）において示されていることである。この話では、申陽公という猿‐誘拐者が僧侶に、自らの制御しがたい肉欲を鎮める方法を尋ねる。申陽公はしばしば寺院を訪れ、悟りについての僧侶の説教に耳を傾けている。ある日、猿は長老と次のような会話をする。

申陽公［白猿の精］は長老に言った。「わたくしは愛欲を断つことができません。これは色心が本性を迷わせるからなのです。誰が虎の首から金鈴を外すことができるでしょう」長老は答えた。「おぬしが虎の首の金鈴を外すことができれば色心から本性を解き放つこともできよう。色はすなわち空、空はすなわち色、塵一つなくなり、すべての法が明らかになるのじゃ(8)」。

「色即是空、空即是色」というパラドクスによって、話本小説は、猿－誘拐者を悟りの潜在的媒体にする。果して肉欲と悟りへのあこがれに引き裂かれたこの半人半獣の化け物を踏まえて悟空が登場したのかどうかについて、批評家たちの意見は一致しない。だが申陽公が悟空の文学的先行者あるいは後継者であるかどうかにかかわらず、「色」という語彙素は、猿伝説の伝統に深く埋めこまれているとはいえ、性欲という本来のコノテーションから離れて過渡性の語彙素へと変わり、「空」とのパラドクシカルな対話に入っている。そして、「かたち」という仏教概念などのさまざまな「欲望」のコノテーションを引き受けるのである。二つの猿形象はそれぞれ「色」の概念の異なるコノテーションを体現するものの、申陽公と悟空はともに過渡的な存在であり、「色」からその対極にある「空」へと意味的な転換を、そして最終的には存在論的な転換を果たす可能性を与えられている。

この二三十年の『西遊記』の批評は、つねに孫悟空の起源、すなわち中国固有の産物なのか、それとも外来の原型があるのかという問題に関心を集中させてきた。固有起源説を支持する人々は、唐代後期に存在していたことが知られる(9)、福建地方の猿信仰を証拠として挙げる。そして、唐代伝奇の「補江総白猿伝」に登場する猿を悟空の文学的先行者と見なすのである。しかし一方で、信仰や小説における猿形象の「中国性」に異議を唱える陣営もあり、その説を固有派が論駁することは難しい。外来影響説を支持する人々は、『ラーマーヤナ』の賢い猿

―顧問官のハヌマーン（ハヌマートとも言う）のイメージを、まさに唐代の猿表象の原型そのものとして提唱しようと考えている。ハヌマーンはこのインド叙事詩の東南アジア版でさまざまな変容を遂げ、「ほとんどつねに白猿」で「妻たちをさらう」[10]。固有か外来かという問題は、猿のペルソナのテクスト相関性についての目下の考察とはほとんど関係がないとはいえ、注目すべきなのは、唐代小説の猿の原型が『易林』（漢代）や『博物志』（晋代）[11]まで遡れるということである。これらの資料は、好色な猿―誘拐者についての中国固有の雑多な伝説が、長期にわたって四川の山地に存在したことを示すものである。福建の猿信仰の由来は疑わしいとしても、四川の猿の存在がインドや東南アジアの影響の産物であると考えることは難しいであろう。

悟空の文化的／民族的起源についての議論は豊富な資料をもたらし、前近代中国の通俗文学の重要な研究に大いに貢献した[12]。しかし一方で、それが「孫悟空」問題を別の角度から研究するための重要な手がかりをおおい隠してしまうことも多いのである。そのような手がかりの一つは、影響研究の両説の論争に埋もれ、白猿―誘拐者と孫悟空との知的能力の差異ばかりを強調する学者たちによって影を薄くされてきた[13]。それが、「色」すなわち欲望（肉欲あるいはあらゆるかたちの性的衝動のエネルギー）と「空」すなわち空虚との象徴的な連続体に他ならない。この連続体は、猿形象の二つのペルソナ――みだらな女さらいと仏教の聖人――の潜在的な反転可能性という関係を指し示している。

そのうえ、まさにこの「欲」の象徴的価値と、「欲」と「空」との弁証法的相互作用こそは、悟空とそのインドの原型とのテクスト相関関係に別の角度から光を当てるものである。外来影響説がハヌマーンに中国の猿の行者の原型という肩書きを与える根拠と見なす属性のすべてを、ここでまとめ直す必要はないだろう。おそらく、ハヌマーンが王の理想的な顧問官でありヘラクレスのような怪力の持ち主であるというわかりやすい特徴が[14]、孫悟空の形成のルーツの一つはハヌマーンであるという仮説を、反駁できないものにしているのである。ところが、単一アイデンティティ説の立場をとると、『ラーマーヤナ』のテクスト自体の内部にさえ孫悟空のテクスト相関的変種が存在しうるという議論を排除することになってしまう。

わたしの考えでは、つきまとって離れない好色な白猿のイメージは、悟空のアイデンティティ論争の条件を再定式化し、このヴァールミーキのインド叙事詩の読解を再コンテクスト化する助けとなるはずである。(15) つまり、欲／空という仏教の隠喩を念頭に置いておくと、わたしたちは必然的にハヌマーンが忠誠を尽くす官能的な猿の王に注目することになるのだが、この王は、悟空とともにあの中国の放縦な猿形象も思い起こさせるのである。その王とは、猿の王スグリーヴァであり、ハヌマーンと同じように超 - 猿としてヘラクレスの属性をすべて具えている。カバンダが述べるように、スグリーヴァには「思いのままにどんな姿にでもなれる」(16) 力があり、最高の知性が具わっている（「太陽の照らす世界の中であれば知らないことはどこにもない」(17)）。この記述において、スグリーヴァは、潜在的な英雄性と知性の点でほとんどハヌマーンと区別がつかない。さらに付け加えるなら、カバンダが描写するスグリーヴァの王国の物質的な外観は、悟空が始めのうち暮らしていた水簾洞という楽園のイメジャリーをまざまざと喚起させる。(18) ほかにもこのインド叙事詩のエピソードや言及——スグリーヴァの獣性についての、また特に、猿の一群による不思議な石窟への冒険についての言及(19)——には、『西遊記』の始めのほうの、修行をする以前の悟空の世俗的なイメージや水簾洞への冒険を、確実に想起させるものがある。洞窟への言及は現在のこの議論にはほとんど関係しないが、伝統的な影響研究の学者にとっては、こうした中国とインドのテクスト相関性を考えるうえでの重要な戦略的中心として、魅力を放つことだろう。ともあれわたしたちの『ラーマーヤナ』への関心は、獣性への言及——すなわち、猿の倫理的ペルソナの描写を中心とする。それは、中国の猿伝説に見られたのと同じ「欲」の同位態を際立たせるものである。

スグリーヴァの獣性は、官能的快楽の追求に完全に身を任せるときに露わになる。スグリーヴァは、ラーマが猿の王国の王位継承を助けてくれたあとで、ラーマに立てた誓いも忘れてしまう。この叙事詩には、スグリーヴァの放縦の特徴を細かく表現した箇所がいくつかある。

スグリーヴァは目的を達成して王国を我がものとし、女に夢中になった。心に抱いていた欲望はすべてかない、長い間思いこがれていた妻も、ほしいと願っていたターラーも取り戻した。そこで心ゆくまで快楽にふけり（…）[20]。

むき出しの欲望としての「色」のコノテーションは、さらにターラー[21]によるスグリーヴァの心理状態の描写にも見ることができる。それは、ターラーがラーマの使者〔ラクシュマナ〕の怒りを静めるために恋人によって遣わされた場面である。

あなたは怒りにとらわれているために愛欲がどのようなものかわからなくなっておられます。情熱に身を任せる男は、時と場所がふさわしいかどうか気にすることもなく、アルタ〔実利〕とダルマ〔法〕を顧みることもないものなのです[22]。

きわめてはっきりしているのは、中国でもインドでも猿のペルソナは性欲の権化であるということだ。しかし、インドのテクストは、猿の精神的な明敏さを見落とすのみならず、欲望の範疇を「アルタとダルマ」の範疇の対極に立てる。対照的に中国の猿伝説は、先の話本小説のような曖昧なテクストへと展開し、「色」と「空」の対立関係そのものに疑問を投げかける。この中国の異議申したてが、結果的に『西遊記』を生み出すことになるのである。『西遊記』は、かつての好色で「生半可な知恵をもつ」[23]猿をその正反対のイメージ――精神性と教養を具える――を生み出す媒体へと変換しつつ、本来の官能的で性的な属性のすべてを再包摂 recontain するのである。

指摘しておきたいのは、猿形象は石猿の過渡的な性質を示す重要なテクスト相関的参照項ではあるが、それで悟空の精神的アイデンティティの謎が解けたと見なすのは過度に単純化した考え方だということである。おそらく連鎖のうちにはまだ見つかっていない環が無数にあり、おそらく決して発見されることはないだろう。さて、猿伝説が「色」の民間伝承におけるコノテーションの手がかりを与えてくれるとして、「色」の影のイメージであり、過渡的存在の二つ目の言葉――「空」――についてはどうなのだろうか。仏教の形而上学的枠組みは、確かにその関連の可能性についておおよその見通しを与えてくれるが、『西遊記』における悟空の曖昧な地位を理解するのに決定的であると思われる一連の問いに答えを与えてはくれない。たとえば、なぜ宗教的な民間英雄の出自が動物であり、生まれついての喜劇的ないたずら者なのだろうか。さらに、そもそもなぜ石から生まれた動物なのだろうか。

民間伝承の石の過渡性

二つ目の問いは、過渡的な傾向を潜ませている神話の石へとわたしたちを連れ戻す。わたしたちは先に、いくつかの曖昧性の高い石の儀礼から一群の過渡的な特質を引き出した。細かく検討すると、『西遊記』の石猿は、儀礼の石のもつ過渡的特性のいくつかを示している。孫悟空が生まれる石の卵は、「つねに天地の霊気、日月の精華を受けて感化されること久しく」〔第一回〕(*Journey* I: 67) と表現されている。始めのほうの回では頻繁に、宇宙の聖婚——天と地の交合や二つの天体の交合 (*Journey* I: 82, 87, 114) ——のような言葉によって、悟空の強大な力が天を起源とするものであることが言及されている。地と月が陰、天と日が陽を表すことから、石猿の過渡的性格は疑う余地なくうかがえる。両性具有は陰と陽の合体であり自律性・強さ・全体性を意味するので、(24) 悟空の活力はこの未分化の充実、中立的かつ創造的な全体性を受け継いでいると言えるだろう。ただ、儀礼の石が天と地、聖と俗のあいだの相互作用を過渡的なものとして強調するのに対して、悟空が生まれる石の卵はそれほどでもない。ここでのテクスト相関的収斂は、フィクションが古なじみのものから刺激を引きだすことや、テクスト相関性が、フィクションであるか否かを問わず、あらゆるテクスト生産へと介入していくことを認識させてくれる。

天/地や陰/陽という移行する属性に加えて、石猿は神話–儀礼の石のもう一組の過渡的性格を表している。それは「賢のなかの愚」という曖昧な地位である。悟空は一度ならず「頑石」すなわち無知な石の対応物として描写されている。それは悟りの種をもっていると同時に鈍く愚かな生き物である。悟空のこの抜きがたい愚鈍さはいくつかの出来事において嘲りの的になる。西王母が打ち負かされた悟空を「頑猴」すなわち「愚かな猿」と呼ぶのは、悟空が如来に五行山の下に閉じこめられたあとである (『西遊記』75)。取経の旅のあいだ悟空は、人間の姿に化けた怪物を次々と情け容赦なく殺すために、しばしば三蔵法師の怒りを買う。そのような感情を吐露する場面では、三蔵は決まって悟空を「兇頑」(暴力的で愚か) だと非難するのである。

『西遊記』の宗教的シンボリズムにとってこの刺激的な形容——「頑」——が妥当であることを理解するためには、第一回を締めくくる作者の言葉を見てみなければならない。

打破頑空須悟空（『西遊記』11）。

かたくなな空虚／愚鈍を打ち破るには空虚／愚鈍を悟る必要がある（*Journey* I: 82）。

この一句の「頑」の意味は、象徴的で控えめな表現を引き受けて、過渡的状態における「悟」との相互作用をきわめて簡潔に表している。猿の名前に埋めこまれたこの潜在的な過渡性のシンボリズムを論評しながら、語り手は「頑空」と「悟空」とのパラドクシカルな相関関係を導き出す。しかし、アンソニー・ユーによる直訳（「空」の訳はvacuity）は「空」という語を掛詞として解読しようとしているようで、「頑」と「悟」の二項対立に基づく意味作用の第二のレベルを無視しているのである。そこで、この一句に含まれる相互関係の弁証法は、別の翻訳戦略を必要とする――「頑－空」をその影のイメージである「悟－空」と組み合わせて各々の象徴内容を解き放つという戦略であり、次のように訳すことができるだろう。

愚鈍な自己である「頑空」を打ち破るには、悟った自己である「悟空」が必要である。

このパラドクスは、石猿に、対立するもう一つの精神が共存することを表している。無知でかたくなな性質は「悟空」の分身であって、悟りを得た真の自己によって征服されるのを待っているのだ。

悟空の精神構造における「頑空」のパラドクスを認識するや、「頑猴」という形容はもはや動機のない呼称ではなく、「心猿」の隠喩を理解するのに決定的な象徴的重要性をもつようになる。「頑石」と悟りとの関連は、「頑石点頭」の民間伝説が広まって以来、長い道のりを歩んできた。この形容がまずまちがいなく喚起するのは、ぶこつな石たちが悟りの教義を説く経典の言葉を理解してそろってうなずくという民間伝承のテクストである。

「頑石」という形容を聞いただけで、そこにはない「点頭」という述語が思い浮かぶ。それゆえ、一見したところ平凡な悟空の形容〔＝「頑」〕は、わたしたちに悟空が最後に悟りを得ると期待させることになる。そして、取経の旅は「点頭」の過程を演じるもの、つまり無知な石が神仏に共感して頭を動かすに至る過程を演じるものと考えることができるのである。

悟空の性質に石にちなんだ構成要素が含まれ、儀礼／民間伝承の石がそれを見つける手がかりの一つをにぎっているとすれば、悟空の曖昧な聖人性を全面的に理解するためには、獣であり／天の使いであるという過渡的状態の謎を解く鍵を手に入れることが必要である。ここでわたしたちは、少し前に立てた問いに引き戻される。すなわち、この宗教的英雄の喜劇的でいたずらな性格をどのように説明できるのかという問いである。聖人が同時に野獣であるというばかばかしい不調和は、どうすれば意味のあるものになりうるのだろうか。ここで注目するべきなのは、「いたずら」の控えめな表現がすでに「頑猴」という形容に含まれていることである。実際アンソニー・ユーはこの言葉を何度か「いたずらな猿」(mischievous Monkey)と訳し、「愚かさ」というもう一つのコノテーションを無視している。だとすれば、「頑猴」と表現するのは、悟空に対して失礼なことである。悟空は、無知でもあり、悪ふざけもする、石でもあり獣でもある――ただし皮肉なことに、まさにこの性格こそがラディカルな精神的転換を経験するための素質なのである。

トリックスター

ヴィクター・メアは孫悟空についての論文で、この猿の逆説的アイデンティティという問題の鋭い再定式化を行っている。「猿の形象については二つの関連する伝統があったと言えるだろう。一つは猿の魔物、悪霊という面を強調し(…)もう一つは猿に宗教的な偉業を行う能力があるという面を描き出す」[25]。メアは論を進めて、いずれの要素も「中央アジアや東南アジアにおける『ラーマーヤナ』の異なる系統の表象」から引き出されたものであり、したがって単独アイデンティティ説をゆるがすのではなく、それを補強するものであると指摘する。とはいえ、メアの考察は悟空の性格の齟齬という重要な問題をはっきりと再検討に付すものであり、それには新たな解釈戦略が必要である。その新しい角度からの研究のために、これから次のようなことを明らかにしたい。それは、獣であり／天の使いであるという過渡的状態が、トリックスター元型の特徴と、二つの「関連」しながらもはっきり意識されない伝統との両方から生じたことである。

トリックスターは幻想文学の登場人物で、さまざまな文化圏の民間文学においてその不思議な転換や計り知れないエネルギーが称えられている。それは「多くの原始民族の神話に多様な姿をとって現れるいたずらな超自然的形象である」[26]。中国の通俗文化において、トリックスターは機知に富んだ人物として早くも六朝時代に現れる。志怪小説には幽霊をだます人が登場する例がいくつも見られるが、もっとも手の込んだものの一つが『列異伝』[27]の話である。人間が幽霊を三度にわたってだまし、羊として売りとばすことで大金を手に入れる[28]。志怪小説に典型的なこの種の記述は、無防備な幽霊をからかい、人間の機知が、幽霊が人や家に取り憑くのを防ぐもっとも有効な策であることを強調している。注目したいのは、古代中国のトリックスター物語が、超自然的なものに対する人間の勝利を称えており、浮かれ騒ぎに沸く民衆精神を表していることである。この精神は、喜劇性が神聖性につながりうることや、そこから宗教的シンボリズムが引き出されることなど気にも留めない。神聖な伝統そのもの——道教・仏教・儒教——を嘲りの対象としている話もある[29]。

八・九世紀に禅仏教のいろいろな宗派が花開くようになると、「機知」という民間的要素は、ようやくその単純な快楽志向を脱して宗教的な局面へと展開する。禅の伝統においては「機知」の概念が禅の公案の作成や解明と密接に絡みあっているために、禅は「機知」の概念と「悟り」の概念——喜劇性と神聖性——とを混ぜ合わせる豊かな素地を提供する。多くの禅師が意図せずしてトリックスターの風貌を示すのである。アンソニー・ユーが「禅の理想像」として挙げる寒山は、皮肉なユーモアを詩に表現したことで有名であり、つねにトリックスターのオーラに包まれた喜劇的人物として称賛者たちへその魅力を放つ。(30)

禅における「智」(機知あるいは知恵)の「定義」はそれ自体が一つの謎である。弟子との会話のなかで、牛頭宗の法融(593–652)は、「智とは何か」と尋ねられる。法融の答えは「境起解是智」(31)(自分の心の生起を解消するのが「智」だ)である。『大乗無生方便門』には、「心は動かない。それが「定」であり「智」であり「理」である」(32)と言う。こうした「智」の説明がすべて簡潔であることは、禅仏教のもっとも基本的な教義へとつながっている。それは「知法無知」(33)、すなわちダルマを知る者は無知であるという教義である。以上の引用が示しているのは、禅の認識論的枠組みにおいて「智」はパラドクシカルでとらえどころのない構成概念であり、それ自体の自律的、直観的、自発的な解消が起こるつかの間のあいだだけその効果を現すということである。

孫悟空の場合は、「智」という禅の最高の模範を示すというには何か足りないところがある。民間のトリックスター的ペルソナが徐々に禅仏教の「無知にして知」、空虚かつ充満、「本来無面目」(もともとどんな顔もない)というペルソナへと解消される一方で、『西遊記』において悟空が経験する悟りのプロセスは、やや異なるメッセージを伝えるようである。そのメッセージは、「悟り」はわたしたちの本性に具わっている contained (禅僧が示すように)のみならず、それが失われたあとでも再包摂する recontain ことができるというものである。『西遊記』で孫悟空が引き受けるのが再包摂 recontainment の任務であることによって、悟空は寒山のような実在した風変わりな禅師たちとは異なる。禅師たちの楽園が結局今ここにある（実はそこを離れたことはない）ものと判明するのに対して、悟空の場合は、楽園喪失と冒頭のペテン師まがいの所業こそが、その冒険の後半部分を意味のあるもの——聖人性の探求——にするのである。

悟空には、「失われた楽園」と「取り戻された楽園」のあいだに横断しなければならない空間がある。このことからわたしは、禅の型のトリックスターは、悟空の精神構造にとって二次的な重要性しか持たないと考える[34]。孫悟空が「最高のトリックスター」でありつづけるのは、何よりそのペテン師かつ救済者という二重性格が、中国においては斬新な構成概念だからである。『西遊記』におけるこの形象の理論的含意は、カール・ユングの説明モデルを用いるともっともうまく解明できる。ユングはトリックスターを一つの元型として考察する。この元型は「ピカレスク物語、カーニバルや酒宴、人間の宗教的な恐怖や歓喜の場面」に繰りかえし登場し、「そのもっとも明確な発現は、まったく未分化なままの人間意識、つまり動物のレベルをほとんど脱していない精神をそのまま反映する[35]」形象である。

人間の美的衝動の共通点についてのユングの文化横断的研究によって、トリックスターのモチーフが文学や芸術の歴史を通じて何度も繰りかえし登場していることが明らかになった。世界各地の文学にトリックスターが頻出することから、ユングはその現象を人類の集合的精神の一部として考察するようになる。他のすべての元型モチーフと同じように、トリックスターが古代神話でも現代文学でもあちこちに現れることは、現代人の意識優勢の精神と原始人の無意識優勢の精神とのあいだに決定的なつながりがあることを教えてくれる。ユングは、トリックスター形象の原動力について検討することによって、文学テクストにおいて広く見られ、この形象の展開を支配していると考えられる型を突きとめた。その型は「トリックスター物語」と呼ばれ、孫悟空の過渡的性格によって奇しくもその有効性が証明される。『西遊記』は、神話や民話に広く見られるのと同じトリックスター形象の、中国における表象を提供しているということになるだろう。

ユングが研究したのは、アメリカ先住民の神話や中世キリスト教神話、そしてより現代に近いグリム童話に見られる「神話」に表れたトリックスター形象である。この問題においての解説で、ユングは自らの理論を証明するために、童話の登場人物である「メルクリウスの精」に注目する。その考察によれば、メルクリウスは次のような基本的特徴を表すことによってトリックスターのモチーフを裏付けている。半人半神的な特質、いたずら好きで時にはひねくれて意地悪になる性質、自分の欲求を満足させることに夢中になる傾向（換言すれば、無意識優勢であり、それゆえに快楽追求の気まぐれに左右される精神構造）、欲望を満たすために姿を変える能力。ただし、メルクリウスは苦痛を与える者であるとともに受ける者でもある。そして、いったん受難者としての役割を課されると、聖人や救済者の役割――他者のために苦しむ――を引き受けることによって自らのひねくれた性質や欲望充足を求める性質を超越するという、生来の能力を発揮するのである。自己充足という利己主義から利他主義へというトリックスターの人物造型の展開は、原始の無意識的精神から文明化した意識的精神への変換のしるしである。ユングは、トリックスターが人間以下の心理状態から人間化するプロセスを詳細に論じている。

（…）文明化のプロセスはトリックスター物語そのものの枠組みのなかで始まり、原初の状態が克服されたことを明白に示している。（…）深層の無意識のしるしは消えてしまい、残忍で獰猛、愚劣で無分別な行動をすることはなくなり、物語が終わりに近づくにつれて、トリックスターの行動はきわめて有益で分別のあるものになる。初期の無意識の価値が低下していることが神話にさえ見てとれるので、悪の特性はどうなってしまったのだろうと疑問に思う。単純な読者は、暗い面が消えればそれはもう存在しないのだと思うかもしれない。（…）実際に起こっているのは、意識的精神が悪の魅力から逃れ、もはやそれに無理やり振りまわされなくなったということなのである。[36]

メルクリウスと同じように、『西遊記』の孫悟空形象の展開も、トリックスター物語についてのユング理論への興味深い補足説明となるだろう。この物語の冒頭で、猿は仙石の卵から魔法のように生まれる。半神半獣の生き物と見なされる悟空の誕生は、つかの間ではあるが天の玉帝に注目されるほど重大な出来事である。だが一方では、まだ森のなかで意識をもたない動物たちと暮らす、取るに足らない存在でもある。その性格が展開するにつれて、わたしたちは悟空の無意識の方向性の範囲を知ることになる。第二回で、不老不死の秘密を求めて尋ねあてた祖師に「そなたはわしからどんな道を学ぼうというのじゃ」と聞かれて、悟空は答える。「(…)道が感じられるものなら何でも喜んで学びます」〔只是有些道気児、弟子便就学了〕[37]。これを見ると、悟空にとってはどんな種類の知恵であっても同じであるようだが、それは焦点を定めようにも精神がまだ本質的に未分化だからである。無意識のうちにあるものは、意識の光がそこから意味を取り戻すまでは何も明確に画定することができない。したがって、孫悟空の答えは、取るに足らないものに聞こえるかもしれないが、その精神がどれくらいまだ子どもじみたあるいは未開な無意識であるかというその程度を明らかにしているのである。少しふざけた調子で祖師は悟空の関心を試す質問を浴びせかけ、すべての答えにおいて悟空は、楽に不老不死を得たいというただ一つの考えを取りつかれたように繰りかえす。まるで飽くことを知らない子どものように、ほしいものを手に入れないではいられないのである。精神の発達のこの段階において、悟空の不老不死へのあこがれに知的探求の装いはまったくない。むしろ、生きることが楽しいので、漠然とそれがいつまでも続くように望んでいるだけだということは明白である。言葉を換えれば、悟空の探求は、悟りを得たいという意識的な欲求というよりも、無意識的な執着なのである。

祖師に弟子入りして修行をしたのち、悟空はトリックスターにふさわしい術《わざ》の数々を身につける。メルクリウスと同じように姿形を変えられるようになり、(38)分身の術など多くの魔術を使えるようになる。その後、このいたずら者は天に上り、無意識の気まぐれによって次々と悪さをする。蟠桃勝会という催しのエピソードはさらに、悟空が自らの無意識的精神の気まぐれな道楽によってどれほど苦しむことになるかを明らかにする。不老不死の桃をむさぼり食ったあとで悟空は、不死への恥ずべき欲望を見破った仙女たちを金縛りにする呪文をかける。そして、最初のいたずらの場面からさっさと退散すると、今度はたくさんの羽虫に姿を変えて蟠桃会の準備をしている者たちに襲いかかり、同じ呪文で金縛りにする。それから酒がめのところへ行って、へべれけになるまで酒を飲みつくすのである。こうしたいたずらのすべてが示しているのは、悟空が完全に、圧倒的な肉体的充足への欲求に動機づけられていることであり、ここには好色な猿とトリックスターとの奇妙な融合が見られるのである。その反社会的行動が広範囲に及ぶことは、トリックスター物語におけるこの段階での悟空の精神が原始の状態であることを表している。この猿の形象に驚くほどそっくりなあるトリックスターについて、ユングは次のように述べる。「一方で彼は多くの点で動物よりも愚かであり次々とばかげた面倒を起こす。本当の意味で悪ではないものの、まったく無意識かつ無関係なままに極悪なことをする。動物的無意識にとらわれていることは、頭がへラジカの頭蓋骨にはまってしまうエピソードや、タカの頭を自らの直腸に入れることでその状態を克服する次のエピソードによって示される」(39)。蟠桃会のエピソードのあとで悟空はその独特な動物的無意識を発揮して老子の金丹〔不老不死の霊薬〕を盗み、玉帝のさらなる怒りを買う。

悟空が戦いの最後に釈迦如来に会う場面は、トリックスター物語における重要な進展である。如来との対決は、暴力ではなくいたずらによる戦いである。そしてその最終結果は、悟空が自らの無謀ないたずらの犠牲になるというものである。如来は悟空をさとして言う。

おまえはたかが猿の精ではないか。よくもそのように思い上がって玉皇上帝の位を奪おうなどと言えたものだ。（…）おまえのようなまだ今の世で人間になったばかりの畜生がどうしてそのような大言を吐くのだ。この人でなしめ。寿命を縮めるのが落ちだぞ。早く降参して出まかせは言わないことだ。ひどい目に会ってあっという間に命がなくなり、もとの姿にも戻れなくなるぞ〔第七回〕（*Journey* I: 172）。

これは、無意識の破壊的で手に負えない衝動を抑えようとする目覚めた意識の声である。しかし、悟空の動物的無意識は抑えが利かないままであり、それを正そうとするこの警告を受けつけない。結局、執拗に自らの獣性にしがみついたために、猿は如来が仕掛けたわなにはまることになる。如来に負けた猿は五行山のふもとに閉じこめられ、三蔵法師に助け出されるまで長きにわたって苦しむことになる。この敗北のエピソードとそれに続く監禁は、悟空の精神的成長のサーガにとって重要な移行を表している。なぜなら、以前はいたずらを行う側であった猿が、自分のいたずらによって苦しんでいるからだ。悟空の性格形成のこの段階に、わたしたちは人間化の始まりを認めることができる。そしてこの段階は、ゆくゆくはトリックスターが聖人の形象となる最高段階がやってくるという前触れである。

第三十九回のエピソードは悟空の精神的な移行をきわめて明快に表している。この回では猪八戒が、悟空とのちょっとしたいさかいに対する仕返しに、悟空には烏鶏国の国王の死体を生き返らせる力があると師匠に信じこませる。これがとりわけ困難な使命となるのは、八戒が三蔵を説得して、陰府に行って閻魔王から死者の魂をもらってくるという安易な手段が取れないようにするからである。悟空がこの任務は難しすぎると文句を言うと、三蔵は戒めの呪文〔緊箍呪〕を唱え始め、猿に耐えがたい苦しみを与える。そのたいへんな苦痛に耐えながら、悟空は還魂丹を持っている老子の情けにすがるという方法を思いつく。三蔵は呪文を唱えるのをやめて、猿が天界に行くことを許す。出発にあたっての悟空の言葉は、以前の性格の特徴であった好色な獣性とは明確に異なるものである。というのも、珍しく心からやさしい気持ちになった猿は、師匠に喪主を立てて泣きながらの見取りをするように頼み、そうでなければ死んだ国王を生き返らせるのはやめるとまで言うのである。純粋な自己充足から礼儀正しさの擁護へというこの性格の移行は、悟空が長いあいだとらわれていた暗く強力な衝動を公然と非難するようになったしるしである。

その後、遅延も逸脱もなしに、悟空は国王を生き返らせる使命を全うする。老子は前回の一件で不愉快な思いをしたために悟空を邪険にするが、猿は自分を抑えてそれに対応する。これも人間化が一歩進んでいる証拠である。さらに、国王から感謝されると、これまでのようにこれ見よがしに自慢するのではなく、謙虚に手柄を師匠に譲って「ことわざにも、家に二人の主人なし、と言うではありませんか。お師匠さまが謝辞をお受け下さい」と述べるのである。ここでわたしたちは、トリックスター物語のなかで、トリックスターがとうとう聖人あるいは救済者という場所までやってきたのを目の当たりにする。悟空の意識の顕現が、自己抑制として、また他者の要求を自分の要求よりも優先させてかなえる能力として、具体化しているのである。

ユングは、シャーマンや呪術医という形象に含まれるトリックスターの要素について次のような分析を行うが、これは悟空についてのわたしたちの議論にも関連がある。「とにかく、世界の多くの場所で「呪術医になること」は、体と心の激しい苦悩を含んでおり、精神的な傷がずっと残ることもある。「救済者に似たものになること」は明らかにその結果であって、傷ついた者が癒す主体であり、苦しむ者が苦しみを取り去るという神話的真実を証明する」[40]。

『西遊記』において、心猿という隠喩が現れ[41]、それが少しずつ高められて最後に悟空が究極的な悟りを迎えることで、わたしたちはトリックスター物語が完結するのを見とどける。この議論において、猿の昇格後の「闘戦勝仏」という称号は、精神的成長のプロセスに言及するものとして特に意味が大きい。要するに、悟空の意識的精神がついに無意識のいたずらな本能に対して勝利を収めるのである。取経の旅が少しずつその終わりに近づくにつれて、猿の変容はますますわかりやすいものになっていく。

このときには、八戒もお茶だご飯だと騒ぐこともなく、無駄口をたたくこともしません。悟空も沙悟浄もそれぞれおとなしくしております。仏道が実を結んだ〔道果完成〕ために心も自ずと安らかなのです。その晩はそのまま休みました〔第百回〕(*Journey* IV: 419)。

この描写では、以前には悟空の性格を支配していた飽くことを知らぬ欲求が、悟りを得た心によって静められてしまっている。猿は自らを肉体的な執着から解き放ち、まったき状態と精神の明晰さを獲得したのである。考えが衝動のままに分散することもなく、まとまりをもちかつ統御されている。猿が無意識の粗暴な傾向から解放されたことは、頭から金環が外されることの象徴的含意によって示されていると言えるだろう。

思い起こせば、猿は好奇心から金環をほしがったことがきっかけでそれに縛られることになった。すなわち、自らの欲望と動物的な執着が、金環に猿を罰する力を授けたのである。旅の終わりに環が取り去られることは、猿の心が改まり、ついに束縛から自由になったことを表している。したがって、外してほしいという猿の頼みに三蔵は答える。

「以前はおまえが手に負えなかったのでこの方法によって取り締まっていたのだ。今では仏になったのだから、取り去って当然であり、おまえの頭にはまっていていい道理はない。試しにさわってごらん」。行者が手を挙げて頭をさわると、果たして環はなくなっておりました〔第百回〕(*Journey* IV: 426)。

環がなくなったことは、超自我が悟空の精神構造に完全に統合されたことを意味する。以前は、環は猿の手に負えない乱暴に対し、外部にあって取り締まる役割を果たしていたが、猿の悟りとともに制御する機能は内面化された――したがって、外にある支配力は消えてなくなったのである。物語の結末での猿の成仏とともに、わたしたちは無意識に始まり神格化された意識に終わる猿の精神の成長が完了するのに立ち会うのである。

ユングの仮説に含まれているのは、トリックスター物語の漸進的展開が、原始的起源から高度に進んだ状態へという人間精神の発達と直接に関係しているという考え方である。この角度から見ると、猿の神話的な旅の各段階は、人間の心の発達の絶妙なアレゴリーであると見なすことができよう。しかも、猿の探求は実のところ心の探求である。それゆえに、トリックスター物語は、猿の精神の過渡的状態の意味を考えるうえでの、失われた環《ミッシングリンク》のいくつかを提供してくれる。伝説における猿形象や民間伝承の石の過渡性などの他のテクスト相関的参照のなかに織りまぜられることで、トリックスター元型は石猿のイメージ産出に対して意味作用の別の層を導入する。ここでもう一度確認しておきたいのは、テクストとは本質的に他のテクストとの関係へと開かれているものであり、テクスト相関性がわたしたちの目の前に置くのは、思いのままにならない一連のテクスト、均質的なものもあれば異質なものもある先行テクストの寄せ集め、数々の失われた起源と果てしない地平であるということだ。したがって、どのような単一のテクストも、あるいは均質なテクストの一群でさえも、複合的なイメジャリーを裏付けるのには不十分である。その点では、民間伝承の石だけでも、猿やトリックスターのテクストだけでも、石猿の性格をめぐるすべての謎に答えることはできない。三つのテクスト相関的参照項のそれぞれが孫悟空の過渡的性格の何らかの面を明らかにしているとは言えるかもしれない。しかし、どちらかの方向に究極の源泉を求めようとすると、必ずやテクスト相関性の匿名的性質を損なうことになるだろう。

三つのテクスト相関的参照の議論によって、テクスト生産には複雑なメカニズムがあることが確認できる。また、石猿のような一見きわめて単純なイメージに織り込まれた、テクスト相関性のさまざまな脈絡を確認することもできる。こうした批評行為はさらに、石猿の意味作用を成立させているのが、単一の相関テクストではなく、異質なテクスト相関性のあいだの絶えざる対話であることを明らかにする。猿と民間伝承の石とトリックスターのあいだの複雑なテクスト相関的対話が孫悟空の過渡的な性格を作り出していることは、次のように図示するこ

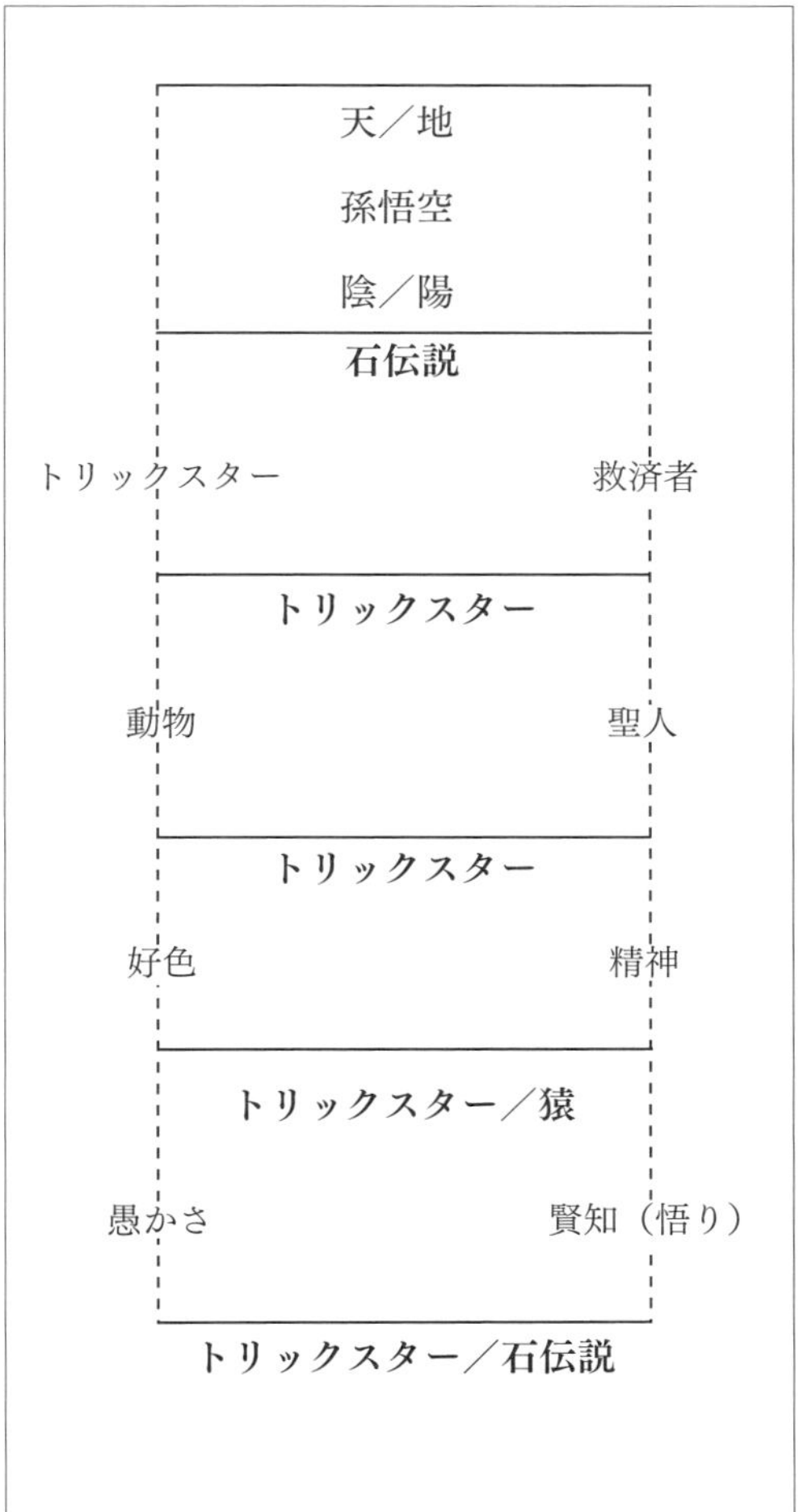

とができるだろう。

この過渡性の組合せにいくつか重複する部分があることは、相互依存の法則というテクスト相関性の特徴を表している。そして、一連の過渡性の組合せのなかに三つの面が完全に収斂するものがないことは、悟空の精神構造の究極の原型が、単一の源泉のうちに求められるという考えに疑問を投げかける。さらに、悟空の過渡的な性格を産出するにあたってのトリックスターと民間伝承テクストとの頻繁な相互作用を見ると、『西遊記』におけるそれらの顕著なテクスト相関的存在は、第三の相関テクスト――好色な猿の形象――の力を弱め、その結果悟空の性格描写における肉欲のテーマを中和する原因になっていると言えるかもしれない。

知恵のある石

悟空や宝玉の精神的覚醒を生み出すうえで生命力をもつ石が果たす決定的な役割についてはすでに考察し、合わせて聖なる儀礼の石というテクスト相関的参照項についても議論を行った。儀礼の石に具わる動的な力、豊穣をもたらす力は、「点頭石」(うなずく石)の精神的潜在能力において頂点に達するものである。文学テクストにおいては、民間伝承の「悟り」を得た石との融合は、「知恵のある」石の陽気なイメージとして現れる。あちらこちらに民間伝承の石の紛れもない痕跡を示しながら、悟りを得た石猿と神話の通霊石は、原始の石信仰の論理的な頂点を体現することになる。原初の五色石という生命のない物体から鳴石という音を出す楽器へ、そして最終的にはものを言いうなずく石――神知をもつ生きた主体――へ。石に言説と精神を生み出す能力が潜在していることがよくわかる。さらに予想されるのは、文字を刻んだ石碑やもの言う石の伝説に見られるような民間伝承の石の言語表現が、やがて高度な認識活動のレベルにまで進展し、「知性」を具えた石の二つの原型を生み出すだろうということである。一つは外的な人間の力に動機づけられたもの（うなずく石）であり、もう一つは石自体の明敏さによる知（知恵のある石）であると考えられる。

知恵のある石のテーマは、『紅楼夢』と『西遊記』の根底にある探求のシンボリズムにおいて中心的な位置を占める。石の化身として、悟空も宝玉も地上の存在形態を経験して覚醒に至る。どちらの例においても、知恵のある石が悟りの可能性を象徴しているのである。猿が仙石の卵から生まれるという事実は、すでにあとにやってくる悟りを予言している。また同じように、石の記録〔石頭記〕という題名に含まれる解釈コードによって、敏感な読者は第一回ですでに、これは悟りの物語である、つまり無知な石塊が「うなずく」物語であることを読みとるだろう。知恵のある石と悟りのテーマとの絡みあう関係が重要な構造化の力としてはたらくという認識は、わたしたちの読解を導き、関連するテーマの連鎖をつきとめたり分類したりする助けにもなる。

色／空のパラドクスが過渡性を意味することを論じたときに、仏教の形而上学的枠組みが、この二項の理論的には永続的な散種を動機づけていることを明らかにした。ここで提示したいのは、この仏教の色／空のパラドクスこそが、民間の想像力と相互に作用しあって、すでに存在していた点頭石の過渡性図式にラディカルな次元を付け加えたことである。悟りを得た点頭石のイメジャリーと仏教のパラドクスとの相互補強が、知恵のある石のイメジャリー全体を生み出すのである。

点頭石と仏教のアレゴリーのこの絡みあいは、『西遊記』においては悟りのプロセスのための場の選択に表れている。というのも、伝説の聖人である三蔵よりも石猿こそが、『般若心経』のパラドクスを伝え、それによって取経の旅の心眼が置かれる場そのものとしての役目を果たしているからである。先に悟空の過渡性について解釈したときに、悟りの種は、すでに「悟空」という法名の隠喩に含まれており、石の卵のなかに象徴的に孕まれていることを明らかにした。この深く浸み込んだ神聖なルーツ——日月の結合、天地の結合——が、悟空の仏典に対する本能的で早熟な理解を説明していると言えよう。さらに猿は旅のあいだずっと、道中で出会ったあらゆる災厄が幻であることに師匠が気づいてくれることを願いながら、色／空のパラドクスを師匠に説きつづけているのである。第二十四回で、猿は「霊山」の隠喩に触れる。それは、世俗的なかたちでは存在しないが心の奥底にある、「空」の根源そのものである（『西遊記』266）。パラドクスについての議論は、冒険の合間に、ときには精緻な哲学論文のようなかたちで、別のときには即興の格言のようなかたちで続けられていく。ある場面では、猿は大笑いをしながら言う。

「功成ってのちには万縁はみな消えて、諸法はすべてむなしくなります」〔第三十二回〕（*Journey* II: 99）。

そのあとに続く回でも、悟空はあるときは月の満ち欠けを精神修養のプロセスの象徴として説明して長広舌をふるい（『西遊記』411）〔第三十六回〕、別のときには三蔵に対して六つの感覚〔目・耳・鼻・舌・身・意の感覚で六賊と言う〕が幻であるという戒めを繰りかえす（『西遊記』485）〔第四十三回〕。第八十五回では、再び霊山の隠喩を持ち出して、心の探求との緊密な関係を正確に言い当てる（『西遊記』959）。

したがって、悟空の精神的な生まれ変わりは、取経の旅のあいだに部分的に果たされている。そのうえ、猿は精神的な死を二度経験する。一度は五行山で起こり、五行山に押さえつけられて猿はリビドーあふれる自己を失う。もう一度は彼岸に渡る凌雲渡《りょううんと》〔凌雲の渡し〕で、四人の旅人たちは恐れと驚きとともに自分たちの俗世の姿が消滅するのを目の当たりにするのである。「通過」の隠喩として見ると、死と再生が、この要を得た単純明快な場面において、一瞬のうちに相互に溶け合っているのがわかる。

船頭は岸辺に漕ぎよせてきて、「渡しますよ、渡しますよ」と叫びます。三蔵は舟を見るとびっくりして言います、「こんな底なしの舟でどうして人を渡すことができよう」すると仏祖〔＝船頭〕は言います、「わたしのこの舟は、

鴻濛初めて分かれてよりその名も高く、幸いずっとわしが漕いで変わらない。
波や風があっても穏やかで、終わりも始めもなく昇平を楽しむ。
六塵にまみれることなく一に帰し、万劫のあいだを安らかに流れゆく。
底なしの舟では海は渡れないが、とこしえに衆生を渡して救う」

孫大聖は合掌して、「我が師を迎えてお導きくださること、かたじけない。師匠、舟にお乗りください。この舟には底はありませんが大丈夫。波風が立とうともひっくり返りません」三蔵がそれでもためらっていると、行者は腕をつかんで押し出します。師匠は立つところもなく水の中へ転がり込むところを船頭がとっさに引っぱりあげて舟の上に立たせます。師匠は衣の水を振るい足踏みをして、行者に文句を言います。行者は沙悟浄と猪八戒を助けて馬や荷物を舟に載せ、みんなで船べりに立ちました。仏祖は軽々と舟を漕ぎ出します。ふと見ると、上流から死体が流れてまいりました。三蔵はそれを見て仰天いたします。行者は笑って、「師匠、こわがることはありません。あれはあなたですよ」八戒も「あなただ。あなたさまだ」と言います。沙悟浄も手を打ちながら「あなたです、あなたです」船頭もふしをつけて「おまえさんだよ、めでたい、めでたい」三人は声を合わせて唱和しながら舟を漕いでいきました。〔第九十八回〕(*Journey* IV: 383–84)。

やむことのない色と空の変転を停止させるこの結びによって、過渡的状態の石猿という幻影は、固まったイメージとなって具現する。そのイメージにおいて色／空のパラドクスは解消し、知恵のある石という単一の軌道のうえで民間伝承の点頭石と一つになるのである。

興味深いのは、『紅楼夢』と同じように、この解消が空間的な存在概念を示していることである。その概念は、『紅楼夢』の場合のように、危機にある主体がロゴス中心的起源を回復することによる循環論法を招くか、あるいは『西遊記』のように一回きりのクライマックスにおける究極的存在の確認に至るかのどちらかである。いずれの戦略も、時間的な存在形態に対する現象学的理解を閉ざしてしまう。宝玉が不動の原点——感覚のない石塊——に戻るように、〔『西遊記』の〕旅人たちは一層ドラマティックな仕方で、自分たちの時間的なあり方や一個人としての存在を否定する。「彼岸」に到着したあとで旅人たちが置き去りにするのは、以前の自分たちの肉体的存在のみならず、お互いの区別でもある。したがって彼らが経験する象徴的な死は、無知の死であるだけではない。声を合わせて唱和し、死体を四人すべての分化されない姿として確認することは、均質性の専制を復活させることにならざるを得ない。差異と複数性は、今や単一のアイデンティティに還元されたのだから。猿と猪八戒と沙悟浄による喜劇的な叫び声は、結局のところそれほどめでたいものではない。それが伝えるメッセージは、自己と他者との境界の消滅であり、精神的に有力なものとはいえ、集合的アイデンティティ尊重の復活なのである。

そういうわけで、最初はどれほどラディカルに見えようとも、『紅楼夢』——そしてやや程度は下がるが『西遊記』——において、無限に拡張する過渡的状態の通過は、語りの枠組みのうちでその進行を永続させることはできないし、していない。『西遊記』の場合には、色／空のパラドクスは、凌雲渡で色が空に譲歩した瞬間に解決される。そして、これまでの章で論じたように、宝玉の性格のラディカルな散種の可能性もまた、遡及コンプレックスに深く浸透された著述の伝統の範囲内に留められる。こうして、「回帰」という語りの論理が、女媧石の最終的な目的地を特徴づけ、あらかじめ方向づける。そして、それほどドラマティックではないが、同じ論理が、悟空の旅がどのようにしてどこで終わるかを予告するのである。どちらの場合にも、散種の衝動は、回復し退行しようとするノスタルジックな衝動によって抑制され、最終的には馴致される。進行する語りの運動は一巡してもとに戻り、無限定にまき散らされた過渡性は、最後の瞬間に円環的な過渡性へと変換される。

したがって、孫悟空は、次々と変容を経験した天界の石の卵であると考えられる。最初は人間の意識を授けられた動物へ、次に半神的な存在へ、そして最後にはついに仏教の聖人という装いで純真な最初の状態に戻るのである。宝玉は天で生まれた石の化身として現れ、最初の姿に戻るまでのあいだに何段階もの精神的な死や変化を通過する。いずれの場合にも石の化身は、旅をしてもとの出発点に帰り、精神的再生の隠喩という役を演じるのである。

　孫悟空は取経の旅が終わりを迎えるずっと前に悟りの境地に至っているようであり、凌雲渡のくだりは既成事実に対して形式的な仕上げの一筆を加えているだけである。だとすれば、『西遊記』において、新参者が経るべき遠回りの行程は、それほど明確に表面化していないとも考えられよう。しかし、『紅楼夢』では決してそのようなことはない。宝玉の探求の特徴である円環性は、〔『西遊記』よりも〕ずっと複雑かつ洗練された仕方で、物語のテーマと構造の両方の枠組みの基礎となっている。女媧石の複合的な構造において見られるのは、過渡的状態にある石と仏教の色／空のアレゴリーとの密接な相互作用である。第一回において空空道人は「色」（欲望）と「空」（空虚）の迷宮を通って見せかけの悟りを得るが、このプロセスはすでに、主人公がのちにたどる回り道を明示している。『紅楼夢』のテクストにおいては、石は精神的成長の物語のなかで、さらに決定的な役割さえ果たしている。宝玉は最後に悟りに至る可能性を意味する一個の玉とともに生まれる。そして玉をなくすと意識を失い、玉が見つかると精神的活力を取り戻す。失われた玉を取り戻すことを、女媧石だったという記憶をもたない玉の精神のサーガにつなげるかどうかは、作者－語り手に選択の余地がある。しかし、『紅楼夢』は、最後はわたしたちを出発した地点へと連れ戻す道をたどるために、ラディカルな読者の期待をかなえることはできない。したがって、玉が取り戻されるたびに宝玉はもといた場所に一歩近づいていく。それは、失われた神知が少しずつ回復されることなのである。作品全体を通じて、宝玉の過渡的なペルソナの分散への可能性は、円環運動の影につきまとわれ、最後にはその内部に閉じこめられる。[42] ついでに触れておいたほうがいいと思われるのは、インドのジャータカ物語にブッダの化身がいろいろな姿で繰りかえし現れるが、これはキリスト教の神やギリシアの植物神におけるライフサイクルの連続体とも類似しているということである。[43] 中国文学でも西洋文学でも、円環のシンボリズムの起源は宗教的なものであり、その由来は、輪廻という大衆的な仏教教義（色／空のパラドクスという禅仏教の教義とは異なる）であったり、キリスト教の復活神話やギリシアの〈年のダイモーン〉信仰であったりする。

このように考えると、宝玉の精神的危機の円環的解決は、兪平伯が主張するような道徳的補償の一例というよりも、前もって決定された神話論理の自然な実現として考えるべきだろう。宝玉は、最初は名声を求めることや真剣に学問することに無関心であるが、そこに深い反儒教的な心性が反映されていると考える兪平伯は、あとの四十回の作者とされる高鶚を、本来の作者の構想から逸脱したという理由で批判する。反抗的な主人公を勝手に自己矯正する学者ぶった人物に変えてしまった、そして宝玉の儒教の理想の追求は、悟りの直前に科挙で高成績を挙げたことで頂点に達したというのである。終わりのほうでの主人公の転換に含まれる「道学精神」に嫌悪を感じた兪平伯は、宝玉の気質の劇的な転換はあまりに説得力を欠いている、それは高鶚自身の儒教に対するイデオロギー的傾倒を露わにしているだけだと主張する。[44] 同じ議論を続けるなかで、兪平伯は宝玉の精神的変容を還元主義的な道徳図式によって解釈し、そのことによって根底にある神話的含意を完全に排除してしまう。[45] 宝玉の「矯正のプロセス」への兪平伯の批判に表れた否定的な色合いは、さらに拡大して『紅楼夢』の終わりの三十回のプロット展開に対する評価にも及んでいる。その議論で兪平伯は、玉の下げ飾りがなくなったり見つかったりすることの物語全体への関与を疑問視して、円環的な神話論理という重要な問題を再び退ける。「続書の四十回において奇妙なのは、宝玉が通霊玉をなくし、そのあと僧侶が玉を返すというエピソードである（第九十回と第百十六回）。作者が玉をなくすというエピソードを用意したのなら、どうして宝玉にそれをまた取り戻させるのだろうか。そのうえ、玉が何の痕跡もなく、なくなったり出てきたりするというのは、何とも奇怪である。穏やかな表現をするなら、神秘であり、情け容赦のない表現をするなら、まったく道理にかなわないしばかばかしい」。[46] ここで兪平伯は明らかに「円環的回帰」のプロットに困惑しており、それを「神秘」でも「道理にかなわない」わけでもない現象として認めることができない。しかし、先の引用の表現のまねをするなら、それは次のように再定式化できるだろう。穏やかな表現をするなら、永遠回帰の神話という元型様式に従っている。情け容赦のない表現をするなら、遡及的な語りの伝統の反映に他ならず、つねにノスタルジーのうちに過去を振り返り、回復への熱望に身を任せて最初の出発点を特権化しているのである。

したがって、最終回での甄士隠の結語は、『紅楼夢』のフィクション論理の重要な点を突いている。その修辞疑問文は、人類の歴史と同じくらい古い衝動をたちまち思い出させて、兪平伯の不満に応答している。

　仙草がもといた場所に戻ったのですから、通霊石がもとの姿に戻らない道理がありましょうか（『紅楼夢』Ⅲ、1645）。

わたしたちの先の議論を要約するなら、宝玉と悟空の精神構造の根底にある知恵のある石のシンボリズムが明らかにしているのは、点頭石という民間伝承テクストと色／空という禅仏教のパラドクスとのあいだの、ときには感知しがたい、ときには予測可能な相互作用である。潜在的に点頭石の生まれ変わりである知恵のある石は、色／空のパラドクスのラディカルな含意を馴致するプロセスのなかで、点頭石の過渡性の原理を再演する。こうして、知恵のある石のフィクション論理は、無限に再生される言説エネルギーを余すところなく発揮することができるし、全能の回帰衝動を再賦活することによって言説エネルギーを支配することもできる。進行しているものはしばしば停止してしまい——というよりむしろ、出発したところへ戻ってしまう。ここで重要なのは、エネルギーを放出することではなく、「エネルギーを取り戻す」ことなのである。これは、『紅楼夢』の場合に特に当てはまることなのだが、その『紅楼夢』において、このような復帰はとりわけ人を当惑させる。なぜなら、始まりへのノスタルジーが起こり、放たれていたものを閉じこめてしまう以前には、作者‐語り手は、ラディカルな可能性の楽しいスペクタクルを約束するのみならず、現にそれを語っていたからである。

『紅楼夢』と『西遊記』それぞれに登場する天界の石の化身。両者のまとう類似性には、今やこれ以上の理由づけを必要としないであろう。わたしたちはすでに、二つの石が動的な能力を特徴とし、その能力が、孫悟空の変容のエネルギーや女媧石の豊穣をもたらす力を促進していることを明らかにしてきた。この尽きることのない推進力の生物学的な発現は、同時に精神の領域にも拡張される。そこから、石猿は力と不死と悟りへの渇望を引き出し、女媧石は地上で魅惑にあふれた激しい生を経験したいという意志を引き出した。石という起源についての物語は、二つの石の化身が、知恵のある石のイメージへと展開を見せ、それが精神的探求のための中心的な構造枠組みを提供することで続いていくのである。

重要なのは、民間伝承テクストが悟空の「石」のペルソナに課しているテクスト相関的制約を『西遊記』が明らかにしている一方で、そこに見られる文学的な石のシンボリズムは、石伝説の生成文法によっては簡単に理解できない複雑なプロセスを経ているということである。『紅楼夢』と『西遊記』における知恵のある石のパラドクスを詳しく検討すると、このパラドクスが完全に点頭石の民間伝説にテクスト相関的収斂を果たすことは、決してないことがわかる。女媧石や石猿の比類のない特徴となっているのは、たんに両者が過渡的状態の通過を示していることだけでなく、両者が散種を経験する理論的可能性をもつことでもある。この散種は、民間定式のようなむき出しの粗野な状態の二項対立を超えるものなのである。テクスト相関性の研究はつねに、テクスト生産の場にはたらいている二つの対立するメカニズム――換言すれば、テクスト相関的引用が反復と変換という二元的かつ同時的なはたらきを示していること――を説明する義務がある。知恵のある石のモチーフの場合に重要なのは、そのルーツに古代の石伝説の存在がつきまとっているのを認めることである。それは、ときには再賦活され、ときには他の相関テクストと出会うことによってラディカルに変換されている。古代の石伝説は、文化的無意識のうちへと入ったり、またそこから出てきたりしながら曲折の多い遠回りの旅をしている。いくつもの時代や世代を横断する創造的な冒険のうちにそれを見てとることができるであろう。

注

（1） Dudbridge 116.

（2） Dudbridge 126–127. ダドブリッジによると、太田辰夫は伝説の白猿とフィクション形象である孫悟空のあいだに密接な関係があると主張する。太田は、「悟空」という名前のコノテーションは特に、女をさらう白猿の性的なニュアンスというコンテクストに由来すると論じている（太田 11）。

（3）Dudbridge 126–127.

（4）Dudbridge 128.

（5）Dudbridge 166. ダドブリッジは別の問いを立てる。それはたとえば、宗教的な民間英雄である三蔵法師がなぜ動物の従者たちを連れているのか、そのなかでなぜ猿がもっとも重要な役割を果たすのかといった問いである。

（6）Dudbridge 128.

（7）呉承恩『西遊記』（以下、『西遊記』）5。

（8）「陳従善梅嶺失渾家」11b。

（9）Mair 694 に、孔另境や磯部彰の研究の引用がある。

（10）Mair 670–71. メアの主要な論点の一つは、『西遊記』の悟空の形成と展開が「呉承恩の時代よりも何世紀も前に」、ハヌマーンの伝説が東南アジアから中国へ口頭で伝わる過程で起こったということである。メアが引用する柳存仁の見解によれば、唐代小説は「中国の官服を着たハヌマートが小説のなかに存在する」証拠を与えてくれる。

「補江総白猿伝」18 の注を見よ。焦延寿の『易林』には次のように記されている。「南山に大きな猿がいてわれわれの妻のうち美しいものをさらっていた」。張華の『博物志』には次のような記述がある。「四川の山岳地帯の南にある高い山に猿のような獣がいる。身長は七尺で、人のように速く歩くことができる。（…）同じ道を歩いて行く美しい女はしばしばさらわれ、行方知れずになった」。

（12）この種の影響研究――『西遊記』において、また中国の仏典や東南アジアの口承文学と芸能に含まれる『ラーマーヤナ』の異説において、いつどのようにして猿が主要な役割を担うようになるのか――から引き出される問いは、きわめて重要である。それらは中国・インド・東南アジアの通俗文学の比較研究に有力な出発点を提供するのみならず、『西遊記』のより包括的な理解にも寄与するのである。孫悟空の起源という答えの出ない問題のもっとも総合的な研究については、Mair 659–752 を見よ。

（13）Mair 718 を見よ。ここで、メアは黄孟文の次のような記述を引用している。「あらゆる点で、彼［好色な魔物］はまったく「白衣の秀才」［悟空］に似ていない」。また、この問題についてのダドブリッジの見解も引用する。「白猿に主要な役割（…）は女を誘拐し誘惑する役割であり、『西遊記』の猿には無縁の性格である」（Mair 719–720）。

（14） ハヌマーンの魔力の全領域——跳躍・速力・変身——についての詳しい記述は、第四巻第六十六章「ジャンバヴァン、ハヌマーンを説得する」におけるジャンバヴァンによるハヌマーンの描写を見よ。Valmiki, *Srimad Valmiki Rāmāyana*, trans. N. Raghunathan（以下 *Rāmāyana*）II: 320–322〔『新訳ラーマーヤナ』4、二九二—二九六〕.

（15） インド・東南アジア・中国における『ラーマーヤナ』の書面と口頭の異本を調査してスグリーヴァがつねにヴァールミーキの記述と同じ姿であるかどうかを確認することは本書の範囲を超えている。

（16） 第三巻第七十二章「カバンダがラーマにスグリーヴァと友だちになるように頼む」、*Rāmāyana* II: 154〔『新訳ラーマーヤナ』3、二九一〕。また第四巻第五章「ラーマとスグリーヴァが契約を結ぶ」では、「偉大な猿のスグリーヴァはすてきな男の姿になって」ラーマにあいさつしたと述べられる（II: 178）〔『新訳ラーマーヤナ』4、四一〕。

（17） *Rāmāyana* II: 155〔『新訳ラーマーヤナ』3、二九二〕.

（18） 「その山に…大きな洞窟があり、岩で塞がれていて入ることができない。東の入口には冷たい水の大きな池がある。その場所は果物や草木が多い楽しいところで、いろいろな種類の動物がいる」（*Rāmāyana* II: 157）〔『新訳ラーマーヤナ』3、二九七〕。

（19） このエピソードは第四巻第五十章「リクシャビラ」で起こる。*Rāmāyana* II: 294–96〔『新訳ラーマーヤナ』4、二四五—二四九〕.

（20） *Rāmāyana* II: 241〔『新訳ラーマーヤナ』4、一五四—一五五〕.

（21） ここで注目に値するのは、ヴァーリの最愛の妻ターラーが、今やスグリーヴァの妾になっていることである。叙事詩において作者‐語り手も登場人物も、兄が逝去したのちのスグリーヴァによるターラーの「誘拐」について何も説明しない。スグリーヴァがターラーを奪うのは猿‐誘拐者のテーマの微妙な変種と見なすことができるだろう。

（22） Rāmāyana II: 259〔『新訳ラーマーヤナ』4、一八三〕.

（23） ヴァールミーキは猿のスグリーヴァの一族を「生半可な知恵のある」（half-civilized）と表現する。Sarma, *Ethico-Literary Values* 201 を見よ。

（24） Eliade, *Myths, Dreams* 175〔エリアーデ『神話と夢想と秘儀』二二五〕. エリアーデは、アッティス・アドニス・ディオニュソス・キュベレなど両性具有の痕跡を示すさまざまな神話の人物の例を挙げる。エリアーデにとって、両性具有は原始の無分化状態の完全性を象徴するものである。それが、わたしたちの神話的祖先や神が両性を具有している理由である。

(25) Mair 720.

(26) *Random House College Dictionary* 1403.

(27) 『列異伝』を編纂したのは、魏の文帝（186–226）あるいは張華（232–300）と伝えられている。

(28) "The Man Who Sold a Ghost," in *The Man Who Sold a Ghost* 1–2.

(29) "The New Ghost," *Yu-ming lu*〔幽明録〕in *The Man Who Sold a Ghost* 105–106.

(30) Yu, "Religion and Literature" 137.

(31) 印順 116。延寿『宗鏡録』巻九十七の引用。

(32) 印順 145。

(33) 印順 126。法融の『心銘』の引用。

(34) 禅僧の修行と猿の謎解き行為——猿と最初の師匠との謎めいた対話や当意即妙の応酬、六賊を殺すことのもつ宗教的意味の直観的理解など——については、Yu, "Religion and Literature" 136–138 を見よ。

(35) Jung 260/465〔「トリックスター像の心理」、ポール・ラディン他著『トリックスター』二六四〕.

(36) Jung 266/477〔二七〇〕.

(37) *Journey* I: 84. これはわたしの翻訳である。アンソニー・ユーの訳は次の通りである。「(…) 少しでも道家のおもむきのあるものなら何でも喜んで学びます」(... Your pupil would gladly learn whatever has a smidgen of Taoist flavor)〔ワン訳では後半が *whatever* smacks of Tao.〕。

(38) 悟空の「七十二変化」にも触れるべきであろう。これは多くの学者たちが、ジャータカの伝承などインドの寓話や奇跡譚に由来すると考えるものである (Mair 716 を見よ)。こうした外来のモチーフは唐代に口承によって中国の通俗文学へと伝わったものであり、トリックスター元型のわたしたちの議論を補完するのに役立つ。

(39) Jung 264/473〔二六七〕.

(40) Jung 253/455〔二六〇〕.

(41)「心猿」という言葉には「欲望を抑えられない心」という仏教的コノテーションだけでなく、猿の「落ち着きのない性質」という通俗的な理解も含まれている。たとえば『ラーマーヤナ』では、ハヌマーンはスグリーヴァの心の落ち着きのなさが猿に典型的な性質であると明かしている（第四巻第二章「スグリーヴァがハヌマーンをラーマに会わせる」 *Ramayana* II: 172)〔『新訳ラーマーヤナ』4、二九〕。

(42) ここで『紅楼夢』の基礎となる円環的な神話論理についての王孝廉の分析に触れる必要があるだろう。王孝廉はこの作品の構造を、発端・試練・帰還という三つの部分に分ける（王孝廉 91）。それぞれの段階は、石のシンボリズムの変種に中心を置いたプロットを生み出す。すなわち、含玉（玉の誕生）・失玉（玉の喪失）・還玉（玉の帰還）である。この議論は、『紅楼夢』の構成要素として、石の役割を強調しすぎているように思われる。また、今問題となっている円環型の起源を民間伝承のうちに求めるという還元主義的な考え方を示してもいる。

> 愛情をめぐる中国の神話や伝説はふつう決まった定式にしたがって表現される。その定式の構図はしばしば次のように示される。
>
> 神話的起源——試練——永遠なる回帰〔原始——歴劫——回帰〕
>
> 多くの伝説が、そこに登場する形象、たとえば天に住む仙女や星辰、青埂峰の下の石のような形象の原始的起源の物語を語る。そして次に愛情の試練、ある種の悲劇的な愛のプロセスを語り、最後に究極的な帰還を語る。天から降《くだ》ってきた仙女は天に帰り、海からやってきた龍女は龍宮に帰り、また［石女は］物質的な変換を経て時間と空間を超越した化石のような存在になる（王 75–76)。

この議論は、『紅楼夢』に表現されている誕生と生まれ変わりの語りの円環を説明するために石女の伝説を採りあげたことで、無理を生じているようである。というのも貞女の石についての民間伝承は、王孝廉が述べるような「神話的回帰」のテーマを含んではいないからである。不在の夫／恋人を待ち続けて立っている女の変容を、円環として解釈することは難しい。女が岩になったということは土に帰ったというよりも、豊穣性が無駄になったことの無言のしるしであり、不在の愛する者への永遠なる精神的結合の証拠なのである。大理石のような不動性は、キーツの「ギリシアの壺」に描かれたのと同じ過渡性の論理を反復する。そこでは、人間の切なる思いは、瞬間的に強烈に放たれるが、永遠なる沈滞のうちに凍結される。同じように、「化石の女」の民間伝説は、欲望と不毛を同時に表す雄弁な表現である。貞節な石のパトスの根底にそうした過渡的な性格があることを認識できなかったために、王孝廉は民間伝承のテクストを過度に拡張して、中国のあらゆる悲劇的な愛の伝説についての不変の定式表現とやらを正当化しようとしているのである。

(43) *Anatomy of Criticism* 158–159〔『批評の解剖』二一八〕のノースロップ・フライのミュトスの理論を見よ。フライは、三つ組の神話モデルを次のように解釈する。「神の世界では、中心となるプロセスあるいは運動は、神の死と復活であり、神の失踪と帰還であり、あるいは神の受肉と退却の運動である。この神の活動はふつう、一つあるいは複数の自然の円環的プロセスと考えられたり、それと関連づけられたりする。その神は、夜に死んで夜明けに復活する太陽神かもしれないし、あるいは年ごとに冬至に復活する神かもしれない。そうでなければ、秋に死に春に復活する植物神かもしれないし、(ブッダの生誕物語にあるように) その神は化身として一連の人間あるいは動物のライフサイクルを通過する神かもしれない」。

(44) 兪平伯『紅楼夢研究』51, 68。

(45) 兪によれば、高鶚は「通俗小説における「道徳的矯正」〔由邪帰正〕という紋切り型に毒されてもいて、宝玉を別の人格に変換しなければならないと感じているのである」(兪平伯 68)〔顧頡剛からの手紙の引用〕。

(46) 兪平伯 40。

第六章

文字を刻んだ石碑

以上の各章では、『紅楼夢』における玉のシンボリズムの重要性や、女媧石と『西遊記』の石猿との接点とも言える「石の知性」の民間伝承的性格について議論してきた。ここでは、もう一つの主要な石のイメジャリーである、文字を刻んだ石に目を向け、『水滸伝』と『紅楼夢』の円環的物語構造を動機づけているその生成力について考察することにしたい。

この二つの作品は、物語の終局を最初の出発点――文字を刻んだ石――にすることによって、神話的円環を完成させている。『紅楼夢』は、その多くの始まりのうちの一つでは、空空道人という道士によって文字の彫られた岩が発見されることに端を発し、すでに悟りに至って光を放つ同じ石に道士が再会して終わる。『水滸伝』のドラマティックな展開は、洪太尉が地下の石碑を掘り起こすことで開幕し、同じような石碑が天から降下することで締めくくられる。『紅楼夢』のフィクション論理は、女媧石に彫られた記録を再演することに依拠しており、『水滸伝』の場合は、地下の石碑に示された謎の解明と、天の石碑に刻まれた天命の遂行に依拠している。謎めいた石碑が梁山泊の豪傑たちのドラマを引き起こすわけだが、同じような謎めいた石碑は『紅楼夢』にも登場し、小さいが重要な役割を果たす。それが現れるのは第五回、宝玉が太虚幻境に入り、警幻仙女の手によってイニシエーション儀礼を経る場面である。主人公には石の牌坊の謎が解けず、そのことが次の、「十二釵正冊」の意味を知ろうとして失敗に終わるという場面の序曲となっている。いずれの物語においても謎の解明は、一方では宿命のはたらき、すなわち天の意志が露見するという結果をもたらす。また、もう一方では、主人公（たち）の真のアイデンティティ――流星であるにせよ、「真」の美玉であるにせよ――の顕示（すなわち梁山泊の百八人の豪傑）および再賦活（すなわち賈宝玉という「仮」の美玉）をもたらすのである。

「伏魔殿」に埋まっている石碑や太虚幻境に立っている石柱は、天と地とを媒介する天の道具を象徴している。それぞれの石に刻まれた謎は、人間に対する神託として受け取られ、その予言としての性格は当然ながら解釈を要求し、ひたすらそれに従うことを人に命じている。脱神話化された世界では、天命は人間に対するパラドクスとして現れざるを得ない。パラドクスがうまく解決されると、人と神知との再結合がもたらされるかもしれないのだ。したがって、神秘的に包まれた石碑は、限界のある人知に対する挑戦として機能する。メッセージを伝える沈黙した使者との運命的な出会いがあっても、人間の主人公はしばしば不適切な対応をしたり、意識的にそれを回避したりする。それゆえ、洪太尉と宝玉は、神託の石碑に刻まれた皮肉な真実を一人は（誤）解しもう一人は無視することで、二人とも天啓を見逃してしまうのである。

夢の領域の入口で、宝玉は石の牌坊に書いてある「太虚幻境」という四つの大きな文字を見る。その意味は、牌坊の両脇の柱に小さな文字で書いてある対句によって説明される。「仮が真となるとき真もまた仮、無が有となるところ有もまた無」（*Stone* I: 130）。『紅楼夢』のフィクション論理の観点から見ると、真／仮のパラドクスは、賈宝玉という名前に組み込まれて〔「賈」と「仮」は音が同じ〕、現実が幻のようなものであることを示しており、主人公の理解を超えた秘儀的な天のメッセージであることがわかる。『水滸伝』では、天の考えに対応しそこねることによって、皮肉なねじれが起こる。というのも、宝玉はまったく謎に反応しないのに対して、洪太尉はまじめに謎を解読しようとする――しかし人間としての勝手な思い込みからパラドクスを読みとることができず、解釈の挑戦を受けて立つことで天の恩寵を逃し、石板の下に封印されていた魔物を解き放つ主犯となる。このエピソードに表れているのは、何でも知りたがる人間のディレンマである。すなわち、天命は人間に解釈と実行を要求すると同時に、死すべき存在〔＝人間〕の知恵をあざわらい、平然と無視するのである。洪太尉はこのパラドクスの犠牲者として描かれている。うぬぼれた人間を近づけないようにきわめて巧妙にしくまれた罠に落ち、洪太尉は天の命令を忠実に履行することによって天の禁忌《タブー》を犯してしまう。したがって、天下に流行していた疫病を治めるために道士を訪ねるという勅命を遂行したことで、太尉は知らないうちに天のからくりの回転に巻き込まれているのである。道観に滞在し、境内を見学していた洪太尉は、まがまがしい雰囲気の社殿にやってきてその不思議なオーラに心を引かれる。

まわりは赤土の泥壁で囲まれております。正面には朱塗りの格子の扉が二枚ありますが、扉は太さが腕ほどもある大きな鎖で閉ざされていて、その上に十数枚の封印がベタベタと貼ってあり、封印の上にはさらに何重にも朱印が押してあります。軒には赤い漆塗りの扁額に金色で「伏魔之殿」の四文字が書かれています。太尉は扉を指して、「この社殿はどういうものだ」とたずねますと、道士は答えて「こちらは昔、老祖天師さまが魔王を閉じこめた社殿でございます」

「どうしてこんなにベタベタとたくさんの封印が貼ってあるのだ」

「唐代に老祖の洞玄国師さまがここに魔王を封じ込められたのですが、天師が代替わりするごとに手ずから一枚封印を加えて、子々孫々にわたり決して妄りに開かないようにしたのです。魔物が逃げ出しましたら大変なことになりますので」（…）

洪太尉はこれを聞いて好奇心に駆られ、試しに魔王とやらを見てやろうじゃないかと考えました。そこで道士に向かって「扉を開けてくれ。魔王とはどのようなものか見てみたい」（…）

道士たちは太尉の権勢を恐れ、仕方なく寺男を呼んでまず封印を外し、鉄槌で大きな鎖をたたき切ります。それが終わると扉が開き、みんなで中に入りましたが、真っ暗で何も見えません。そこで洪太尉は、従者に言いつけて松明を十数本ともして持ってこさせ、照らしてみました。すると周りには特に何もないのですが、ただ真ん中に石碑が一つありました。高さは五六尺ほどで下には石亀の台座がありますが、ほとんど泥の中にめりこんでいます。碑文を照らしてみると前面は古代文字の書体で誰にも読めません。後ろ側を照らすと四つの大きな楷書の文字「遇洪而開」（洪に遇いて開く）が彫ってありました。洪太尉はこの四文字を見てたいへんな喜びよう。道士に言います、「おまえたちは邪魔立てしようとしたが数百年前からここにわしの名が書いてあったのだぞ。洪に遇って開くというのは明らかにわしがここにやって来て、開いて見るということだ。邪魔することはできないのだ。魔王はこの石碑の下にいるに決まっておる。従者ども、もっと寺男を大勢呼んで掘り返してみるがよい」（*Water Margin* vii–viii）。

そこで一同は亀の台座を動かし、もう一つ別の四角い石板を掘り出すのだが、その下には、古代の悪霊が何世代にもわたって閉じこめられていた。信心深い道士たちの警告や異議をものともせずに洪太尉はその石を持ち上げてしまい、結果的に百八の星を解き放つことになる。この星たちの生まれ変わりが伝説の梁山泊の盗賊たちなのである。

このエピソードを読むと、石碑や魔よけの石板という装いをまとって、石のモチーフが再登場していることにはたと気づく。ここでわたしたちは、民間伝承のイメージの文学的テーマへの変換に立ち会っているのである。石板に悪霊を追いつめて逃がさない魔力が授けられていることは、紛れもなく民間伝説の泰山石の痕跡を表している。有害な霊にさらされている場所に配置された泰山石は、守護霊として、邪悪なものの影響を防ぐ不思議な力を具えていた。『水滸伝』の石板も、定めに従って掘り出されるまでは、悪霊に同じ呪文をかけて永久的な監禁状態をもたらしていた。この時点でわたしたちは、『紅楼夢』においてもやはり魔よけの石が、別の姿で現れていたこと――すなわち「除邪祟」(たたりを払う)と刻まれて宝玉と一緒に生まれた美玉の下げ飾り(『紅楼夢』I、124)――を思い起こすだろう。この方向で考えるなら、宝玉が意識を失うのは悪霊がもたらす不幸のしるしと見なすことができる。玉の魔よけの紛失は守護する魔力を無効にし、宝玉をあらゆる種類の有害な霊にさらすことになるのだから。

先に述べたように、洪太尉が、まさに伏魔殿の中央に立っている石碑に書かれた命令に従うことによって、魔よけの石板の威力を失わせてしまうというのは、なんとも皮肉である。とはいえ、石が天の代弁者の役割を果たすのは、なじみ深い民間モチーフである。石伝説には文字を刻んだ石の例が数え切れないほど見られ、やはり人間に理解できない謎めいた言語メッセージを伝えている。本書第二章で行った、文字を彫った石についての議論では、謎のようなメッセージと、変更不可能な天命との密接な関係を立証した。ここでは、天意を伝える道具という石の表象は、石が神性の代理であった古代思想の残余であると述べておけば十分であろう。石の神々しさが徐々にすり減っても、刻まれた文字には天との親近性が無傷なままで残り、見せかけの聖なるオーラを放っていた。それゆえに、石に彫られた謎――ときには無意味なパラドクス――を、信心深い人々は天の意志の開示と見なしたのである。

文字を刻んだ石の本質的に民間伝承的な性格は、『水滸伝』では自明に思われたかもしれないが、『紅楼夢』ではある種の変換をくぐりぬけている。『紅楼夢』においては、それぞれ別の媒介機能を示す二つの、文字を刻んだ石に出くわすだけでなく、文字を刻んだもの言う石に具現された話し言葉と書き言葉の言説の収斂にも出くわすことになる。

魔力のある玉の下げ飾りが天と地との媒介者としてはたらくのは、その予言的な文字が天から人への伝達を表すという意味だけでなく、文字通り、聖なる女媧石の俗界における代理＝表象であるという意味においてでもある。僧侶によって形を変えられて、玉は神話の世界と世俗の世界との唯一のつながりとしての役割を果たす。人間的なものと超自然的なものを媒介する機能を全うすることで、文字を彫られた通霊玉はその起源の民間性を露わにする。もう一つの文字を刻んだ石、『紅楼夢』の一番始めと一番終わりにわたしたちの目に触れる石の記録(石頭記)そのものはどうかというと、民間伝承のイメジャリーはもはや支配的ではなく、しばしば創作行為の法則に従っている。結局のところ石の記録は、語り手がふざけて言うように、「作り話とばかげた伝説」〔仮語村言〕(1)である。『紅楼夢』の物語全体が石に刻まれた記録に由来するということは、珍しいだけでなくありえないような語りの装置として強く印象づけられる。空空道人という作中人物がその典型であるように、十八世紀の読者にとって、フィクションは真実の至高性に服従しなければならないものであった。歴史叙述の伝統から展開してきた結果、白話小説というジャンルの慣習は、曹雪芹の時代まではまだ、多様な見せかけ装置によって構成されていた。なかでももっとも知られているのは、ありのままを記録してその顚末を伝える目撃者という外部の語り手を用いることである。物語はふつう「どの王朝のいつのことかわかる」〔第一回〕ような枠組みに入れられて、その真実性をさらに補強した。十八世紀イギリスのリアリズムが日記や手紙といった装置を導入したのと同じように、中国の語り手は、自らのフィクションの真実性を保証するために、原稿やストーリーをどのように入手したかを説明する作業に余念がない。このような慣習が目指しているのは、物語や小説が生まれるもとになった話がいかにもありそうなことだと読者に信じさせることである。当然ながら、フィクションを記すのが人間ではない範疇――すなわち鉱物――に属するというとんでもない場合においては、それが存在していたのがどの王朝の時代であるか突きとめることはできず、物語は純粋なフィクションの領域に入る。そして、過去のあらゆる文学的慣習を打ち破り、まさにありそうもないことの名のもとに自らの「詩的真実」を主張するのである。ただし、古い文学的規範を廃棄したからといって、作者は、真実の別のあり方への自らの要求を正当化するという課題を免除されるわけではない。だからこそ、『紅楼夢』の第一回は架空のものを自然化するプロセスをドラマ化し、それが従来のジャンルの慣習への批判や、フィクション独自の権能の擁護――その経緯は、石とその最初の読者である空空道人との論争に明確に示される――を含むことになった。

空空道人が石の記録の弱点について紋切り型の批判をしたのに対して、女媧石は古くてつまらない物語の慣習を「列挙」するのみならず、それらを容赦なく批判に「さらす」。通俗小説というジャンルの欠点を数えたてながら、石は歴史物〔野史〕、色情物〔風月筆墨〕、才子佳人物〔佳人才子等書〕を取るに足らないクリシェとして退け、自分の物語の清新な息吹がこのジャンルを蘇らせるのだという。それに続いて石は自らの創作行為について吹聴するので、この人間ではない語り手が、読者に自分の物語の信憑性を訴えて懸命になっているのがわかる。

確かにわたしが半生にこの目で見てこの耳で聞いた幾人かの女性たちのほうがずっとましです。
わたしの物語には、別れや出会い、悲しみや歓び、盛衰のありさまなどは起こったとおりに記録しました。

余計なものを付け加えて人目を引いて、かえって真実を伝えられなくなるようなことは決してしませんでした（*Stone* I: 50、強調はワンによる）。

物語の起源をはっきりさせておこうというこの配慮は、一見したかぎりでは不可解に思われることを自然化するプロセスを含んでいる。石は「真実」〔真〕というありふれた概念を頼りにして、慣習に従っている読者がいったん自発的に不信感を脇に置いて語り手の率直さを認め、その悲しい告白が真実であると納得してくれるよう念を押すのである。

空空道人――忘れがたいこの愛の記録の直接の読者――と議論しながら石が語りかけているのは、実は目の前にいない一般読者である。読者たちが〔これまでとは〕異なる志向をもち、この新しいフィクション形態が享受しやすくなるように願っているのである。これは、文字を刻んだ石がまた別のかたちで、民間伝承の対応物から逸脱しているということである。それは語りの形態ではなく、記された内容そのものの逸脱である。言い換えるなら、フィクションの石は、その媒介機能を天と人とのあいだだけにとどめないことによって、民間伝承という祖先から離脱するのである。すなわち、石は何よりもまず人が産出した――あるいは石が産出したと言えるかもしれない――フィクションを担い、それが代弁する霊知は、目に見えない天そのものとももはや同一ではない。文字を刻んだ石の力は、読者と小説家とを媒介する言語伝達の枠組みのうちに存在する。天命という天界の論理は読者の受容コードに道を譲ることになるのである。こうして、文字を刻んだ石は、民間文化という限定された次元から、フィクションという自由で想像力あふれる次元へと移行する。

『紅楼夢』には、このように文字を刻んだ二つの石が描かれるが、玉の下げ飾りがわがままな天を代弁することで民間伝承の石との親近性を呈しているのに対して、女媧石はその反対に、自己言及する記録者というラディカルな立場を演じ、自己制御する文学の法則に従っている。石の一つは人格をもたない神託という形式で天と地を媒介し、もう一つは自伝という様式で読者と書き手を媒介しているのだ。

民間伝承における慣習と文学的イメジャリーとの複雑な相互作用は、確かに『紅楼夢』の多くの美点のうちの一つである。メタフィクションは、フィクション産出のプロセスそのものを人目にさらすことによって、自らの人為性を露わにするものだが、文字を刻んだ女媧石が、自己を意識するそのメタフィクションの可能性を探る手段となっているのは、実に巧妙なしかけである。とはいっても、語りの視点に関する曹雪芹の実験を十分に理解するためには、文字を刻んだ石と密接に関係するもう一つの語りの戦略に注目しなければならない。

自分の上に刻まれた記録の価値について議論しながら、女媧石は説得力ある弁士として活気を帯び、空空道人に『石頭記』を「実際の出来事そのままの記録」〔実録其事〕(*Stone* I: 51) ——「真」と「仮」の相互作用のうちにこの逆説表現の皮肉が見られる——として受け入れさせる。この論争において、わたしたちは石‐記録者の分身に出会う。それは石‐語り手であり、石に刻まれた自らの記録を絶えず横切っているのである。石が沈黙を破るときには、もの言う石と文字を刻んだ石とのあいだに興味深い相互作用が生じる。石の言語産出の能力は、物語の語り手という役割が物語の記録者という役割と融合することで頂点に達するのである。このようにして、口頭の言説と書かれた言説の結合が『紅楼夢』という物語全体を構成しているのだ。

石‐語り手というペルソナはいくつかの回に不意に現れ、三人称で書き記された記録の流れを妨げてあれこれと論評を加える。石が話を脱線させるために読者が人間ドラマの緊張から一時的に離れ、一人称の声における作者の全知を思い起こすこともしばしばである。脂本十六回残本の第六回で大観園に劉姥姥(劉ばあさん)がやってくる前に、石はからかうように言う。

もし諸君がこまごまとした野暮ったい話がお嫌いなら、さっさとこの本を放り出して、もっといい本を見つけてお楽しみください。(2)

この発言が挿入される裏には、物語を新しい筋道へと導くという目的があると言えるだろう。一方、脂本七十八回残本の第十八回においては、大観園の花咲き乱れる光景の描写が、石による前生の回想によって、正当な理由もなしに不意に断ち切られる。昔を思い出した石は、滔々と感傷的なひとり言を述べる。

このときわたくしは思い出しました。昔あの大荒山の青埂峰のほとりにいたころ、あそこの光景は何と荒涼として寂しかったことでしょう。もしもかさかき頭の僧とびっこの道士がわたしをここへ連れてきてくれなかったら、どうしてこのようなすばらしい人の世のありさまを見ることができたでしょう。せめて「燈月の賦」なり「省親の頌」なりを作って今日の盛事を書き記しておきたいところですが、それではまたほかのつまらない書物の焼き直しになってしまう恐れがあります。それに、今この時の景色は、一篇の賦とか讃を作ったくらいではそのみごとさを形容し尽くすことはできません。また、たとえ賦や讃を作らなくてもまた、その豪奢で華麗なありさまを読者諸君には思い浮かべていただけるでしょう。ですから、そのようなことに力を注いで紙墨を費やすのはやめて、やはり話の本筋をたどることにいたします。(3)

石のふざけた調子が再び表れるのは、第七十八回で、宝玉がお気に入りの侍女であった晴雯の死を悼む文章を朗読する場面である。

読者諸君は、この一節に来られましたら、冗談だとお思いくだされば眠くならずに済むでしょう。(4)

石－語り手によって提供される散発的な喜劇的息抜きは、つねにうまく動機づけられているわけではない。「作者」の気まぐれな独白を差しはさむために、記録の連続性が勝手に中断されるのであるから、ときには口頭の言説と書かれた言説とのあいだに齟齬が生じる。石の発言がしばしば無意味で余計なもののように思われることは、右の引用からも見てとれよう。

石が行う「作者」解説のうちで、もっとも重要かつ正当なものは、第十五回、王熙鳳が、宝玉の玉が夜のうちになくならないようにと自分の枕の下に収める場面である。その結果として、玉の霊知は、宝玉と親友の秦鐘との密会を目撃する機会を逃してしまう。そして、語りの視点を支配するジャンルの慣習に忠実に従っているために、石はこのドラマティックなエピソードの全容についてはまったくわからないと正直に告白せざるを得ず、二人の若者の関係を意図的に曖昧なままにする。

宝玉が秦鐘に持ちかけたことがどのような結果になったのか、真相を見とどけたわけではないからわかりません。そこで、捏造の罪に問われないためにも、この件は謎のままにしておきましょう（*Stone* I: 300)。

趙岡と陳鍾毅は、この作者の介入を特に高く評価し、サスペンスを生み出す巧妙な装置と見なす。(5) なぜなら、この記述が決定的な情報を回避することで、二人の男の同性愛的関係（はっきりと明るみに出せば、礼を失することになる）をほのめかすことになるのみならず、一人称の目撃者がいない場合には作者に沈黙を命じるという基本的な語りの慣習を遵守してもいるからである。石による作者解説がこのような深い意味を表すことは珍しいとはいえ、『紅楼夢』は、民間伝承の石のイメジャリーの二つの表れ——もの言う石と文字を刻んだ石——を女媧石という一つのペルソナへと巧妙に変換した比類のない例を示している。

『紅楼夢』のもの言う石は、二つの点でその民間伝承の先例から逸脱している。一つは、天からのメッセージを伝えるのではなく、自分の言葉を語ること。もう一つは、もの言う民間伝承の石をつつんでいた奇跡のオーラが、今やフィクション論理の枠組みのなかで自然化されていることである。『左伝』のもの言う石の伝説に投げかけられた最初の問い——「なぜ石がものを言うのだ」——がその皮肉としての鋭さを失うのは、『紅楼夢』の理解可能性の様式が明らかに幻想文学の様式だからである。[6] 文学におけるもの言う石は、自明のものである。その言語メッセージはあまりにも明快なので、人間による正当化を必要としない。なぜ石がものを言うのか——石は思う、ゆえにもの言うのである。

したがって、『紅楼夢』第一回では、女媧石という単一の形象の意味範囲のうちに、意味作用のいくつもの層が反響しているのが見てとれる。女媧石は自分の物語の意味を理解し、それが広く知られることを要求する。石は意味《センス》と無意味《ナンセンス》を同時に語ることによってわたしたちを楽しませる。石は何よりも自分の物語の役者かつ記録者なのである。語ることと知ること、知ることと知られること、物語を作ることと語ること、意味があることと意味がないことといった相補的な組合せの数々がすべて不思議なかたちで混ざり合っているのが、『紅楼夢』の通霊石という複雑な存在である。

『水滸伝』における石碑もまた、開幕劇のはたらきをするうえ、語りを閉じる装置でもある。この石碑は、天とのあいだに別の種類のつながりを確立する。批評家たちのあいだでは、梁山泊の豪傑たちはたんに仲間うちの掟に従うだけの血に飢えた輩であるのか、それとも天が規定した英雄コードを守って行動しているのかについて、しばしば見解が分かれている。現代の読者は、盗賊たちが行う儀式的復讐に嫌悪感を抱くことも多い。淫婦に対する豪傑たちの強い憎悪がとりわけ耐えがたいのは、淫蕩の罪がつねに、きわめてサディスティックな種類の報復をともなうためである。梁山泊の英雄的行為につきまとうこうした側面についてのC・T・シアの解説は、梁山泊の独善的な「好漢たち」に対して多くの批評家や読者が感じる反発をうまく表現している。「このようなエピソードが最初に市場地で語られたとき、それらは芸能であり、講釈師はおそらく個人の英雄的行為と集団のサディスティックな懲罰行為とのちがいを意識していなかっただろう。しかし、その種の物語が今日に至るまでずっと人気を博していることは、中国人一般の、苦痛や残虐さに対する独特の鈍感さを示している」[7]。同じような同情の念によって、シアは李逵の「計画的なカニバリズム」や武松の「衝動的な虐殺」を称えることができない[8]。しかし、豪傑たちの魔物のような凶暴性が今日の感受性豊かな読者にとってどれほど理不尽に思われようと、『水滸伝』のフィクション論理の枠組みのなかでは、まさにこのような英雄的行為のコードが、天によって是認されていることは疑いない。

金聖嘆（ca. 1610–1661）による七十回本の第四十一回〔百回本・百二十回本では第四十二回〕では、盗賊の親分である宋江が夢で九天玄女に会い、天による加護のしるしに三巻の天書を与えられる。豪傑に天の賜物を授けるにあたって、女神は次のような命令を伝える。

「（…）これからおまえ〔宋江〕は天に替わって道を行うがよい。首領としてはどんなときにも忠かつ義であるようにしなさい。臣下としては皇帝を助けて民を安らかにしなさい。まちがったことは、それを正しなさい。（…）」（*Water Margin* 588–589）。

このエピソードが前触れとなって、第七十回における天からの石碑の不思議な降下が起こるのである。石碑は小説をその神話的な出発点に連れ戻し、豪傑たちの正体が、洪太尉によって魔よけの石碑の下から解き放たれた魔星に他ならないことをあばく。こうして、再び文字を刻んだ石のイメージによって物語が完結することで神話的円環は終わりを迎え、『水滸伝』百二十回本には達成できない、テクストの対称性《シメトリー》を創出する。語りの円環の問題や、金聖嘆による縮約版である七十回本の長所についてはしばらく脇に措いて、百八人の豪傑が梁山泊に集結して死者の大追悼式を行ったときに空から落ちてきた石碑に注目してみよう。

この天の石碑のドラマティックな機能は、犠牲者の追悼式が表す真の意味が明らかにならない限りはっきりしない。宋江自身は、一方でそれが罪のない犠牲者たちの魂を鎮めるためのものであると明言し、もう一方では天が彼らの繁栄を守り武勲を恵んでくれたことに感謝するためであると言う。しかし宋江がこの宗教的儀式を執り行なう理由は、述べられているような利他的な動機づけにとどまるものではない。真の目的は儀式が終わりに近づくまで判明しない。儀礼の最終日になって、宋江と子分たちは心を一つにして、天意の開示を求めて祈りを捧げる。「男たちは全員で熱心に天に祈り、天が応えてくれるよう願いました」[9]。この祈りは、盗賊たちが天帝と交感する具体的な手順とともに、古代の封禅の儀礼を思い起こさせる様式を示している。封禅は、皇帝が即位するにあたって男性である天帝との絆を固めるために行う儀礼であった。

本書第二章で述べたように、王朝儀礼はしばしば王が手柄を立てた直後に行われている。そのとき王の支配する国は、軍事的勝利を得たばかりである。したがって、その儀礼は、皇帝が天に成功を告知すると同時に、神々との象徴的交感において天に王権を認可してもらうという就任儀式なのである。だとすれば、供犠を行おうという宋江の提案は、利己的行為として解釈することができる。そこに表れているのはやはり、人である頭目が、自らの王座を神聖化するために天命を引き合いに出そうとする欲望なのだ。宋江が気にかけているのは、死者に供物を捧げて自分と仲間たちが戦いのなかで犯した罪を天に許してもらうことよりも、自らの支配の正当性と将来の繁栄を確保することである。

封禅の儀には、皇帝による祈りとともに、石碑に銘文を刻んで立てることが含まれている。ときにはさらに、天帝に対する皇帝の衷心からの祈願を記録した玉のふだを封印することもあった。『水滸伝』におけるこの封禅の儀の文学版は、文字を刻んだ石というテーマに相応の重点を置くことで民間伝承との親近性を示している――とはいっても、もとの民間モチーフはラディカルな変換を遂げることになる。

実際の儀礼においては、皇帝の祈願は一方的なものにとどまっている。天命が下ることを願うとはいえ、皇帝が発した言語メッセージは独白として消え去る運命にある。天の側はつねに謎めいた沈黙を守っているのだ。相互的な言語行為の実現は、ただ敬虔な祈願者の私的な想像世界において思い描かれるのみである。しかしフィクションになると、伝達のルートは開かれていて、人である祈願者に対して天が文字通り応答するのを見とどけることができる。『水滸伝』における天意の開示のエピソードはドラマティックな力にあふれていて、これに匹敵するのは十戒を刻んだモーセの石板の降下という『聖書』のエピソードくらいであろう。

真夜中ごろ、空で巨大な絹を引き裂いたような鋭い音がしました。集結した人々が見上げると空に両端が尖った金の盆が現れました。これは「天門が開いた」こと、あるいは「天眼が開いた」こととして知られております。その中から目がくらむような光が射しています。それを取り囲んでいるのはさまざまな色の雲でした。光の真ん中から火の玉が祭壇に転がり落ちてきました。それから祭壇をひとめぐりすると南側へ行って消えてしまいました。このときすでに天門が閉ざされたのです。僧侶や頭目たちは壇から下りてきます。宋江は人を呼んで鋤と鍬で火が消えた場所の地面を掘り起こさせました。三尺ほど掘ったところで一同は文字の掘られた石碑を見つけました。そこで宋江は紙銭を焼くよう命じて満願といたしました（*Water Margin*

915)。

石碑には梁山泊の豪傑百八人の名前だけでなく、四言の対句で書かれた天命「替天行道、忠義双全」(天に替わって道を行い、忠と義を二つとも全うする)——かつて宋江が九天玄女から受けたのと同じ聖なる命令——も記されていた。これを見れば、豪傑たちにとって「忠」が「義」に劣らず重要なよりどころとなることがわかるだろう。皇帝の恩赦に対する宋江の密かな願いはこうして、天意の開示によって「理論的」基盤を獲得した。石碑の降下は、賊たちが自発的に皇帝の忠臣へと転換するのを補強し加速することになる。一方で、石碑は天意のメカニズムを表し、個々の豪傑の正体はまさしく百八の「魔星たち」に割り当てられた星の名としてはっきりと示されている。他方で石碑は、豪傑たちと天帝とのあいだに交わされた契約の表象とも見なされている。このあと、天から認められた賊たちは天の思惑を実行し、人間界の君主と天界の君主の双方のために正義を行うことになるのである。

封禅の儀を通して天との密約関係に入ることで、宋江はついに、流星として生まれたことでまとわりついていた悪のオーラを振り捨てる。儀式が成功裡に遂行され、天からの応答で完結することは、一つのフィクション装置として、悪霊の生まれ変わりが自分たちを好漢の高潔なイメージに投影するというパラドクスの解消をねらっていると言えよう。プロローグの邪悪な流星たちを、エピローグで天意を授けられる名誉ある者たちへとドラマティックに変換することで、作者-語り手は『水滸伝』の道徳コードにつきまとう曖昧さを払拭しようとする。作者-語り手は、梁山泊の一団を乱暴な盗賊と見なすのか、それとも勇敢な英雄と見なすのか、決定しているのだろうか。もしも『水滸伝』に描かれているように無敵の民間英雄であると見なすべきなのだとすれば、次に問われるのは、彼らの邪悪な起源や、語り手の先の予言をどのようにしたらもっともうまく説明できるかである。

語り手は、解き放たれた「魔物たち」が人間界に災いをもたらすと予告していたのだ。

この矛盾に対する唯一の可能な解決は、梁山泊の豪傑たちの真の意味での転換だろう——しかしそれには、仲間うちの掟から朝廷軍の規範への乗り換えがありうるということを、読者に納得してもらわなければならないという問題がつきまとう。作品のいたるところで、一団が堕落した地方官や悪い大臣に対してどれほど激しく抵抗したかを思い起こすと、状況の突然の変化によるとはいえ、以前は不信感を抱いていた君主の命令を受け入れるというのは奇妙なことのように思われる。そのような転換はおそらく、高度に象徴的な方法でのみ、無駄なく説得力のあるかたちで成し遂げられるだろう。『水滸伝』七十回本のエピローグは、まさしくそのような解決を提供する。それは、豪傑たちの道徳性をめぐる曖昧さをもっとも効果的に取り除くすっきりした超自然的解決である。こうして、封禅の儀のシンボリズムが持ち出されるのだ。そして石碑の降下は、転換の理論的根拠を補強する強力な装置としてはたらく。デウス・エクス・マキーナは天命を顕示し、善人か悪人かを問わずすべての人がすなおにそれに従って降伏するのである。このように見ると、天の思惑は、豪傑たちに芽生えたばかりの皇帝への忠誠の誓約が気まぐれで偶発的なものとならないように作用している。天は、自己弁護しながらもふと思いついたように、以前に豪傑たちにかけられ、深くしみ込んだ邪悪な魔法を帳消しにする。この作品の根底にあるフィクション論理とはそうしたものなのだ。自らが種を蒔いた不正をつぐなうことができるのは、天だけだというわけである。

梁山泊の豪傑たちの精神的・政治的志向の変換のドラマにおいては、石碑が決定的な役割を果たしているのだが、そのことは『水滸伝』の批評家にほとんど注目されていない。媒介機能に加え、石碑は豪傑たちに聖なるオーラを与えることによって、悪のペルソナを追いはらう。さらに、イデオロギーの道具としての役割以外に、石碑はもう一つ別の機能を果たすのだが、それは特に、さまざまな議論を巻き起こした、『水滸伝』百二十回本の金聖嘆による改変を説明するものである。

金聖嘆の『水滸伝』への親近感は、この作品への批評の数々に表れているだけでなく、画期的なものとされる、もとのテクストの七十回での切断〔腰斬〕にも表れている。金聖嘆は原本のプロローグ〔引首〕と第一回を「楔子」（前置き）として一つのエピソードにまとめる。また、物語を締めくくるために盧俊義の夢の場面をでっちあげ、そこで梁山泊の豪傑たちはすべて朝廷によって処刑されることになる。金聖嘆の改変本に不朽の価値を認めてそれについて考察した論文は数多く存在する。ほとんどの学者たちは、金聖嘆がもとのテクストの不必要でつじつまの合わない多くの箇所を削ったことを、当然のように功績として認めている。[10] また、作者の技倆が七十回以降で明らかに低下しているために、作品前半の総体的な芸術的魅力や成果をひどく傷つけていることについても、意見が一致している。[11] しかし、金聖嘆の腰斬のイデオロギー的支柱のこととなると、批評は主として否定的な反応を見せる。反乱鎮圧のテーマが後半五十回のドラマティックな戦いをおおっているのだが、このテーマを捨て去ることで、金聖嘆は自らの忠臣イデオロギーと封建的な道徳感性を露わにしているということで意見が一致しているのである。

この批判の性質をよりよく理解するためには、金聖嘆がもとのテクストの後半を削除したことが、なぜたんに美学的選択ではなく、きわめて複雑なイデオロギー的選択と見なされるのかを検討する必要がある。中国の伝統的な士人すべてと同じように、金聖嘆も朝廷や儒教の正統的教義に深い親近感を抱いていた。概して、忠臣としての義務感は、金聖嘆の他の仕事への関わり方にも影を落としている。なかでも文学の仕事は、おそらく官途と同様に自律的とは言えないものだっただろう。儒教の道徳的教訓主義の統制を受けたために、古来、文学が政治との共存から離れて自律性を獲得したことは一度もなかった。最高の文学的感受性でさえも、つきまとう歴史叙述の伝統の影響から逃れることはできなかった。文学への関わりと政治への関わりの内的葛藤を経験したのは、金聖嘆だけではなかったのである。

『水滸伝』への金聖嘆の批評を読んでしばしば印象に残るのは、個々の豪傑への共感と無法者集団への断固とした非難とのあいだで揺れ動く金聖嘆の葛藤である。梁山泊の豪傑たちへの両価的《アンビヴァレント》な態度は、次の批評にもっともうまく表現されている。「『水滸伝』は宋江だけを有罪とした――これは首謀者を処罰し滅ぼすということである。したがって、一団の残りの者たちは許されるのだ」[12]。金聖嘆という一人の人物のうちに、文学批評家としての役割と儒家の歴史家としての役割とが錯綜していることが見てとれる。というのも、盗賊団の生き生きとした描写をためらうことなく評価して、この作品に「第五才子書」という尊称を与える一方で、朝廷の恩赦という構想を耐えがたい冒瀆と見なしているからである[13]。金聖嘆が生きていたのは動乱の時代であり、中国は、張献忠(1605–1647)と李自成(1605–1645)という二人の恐るべき無法者に率いられた反乱軍によって分裂を来していた。たとえフィクションのなかであっても、反逆を好意的に扱えば、仲間うちの掟が蔓延する風潮に拍車をかけることになりかねない。朝廷が凶悪な盗賊に恩赦を与えるのは明らかに妥協であり、民衆に道徳的堕落という悪影響が広がることにつながるだろう。金聖嘆はそのように固く信じていたのである。

『水滸伝』に皇帝と梁山泊のあいだで結ばれた和平条約〔招安〕の描写があることに愕然として、金聖嘆は作品の道徳的な整合性を救うために、残りの五十回を削除することに決めた。集団としての盗賊に対する容赦のない非難は、さらに反逆の悲劇的結末――金聖嘆によれば当然の結末――をアレゴリーのかたちで予告する短い夢のエピソードを挿入するという改変にも表れている。盧俊義の夢のなかで百八人に死刑を宣告することによって、金聖嘆は詩的正義〔勧善懲悪〕を自らの手中に収めたが、その結果として、文学批評家としての自らの整合性をひどく傷つけることになった。金聖嘆がもとのテクストをイデオロギーのために改竄したことは、七十回本のもっとも取りかえしのつかない点と見なされている。金聖嘆に対する胡適の批判はおそらく、まちがった道に入ってしまったこの種の政治的情熱に対するもっとも洞察力のある評価の代表であろう。「聖嘆はきわめて聡明な人物であり、だからこそ『水滸伝』を高く評価することができた。しかし、文学批評家金聖嘆は、『春秋』の伝統に従う歴史家金聖嘆によって、やむを得ずまちがった道へと導かれてしまった。『水滸伝』の文学としての価値を認めることができたにもかかわらず、この作品の道徳的メッセージを誤解した。七十回本が恩赦のプロット全体を削除したのは、本質的にきわめて反体制的なことである。金聖嘆はそれに気づかなかったのだ」[14]。

政治的イデオロギーのために百二十回本の価値を認めることができなかったのだとしても、では、金聖嘆の大胆な改変に何か注目すべき美的価値はあるのだろうか。多くの論者が同意するのは、後半の五十回は確かに尻すぼみで「前半のエピソードのような芸術的レベルに達する」[15]ことはないが、だからといってそれを容赦なく削除することは、作品全体の芸術的構想を実現するという立場から、やはり正当とは認められないという点である。[16]「美的特質」や「芸術的構想」といった言葉を定義するのは困難であることから、わたしはこうした含みの多い批評用語を避けて、別の評価戦略を提示したい。金聖嘆の改変の根底にある中心的問題は、語りのプロット構造として直線ではなく円環を選択したことであると再定式化できるのではないか。

金聖嘆が『水滸伝』の技巧装置に心を奪われていることは、施耐庵がプロット展開や性格描写において用いた十五の工夫についての議論に表れている。[17]一般読者が語りの技巧に無知であることを嘆き、語りの技巧の精妙さを喧伝する金聖嘆のような批評家にとって、『水滸伝』の構造枠組みは作品の決定的な構成要素に思われたにちがいない。それは、『水滸伝』の根底にある道徳的言説と同じくらい強く、金聖嘆の批評的関心を引きつけたであろう。自らの改変を道徳的修正という点だけでなく美的価値という点でも意味のあるものと見なしていたことは大いにありうる。『水滸伝』最終回の批評には、明らかにこの改変作業の強力な理論的根拠として、構造的統一性を最優先する考え方が述べられている。

石碑に刻まれた天のメッセージが本物なのか宋江のでっちあげなのかと問いたくなる者もいるだろう。この種の問いは無意味でつまらない。作者はたんに物語を終えるのにもう一度百八人の豪傑の名前を整理して一人ずつ列挙しようとしただけ——文字通りの画龍点睛なのである。石碑で始めて石碑で終わるというのは、いわゆる「大開闔」（大いなる幕開けと幕引き）である。[18]

この箇所に表れているように、金聖嘆は天からの石碑の降下の真偽には関心がなく、構造的統一性に最高の地位を与えるような文学的フィクション機構に関心を抱いているのである。文字を刻んだ石碑という神話的枠組みへの七十回本の閉じ込め enclosure は、「回帰」の神話論理の自然発生的運動を完遂させることになる。[19] まさにこのとき、思い起こすべきなのは、女媧石と猿の行者がいずれも生－死－再生のドラマを演じ、同じ神話論理を裏付けていたことである。『水滸伝』においては、円環という文法はテーマとしてはやや弱い表れ方をする。なぜなら、百八人の悪霊の地上での冒険が、ある版では救いのない悲劇的な死を迎えて終わり、別の版ではイデオロギー的転換を迎えて終わるからである。後者のイデオロギー的転換は、神話的な「新たな理想的状態への上昇」[20]を曖昧に暗示するにとどまる。したがって、金聖嘆が成し遂げようとしたのは、物語に神話論理を回復することである。二度登場した石碑の神話で無法者たちの伝説を締めくくることによって、金聖嘆はわたしたちの注意を、物語のテーマである円環が成就しないことから、構造的な対称性《シメトリー》へと向けかえることに成功する。この対称性は、円環に劣らず神話の語りの展開論理を強力に示すものである。

美的な点から言うと、梁山泊の豪傑たちが少しずつ悲劇へと近づいてゆくような展開を捨て去るという金聖嘆の決断は、物語を神話へと再包摂する無意識の選択と見なすことができる。金聖嘆が気づいていないのは、この選択によって自分が、リアリズムと悲劇という文学の要件よりも神話の様式を特権化していることである。『水滸伝』の改変は、金聖嘆の個人的な文学的嗜好や政治的イデオロギーだけでなく、特定の語りのジャンルの選択を示している。したがって、この構想全体を、気まぐれなものとして軽々に片づけてしまうべきではなく、その根底にある芸術的動機づけを過小評価するべきでもない。それらに基づいてこそ、金聖嘆の文学的感受性と批評眼を正しく評価し正当化することができるだろう。

以上の議論で、文字を刻んだ石碑のモチーフが、『水滸伝』のテーマと構造の両面での一貫性を生み出していることが明らかになった。石碑は「謎」「神託」「天と地の媒介」——すべて民間伝承における対応物の主要な意味属性——といった意味素を反復する。石の二つの機能——媒介とメッセージ伝達——は、『紅楼夢』と『水滸伝』のプロット展開にとって欠かせないものである。石碑の神話が、たんに無根拠で「非文法的な」発現などでないことはまず疑いない。石伝説と軽やかに対話しながら、石碑の神話が示しているのは、広く知られた民間モチーフが文学的な処置《トリートメント》によって蘇っていることである。したがって、三つの作品における石のイメジャリーの重要性はテクスト相関性という観点からの考察なしには十分に理解できないと結論づけても、こじつけにはならないだろう。

石伝説の相関テクストは、民間の原型が文学的テーマへと変換し、増殖し、洗練されるダイナミックなプロセスを繰りかえし明らかにする。本書が行った石伝説の研究は、過渡的ペルソナである聖なる石や神託の石碑に具わる意味作用の可能性に光を当てるだけでなく、対象とした三つの文学作品の根底にある道徳的・イデオロギー的言説や語りの構造における円環の迷宮についても論じた。これらの三つのテクストをまとめて考察することによって、石のモチーフが異なる装いをまとって反復されるのを見とどけることができる。『紅楼夢』において女媧に捨てられた石は涅槃に至り、自らの幻滅と悟りの物語を語るために再び石として存在することにする。『水滸伝』において百八人の悪霊を封印していた恐ろしげな石碑は再び天から降下して、英雄たちの行為の原因を再確認する。『西遊記』において物語の冒頭で孫悟空が具えていた聖なる石の精気は、のちに到達する精神的境地の予兆となっている。いずれの文学的変換においても、物語のテーマと構造における円環性を生み出すにあたって、石が重要な役割を果たしているのである。それぞれの物語の結末は、最初の状態に呼応しているだけでなく、最初の状態をパラドクシカルな仕方で転倒させてもいる。悟空と宝玉の悟り、そして梁山泊の豪傑の宿命的出自の開示は、一方で始めの状況において体現していた無知な精神状態を無化するが、もう一方で彼らは「準備された」純真さへ、彼らの存在形態の原点の鏡像へと回帰するという結果を迎えるのである。

豊穣かつ不毛、聖かつ俗なる物体という存在としての石の意味の曖昧性を考えれば、いつまでも過渡的状態のなかをくぐりぬけ続ける言説に結末をつけるのは空しいことであろう。だとすれば、レヴィ゠ストロースの表現に倣って、石は、生と死を媒介する過渡的状態として構造化されたものであると言うべきだろうか。生と死——人間の精神が永久に取りつかれ、解消へと駆りたてられている解消不可能なこの対立。だとすれば石もまた一つの「静止点あるいは均衡点」を表象し、それによって人間は、自分たちがはまり込んでいる苦境をよりよく認識し、心を離れない数々のディレンマの重要な構成要素を理解するようになるのだろうか。

注

（1） ミラーは「仮語村言」という一句を「架空の言語や低俗な言葉」（fictive language and vulgar words）と訳している（Miller 112を見よ）。

（2） 甲戌本 6/2b。

（3） 庚辰本 385–386。

（4）庚辰本1925。Wu Shih-ch'ang 204に翻訳〔英訳〕がある。

（5）『紅楼夢研究新編』193。

（6）紅楼夢研究者のなかには、「もの言う石」という装置をアレゴリーとして解釈する者もいる。呉世昌は、清初の詩に「もの言う石」への言及が多く見られると指摘する。呉は、明義による『紅楼夢』批評の詩を引用して、特に「山のふもとに帰った石には霊気もなく、能言（もの言う）という名も空しいものとなった」〔石帰山下無霊気、総使能言亦枉然〕という対句に注目する（『緑煙瑣窗集』）。呉はこの対句と、唐詩に見られるもの言う石の引喩とに基づいて、『紅楼夢』のもの言う石は、もとの『左伝』の対応物と同じはたらきをしていると論じる。すなわち、社会批評家の代弁者となっているというのである。この観点に立つと、石が語る物語は石自体の物語（別言すれば曹雪芹自身の生の物語）ではなく、フィクション物語ですらない。壮大な政治的含意をもつ社会批判であるということになる。呉世昌『紅楼夢探源外編』77–78を見よ。

（7）Hsia 96.

（8）Hsia 96.

（9）金聖嘆『水滸伝』II、785。

（10）魯迅『中国小説史略』154〔『中国小説史略』上、二六七—二六八〕。

（11）Wang Ching-yu, *Chin Sheng-t'an* 59. Irwin 91も見よ。

（12）金聖嘆「読第五才子書法」、『水滸資料彙編』32。

（13）金聖嘆「第五才子書施耐庵水滸伝序二」、「序三」、「宋史綱批語」、「宋史目批語」、「読第五才子書法」、『水滸資料彙編』24–38。

（14）胡適「水滸伝考証」、『胡適文存』I、544。

（15）Irwin 91.

（16）たとえば、リチャード・アーウィンとジョン・ワンは、百二十回本に対する金聖嘆の「正当な」改変についてもその美的効果を疑問視している。アーウィンは、それが物語の根底にある統一感の効果を台なしにしていると批判する。「〔…〕彼〔金聖嘆〕には、物語の根底にある統一感が、表現の細部と同じく作品のすばらしさの一面であることがわからないのだろうか。その統一感を維持するためであれば、彼はテクストを変えないことに甘んじたかもしれない。彼の才能は明らかにテクストをよりよいものにするのに十分ではなかったのだから」(Irwin 91)。

詳しく検討すると、アーウィンは彼の言う「根底にある統一感」が実際どのようなものなのかについては、はっきりと述べていない——それはテーマの統一感なのか、それとも構造的な統一感なのだろうか。ジョン・ワンの金聖嘆評価にも、同じ両価的で否定的な反応が見られる。そこでは、作品の統一感についての関心が印象主義的な言葉で繰りかえされている。「まず、わたしたちはおもしろい物語の読者として当然、百八人の豪傑たちが梁山泊に集まったあと何が起こるのか知りたいと思う。このような基本的な考え方は措くとしても、金聖嘆による腰斬は小説の全体としての基本設計を台なしにしている。エピソードを連ねた構造であるとはいえ、この小説はやはり「壮大な文学的構想」に基づいており、施耐庵は「集めた材料を一大悲劇へとまとめ上げている。賊たちは、朝廷と和平を結ばず恩赦を与えられないあいだは繁栄を極めていた。そのあと、一人また一人と命を落とすことになるのである」」(Wang Ching-yu, *Chin Sheng-tan* 59. ワンが引用しているのは、Jaroslav Průšek, "Boccaccio and His Chinese Contemporaries," *New Orient* 7/3 [June 1968]: 68)。

ジョン・ワンは、より明確に『水滸伝』の「根底にある統一感」に焦点をしぼろうとしているが、構造とテーマのどちらについて考えるのかはっきりしていないようだ。ワンの批評的立場の両価性は物語の「基本設計」と「文学的構想」を同一視することに反映されている。これらの批評用語は、意味のある説明価値をもつには漠然としすぎている。ワンは、最初は、次に何が起こるのか知りたいという一般読者の欲望——プロット中心の興味——と、作者の「基本設計」や「文学的構想」といった用語で説明される芸術的な統一感への批評家の興味を区別しようとしているように見える。しかし、次の瞬間には「エピソードを連ねた構造」という概念をテーマの構成要素である「悲劇」と結びつけ、それによって「基本設計」「語りの構造」「文学的構想」そしてジャンル概念である「悲劇」を、区別されない概念の集合として同一視するという失敗をする。ワンの批評的立場に焦点が欠けていることによって、彼の金聖嘆七十回本の美的価値への評価は、有効性を大きく損なうことになった。

(17) 金聖嘆「読第五才子書法」36–38。

(18) 金聖嘆「貫華堂刻第五才子書水滸七十回総評」224。

(19) ノースロップ・フライとロバート・スコールズはいずれも神話理論の研究において、「円環運動」(Frye 158〔フライ

『批評の解剖』二一八〕; Scholes and Kellogg 220）と「対称的《シメトリカル》な宇宙論」（Frye 161）〔二二一〕が神話の基本的な構造原理であると主張する。スコールズとケロッグによれば、神話――物語の最古の形式――は、原始人の自然崇拝に密接に関わる儀礼への「注釈」である。自然の円環的プロセスを演じるそれらの儀礼のなかでもっとも重要なものは、植物の円環運動を称えるものである。フライは語りの運動の形式を一つずつ検討して、語りの運動の基本形式は円環――すなわち隆盛と衰退、活動と休息、生と死の交替――であるという結論に至る。

この議論をたどっていくと、三人の批評家は、神話の語りにおけるプロットの要素が、テーマとプロット構造の両面で円環的行程を含むと主張している。スコールズは、この反復される儀礼の型を、年ごとに季節や植物の生が描く円環への人間による祝賀に由来するものと考える（Scholes and Kellogg 220）。フライは、円環的象徴の四つの主要な範疇における神話の環状運動を明らかにする（Frye 160〔二二〇〕. 四つの範疇とは一年の四季であり、一日の四期であり、水の循環の四つの局面であり、生の四期である）。

（20）Scholes and Kellogg 224. この二人の批評家によれば、神話の語りの型は対称的である。すなわち、天の完全性からの降下と新たな理想的状態への上昇という環状運動を含んでいる。

結び

ジョン・B・ヴィカリーは文学への『金枝篇』の影響力の研究において、つきまとう過去の存在という問題について考察し、レヴィ＝ストロースの媒介の理論を思わせるような洞察に至る。(1) ヴィカリーによれば、〔現代においても〕古代神話／儀礼に着目した文学的創作が行われ、ミュトスが繰りかえし現れる。そこで意図されているのは、存在論的及び文化的な内省をもたらすこと、そして「その時代の通常の日常生活における」文学作品の役割を認識することのみならず、「作品をさらに遠い太古の昔と関係づけること、あるいは作品のうちにいくつかの隠喩を見つけることである。現在でも持続しているそれらの隠喩は重要なディレンマを明らかにしているのだ」(2)。『金枝篇』に触発された現代の文学作品に反映されている神話生成の想像力は、「太古の昔への人類学的視点」を裏付けつつ、現在の文化においても残存しているディレンマをさまざまな装いのもとに具体化しているというのである。(3)

遠い古代の文化が文化的に異なる現在に対してつきつける要求という問題は、間違いなく人類学者や民俗学者さらには古典研究者への緊急の問いとなる。特に本書が取り組んでいるこの批評の実践に関しては、次のように問うことができるだろう。豊穣の効果を永続させている聖なる石という隠喩は、人間存在の意味を求める哲学的探求のうえにも同じ光を投げかけるのだろうか。あるいはより具体的に言うなら、静的でも動的でもあり、無知にしてかつ知性があり、地上に運命づけられかつ天につながれている儀礼の石の過渡的な曖昧性とは、ある解消不可能なディレンマの隠喩、すなわち、その高揚する精神が、はかなく死すべき運命の肉体という制約から逃れることを願ってもがき続ける人間のディレンマの隠喩となるのだろうか。さらにもっとも重要な問いとして、石の究極的な勝利というフィクショナルな解決――すなわち、『紅楼夢』と『水滸伝』の石の言説による決定的な終結＝閉じ込め enclosure――は、制約から自由な未来を夢見る身の程知らずの人間に、つきまとう過去の重みを思い出させるためのものなのだろうか。

以上が、神話と文学のテクスト相関性の研究から最終的に引き出すことのできる問いの一群である。これらの問いを投げかけることは、解釈が際限のないものであること――純粋に言語学的な性質のものからアレゴリー、哲学、形而上学、そして政治的な性質のものにわたる終わりのない一連の考察を外挿することができる――を理解する助けとなるだけではない。どのような解釈手法であっても――テクスト解釈・記号論・（ポスト）構造主義・神話学のいずれであっても――結局は、検討中のテクストのイデオロギー的含意へとわたしたちを連れ戻すことも明らかにするのである。したがって、上記の最後に提示した問いは、もっとも魅力的かつもっとも緊急のものである。なぜなら、それが露わにする問題――すなわち、イデオロギー閉域の問題――は、曹雪芹や金聖嘆を含む中国の古典時代の最高の才能さえも馴致したうえに、近現代中国のエリート知識人がとらえられているディレンマの特徴でもありつづけているからだ。さらにきわめて重要なのは、まさにこの最後の問いによって、二つの明確に異なる批評パラダイム――紅学という伝統的研究[4]によって確立されたパラダイムと、若い世代によって中国および西洋で構築されつつあるテクスト志向の文学批評パラダイム――が最終的に収斂するということである。

伝統的な紅学者にとっては、作者をめぐる問題ほど重要なものはない。一般的に曹雪芹は最初の八十回の作者であり、高鶚が残りの四十回の作者であると認められているために、過去の研究業績の多くは、テクストの二つの部分に生じた齟齬の研究および曹雪芹という「作者の本来の意図」の復元に集中してきた。紅学者のほとんどは、伝統的な歴史叙述の観点と方法論に堅く守られて、「続書」の価値をもとの物語に従属するものと見なすというイデオロギー的重荷を負っている。認識論的に続書は最初から劣ったものと見なされるのである。指摘しておきたいのは、そのような学者たちのあいだでは、政治的イデオロギーを根拠に高鶚を非難する傾向もよく見られるということだ。呉世昌は、高鶚は宝玉に無理やり科挙を受験させて、宝玉を儒家にしてしまったと不満を漏らす。[5] 余英時は作者志向の観点からテクスト志向へと移行して、新たな批評パラダイムを確立するほうに関わっているのだが、にもかかわらず、最初の八十回「全体の意味」が高鶚の手によって「ゆがみ」を加えられたという一般的な見解に同意する。[6] 周汝昌の高鶚への批判はもっとも激烈で、続書の制作を政治的陰謀だと考える。高鶚が宝玉の最終的な運命についての曹雪芹の本来の構想を裏切ったことを批判するにとどまらず、もっと重大なのは、未完の原稿の改編や完成に「政治計画」が隠されていることだと言うのである。[7] 程偉元本への高鶚の序文を引用しつつ周汝昌が主張するのは、その計画はイデオロギー的検閲としか考えられず、「儒教を傷つけない」ことを目的とする封建イデオロギーの擁護者によって立てられたのだということである。[8] そして、おそらく高鶚は、そのような任務を果たすように宮廷の権力エリートから委託を受けていたであろうと推測する。[9] 不運な続書への以上のような批判は、攻撃的表現の程度はさまざまであるが、根底には共通の基本的な前提が潜んでいる。それは、伝統を破壊する曹雪芹と体制に順応する高鶚とのあいだには、きわめて大きなイデオロギー的亀裂が存在するという前提であり、またそうしたイデオロギー的差異の中心をなすのは、二人の作者が儒教的価値に対してイデオロギー的な親近性を表明するか逸脱を表明するかという点にあるという前提である。

論争の要点は次のようにまとめられるだろう。イデオロギーという点から見て、高鶚の続書は果たして、曹雪芹が八十回まで繰り広げてきたものから大幅に逸脱しているのだろうか。この問いに答えるためには、まずテクスト上の小さな齟齬とイデオロギーの齟齬とを注意深く区別しなければならない。[10] なぜなら、テクストの齟齬は、言語学的な専門知識や芸術的な観点に関わるものであり、決して無害なものとして見逃すべきではないとはいえ、「イデオロギー的な削除」に比べれば、悪の度合いが少ないように思われるからである。美学的な問題をひとまず措くことで、わたしたちは伝統的な紅学研究者が立てた中心的な問題に焦点をしぼることができる。一見したところ説得力ある議論だと思われるのは、曹雪芹が入念に女媧石と賈宝玉の異端者としての心性を描き出したのに、高鶚は主人公に科挙を受験させ、意外なほど高い順位で合格させたことによってそれを拒絶したというものである。しかしわたしの考えでは、科挙の問題でさえも、『紅楼夢』のイデオロギー的中心を画定するにはかなり不足である。「作者の主観的な意図は、彼／彼女の作品の意味の客観的実現と一致することもあればしないこともある」[11] のだから、単一の自己充足した「作者の意図」はもはや維持できない。おそらく「作者の意図」が幻想であることをもっともみごとに政治的に読解してみせたのは、魯迅の『紅楼夢』解釈だろう。中国の封建時代に対する前近代の書き手のイデオロギー的格闘について、魯迅が敬意を表すことはほとんどない。どんなに開明的な人物であっても帝政中国の社会的・文化的制約から逃れることはできないことがよくわかっていた魯迅は、自意識の強い自称伝統破壊者のうちにこっそり隠れているイデオロギー的パラドクスにわたしたちの目を向けさせる。曹雪芹の場合について魯迅が指摘するのは、そうしたイデオロギー的矛盾は作者の根深い運命論に由来し、「金陵十二釵正冊」が規定している内容に表れているということである。「[少女たちの]最終的な運命は、回帰／終結を体現するものに他ならない。それは問題の結末を意味するのであって始まりを意味するのではないのである」[12]。

曹雪芹のイデオロギー的曖昧さに対する魯迅の見解は、『紅楼夢』の抑圧されたイデオロギー的中心について の本書の考察と符合する。玉や石のシンボリズムについての本書の議論の多くは、まさにそのことを、すなわちテクストそのものが抑圧し、またときには露わにするイデオロギー的無意識の深い構造を明らかにした。わたしたちの批評の冒険の過程で繰りかえし姿を現した抑圧された「中心」の一つは、回帰コンプレックスである。それは、起源を純粋なもの、真正なもの、均質的なもの、要するに単一の回収可能なアイデンティティとして称揚する。『紅楼夢』が繰り広げているのは、石が地上において冒険を行い、予測できない結果に見舞われる物語ではなく、ロゴス中心的な起源を回復する物語なのである。玉／石の二つのアイデンティティは、単一で生命のない石塊へと予想どおり無事に復帰する。女媧石と宝玉自身が体現することになるのは、ある思考態度、すなわち人間が生の全貌を見渡してその全体的な状態を把握すること、その原点と終着点の意味を理解すること、無関心な立場をとること――換言すれば、存在を空間的にとらえる立場をとること――を可能にする理想主義的な思考態度に他ならない。これは決して、フィクションを書くという創作プロセスにおいて作者が思い描く包括的な芸術的観点へと格下げするべきものではない。フィクションを作ることが、どこで現実が始まりそして終わるかというわたしたちの認識と切りはなせないように、美的なものもイデオロギーに深く関係している。この点から見ると、言説の自由な戯れという脱構築の考え方には無理があるのだ。本書が議論してきたのは、作者が何らかのかたちでイデオロギー的制約に服従している限り、意味作用の行為は結局、限定的な範囲においてのみ可能だということである。つまり、曹雪芹が受け継いでいる儒教の伝統と道教や仏教への精神的志向が、結局は語りの戦略の選択をある一定式へ――すなわち、「返本帰真」（本に返り真に帰る）という定式へ――と、せばめているのである。

ここで起源の概念への儒家の強迫観念や、そのイデオロギー枠組み全体における回帰コンプレックスの特権的地位についての先の議論を繰りかえすつもりはない。残っている問題は、仏教の宇宙論における「本」や「真」の意味と、道教の「還原」の概念の検討であり、曹雪芹の語りの論理を解釈するにあたっての、儒教・禅仏教・

道教の考え方のあいだにあるイデオロギー的対応関係の重要性である。

道家が「帰根」（ルーツに帰る）や「帰樸」（磨かれていない状態に帰る）という概念に心を奪われていることを見るには、『道徳経』〔＝『老子』〕に勝る出発点はない。『道徳経』は後世の道教の煉丹術に啓発を与え、ジョゼフ・ニーダムによれば、その「思考体系」は「五行の基本的な関係を文字通り反転させること」を提唱し、「通常のものごとの成り行きを止めて逆方向に向かわせる」ことを目指していた。[13] 煉丹術の実践のための理論的支柱の萌芽は、実際にこの道家の経典のなかに見つけることができる。

あらゆる生き物が一緒に育っていき、
わたしはそれが帰って行くのを見る。
物は成長し盛んに茂り、
それぞれが別々の根もとに戻っていく〔復帰其根〕。
根もとに戻るのを「静」と言い、
それは命の本質に帰ることである〔第十六章[14]〕。

変わることのない徳から離れず、
嬰児に復帰する〔復帰於嬰児〕〔第二十八章[15]〕。

これらの引用が示すように、道家の概念図式において人生の特権的な段階は幼年期である。幼年期には肉体的・精神的多幸感が満ちあふれており、生まれたばかりのもの、清らかなもの、自発的なもの、真正なもの、削られていないものの隠喩——要するに自然で無尽蔵なものの隠喩が当てはまる。

幼児のシンボリズムが、道家が「起源」や「根」の概念に心を引かれていることの具体的な表れであるとすれば、仏教における類似の概念の隠喩には、はるかに抽象的な用語が割り当てられている。禅仏教にとって基本的なのは「本性《ほんしょう》」(本来の性質)の教義である。「本心」「般若」「自性《じしょう》」[16]「本性」[17]「真空」[18]「本来面目」[19]などのように呼ばれるとしても、その性質は清浄かつ空虚であると見なされている。それが自然かつ自己充足的であるのは、つねにすでにやすやすと般若の知恵を含んでいるためである。[20]したがって、「人は自らの自性に気づきそれを悟るやいなや、即座に仏地に到達する」[21]し、「本心を知ることですぐに解脱することができる」[22]。こうした説明はすべて、「本性」は仏性と同じで「不生不滅」[23]であるという一つの真理を指し示している。そのような非在の状態を表すのに最適の隠喩は、慧能《えのう》の有名な偈の最後の二句であろう。「本来無一物、何処惹塵埃」(本来一つの物もないのであるから、塵や埃が付くところなどどこにあろうか)[24]。こうして、「清浄」と「空虚」の隠喩は結合し、本性が具えているとされる清らかな特質となっているのである。仏教は、その根底にある認識論において本来のものという概念を特権化して、それに「真」「静」「虚」「無」のような象徴的内容を割り当てている。

このように見てくると、仏教が、儒教や道教とある種の一致を示していることは明白であろう。起源を真正なものとして特権化する点もそうだが、もっとも重要なのは、本来の出発点への必然的な回帰を命じるような認識論的観点である。仏典において焦点となるのはつねに、悟りのプロセスではなく本性の解明である。儒家と仏家にとって、そしてやや程度は下がるが道家にとっても同じように、[25]根源からの「逸脱」という概念は、必然的に汚濁への下降であるのみならず、全体的かつ均質的な存在の解体、儒教の伝統においては「道統」、仏教では「本心/性」、道教では「元」と要約される存在の解体でもある。[26]したがって、逸脱の問題は仏家と道家にとっては心につきまとう難題であり、儒家にとっては広範囲にわたる政治的含意を帯びた社会問題である。逸脱したものはもとに戻さなければならない。この意味で、「迷途知返」（迷った者は戻る）というよく知られた慣用表現には、儒家と仏家の強力なコノテーションがしみ込んでいる。

『紅楼夢』についての議論に戻るなら、僧侶という代弁者を通して伝えられる「返本帰真」というフィクション論理が、曹雪芹の三つのイデオロギーへの親近性を示している。儒家の回帰コンプレックス、道家の「零度」へのあこがれ、そしてとりわけ仏家の「本性」に対する強迫観念である。その論理を根底で支えている根拠は、倫理的か精神的か宗教的かを問わず、正すことへの衝動である。この論理の主要な代弁者が仏土から来た者（甄士隠と妙玉を含む）であるために、わたしたちは、その定式的な内容を額面通りに受け取り（すなわち、それを自ずと正当性が認められる宗教的な周知の真理として扱い）、そこに深く埋めこまれた二次的なイデオロギー的含意から注意をそらせてしまうかもしれない。しかし、わたしの考えでは、この第二のレベルの意味作用によってこそ、曹雪芹－対－高鶚の論争を考えるための重要な鍵を握っているフィクション論理のイデオロギー的読解に取りかかることができるのである。

もしも今論じているフィクション論理を『紅楼夢』のテーマ・構造・イデオロギーのすべての中心と見なすとすれば、高鶚は、本来の「作者の意図」を忠実に実現したということになる。その論理は早くも程本の第一回で展開されており、脂本の第十六回で僧侶によってはっきりと強調されている。最後の回で、甄士隠が賈雨村に「仙草帰真／通霊復原」（『紅楼夢』Ⅲ、1645）の論理を告げるとき、甄士隠は前もって第一回で僧侶が規定したことを反復しているにすぎない。このことが示すのは、続作者ではなく曹雪芹こそが、決して儒家の観点から全面的に離脱しているとは認められないようなイデオロギー的枠組みのなかで、物語全体を組み立てているということである。したがって、二人の作者のイデオロギー的齟齬の問題は、伝統的な紅学研究者が指摘するのとは別の角度から検討されなければならない。作者のどちらかあるいは二人ともを「儒家」として非難するのではなく、社会的・政治的存在としてどのような書き手も文化やイデオロギーの制約を免れることはないこと、解釈はつねにイデオロギーによる抑圧のはたらきを前提とするものであることを認めるべきだろう。その点についての曹雪芹と高鶚とのイデオロギー的差異は、科挙に対する態度という表面的なものよりも、二人がそれぞれの著述において露わにしているイデオロギー的無意識に存するのである。

文学作品のイデオロギー的地平についての議論は、テクスト相関性の研究がつねに批評行為を政治・歴史・イデオロギーという広い領域へと拡張することを示してくれるが、それこそは、伝統的な批評家がとりわけ関心をもっていた領域であった。一方では、それよりもずっと狭い意味で、石伝説と、文学における石／玉のシンボリズムとのテクスト相関性の研究は、三作品の作者－語り手に深く浸透している神話的意識と芸術的観点との相互作用も明らかにする。

神話／民間伝承の石とその文学的な対応物のあいだのテクスト相関関係の研究が示すのは、神話を生み出す想像力の多様な文学的発現である。現在にとって過去のもつ意味は、絶えずさまざまな学問分野の知の共同体の注目を受ける興味深い問いである。人類学的観点と文学的観点とをつなげた調査には、文化人類学者と思想史研究者との共同作業も組み込まなければならない。ここでの研究はその領域にまで及ぶことはできない。本書が明らかにしたことは、現在にとっての過去の意味の重要性の一面を説明するにすぎないと言うにとどめておこう。三作品の広大なテクスト相関的空間を、特定可能な神話や儀礼の一群が横断していることを明らかにすることで、わたしは、現在が集合的（無）意識の反響のなかで理解可能になるということを例証した。女媧石、いたずらな孫悟空、そして梁山泊の豪傑たちの謎めいた石碑といった鮮烈なイメージは、民間伝承の石の忘れられない描写を思い起こさせるが、民間伝承の石は、さまざまなジャンルの著述において絶えず引用されるプロセスのなかで、保存されるとともに少しずつ浸食されているのである。

文学の石の複雑なフィクション言説に儀礼の石が浸透していることから、テクスト相関性のメカニズムは、過去を存続させると同時に転覆させるということがわかる。どのような書き手も、古人とは異なると同時に、自らのアイデンティティを古人のアイデンティティのうちに見いだささるを得ない。(27) それゆえに、文学作品のすぐ近くの空間を対立しかつ共存するテクスト相関的相同物が横断することは、差異のしるしと結合点とをふたつながら生み出すのである。本書の分析においては、文学における石とその民間伝承における先例とのつながりの密かな暗示は、他の種類のテクスト相関的置換によってしばしば補完されたが、場合によってはそれがくつがえされることもあった。色／空という仏教のアレゴリーと、トリックスター元型は、もっとも興味深いテクスト相関モデルのうちの二つであり、石伝説と次々と対話を行いながら、女媧石や石猿に過渡性ゆえの複雑さを生み出している。

三作品における複合的な石のシンボリズムを詳しく検討することによって、本書は、石伝説がたんに過去の遺物の不動の残滓であるにとどまらず、他の関連する材料を絶えず同化することによって新たな活力を得て変化する混合物でもあることを明らかにした。それは、変換と増殖による自己更新のプロセス——生き残る力をもつあらゆる象徴やテクストが、メタ言語の強力な基盤《マトリクス》への全面的な没入に抵抗するためにくぐり抜けるプロセスである。メタ言語は慣習の名のもとに、象徴やテクストから唯一のものであるという創造性を奪い、不規則性を均質化しようとするからである。

閉域に対するこの絶えざる格闘のもっとも尖鋭的な例は、『紅楼夢』において石神話が引き起こす矛盾である。女媧石の神話は、枠組み装置として語りの運動を規制し、宝玉の原点への回帰を予告する。実は、どのような枠組み装置も語りの円環性を保証するものなのである。しかし、『紅楼夢』は石の神話に関わるだけではなく「美玉」の盛衰にも関わっている。玉のモチーフの統合こそが、物語にダブルバインドをもたらしているのである。宝玉は自分の力で動く自由な主体なのか、それとも天の思惑によって操作されている代理人と考えるべきなのか。

『紅楼夢』の悲劇的次元がその深さと重大さを獲得するのは、石と玉、天界と俗界、石の神話と個人のドラマのあいだに存在する構造的緊張による。宝玉の悲劇は、異質な存在（石の要素が玉の要素と絡まりあっている）がその手を逃れつづける全体性を求めて行う果てしない格闘のうちに存在するのみならず、フィクション装置の閉域に対する不幸な格闘のうちにも存在する。この閉域が、自己矛盾を含む人間存在である主人公の自律的な展開を次々と挫折させるために、格闘は失敗するよう定められているのだ。『紅楼夢』を石の神話で始めることによって、語り手はパラドクスのプロセスを発動させる。語り手は宝玉を描写するにあたって、アイデンティティよりもプロセスを、回収可能な構造よりも進行中の格闘に重点を置くべきなのだろうか。玉と石との予想のつかない対話から宝玉が自らのアイデンティティを展開させるのを許容することはできるのだろうか。それとも、宝玉は石の枠組みに強いられる構造的限界に服従し、分裂した主体性が、単一の不動のアイデンティティ――すなわち、神話の舞台で諦観して動かない一個の石――に回帰することによって解消されるのを待つべきなのだろうか。

　天界の神話と人間ドラマとの構造的緊張は、物語に齟齬を生じ、この神話的枠組みの有効性にしばしば疑念を呼び起こす。しかし、『紅楼夢』のような不朽の作品の深さと複雑さを創出しているのは、まさにものごとの規模が不釣り合いであることから生じる緊張なのである。その証拠に、『西遊記』の潜在的には力強い始まりは、そのような矛盾する観点が欠如しているために、偶発的で動機づけの少ない枠組み装置へと変換されてしまう。天界にある悟空の石の卵は、原始の豊穣の石のもつ均質的なアイデンティティを思い出させる。石の卵はそのようなもの――明確さゆえに固定化されたイメージの言葉通りの引用――に留まっているのである。二つの神話的枠組みの比較が示すのは、言説が異質で矛盾を含む要素を多く我有化するほど、その意味作用は増幅され、心に訴える力は持続するということである。

　あらゆる言説において起こるこの我有化の性質は、「物が互いに絡まり合っている［物相雑］」のを「文」（模様

／テクスト）という」〔物相雑故曰文〕[28]という卦の根底にある原理の反復である。中国語の「雑」（混合／もつれ）の隠喩で表現されるにせよ、ウィトゲンシュタインの糸の隠喩で表現されるにせよ、テクスト性の概念が語るのは同じことである。すなわち、テクストとは異質なものの集まりであり、テクスト相関的である。糸が強いのは「何か一本の繊維が糸の端から端まで通っているからでなく、たくさんの繊維が重なり合っているからである」[29]。それと同じように、三つの作品における石伝説の意味の戯れを際立たせた本書の試みも、意味作用の均一性の要求として受け取られてはならない。先在する意味のネットワークと特異な創造的天才との出会いは、一方が他方を完全に支配して終わるわけではない。それは、ジェラール・ジュネットの言葉によれば、個人の才能が引き起こす「無限の衝撃」と、慣習が永続させる期待の実現とのあいだの複雑な相互作用となって現れる[30]。石のトポスについての本書の研究において、テクスト相関性は「テクストに先立つ沈黙したままのもの」[31]に到達することを目指して、濃密なテクストに浸透している意味のコンテクストの枠組みを提供した。だが、それだけではない。もっとも重要なのは、テクスト相関性が、テクストを「その固有の複雑さにおいて現出」させ、戯れに向けて逃走するにつれて意味が転換し分化する、テクスト自体の物語を語らせていることである。

注

（1）レヴィ＝ストロースは、神話は一つの論理モデル、「中間的存在」を提供し、パラドクスや反転のメカニズムによって社会的現実の矛盾を克服することができると考えている。「神話の構造」229–230〔二五四〕を見よ。また Douglas 52–56 も見よ。ダグラスによれば、レヴィ＝ストロースによる神話の媒介機能という概念は、彼がヘーゲル哲学の弁証法に依拠していることを表している。ダグラスはレヴィ＝ストロースの考えを次のように要約する。「（…）神話の構造は弁証法的構造である。そこにおいて対立する論理的位置が明言され、対立は言い直されることで媒介され、そしてその内的構造が明らかになると、再び別の種類の対立を引き起こす。それが今度はまた媒介され、あるいは分解される、などと続く」(52)。

(2) Vickery 143.

(3) Vickery 149.

(4) 「伝統的な紅学の研究者」が指しているのは、具体的には胡適と兪平伯を筆頭とする自伝派と「テクスト研究」(考拠学)〔日本では「考証学」と呼ぶことが多い〕を行っている近現代の中国の学者‐批評家である。こちらには、周汝昌・呉世昌・趙岡/陳鍾毅が含まれ、余英時にもややその色彩がある。

(5) 呉世昌『紅楼夢探源外編』272。

(6) 余英時「近代紅学」27。

(7) 周汝昌『紅楼夢新証』Ⅱ、875–927, 1153–1167。

(8) 高鶚「紅楼夢序」18。

(9) 周汝昌Ⅱ、1161–1162。

(10) 周汝昌は、高鶚の続書で、テクストとイデオロギーの両方において生じている齟齬を列挙している。それらは、小さな変更や特定の語句の付加あるいは削除といったレベルのものから、「イデオロギー的に問題である」と見なされた箇所の大幅な改変までを含む。具体例については、周汝昌『紅楼夢新証』Ⅰ、15-27を見よ。

(11) 程歩奎 119、張畢来 94 の引用。

(12) 魯迅「論睜了眼看」220〔「眼を瞠って見ることについて」二〇九〕。

(13) Needham V/5: 25.

(14) 老子 9。

(15) 老子 16。

(16) 三つの語は「行由品Ⅰ」、『六祖壇経箋註』7a からの引用。

(17) 「行由品Ⅰ」23a。

(18) 「般若品Ⅱ」、『六祖壇経箋註』27a。

(19)「行由品Ⅰ」17a。

(20)「般若品Ⅱ」29b。

(21)「般若品Ⅱ」32b。

(22)「般若品Ⅱ」33a。

(23)「行由品Ⅰ」10b。

(24)「行由品Ⅰ」12b。慧能が師の弘忍を継いで禅宗の第六祖となるにあたっての話は、広く知られた仏教伝説である。慧能は、兄弟子の神秀が書いた偈のパロディを作って師に認められた。その偈は次のようなものである。「菩提本無樹、明鏡亦非台。本来無一物、何処惹塵埃」。

(25)『紅楼夢』における道家の形而上学の現れは「頑石点頭」という仏教の隠喩によって影が薄くなってはいるが、宝玉が『荘子』その他の道家思想の熱烈な愛読者であることは、指摘しておかなければならないだろう。とりわけ興味深いのは、地上での逗留も終わりに近づいたころの宝玉の余暇の愛読書が、道教の書物に他ならないことである。目前に迫った科挙受験の準備を進めるために、宝玉は「机の上から『荘子』を片づけ、同時にお気に入りの秘伝の〔著者注：「秘伝の」という語は原書にはない。宝玉の秘伝的な宗教的実践の書物に対する偏愛を説明するために翻訳者の一存で挿入されている〕書である『参同契』『元命苞』『五燈会元』を集めて、麝月、秋紋、鶯児に命じて運び出させます」(Minford, *Stone* V: 332)〔第百十八回〕。『五燈会元』を除けば、宝玉の愛読書は煉丹術や道教の護符についての書物なのである。『参同契』と『元命苞』の道教的特徴については、『紅楼夢』Ⅲ、1615 n.1 を見よ。

(26) 老子1。「元」は、「玄」すなわち不可思議なもの、深いもの、暗いもの、同時に始まりでも終わりでもあるような零度という概念と同一である。

(27) 姜夔63。

(28)「繫辞」下、『周易正義』8/13a。

(29) Wittgenstein 32〔『ウィトゲンシュタイン『哲学的探求』第Ⅰ部・読解』五七〕.

(30) Genette 16–17〔ジュネット『フィギュール』二〇三―二〇五〕.

(31) Foucault, *Archaeology of Knowledge* 47〔フーコー『知の考古学』九四〕.

訳者あとがき

本書は、Jing Wang. *The Story of Stone: Intertextuality, Ancient Chinese Stone Lore, and the Stone Symbolism in Dream of the Red Chamber, Water Margin, and The Journey to the West.* Duke University Press, 1992. の全訳である。

著者のジン・ワンは、マサチューセッツ大学アマースト校で比較文学を学んで博士号を取得し、一九八五年よりデューク大学で中国語中国文学を担当した。二〇〇一年からはマサチューセッツ工科大学に移り、現在は中国メディア文化研究を担当する教授として、人文・社会科学部（School of Humanities, Arts, and Social Sciences）で外国語外国文学と比較メディア研究の二部門を兼務している。最近では研究対象を、現代中国の大衆文化へ、さらに広告、マーケティング、メディアなどの文化戦略へと広げているようである。本書はデューク大学出版局のシリーズ Post-Contemporary Interventions（スタンリー・フィッシュとフレドリック・ジェイムソンの共同編集）の一冊であり、一九九四年に、アメリカ合衆国の学会 Association for Asian Studies (AAS) の Joseph Levenson Book Prize: Pre-Twentieth Century Category を受賞している。

さて、本書の内容について触れる前に、まず題名について一言述べておきたい。『石の物語』とは、石を語るテクストや石が語るテクストについて論じている本書にまさにうってつけの名であるが、それだけではない。本書の考察の主要な対象である白話小説『紅楼夢』の別名が『石頭記』なのである。「石頭」はすなわち「石」であり（「頭」は名詞を作る接尾辞で強い意味はない)、「記」は「記録」、あるいはその内容を指すなら、「おはなし」「物語」ということになる。つまり、「石頭記」とは石の物語ということであり、英語圏では、『紅楼夢』は *The Dream of the Red Chamber* もしくは *The Story of the Stone* として知られている。したがって、本書の題名『石の物語』*The Story of Stone* には、二つの意味が掛けられているわけである。

次に、本書が読み解いている三つの作品の性格について簡単に説明しよう。中国では明代から清代にかけて、白話小説が盛んに出版された(「白話」とは口語体を指す)。本書が論じているのはそのなかでも代表的な長篇小説であり、『水滸伝』『西遊記』は明代、『紅楼夢』は清代の作品である。『水滸伝』には『大宋宣和遺事』、『西遊記』には『大唐三蔵取経詩話』という、語り物に基づく先行テクストが今に伝わっている。この他にも伝説や芸能などのかたちで存在していたさまざまな物語を取り込んで編纂されたのが『水滸伝』と『西遊記』である。したがって、作者の名が記されているとはいえ、近代小説のような意味での作者を想定することはできないし、厳密な成立時期も不明である。一方、『紅楼夢』は成立した時代も二百年ほど下り、作者が曹雪芹、続作者が高鶚であることはほぼ定説である。こちらには、同じような物語を含む先行テクストは存在せず、もっぱら曹雪芹の構想に基づくと考えられている。

本書は、この三作品がすべて石から始まる物語であることに着目し、まず中国のテクストの歴史を遥かにさかのぼって、石をめぐる伝説を博捜する。それらを踏まえて三つの文学作品を読解し、そのテクスト相関性《インターテクスチュアリティ》を明らかにしてゆくのである。第一章では、中国の文学伝統において、テクスト相関性がむしろ自明のものであったことを示し、この西洋由来の概念を当てはめることの有効性を説いている。第二章では、グレマスの構造意味論を援用して、古代以来のさまざまな石テクストを分類し、その意味のネットワークを提示する。以下の各章では、第二章で収集された石伝説に照らしつつ、石を手がかりに白話小説を読解してゆくことになる。第三章は、『紅楼夢』において、名前に玉の文字がつく人物たちが体現する玉のシンボリズムの考察である。石でありながら石ではない玉。そのシンボリズムを、思想的背景に基づいて解明する。第四章は、『紅楼夢』を伝統的な文学慣習による制約を異化しドラマ化する作品ととらえ、賈宝玉が石に由来する矛盾を含む存在、過渡的《リミナル》な存在であることを明らかにする。第五章では、『西遊記』の孫悟空について、やはり過渡的な性格をもつトリックスターであることを指摘する。第六章では、『水滸伝』の石碑が、天と地を媒介しメッセージを伝達する機能を果たすとともに、物語の構造を支えていることが示される。最後に結びの章では、文学作品のイデオロギー的地平に論及しながらも、テクスト相関性のメカニズムが、過去を存続させると同時に転覆させるものでもあることを述べて締めくくりとする。

本書が繰り広げるのは、数々の石テクストが時をこえて相互に反響しあい協奏しあうテクスト空間である。読者には、この石の物語の豊かさを存分に味わっていただきたい。文学研究のおもしろさをあらためて感じていただければ、訳者にとってこれほどうれしいことはない。

さて、原著は英語で書かれた中国文学についての論考であるため、執筆される過程において、さまざまなレベルですでに翻訳が関わっている。それをさらに日本語に翻訳するにあたっては、訳語の選択に迷うことも多かった。本文を読んだだけでわかる訳文を心がけたが、ここでいくつかの言葉について説明を加えておきたい。

まず、「批評」である。近代的な語彙と思われがちであるが、中国の明清期の白話文学には、たとえば『李卓吾先生批評西遊記』や『陳眉公先生批評西廂記』など書名に「批評」の文字を含む版本が多い。この「批評」とは、主として本文の行間や眉欄（各頁の本文上部に設けられた欄）に記された短い評語である。『紅楼夢』（『石頭記』）の脂硯斎による批評も多くはこの類である。本書ではこのような批評に加えて、作品に寄せて書かれた序文、王国維に始まるとされる近代的な批評、さらに学術論文なども criticism と呼ばれ、その著者を critic と称している。今日の日本語における「批評」「批評家」の含意を逸脱している嫌いはあるが、テクストに対して判断を下すテクストおよびその書き手を指すことは共通するので、「批評」「批評家」と訳している。

次に、本書には現代思想や文学理論の用語が含まれている。特定の理論に依拠しているわけではないため、過度に専門的であるとは言えないが、読者によっては違和感をもたれるかもしれないので、いくつかの訳語について付言しよう。「我有化」と訳したのはappropriation（「再我有化」はreappropriation）である。この言葉は、本書では、あるテクストを別のコンテクストにおいて自分のものとして取り入れることを指す。テクストに限らずさまざまな文化領域に見られる事象であり、「専有」「領有」などと訳される場合もある。理論的な含意が明確になるように、敢えてこなれた日本語にはせず、「我有化」とした。同じようなことが言えるのは「特権化（する）priviledge」「包摂（する）contain」「閉じ込め enclosure」「閉域 closure」などであり、要所には英語表記を添えた。それぞれ前後の文脈からおおよその意味はつかめると思う。

また、頻出する言葉の一つに「曖昧（性）」がある。これはambiguityの訳であり、ウィリアム・エンプソンの『曖昧の七つの型』によって広まった概念である。一般には、「曖昧」というと暗黙のうちに否定的なニュアンスが含まれることが多いが、本書ではあくまでも肯定的に使用されている。「多義性」という訳語もあるが、多くの意味があることではなく、意味が一つに特定できないことに重点があると考えて、「曖昧」という訳語を採用した。

＊

訳者が原著と出会ったのはまったくの偶然であった。実は、数年前から『紅楼夢』『水滸伝』『西遊記』がすべて石で始まる物語であるということ、石が生命をもたないがゆえに永遠であること、石と生命に限りある人間との対比などに興味をいだくようになった。石を主題として、中国の文学や思想の歴史をたどるとおもしろいかもしれないとも考えていた。しかし、それには膨大な労力が必要となるだろう。そう思ってほとんど諦めながらも、つねに石が気にかかっていたのである。この先はいささか物語めくが、ある日（二〇一二年の初頭）、勤務する大学の図書館で次年度の授業のための教材を探して書架のあいだを歩き回っていたところ、ふと本書の原著が目に入った。すでに述べたように本書の題名は『紅楼夢』の英訳本の題名にほぼ一致しているが、分量から考えてその翻訳ではありえない。手にとって副題を確かめ、期待とともに開いてみると、三作品の冒頭部分の引用から始まっているではないか。それはまさに訳者が夢想していた著作であった。そして、その思いは翻訳を終えた今も変わっていない。原著が出版されてから二十年が経っているが、かりに二十年前であったなら、目に留めてもそのまま通り過ぎてしまったかもしれない。本訳書は、書物とのこの不思議な出会いによって生まれたというわけである。

訳者はさらに別の出会いにも恵まれた。欧米の言語による中国文学の研究書が刊行されることが少ないなかで、法政大学出版局の前田晃一さんが、本書の出版に理解を示し尽力してくださったのである。翻訳や校正の孤独な作業を続けることができたのは、前田さんの穏やかな励ましのおかげである。

また、長年の友人である石川洋さん（東京大学）、笠井直美さん（名古屋大学）、志野好伸さん（明治大学）には訳稿への貴重なご意見をいただいた。皆さん、ありがとうございました。

なお、本訳書は、日本学術振興会の科学研究費の助成を受けている課題「中国近世白話文学におけるテキスト生成の研究」（研究課題番号：25370405）の研究成果の一部である。

二〇一四年十一月

名に玉を含む者のはしくれ
廣瀬　玲子

著者紹介

ジン・ワン（Jing Wang）
マサチューセッツ工科大学教授．マサチューセッツ大学アマースト校で比較文学研究により Ph.D を取得後、デューク大学で中国語中国文学を担当した後、2001 年より MIT で中国文化研究・比較メディア研究の教授を務める．邦訳に『現代中国の消費文化——ブランディング・広告・メディア』（松浦良高訳，岩波書店，2011 年）がある．

訳者紹介

廣瀬玲子（ひろせれいこ）
専修大学文学部教授．専門は中国文学．主な著作・翻訳に「おおわれた真実——元雑劇「救孝子」「殺狗勧夫」試論」（『専修人文論集』第 91 号，2012 年），「誰も死なない——元雑劇「留鞋記」試論」（『中国哲学研究』第 24 号，2009 年），アンヌ・チャン著『中国思想史』（共訳，知泉書館，2010 年）など．

石の物語
中国の石伝説と『紅楼夢』『水滸伝』『西遊記』を読む

2015 年 1 月 16 日　初版第 1 刷発行

著　者　ジン・ワン
訳　者　廣瀬玲子
発行所　一般財団法人　法政大学出版局
〒102-0071 東京都千代田区富士見 2-17-1
電話03(5214)5540 振替00160-6-95814
組版：HUP　印刷：三和印刷　製本：誠製本

Printed in Japan

ISBN978-4-588-49508-3

人名索引

作品索引

事項索引

カ行

ナ行

マ行

ヤ行

参考文献

［中国語・日本語文献］

次の編著は，そこに含まれる文献が本リストに複数挙げられているため，先にまとめて出版情報を記し，該当する文献には〔A〕～〔D〕を付す.

〔A〕『紅楼夢巻』全 2 冊，一粟編，北京：中華書局，1963
〔B〕『十三経注疏』全 8 冊，3 版，台北：芸文印書館，1965
〔C〕『水滸資料彙編』，古典文学研究資料彙編，台北：里仁書局，1981〔馬蹄疾編『水滸資料彙編』，北京：中華書局の影印〕
〔D〕『史記会注考証』，瀧川亀太郎考証，台北：洪氏出版社，1981〔注の参照箇所には，瀧川亀太郎『史記会注考証』全 10 冊（東京：東方文化学院東京研究所，1932–1934）の巻数・頁数を付す〕

印順『中国禅宗史』3 版，台北：正聞出版社，1983
袁珂『中国古代神話』，上海：商務印書館，1957〔伊藤敬一ほか訳『中国古代神話』全 2 冊，みすず書房，1971［新版］〕
袁珂『古神話選釈』，北京：人民文学出版社，1979
袁郊「円観」，『甘沢謡』，楊家駱主編『唐人伝奇小説集』，台北：世界書局，1962，258–259
王嘉『拾遺記』，台北：木鐸出版社，1982
王希廉「紅楼夢総評」，『紅楼夢巻』I: 146–153〔A〕
王孝廉「石頭的古代信仰与神話伝説」，『中国的神話与伝説』，台北：聯経出版事業公司，1977
王国維『紅楼夢評論』，台北：天華出版社，1979 〔伊藤漱平訳「紅楼夢評論」，増田渉編『清末・五四前夜集』，中国現代文学選集第 1 巻，平凡社，1963〕
王充『論衡』全 2 冊，四部備要，台北：台湾中華書局，1965
王象之『輿地紀勝』全 2 冊，台北：文海出版社，1962
応劭『漢官儀』，叢書集成簡編 vol. 279，台北：台湾商務印書館，1965
王伯祥選注『春秋左伝読本』，香港：中華書局，1959
王弼「明象」，『周易略例』，楼宇烈校釈『王弼集校釈』全 2 冊，北京：中華書局，1980，II: 609
王弼・韓康伯注『周易正義』，四部備要，台北：台湾中華書局，1977
王符『潜夫論』，四部備要，台北：台湾中華書局，1965
王溥『唐会要』全 3 冊，台北：世界書局，1968
欧陽詢等『芸文類聚』全 2 冊，汪紹楹校，上海：上海古籍出版社，1965
王陽明「大学問」，『中国哲学史教学資料選輯』全 2 冊，北京：中華書局，1982，II: 207–212

太田辰夫「朴通事諺解所引西遊記考」,『神戸外大論叢』10.2 (1959): 1–22
解盦居士「石頭臆説」『紅楼夢巻』I: 184–197〔A〕
葛洪「尚博」,『抱朴子』外篇,景印文淵閣四庫全書,台北:台湾商務印書館,1983,第1059冊:193–195
韓進廉『紅学史稿』,石家荘:河北人民出版社,1981
韓非「和氏」,陳奇猷校注『韓非子集解』全2冊,上海:上海人民出版社,1974, I: 238–239
干宝『捜神記』,汪紹楹校注,北京:中華書局,1979
魏徴等『隋書』全3冊,北京:中華書局,1973
姜夔『白石道人詩集』「提要」,景印文淵閣四庫全書,台北:商務印書館,1983,第1175冊:63
許慎『説文解字』,北京:中華書局,1963
許葉芬「紅楼夢弁」,『紅楼夢巻』I: 227–232〔A〕
金聖嘆「貫華堂刻第五才子書水滸七十回総評」,『水滸資料彙編』128–225〔C〕
金聖嘆『水滸伝』全2冊,九龍:友聯出版社,1967
金聖嘆「宋史綱批語」,『水滸資料彙編』29–30〔C〕
金聖嘆「宋史目批語」,『水滸資料彙編』30–32〔C〕
金聖嘆「第五才子書施耐庵水滸伝序二」,『水滸資料彙編』24–25〔C〕
金聖嘆「第五才子書施耐庵水滸伝序三」,『水滸資料彙編』25–29〔C〕
金聖嘆「読第五才子書法」,『水滸資料彙編』32–38〔C〕
屈原『楚辞』,洪興祖『楚辞補注』3版,台北:芸文印書館,1968
「繫辞」上・下,王弼・韓康伯注『周易正義』,四部備要,台北:台湾中華書局,1977, 7/1–8/15
玄奘『成唯識論』,韋達訳(漢英対照),Hong Kong: The Ch'eng Wei-shih lun Publication Committee, 1973
高鶚「紅楼夢序」,『紅楼夢』(程偉元本),台北:文化図書公司,1980,18
洪秋蕃「紅楼夢抉隠」『紅楼夢巻』I: 235–42〔A〕
黄庭堅「答洪駒父書」,郭紹虞主編『中国歴代文論選』全4冊,上海:上海古籍出版社,1979, II: 316–317
洪北江主編『山海経校注』2版,台北:洪氏出版社,1981〔袁珂校注『山海経校注』,上海:上海古籍出版社,1980の影印と思われる〕
康来新『石頭渡海:紅楼夢散論』,台北:漢光文化事業公司;New York: Highlight International, 1985
呉功正『小説美学』2版,南京:江蘇文芸出版社,1987
呉承恩『西遊記』,台北:文源書局,1975
呉世昌『紅楼夢探源外編』,上海:上海古籍出版社,1980
胡適「水滸伝考証」,『胡適文存』全4集,台北:遠東図書公司,1961, IV: 396–407
胡適「跋乾隆庚辰本脂硯斎重評石頭記鈔本」,『胡適文存』全4集,台北:遠東図書公司,1961, I: 500–547
胡文彬・周雷編『海外紅学論集』,上海:上海古籍出版社,1982
左丘明『国語』全2巻,上海師範大学古籍整理組編校点,上海:上海古籍出版社,1978
左丘明『左伝』,十三経注疏 VI〔B〕

『辞海』3 版，台北：台湾中華書局，1969
『詩経』，十三経注疏 II
司馬遷『史記』，『史記会注考証』〔D〕
司馬貞「三皇本紀」，『史記会注考証』〔D〕
周質平『公安派的文学批評及其発展』，台北：台湾商務印書館，1986
周春「閲紅楼夢随筆」，『紅楼夢巻』I: 66–77〔A〕
周汝昌「紅楼夢情榜淵源論」，『今晩報』，1987 年 10 月 8 日
周汝昌『紅楼夢新証』全 2 冊，北京：人民文学出版社，1976
史游『急就篇』，王応麟『玉海』全 8 冊，台北：華文書局，1964，VIII
朱作霖「紅楼文庫」，『紅楼夢巻』I: 159–63〔A〕
『周礼』，十三経注疏 III〔B〕
荀況『荀子』，四部備要，台北：台湾中華書局，1970
〔荀況〕『荀子新注』，北京大学荀子注釈組編，北京：中華書局，1979
鄭玄『鄭志』，叢書集成簡編 vol. 100，台北：台湾商務印書館，1966
蔣樹勇「中国古代芸術弁証思想的哲学伝統」，『古代文学理論研究』，上海：上海古籍出版社，1986，XI: 111–124
『書経』，屈万里編註『尚書今註今釈』2 版，台北：商務印書館，1970
徐堅等『初学記』，台北：新興書局，1966
徐寿基編『玉譜類編』全 4 冊，出版地不明，1889
新村出『広辞苑』，東京：岩波書店，1976
西園主人「紅楼夢論弁」『紅楼夢巻』I: 198–205〔A〕
盛弘之『荊州記』，虞世南『北堂書鈔』全 2 冊，台北：文海出版社，1962，II: 158/12a–13b
『世本（二種）』，宋衷注，叢書集成初編，長沙：商務印書館，1937
銭穆「魏晋玄学与南渡清談」，『中国学術思想史論叢』III: 68–76，台北：東大図書有限公司
宋玉「高唐賦」，蕭統『文選』，李善注，全 2 冊，香港：商務印書館，1960，I: 19/393–397
〔曹雪芹〕『乾隆甲戌脂硯斎重評石頭記』3 版，台北：胡適紀念館，1975〔甲戌本〕
曹雪芹『脂硯斎重評石頭記』，北京：文学古籍刊行社，1955〔庚辰本〕
曹雪芹・高鶚『紅楼夢』全 3 巻，北京：人民文学出版社，1982
孫桐生「妙復軒評石頭記叙」，『紅楼夢巻』I: 39–41〔A〕
太愚『紅楼夢人物論』，上海：国際文化服務社，1948
脱脱等『宋史』全 20 冊，北京：中華書局，1977
『断句十三経経文』3 版，台北：台湾開明書店，1968
段成式『酉陽雑俎』，叢書集成簡編 Vols. 116–117，台北：台湾商務印書館，1966
張維元「文人与醜石」，『銭江晩報』，1990 年 9 月 23 日
趙岡・陳鍾毅『紅楼夢新探』全 2 冊，香港：文芸書屋，1970
趙岡・陳鍾毅『紅楼夢研究新編』，台北：聯経出版事業公司，1975
張鷟『朝野僉載』，叢書集成簡編 vol. 723，台北：台湾商務印書館，1966
張守節『史記正義』，『史記会注考証』〔D〕
張新之「紅楼夢読法」，『紅楼夢巻』I: 153–59〔A〕
張新之「妙復軒評石頭記自記」，『紅楼夢巻』I: 34–35〔A〕
張畢来『漫説紅楼』，北京：人民文学出版社，1978

趙曄『呉越春秋』，国学基本叢書 vol. 395，台北：台湾商務印書館，1968
「陳従善梅嶺失渾家」，馮夢龍編『古今小説』全 2 冊，台北：世界書局，1958，I: 20/1–15
陳耀文『天中記』全 4 冊，台北：文海出版社，1964
程歩奎「紅楼夢与社会史」，『海外紅学論集』117–126
童中台「剛柔相済的愛玉心理」，『中央日報』1987 年 3 月 15 日：8
唐長孺「魏晋才性論的政治意義」，『魏晋南北朝史論叢』，北京：生活・読書・新知三聯書店，1955，298–310
『東方国語辞典』，台北：東方出版社，1976
唐臨『冥報記』，『大正新脩大蔵経』全 85 巻，東京：大正新脩大蔵経刊行会，1973，第 51 巻：787–802
涂瀛「紅楼夢論賛」，『紅楼夢巻』I: 125–142〔A〕
杜綰『雲林石譜』，古今図書集成，台北：文星書店，1964，VIII（坤輿典）：72
敦敏「題芹圃画石」，『紅楼夢巻』I: 6〔A〕
那志良「古代的葬玉」，『大陸雜誌』5.10 (1952): 330–335
那志良「古代葬玉」，『古玉論文集』，台北：国立故宮博物院，1983，101–109
那志良「祭祀天地四方的六器」，『華夏週刊』105，『中央日報』1988 年 6 月 5 日：8
二知道人「紅楼夢説夢」，『紅楼夢巻』I: 83–103〔A〕
白居易・孔伝『白孔六帖』，台北：新興書局，1969
班固『漢書』全 8 冊，顔師古注，北京：中華書局，1975
『緇古叢編』，陶宗儀『説郛』全 8 冊，台北：台湾商務印書館，1972，IV
聞一多「高唐神女伝説分析」，『聞一多全集』全 4 冊，上海：開明書局，1948，I: 81–113〔「高唐神女伝説の分析」，中島みどり訳注『中国神話』，平凡社東洋文庫，1989〕
封演『封氏聞見記』，陶宗儀『説郛』全 8 冊，台北：台湾商務印書館，1972，I
房玄齢等『晋書』全 5 冊，北京：中華書局，1974
牟宗三『才性与玄理』，台北：台湾学生書局，1980
繆天華『成語典』5 版，台北：復興書局，1980
「補江総白猿伝」，粋文堂編『唐人伝奇小説』，台南：平平出版社，1974，15–18
野鶴「読紅楼劄記」，『紅楼夢巻』I: 285–292〔A〕
兪平伯『紅楼夢研究』，北京：棠棣出版社，1952
兪平伯輯『脂硯斎紅楼夢輯評』，香港：太平書局，1975
葉嘉瑩「従王国維《紅楼夢評論》之得失談到《紅楼夢》之文学成就及賈宝玉之感情心態」，『海外紅学論集』137–163
葉夢得『石林燕語』，北京：中華書局，1984
揚雄「玄理」，『太玄』，西南書局編輯部編『中国学術名著今釈語訳』全 6 冊，台北：西南書局，1972，III: 179–181
余英時「“眼前無路想回頭”」，『海外紅学論集』66–116
余英時「近代紅学的発展与紅学革命」，『海外紅学論集』10–30
余英時「《紅楼夢》的両個世界」，『海外紅学論集』31–55
余英時「《懋斎詩鈔》中有関曹雪芹生平的両首詩考釈」，『海外紅学論集』245–258
『礼記』，十三経注疏 V〔B〕
羅泌『路史』，四部備要，台北：台湾中華書局，1965

羅曼莉「玉器的起源与発展」,『芸術家』30 (1977): 26–31
李延寿『北史』全 10 冊,北京:中華書局,1974
李漢秋編『儒林外史研究資料』,上海:上海古籍出版社,1984
李希凡・藍翎「評紅楼夢新証」,周汝昌『紅楼夢新証』I: 1–17〔原載『人民日報』1955 年 1 月 20 日〕
李贄「七言四句」「牡丹詩」,『焚書・続焚書』,北京:中華書局,1975,6/243
李贄「童心説」,霍松林主編『古代文論名篇詳註』,上海:上海古籍出版社,1986,368–372
李時珍『本草綱目』,古今図書集成,台北:文星書店,1964,VIII(坤輿典):84–133
李靖「杜子春」,粋人堂編『唐人伝奇小説』,台南:平平出版社,1974,230–233
李杜『中西哲学思想中的天道与上帝』,台北:聯経出版事業公司,1978
李昉等『太平御覧』全 4 冊,北京:中華書局,1960
李昉等『太平広記』全 3 冊,台北:新興書局,1973
劉安『淮南子』,高誘注,四部備要,台北:台湾中華書局,1971
劉義慶『幽明録』,魯迅編『古小説鈎沈』全 2 冊,香港:新芸出版社,1976,Vol.1
劉勰『文心雕龍』,台北:明倫出版社,1974
劉歆『西京雑記』,四部叢刊初編 27,台北:台湾商務印書館,1965
劉昫等『旧唐書』全 16 冊,北京:中華書局,1975
劉再復『性格組合論』,上海:上海文芸出版社,1986
林春溥「竹書紀年補証」,楊家駱主編『竹書紀年八種』2 版,台北:世界書局,1967
列禦寇『列子』,国学基本叢書 vol. 55,台北:台湾商務印書館,1968
『老子道徳経』,新編諸子集成,台北:世界書局,1972
『六祖壇経箋註』,丁福保箋註,台北:天華出版事業公司,1979
魯迅『中国小説史略』,北京:北新書局,1923–1924 〔今村与志雄訳『中国小説史略』上・下,ちくま学芸文庫,1997/中島長文訳注『中国小説史略』1・2,平凡社東洋文庫,1997〕
魯迅「論睜了眼看」,『墳』,魯迅紀念委員会編『魯迅全集』全 20 冊,北京:人民文学出版社,1973,I: 217–222 〔「眼を瞠って見ることについて」,松枝茂夫訳『魯迅選集』第 5 巻,岩波書店,1964[改訂版]〕
話石主人「紅楼夢本義約編」,『紅楼夢巻』I: 179–183〔A〕
『論語』,朱熹注『四書集注』,台北:世界書局,1974

[西洋言語文献]

Alter, Robert. *The Pleasure of Reading: In An Ideological Age*. New York: Simon & Schuster, 1989.
Barthes, Roland. *Critique et vérité*. Paris : Seuil, 1966.〔保苅瑞穂訳『批評と真実』,みすず書房,2006〕
————. "From Work to Text." In T*extual Strategies: Perspectives in Post-Structuralist Criticism*. Ed. Josue V. Harari. Ithaca, N.Y.: Cornell UP, 1979.〔「作品からテクストへ」,花輪光訳『物語の構造分析』,みすず書房,1979〕

———. *The Pleasure of the Text*. Trans. Richard Miller. New York: Hill and Wang, 1975.〔沢崎浩平訳『テクストの快楽』, みすず書房, 1977〕
———. *Roland Barthes by Roland Barthes*. Trans. Richard Howard. New York: Hill and Wang, 1977.〔佐藤信夫訳『彼自身によるロラン・バルト』, みすず書房, 1997〔新装版〕〕
———. *S/Z*. Trans. Richard Miller. New York: Hill and Wang, 1974.〔沢崎浩平訳『S/Z』, みすず書房, 1973〕
———. "Textual Analysis of Poe's 'Valdemar.'" In *Untying the Text: A Post-Structuralist Reader*. Ed. Robert Young. Boston: Routledge & Kegan Paul, 1981, 133–161.〔「エドガー・ポーの一短編のテクスト分析」, 花輪光訳『記号学の冒険』, みすず書房, 1988〕
Bodde, Derk. "Myths of Ancient China." In *Mythologies of the Ancient World*. Ed. S. N. Kramer. New York: Doubleday, 1961, 369–405.
Cao Xueqin and Gao E. *The Story of the Stone*. Trans. David Hawkes (I–III) and John Minford (IV–V). 5 vols. 6th ed. New York: Penguin Books, 1973–1986.
Caws, Mary Ann, ed. *Textual Analysis: Some Readers Reading*. New York: Modern Language Association of America, 1986.
Cheng Te-k'un. *Prehistoric China*. In *Archaeology in China*. Toronto: U of Toronto P, 1959. Vol. I.
Cohen, Alvin P. "Coercing the Rain Deities in Ancient China." *History of Religions* 17.3-4 (1978): 245–265.
Coward, Rosalind, and John Ellis. *Language and Materialism: Developments in Semiology and the Theory of the Subject*. London: Henley, and Boston: Routledge & Kegan Paul, 1977.
Culler, Jonathan. *The Pursuit of Signs: Semiotics, Literature, Deconstruction*. Ithaca: Cornell UP, 1981.
———. *Structuralist Poetics: Structuralism, Linguistics and the Study of Literature*. Ithaca: Cornell UP, 1975.
De Bary, Wm. Theodore, et al., eds. *Sources of Chinese Tradition*. 2 vols. New York and London: Columbia UP, 1964.
Derrida, Jacques. "Différance." In *Deconstruction in Context : Literature and Philosophy*. Ed. Mark C. Taylor. Chicago: The U of Chicago P, 1986, 396–420.〔「差延」, 高橋允昭・藤本一勇訳『哲学の余白』上, 法政大学出版局, 2007〕
———. "Living On/Border Lines." Trans. James Hulbert. In *Deconstruction and Criticism*. Ed. Harold Bloom et al. New York: Continuum, 1979, 75–176.〔「生き延びる」, 若森栄樹訳『境域』, 書肆心水, 2010〕
———. *Speech and Phenomena: And Other Essays on Husserl's Theory of Signs*. Trans. David B. Allison. Evanston: Northwestern UP, 1973.〔高橋允昭訳『声と現象』, 理想社, 1970〕
Douglas, Mary. "The Meaning of Myth, with Special Reference to 'La Geste d'Asdiwal.'" In *The Structural Study of Myth and Totemism*. Ed. Edmund Leach. London: Tavistock Publications, 1967, 49–69.
Dudbridge, Glen. *The "Hsi-yu Chi": A Study of the Antecedents to the 16th Century Chinese Novel*. London: Cambridge UP, 1970.
Eberhard, Wolfram. *The Local Cultures of South and East China*. Leiden: E. J. Brill, 1968.

Eliade, Mircea. *The Myth of the Eternal Return*. 2nd ed. Trans. Willard R. Trask. Princeton: Princeton UP, 1974.〔堀一郎訳『永遠回帰の神話』，未來社，1963〕

————. *Myths, Dreams, and Mysteries*. Trans. Philip Mairet. New York: Harper & Row, 1960.〔岡三郎訳『神話と夢想と秘儀』，国文社，1994［新装版］〕

Firth, J. R. *Papers in Linguistics: 1934–1951*. London: Oxford UP, 1957.

Foucault, Michel. *The Archaeology of Knowledge and the Discourse of Language*. Trans. A. M. Sheridan Smith. New York: Pantheon Books, 1972.〔慎改康之訳『知の考古学』，河出文庫，2012〕

————. "Nietzsche, Genealogy, History." In *Language, Counter-Memory, Practice: Selected Essays and Interviews.* Ed. and trans. Donald F. Bouchard. Ithaca: Cornell UP, 1977, 139–164.〔伊藤晃訳「ニーチェ，系譜学，歴史」，小林康夫ほか編『フーコー・コレクション3　言説・表象』，ちくま学芸文庫，2006〕

Frazer, Sir James George. *The Golden Bough*. Abridged ed. New York: MacMillan Publishing, 1922.〔永橋卓介訳『金枝篇』全5冊，岩波文庫，1966–1967［改版］〕

Frow, John. "Intertextuality and Ontology." In Worton and Still, *Intertextuality: Theories and Practices,* 45–55.

Frye, Northrop. *Anatomy of Criticism*. Princeton: Princeton UP, 1957.〔海老根宏ほか訳『批評の解剖』，法政大学出版局，1980〕

Gelley, Alexander. *Narrative Crossings*. Baltimore: Johns Hopkins UP, 1987.

Genette, Gérald. *Figures of Literary Discourse*. Trans. Alan Sheridan. New York: Columbia UP, 1982.〔平岡篤頼・松崎芳隆訳『フィギュール』，未來社，1993〕

Goette, J. "Jade and Man in Life and Death." *T'ien Hsia Monthly* 3 (1936): 34–44.

Granet, Marcel. *The Religion of the Chinese People*. Ed. and trans. Maurice Freedman. Oxford: Blackwell, 1975.〔栗本一男訳『中国人の宗教』，平凡社東洋文庫，1999〕

Greimas, Algirdas Julien. *On Meaning: Selected Writings in Semiotic Theory*. Trans. Paul J. Perron and Frank H. Collins. Minneapolis: U of Minnesota P, 1987.〔赤羽研三訳『意味について』，水声社，1992〕

————. *Structural Semantics*. Trans. Daniele McDowell et al. Lincoln: U of Nebraska Press, 1983.〔田島宏・鳥居正文訳『構造意味論』，紀伊國屋書店，1988〕

Hansford, S. Howard. *Chinese Carved Jades.* Greenwich, Conn.: New York Graphic Society, 1968.

Hay, John. *Kernels of Energy, Bones of Earth: The Rock in Chinese Art.* New York: China House Gallery, China Institute in America, 1985.

Heath, Stephen. "Structuration of the Novel-Text." *Signs of the Times*. Ed. Stephen Heath et al. Cambridge: Granta, 1971.

Heidegger, Martin. *Sein und Zeit*. Tubingen: Niemeyer, 1963.〔熊野純彦訳『存在と時間』全4冊，岩波文庫，2013–〕

Hendricks, William O. *Essays on Semiolinguistics and Verbal Art*. Paris: Mouton, 1973.

Hsia, C. T. *The Classic Chinese Novel.* New York and London: Columbia UP, 1968.

Hsüan, Tsang. *Ch'eng Wei-shih Lun*. Trans. Wei Tat. Hong Kong: The Ch'eng Wei-shih Lun Publication Committee, 1973.

Hutcheon, Linda. "Literary Borrowing... and Stealing: Plagiarism, Sources, Influences, and Intertexts." *English Studies in Canada* 12.2 (1986): 229–239.

Irwin, Richard. The Evolution of a Chinese Novel: "Shui-hu Chuan". Cambridge, Mass.: Harvard UP, 1953.

Jameson, Fredric. "Forward." Greimas, *On Meaning* vi–xxii.

————. *The Prison-House of Language: A Critical Account of Structuralism and Russian Formalism*. Princeton: Princeton UP, 1972.〔川口喬一訳『言語の牢獄』, 法政大学出版局, 1988〕

Jayatilleke, K. N. *The Message of the Buddha*. London: Allen & Unwin, 1975.

Jung, Carl. "On the Psychology of the Trickster Figure." Trans. R. F. C. Hull. *The Archetypes and the Collective Unconscious. Collected Works of C. G. Jung*. Bollingen Series XX. 2nd ed. New York: Pantheon Books, 1968. Vol. IX, pt. I, 225–270.〔河合隼雄訳「トリックスター像の心理」, ポール・ラディンほか著, 皆河宗一ほか訳『トリックスター』, 晶文社, 1974〕

Karlgren, Bernhard. *Legends and Cults in Ancient China. Bulletin of the Museum of Far Eastern Antiquities* XVIII (1946): 199–356.

Katz, J. J. *Semantic Theory*. New York: Harper & Row, 1972.

Kristeva, Julia. *Σημειωτική : Recherches pour une sémanalyse*. Paris : Seuil, 1969.〔原田邦夫訳『記号の解体学——セメイオチケ 1』, せりか書房, 1983／中沢新一ほか訳『記号の生成論——セメイオチケ 2』, せりか書房, 1984〕

Laufer, Berthold. *Jade: A Study in Chinese Archaeology and Religion*. Anthropological Series Vol. X. Chicago: Field Museum of Natural History, 1912.

Lehrer, Adrienne. *Semantic Fields and Lexical Structure*. Amsterdam and London: North-Holland Publishing Co., 1974.

Leitch, Vincent B. *Decontructive Criticism: An Advanced Introduction*. New York: Columbia UP, 1983.

Lenin, Vladimir. "Philosophical Notebooks." *Collected Works*. London: Lawrence& Wishart, 1972. Vol. 38.〔「哲学ノート」, マルクス＝レーニン主義研究所訳『レーニン全集』38, 大月書店, 1961〕

Lévi-Strauss, Claude. *From Honey to Ashes*. Trans. John and Doreen Weightman. London: Jonathan Cape, 1973.〔早水洋太郎訳『蜜から灰へ（神話論理 2)』, みすず書房, 2007〕

————. *The Raw and the Cooked*. Trans. John and Doreen Weightman. New York: Harper Colophon Books, 1975.〔早水洋太郎訳『生のものと火を通したもの（神話論理 1)』, みすず書房, 2006〕

————. "The Structural Study of Myth." *Structural Anthropology*. Trans. Claire Jacobson and Brooke Grundfest Schoepf. New York: Basic Books, 1963.〔「神話の構造」（第 11 章), 荒川幾男ほか訳『構造人類学』, みすず書房, 1972〕

Levy, G. R. *The Gate of Horn: A Study of the Religious Conceptions of the Stone Age and Their Influence upon European Thought*. London: Faber and Faber, 1948.

Liu Hsieh. *The Literary Mind and the Carving of Dragons*. Trans. Vincent Yu-chung Shih. Hong Kong: Chinese UP, 1983.

Lyons, Elizabeth. "Chinese Jades: The Role of Jade in Ancient China." *Expedition* 20.3 (Spring 1978): 4–20.

Mair, Victor H. "Suen Wu-k'ung = Hanumat? The Progress of a Scholarly Debate." Reprinted from Proceedings of the 2nd International Conference on Sinology, Academia Sinica. Taipei, 1989. 659–752.

The Man Who Sold a Ghost: Chinese Tales of the 3rd–6th Centuries. Ed. and trans. Yang Hsien-yi and Gladys Yang. Hong Kong: Commercial Press, 1958.

Maranda, Pierre and Kongas. *Structural Models in Folklore and Transformational Essays.* Paris: Mouton, 1971.

Merleau-Ponty, Maurice. *The Visible and the Invisible.* Trans. Alphonso Lingis. Ed. Claude Lefort. Evanston: Northwestern UP, 1968.〔滝浦静雄・木田元訳『見えるものと見えないもの』, みすず書房, 1989〕

Miller, Lucien. *Masks of Fiction in the "Dream of Red Chamber."* Arizona: U of Arizona P, 1975.

Mowry, Hua-yüan Li. *Chinese Love Stories from "Ch'ing-shih."* Hamden, Conn.: Archon Books, 1983.

Needham, Joseph. *Science and Civilisation in China.* 6 vols. Cambridge: Cambridge UP, 1954–83. Vol. V.〔『中国の科学と文明』思索社, 1974–［新版 1991–］, 本書引用巻は未訳〕

Neumann, Erich. *The Great Mother: An Analysis of the Archetype*. Trans. Ralph Manheim. Princeton: Princeton UP, 1972.〔福島章ほか訳『グレート・マザー』, ナツメ社, 1982〕

————. *The Origins and History of Consciousness.* Trans. R. F. C. Hull. Princeton: Princeton UP, 1970.〔林道義訳『意識の起源史』, 紀伊國屋書店, 2006［改訂新装版］〕

O'Donnell, Patrick, and Robert Con Davis, eds. *Intertextuality and Contemporary American Fiction*. Baltimore and London: Johns Hopkins UP, 1989.

O'Flaherty, Wendy Doniger. *Dreams, Illusion, and Other Realities*. Chicago and London: U of Chicago P, 1984.

Palmer, F. R. *Semantics: A New Outline*. Cambridge: Cambridge UP, 1976.〔川口喬訳『意味論入門』, 白水社, 1978〕

Palmer, Richard. *Hermeneutics.* Evanston: Northwestern UP, 1969.

Perron, Paul J. "Introduction." Greimas, *On Meaning* xxiv–xlv.

Plaks, Andrew H. "Allegory in Hsi-yu Chi and Hung-lou Meng." *Chinese Narrative*. Ed. Andrew Plaks. Princeton: Princeton UP, 1977, 163–202.

————. *Archetype and Allegory in the "Dream of the Red Chamber."* Princeton: Princeton UP, 1976.

The Random House College Dictionary. Ed. Jess Stein. Revised ed. New York: Random House Inc., 1975.

Rawson, Jessica. *Chinese Jade: Throughout the Ages*. London: Drydens Printers,1975.

Riffaterre, Michel. *Semiotics of Poetry*. Bloomington: Indiana UP, 1984.〔斎藤兆史訳『詩の記号論』, 勁草書房, 2000〕

————. "Textuality: W.H. Auden's 'Musée des Beaux Arts.'" In Caws, *Textual Analysis*, 1–13.

Ryan, Michael. *Marxism and Deconstruction: A Critical Articulation*. Baltimore and London:

Johns Hopkins UP, 1982.
Said, Edward W. *Beginnings: Intention and Method*. 2nd ed. New York: Columbia UP, 1985.〔山形和美・小林昌夫訳『始まりの現象』，法政大学出版局，1992〕
Sarma, Binod. *Ethico-Literary Values of the Two Great Epics of India: An Ethical Evaluation of the "Mahābhārata" and the "Rāmāyana."* New Delhi: Oriental Publishers & Distributors, 1978.
Saussure, Ferdinand de. *Course in General Linguistics*. Trans. Wade Baskin. New York: McGraw-Hill, 1966.〔小林英夫訳『一般言語学講義』，岩波書店，1972〕
Scholes, Robert, and Robert Kellogg. *The Nature of Narrative*. New York: Oxford UP, 1971.
Shih Nai-an. *Water Margin*. Trans. J. H. Jackson. Shanghai: Commercial Press, 1937. Facsimile reprint, Cambridge, Mass.: C. & T. Co., 1976.
Smith, Paul. *Discerning the Subject*. Minneapolis: U of Minnesota P, 1988.
Spencer, Baldwin. *Native Tribes of the Northern Territory of Australia*. Oosterhout: Anthropological Publications, 1966.
"The Story of Jade: A Chinese Tradition and a Modern Vogue." *Living Age* 332 (May 15, 1927): 903–908.
Thompson, W. I. *The Time Falling Bodies Take to Light: Mythology, Sexuality, and the Origins of Culture*. New York: St. Martin's Press, 1981.
Todorov, Tzvetan. *The Fantastic: A Structural Approach to a Literary Genre*. Trans. Richard Howard. London: P of Case Western Reserve U, 1973.〔三好郁朗訳『幻想文学論序説』，東京創元社，1999〕
Tu Wei-ming. "Profound Learning, Personal Knowledge, and Poetic Vision." In *The Vitality of the Lyric Voice*. Ed. Shuen-fu Lin and Stephen Owen. Princeton: Princeton UP, 1986, 3–31.
Turner, Victor. *The Ritual Process: Structure and Anti-Structure*. Ithaca: Cornell UP, 1969.〔冨倉光雄訳『儀礼の過程』，新思索社，1996［新装版］〕
Vālmīki. *Srimad Vālmīki Rāmāyana*. Trans. N. Raghunathan. 3 vols. Madras and Bangalore: Vighneswara Publishing House, 1981.〔中村了昭訳『新訳ラーマーヤナ』全７巻，平凡社東洋文庫，2012–2013〕
Vickery, John B. *The Literary Impact of "The Golden Bough."* Princeton: Princeton UP, 1973.
Visuddhi-Magga. Chapter xvii, "Buddhism." Ed. and trans. Henry Clarke Warren. New York: Atheneum, 1977. 238–241.
Waley, Arthur. Translation of excerpts from *Shih Ching*. In *Anthology of Chinese Literature*. Ed. Cyril Birch. 2 vols. New York: Grove Press, 1965–72, I: 5–29.
Wang Ching-yu. *Chin Sheng-t'an*. New York: Twayne Publishers, 1972.
Wang Jing. "The Poetics of Chinese Narrative: An Analysis of Andrew Plaks' *Archetype and Allegory in the 'Dream of the Red Chamber'*" *Comparative Literature Studies* 26.3 (1989): 252–270.
———. "The Rise of Children's Poetry in Contemporary Taiwan." *Modern Chinese Literature* 3.1-2 (1987): 57–70.
Wilhelm, Hellmut. "The Concept of Change." *Change: Eight Lectures on the "I Ching."* Trans. Cary F. Baynes. New York: Harper Torch Books,1960.
Wilhelm Richard. *The I Ching*. Trans. Cary F. Baynes. 3rd ed. Princeton: Princeton UP, 1967.

Williams, C. A. *Outlines of Chinese Symbolism and Art Motives*. New York: Dover, 1976.
Wittgenstein, Ludwig. *Philosophical Investigations.* Trans. G. E. M. Anscombe. 3rd ed. New York : Macmillan, 1968.〔黒崎宏訳・解説『ウィトゲンシュタイン『哲学的探求』第 I 部・読解』産業図書，1994〕
Wong Kam-ming. "The Narrative Art of *Red Chamber Dream*." Diss. Cornell U, 1974.
_____. "Point of View, Norms, and Structure: *Hung-lou Meng* and Lyrical Fiction." In Plaks, *Chinese Narrative* 203–226.
Worton, Michael, and Judith Still, eds. *Intertextuality: Theories and Practices.* Manchester and New York: Manchester UP, 1990.
Wu Ch'eng-en. *The Journey to the West.* Ed. & trans. Anthony C. Yu. 4 vols. Chicago: U of Chicago P, 1977–1983.
Wu Shih-ch'ang. *On the "Red Chamber Dream": A Critical Study of Two Annotated Manuscripts of the Eighteenth Century*. Oxford: Clarendon Press, 1961.
Yu, Anthony C. "History, Fiction and the Reading of Chinese Narrative." *Chinese Literature: Essays, Articles, Reviews* 10.1-2 (1988): 1–19.
________. "Introduction." Wu Ch'eng-en, *Journey to the West*, I: 1–62.
________. "Religion and Literature in China: The 'Obscure Way' of *The Journey to the West.*" In *Tradition and Creativity: Essays on East Asian Civilization*. Ed. Ching-I Tu. New Brunswick and Oxford: Transaction Books, 1987. 109–154.